Yilin Classics

# GIOVANNI BOCCACCIO

经/典/译/林

# 十日谈

[意大利] 薄迦丘 著

钱鸿嘉 泰和庠 田青 译

凤凰出版传媒集团
译林出版社

图书在版编目(CIP)数据

十日谈/(意)薄迦丘(Boccaccio, G.)著;钱鸿嘉,泰和庠,田青译.—南京:译林出版社,2010.11(2021.7重印)
(经典译林)
ISBN 978-7-5447-1428-0

Ⅰ.①十… Ⅱ.①薄… ②钱… ③泰… ④田… Ⅲ.①短篇小说-作品集-意大利-中世纪 Ⅳ.①I546.43

中国版本图书馆 CIP 数据核字(2010)第 176198 号

| | |
|---|---|
| 书　　名 | 十日谈 |
| 作　　者 | [意大利]薄迦丘 |
| 译　　者 | 钱鸿嘉　泰和庠　田　青 |
| 责任编辑 | 王振华 |
| 责任印制 | 董　虎 |
| 原文出版 | Garzanti, 1980 |
| 出版发行 | 译林出版社 |
| 地　　址 | 南京市湖南路 1 号 A 楼 |
| 邮　　箱 | yilin@yilin.com |
| 网　　址 | www.yilin.com |
| 印　　刷 | 江苏凤凰盐城印刷有限公司 |
| 开　　本 | 880 毫米×1240 毫米　1/32 |
| 印　　张 | 22.875 |
| 插　　页 | 4 |
| 字　　数 | 625 千 |
| 版　　次 | 2010 年 11 月第 1 版 |
| 印　　次 | 2021 年 7 月第 31 次印刷 |
| 书　　号 | ISBN　978-7-5447-1428-0 |
| 定　　价 | 38.00 元 |

译林版图书若有印装错误可向出版社调换
市场热线:025-86633278　　质量热线:025-83658316

[意大利]薄迦丘(1313—1375)

# 译　序

钱鸿嘉

## 一

《十日谈》是意大利文学中的一朵奇葩,是文艺复兴前期人文主义艺术的样板,是欧洲现实主义小说的先驱,在世界文学宝库中占有不可磨灭的地位。

《十日谈》的一百篇故事,有的虽取材于古罗马及东方的一些传说,但相当大的一部分都以佛罗伦萨为背景,栩栩如生地反映了14世纪佛罗伦萨丰富多彩的社会动态,不愧为当时社会生活的一面镜子和一部百科全书。《十日谈》的故事题材十分广泛,内容也极为丰富,情节曲折离奇,引人入胜,令人有百读不厌之感。作者刻画了千姿百态的人物,有美丽多情的淑女,有淫荡泼辣的寡妇,有风流倜傥的骑士,有贪婪好色的神父,悲欢离合的爱情故事与荒诞不经的轶事传奇穿插在一起,构成了一幅绚丽多彩的画面。不论就文体还是内容来说,《十日谈》与中世纪的传统文学作品迥然不同,因而它于1471年问世后,在意大利社会引起了巨大的反响,获得了非凡的成功。可以说,它是一部划时代的作品。

《十日谈》在15世纪印行达十版以上,16世纪又印了七十七版,同时相继被译成欧洲许多国家的文字,对16、17世纪西欧文学的发展产生了举足轻重的影响。例如英国大作家乔叟的名作《坎特伯雷故事集》,有不少地方受到《十日谈》的启发;他的三个故事,即管家的故事、学者的故事和商人的

故事,均取材于《十日谈》。16世纪法国作家那伐尔的《七日谈》,在格局上仿效《十日谈》的痕迹更其明显。17世纪,意大利作家贾姆巴蒂斯塔·巴西莱写了一部故事集,原名《供小人们消遣的故事集》,后俗称《五日谈》,其模式和框形结构也完全模仿《十日谈》,后来成为传世之作。值得一提的是:莎士比亚的两部喜剧即《辛白林》和《善始善终》,法国莫里哀的喜剧《受气丈夫》,德国大作家莱辛的著名诗剧《智者纳旦》,其题材亦莫不以《十日谈》的故事为依据。此外,西班牙的杰出作家维加所写的喜剧,法国寓言诗人拉封丹的《故事诗》,以及英国诗人德莱顿、济慈和丁尼生等人,均从《十日谈》中汲取了创作的源泉。

## 二

根据研究《十日谈》的某些专家和评论家的意见,此书十天故事中每一天各有一个主旨,体现了作者的创作思想和写作动机。第一天,作者以讽喻的手法透视了人类的罪愆,特别是上流社会人们的罪愆。第二天,作者显示了命运驾驭男人女人的力量,认为人们无不受到命运的主宰与摆布。第三天,作者认为人类的意志和努力可以战胜命运,而爱情和智慧在其间起了不小作用。第四天和第五天,作者着重揭示了爱情的悲欢,先是痛苦,后是欢乐。第六天强调了智慧的重要性,认为随机应变、急中生智和聪明的言词往往能使人在尴尬的局面下应付裕如、渡过难关。第七天和第八天,则着重叙述了女人如何巧言令色地捉弄丈夫,以及男人如何捉弄女人和男人们相互之间捉弄戏谑的情况。第九天没有一个固定的主题思想。第十天则宣扬了人类应有的德性,即宽容与忍耐等等。

## 三

本书作者乔万尼·薄迦丘(Giovanni Boccaccio)生于1313年。关于他生于何地,众说纷纭,有的认为他生于佛罗伦萨,有的认为他生于巴黎,有的则认为他生于佛罗伦萨附近的契塔尔多村,而以后面一种说法占上风。他是一个私生子,父亲是佛罗伦萨银行界的一名富商,母亲是法国人,姓名已无从查考。1327年,父亲携他去当时商业十分繁荣的那不勒斯居住,在父亲的公司里学习经商之道。但他自幼酷爱诗文,对商业工作不感兴趣,一空下来就埋头研究古书及拉丁文、法文等语言。薄迦丘18至23岁时,父亲曾叫他改学法律,但他志不在此,仍孜孜不倦地潜心钻研古希腊和古罗马文化,并对意大利俗语的写作甚感兴趣。正如他在用拉丁文写成的自传中说:"我快要成年,有独立的能力,不需他人推我走路;父亲执拗地反对我钻研罗马古典文学作品,可我不同意他的看法,独自贪婪地研究懂得不多的赋诗法,尽力领悟诗歌的内在含义。"

薄迦丘在那不勒斯过着放荡不羁的生活,直到1340年。1333年4月3日,他在圣洛伦佐教堂遇上了那不勒斯国王罗伯特的私生女玛丽亚,深深地爱上了她,女方对他也颇有好感。为了取悦于她,他开始写散文体长篇小说《菲洛可洛》,后来又为她写了长诗《菲拉斯特拉托》,而中篇小说《菲亚美达》也是为这位贵族小姐而创作的,借以倾诉自己对她的恋情。此书一名《菲亚美达小姐的悲歌》,写于1343至1344年,是欧洲第一部内心独白式的心理小说。他笔下的菲亚美达形象鲜明,是薄迦丘理想情人的化身,相当于但丁笔下的贝亚特丽齐和彼特拉克《歌集》中的劳拉。应当说,她也是意大利文学中不朽的女性形象之一。1340年,他的父亲突然破产,因而不得不放弃昔日豪华的生活,经济十分拮据。父亲病故后,他回到佛罗伦萨,不久创作了叙事诗《苔塞伊达》(1340—1341),这是意大利出现的第一部叙事诗。随后又以散文和韵文交替的形式写成了《仙女的喜剧》(1341—1342),竭力宣扬爱情的神圣。1344至1346年,他又写成了《费埃索莱的仙女》,这是一部以八行诗格写成的长诗,文笔优美,富有田园风味。在居住佛罗伦萨期间,他积极参与这一城邦的政治生活,竭力拥护共和政体,反对腐朽的贵族和资产阶级上层分子。同时,他潜心研究人文主义思想和古代神学,写了不少拉丁文作品,其中著名的有《名人的命运》(1355—1374)、《著名的女人们》(1361—1375)和《关于山峦、森林、泉水与湖泊之类》(1355—1374)等。此外,他又用意大利俗语写了一些抒情诗,意境高雅,风格清新。1350年,薄迦丘在佛罗伦萨与大诗人彼特拉克相识,两人情趣相投,从此结成了亲密的友谊,至死不渝,在文坛上传为佳话。对于但丁,薄迦丘曾孜孜不倦地加以研究,几乎花了毕生的精力,写了《赞美但丁》等书,并于1373年接受敦聘,在圣斯德望隐修院内向公众讲解和评述但丁的《神曲》。他的最后一部作品是小说《大鸦》,写于1366年,作者在书中用嘲弄的文笔,对女人进行了挖苦和讽刺。

1350年后,薄迦丘在教会里获得了一个微小的职位,此后就一直病魔缠身,痛苦不堪。尽管如此,他在1340至1371年间,仍奔走各地积极参加政治活动。他曾受佛罗伦萨当局委托,多次负责重要外交使命,并与政府和教会的首脑人物保持接触。1374年,他回契塔尔多居住,翌年12月21日溘然长逝。在这位伟大文学家的墓碑上,刻着四行拉丁文铭文,许多研究薄迦丘的学者认为这是他本人生前所写,铭文如下:

> 在这块石碑下躺着乔万尼的骸骨,
> 他的灵魂在天主面前,点缀他一生
> 劳苦的业绩。故乡契塔尔多,乃是
> 薄迦丘之父,它为灵魂提供养分。

## 四

在薄迦丘为数众多的作品中,最优秀的当然要推小说《十日谈》了。

一般文学史家认为此书写于1345至1351年,有的则认为于1353年完成。1471年,《十日谈》在威尼斯出版,是这部巨著的最早版本。这些故事一部分取材于中古游吟诗人的传说和东方民间故事,如《一千零一夜》和

《七哲人书》等;有的取材于历史事件、宫廷轶闻和佛罗伦萨等地的真人真事;有的则取材于古罗马作家阿普利尤斯的《金驴记》。但一百篇故事主要反映的,则是当时意大利,特别是佛罗伦萨的社会现实。他对当时社会动态及其众生相所以能如此熟悉,是和他父亲一度叫他弃文从商分不开的。这些优美动人的故事,体现了作者对尘世欢乐的追求和对生活的无比热爱,既鞭挞了禁欲主义,又揭露了教会上层人士的奸诈和虚伪,闪耀着人文主义的光彩。

《十日谈》故事曲折离奇,扣人心弦,文笔又十分优雅生动,即使有的句法盘根错节,读来也颇有韵味,而其主题则是歌颂男女之间的爱情和尘世的欢娱,因而问世以后,备受市民阶层和广大群众的欢迎。而天主教会却视之如洪水猛兽,对它百般加以诋毁。1497年,天主教会把不少珍贵的《十日谈》版本付之一炬;1573年,罗马教皇钦定了一种删节的《十日谈》版本,把书里干尽坏事的教士均改为俗人。薄迦丘死后,连他的坟墓也给天主教会挖掘掉了。

现在,让我们把《十日谈》这部巨著的是非功过科学地总结一下。它的功绩大致可以分成下列三方面:

第一,此书肯定了人性,宣扬了人文主义,反对禁欲主义,无情地批判了当时天主教会的阴暗面。欧洲在反动派和天主教会黑暗势力的统治下,多少年来"人性"遭受摧残与扼杀,青年男女之间纯洁的爱情和正常的情欲,也被视为亵渎神明而加以否定。在"天主高于一切"的幌子下,多少小伙子和姑娘们的青春被埋没、葬送。翻开《十日谈》这本奇书,你到处可以看到有多少青年男女为了神圣的爱情,挣脱了重重桎梏,克服了种种困难,终于获得了自由和幸福。而对于天主教会的讽刺和批判,则在许多故事中历历可见。例如第一天中开头几则故事,就都是投向教会的一把把利刃。在第六天第三则故事中,一位聪明的女人对佛罗伦萨高贵的主教作了辛辣的讥刺,使那个主教无地自容。在第七天第三则故事以及第八天第二则和第四则故事中,对教士的荒淫无耻都刻画得淋漓尽致。至于第六天第十则故事,

作者更大胆地剥开了教士的画皮,把神职人员一套骗人的鬼把戏暴露于光天化日之下。尽管薄迦丘无情而深刻地揭露了罗马教会神父、教士们的贪婪、自私、虚伪和荒淫,但他本人也是一个虔诚的教徒,他之所以这样写,只是怀着一颗正直的心,如实地反映事物的真相,并不一定是出于仇恨教会,也并不一定是有意识地和教会作针锋相对的斗争。

第二,薄迦丘尊重女性,维护女权,提倡男女平等,这在《十日谈》中充分体现出来。在男人占主导地位的中世纪,薄迦丘就有这样民主和进步的思想,确实是难能可贵的。在本书的"序"中,作者就开宗明义地说:"有谁能够否认,把这样一本书献给美丽的女郎们,比献给男人们更合适呢?女人们因为胆怯、害羞,只好把爱情的火焰埋藏在自己柔弱的心房里,这一股力量比公开的爱情还要猛烈得多,凡有切身体验的人,对此都一清二楚。此外,她们又得听从父母、兄长、丈夫的意志,顺他们的心,受他们的管教。她们大部分时间总是呆在闺房的小天地里,闲坐着,百无聊赖,情思撩乱,老是快快不乐。"又说:"对于像柔弱的妇女那样更加迫切需要安慰的人,命运女神却偏偏显得特别吝啬;为了部分地弥补这一缺陷,我打算写这一部书,给怀着相思的女人们一点儿安慰、帮助和消遣。"由此可见,作者对妇女们满怀同情,《十日谈》这部书,主要是为了妇女而写作的。此外在第六天第七则故事里,作者借聪明机智的菲莉帕夫人之口,宣扬"法律对男女应当是一视同仁的",她在法官面前振振有词地为自己辩护,而且驳得法官哑口无言,最后迫使当地政府修改了法律,而自己则获得了"无罪释放"。

第三,绝大多数评论家认为《十日谈》是欧洲第一部现实主义小说,在一定程度上推动了意大利文艺复兴的发展。中世纪以来,欧洲文学中可以说并无真正的现实主义文学作品,是薄迦丘在《十日谈》中第一次运用了现实主义手法,绘声绘色地勾勒出一幅庞大而壮丽的社会生活图景。应当说,这是薄迦丘对人类文学宝库不可磨灭的功绩。

意大利著名评论家、杰出的文学史家德·桑克蒂斯对《十日谈》作了极高的评价,他曾把《十日谈》与但丁的《神曲》并列,称它是"人曲"(直译是

"人间喜剧")。文学史家帕扎里亚认为,"爱情"和"智慧"是《十日谈》的两个基本中心思想,它们像两条红线贯穿整个作品。《十日谈》研究专家安托尼奥·安佐·夸里奥对这部巨著作了这样的评价:"《十日谈》确实像一面镜子,极其忠实地反映了当时市民阶层及商品社会全盛时期的情况,不过当时商品社会已出现了危机的初期征兆。"这些评语,应当说都是十分中肯的。

《十日谈》写于离今数百年前的意大利,作者既是一位杰出的人文主义者,又是一个天主教徒,青年时代又放荡不羁,一度过着醉生梦死的生活,因此他的作品既有积极的一面,也有消极的一面,这主要表现在他描写男女的爱情时,过分渲染了肉欲之乐,把它看成是至高无上的幸福,为达到此一目的可以不择一切手段,而有些细节则过分琐碎,近乎猥亵。有些故事比较庸俗,显得是非不明,善恶不分。这是因为薄迦丘毕竟生活在中世纪,不可能和那个时代的旧思想、旧观念完全决裂,相反,它们难免带上时代的烙印,有一定的历史局限性。评论一部优秀的古典文学作品,我们不能站在今人的立场上来看待古人,也不能以今人的道德标准来要求古人。正如我们不会因《红楼梦》、《金瓶梅》中有一些色情描写而贬低这些巨著的文学价值,对《十日谈》,我们也应当抱这样的态度。

## 五

《十日谈》用较古的意大利语写成,有不少佛罗伦萨方言,某些句型冗长复杂,某些词义晦涩难解,要忠实而流畅地译出此书,决非易事。译林出版社要我肩负起这项浩大的工程,我起初很犹豫,也有很多顾虑,但想到这尚是国内文学界的一个"空白"项目,有助于我国翻译事业的繁荣和中、意文化的交流,是意义十分深远的一个创举,我终于接受了这一任务。由于《世界诗库》的编译工作以及其他种种杂务,我无法独力在短期内完成这部巨著,因此约请北京新华社泰和庠同志、北京对外经济贸易大学田青同志合作,蒙他们同意,此书得以在较短时间内顺利译完,对此,我衷心表示感谢。

我们的分工是:钱鸿嘉撰写译者前言,译序及第五、第六、第七和第八天;泰和庠译第一、第二、第九、第十天及结束语;田青译第三天及第四天,由钱鸿嘉审读校订全稿。

去年10月,意大利东方大学教授、著名学者安娜·玛丽亚·白莱慕女士来我家做客时,曾对这项工作表示赞赏,后来又来信热情加以鼓励和支持,在此我谨表示诚挚的敬意和谢忱。

最后,我还得感谢数十年来与我患难相共的妻子严荷英,她始终鼓励我从事这项繁重的工作,又为我通读了译文,指出其中一些错别字和语病;没有她的支持和帮助,这项工作肯定是难以完成的。

# CONTENTS · 目录

序 ............................................................................. 1

## 第 一 天

《十日谈》第一天由此开始。作者先对十个男女集合到一起的缘由作了说明。接着,在帕姆皮内娅主持下,大家各自讲了一个自己最喜欢的故事。............................................................. 7

**第一则故事**

切帕雷洛在临终时编造了一篇假忏悔,把神父骗得深信不疑;虽然他生前无恶不作,死后却给当做圣徒,被尊为"圣切帕雷洛"。............ 21

**第二则故事**

一个叫亚伯拉罕的犹太人,听了好友贾诺托·迪奇维尼的话,来到罗马教廷,他目睹了教会的腐败,回到巴黎之后,却改奉了天主教。...... 32

**第三则故事**

犹太人梅基塞德讲了一个三枚戒指的故事,因而逃出了苏丹想陷害他而设下的圈套。...................................................... 36

**第四则故事**

一个小修士犯了戒律,理应受到严厉惩罚,他却堂堂正正地证明,院长也犯了这个过失,因而逃过了责罚。...................................... 39

**第五则故事**

蒙费拉托侯爵夫人用母鸡做酒菜,再配上一些俏皮话,就打消了法兰西国王对她的邪念。................................................42

**第六则故事**
  一个正直的人用一句尖刻得体的话,把修士们的虚伪嘲笑得体无完肤。........................................................45

**第七则故事**
  贝加米诺讲了一个普里马索和克利尼修道院长的故事,很有分寸地讽刺了卡内·德拉斯卡拉老爷的出奇的吝啬。............48

**第八则故事**
  行吟诗人古利埃尔莫·波西埃雷用几句锋利的话,讽刺了埃米诺·德格里马尔迪的吝啬,使他悔悟过来。..................52

**第九则故事**
  塞浦路斯的国王昏庸无道,受了一位瓜斯科涅太太的讽刺,从此变得英明有为。................................................55

**第十则故事**
  阿尔贝托老大夫单恋着一个寡妇,她想取笑他,结果反被他用婉转的言辞取笑一番。........................................57

# 第 二 天

  《十日谈》第一天结束,第二天由此开始,在女王菲洛梅娜统领下,每人讲一个起初饱经忧患、后来逢凶化吉、结果喜出望外的故事。……65

**第一则故事**
  马泰利诺装作拐子,假装触摸了圣阿里戈的遗体,立即成为常人。他的鬼把戏被人识破,遭到一顿毒打,被押起来,要给送上绞架,最后终于逃脱。................................................................66

**第二则故事**
  里纳尔多·德斯蒂旅途被劫,他偶然间来到古利埃尔莫城堡,亏得有位寡妇收留了他,第二天追回失物,安然回到家里。..........71

**第三则故事**
  三个年轻人挥霍无度,结果倾家荡产。他们的一个侄子失意回家,路遇英国的公主。她嫁给了这个年轻人,帮他的几个叔叔重振了家业。
............................................................................ 77

### 第四则故事

兰多尔福·鲁福洛经商赔本,流为海盗,后被热那亚人捉住,乘船遇风落海,他抓住一只箱子,漂流到科孚岛,被一个女人救起,又发现那只箱子里全是珠宝,回家后成为巨富。........................ 84

### 第五则故事

佩鲁贾城的马贩安德鲁乔来到那不勒斯买马,一夜之间遭遇三次风险,结果一一逃出险境,还带了一枚红宝石戒指回家。............... 89

### 第六则故事

贝里托拉夫人战乱中出逃,两个儿子同她失散,她逃到卢尼贾纳,和一对羔羊同住;她失散的一个儿子也来到她的主人家,因同主人的女儿私通而被下狱;西西里造反,反对国王查理,贝里托拉得以与儿子相认,儿子娶了母亲主人的女儿,她又找到了另一个失散的儿子,全家团圆,衣锦还乡。........................................................... 100

### 第七则故事

巴比伦苏丹要将女儿嫁给加波国王为妻,公主途中遇难,流落异乡,四年间先后落在九个男人手里。后来公主回到本国,国王以为她仍是处女,依旧把她嫁给加波国王。...................................... 111

### 第八则故事

安特卫普伯爵无辜被诬,潜逃出国,把他的两个子女丢在英国,而且不在一地。后来他潜回苏格兰,看到子女都已发迹,就跟着英军回到法国,充当马夫,后来冤情大白,重新恢复爵位。..................... 127

### 第九则故事

热那亚人贝尔纳博受了安布罗焦洛的骗,输了赌金,叫人去杀害他无辜的妻子。她幸而逃脱,女扮男装,在苏丹跟前效力。后来她遇见那个骗子,叫人把贝尔纳博也弄到亚历山大利亚,三面对质。结果真相大白,骗子受到惩罚,她复现女儿身,同丈夫衣锦还乡。............... 139

### 第十则故事

海盗帕格尼诺·达摩纳哥把法官里卡尔多·迪秦泽卡的妻子劫

去,丈夫打听到她的下落,便去接近那个海盗,求他放她回家。他答应只要她愿意,就不加留难,但她不肯跟丈夫回去,后来里卡尔多去世,即与海盗结为夫妇。 ················································ 150

# 第 三 天

《十日谈》第二天结束,第三天由此开始。内伊菲莱担任女王。这天所讲故事的主题是:凭着个人的机智,终于如愿以偿,或是物归原主。 ································································ 163

第一则故事

玛塞托·达兰波雷基奥假装哑巴,成了一座女修道院的园丁,院中所有修女都争着找他同睡。 ······························ 166

第二则故事

一个马夫和阿季鲁尔夫国王的妻子睡觉,被阿季鲁尔夫发现,但他没有声张,当夜把马夫的一把头发剪掉。而马夫也把同他睡在一起的所有男人的头发剪掉了,因而免除了灾祸。 ················ 172

第三则故事

一位少妇爱上了一个年轻小伙子,却到一位事事认真的神父那里去忏悔,装作守身如玉的样子;那神父不知底细,反而给她牵线,成就了她的好事。 ······························································ 177

第四则故事

堂·费利切教给普乔兄弟一种苦修成圣徒的法子,可当他苦修时,费利切却乘机和这位兄弟的妻子寻欢作乐。 ·························· 185

第五则故事

齐玛把他的一匹骏马赠给了弗朗切斯科·韦尔杰莱西老爷,为的是让后者准许自己和他的太太讲几句话;她一言不发,他就替她作答,后来的事,果然按齐玛所回答的话实现了。 ························ 190

第六则故事

里恰尔多·米努托洛爱上了费利佩洛·西吉诺尔福的妻子,知她妒忌成性,假意跟她说,费利佩洛有一天要和他的妻子在浴室幽会;她

4

冒充里恰尔多的妻子来到浴室,想和她丈夫同睡,结果发现她原来和里恰尔多睡在一起。·················· 195

### 第七则故事
泰达尔托失去他情妇的欢心,离开佛罗伦萨;过了几年,他乔装成一个香客返回,见到他的情妇,让她认识到自己的错处,并把她那蒙受不白之冤、将受极刑的丈夫搭救出来,让她的丈夫和他的兄弟们和解;最后他巧妙地和他的情妇重修旧好。·················· 202

### 第八则故事
费龙多吃了院长给他的某种药粉,被当成死人埋了;后来他被人从墓里抬出,放进一个囚禁犯规教士的地窖,醒来之后,还以为自己在炼狱里;这时院长便乘机享用他的妻子,并使她怀孕了,为此才放出费龙多,让他当了孩子的父亲。·················· 216

### 第九则故事
吉莱塔治好了法国国王的瘤疾,请求国王让贝特朗·德罗西利奥内做她的丈夫,他不情愿地娶了她,未跟她圆房即去佛罗伦萨。他在那里爱上一位姑娘,吉莱塔便冒充那位姑娘和他睡觉,有了两个儿子;后来他终于爱上了她,把她当成自己的妻子。·················· 225

### 第十则故事
阿莉贝成为隐居者后,遇上修士鲁斯蒂科,他教她怎样把魔鬼关进地狱。后来阿莉贝被人找回,嫁给内尔巴莱为妻。·················· 233

# 第 四 天

《十日谈》第三天结束,第四天由此开始。菲洛斯特拉托担任国王。大家讲的都是结局不幸的爱情故事。·················· 245

### 第一则故事
萨莱尔诺亲王坦科雷迪杀死他女儿的情人,把心脏取出,放入金杯,送给他女儿;她把一种毒液倒在那颗心脏上,然后和泪饮下死去。·················· 251

### 第二则故事

阿尔贝托神父看上了一个女人,却谎称加百列天使爱上了她,于是神父装扮成天使多次和她交颈共眠。后因害怕她的亲属捉奸,他从她的家跳到了一个穷人家里;第二天被当成野人牵到广场游街,又被揭发,院里的修士把他押回关在牢里。……………………………… 259

### 第三则故事

三个小伙子爱上三姐妹,一起私奔到克里特岛。大姐由于妒忌,杀死了她的情人;二妹要救大姐的性命,顺从了克里特岛公爵的求欢,后被她的情人杀死,然后凶手带着大姐亡命他乡;三妹和她的情人受血案牵连被捕,后买通看守,逃到罗得岛,贫困而死。……………… 268

### 第四则故事

杰尔比诺王子,滥用他祖父圭列尔莫对他的信任,袭击了突尼斯国王的一条船,想抢走突尼斯公主,公主被船上的人杀死,他又杀死了船员,最后被祖父正法。…………………………………………………… 274

### 第五则故事

伊萨贝塔的情人被她的哥哥杀死,他出现在她的梦中,并指出他被埋葬的地点。她偷偷挖出情人的尸体,把他的头颅葬在一个花盆里,终日守着花盆饮泣。哥哥又把她的花盆抢走,不久,她悲痛身亡。……… 279

### 第六则故事

安德莱奥拉和加勃里奥托相爱,各自向对方讲了自己做的一个梦,不料男的讲完后突然死在女的怀里。她和女仆想把他的尸首抬到他家门口,路上被官府捉住。她虽然讲清事情的经过,可当地长官却乘机想奸污她,她坚决不从。她父亲知道了此事,从官府把她领回,从此她拒绝再过尘世生活,当了修女。……………………………………… 283

### 第七则故事

西莫娜爱着巴斯奎诺;两人在园中谈情。巴斯奎诺用一片鼠尾草擦牙后,突然死亡。西莫娜因涉嫌被捕,为向法官证明巴斯奎诺是如何死的,她也用鼠尾草擦牙,结果也同样死去。………………………… 289

### 第八则故事

吉洛拉莫爱上了撒尔韦斯特拉,但迫于母亲的要求而去巴黎;回来时知道她已嫁人;他偷偷来到她家,死在她身边。他的尸体被抬到教

堂,撒尔韦斯特拉也哭死在他身旁。 ············ 293

### 第九则故事
圭列尔莫·罗西里奥内杀死他妻子的情人,挖出他的心脏给她吃,她知道后,从楼上窗口跳下而死。后来,她和她的情人被合葬在一起。
·················· 298

### 第十则故事
一个医生的太太以为她的情人死了,就把他藏进木箱,不料木箱被两个高利贷者抬到家里。那情人醒来后被当成窃贼。太太的使女对官府说,是她把他放到箱子里去的,使他逃脱了绞刑,而两个偷箱子的窃贼则被罚款。 ······················ 301

# 第 五 天

《十日谈》第四天结束,第五天开始。菲亚梅塔担任女王。讲的是一些恋人经过艰险的波折,终于获得美满结局的故事。 ·········· 315

### 第一则故事
奇莫内陷入爱河后头脑健全了,在海上抢走了心上人埃菲杰妮亚,被罗得岛人关入牢狱。那里的长官把他释放。在埃菲杰妮亚和卡桑德拉与人结婚的那天,两人协力把她们劫走,一起逃往克里特岛,并娶她们为妻,以后各自回到家园。 ················ 316

### 第二则故事
戈丝坦扎听说情人马尔图乔·戈米托去世,悲痛欲绝,独自驾了一条小船,不料被风吹到苏沙城。她打听到马尔图乔住在突尼斯,便设法见他。他当上了突尼斯国王的宠臣,同她完婚后,衣锦还乡。 ······ 325

### 第三则故事
皮耶德罗·博卡马扎与阿妮约莱拉私奔,路遇盗贼,女的逃进树林,被人带往一座城堡;男的落入盗贼之手,后又逃脱,经过一些波折也来到城堡与情人相见,结成眷属,后一起回罗马。 ········ 330

### 第四则故事
里奇亚尔多·马纳尔第和情人幽会,被女方的父亲里奇奥·迪·

瓦尔博纳先生发觉,他随即同她结婚,跟那位做父亲的和睦相处。·············· 336

### 第五则故事

圭多托将女儿托付给贾科明诺后,溘然长逝;后来姜诺尔和明尼诺两人都爱上了这个姑娘,引起格斗。经调查,原来姑娘是姜诺尔的胞妹,她便嫁给了明尼诺。·············· 341

### 第六则故事

季安尼同所爱的姑娘幽会,被人发觉并奏禀国王,一起被缚在刑柱上,即将用火烧死;幸而海军大将认出了他们,两人不但获救,而且喜结良缘。·············· 346

### 第七则故事

泰奥多罗爱上了主人的女儿维奥兰蒂,使她受孕,因而被判处绞刑,幸遇生父相认获救,与维奥兰蒂终成眷属。·············· 351

### 第八则故事

奥内斯蒂家族的纳斯塔焦爱上了特拉韦尔萨里家族的一位姑娘,挥金如土,因失恋而隐居别处,在林中见骑士追捕少女,杀死后把她喂狗吃,于是他邀亲人和姑娘在林中用餐,姑娘目睹少女被狗分尸的惨状,怕受此恶报,遂嫁与纳斯塔焦。·············· 357

### 第九则故事

费德里科爱上一位夫人,为她耗尽家财,但未能讨得她的欢心。后来夫人去看他,他一贫如洗,只得宰了一只相依为命的猎鹰招待她,夫人知情后回心转意,遂嫁给了他,还给他带来丰厚的陪嫁。·············· 363

### 第十则故事

皮耶德罗·迪·温奇奥洛外出晚餐,他妻子乘机招来情夫。不料丈夫早回,她只好把情夫藏在鸡笼下面。皮耶德罗自称在友人家用膳时,因友人之妻偷汉子,大家不欢而散。此时来了一头驴子,踩痛鸡笼下面那汉子的手指,他大喊一声,被皮耶德罗发觉,始知妻子有奸情。但丈夫心里有鬼,两人只得和平共处。·············· 369

# 第 六 天

《十日谈》第五天结束,第六天开始。埃丽莎担任女王。讲的是人们如何用机智的言词为自己辩护,或者随机应变,用巧言和策略避免损失、危险或耻辱。……………………………………………… 381

**第一则故事**
　　一位绅士要讲一个故事给奥蕾塔夫人听,说听此故事好比骑在马上,十分有味,但他讲得乱七八糟,夫人就求他别再讲了,还是步行为妙。………………………………………………………… 383

**第二则故事**
　　面包师奇斯蒂只用一句话,就使杰里·斯皮纳先生明白自己的要求过分。……………………………………………………… 385

**第三则故事**
　　诺娜夫人口齿伶俐,驳斥了佛罗伦萨主教的嘲讽,使对方哑口无言。………………………………………………………… 389

**第四则故事**
　　姜菲利亚齐家的厨师基基比奥急中生智,用巧言使主人转怒为喜,逃脱厄运。……………………………………………………… 391

**第五则故事**
　　福雷塞·达·拉巴塔先生和画家乔托从庄园回来,彼此出口伤人,嘲笑对方的狼狈相。……………………………………………… 394

**第六则故事**
　　米凯莱·斯卡尔扎向一些青年证明,巴龙奇是世间最高贵的家族,因而胜了对方,吃到了一餐晚饭。……………………………… 396

**第七则故事**
　　菲莉帕同情人幽会,被丈夫发觉,诉诸法庭;由于她的答辩振振有词,被无罪释放,且促使法官修改法律。………………………… 399

**第八则故事**
　　弗雷斯科劝侄女别照镜子,照镜子只会见到自己面貌丑陋。…… 402

### 第九则故事
圭多·卡瓦尔坎蒂用一番尖刻的话,击退了佛罗伦萨绅士们的嘲讽。 ································· 404

### 第十则故事
教士奇波拉答应乡下人,要他们看看天使加百列的羽毛,但打开盒子,却是一些木炭,于是他用巧言相骗,说是烤圣劳伦斯用的盒子。 ································· 407

# 第 七 天

《十日谈》第六天结束,第七天开始。第七天由迪奥内奥任国王,故事内容是女人为了爱情或满足自己的情欲,捉弄了自己的丈夫,有的丈夫没有察觉,有的一知半解。 ································· 423

### 第一则故事
季安尼·洛泰林吉夜间听到有人敲门,把妻子叫醒,妻子骗他说有鬼,而且念起咒文来,敲门声便停止了。 ································· 425

### 第二则故事
佩罗内拉把情夫藏在果汁桶里,她丈夫回家要卖桶,她说已经卖了,买主正在桶里察看桶是否完好。情夫闻声跳出,要她丈夫把桶刮净,然后买了带回家去。 ································· 429

### 第三则故事
修士里纳尔多和他教子的母亲一起睡觉,被女人的丈夫撞见,便推说自己是来为孩子治病祛邪的。 ································· 433

### 第四则故事
某夜托法诺把妻子关在门外,妻子再三恳求无效,便在井里扔块大石头,假装投井自尽,丈夫闻声赶去,她却进屋把他锁在门外,反过来痛骂他一顿。 ································· 438

### 第五则故事
丈夫妒忌成性,乔装成神父听妻子忏悔。妻子自称爱上一个神父,每夜与他欢会,于是丈夫守候在大门口,妻子乘机把情夫从屋顶上接下来,睡在一起。························································ 442

#### 第六则故事
伊莎贝拉和情夫莱奥内托幽会时,另一个情夫拉姆贝尔图乔前来求欢,忽然丈夫回家,她就打发后者拔剑冲出屋去,又设法叫丈夫伴送前者回家。··································································· 449

#### 第七则故事
洛多维可爱上一位名叫贝亚特丽齐的夫人,夫人骗丈夫穿了自己的衣服去花园,自己和洛多维可睡觉,后来情夫去花园,把做丈夫的揍了一顿。·········································································· 453

#### 第八则故事
丈夫妒忌妻子,怕她有外遇,妻子到了夜里,便用一条线缚在自己的足趾上,探测情夫的动静。此事为丈夫发觉,待情夫赶来时,妻子用一名侍女作为自己的替身,给丈夫痛打一顿,并被割下辫子。丈夫向妻子的兄弟告状,兄弟们查明不是事实,狠狠地责备了他。············· 458

#### 第九则故事
尼科斯特拉多之妻莉迪亚爱上了皮罗,皮罗为了考验她,向她提出三项要求,她都一一办到。另外她又当着尼科斯特拉多的面,和情夫寻欢作乐,却让丈夫误以为他所见到的不是事实。·················· 465

#### 第十则故事
两个锡耶那人同时爱上一个女人,其中一个是那女人之子的教父。教父死后,按照生前诺言,把阴间的生活说给他的朋友听。··········· 474

# 第 八 天

《十日谈》第七天结束,第八天开始。劳蕾塔担任女王。讲的是女人捉弄男人,或者男人捉弄女人,或者男人之间相互捉弄。············ 483

#### 第一则故事
古尔法尔多向瓜斯帕鲁奥洛借钱,并约定与他的妻子私通;后来当着那妻子的面对瓜斯帕鲁奥洛说,那钱已还给了夫人,做妻子的只得承认。······································································ 484

### 第二则故事
瓦尔隆戈镇的一名教士和名叫贝尔科洛蕾的女人睡觉,留下一件厚披风作质,还向女人借了一个石臼;当他还石臼时,就向她索回作押的厚披风,女人只好答应。 ………………………………………… 487

### 第三则故事
卡兰德里诺、布鲁诺和布法尔马科去穆尼约内河找寻鸡血石,卡兰德里诺自以为已经找到。他满载石子回家,想不到妻子责备他,他十分气恼,狠狠揍了她一顿,并向其他两个朋友诉苦,谁知那两人比他知道得更多。 ………………………………………… 493

### 第四则故事
菲耶索莱的本堂神父爱上一个寡妇,而寡妇却不爱他。神父自以为和寡妇一起睡觉,谁知那人是她的侍女。后来寡妇的兄弟把主教找来,让他目睹丑事。 ………………………………………… 501

### 第五则故事
佛罗伦萨的一个法官正在审判案件,三个年轻人却把他的裤子拉了下来。 ………………………………………… 506

### 第六则故事
布鲁诺和布法尔马科偷了卡兰德里诺的一头猪,却给他姜丸和葡萄酒,叫他去查贼,另外还给他两粒芦荟丸,结果反而证明是他自己偷了猪。两人还威胁他,如果不想让妻子知道,得付出一些代价。 ………………………………………… 509

### 第七则故事
一个大学生爱上了寡妇,寡妇却另有所欢,叫他在雪地里等了一夜。后来学生用计,在7月间领她到一座塔里,叫她赤身裸体地给太阳晒着,还给苍蝇和牛虻叮。 ………………………………………… 515

### 第八则故事
一个汉子发现妻子和自己的知友私通,便和妻子串通,把那个朋友关在木柜里,再把对方的妻子骗来,在木柜上一起寻欢作乐。 ………………………………………… 533

### 第九则故事

医生西莫内在布鲁诺和布法尔马科两人唆使下,夜间到某处赴会,被布法尔马科扔进粪沟,无人过问。……………… 537

**第十则故事**

一个西西里女人用高明的手法取走了一个商人运往巴勒莫的财产,商人第二次去时,佯称带来了更多的财物,向那女人借了许多钱,给她留下的只是水和短麻屑。……………… 551

# 第 九 天

《十日谈》第八天结束,第九天由此开始。在埃米莉亚的主持下,大家各自随意讲一个自己最喜欢的故事。……………… 565

**第一则故事**

弗朗切斯卡夫人被里农乔和亚历山德罗追求,她却一个也不喜欢。她故意叫他们一个躺进坟里装死人,另一个去盗尸。两个人都不能完成任务,她巧妙地摆脱了他们。……………… 566

**第二则故事**

女修道院长被急匆匆唤醒,半夜里去抓一个犯了奸情的修女;院长本来也正同一个教士鬼混,抓起教士的内裤戴在头上,还以为戴的是头巾;那修女看到后,指了出来,得到院长宽恕,以后就方便地同她的情人寻欢作乐。……………… 571

**第三则故事**

布鲁诺、布法尔马科和内洛串通医生西莫内,使卡兰德里诺相信他自己怀了孕,卡兰德里诺拿出钱来请他们买阉鸡和药品,终于药到病除,不曾生孩子。……………… 574

**第四则故事**

福尔塔里戈老爷家的切科赌输了自己的一切,外加从安朱利埃里老爷家的切科手里借来的钱,前者只穿一件衬衫跟在后者身后,说是后者偷了他的钱,农夫帮他抓住了后者,他穿上后者的衣服,骑了后者的马扬长而去,后者回家时只剩了一件衬衣。……………… 579

**第五则故事**

卡兰德里诺爱上一个姑娘，布鲁诺给他一道符咒，说只要用它碰一下那个姑娘，她就会跟他走，结果被他老婆发现，给他大吃苦头。………… 583

### 第六则故事

两个年轻人结伴外出，在一家人家里过夜，其中一人半夜爬上主人女儿的床厮混，主人的妻子又错上了另一个年轻人的床；第一个人完事之后错爬上姑娘父亲的床，误将他当做自己的同伴，把刚才的乐事讲给他听；这时自然吵作一团，弄清了一切的主妇爬到女儿床上，几句话遮掩过去，平息了争吵。……………………………………… 590

### 第七则故事

塔拉诺·迪莫莱塞梦见一只狼咬烂了他妻子的脖子和脸，因而叮嘱她小心在意，她不听，后来果然遭了殃。……………… 595

### 第八则故事

比翁德洛作弄恰科，谎说有人请他吃饭，后者上当后巧妙地报复，叫比翁德洛难堪地挨了一顿毒打。………………… 597

### 第九则故事

两个青年向所罗门王求教，一个问怎样才能得到别人的爱，另一个问怎样才能制服悍妻；所罗门王对第一个说"你去爱吧"，对第二个说"到鹅桥去"。…………………………………………… 601

### 第十则故事

唐·贾尼应朋友彼得罗的要求行法术，要把后者的妻子变成一匹骒马，当他给她插上尾巴时，彼得罗说不要尾巴，法术全给破坏了。……………………………………………………… 606

# 第 十 天

《十日谈》第九天结束，第十天，即最后一天由此开始。在潘菲洛的主持下，大家各自讲了一个故事，题目是人们在爱情方面或其他方面表现的慷慨大方或壮烈的行为。……………………… 615

### 第一则故事

一个骑士侍奉西班牙国王多年,从未受过适当的奖赏,甚感不满。国王则设法证明,这是他命运不佳,不是国王失眼,然后给了他重赏。 ················ **616**

### 第二则故事
　　大盗基诺俘获了克伦尼修道院院长,却医好了他的胃病,然后放了他。院长回到罗马教廷,在教皇博尼法齐面前为基诺求情,使他们重新和好,教皇还封基诺为耶路撒冷圣乔瓦尼骑士团骑士。 ············ **619**

### 第三则故事
　　米特里达内斯嫉妒纳坦为人慷慨大方,前去杀他。但他不认识纳坦,却正好遇上了纳坦。前者按照后者的安排,来到一座林子,发现替他设计陷阱的人就是纳坦本人,非常羞愧,从此两人成了朋友。 ································································ **624**

### 第四则故事
　　莫德纳的詹蒂莱·德卡里森迪的意中人得暴病死亡后被埋葬,詹蒂莱把她从墓中拖出,后来她又生下一个男孩,詹蒂莱把她和男孩归还给她的丈夫尼科卢乔·卡恰内米科。 ·················· **630**

### 第五则故事
　　迪亚诺拉太太要安萨尔多先生在1月份布置出一个像5月一样美丽的花园。安萨尔多重金聘魔术师作法,果然办到了。她丈夫叫她实践诺言,满足安萨尔多先生的欲念,后者听得她丈夫如此慷慨,即宣称她的诺言无效,魔术师也不向安萨尔多要重金。 ············ **636**

### 第六则故事
　　查理国王功名显赫,老年时爱上一名少女,后来对自己的痴情深感惭惶,即将少女和她的姐妹体面地许配给别人。 ············· **641**

### 第七则故事
　　国王彼得听说少女莉萨热爱着他,连忙去慰问她,以后把她许配给一个高贵的青年,自己只在她额上吻了一下,并说要终生做她的骑士。 ································································ **646**

### 第八则故事
　　季西波将未婚妻让给好友蒂托·奎恩佐·福尔沃,蒂托夫妇回到罗马。后来季西波穷困潦倒,也来到罗马,以为蒂托看不起他,绝望之下,只求一死,便说当时一命案系自己所为。蒂托了解此情后,为救这位朋友,也说是自己杀了那个人,后真凶自首,屋大维将两人释放。蒂托将胞妹嫁给季西波,并同他分享财产。 ………………………………… 653

## 第九则故事

　　苏丹扮成商人,受到托雷洛先生的热情款待。后托雷洛参加十字军远征,与其妻约定日期,如逾期不归,可以改嫁。托雷洛被俘,因驯鹰而受苏丹赏识,并被苏丹认出他就是托雷洛,受到宽待。托雷洛思妻罹病,苏丹使用魔法,夜间送他回到故乡帕维亚,正逢妻子改嫁,在婚宴上被妻子认出,遂带着妻子回家团圆。 ……………………………… 667

## 第十则故事

　　萨卢佐侯爵有几个下属恳求他娶妻成家。他按自己的心愿娶了一个农家少女,生下两个儿女。他在她面前佯称已将这一对儿女处死,后来又假装给她吃些苦头,另外娶人。他把寄养在他乡的亲生女儿接回家,对妻子说这就是他要娶的新人。他妻子被赶回微贱的娘家,但侯爵觉得她对一切都百般忍耐,才把她接回家来,让她同长大的儿女相见,十分宠幸,尊她为侯爵夫人,对她的爱情更深了。 ……………… 681

作者结语 ……………………………………………………………… 695

《十日谈》(一称《加莱奥托王子》)一书由此开始,内有故事一百篇,由七个女郎和三个小伙子分十天讲完。

## 序

对不幸的人们寄予同情,是人之常情,每个人都应该具有这种情操,尤其是那些需要安慰而且体味到同情滋味的人。如果有谁曾需要别人的安慰,从而体会到它的可贵,或者从中获得了欢乐,那么我就是其中的一个。从青春时代直到目前,我心里异乎寻常地燃烧着一种极其高洁的情爱;我得说,由于我十分寒伧,我怕真的有些配不上她。通情达理的人们知道我这段故事,虽然很不必要地看重我,赞扬我,可是为这件事,我忍受了多少折磨和苦难啊。说真的,这并非是因为我心爱的女人心肠太硬,而是因为我痴心妄想,在心中燃烧着一股难以抑制的欲火。这件事,我并不指望会有什么美满的结局,因此,我常常感到异常苦恼。

在我挨苦受难的时刻,有一个朋友常用好言来劝慰我,使我能在逆境中坚强地挺立着,不然,我再也不会活在世界上了。多亏万能的天主,他以亘古不定的法则,使人世间万物都会得到一个归宿。我对情人的那份爱比什么都热烈,不论自己怎样下决心,别人怎样规劝,也不管将来会显然蒙受耻辱,或者会遇到种种危险,都不能摧毁或动摇我的意志;可是时光流逝,这份爱情终于渐渐给冲淡了,如今我的心里只剩下欢乐的追忆,这是爱情给那些

未曾在爱河里灭顶的人们赐予的礼物。我当初固然十分疲惫,但痛苦解除之后,却感到十分快慰。

尽管我不再感到痛苦,可是我并没有忘记那些为爱我而给我安慰与帮助的人,当时我是多么心力交瘁啊。我想,我对他们的盛情将终身难忘。在许多美德中,我认为感激是最值得称道的;反之,忘恩负义则应受到谴责。为了表明自己并非忘恩负义之徒,我乘眼前可说是无拘无束、一无牵挂之时,决定凭自己一点浅薄的才学,写下一些东西,奉献给帮助过我的人们,作为报答。如果他们知情达理,或者情场里十分得意,认为写此书是多此一举,那么至少对另外一些人还有用处,能给他们一些慰藉。

尽管这样一本书对需要阅读的人们不见得会有多大的鼓舞或者多大的安慰,但我总觉得还是应该把这本书献给最需要的人,因为这对他们更有帮助,更可珍贵。

有谁能够否认,把这样一本书献给美丽的女郎们,比献给男人们更合适呢?女人们因为胆怯、害羞,只好把爱情的火焰埋藏在自己柔弱的心房里,这一股力量比公开的爱情还要猛烈得多,凡有切身体验的人,对此都一清二楚。此外,她们又得听从父母、兄长、丈夫的意志,顺他们的心,受他们的管教。她们大部分时间总是呆在闺房的小天地里,闲坐着,百无聊赖,情思撩乱,老是怏怏不乐。

要是她们苦于相思,因而郁郁寡欢,那么除非有什么新鲜的消遣,这愁闷是解不了的。何况女人远不及男人能忍受痛苦。男人恋爱起来,决不会有这样的事,这点大家都可以看得明明白白。要是他真的愁眉不展,闷闷不乐,也自有许多排遣的方法。只要他愿意,他可以出去走走,可以看看或听听许多东西;他可以去打鸟、打猎、捕鱼、骑马,也可以去赌博或做生意。有了这种种办法,一个男人可以全部或部分地摆脱心里的愁闷,至少暂时可以忘却一切痛苦,他不是在这里,就是在那里找到了安慰,逐渐把苦恼淡忘。

对于像柔弱的妇女那样更加迫切需要安慰的人,命运女神却偏偏显得特别吝啬;为了部分地弥补这一缺陷,我打算写这一部书,给怀着相思的女人们一点儿安慰、帮助和消遣。而对于不害相思的妇女来说,针线、纺锤和摇纱机却足以打发她们的日子了。我要在这本书里,讲一百个故事,或者一百篇传奇,一百则寓言,一百段野史,怎么说都行。这些故事,都是在最近瘟疫盛行的一段时期中,由七个女郎和三个小伙子分十天讲述的,读者以后自见分晓。此外还有几个女郎唱着娱乐的一些小曲。

在这些故事中,我们可以看到情场上许多悲欢离合的遭遇,以及古往今来一些意想不到的事迹。害相思的女士们读着这些故事,说不定会从里面饶有兴味的情节中得到一些乐趣,同时还可以获得一些教益;从这些故事中,她们可以认识到什么事应当避免,哪些事可以去做。因此,我认为这本书多少会给她们解除一些愁闷。

要是在天主的意旨下果真能做到这一点,那么让她们感谢爱神吧,是他把我从爱的束缚中解放出来,给了我力量,为她们的欢乐而专心写作。

# 第 一 天

《十日谈》第一天由此开始。作者先对十个男女集合到一起的缘由作了说明。接着,在帕姆皮内娅主持下,大家各自讲了一个自己最喜欢的故事。

优雅的女郎们,我相信你们天生都是富于同情心的,因此我也知道,你们一定会认为这本书的开头太沉闷,太令人生厌了,令人不禁惨然想起不久前发生的那场可怕的瘟疫,凡是亲眼见过那场瘟疫或是耳闻其事的人,只要一回想起来,都不免会心里难受。不过,我并不想让你们读着这本书叹息流泪,因此就吓得不敢再读下去了。本书的开头虽然令人害怕,可这就好比一座险峻的高山,挡着一片美丽的平原,翻过这座高山之后,就来到了这赏心悦目的原野。爬山越谷越是艰苦,之后换来的欢乐就越是令人欢欣。正如通常说的,乐极生悲,悲苦到了尽头,也会出现意想不到的欢乐。

因此,这只是暂时的悲苦(我说是暂时的,因为只不过是寥寥几页的篇幅罢了),接着而来的就是一片欢乐,像我刚才预告的那样。要不是这样声明在先,只怕你们猜想不到,苦尽之后会有甘来。说真的,如果真有别的路可走,我是不愿连累你们走这条崎岖的山路的,这只是因为不回顾一下悲惨的过去,我就没法交代清楚你们将要读到的这许多故事是在怎样的一种情景下发生的,所以我只好在这本书里写下这样一个开端。

那是在我主降生后1348年,意大利城市中最美丽的一座城市,也就是繁华的佛罗伦萨,发生了一场可怕的瘟疫。这场瘟疫不知是受了其他天体

的影响呢,还是威严的天主对作恶多端的人类加以惩罚,最初几年发生在东方,在不长的时间里,死去的人就难以计数,而且不断地一处处蔓延开来,后来竟不幸传播到了西方。大家都束手无策,一点对付的办法也拿不出来。城里各处污秽的地方都派人打扫过了,禁止病人进城的命令已经发布了,保护健康的种种建议也采用了,甚至还有些虔诚的人成群结队或者零零星星地向天主反复祈祷过了,可是到了刚才说的那个年头的初春,奇特而可怕的病症还是出现了,而且情况迅速严重起来。

　　这里的瘟疫不像在东方那样,只要病人的鼻孔一出血,就必死无疑,在这里是另一种征兆。染病的男女,最初是在腹股沟或胳肢窝下突然隆肿起来,到后来越肿越大,有的像普通苹果那么大,有的像鸡蛋,一般人管这肿块叫做"疫瘤"。很快地,这死兆般的"疫瘤"就由那两个部位蔓延到身体的各个部分。在此之后,病症迅速变化,病人的臀部、腿部,以至身体的其他各部分都出现了黑斑或是紫斑,有时是稀稀疏疏的几大块,有时则又细又密,不过,这跟初期的毒瘤一样,都是死亡的预兆,只要出现这种情况,就必死无疑。

　　一旦得了这种病,不管你怎样延医服药,总是毫无用处,没有一点好转的征兆。也许这本身就是一种不治之症,也许是当时的大夫学识浅薄,总之是毫无办法,或许还因如此,除去那些医生之外,许许多多对于医道一无所知的男男女女,也居然像受过训练的大夫一样行起医来。但是,大家都不知如何下手,因而也就拿不出任何恰当的治疗办法。侥幸治好者真是寥寥无几,几乎所有的人都在出现"疫瘤"后三天左右就丧了命,而且大多数都是既不发烧,也没有其他症状。

　　这瘟病的威力实在太大了,健康人只要一跟病人接触,就会被传染上,那情形很像干柴靠近烈火,只要一接近就会燃烧起来。情况甚至比这还要严重,不要说接近病人,就是跟病人说说话,也会染上这必死无疑的病症,甚至只要接触到病人穿过的衣服,摸过的东西,也会立即染上这种疾病。

　　这事说来真是骇人听闻,要不是我亲自看见,还有我的很多亲朋好友亲眼目睹,这样的事即使是我从最可靠的人那儿听来的,也不敢信以为真,更别说把它写下来了。这场瘟疫很快传开来,真是一传十,十传百,而且不仅是人与人之间传染,甚至是人类以外的牲畜,只要一接触到病人或是死者的东西,也会立即染上这种病,过不了多久也会一命呜呼,而且这种情形屡见不鲜。有一天,我亲眼见到这么一件事:大路边扔着一堆破烂衣服,分明是染上这种瘟病而死的一个穷汉的遗物。这时跑过两头猪来,它们已经习以为常,便用鼻子去拱那堆东西,接着又用鼻子把衣物翻了起来,咬在嘴里,乱嚼乱挥了一阵。隔了不多一会儿,这两头猪就不住地打起滚来,又过了一会儿,它们就像吃了毒药一般,倒在那堆衣服上死了。

　　活着的人们看到这类大大小小的惨事,不免异常害怕,自然也会生出种种怪念头来,到后来,几乎所有的人都采取了冷酷无情的手段:尽量躲开病人和病人用过的东西,以为这样一来自己的安全就可以保住了。

　　有些人认为,只要清心寡欲,过着节俭的生活,就可逃过这场瘟疫。于是,他们结伴来到没有病人的洁净的宅子住下来,完全同外界隔绝。他们吃着最精致的食品,喝着最好的葡萄酒,但总是尽力节制,决不过量。对外界的疾病和死亡的情形,他们也完全不闻不问,只是借音乐和其他形式的娱乐来消磨时光。

　　另外一些人则正好相反,他们认为,只有纵情欢乐,豪饮狂歌,尽量满足自己的一切欲望,对周围所发生的一切一笑了之,才是对付这场瘟疫的灵丹妙药。他们果真照着他们所说的去做,往往日以继夜地尽情纵饮,从这家酒店逛到那家酒店,甚至闯到别人家里,为所欲为。他们总是毫不费力就能这样行事,因为大家都是活了今天没有明天,也就顾不得什么财产不财产了,所以大多数的住宅也就成了公共财产,谁都可以闯进去,像自己家的一般占用。不过尽管如此,见了病人,他们却依然敬而远之,惟恐躲避不及。

　　浩劫当前,我们这座城里的法纪和圣规几乎荡然无存了,因为执法的官员和神父们也不能例外,他们也像普通人一样,病的病了,死的死了,手底下的人也没有了,任何职务也就无从执行。因此,每个人简直都可为所欲为。

　　另外也有好多人采取了介乎上述两种人之间的折衷态度,他们既不像第一种人那样严格节制,也不像第二种人那样大吃大喝,放荡不羁。他们也满足自己的欲望,但适可而止;他们不闭户不出,而是到外面走走,但有的手里拿着鲜花,有的拿着香草,有的拿着香料,不时放到鼻子下闻一闻,清一清神,认为这样就能消除那弥漫在空气中的病人、药物和尸体的臭气。

　　另外还有一些人,他们为了自身的安全,便抱着一种更离经的见解。他们说,要对抗瘟疫,最好的办法就是远走高飞。从这种观点出发,这些男男女女就只关心他们自己,其余的一切一概不管。他们抛下自己的城市、自己的家、自己的财产和亲人,尽量设法逃到别的地方,至少也要逃到佛罗伦萨的郊外,好像是天主鉴于人类为非作歹,一怒之下,降下惩罚,这惩罚只落在那些留在城里的人的头上,只要逃出城墙,也就逃避了这场灾难似的。或者是,凡是留在原地不动的人,他们的末日就到了,不久就会全部死绝。

人们的见解各不相同,却并没有个个都死,也并没有个个都逃出这场浩劫。正因各有见解,各地有不少这样的人,他们在健康时立下榜样,教人别去理会病人,后来到他们自己病倒时,自然也遭到人们的遗弃,没人看顾,就此一命归天。

就这样,城里的人们竟然你回避我,我躲开你,街坊邻舍,各不相顾,亲戚朋友,断绝往来。这场瘟疫使得男男女女个个人心惶惶,竟至于哥哥舍弃弟弟,叔伯舍弃侄儿,姐妹舍弃弟兄,甚至妻子舍弃丈夫也是常见的事。最令人伤心和难以置信的是,连父母都不肯看顾自己的子女,好像这子女不是他们所生所养似的。

因此,许许多多病倒的男男女女都没人看顾,偶然也有少数几个朋友出于慈悲,来给他们一些安慰,但这样的朋友实在为数甚少;偶然也会有些用人贪图高额工薪,肯来服侍病人,但也是为数极少,而且这些人多半是些粗鲁无知的男女,并不懂得看护,只会把病人要的东西递过去,此外就只会眼睁睁地看着病人死去。这些侍候病人的用人,因此在后来也大都送了命,白白赚了那么些钱。

就因为得了病之后,邻舍亲友不肯看顾,又找不到女用人,一种闻所未闻的风气流行开来。不管一个女人本来怎样如花似玉,怎样尊贵,一旦病倒,她就再也不计较雇用一个男人来当用人,也不管他是年老年少,都毫不在乎地解开衣裙,身体的任何部分都可裸露出来,只当对方是个女佣。她们这样做也是迫于病情,无可奈何。后来有些女人保全了性命,品性就不那么端庄了,这也许是原因之一。

就这样,得了瘟病的好多人丧了命,假如能得到好好的调理,有些人本来是可以得救的。瘟疫来势如此凶猛,病人又缺乏适当的看护,所以城里日日夜夜都有好多人死去,那情景听了都叫人觉得骇怕,更不用说亲眼所见了。就这样,在那些有幸活下来的人当中,风俗习惯也就变得与从前大不相同,这也是情势所迫,无可奈何。

向来的风俗是——现在也还可以看到,谁家要是死了人,亲友邻居家的女人都得来到死者家里,同死者家的女眷一起放声嚎哭,死者家门口的另一旁,是死者的男亲属和邻舍亲朋中的男人。随后神父来到,人数或多或少,要看死者的身份而定。棺材由死者的亲友抬着,送葬的人手里拿着蜡烛,大家唱着挽歌,一路非常热闹,一直抬到死者生前指定的教堂。由于瘟疫猖獗,这风俗要么完全废除,要么大部分废除,代之而起的是一种新风气。病人死了,不但没有女人们围着嚎哭,往往在断气的时候也没有一个人在场作证。难得有几个死者能赚到他的亲属的哀伤和眼泪,亲友们更不肯来,他们在及时行乐,在欢宴戏谑。女人们本来是富于同情心的,可是,为了自己的性命,竟不惜违背她们的本性,跟着这种风气走。

有十个八个邻居来送葬的死者真是为数极少,而来送葬的也决不是什么有名望有地位的公民,而是些不三不四的人,他们自称是掘墓人,其实,他们来干这一行当只是为了赚钱,讨到钱后,匆匆忙忙抬起尸体就走,而且不是送到死者生前指定的教堂,而是送到最近的教堂了事。他们的前面,是四五个神父,手里拿着几支蜡烛,有时甚至连一支蜡烛都没有。在那些掘墓人的配合之下,这些神父也懒得去找麻烦,只要看到有空的墓穴,就叫掘墓人把尸体扔进去,再也不去郑重其事地替死者举行什么落葬仪式了。

下层人,以至大部分的中层人,情形就更惨了。他们因为没有钱,或者是因为存着侥幸心理,多半留在家里,或者只在附近活动,不敢远走,就这样,每天病倒的也数以千计。病了之后,既得不到适当的调理,又没有任何东西可以补养,几乎全都死了,没有一个人能幸免。不论白天还是晚上,都有很多人倒毙街头。很多人死在家里,直到他们的尸体腐烂后发出了臭味,邻居们才知道他们已经死了。就这样,城里到处尸体纵横,活着的人要是能找到脚夫,就叫脚夫帮着,把尸体抬到门口,找不到脚夫,只好自己动手,他们这样做,并不是出于恻隐之心,而是惟恐腐烂的尸体威胁到他们的生存。有些人家能找到尸架,可将尸体装上抬走,找不到的,只好用木板把尸体抬走。

一个尸架上常常载着两三具尸体,往往都是夫妻两个,或者父子两个,

要么是两三个兄弟,一次被抬走。人们常常可以看到,两个神父拿着十字架走在前面,脚夫们抬着三四个尸架跟在后面。一个人死了,别人知道会有神父去给他安葬时,往往会抬来六七具尸体借光,有时甚至还要多。再也没有人为死者落泪,点起蜡烛为他送葬了。那时死了一个人,就像现在死了一只山羊,算不上一回事。本来,一个有教养的人,在人生的道路上偶尔遭遇到一些不如意的事,也很难学到忍耐的功夫,而现在,经过这场浩劫之后,就是最没有教养的人,对一切事情也都处之泰然了。

　　由于死人太多,所有的教堂里,每天,甚至每小时都有大批大批的尸体运来,教堂的坟地再也容纳不下了。有些人家仍想沿用古习,要求每个死者有一个墓地,这样一来,情况便更加严重。教堂的坟地全占满了,只好在周围掘一些又长又宽的深坑,把后来的尸体几百个几百个地葬下去,那情形很像船舱里堆的货物。这些尸体层层叠叠地堆集起来,中间只隔着薄薄的一层泥土,直到整个大坑装满之后,才用泥土封盖起来。

　　当时城里的种种凄惨景象也不必细说了,我只想再补充一点,当城里瘟疫横行的时候,郊外的乡镇和村庄也没有逃过这场浩劫,只不过灾情不像城里那么声势浩大罢了。可怜的穷苦农民们,住在偏僻的乡村,荒远的田野,一旦得病,既没有医生,也没有人看顾,随时倒毙在路上,在田里,或者死在家门口,无论白天还是晚上,都有人这样死去。他们死了,不像是死了一个人,倒像是死了一头牲畜。

　　城里的人们大难当前,扔下一切,只顾寻欢作乐,乡下的农民也是一样,自知死期已到,也不再想干活,碰到什么就吃什么,以前在田地牛羊身上下过多少心血,寄托过多少希望,现在再也顾不到了。这样一来,牛、驴、绵羊、山羊、鸡,甚至人类最忠诚的伴侣——狗,都被迫离开圈栏,在田里到处乱跑。田野间,庄稼黄了,早该收割了,早该打好收藏了,却没有一个人来过问一下。那些牲畜家禽,好像颇有灵性似的,白天在田里吃饱之后,一到晚上就自动回到圈栏,无需牧人来赶。

　　让我们再从乡间说回到城里来吧。其实,除了说天主对人类真是残酷到极点——也许人也有点儿太狠心了——还能怎么说呢?由于这场猛烈的瘟疫,由于健康人对病人的恐怖,不肯对病人进行照料,或者根本不闻不问,从3月到7月,佛罗伦萨城里死了十万多人。要不是这场瘟疫,谁能知道这座城里竟住着这么多人?

唉,多少雄伟的宫殿、华丽的大厦、漂亮的宅第,从前那可是达官贵妇出入如云,现在却十室九空,连个最卑微的仆从都找不到了!唉,多少显赫的家族、丰盈的家产、有名的产业,空留在那里,无人继承!多少英俊的男子、美丽的姑娘、活泼的青年,就是格伦、伊波克拉底或者伊斯克拉庇斯①也得说他们结实异常,可他们早晨还在同亲友们一起吃点心,十分高兴,到了夜里,已经到另一个世界同他们的祖先一起吃晚饭去了!

讲述这种悲惨的事,我自己也觉得十分心酸,所以不如就此打住,我想讲讲另外一件事。瘟疫如此猖獗,弄得佛罗伦萨城里居民相继死亡,活像一座空城。后来我从一个可靠的人那里听说,那是一个星期二的早晨,做过弥撒之后,圣玛丽娅·诺维拉大教堂里冷冷清清,只留下七个年轻女子,都穿着与这个年头相符的黑色丧服。七个人之间不是朋友就是邻居,甚至是亲戚。其中最大的不过二十八岁,年纪最轻的也有十八岁。七个人个个长得天仙一般,仪态优雅,又具有良好的教养,显然全都是出身高贵的女士。

她们的姓名本来我是可以告诉你们的,可是因为正当的理由,我这里就不讲了。这是因为,下面将要记下她们讲述的故事,以及她们讲的那些话,我不愿意将来有一天害得她们不好意思。现在的社会风气又严肃起来,不像当时那样放荡了,由于前面讲过的原因,当时不要说像她们这样年轻的姑娘,就连岁数大得多的女人,也沾染了那种风气。另外,我也不愿给那些专爱中伤别人的人留下口实,让他们借这个机会对几位女郎纯洁无垢的品德进行挑剔,破坏她们的名声。所以我便依着她们各人的性格,给每个人另起一合适的名字,要说合适,也只能说是多少那么一点儿罢了。这样做也是为了让读者搞清,是哪个在讲述故事,以免造成混乱。

年纪最大的一个,我叫她帕姆皮内娅,第二个叫菲亚梅塔,第三个是菲洛梅娜,第四个是埃米莉亚,第五个是劳蕾塔,接下来是内伊菲莱,最后一个名字最恰当,叫做埃丽莎②。

---

① 格伦和伊波克拉底是古代希腊名医,伊斯克拉庇斯是希腊神话中主医药的神。
② 埃丽莎是希腊神话中狄多娜的名字。狄多娜是迦太基女王,被埃涅阿斯所爱,后被抛弃。埃丽莎在本书中讲述了她不幸爱情的故事,因而说其名字最恰当。

她们那天见面,事先并没有约定,只是巧合。大家在教堂一角围成一圈,坐了下来,长吁短叹了一阵,也不再作祈祷,七嘴八舌地谈起当时的种种情形来。过了一会儿,大家沉默不语了,只听帕姆皮内娅说道:

"各位亲爱的女郎,我想你们一定像我一样,早就听说过,一个人做他本分的事是不会让人见怪的。世界上的每个人,尽力保护自己的生命原是天赋的权利,只要是为了保护自己的性命,甚至杀害一个与自己毫不相干的人,风俗人情也是容许的。如果维护公共利益的法律尚且能容忍这么严重的行为,那么我们为了保全自己的性命,采取与人无损的种种手段,当然也是可以容许的了!我一想到今天早上的情形,还有这些天来发生的事,再想到这些天里我们讲的那些话,我就知道,我想你们也一定明白,我们担心的无非就是我们的性命。对于这些,我倒并不觉得奇怪,使我感到奇怪的是,我们都是女人,女人都是提心吊胆地过日子的,我们这些女人为什么不想想办法,来摆脱这种忧愁呢!

"我认为,我们留在这里,至多也不过是看看又运来多少尸体落葬,或者听听修士们是不是还按时进来唱圣歌,或者以我们的丧服向来到这里的人显示一下我们遭到的不幸是多么大,惟此而已,别无其他。如果我们走出这座教堂,我们所看到的,无非是到处都抬着尸体或病人;要么就是,从前被放逐的罪人,现在在大街小巷大摇大摆地闲逛,他们再不把法律放在眼里,因为他们知道,那些执法的人不是死了就是病了;要么就是那些不三不四的人,他们自称是掘墓人,他们喝饱了我们的血,骑着马到处乱跑,嘴上还唱着下流的小调,来嘲笑我们的苦难。无论走到哪里,我们听到的只是,'某某人死了',或者是'某某人只剩一口气了'。要是一个人死了之后还会有人去哭他,那么我们在城里就只会听到一片哭声了。我不知道你们怎么样,我是全家人都死了,如果回到家里,偌大的一个门庭,只剩我和一个女用人,真让我毛骨悚然。在家里,无论是坐也好,站也好,总觉得死去的人的阴魂都到了我眼前,可他们的脸不是我熟悉的脸,模样儿都很可怕,我真不知道他们从哪里归来这样吓唬我。

"因此,不管是在这里,还是在外面,或者在家里,我总是心神不宁。尤其是,像我们一样有体力、有办法的人都走了,只剩我们这几个还在这里,想到这些我就更加难过。就真是还有一些人留在这儿,我也常听说,甚至是亲眼看到，他们不管是一个人，还是一群人，总是夜以继日地尽情吃喝玩乐，再也不去过问什么是非之分了。不仅平民百姓是这样，就连幽居在修道院里的修士，也认为别人能做的事，他们自然也能做，因此竟不顾清规戒律，也去追求起肉体的欢乐来。就这样，人们为了逃避这场灾祸，个个变得荒淫无度了。

"如果外界的情况分明已是如此，那我们还要留在这儿干什么呢？我们还在等什么？我们还梦想些什么？我们为什么不像别人那样立即着手替自己的安全着想呢？难道我们的性命就没有别人那样可贵？或者是我们自认为我们的体魄比别人强，根本用不到想办法来保护自己？我们错了，我们上当了。如果我们真的这样认为，那我们可就太糊涂了。只要我们想想，有多少青年男女在这场可怕的瘟疫中送了命，就该知道我的看法是多么千真万确了。

"因此，照我看来，无论是从厌烦这里的一切还是从自己的前途出发，都不该再留在这里冒这么大的风险，不知你们是不是同意我的看法。我认为，我们应该像那些已经逃走或者正在逃走的人那样，及早离开这座城池。不过，我们不能像那些逃避死难的人那样，也去过那种堕落的生活。我们每个人在乡间都有好几座别墅，我们应该到那里去，过着正正经经的清静生活，在那儿，我们可以由着自己的心意寻求欢乐，但不越出理性的范围。

"在乡下，我们可以听众鸟欢唱，可以观赏青山绿野，欣赏田畴伸展，麦浪起伏，以及种种花草树木。我们还可以眺望那辽阔的苍穹，尽管上天对我们这样严酷，可还是在我们眼前展示出它那永恒的美丽，那不知要比我们这座空城美丽多少倍呢。除了这些之外，那儿的空气也新鲜得多，在这样的季节，生命所需要的东西多得很，而烦恼却是很少，虽然乡下的农民也像城里的市民一样不断有人死去，但那里毕竟是屋少人稀，相比之下也就显得不那么太触目惊心了。

"再从另一方面来说，如果我看得不错的话，我们并没有抛弃任何人，倒是别人把我们扔下不管了，因为我们的亲戚不是死了，就是逃了，只留下我们形单影只地承担他们留下的苦难，好像我们根本就不是他们的亲人。

"因此，按我的话去做，根本不会受到什么非难，要是不按我的话去做，反而会遭到痛苦、麻烦，甚至是死亡。所以，如果大家愿意，就让我们带上必要的东西,带着我们的女佣,大家一起逃出城去,从这座别墅走到那座别墅,趁着这大好时光,好好享受一番。我想,这才是我们应该做的事。就这样,只要我们不死,总有一天我们会看到天主怎样收拾这次瘟疫。你们要记住一条,我们堂堂正正地出走,别的女人放荡不羁地活在城里,天主只会惩处她们而不是我们。"

女郎们听了帕姆皮内娅的这番话之后,不但众口一词地赞扬她的建议,而且竟迫不及待地讨论起实施的具体办法来,好像谈话一结束,她们一站起身来,就要马上出发似的。可是,菲洛梅娜是个十分谨慎细心的姑娘,因此说道:

"各位女郎,帕姆皮内娅刚才所说的一切确实不错,可是也不能像刚才大家说的那样,站起身来说走就走。你们要知道,我们都是女人,我们也都不是小姑娘,想必大家都知道女人们单独在一起时是怎么考虑问题的,女人要是没有男人的引导,势必不能一切按部就班。我们女人太善变、太任性、太多疑、太懦弱无能。因此我很担心,如果我们没有别人来引导,只由着我们,那么我们这些人很快就可能不欢而散,弄得大家脸上都无光彩。所以,我们还是应该先解决这个问题,然后再动身不迟。"

这时,埃丽莎说道:"是的,男人是女人的首领,没有男人们的安排,我们做什么事都难有圆满的结果。不过,我们怎么能找到这些男人呢?大家都知道,我们的亲属多半都死了,没有死的,也像我们刚才打算的那样,早已各自结伴,各奔东西,谁也不知道他们跑到哪里去了。随便找几个陌生人来参加,也不太妥当。因为我们要躲避生命危险,同时也要谨防流言蜚语,免得我们为了寻求欢乐和安宁,反而招来烦恼。"

就在这几位女郎正这样议论之时,三个年轻小伙走进教堂,不过,也不能说他们都很年轻,其中最小的一个也已二十五岁。尽管这年头不好,处处叫人提心吊胆,他们有的丧失了朋友,有的丧失了亲人,自己甚至也朝不保夕,可是,所有这一切都不能使他们的爱情有一丝半点儿的冷却,更不用说叫这爱情的火焰完全熄灭了。他们三人一个叫潘菲洛,第二位叫菲洛斯特拉托,最后一个叫迪奥内奥。这三个人的谈吐举止都非常可爱,很有教养。在灾难频仍的岁月里,他们想方设法想要见见自己的情人,这在他们就是莫大的欣慰了。事有凑巧,他们三个的情人就在这七位女郎之中,其余几位女郎当中也有几位跟他们有亲戚关系。

他们尚未走进教堂,几位女郎就看到了,帕姆皮内娅笑着说:

"你们看,咱们的运气有多好,这不是来了三个又英俊又有教养的青年来成全我们的愿望了吗?如果我们能收留他们,他们一定乐意做我们的向导和跟班的。"

内伊菲莱恰巧正被三个小伙中的一个爱着,听了这话,不禁羞得满脸通红,说道:

"帕姆皮内娅,看在老天面上,你说话也该多想一想呀!我很清楚,不管怎么说,他们三个人都是优秀的青年。我也相信,比这更重大的事他们也能担当,同时我也认为,别说请他们陪伴我们,就是请他们陪伴比我们漂亮高贵得多的小姐,他们也是非常合适而令人愉快的良友。可是,有一件事大家都知道,他们现在正爱着我们中间的几个人,要是让他们同我们在一起,尽管我们都是清白的,他们也没有责任,但我还是怕诽谤和流言依然不肯饶过我们。"

菲洛梅娜马上说:"这倒无关紧要,只要我们正正当当,随别人怎么说,我都问心无愧。天主和真理会保护我们的。要是他们肯加入我们的行列,那就真像帕姆皮内娅刚才所说,我们的运气真是太好了,这真是天意在成全我们。"

听了她的这番话,其他女郎个个沉默不语,大家一致赞成她的意见,说是应该上前招呼那三个青年,把她们的打算讲给他们听,问他们是不是愿意陪她们到乡下去。因此,帕姆皮内娅不再多说什么,站起身来,向那三个青年走去,原来她跟其中一人也有亲戚关系。

那三个青年正站在那里望着她们。帕姆皮内娅便微笑着同他们打过招呼,向他们说明了她们的意图,并且以全体姐妹的名义,请求他们本着兄弟般纯洁的友爱,陪她们一起到乡下去。

起初,那三个青年以为是在戏弄他们,后来见她说得极其郑重,也就打消了疑虑,愉快地答应下来,而且还表示愿意及早出发,说是为了快些成行,大家都该立刻着手准备。

第二天,也就是礼拜三,该带的东西全部筹备齐全,要去的地方也已派人去通知。七个女郎各自带着自己的女佣,三个青年也带上自己的男仆,在

晨光熹微中离开城池,走了不满两公里,就来到了预定逗留的地方。

这座别墅建在一座小山上,同四周的各条大路都保持着一定的距离。别墅周围尽是各种花草树木,一片葱绿,景色宜人。主要建筑物就在山头,正中是个很大的庭院,周围是环廊。客厅和卧室布置得十分雅致,墙上是鲜艳的图画,十分动人。四周的草坪非常漂亮,各处的花园也都一样美丽。宅内还有清凉的泉水井,地窖里藏着各色美酒,不过,这是那些善饮之徒最感兴趣的,那些端庄的女郎们则不甚关心。整个别墅已经打扫得干干净净,卧室的床铺已经安排就绪,每个房间里都摆着时令鲜花,地板上铺着灯芯草。大家来到之后,看了这一切,都非常高兴。

大伙儿刚一坐定,就开始谈论起来。迪奥内奥是最乐观风趣、最活跃的年轻人,因此,他首先说道:

"各位女郎,多亏了你们出的巧妙的主意,我们才来到这里,所以得感谢你们的引导。我不知道你们想怎样排愁解闷,至于我呢,我刚才跟你们一起动身的时候,已经把我的忧思丢到城里去了。所以,我请求你们同我一起纵情欢笑歌唱,当然,以不失你们的端庄为限。否则,你们还是放我回到苦难的城里去,重新在悲苦中生活吧。"

听了这些,帕姆皮内娅似乎也已把她的愁苦统统抛掉了,高高兴兴地回答道:"迪奥内奥,你讲得太好了,让我们尽情欢乐吧,我们从苦难中逃出来,就正是为了这个。不过,凡事如果没有个规章制度,就不会长久。我首先创议让大家集合在一起,也希望让我们的欢乐能够长久持续下去,所以,我想我们有必要推选一个领袖,大家都应该尊重他、服从他,而他呢,他得专心筹划怎么样让我们过得更快活。为了让每个人都能体会这领袖的责任和光荣,也为了消除彼此之间因这一责任和光荣而造成的妒忌,我想,最好把这份操劳和光荣每天授给一个人。第一天的首领先由大家一起公推,以后的领袖,则在每天晚祷时分,由当天任首领的他或她指定下一天的继任人,以后就这样继续下去。在各人主持的期间,由他或她决定我们取乐的地点和取乐的方法。"

帕姆皮内娅的这番话使大家都感到高兴,众人异口同声地推举她当第一天的女王。菲洛梅娜马上跑到一棵月桂树下,摘下几枝细枝嫩叶,编成一个美丽的桂冠,因为她常听人说,桂冠会给人带来光荣和尊敬。她把桂冠戴到帕姆皮内娅头上,从今以后,当大家在一起时,这桂冠就是统治权的象征,戴上它就可以管理其余的人。

帕姆皮内娅接受公意,做了女王,就命令大家静下来,并吩咐把他们带来的三个男仆和四个女佣叫来。等大家静下来后,她才说道:

"咱们这样吧,我先树立个榜样,以后在你们的任期内,你们一定能做得更好。这样,大家就可以逍遥自在,一切都有条有理,不失规范,我们这样的生活要维持多久就能维持多久。我委任迪奥内奥的男仆帕尔梅诺做我的总管,住宅的一切起居事务都由他负责,特别是餐厅的一切事务。潘菲洛的男仆西里斯科担任财务和采买工作,帕尔梅诺有什么吩咐,由他去完成。菲洛斯特拉托的男仆廷达罗除了负责他主人的住宅事务之外,还要管理另外两位男士的内务,在他照顾不过来时,别的人也可以去帮一手。我的女仆米西娅和菲洛梅娜的女仆莉奇斯卡负责厨房里的工作,一直负责到底,帕尔梅诺吩咐过后,由她们两人悉心烹调。劳蕾塔的女仆基梅拉、菲亚梅塔的女仆斯特拉蒂莉娅在小姐们的房里侍候,还要把我们想去的地方事先打扫干净。我还要叮嘱大家一句,你们如果想讨我们的欢心,那么不管你们哪个人到哪儿去,从哪儿回来,听到些什么,看到些什么,只许把外面的好消息带回来。"

她的这些命令大家都一致赞成。吩咐完毕,她就高兴地站起来,对大家说:"这里有的是花园、草地和赏心悦目的地方,大家可以随意漫游一会儿,到了打晨祷钟的时候都回到这里,趁天气还不太热,大家一起吃早饭。"

这些快乐的青年男女,得了女王的许可,就在花园里缓步而行,有说有笑,头上戴着花环,嘴里唱着情歌。到了女王指定的时刻,大家都回到屋里,帕尔梅诺已经尽心尽力地把一切安排妥当。大家来到一楼的餐厅,看到桌上铺着雪白的台布,杯子闪着亮光,活像银杯,处处摆着金雀枝的花朵。大家按照女王的吩咐,都洗了手,依着总管排定的坐次坐下。精美的菜肴端了上来,美酒也送到面前,三个仆人站在桌边悄悄侍候。一切安排得这样周到,这样完好,大家都非常高兴,席间无不谈笑风生。

这些青年男女都会跳舞,有几位还善于弹琴唱歌,饭后撤去桌子之后,女王吩咐会弹琴的把乐器拿来。迪奥内奥听了女王的命令,拿来一个琵琶,菲亚梅塔拿来一只六弦琴,两人合奏起一支美妙的乐曲来。女王吩咐仆人去吃饭,她与小伙子和女郎们跳起慢步舞来。舞罢,又唱了好多支轻快活泼

的歌曲。

这天上午,大家玩得兴高采烈,直到女王认为该是午睡的时候了,这才宣布停止。得了女王的命令,三个青年和女郎们各自回到自己房内。他们的房子是分开的,床铺都收拾得整整齐齐,而且也像餐厅那样,摆放着许多鲜花。青年们回房后即解衣入睡,女郎们也是一样。

午后钟敲过不久,女王首先起床,把其余的女郎也唤醒,又吩咐把三个青年也叫起来,说是白天睡得过多有碍健康。大家来到一块大草地上,那儿绿草如茵,丛林遮住阳光,微风习习。女王叫大家席地而坐,围成一圈,于是说道:

"你们瞧,红日当空,暑气逼人,除了橄榄树上的蝉鸣,别无其他声息。如果这时候外出玩耍,实在太蠢。这里又美又凉快,你们瞧,这里还有棋子和骰子,可以供大家随意玩乐。不过,依我看,还是不要下棋掷骰子为好,因为搞这些玩意儿,总有输有赢,免不了有一方精神上感到懊丧,而对方和旁观的人却并不会因而感到有多大的快乐。还是让我们来讲故事吧,一个人讲,其他人听,大家都能得到快乐,这样,一天中最炎热的时候也就过去了。等大家每人讲完一个故事,太阳就要落山了,暑气也退了,那时我们爱到哪儿就可以到哪儿玩了。要是我这个建议大家喜欢,我也愿意按大家的意愿办,那就让我们来讲故事,要是大家不喜欢,那我也不勉强,大家就随意活动,到晚祷的时候再见。"

无论是女郎还是青年,大家都赞成讲故事。

"那好吧,"女王说道,"既然大家都喜欢,在这第一天,大家可以自由,每人就随意讲个心爱的故事,题目不限。"

女王回头看着坐在她右边的潘菲洛,微笑着请他讲个故事,给大家带个头。潘菲洛听了吩咐,立刻开始讲他的故事,大家聚精会神地听着。

## 第一则故事

> 切帕雷洛在临终时编造了一篇假忏悔,把神父骗得深信不疑;虽然他生前无恶不作,死后却给当做圣徒,被尊为"圣切帕雷洛"。

亲爱的女郎们,人无论做什么事,都应当以伟大神圣的造物主的名字作为开端。既然我第一个开始讲故事,我就打算拣一件天主的奇迹先讲,大家听了,好对永恒不变的我主的信心更加坚定,永远赞美他。

大家都知道,世间万物,原都是匆促短暂、生死无常,人在其间,都要遭受里里外外的种种困厄、苦恼,忍受无穷的灾祸,我们既生活在天地万物之间,又是其间的一分子,实在软弱无力,既无力抵御外界的侵害,也忍受不了各种折磨,没有一个不出错受苦的,好在大恩大德的天主赐给了我们力量和智慧。

可是千万不要认为,这恩宠是因我们的功德而得来的,这全凭了天主的慈悲和诸圣的祈祷。

那些圣徒们当初也是凡夫俗子,跟我们没有什么两样,但他们在世时一刻都不忘主的意旨,因此得到了永生,在天上受到祝福。我们在祷告之中就是向这些圣徒倾诉我们的切身要求,而不敢直接向那最高的审判者陈述自己的私愿,因为这些圣徒有自身的经验,洞悉人性的弱点,我们只好祈求他

们转达上苍。

我们凡人的俗眼虽无从窥测神旨的奥秘,但确信天主的慈悲是广大无边的。有时,我们凡人受了欺蒙,会错找那永远遭受放逐、再不能觐见圣座的人来转达祈祷,天主可是不会受欺蒙的。虽然这样,天主还是鉴于祈祷者的真心诚意,宽容了他的愚昧,不计较那被放逐者的深重罪孽,依旧垂听那错把罪徒当作天主座前圣徒的人的祷告。这一点在我要讲的这个故事中显得清清楚楚。我这里说的"清清楚楚",并不是说天主的判断,而是说的我们凡夫俗子所认为的那些东西。

从前,法国有个大商人,名叫穆夏托·弗兰泽西①,因为有钱有势,所以成了骑士。那时,国王的弟弟卡洛·森扎泰拉②被教皇博尼法乔召见,要到托斯卡纳③去,便叫这位原籍托斯卡纳的人陪同前往。他像一般商人那样,临到起程时才发现还有好多事需要处理,而且这些事分散在各处,来不及马上办妥,便想把这些事托付给别人。想不到一应大小事务都找到了合适的人,却有一件一时找不到可以信赖的人。原来,他放给勃艮第人好多债务,现在一时找不到可信的人去催收。他的犹豫不决原是有原因的,他知道,这班勃艮第人都泼辣得要命,既不讲信用,又不讲道理,一时想不起一个精明干练的人,可以对付得了这些勃艮第人,而且这个人还得可靠才行。

他想了很久,终于想起一个人来,名叫切帕雷洛·达普拉托。在巴黎,这个身材矮小、衣饰华丽的人经常出入他的宅第。这法国人不知道他的名字是"小木桩"的意思,反以为是"小冠"的意思,即法语里的"花冠",又看他个子矮小,就"夏泼莱托④""夏泼莱托"地叫开了。

说起这位夏泼莱托的一生,可真叫人不寒而栗。他是个公证人,可他的拿手好戏是编造假文书,如果真写了一份绝无弊端的真文书,那反而使他羞愧得无地自容,因此,他的文书是真的少,假的多,而且他并不要你出多少钱

---

① 弗兰泽西为意大利人,移居法国,颇得国王宠爱,取得买卖专利,成为巨富。
② 森扎泰拉即美男子腓力(1268—1314),历史上确有其人。
③ 意大利中部一地区。
④ 此人名为 CEPARELLO,法国人以为是 CAPELLO(意即"小冠",法语里也是"花冠"之意),CAPELLO 是表示小的意思,他个子小,即变成了法语的 CIAPELLETTO,也是表示小的意思,音译为"夏泼莱托"。

去求他,而是宁肯将假文书奉送给你。给人提供假证,那是他最高兴不过的事,你求他也好,不求他也好,他总不肯放过这样的机会。那时,法国人对于发誓作证可十分看重,不敢胡来。可是每逢他出庭,他总是对天发誓,不过提供的却是假证,每次总是靠这样无赖的手段胜诉。

他还喜欢在朋友和亲戚们中间挑拨离间,不仅是喜欢,而且是实实在在地挑是生非,传播流言蜚语,散布秘事丑闻,传播仇恨,乱子闹得越大,他就越是高兴。凡有人求他谋害人命,或是干其他坏事,他总是满口答应,从不推辞,而且卖力去干,屡屡得手,亲手杀人,是他的乐趣。对于天主和诸位圣徒,他是一味亵渎,哪怕为了一点儿小事,他也会暴跳如雷。教堂他从未进过,提到圣礼圣餐时,他总是使用最难听的字眼,好像讲的是不值一提的东西;相反地,酒店和下流场所,他却非常喜欢,经常光顾。他离不开女人,就像恶狗少不了棍子一般。总之,再也没有一个人比他更坏了。他杀人越货时心安理得,就像修士向天主奉献牺牲一般。他贪吃酗酒,有时甚至把自己的身子糟蹋坏了也在所不惜。他又是个臭名远扬的赌棍,而且专门大做手脚,坑骗别人钱财。

我何必还要多费唇舌呢,反正他是自古以来世上难找的最大的坏蛋了。总之,在很长一段时期里,他凭他的奸诈维护穆夏托的权势和地位,而穆夏托反过来又依仗自己的权势庇护他,不止一次地把他从受害人的手里、从法律的惩处中拯救出来。

总之是穆夏托想起这个夏泼莱托来,这个人的历史全在他肚里,他对他是了如指掌,要对付狡黠的勃艮第人非他莫属。因此,他派人把他叫来,对他说道:

"夏泼莱托先生,你知道,我得离开一段时间,还有些事没有了结,其中一件就是同勃艮第人的事,这些人刁钻狡猾,我得把借给他们的款子收回来,我看再没有第二个人比你更合适了。你眼前也无事可干,要是你愿意去的话,我给你向朝廷讨一份许可证,收回账来之后,你可以从中提取一定的份额,算是给你的酬劳。"

夏泼莱托这时正无事可做,手头又拮据,如果一向支持庇护他的这位朋友一走,情况将会更加困难,于是便不加考虑,一口答应下来,说是非常愿意前往办理。

两人谈妥之后,夏泼莱托便带着委托书和皇家的证明文书来到勃艮第地区,穆夏托也启程去办他的事了。在勃艮第,几乎没有一个人认识夏泼莱托,他倒一反平时的本性,收账时温和宽厚,行动检点,颇尽本分,好像要把他那套邪恶的手段统统藏起,到了最后再拿出来。

他寄居在两个佛罗伦萨人家里,这是两兄弟,在这一带放高利贷。他们看他是穆夏托派来的,也就对他十分优待。想不到他竟在这里病倒了。兄弟两个很快给他请来大夫,叫来仆役侍候,想尽一切办法,使他得以康复。

可是一切帮助都不见效。这个人本来就有一大把年纪了,平时又荒淫无度,这次便病入膏肓了。他的病情一天比一天严重,最后,大夫们说,他这是不治之症,看来没救了。这可急坏了两个兄弟。一天,兄弟两个在夏泼莱托隔壁的一个房间里商量该怎么办,一个对另一个说:

"对这个人,我们可怎么办才好呢?这件事可真不好办呀。要说把这么重的病人赶出我们这个家,情理上实在说不过去,定会受人指责。起初,大家见我们把他接进家来,后来又给他延医服药,各个方面周周到到,现在人快要死了,决不会再做出什么有害于我们的事了,却忽然看到我们把他给赶出去了,这有点儿说不过去。另一方面,他平生就是个邪恶之徒,决不肯忏悔认罪,接受教会的圣礼;一旦死了,这不曾忏悔之人,他的尸体没有一个教堂肯收留,只能像死狗一般被扔到随便哪条沟里。反过来说,就算他忏悔认罪吧,他的罪行那么多,罪孽那么重,下场还是一样,因为没有一个神父或是修士肯赦他的罪,只要没人肯赦他的罪孽,他的尸体还是只能扔到沟渠里。要是出了这样的事,这里的人平时就恨我们干这一行的,整天骂我们是不义之徒,骂我们不公道,到时就会抓住机会,一窝蜂冲进来抢劫我们的财物,嘴里还会高喊起来:'这班伦巴第①的恶狗,连教堂都不肯收容,快快滚蛋吧!'他们这样冲进来,不但抢劫我们的财物,恐怕还会要我们的性命,所以,不管情况如何,他只要一死,我们就倒了大霉了。"

刚才说过,夏泼莱托就在隔壁,像通常一样,病中的听觉反而特别敏锐,所以兄弟俩说的一番话,他全都听到了。他把弟兄两人请到自己房间,对他们这样说:

---

① 伦巴第为意大利北部一地区,据说人们善于理财,首府为米兰。

24

"请你们不用顾虑,不必害怕,不必担心我会连累你们。刚才你们说我的那些话,我全都听到了。要是事情像你们预计的那样发展,我敢肯定,结果会和你们说的一样。可是,事情不会那样发展。我这一生的行事,总是违背天主的意愿,一生不知造了多少罪孽,现在我的阳寿不多了,再造一次孽也无所谓了,多一次少一次反正一样。因此,请你们给我找一个最虔诚、最有德性的神父来,一定要是你们所能找到的最好的神父,只要世上真有这样的神父,你们就给我请来。其余的事由我来办,我自有办法把我的事情和你们的事情统统都办得周周到到,让你们感到称心。"

这兄弟两人虽然不抱多大希望,还是来到一座修道院里,说是家里有一个伦巴第人快要断气了,要请一位最圣洁而又有学问的圣徒来听临终忏悔。修道院便派了一个非常圣洁、很有学问、精通《圣经》、当地所有居民都十分敬重的老修士跟他们同去。

修士来到夏泼莱托的房间,在床边坐下,先温和地说了几句安慰病人的话,接着又问他,上一次忏悔到现在有多长时间了。夏泼莱托本来一生一世都不曾忏悔过,却回答说:

"圣父,我的习惯是,每星期忏悔一次,有时远不止一次。自从病了之后,已经有八天没有忏悔了,这是真情,病魔折磨得我好苦啊!"

修士就说:"我的孩子,你这样做很好,今后,世上的人都这样做才对。既然你常作忏悔,现在也就无需我多问多听了。"

夏泼莱托马上说:"尊敬的修士,请不要这样说。尽管我经常忏悔,一生不知忏悔了多少次,我还是时时渴望来一次总忏悔,把我所记得的、从我出生到现在作忏悔之时所造的罪孽全都原原本本地吐露出来。因此,我的好圣父,请您还是详详细细地考问我吧,就像我从来不曾忏悔过一次似的,也不要因为我躺在病床上就宽容了我。我宁可牺牲自己肉体的舒适,也不愿让我的灵魂沉沦在罪恶的深渊之中,我这灵魂可是救世主用他那宝贵的鲜血赎回来的。"

这番话使那位圣徒大为高兴,认为这就是这个病人心地善良的明证,着实把夏泼莱托称赞了一番,接着开始问他,可跟什么女人犯过奸淫之罪。夏泼莱托叹了一口气,回答说:

"唉,我的圣父,关于这种事,我真不好意思说真话,怕的是我这样说会

犯自夸罪。"

对此,那位圣洁的修士说道:"尽管说好了,只要说的是真情,不管是在忏悔的时候,还是在别的场合,是决不会犯罪的。"

"既然是这样,"夏泼莱托便回答说,"我就放心了。我要向您说的是,我还是个童身呢,就像我刚出娘胎时那样清白!"

"啊,愿天主赐福给你!"修士嚷道,"你这品德实在太好了!你这样做最值得赞扬,因为你是自愿这样做的,同我们不一样,同别人也不一样,我们这样做都是受了清规戒律的约束,是被迫的。"

弄清这一点之后,这位圣徒又问,病人可曾冒着天主的不悦而犯过贪嘴罪。

对此,夏泼莱托连声叹着气说,这样的罪确实犯过,也不知犯了多少次。正因为这个,他除了像别的信徒那样年年遵守着四旬斋①的禁食外,每个星期还至少斋戒三天,只吃些面包,喝点儿清水,喝起水来便放开肚子大喝,喝得津津有味,就跟酒徒喝酒时一模一样,尤其是祈祷累了,或者前往朝圣途中走累的时候。有好多次他真想尝尝妇女们拌的那种生菜,也就是女人们到乡下去时吃的那种生菜;有时候,吃东西会使他感到非常高兴,那对于像他这样虔诚地时常斋戒的人来说,实在是太不应该了。

听了这些,修士说道:"我的孩子,这些过失也是人之常情,算不上太大的过失,你也不必过于责备自己的良心,适可而止。每个人都是这样,不管他是多么虔诚,在长期斋戒之后进食,在疲乏劳累之际喝水,都是会大吃大喝的。"

"啊,我的圣父,"夏泼莱托说,"快别拿这些话来安慰我,您知道,我并非不明白,凡是侍奉天主的事,都要真心诚意地去做,心灵之中存不得半点芥蒂,否则就是犯罪。"

修士听了大为高兴,就回他道:"你心里这样想,真让我高兴,我禁不住要赞美你那纯洁善良的心地。可是告诉我,你有没有犯过贪婪罪?比如,追求不义之财,或是占有你不该占有的财物。"

"我的圣父,"夏泼莱托回答说,"请不要看我住在高利贷者家里就怀疑

---

① 四旬斋,复活节前四十日内的斋戒,纪念当初基督在荒野里禁食的事迹。

我，我和他们是没有瓜葛的。倒是相反，我到这里来，本来是为了劝告他们，要他们洗心革面，从此再别干这重利盘剥的勾当。我相信，要是天主不就此把我召去，我是可以做到这一点的。您还应该知道，我的父亲是很有钱的，他老人家去世之后，给我留下一大笔财产，其中的一大半我都施舍给了别人。为了维持我自己的生计，也为了继续周济穷苦人，我做了一点小本生意，想赚取一点利润，可我总是把赚来的钱一分为二，一半留给自己需用，另一半送给穷苦无告、信奉天主的人们。蒙天主的恩典，我干得一帆风顺，生意兴旺发达。"

"你这样做很好。"修士说，"不过，你是不是常常容易动怒呢？"

"噢，"夏泼莱托说，"您说的这一点我倒是常有的！谁能看着人们整天为非作歹，不把天主的戒律和审判放在心上而耐得住一腔怒火呢？我一天里有好几次宁可离开这个世界，也不愿活着眼睁睁地看着青年们追逐虚荣，诅天咒地发假誓，成天在酒店进进出出，却从不跨进教堂一步，只知道朝着世俗的路去走，却不肯追随天主的光明大道。"

于是修士说道："我的孩子，这是正义的愤怒，我不能让你把这当做罪恶忏悔。不过，你有没有因一时愤怒而杀人、伤人、污辱人，或者委屈了别人呢？"

对此，夏泼莱托回答说："唉，我的圣父，看您是个天主的弟子，怎么也会讲出这种话来？像您说的种种罪恶，别说真的做了出来，就是心里有那么一点点念头，您想天主还能这样一直容忍我活到今天吗？那些都是强盗歹徒们的行径，那样的人我只要一见到，总是对他们说：'去吧，愿天主感化你们。'"

"愿天主降福于你！"修士说，"我的孩子，现在你告诉我，你有没有作过假证来陷害人，有没有诋毁过他人，有没有侵占过他人的东西？"

"唉，我的圣父，这样的事当然有过。"夏泼莱托回答说，"我诽谤过别人。我从前有个邻居，总是无缘无故地打他的妻子，犯了世上最大的罪，我看不过，有一天去告诉了她的娘家人，说他如何如何不好，那是因为我太可怜那个女人了，要知道，她的丈夫喝醉了酒，打起人来天晓得有多么凶狠。"

于是修士又问："你说你是个商人，你有没有像一般商人那样坑骗过别人呢？"

"当然有过。"夏泼莱托回答道,"确实有过,可我不知道那吃亏的人是谁。他赊了我的布去,后来来还钱,我连数也没有数,就顺手把钱扔进钱箱。过了一个月,我拿出钱箱的钱一数,多出4文钱来。我就把这笔钱另外放开,好物归原主,可是等了一年多,也没见他来,只好把这笔钱施舍给了穷人。"

修士说:"这是一件小事,你处理得也很适当。"

于是修士又提了另外一些问题,夏泼莱托都是用这种方式一一作了回答。在修士正要作赦罪礼的时候,夏泼莱托却大声嚷道:

"我的圣父,我还有一件罪恶不曾向您忏悔呢。"

修士忙问他是什么事,他就说道:"我记得,那是一个礼拜六,下午3点之后,我的女仆在给我打扫房间。我应该尊重我主的圣安息日①,而我却在她身上没有做到。"

"噢,我的孩子,"修士说,"那是一件小事。"

"不,"夏泼莱托忙说,"您可不要说那是小事,圣安息日那可是应该尊重的日子,可我却那样做了,那足以毁掉我主的性命。"

修士又问:"你还有没有别的罪过?"

"有的,我的圣父。"夏泼莱托回答说,"有一次,我自己也不知道是怎么回事,竟在天主的教堂里吐了口水。"

那修士笑起来,说道:"这样的事不必放在心上,我的孩子。我们这些修士天天都在那里吐口水呢。"

夏泼莱托说道:"那你们就太不应该了,那可是向我主祭献的地方,应该像圣地一样保持清洁才对。"

总之,诸如此类的事,他讲了好多。最后唉声叹气起来,接着又放声大哭,恰像那种想怎么哭就怎么哭的人一样,声泪俱下地哭个不停。那圣洁的修士慌忙问道:"我的孩子,你这是怎么啦?"

"唉,我的圣父呀,"夏泼莱托回答道,"我还有一件罪恶从来不曾忏悔过,我真不好意思开口啊,每当想起这件事,我就哭得像您所看见的那副样子,我觉得,天主是永远不会宽恕我的这一件罪恶的。"

---

① 复活节前的礼拜六。

那修士说道:"好了,孩子,你说的这究竟是一回什么事呢?哪怕世间所有人的罪恶,或者直到世界末日的罪恶,全都集中到惟一的一个人身上,只要他能痛改前非,像我看到你的这副光景,那么天主的仁爱和恩德就是无边无际的,只要忏悔了,天主便愿意赦免他。所以,你尽管放心地对我说吧。"

夏泼莱托依然痛哭流涕,边哭边说:"唉,我的圣父,我的罪孽太重,除非您帮助我,您的祷告感动了上帝,我是怎么也不敢相信我主会赦免我的。"

修士说道:"你放心地讲吧,我答应,一定为你祷告。"

夏泼莱托只是哭,不肯说,修士仍在催促他讲出来。修士劝了半天,夏泼莱托才深深叹了一口气说:

"我的圣父,您既然答应为我祷告,那我就向您说了吧。您知道,小时候我有一次骂了我的妈妈。"说完后,他又嚎啕大哭起来。

"嘿,我的孩子,"那修士说,"你把这看成这么重的罪孽吗?唉,不知多少人天天诅咒天主,可是,只要这些亵渎天主的人一旦忏悔,主就会宽恕他们。你以为我主真的为这么点事而不宽恕你吗?别哭了,宽心吧,你能这样痛切地忏悔,这我已经看得清清楚楚了,就算是你把耶稣钉到了十字架上,也一定能得到主的赦免的。"

"唉,我的圣父,您说的这是什么话呀?"夏泼莱托说,"我那可爱的妈妈,十月怀胎,我那时可是日夜不离她的身啊!生下来之后,她老人家千百次地抱着我,那可真是不容易啊!我竟然诅咒她老人家,那可真是罪大恶极啊。要是您不替我在天主面前祷告,我就永远得不到赦免了。"

修士看到夏泼莱托再没什么忏悔了,就给他行了赦罪礼,为他祝了福,以为他说的句句是真,把他看成了世界上最虔诚的人。看到一个临死的人说得这么恳切,谁能不这样认为呢?仪式之后,修士又对他说:

"夏泼莱托先生,靠着天主的帮助,你会恢复健康的;但是,如果天主要把你那圣洁善良的灵魂召到他的身边,你愿意让你的遗体安葬在我们修道院吗?"

"当然愿意,我的圣父。"夏泼莱托回答说,"而且,我不愿葬到别的场所,因为您已答应代我向天主祷告。再说,我对于你们的教派本来就怀着特别的崇敬之情。所以我求您回去之后,就把你们每天早上供奉在圣坛上的我主的真身①送到我这里来,因为我虽然不配有这光荣,但我还是愿意得到您的允许,领受圣餐,此后再行临终涂油礼。这样,我活着的时候虽然是个有罪孽的人,但至少死得像个基督徒。"

那善良的修士说,他讲得非常好,让他听了感到非常高兴,并且答应立即把圣餐给他送来。后来,他果然把圣餐送来了。

再说那兄弟俩,本来对夏泼莱托就很不放心,怕他欺骗他们,所以就躲在另一间屋子里,隔着一层壁板偷听,夏泼莱托向修士说的话,他们句句都听到了。有好几次,他们差点儿忍不住笑出来。他们听了夏泼莱托向修士讲的那些不着边际的事,觉得真让人喷饭,他们私下里说:

"这个人可真有一套,衰老也罢,疾病也罢,都奈何不了他,他也不怕死亡就在眼前,马上就要到天主面前接受审判,却依然在玩弄他的刁钻伎俩,死到临头还是像活着时那样刁钻,这是个什么人呢?"但是,他们看到,修士已答应把他埋到教堂,其余的事他们也就懒得去多管了。

夏泼莱托受了圣礼,病况愈来愈重,看来是没救了,那修士给他施了涂油礼。就在他作了这次漂亮的忏悔的当天,傍晚时分,他便断了气。那兄弟俩拿着夏泼莱托的钱,替他郑重其事地办理丧事,还派人到修道院,请修士们按习俗当晚来给他作夜祷,第二天一早把尸体运走,一切该办的事宜全部好好办妥。

那听取他忏悔的圣洁修士听了报丧之后,便向修道院长禀报,然后打钟将全体修士召集到一起。这位修士告诉大家,他听了夏泼莱托的忏悔,从他的忏悔来看,这可是一位圣洁的正人君子。他希望,天主将通过这位君子而显示许多奇迹。他劝告大家应当怀着尊敬和虔诚去迎接他的遗体。经他这么一说,院长和众修士都信以为真,一致同意照办。

那天晚上,全体修士来到停放夏泼莱托尸体的地方,为他举行了庄严盛大的夜祷。第二天早上,修士们个个都穿戴起法衣法袍,手里拿着《圣经》,胸前挂着十字架,唱着圣歌,来到他的尸体边,又以隆重庄严的仪式,将他的尸体迎到教堂,全城的男男女女紧随其后,好不热闹。等遗体到了教堂,那听了死者忏悔的圣洁的修士登上法坛,把死者的斋戒、童贞、清白、圣洁和他

---

① 指圣餐礼中的面包,"我主的血"则是指葡萄酒,领圣餐即是吃一片面包。

的一生美德大大颂扬了一番,特别讲到了这位夏泼莱托如何痛哭流涕地向他忏悔自以为是最深重的罪孽,他如何好不容易才让这好人相信,天主会宽恕他。由此他又谈到了正在听讲的大众,说道:

"可是你们,主所不容的人呀,连脚下绊根草绳都要诅咒天主、圣母和天上的诸圣!"

除此之外,这位修士还讲了夏泼莱托的好多事,什么他的忠诚、他的圣洁。总之,听众相信了他的话,深深地受到感动,仪式一完,都拥上前来,争先恐后地亲吻死者的手脚,把他的衣裤扯个粉碎,哪怕是只抢到那么一小块碎片,也觉得是有了洪福。结果只得把他的尸体整天停放在那里,好让众人瞻仰他的遗容。到了夜里,才将尸体庄重地放入小教堂里的一个大理石棺材。第二天,人们立即络绎不绝地赶来,点起蜡烛,向他祈祷许愿,还愿时就在他的神龛前挂了许多蜡像。

他的圣名越传越远,人们对他的虔敬与日俱增,甚至凡遇到灾病的都来向他祈求,再也记不起还有其他圣徒可求。人们都称他为"圣夏泼莱托",大家都说,很多奇迹天主都是假他的手显示的,只要诚心诚意地求他,一定能出现奇迹。

切帕雷洛·达普拉托先生就是这样活着,这样死去,这样成了圣徒,大家已经听得清清楚楚。我并不想说这不可能,他在天主面前蒙受祝福是可能的,他虽然一生作恶多端,但在临死的一刻可能良心发现,痛改前非,天主就会宽恕他,把他收进天国。但是,这都是我们无法知道的事。从显而易见的常理来看,我要说,这样一个人物只能打入地狱,落到魔鬼们的手里,而不应该进入天堂。如果是这样,我们就可以知道天主给我们的恩惠是多么深厚了。天主不计较我们的过错,只看我们的真心诚意,尽管我们把他的仇人当做转达我们心愿的代祷人——因为我们认为他是天主的友人,天主照样垂听我们的祈祷,就像我们所选的代祷人是个真正的圣徒一样。我们靠了天主的恩惠,才能像眼前这样快乐地结伴相处,安然渡过这次灾难。让我们来赞美天主吧,我们本来就是以赞美他的名义开始讲故事的。让我们来崇拜他吧,当我们有什么需要的时候,向他虔诚地祈求吧,他一定会听取我们的祷告。

潘菲洛结束了他的故事,沉默不语了。

## 第二则故事

一个叫亚伯拉罕的犹太人,听了好友贾诺托·迪奇维尼的话,来到罗马教廷,他目睹了教会的腐败,回到巴黎之后,却改奉了天主教。

潘菲洛的故事让女郎们听得津津有味,有些地方还逗得大家笑了起来。等他讲完之后,女王便吩咐坐在他身边的内伊菲莱接下去讲一个。内伊菲莱不但模样长得好,而且一举一动也温柔庄重,听了女王的命令,自然高高兴兴地接受下来,开始讲道:

潘菲洛以他的故事告诉我们,宽厚仁慈的天主并不计较我们的过失,只要这过失是由于我们力所不能及的原因造成的。现在,我想向你们讲讲天主如何以同样的宽厚仁慈,容忍了那班人的罪恶,这些人本来应该以其语言和行动来宣扬天主的恩典,他们却反其道而行之;不但如此,天主还让这班人的罪恶暴露出来,借以证明他拥有颠扑不破的真理,好叫我们更加坚定不移地信仰他。

亲爱的女郎们,我听人说,从前巴黎有个大商人,名叫贾诺托·迪奇维尼,为人正直善良,经营丝绸呢绒,买卖做得很大。他有一个十分要好的朋友,是个犹太人,名叫亚伯拉罕,这个人也是个商人,十分富有,为人也同样正直忠厚。贾诺托看他的这位朋友这么正直忠厚,只是不信天主,如此善良、聪慧的灵魂为此而会堕入地狱,心中实在为他焦急,因此就很诚恳地劝他放弃虚伪的犹太教,信奉正宗的天主教。他说,即使是犹太人也可以看到,这天主教是多么善良神圣,在日益发扬光大,而他的犹太教却相反,正在逐渐衰落,免不了会灭亡。

那犹太教徒却回答他说,在他看来,除了犹太教外,其他任何宗教都不是美好而神圣的,他生来就是犹太教的人,信仰犹太教,此生此世只为它而生,只为它而死,世间任何事都永远不会使他改变这一信仰。

对此,贾诺托并不退却,好多天老是重复他的这套话。不过,他的道理讲得很浅,那已经是尽了商人们最大的能耐了,他反复所说的只不过是,我们的宗教好,而不是犹太教更好。而那个亚伯拉罕呢,却是精通犹太教法典的大师。可是,不知是他受了贾诺托的友情的感动呢,还是天主假那单纯善良的人之口而说出来的话有了效验,那犹太人开始喜欢起贾诺托所说的话来。不过,他仍坚持自己的信仰,不容任何人来动摇。但是,他越是顽固,贾诺托就越是劝他,最后,那犹太人拗不过他,只得这么说:

"贾诺托,咱们这样办好了,你一心想让我改信天主教,我准备这样做。不过,我想先到罗马去一趟,看看你所说的天主派到地上来的代表,看看他的作风和气派,也看看他的兄弟们的作风和气派,也就是那些红衣主教们的作风和气派。如果他们的气派真如你所说,那么,只要你的劝告和他们的气派确实能使我相信你们的宗教比我的宗教优越,恰如你向我刚才说过的那样,那我就照你刚才所说的去做,如果不是这样,我就依然信我的犹太教。"

贾诺托听他这样说,心里无比着急,暗想:"尽管我的主意打得不错,满以为说服了他,现在看来是白费力气了。要是他真的跑到罗马教廷,亲眼看到教士们的荒淫无度的腐败生活,不要说这个犹太人不会改信天主教,就是他已经成了天主教徒,也会重新去做他的犹太教徒的。"所以他转身对亚伯拉罕说:

"嘿,我的好朋友呐,你何必要特地去罗马呢?既要花好多钱,路上又辛苦,像你这样一位富翁,无论是走水道还是走陆路,无疑都是挺危险的。难道你认为这里找不到一个为你行洗礼的人吗?要是我讲给你的教义你还有疑惑,除了这里,你还能在别的什么地方找到更精通教义的饱学之士给你解答吗?因此,照我看,你这次罗马之行是多余的。你想,在罗马看到的那些主教,同这里看到的其实没有什么不同,不过是他们更接近教皇一些,因而更高明一等而已。依我说,你这长途跋涉还是留待以后再说吧,留待恕罪朝圣的时候再去也行,到时我陪你一同前往。"

对此,那犹太人回答说:"贾诺托,我相信,你说的不会错,不过,说千句道万句,也就是一句:如果你真要我听你的劝告,改信你们的教,那我就非得去罗马走一趟不可,否则我是什么也不会做的。"

贾诺托见他主意已定,只得说:"那你就去吧,祝你一路平安。"可是,说完后仍在暗自思忖,认为他一旦看清了罗马教廷究竟是怎么回事,肯定再也不会改信天主教了。但是他毫无办法,只能听之任之。

那犹太人骑马出发了,日夜兼程,来到罗马教廷。到了那里,自有那里的犹太朋友们隆重地为他接风。他住了下来,但绝不提自己此行的用意,只是细心察看教皇、红衣主教们、主教们以及教廷其他人等的作风。他本来就是个精明人,凭他的耳闻目睹,他早已知道,这里的人从上到下无不寡廉鲜耻,犯着贪色的罪恶,甚至不仅是一般的贪色,而且耽溺男风,连一点点顾忌、羞耻之心都没有了,以至于妓女和娈童当道,不要说大事,就是小事也全由他们包揽。除此之外,他们毫无例外地个个都是贪图口腹之欲的酒囊饭袋,狼吞虎咽起来,个个活像凶禽猛兽。他们的贪色和饕餮一看便知。

再进一步考察,他发现他们个个都是爱钱如命,贪得无厌,甚至人的血肉,哪怕是天主教徒的血肉,以及各种神圣的东西,都可以作价买卖,连教堂里的职位,祭坛上的神器,教徒奉献的牺牲,都可以买卖。交易规模之大,门道之精,决不是巴黎的许多绸商布贾或是其他行业的商人所能望其项背的。他们借着"委任代理"的美名来盗卖圣职,拿"保养身体"作口实来大吃大喝,仿佛天主也跟我们凡人一样,可以用动听的字眼蒙蔽过去,根本不去过问这些字眼的本意,因之他也就跟我们凡人一样,看不透他们的堕落的灵魂和卑劣的居心了。凡此种种,以及其他许多不便明言的罪恶,叫那个正直的犹太人大为愤慨。他认为,情况已经看够,该回巴黎了,于是便启程返回。

贾诺托一听说他的朋友回来了,就赶去看他,心里只希望他能改信天主教。两人相见,十分高兴。贾诺托等他的朋友休息了几天之后,才去问他,对于教皇、红衣主教和教廷其他人的印象如何。那犹太人立即回答说:

"印象很坏,照我看,天主应该惩罚这班人,一个都不能饶恕。要是我的观察不错的话,我可以说,那里的修士我看没有一个谈得上圣洁、虔诚、有德性,谈得上为人师表,他们恰好相反,个个只知道奸淫、贪财、吃喝、欺诈、嫉妒、骄横,无恶不作,坏到了不能再坏的地步。如果还要再坏的话,那我就只能说,罗马不是一个高居他人之上的圣城,而是一个容纳一切罪恶的大熔炉。根据我的考察,你们的牧羊者①,以至一切其他牧羊者,理应做天主教的支柱和基石的,可他们却在日日夜夜用尽心血和手法要叫天主教早日垮台,直到有一天从这世上灭亡为止。

"不过,我也看到,不管他们怎样拼命想拆天主教的台,你们的宗教还是屹立不动,传播得越来越广,处处发扬光大,这使我认为,一定有神灵在给它作支柱和基石,它确实比其他宗教更正大神圣。所以,虽然前一阵不管你怎样劝导我,我都一点也不动心,不想成为天主教徒,现在我却可以向你坦白讲出来,再没有任何东西可以阻挡我成为天主教徒了。我们一起去礼拜堂吧,到那里之后就请你们按照你们圣教的仪式给我行洗礼吧。"

贾诺托万万没有想到结果会是这样。听了这番话之后,他的快乐简直没有任何人能比得上。他立即陪同亚伯拉罕来到巴黎圣母院,请院里的神父给亚伯拉罕施洗。院里的神父听说那犹太人自愿入教受洗,当即给他行了洗礼。贾诺托把他从洗礼盒边扶起,做了他的教父,给他取了"约翰"的教名。从此以后,贾诺托即延请最著名的教士来给他讲解教义,他进步甚快,终于成为一个高尚而虔诚的善人。

---

① 指教皇,下一句的牧羊者指教士。

## 第三则故事

> 犹太人梅基塞德讲了一个三枚戒指的故事,因而逃出了苏丹想陷害他而设下的圈套。

内伊菲莱的故事,大家个个称赞,她讲完之后,菲洛梅娜奉了女王的命令,开始讲起她的故事来:

刚才内伊菲莱的故事叫我想起了另一个犹太人遇到的危险。关于天主、我们的宗教的真理,我们已经讲得很透彻了,现在我们不妨回头来谈谈人世间的事,看一看凡人的遭遇和作为。我现在给你们讲个故事,诸位听了以后,再遇到有人问你什么,回答起来就会格外谨慎了。

亲爱的女郎们,你们想必都知道,愚蠢往往会使一个人从幸福的境界堕入痛苦万分的深渊,而聪明人往往能凭着智慧摆脱险境,走上康庄大道。有些人本来可以快快活活地过日子,只因愚蠢,弄得整天愁眉苦脸,这样的例子真是举不胜举。这样的事,我今天不打算讲,尽管每天找出一千个例子也不费力。今天我想讲一个很短的故事,无非是为了向诸位表明,人类的智慧就是快乐的泉源。

我们知道,当初的萨拉迪诺不过是个出身贫微的人,但他竟一跃而成了巴比伦的苏丹,而且接连打败了伊斯兰教和基督教的诸王国,一时声势显赫。但是,由于连年战争,再加大肆挥霍,他的国库已经空虚。有一天,他需用一笔巨款,这才发现已经无处可取,一时也想不出该到哪里筹措。这时,他突然想起,亚历山大利亚城有个犹太富翁,名叫梅基塞德,是个放高利贷的。他想,如果向他伸手,这倒是个顶用的人。不过,那个犹太人一向爱钱如命,要他自愿拿出钱来,那是难以办到的,而萨拉迪诺又不想使用强迫手段。现在,钱是非用不可,不能不想个办法,让这个犹太人就范。想来想去,觉得最好还是借个冠冕堂皇的口实,让他上圈套,再迫使他拿出钱来,于是他便派人把梅基塞德请来,亲亲热热地接见了他,让他坐到自己身边,然后说:

"可敬的人啊,我听好多人说,你博学多才,对各种宗教造诣尤深,所以我想向你请教,在犹太教、伊斯兰教和基督教这三者当中,究竟哪一种才算正宗呢?"

那犹太人本来就是个聪明人,一听这话,知道萨拉迪诺是在设圈套让他往里钻,只要让对方抓住一句把柄,就再也分辩不清了。所以他打定主意,在这三者之中不能偏袒哪一方而压低另外两方,这样一来,萨拉迪诺就无法达到他的目的了。于是,他转动脑筋,想了一番既得体而又稳妥的话,回答说:"我的陛下,您向我提的这个问题很有意义,要回答这问题,请允许我先给陛下讲个短短的故事。

"如果我没搞错的话,我记得听人多次讲过,从前有个大富翁,家财万贯,在家藏的许多珍珠宝石中,他最心爱的是一枚极美丽、极名贵的戒指。他想把这戒指留给子孙,成为永世的传家之宝。于是立下遗嘱,凡是得到这戒指的便是他的继承人,其余的子女都要尊他为一家之长。得到这戒指的,要把它当做传家宝,一代代传下去。

"后来,那得到这戒指的子孙也照此办理,立下遗嘱,让下一代子孙遵守。就这样,那戒指在不长的时间里传了好几代,最后落到一个人手里。他有三个儿子,个个有才有德,对父亲都十分孝顺,因此三人都受到父亲同等的宠爱。那三个青年都知道那戒指的来历,知道那是做家长的凭证,大家都想做家长,都无微不至地服侍那垂老的父亲,好让父亲死时把戒指传给自己。

"那位可敬的老父对三个儿子原是同样钟爱,无所厚薄,因此也拿不定主意传给谁更好。儿子们呢,自然都向他要求,他也答应了。不过,他想,最好让三个儿子都能满意,于是便悄悄叫来一个技艺高超的匠人,照样仿造

了两只戒指,造得跟原来的那只一模一样,放在一起,只有那匠人自己勉强能分清哪一只是真的。那父亲临终时,私下把三只戒指分别给了三个儿子。父亲死了,那三个兄弟都要求继承产业,都要求做家长,彼此各不相让,大家都拿出一只戒指来作凭证。但那三只戒指十分相像,竟分不出哪一只是真的来。究竟谁是真正的家长,这个问题始终没有解决,直到现在仍然是个悬案。

"因此,我的陛下,我可以说,天父赐给三个民族以三种宗教,也跟这情形是一样的。您问我这宗教中哪一种算是正宗,大家都以为自己的信仰才算正宗。他们全都以为自己才是天主的继承人,各自指出自己的教义和戒律来,认为这才是真正的教义,真正的戒律。这个问题就像那三只戒指的问题一样,依然是悬而未决呢。"

萨拉迪诺听他这么一说,就知道那犹太人已十分机警地躲避了他设下的圈套。因此他想,还是把情形如实说了吧,说明自己需要一笔款项,看看他能不能帮忙。那苏丹讲了他的需要,还告诉对方,要不是他把难题回答得如此圆满,他本来是想如何对待他的。

那犹太人慷慨地全部应承了萨拉迪诺所需要的款项。后来,萨拉迪诺有了钱,如数还了那犹太人,另外还给了他许多极珍贵的礼物,并且把他当成朋友,时常接他进宫,当上宾看待。

## 第四则故事

> 一个小修士犯了戒律,理应受到
> 严厉惩罚,他却堂堂正正地证明,院长
> 也犯了这个过失,因而逃过了责罚。

菲洛梅娜讲完她的故事,住口不语了。坐在她旁边的迪奥内奥知道该轮到自己,不待女王吩咐,就这样讲了起来:

多情的女郎们,如果我没有误解你们的意思的话,那么我们聚在一起是为了讲故事消遣。因此,只要不违背这个宗旨,我认为,我们不妨讲述自以为最有趣的故事——可不是吗,我们的女王刚才也是这样吩咐的。那好吧,刚才我们听了犹太人亚伯拉罕遵循贾诺托·迪奇维尼的劝告,把灵魂救了回来,听了梅基塞德怎样运用智谋不曾落入萨拉迪诺的圈套,保全了自己的钱财,现在我不怕诸位见怪,打算讲一个短故事,讲明一个小修士如何逃脱了责罚,免受了皮肉之苦。

离这里不太远有个村庄,叫做卢尼贾纳,那里有座修道院,那时,教规比现在严,修士比现在多,其中有个小修士,血气方刚,无论是那里的清静、斋戒,还是夜祷,都克制不了他的情欲。一天中午,众修士都睡了,他一个人信步溜出修道院,在附近溜达。这修道院历来都位于僻静之处,偏巧这天有个漂亮姑娘正在田里采集花草,那大概是某个佃户的女儿。他一见这姑娘,心头一阵冲动,情欲难忍。他赶忙走上前去,同她搭讪,东一句西一句地谈起来。过了一会儿,他已发觉这姑娘也有了心意,便把她带到自己房中,任何人都没有发觉。

他的欲望本来就十分强烈,同她玩起来就不免十分放肆,恰巧这时院长醒来,悄悄从这小修士房前走过,听到里面有响动,那正是两人一起发出的响声。那院长想看个究竟,便轻手轻脚地凑到门口去听。一听原来里面有女人的声音,就想立即把门打开,可是又一想,还是用个别的办法更好。于是就回到自己房间,等那小修士出来再说。

那年轻修士正同那姑娘玩得高兴,全部心思都用在姑娘身上,但还是隐隐约约觉得外面有什么声响,好像是有什么人的脚步声,就从门缝里张望了一下,正好清清楚楚地看到院长正在偷听。他一下明白了,院长已经知道了他房里私藏女人的事。他知道,这可是要遭受严厉惩罚的。

他虽然害怕,但在那姑娘面前却仍然不动声色,只在心里暗暗盘算一条脱身之计。不一会儿,他果然想出个好主意,于是就装作和那姑娘已经玩得畅快够了的样子,对她说道:"我现在出去想个办法,好让你走的时候不被人发现。你待在这儿不要出声,一直等到我回来再走。"

他走出房间,转身把门锁了,径直来到院长面前,把他的房门钥匙交给院长——每个修士出去时都需这样做,然后若无其事地对院长说:"师父,今天我没有来得及把上午砍的柴全部运回来,因此,求您允准,我现在就去树林,好把剩下的柴都运回来。"

院长以为,他刚才在门外偷听,那小修士还蒙在鼓里,为了把这件事搞清,就收下了他的钥匙,准他出去。院长看那小修士走了,便考虑怎样处置这件事:是当着全体修士的面打开房门,让大家都清楚,免得将来执行刑罚时有人为小修士求情呢,还是先去盘问那个女人,她怎么会跑到这里的。他又想,万一那女人是一位体面人家的太太或小姐,那最好还是不要让她当着众修士的面出丑。这样一想,就决定先去看看那女人是个什么人,然后再作主张。于是,他悄悄走向那间小屋,打开锁,走了进去,随手把门关好闩上。

那姑娘看见进来的是个大师父,慌作一团,只怕要受到无情的责罚了,吓得哭了起来。院长的目光在姑娘身上转了一遍,只见她长得娇嫩漂亮,尽管他已上了年纪,依然马上觉得浑身热辣辣的,好不难熬,跟那小修士方才那难忍难耐的情景没有什么不同。他喃喃自语道:"天呐,这么好的机会,我为什么不快乐一番呢?我成天操心费神,实在够厌的了。这个姑娘长得这么漂亮,世界上又没有任何人知道她在这里。要是我能说动她,让她满足我的欲望,那我何乐而不为呢？又有谁会知道呢？任何人都不会知道的。一桩罪恶只要瞒住人的耳目,也就减轻了一半罪孽。这样的机会可能永远不会再有了。如果天主给了你机会,你就该抓住,这才算是聪明人呀。"

这样一想,那院长完全改变了到这里来的本意,走上前去,和颜悦色地安慰那个姑娘,劝她不要哭泣,劝了一句又一句,终于把他那求欢的话也夹在其间讲了出来。

那姑娘并非铁石心肠,也就半推半就地让院长高兴一番。那院长呢,搂住姑娘,接连亲吻,然后又同她爬上了小修士的那张床。或许是他老人家想到自己长着一身肥肉,那姑娘体质娇嫩,担心他那大块躯体压坏了姑娘,所以就没有爬到那姑娘的胸脯之上,而是让姑娘伏在他的福体之上,两人高高兴兴地玩了好长时间。

再说那小修士,虽说是到树林里去了,其实是在宿舍间躲了起来。他看到院长独自进了他的房间,心中想到他的妙计十拿九稳了;听到院长在里面把门锁上,心里更有了把握。于是,便从那躲藏的地方出来,悄悄贴到那墙缝边。院长所说的话、所做的事,都给他听到耳际,都给他看在眼里。

过了一会儿,院长觉得同那姑娘玩够了,便把她锁在房里,返身回到了自己房间。不一会儿,那小修士回来了,院长还以为他是从树林里回院,就想把他严厉训斥一通,然后把他投入禁闭室,关起来,那姑娘日后就可以归他一个人独享了。于是,他老人家一声令下,把那小修士传来,板起面孔,严厉训斥一通,然后吩咐把他关起来。

岂料那小修士胸有成竹地回答说:"师父,我信奉这圣贝内德托教派的时日不多,教派的大小规矩自然尚未完全了解;您教了我斋戒和夜祷,可您还没有教给我在女人身子底下苦修的功夫。现在,您已给我做了示范,那么我愿担保,如果您能饶恕我这一回,我以后决不敢再擅自妄为,一定按我看到的您那种样子行事。"

那院长本来是个聪明人,一听这话,知道这小修士不仅对他的事全知道了,而且全看得一清二楚,不觉脸红起来。他自己也犯了同样的罪,无颜惩罚人家,只好宽恕了小修士,还叮嘱他不要把事情讲出去。他们两人私下把那姑娘悄悄放了出去。不过,他们自然又把那姑娘多次弄回修道院来。

## 第五则故事

> 蒙费拉托侯爵夫人用母鸡做酒菜,再配上一些俏皮话,就打消了法兰西国王对她的邪念。

迪奥内奥的故事起初使在座的女郎们有点儿难为情,她们的脸都有点儿红了就是明证。她们你看看我,我看看你,一边听着,一边忍不住暗暗笑起来。等故事讲完,她们轻轻指责了迪奥内奥几句,说是不该在女郎面前讲这样的故事。这时,女王转身对坐在迪奥内奥身旁草地上的菲亚梅塔说,请她接着讲一个。听了吩咐,菲亚梅塔高兴而又很娇媚地讲起来:

我很高兴,在我们方才所讲的几个故事中,我们看到,机敏得体、针锋相对的回答具有多大的力量。如果说,一个有见地的男人总是追求身份比自己高的女人,那么,审慎懂事的女人们就得善于保护自己,不让高过自己的男人博取她们的欢心。这样一来,美丽的女郎们,我就想到,在轮到我讲的这个故事中,我想向你们表明,一位高贵的妇人,怎样凭着见机行事和善于言词的本领,躲过了一个有权有势的人的进攻,叫他断绝了那份痴心妄想。

话说蒙费拉托侯爵一向英勇善战,十字军远征时,他加入教会的军队,成为一名旗官,出海远征。那时,法国国王独眼龙肋力[①]也准备加入军队,

---

[①] 即肋力第二(1165—1223),1180 年为法国国王,第三次远征的十字军首领之一。

出国远征。出前,蒙费拉托侯爵的英勇善战也传到了助力国王的王宫。一个骑士说,像这位侯爵和他的夫人,可真是天生一对佳偶,世上再也找不到第二对来,不仅侯爵英勇非凡,在骑士们当中十分有名,更重要的是,他的夫人论姿色,论品德,可谓盖世无双。这些话让国王听了,印象极深,甚至使这位国王的爱火立即燃烧起来,尽管他从未见过这位侯爵夫人。

因此,他决定出海远征时不走海路,到了热那亚再上船出海,这样一来,他就可以顺路而过①,冠冕堂皇地去见她了。他认为,她的丈夫已经出门,他一定能如愿以偿。

这位国王主意已定,就立即执行,他派遣各路兵马先行出发,自己则只带了少数贴身随从,直奔热那亚而去。来到离侯爵采地约莫还有一天的路程时,他派人通知侯爵夫人,说是国王明天中午在她家里用饭。夫人是个十分聪明而又谨慎的女人,马上欣然表示欢迎,说是国王驾到,乃是莫大的荣幸,他一定会受到热烈欢迎。

侯爵夫人等使者一走,便寻思起来,为什么堂堂一国之尊,竟在她丈夫外出之际到她家里来呢?很快她就猜出,国王一定是被她的艳名吸引来的,是特地来看她的容貌的。

夫人是个很有见地的女人,决定好好接待这位国王,于是召集留在城里的绅士,请他们帮忙把一切安排得妥妥帖帖。但有一件事例外:筵席上的菜肴和饮料由她亲自办理。她当即吩咐把城里的母鸡全部买来,又关照厨师,用这些母鸡做出各种各样可以款待国王的上等菜来。

第二天,国王果然驾到,侯爵夫人十分热烈隆重地接待了他。这位国王一见夫人,只觉得她本人比他听了骑士之话以后在心目中产生的形象还要美,还要优雅。他真是喜出望外,赞不绝口,对这个女人更加倾倒了。夫人已布置了几间富丽堂皇的房间,请国王前往休息。休息过后,到了开饭时间,国王和侯爵夫人同在一桌用餐,国王的其余随从,各按其职位分别在其他桌前落座。

国王桌上,菜肴一道接一道地不断端来,杯里是种种最名贵的美酒,除此之外,还有如花似玉的夫人陪着,让他看个够,总之真让他高兴透了。可

---

① 蒙费拉托在意大利皮埃蒙特地区南部,从法国至热那亚,必须经过这一地区。

是尽管菜肴一道一道地送上，国王发现花样虽然不同，却都是母鸡而已，他不免觉得有点奇怪。国王也知道，这一带的各种野味多得不可胜数，他来之前又预先通知了侯爵夫人，她完全有足够的时间派人去射猎。不过，尽管他心里觉得奇怪，也只是轻描淡写地提了提母鸡，不想多谈这件事。他笑嘻嘻地向夫人问道：

"夫人，难道这里生的全是母鸡，一只公鸡也不产吗？"

听了这句问话，侯爵夫人完全领会了他的意思，觉得这分明是天主要成全她，就趁这大好时机，想明确地表白自己的操守，于是对国王说：

"陛下，事情可不是这样，不过，这里的女人即使在服装和身份上与别处的女人有什么不同，而实质同她们是完全一模一样的。"

国王一听这话，恍然明白了侯爵夫人全部用母鸡来款待他的用意，也明白了这句话的含义，知道她是以此来表示自己的冰清玉洁。他也知道，要用语言来挑逗这样一个女人，只是徒费唇舌，显然也无法使用暴力，这些都不可能使他达到目的。为了顾全自己的名誉，只好明智地把这一团荒唐的欲火压了下去。他知道这夫人口齿伶俐，再不敢和她谈笑，也不敢再存奢望，只顾埋头用餐。饭后，他只想早些告辞，以便遮掩来时的暧昧企图。他谢了她的款待，为她祝了福，匆匆动身前往热那亚去了。

## 第六则故事

一个正直的人用一句尖刻得体的
话,把修士们的虚伪嘲笑得体无完肤。

大家对侯爵夫人的贞洁,以及她凭一句话把法国国王说得哑口无言的机智,都十分赞美,坐在菲亚梅塔旁边的埃米莉亚,听了女王的吩咐,爽快地讲起她的故事来:

有一个正直的人,也是凭着一番锋利的话,驳倒了一名贪财的修士,叫人听了不但发笑,而且肃然起敬。这个故事,我不能不给大家讲讲。

亲爱的同伴们,不久以前,我们城里有个圣方济各派神父,在宗教裁判所里供职,专门调查异教活动。像所有的神父一样,他的外表道貌岸然,虔诚敬主,其实,他是专门在调查哪个人有没有钱,哪个人信不信天主。由于他在这方面尽心尽责,果然就查出一个家产丰厚却头脑简单的好人来,这个人也许是多喝了几盅,也许是兴奋过度,反正不是故意对天主不敬,他随口对别人说,如果耶稣也有这么好的美酒,这耶稣也是会喝的。他的这句话有人给报告了这名神父。这神父一想,那家伙又有田地,又有金钱,而他又"带着刀棒"①。于是这神父便马上下令,以严重罪名把这个人逮捕了。这神父采取这一措施,倒并不是为了加强被告的宗教信仰,而是为了依照他一贯的做法,把被告的钱倒进他自己的腰包里。

---

① 事见《马太福音》,指犹太人带着刀棒逮捕耶稣,意即陷害耶稣,暗指他也可陷害人。

他把那人叫来,问他承认不承认讲过这样的话。那好人回答说有这么回事,并且把当时是怎么说起这话来的情况向他解释了一番。可那神父既圣洁,又崇拜金胡子圣约翰①,一听他的话就驳斥道:"照你这么说来,基督就是一个酒徒?他就像你们这些酒鬼一样,整天在酒馆里胡混,或者像你们这些醉鬼一样到处胡混?现在你还这样轻描淡写,你以为事情就这么简单吗?你别再胡涂了,如果我们愿意——那也是我们的责任——依法办起来,那就非把你活活烧死不可。"

那神父还声色俱厉地讲了好多类似的话,似乎讲这话的这个好人儿简直就是否认灵魂不灭的伊壁鸠鲁②。那个好人给吓坏了,连忙托人打通关节,送了好多带圣约翰头像的黄澄澄的"脂膏",让神父擦他的双眼,好医治修士们见钱眼红的通病,这药膏据说对于那些不敢同金钱接触的圣方济各派的修士尤其灵验。这样一来,这神父或许能从宽发落他。

虽然加莱诺③在他的医书任何一部分都未曾提到过这种膏药,但它却灵验得很。那神父原说是要把他绑到火刑柱上活活烧死的,现在竟开了恩,替他换成了十字架佩在他身上,象征他戴着这十字架去东征,而且为了让这十字架像军旗一样漂亮,还规定十字架为黄色,衬底则用黑色。除去这些之外——当然是金银到神父手里之后——还把这个好人拘留了几天,然后吩咐他每天早晨必须到圣十字架教堂望弥撒,算是忏悔的表示;在这位神父用餐的时候,他得在一旁恭立侍候。一天做过这两件事之后,其余的时间他就可以随意行动了。那好人儿只得严格遵照这位神父的话去做,不敢越雷池一步。

一天早晨望弥撒的时候,那个好人听到一段"福音"的歌曲,其中唱道:"你们奉献一个,必将得着百倍,并且承受永生。"④那好人赶紧将这句话牢牢记在心里。到了吃饭的时候,他就遵照吩咐,在神父的桌边侍候。那神父

---

① 意大利金币上刻有他的头像,意为神父贪财。

② 古希腊哲学家,杰出的唯物主义者和无神论者,认为事物在人的意志之外,不以人的意志而存在。他肯定灵魂是物质的,会死亡,反对因惧怕神和死亡而引起的愚昧和迷信。他的哲学因而一直遭到神学家的仇视。

③ 加莱诺(129—201),希腊著名医生。

④ 见《马太福音》第19章第29节,此处略有改动。

问他,今天早上望弥撒没有,他赶紧回答说:"望过了,老爷。"

那神父又问:"你听着,有什么地方搞不懂需要向我请教吗?"

"当然有的,"那好人回答说,"我听到的一切,自然都不敢怀疑,而是坚决相信这些话都是千真万确的。不过,我听到一件事,使我很为您和你们神父担心,我不禁想到你们的来世简直太可怕了。"

"你究竟听到些什么话,让你替我们这么担心啊?"那神父问道。

"老爷,"那好人回答说,"那是'福音'里的一句话:'你们奉献一个,必将得着百倍。'"

"这话不错啊,"那神父回答说,"你听了为什么要担心呢?"

"老爷,"那好人回答说,"请听我解释,我每天上这儿来,每天都看见您把修道院里吃剩的菜汤,有时一大盆,有时两大盆,倒给聚在门外乞讨的穷人。如果您施舍一盆菜汤,在来世就要回报您百盆,那你们就要得到好多菜汤,你们一定要给菜汤淹死了。"

一桌子吃饭的人听了这话都笑起来,那神父却觉得当头挨了一棒,因为这句话一针见血,把他和他们这班神父的贪吃和假慈悲都揭露无遗了。这好人儿竟敢嘲讽他和他们这班无用的神父,本来也是该吃官司的,幸亏他刚刚受罚,那神父只得把他训斥一顿,叫他愿干什么就干什么好了,只是不许再在这裁判老爷面前露面。

## 第七则故事

贝加米诺讲了一个普里马索和克利尼修道院长的故事,很有分寸地讽刺了卡内·德拉斯卡拉老爷的出奇的吝啬。

埃米莉亚所讲的故事,加上她讲话的那种神情,使女王和所有的人都笑了起来,并且一再称赞她挖苦戴着十字架东征的那段俏皮话。笑声停下来之后,轮到菲洛斯特拉托讲故事了。他这样讲道:

高贵的女郎们,如果一个射手射中了一个固定的目标,当然不错,可是如果一样不熟悉的东西突然之间一闪而过,那射手手疾眼快,一发中的,那就更了不起啦。教会里的修士过着腐败堕落的生活,那就是众矢之的,只要你高兴,你就可以尽情地冷嘲热讽,就像对准那不动的靶子,没有不中的。因此,那好人儿干得不错,他叫那个裁判官下不了台,当场揭露了他们的假仁假义,本来嘛,那些剩菜剩饭是要喂猪或者倒掉的,他们却施舍给穷人,竟算是"救济"。听了刚才这个故事,我想起一个人来,他才更值得夸赞。我现在就想给你们讲讲这个人,他表面上是在讲一个有趣的故事,实际上是在借题发挥,拿故事中人物的话来讽刺一个叫卡内·德拉斯卡拉的贵族,讽刺他的吝啬。

这卡内·德拉斯卡拉老爷是个世界名人,他是个命运的宠儿,事事如意,在腓特烈二世①登基以后,这位老爷可是全意大利贵族中首屈一指的人物了。一次,他想在维罗纳城②举办一次盛大的活动,四面八方的人纷纷赶来参加,特别是那些卖艺说唱的,更是闻风而至。可是,不知为了什么缘故,这位老爷变了卦,决定不办了,只拿出一点点钱来,把这些人全打发走了。只有一个人独独留了下来,那人名叫贝加米诺,是个能说会道的人,不曾和他当面谈过的人简直想像不出他是多么善辩,而且他随机应变,巧舌如簧。他既没有得到一点补贴,也没有奉到必须离开的命令,就留了下来,指望日后总还可以得到些补偿的机会。也不知这卡内先生头脑中是怎么想的,反正他认为,不管拿什么东西给贝加米诺,还不如扔进火里好些,既没有当面给他说,也没有让人转告,总之是一句话都没给他讲。

一连好多天过去了,贝加米诺始终不见有人来同他讲,也不见有人向他请教他所熟悉的事,而他带着仆人和马匹寄宿在客栈里,每天的开销却又少不了,不免着急起来。不过他还是耐心地等着,觉得就这样走了实在不合算。他的衣箱里藏着三件华贵的衣服,那是别的贵族们送给他的,让他在节日的时候穿起来,显得漂亮些。店主来向他讨房租,他就拿出一件来抵账。他犹豫了好久,拿不定主意是不是再住下去,迟疑之间,又得拿出第二件抵账。最后只有这第三件好抵了,这时他才打定主意,能坚持多久就住多久,实在不行了再动身。

就在他靠着第三件衣服坚持度日的时候,有么一天,卡内老爷正在吃午饭时,贝加米诺有机会见到了这位老爷。贝加米诺当时当然没有笑脸。这位老爷一见他,也并不想让他讲些什么给自己开开心,而是存心想取笑他。于是说道:

"贝加米诺,你这么垂头丧气,这是怎么啦?快说说是怎么回事吧。"

贝加米诺听了这话,好像早已成竹在胸,不加思索就讲了下面这个故事,以说明自己的情况:

"大人,您一定知道,普里马索这个人物,精通拉丁文,写起诗来又快又好,没有谁能比得上他,这使他名扬四海,受人尊敬,即使很多人没有见过他

---

① 腓特烈二世(1215—1250),两西西里王国国王。
② 意大利北部一城市。

本人,可没有一个人不知道他的姓名和名声。

"他很穷,他的一生都很穷,因为有学问的人总是得不到有钱人的看重。有一次,他来到巴黎,听人说,克利尼修道院院长是个大富翁,据说教会里除了教皇以外,数他的收入最丰厚了。人家还说,这位院长慷慨大方,经常门庭大开,招待四方。在他吃饭的时候有人来向他乞求,他从不拒绝,给吃给喝。普里马索本来就喜欢同富而好礼的人物交往,听人这么说,就决定去看望这位院长,看他如何慷慨大方。他向人打听,这位院长住的地方离巴黎有多远,有人告诉他说,这位院长住的地方离巴黎有六英里远。普里马索心想,如果一清早动身,吃饭的时候也就可以赶到了。

"他向人问了路,只是路上不见有人,他只怕走错了路,万一走到一个什么地方,可能连吃的东西都找不到,要是这样,那可就要挨饿了。他想,最好还是带上三个面包,水反正到处都会有的,只要你不嫌它淡而无味。他把面包藏到怀里就出发了,一路高高兴兴地赶来,不到吃中饭的时分就赶到了院长家。

"他走了进去,不免东张西望,但见许多桌子已经摆好,厨房里正忙着准备午饭,其他一切都已准备就绪。因此他暗自思忖:'这位院长果然名不虚传,慷慨得很。'

"就在他这样想来想去时,开饭的时刻到了,总管吩咐端上水来,让众人洗手。洗过手之后,大家分别在桌边坐了下来。普里马索被安排在靠近门口的一个座位上,院长正是从这个门口出来,进入大厅用餐的。

"这里有个规矩,不等院长在桌边坐下就不能开饭,面包、酒和吃的喝的都不端上来。餐桌安排好之后,总管就去请院长出来用饭,说是一切就绪,院长愿意的话就可开饭了。院长命令把通往大厅的这个房门打开,他往外望了一眼,恰巧看到第一个人就是普里马索。院长没有见过他,看他穿得这么破烂,一看就觉得心里有点儿不高兴,竟起了一个以前从未有过的吝啬念头,自言自语道:'瞧,我竟款待起这种人来了!'于是,他转回身,叫人把小房间的门关上,问左右的人,那个坐在门口桌上的穷鬼是什么人。大家都回说不认识。

"普里马索赶了半天的路,早已饥肠辘辘,他又向来不斋戒,所以等了一会儿,看院长仍不出来,就从怀里掏出一个自带的面包吃起来。那院长在内

室等了一会儿之后,叫人看看普里马索走了没有。那手下人回来禀报说:

"'还没走,老爷,他正在吃面包,是他自己带来的面包。'

"于是那院长说:'好吧,他自己带东西来了,那就吃他的东西吧,可是,他今天可别想吃我们的东西。'

"院长不想把普里马索赶跑,原希望他会自己走,赶他走毕竟不太好。可这普里马索吃完一个面包之后,看院长还没出来,就从怀里掏出第二个面包吃起来。前去察看的用人把这情况报告了院长。这院长又打发这个用人再去看看普里马索是不是走了。普里马索吃完第二个面包,看院长仍未出来,又掏出第三个面包吃起来。这情况又报告给了院长。院长想道:

"'唉,我今天怎么会有这种怪念头?何苦这样吝啬,这样瞧不起人呢?这又是为了什么呢?这么多年来,只要有人来向我求食,我向来不问他是有身份还是没身份,是有钱还是没钱,是商人还是骗子,总是一视同仁地招待他们。我曾亲眼看过多少下流之辈在我的餐桌上狼吞虎咽,可是从来没有产生过像今天对这个人起的这种念头。能使我产生吝啬念头的人,肯定不是个等闲之辈,我把他当成个流氓,其实他一定是个大人物,因此我才不肯款待他。'

"这样一想,他才打听这人是谁,一问才知道原是普里马索,而且是听人说院长好客,特地来亲眼看看院长究竟是多么慷慨大度的。院长也是久闻普里马索这位人物的大名了,一下羞得面红耳赤,连忙赔罪,吩咐好好招待。宴毕,又根据普里马索的身份,送了一套华服给他,又送给他一笔钱和一匹马,还跟他说,他是想回去还是准备在这里住几天,都悉听尊便。普里马索十分高兴,再三再四地谢过院长,回巴黎去了。不过他来的时候是步行,回去时可是骑着大马了。"

卡内原是个明白人,一下就听懂了贝加米诺的意思,笑着对他说:

"贝加米诺,你可真会说话,借了一个故事就把你所受的委屈、你的才艺、我的吝啬以及你对我的希望都表明了。说真的,我向来不是个吝啬的人,但是这回对你确实是刻薄了。不过,我是准备拿你指给我的棍子,把我心里的小气鬼赶走的。"

卡内果然替贝加米诺付了房租,赎回他的三件华服还给他,另外又送给他一件更华丽的衣服,还送给他一些钱和一匹马,愿去愿留,也完全随他。

## 第八则故事

> 行吟诗人古利埃尔莫·波西埃雷
> 用几句锋利的话,讽刺了埃米诺·德
> 格里马尔迪的吝啬,使他悔悟过来。

坐在菲洛斯特拉托旁边的是劳蕾塔,她听大家赞扬过贝加米诺的机智之后,知道接下来该她讲了,没等吩咐,她就高高兴兴地开始讲道:

亲爱的朋友们,刚才的故事让我想起一个行吟诗人,他也是个聪明人,也讽刺了一个贪婪的的大财主,收到了一定的效果。虽然这个故事的主题跟刚才的一个相仿,但结局美满,我想也会使你们满意的。

很久以前,在热那亚住着一位绅士,名叫埃米诺·德格里马尔迪,大家都知道,他有大量的资产和金银,在当时的意大利,再也没有一个比他更富的人。可是,正如他比任何意大利人都富一样,他那吝啬和贪婪也是无人可比,远远超过天下任何吝啬贪婪之徒。他爱钱如命,不仅谁也别想沾他的光,而且对自己也是十分刻薄。热那亚人很讲究穿着,这是当地的传统,他却舍不得花钱,连一身像样的衣服也没有,在吃喝方面,他也是一样小气。正因为如此,他竟丧失了自己的姓氏,没有人称他德格里马尔迪大爷,都叫他"守财奴埃米诺",这也是罪有应得。

他就是这样一毛不拔,另一方面又拼命聚敛财富。这时,热那亚来了一个谈吐不俗、出身不错的行吟诗人①,名叫古利埃尔莫·波西埃雷。他可跟现在的行吟诗人大不相同,现在这班行吟诗人专做些卑鄙龌龊的事,厚颜无耻,却要装作绅士贵族,跟宫廷里的行吟诗人比起来,他们只配称做驴子。那时,行吟诗人的职责就是尽力消弭争斗,调解纠纷,哪里贵族与贵族有了冲突,他们就前往调停;他们还撮合婚姻,巩固联盟,促进友谊,劝慰心里有苦闷的人,用机智伶俐的话在宫廷里让人取乐,而对于坏人的缺点错误,则像严父般地提出尖锐的批评,而得到的报酬却很菲薄。而今天这班行吟诗人呢,他们专爱搬弄是非,散布怨隙,谈些伤风败俗的话。更糟的是,他们在这个人面前毫无顾忌地说那个人无耻,在那个人面前又说这个人可恶。他们还用不正当的手段引诱良家子弟去干那荒唐堕落的勾当。那些谈吐越是卑鄙、行为越是龌龊的人,越是博得浅薄无聊的贵族们的欢心和赏识,得到的报酬也就越多。这正是当今世道的奇耻大辱,同时也证明现在已是道德沦丧,我们这些不幸的人正挣扎在罪恶的泥淖之中。

现在还是让我们回过头来讲我们的故事吧——正义的愤慨已经使我的话有点儿离题了。我是说,古利埃尔莫在热那亚很受当地绅士的欢迎,大家都想见见他。他在这座城里逗留了几天之后,听到不少关于埃米诺的贪婪和吝啬的故事,便决定去探望他。

埃米诺先生也听人说,这位古利埃尔莫是个了不起的人。埃米诺尽管贪婪成性,却还是懂得些礼貌的,所以和颜悦色地接待了他,跟他有说有笑,谈了好长时间。他又领着这位行吟诗人来到他的一座新建的华丽公馆,陪同的是当地的绅士。他带众人看过公馆的各个部分之后,对大家说:

"古利埃尔莫先生,您见多识广,您能不能告诉我一样人们从来没有见过的东西,我好把它画在我的客厅里。"

古利埃尔莫听了他这可笑的要求,便答道:"先生,这人们从未见过的事,我怕一时难以向您指明,除非是打喷嚏之类的事。要是您高兴,我可以说出一种东西,我相信您还没有见过。"

埃米诺想不到对方的回答会使他自讨没趣,便说:"那是什么呢,请快告

---

① 中世纪的行吟诗人总依附于宫廷,打诨说唱,因而说话也就有很大的自由的特权;找不到固定的王宫时即四处行吟,再寻机遇。

诉我吧。"

古利埃尔莫马上回答说:"把'慷慨'画在府上吧。"

埃米诺一听这话,惭愧万分,以致他立即下决心改变过去的习性,说道:"古利埃尔莫先生,我一定要把这'慷慨'着意描画出来,好叫你和其他人以后再也不会说我不曾见过它,或者从不认识它。"

只因古利埃尔莫的这句话,埃米诺从此彻底改过,殷勤款待本地和外地的人,成了热那亚一个最慷慨有礼的绅士。

## 第九则故事

塞浦路斯的国王昏庸无道,受了一位瓜斯科涅①太太的讽刺,从此变得英明有为。

最后,未接到女王命令的只剩埃丽莎了,所以不等女王来吩咐,她就愉快地讲起来:

各位年轻的女郎,常常出现这样的情况,一个人不管别人怎样谴责和惩罚,偏偏就是执迷不悟,而有人无意间说了他一句,却想不到会产生效果。这一点,在劳雷塔刚才讲的故事中可以清楚地看出来。我也打算再讲一个短故事,来证明这个说法。一个好故事总是会起好作用的,因此应该用心好好听一听,不管这讲故事的人是谁。

话说在塞浦路斯第一个国王②当政的时候,圣地已被戈蒂弗雷·迪布利奥内③收复,于是出了这么一件事:瓜斯科涅地方的一位贵夫人前往圣墓④朝拜,归途中路经塞浦路斯,遭到乡下一些歹徒的侮辱。她不知该如何出这口怨气,很是苦恼。后来想,此事应该去求国王给做主。但是有人告诉

---

① 法国古代一地区,现称阿基坦。
② 即圭多·迪卢西尼亚诺,1192—1194 年为塞浦路斯国王。
③ 第一次十字军远征时的一位统帅。
④ 即耶稣的墓,在耶路撒冷。

她说,求国王恐怕是枉费心机,因为国王是个没出息的人,不但别人受了屈他不能替人主持公道,报仇雪耻,就连他自己遭受了数不尽的凌辱,也因生性怯懦,只好忍气吞声。甚至谁有什么不满,也可以对他出言不逊,甚至当面侮辱。

那位贵夫人听了这些,也就死了报仇雪耻之心。可她又想,应该去把这个不成器的国王奚落一番,好出出这口怨气。于是,她便哭哭啼啼来到国王面前,说道:

"陛下,我来见您,并不是要您为我报仇,只是因为听说您也受到别人的侮辱,特地前来向您求教,希望您教教我,您是怎样把那许多侮辱忍受下来的。我可以向您学习,受了别人的侮辱,也可以心平气和地忍受下来。天主明鉴,如果可能的话,我是多么想把身受的侮辱让给您啊,因为您的涵养功夫实在太好了。"

这个一向昏庸软弱的国王,听了这位夫人的话,一下醒悟过来,严惩了那群歹徒,替她报了仇。从此以后,凡胆敢亵渎国王者,都遭到了他的严厉惩罚。

## 第十则故事

> 阿尔贝托老大夫单恋着一个寡妇,她想取笑他,结果反被他用婉转的言辞取笑一番。

埃丽莎讲完,只剩女王自己没讲了,她以女性特有的妩媚开始讲道:

高贵的女郎们,正如繁星装饰着清朗的夜空,春花点缀着碧绿的草地,俏皮的话在社交场合中也是这样,给文雅的举止、愉快的谈论添上光彩。俏皮话短小精悍,所以出于女人之口比男人之口更显得合适。女人不能像男人那样,一开口就滔滔不绝,尤其是在可以把话说得短一些的时候。说来也是我们所有女人的耻辱,现在很少再有女人懂得俏皮话的意味了,要么就是懂了,在同别人谈话的时候也不知道该如何实地运用,尽管很想使用这种俏皮话。过去的女人有这种本领,因为她们注重修养,而不像现在的女人那样只知道修饰打扮。现在的女人们以为,只要穿上花花绿绿的衣裤,戴上各色各样的首饰,就比别的女人身价高,就能得到尊重,因而就更是讲究穿衣打扮。可是她们忘了想一想,要说穿衣打扮的话,一头毛驴身上堆叠起装饰物来,可比任何女人身上都要堆得多,而人家依然把它看做是一头毛驴,不会因此而尊敬它。

我这样说,心里很是惭愧,因为我批评别的女人,不能不说我也批评了自己。那些盛装艳服,涂脂抹粉的女人,不是像一尊尊大理石雕像似的,站在那里默默无言,无知无觉,就是答非所问,说了还不如不说好。她们还要竭力使你相信,她们之所以不善于在正式交际场合应酬,是由于她们天性老实,心地纯朴。实际上她们是把迟钝当做了文静,仿佛只有跟那班使女、洗衣妇、面包师老婆谈天的才配称做"文静的"女人。如果上苍也听信了她们的话,那一定不允许她们闲扯起来那么有劲了。

真的,我们说话的时候,就像干其他事一样,必须考虑说话的时间、地点和对象。往往有些女人或者男人,想说些聪明话来挖苦别人,可就是因为没有认清对方的学识程度,结果弄得面红耳赤的不是别人,而是自己。所以,我们说话应该随时随地注意这些方面,免得证实了一句古话,即"女人向来做不出好事",这就是我今天讲这最后一个故事的用意,也是为了让大家明白,既然我们的心灵比别的女人高贵,我们的举止谈吐就该比别的女人端庄。

不多几年以前,博洛尼亚①城里有一位名医,那真是全世界都有名,说不定现在他还活着。这位高医名叫阿尔贝托,虽然已经年近七十岁,可是精神矍铄,虽然体力略衰,但心头爱情的火焰却并未完全熄灭。有一次,他在宴会上遇到一位十分漂亮的寡妇,有人说,那寡妇叫玛盖丽塔·德基索利埃里太太。他对她一见钟情,竟跟风流多情的小伙子一样,只要一天不见那美人儿的娇容,晚上就无法安眠。

为了见他的美人儿,他老是借种种机会,在她家门前来回走过,有时步行,有时骑马。这样一来,那寡妇和她的女伴们知道了他这样在她门前来回走动的真情,觉得这样一位年老而又明白事理的人竟然也会堕入情网,真是可笑,所以私下里常来取笑他,仿佛在她们看来,那柔情蜜意只容许存在于那班年轻人轻浮的头脑里似的。

阿尔贝托先生继续在那寡妇门前徘徊,有一天正逢节日,那寡妇和另外几个女人坐在门前,正瞧见这位老先生远远走来。于是她们商量好,要请这位先生进去,还要郑重其事地款待他一番,然后取笑他的这番痴情。她们说到做到,等他走近时,便迎了上去,热情地请他进去坐坐,把他带进一个凉爽的院子里,拿出美酒和甜点来款待他。最后,她们半开玩笑半认真地问他,他既然知道有好多英俊活跃的年轻人爱着这位美人儿,怎么还会爱她。

---

① 意大利北部一城市,旧译波伦亚,又译波洛尼亚。

那医生听出了这善意的话里有讽刺他的意味,就满面带笑地回答说:

"太太,我爱着您,任何明白事理的人都不会对此感到惊异,特别是我爱的是您,是您这样一位值得爱慕的人。尽管老年人受着自然法则的限制,恋爱起来难免有些力不从心,但他们并没有被剥夺爱别人的愿望,他们依然知道什么样的人是值得爱慕的。而且可以说,老年人自然更明白事理,他们自然就比青年人更有经验和见识。许多年轻人在追求您,而我这么个老头子也痴心妄想地爱上了您,这是因为这样一个缘故:我经常看到,女人们吃饭时吃的是扁豆和大葱。那大葱并不是什么好吃的东西,比较好吃也不太令人讨厌的部分只是它的根部。可是,你们在胃口的诱导之下干了错事,你们往往把大葱的根部挑出来拿在手里,吃的却是大葱的叶子,那葱叶不仅没有任何营养,而且也没有味儿。太太,我怎么知道,您在挑选爱人的时候是不是也是这样行事的呢?如果是这样,那么中选的将是我,其他人都会落选。"

那寡妇和她的女伴们听了这番话,很觉惭愧,寡妇说道:"大夫,我们太狂妄,冒犯了您,理应受到您的责备,您很客气,只是婉转地说了我们几句。我很珍重您的爱情,一位才德兼备的君子的爱情总是值得珍重的。从今以后,我的心就向着您了,除了与我的名誉相关的事之外,其余的一切,都惟命是从。"

那大夫站起来,其余的宾客也站了起来。大夫谢过主妇,高高兴兴地告辞而去。

那位太太只因没有认清对象,想取笑别人,反被取笑。你们聪明的女人可要小心,不要做出这种事来。

年轻的女郎们和三个青年的故事讲完了。这时,夕阳西下,暑气大部已消。因此,女王高兴地说道:

"亲爱的伴侣们,我今天的使命已经结束了,惟一未完成的事,也许是给你们选一位新女王,好让她根据自己的判断来筹划我们明天的生活和娱乐的事项。本来,我的使命应该到今天晚上才结束,可是继任的人如果事先没有准备,明天一上来就会措手不及。因此,明天的新王应该在现在接任,好让她把明天的事安排起来。现在我就推举菲洛梅娜来做我们明天的女王,她是一位非常审慎的女郎,由她来领导我们寻求欢乐,崇拜那使万物生长、

给我们以安慰的天主。"

说到这里,她站起身来,把自己头上的花冠取下,恭恭敬敬地加在菲洛梅娜头上,并且首先向她祝贺,其他人也跟着向她祝贺,表示热烈拥护她的统领。

菲洛梅娜看到那顶王冠戴到了自己头上,不由羞得满脸通红,不过,她想起了帕姆皮内娅前面讲过的那番话,就克制了慌张,鼓起勇气执掌朝政。她首先追认了帕姆皮内娅所颁发的一切命令,接着宣布明天上午大家仍到这里来,又布置了晚餐,要大家今晚仍各住原先住的房间,然后说道:

"最亲爱的伴侣们,承蒙帕姆皮内娅立我做你们大家的女王,这并非由于我有什么可取之处,而是由于她的厚爱。所以在安排我们的共同生活方面,我不打算仅以我的好恶行事,而是把我的打算和大家的想法综合到一起。我现在把我的打算简单说一说,不妥的地方大家可以补充或者修改,好让大家都满意。

"如果我的看法不错的话,可以说,帕姆皮内娅今天的安排很值得称赞,使大家过得十分愉快。假使大家认为,再过这样的生活并不会使大家感到厌烦,或者并没有别的反对的理由,我认为,这日程还是不改为好。

"等我们把这件事安排好之后,大家就可以离开这里,各自消遣,等到太阳下山以后,我们趁凉快时再吃饭,饭后可以唱唱歌,跳跳舞,然后再去睡觉。明天一早我们就起来,各人可以随意去散一会儿步,到时候,就像今天一样,大家回来一起吃早饭,饭后我们跳一会儿舞,午睡一会儿之后,仍像今天这样,大家回到这里来讲故事。我觉得,讲故事很有趣,也十分有益。

"以前由于时间仓促,帕姆皮内娅刚被选为女王就上阵,来不及给大家指定一个讲故事的范围。现在,我想开始这样做,即我给大家出个题目,让大家有充分的时间可以预先在这个范围内想出一篇出色的故事来。如果大家同意,我们就这样办。开天辟地以来,人们始终受着不同命运的支配,将来也依然如此,直到世界末日为止。因此,大家应该讲这样一个故事:起初饱经忧患,后来逢凶化吉,结果喜出望外。"

无论女郎还是青年,都一致拥护这个决定,表示愿意遵守。只是在大家静下来后,迪奥内奥说道:

"女王,大家说过的话,也正是我想说的话。我觉得,您定下的办法令人喜欢,很值得赞赏,只是我想请您给予一个特殊的恩典,而且我希望,这一恩典一直持续到我们的欢聚结束之时。我所希望的恩典就是,我讲的故事可以例外,不一定非在限定的题目之内不可,如果我愿意,可以随意讲一个我所喜欢的故事。为了不让大家认为,我提这样的要求是因为肚里的故事不多,从今以后,我愿意总是在最后一个讲故事。"

女王知道他是个乐观风趣的人,也完全了解他提出这一请求的用意,那就是,如果大家听着同一个主题的故事觉得厌倦了,他就可以另外讲一个好笑的故事,让大家高兴一番。在征求了大家的意见之后,女王准许了他的这一特权。

大家站起来,缓步来到一条小河边,小河从一个小山流下来,河水清澈,流经山岩乱石,青苔绿阴,流入树木参天的谷底。大家到了这里,光着臂膊,赤着脚,踏进水里,玩闹起来,直到快吃晚饭的时候,才一起回去,高高兴兴地用餐。

晚饭后,女王吩咐取出乐器,要劳蕾塔领着跳舞,埃米莉亚唱歌,由迪奥内奥弹着琵琶伴奏。听了女王的命令,劳蕾塔马上领着跳起来,这时,埃米莉亚放开歌喉,唱起了下面一首歌:

> 我深深爱上了我的漂亮,
> 我钟情于自己
> 别人的爱不会使我如此欢畅。
>
> 我揽镜欣赏自己的美丽,
> 这容颜使上帝也称心如意;
> 日后的变迁,往昔的思绪
> 一切的一切都夺不走我这乐趣;
> 天下还有什么更可爱的愉快经历
> 能在我心底唤起
> 唤起更深的柔情蜜意?
>
> 每当我这样观赏,观赏我的容颜自娱,

我的倩影就立即来到我眼底；
它总是迎合我的心意，
使我心甜如蜜，任何词语
都无法表达这份甜蜜，
没有经历过爱情之旅
永远不会了解我这心曲。

我时时刻刻注视我这可爱的芳容，
爱情的火焰就越是燃烧不停，
我把一切献给它，把一切向它高擎，
换来的欢乐更是无尽无穷；
我多么希望这欢乐有万千重，
但我现在的欢乐已到顶峰，哪里还有
还有比这份欢乐更恢宏。

　　在劳蕾塔唱这支歌时，每到反复之处，大家就高兴地齐声合唱，唱完之后，有些人还把歌词仔细玩味了一番。大家又跳了一会儿圆圈舞，夜幕已经降临，本来夏季就是昼长夜短，女王吩咐第一天就到此结束。她命令仆人点起火炬，要大家回去好好休息，明天早晨再见。于是大家各自回屋安歇。

# 第 二 天

> 《十日谈》第一天结束,第二天由此开始,在女王菲洛梅娜统领下,每人讲一个起初饱经忧患、后来逢凶化吉、结果喜出望外的故事。

太阳升了起来,光芒四射,新的一天开始了。鸟儿在绿色的枝叶间歌唱,把那动听的歌曲送进人们的耳朵,报道新的一天来临。这时,女郎们和三位青年都起了床,不约而同地来到花园。大家在缀着露珠的草地上漫步,采摘花草,编织花冠,玩了好一阵。他们像前一天一样,十分快乐。大家趁着凉爽吃过了早饭,又跳了一会儿舞,这才去午睡。到了下午3点左右,遵照女王的命令,大家来到凉快的草地上,围着女王坐下来。

女王戴上桂花花冠,真是美丽动人。她把众人环顾一周,停了一下,才对内伊菲莱说,今天的故事由她开始。内伊菲莱并不推托,高高兴兴地开始讲起来。

## 第一则故事

> 马泰利诺装作拐子,假装触摸了圣阿里戈的遗体,立即成为常人。他的鬼把戏被人识破,遭到一顿毒打,被押起来,要给送上绞架,最后终于逃脱。

最亲爱的女郎们,一个人如果想要戏弄别人,往往会自取其辱,尤其是在理应尊重的事物上,如果你也拿来跟别人取笑,难免要自讨苦吃。现在,我就遵照女王的意旨,开一个头,用我的一个故事来说明她指定的题目。我想给大家讲一个本地人的遭遇,他起初吃尽苦头,后来又逢凶化吉,一切喜出望外。

不久以前,在特莱维索①城里住着一个德国人,叫做阿里戈。他是个穷人,给人搬运东西为生,谁家有活,他便去干,混口饭吃。只因他为人正直,洁身自好,人们十分尊敬他,大家都认为他是个圣洁的人。据当地的人说,他临终时,特莱维索城各大教堂的钟,没有人敲打,竟都响了起来。这话是真是假,现在可不得而知了。

这件事被人们认为是一件奇迹,因此大家都说,这个阿里戈是个圣徒。

---

① 意大利东北部靠近威尼斯的一座城市。

这样一来，全城的人都潮水般涌到他家里，按照对待圣徒的隆重仪式，把他的尸体抬到了大教堂，又把那些瘸子、拐子、瘫子、盲人，以至各种各样的畸形残疾者和病人，统统给拉来，所有这些人只消触摸一下圣徒的尸体，什么病都好了。

正当人们来来往往，一片纷乱的时候，恰巧三个我们的同乡来到特莱维索，一个叫斯泰基，另一个叫马泰利诺，第三个叫马凯塞。这是三个小丑，善于模仿别人的动作和表情，常在宫廷府邸里献技，博取王公大臣一笑。他们还是初次来到这座城市，看见这里的人们乱哄哄地来来往往，不免感到奇怪。后来打听到了原委，便想去见识见识。他们把行李寄放到一家客店之后，马凯塞说道：

"我们很想去看看这位圣徒，可是，我不知道怎么才能进去，因为我听说广场上挤满了德国人，城里的长官怕发生事故，派人带着武器站岗，再不让人进去。此外，据说教堂里也挤得水泄不通，休想再进一个人。"

马泰利诺很想进去看看，便说："我们可不能因此止步不前，我们一定能想办法接近圣徒的遗体。"

"那又怎么进去呢？"马凯塞问。

马泰利诺回答说："让我告诉你吧。我可以装成一个拐子，你和斯泰基一边一个搀扶着我，我好像根本走不了路，你们扶着我进去，说是到圣徒那里求治，别人看我们这种样子，不是就会给我们让出路来放我们进去吗？"

马凯塞和斯泰基非常赞成他这个主意。于是三个人立即离开旅店，来到一个僻静的处所，马泰利诺施展他的本领，把手臂、手掌和手指都扭曲起来，腿也瘸了，除此之外，口也歪了，眼也斜了，整个的脸七扭八歪，让人看了十分可怕。无论哪个人看了他的这副尊容，都会说他是个全身残废的人。准备好后，马凯塞和斯泰基就搀扶着他，直向那教堂走去，一路上满脸虔敬，低声下气地请求别人，看在天主面上，让出一条路来。就这样，他们一直向前，进展顺利。

人人都把眼光投向他们，没有一个不高声喊叫："让开！让开！"就这样，他们一直来到停放圣阿里戈遗体的地方，站在遗体边的几个绅士当即把马泰利诺抬了起来，安放在遗体上方，好让他获取助益，重新恢复健康。

所有的人都眼睁睁地看着马泰利诺，看他究竟会产生什么效果。马泰利诺本来就善于变这套戏法,所以就在圣体上躺了一会儿,然后慢慢伸直了手指,以后手掌也正常了,手臂也伸直了,全身都舒展开了。众人看到有这等奇迹,一致欢呼起来,赞美圣阿里戈,这欢呼声响彻云霄,就是这时晴空响雷,也会被这欢呼之声淹没。

恰巧那天有个佛罗伦萨人也在那个教堂,他同马泰利诺很熟悉,只是后者进来时扮成了那副怪模样,才没有看出他是谁,等到马泰利诺恢复原状时,他才认出了他,不禁笑了起来,并且嚷道:

"天主啊,你惩罚他吧!看他进来时那副模样,谁会以为他不是一个真的残废者呢?"

这些话给当地人听见了,不禁问道:"怎么?他不是个残废人?"

"天主不会饶恕他的!"那佛罗伦萨人回答说,"他同我们当中的任何人都一模一样,身体好好的,只是他比别人会耍把戏,正像你们看到的那样,他能随心所欲地把身体变成奇形怪状的样子罢了。"

众人一听这话,再不多问,就一拥而上,嚷道:

"他是个无赖,竟敢跟天主和圣徒开起玩笑来!他并不是个残废者,他是这样假装残废来嘲弄咱们和咱们的圣徒的!抓住他!"

人们就这样叫嚷着,抓住他,把他拖了下来,抓他的头发,撕他的衣服,拳打脚踢,人人争着去揍他,好像谁不揍他,谁就不是人。马泰利诺急得大声呼叫:"看在天主的分上,饶了我吧!"他拼命避闪招架,可是哪里有用?他激起了公愤,人越围越多。

斯泰基和马凯塞看到这种情景,心想事情不妙,同时又担心自己也因此吃苦,所以不敢去救他,反而跟着众人叫喊,说他该死。但与此同时,他们也在暗自思忖,该用什么办法把他从愤怒的人群中救出来。亏得马凯塞想出了一个办法,要不然,只怕他真被众人打死了。城里的警卫全都在教堂外面站岗,马凯塞赶紧奋力挤出教堂,奔到一个警官面前,说道:

"看在天主的分上,帮帮我吧!一个小偷把我的钱袋偷了,里面有一百个金币呢,他就在里面,快去抓住他,好把我的钱追回来。"

那警官听了,立刻带着十二个警卫,照着马凯塞指的方向,一字排开,冲了进去。那些警卫好不容易才把马泰利诺从众人手里抢出来,把他押到官府。马泰利诺已被打得头破血流,浑身青肿,可是众人认为受了他的侮辱,不少人还不肯罢休,跟着来到官府。后来听说,他是因为偷了别人的钱袋被抓来的,心想这样也好,可以让他多吃些苦头,七嘴八舌地嚷起来,咬定他偷了他们的钱袋。

这审判官本来是个性子暴躁的家伙,一听说抓住了小偷,就立即把他提来审问。哪知这马泰利诺竟若无其事,回答时依然在开玩笑,根本不承认他偷了东西。这可把这审判官气坏了,下令把他绑到刑架①上,反复用刑,逼他招认偷了钱袋。可他偏不招,最后将绳子套到脖子上。

把他放到地上之后,那审判官又问他,别人对他的指控是不是事实,马泰利诺觉得不招无益了,便说道:"我的老爷,我很愿意从实招供,只是得请您把那些指控我的人召来,问他们在什么地方、什么时候,我偷了他们的钱袋,那我就可以招认哪些是我偷的,哪些不是。"

审判官说:"我觉得这样也好。"他下令传上一些原告来,一个说八天前马泰利诺偷了他的钱袋,另一个说是六天前,再一个说是四天前,另外一些说就在今天。

马泰利诺听了这些,说道:

"我的老爷,他们全是瞎说一通。我这句话是真话,因为我可以向您证明。我到此地刚几个钟头,在此之前从没有来过。也是我活该倒霉,一到这儿,我就去教堂瞻仰圣徒的遗体,一到那儿就给打成这副模样,这您也看到了。我以上所说句句属实,大人可以向登记外地人出入境的官员调查,可以检查他的登记本,还可以去问我住的客店主人。如果查明我说的话属实,那么就请大人开恩,不要再听那些坏蛋的话来治我,来把我处死了。"

再说马凯塞和斯泰基两个在官府外面,听到这审判官对马泰利诺毫不容情,而且动了大刑,又急又怕,暗想:"糟了,我们把他救出了油锅,不想又投进了火坑。"就赶忙回到客店,把遇到的祸事告诉了店主。店主听了不禁笑了起来,就把他们带去见本地的一名绅士,此人名叫桑德罗·阿戈兰蒂,跟当地总督很有交情。店主把事情详详细细告诉了他,还跟这两个人一起向他恳求,设法救救马泰利诺。桑德罗听了,哈哈大笑了一阵,就来到官府,请求总督开释马泰利诺,这位总督当下答应了。

---

① 一种刑具,用绳子将犯人腋下捆住吊起,然后突然松开绳子,将犯人摔下来。

　　差官奉总督之命来向审判官提人,只见马泰利诺穿着一件衬衣还在那里受审,神色慌张,一副灰溜溜的样子。原来,不管他如何申辩,那审判官总是不听。这个人本来就对佛罗伦萨人特别怀恨,打定主意要把马泰利诺送上绞刑架,甚至不想把人交给总督的来人,直到最后实在无法可想了,才不得不交出人来。马泰利诺来到总督面前,把事情的原委详详细细说了一遍,然后请求总督恩准让他离开这里,说是除非他平安回到佛罗伦萨,不然总觉得脖子上还套着绞索。

　　总督听了他的不幸遭遇,哈哈大笑,答应了他的要求,还赏给每人一套衣裳。这样,他们才绝处逢生,一路平安,回到了家乡。

## 第二则故事

里纳尔多·德斯蒂旅途被劫,他偶然间来到古利埃尔莫城堡,亏得有位寡妇收留了他,第二天追回失物,安然回到家里。

内伊菲莱讲的马泰利诺大吃苦头的故事,使女郎们大笑不止,青年们也一样大笑,尤其是菲洛斯特拉托。他就坐在内伊菲莱旁边,女王吩咐他接着讲,他毫不迟疑地开始讲道:

美丽的女郎们,刚才的故事使我想起一个跟宗教有关的故事,其中还有风险和爱情。由于故事曲折,大家听了也许会受益不少。尤其是,如果谁踏上了爱情这条危险的道路,他肯定会知道,要是他不经常念圣朱利亚诺的主祷文,那么纵然有一张舒适的卧床,也依旧无法安睡。

话说在阿佐做费拉拉的侯爵时,有个名叫里纳尔多·德斯蒂的商人,来到博洛尼亚城料理私务,事情办妥之后,启程回家。在他出了费拉拉城赶往维罗纳的途中,遇到几个人,他们看样子也是商人。其实呢,这是几个拦路抢劫、无恶不作的强盗。里纳尔多毫无防范之心,便同他们结伴同行。

他们看他是个商人,身上必定带着钱款,暗中约定,只要一有机会,便下手抢劫。为了不让他生疑,他们尽力装作正人君子的模样,一路上跟他谈的都是一派正经话,听他们的谈吐,看他们的举止,可以说,他们对他又谦逊又亲热。他原只带了一个仆人,骑马随行,现在结识了这班人,大家结伴而行,觉得真是幸运。

大家一路行来,谈天说地,不觉谈到了人们向天主祈祷这个题目。三个强盗中的一个问里纳尔多:"先生,请问您在旅途中常做的是哪种祈祷?"

里纳尔多回答说:"说真的,我是个粗俗的人,在这类事情上不十分内行,所懂得的祈祷也就不多。我过的是老派人的生活,一角钱就当它十分花①。不过,我出门在外的时候,习惯上是每天早上离开旅店时,总要为圣朱利亚诺父母的在天之灵念一遍'我父在天'和'万福马利亚',接着再向天主和圣朱利亚诺祈祷,求他们保佑我在晚上找到一个舒舒服服的下榻之处。我在路上屡次遇到很大的危险,但每次都逢凶化吉,逃过危险,而且晚上能找到一个安全的地方和舒适的住处。因此,我坚信,这种恩典都是我的尊敬的圣朱利亚诺向天主替我求来的。要是我早晨忘了向他祈祷,我白天赶路就会不顺利,晚上歇脚,也找不到好处所。"

"那么,您今天早晨念过祈祷没有?"那个人又问。

"当然念过了。"里纳尔多回答。

那问话的强盗知道今天会出什么事,心里想:"你真要给自己好好祷告祷告才行,要是我们的计划不出什么差错,你肯定要睡个坏处所了。"想完之后,他又说道:

"我经常出门在外,虽然常听人说起这套祷告的好处,可我还是从未念过,但我从来没有因为这个而找不到好的睡觉处所。今晚你就可以看到,我们两个究竟是谁能睡到更好的地方,是做过祷告的你呢,还是没有做过祷告的我?说真的,我从来不念你那祷告,而另念 Dirupisti,或者 Intemerata,或者是'耶和华啊,我从深处向你求告'②,教我这样祷告的老祖母说,这样的祷告才大有用处呢。"

他们就这样一边走路,一边东拉西扯,只等到了适当的场所和时机,他

---

① 原文是"两个索尔多就当它二十四文花",因一索尔多合十二文。意为大而化之,不细计较,这是当时的一种形象说法。

② Dirupisti 意为"掉入深渊者",可能系歹徒的胡诌;Intemerata 是向圣母祈祷时的第一句,但又有"但愿勇敢无怯"之意,可能系歹徒暗暗祝愿有勇不怯,马到成功;第三句出自《圣经·诗篇》第130篇。

们才好下手。看看天色已晚,一行人来到古利埃尔莫城堡附近,当他们将要过一条河时,三个恶徒见天色已晚,地点又偏僻闭塞,便一起扑上前去,把他的东西抢了个一干二净,只给他留了一件衬衫。临走的时候,他们还对他说:"去吧,看你的圣朱利亚诺今晚是不是会给你找一个跟我们一样好的睡觉处所。"说完,三个人过了河,扬长而去。

里纳尔多的仆从是个孬种,一看歹徒扑上去抢他主人的东西,根本不去救援,反而掉转马头便逃,直朝古利埃尔莫城堡逃去。进了城,天已黑下来,便找了家客店住下,别的事一概不管了。

这时正是滴水成冰的季节,大雪又一直下个不停,里纳尔多光着两只脚,只穿一件衬衣,冷得浑身发抖,却又不知如何是好。看看夜色已晚,他依然在那里浑身颤抖,牙齿打战,他向四下张望,看有没有地方可以投宿一晚,免得冻死在雪地里,不料这里刚刚经过战乱,满目荒凉,哪里有什么住所!因为此处实在冷得难熬,他只得狠命向古利埃尔莫城堡跑去,也不知道自己的仆人已经跑进了城堡,还是逃到别的地方去了,心想只要能进得城去,就能托天主之福,找到一线生机。

可是等他跑到离城堡还有一里路光景时,天已经断黑了。他来得已经太晚,城门已关,吊桥收起,哪里还能进得城去。他这时真是又气又急,伤心地哭起来。他又四处张望,看看哪里能避避风雪。费了好大的劲,才看到墙边上有一所房子,突出在城墙外,他便打算到那所房子的屋檐下去躲一夜,天亮之后再作打算。他来到那个突出来的房子前,看到有一个门,但已上了锁,只好在附近捡了些柴草,垫到脚下,席地而坐,十分悲惨。他对圣朱利亚诺好不埋怨,抱怨这位圣人不该让一个虔诚的信徒落到这步田地。可是这圣朱利亚诺到底没把他抛开不管,不曾让他委屈多长时间,就给他安排了一张舒服的床铺。

原来在这座城里住着一位寡妇,娇艳无比,别的女人谁也及不上她,阿佐侯爵十分宠爱,把她看做是自己的心肝宝贝,并把她安顿在一座房子里,专供自己消受。这寡妇的房子正好就是里纳尔多避雪的处所,只是他在门外而已。这一天,正好侯爵和这寡妇有约会,当天夜里要住在这里,同这寡妇共度良宵。这寡妇已经命人悄悄备下一盆洗澡的热水,还备了丰盛的酒菜,一切准备就绪,只等侯爵来受用。偏偏就在侯爵正要动身之时,一个仆人来到门口,向侯爵禀报说有紧急事务,要侯爵立即上马出发。这时侯爵只得打发人告诉那个寡妇,不必等他来了,自己马上动身上路。这寡妇不免有些扫兴,不知如何是好,便打算用给侯爵准备的热水洗个澡,吃完饭后独自上床睡觉,于是进了洗澡间。

那洗澡间紧靠着通往城外的一个门,门外恰巧就是倒霉的里纳尔多蜷卧的地方。因此,她在洗澡的时候,听到外面一声声的哀号和牙齿打战的声音,很像一只鹳鸟在那儿磨喙。于是她就把女仆喊来,说道:"上楼去看看,是谁在墙外,在干些什么?"

女仆登上楼去,借着周围的雪光,看见一个男子光着两条腿,只穿一件衬衫,坐在那里瑟瑟发抖。她问他是什么人,可怜的里纳尔多抖得连话都说不连贯了,尽可能简短地把自己是什么人,为什么落到这步田地讲了一遍,接着苦苦哀求对方行行好,不要听任一个落难的人雪夜冻死在野外。

那女仆动了恻隐之心,便回去见了主人,回禀了一切。那寡妇听了,也很同情,想起她有那个门上的钥匙,侯爵有时就是悄悄从这个门进出的,于是吩咐说:"你去轻轻把门打开,放他进来,反正这里也放着一桌饭菜没有人吃,睡觉的地方更是多得很。"

那女仆极力赞扬女主人心地好,跑去开了门,把他领了进来。那主妇看他都快冻僵了,便对他说:"这位好人,快去洗澡间洗个澡吧,水还热着呢。"

里纳尔多怎能不高兴呢。他也不用再三邀请,就把冻僵的身子泡进了温水里。洗完澡,他像从鬼门关又回到了人间,好不痛快。那寡妇又把她去世不久的丈夫的衣服给他拿来,他穿在身上十分合适,仿佛就是给他缝制的。他一边在那里等候女主人的吩咐,一边在心里暗暗感谢天主和圣朱利亚诺,感谢他们像他希望的那样,把他从风雪夜里救了出来,把他送到这样一个大宅里来安歇。

那主妇休息了一会儿,吩咐把大厅的壁炉生旺了。她来到这个大厅,问那女仆,那个汉子是怎么一号人。女仆回答说:"太太,他已经穿戴好了,人很漂亮,举止端庄,看来像个有教养的人。"

"好吧,"那女主人说,"你去把他叫来,让他到这里烤烤火,吃点儿东西。我想,他还没有吃饭吧。"

里纳尔多来到大厅,看见这家的女主人分明是位贵妇人,赶紧上前问安,再三感谢她的救命之恩。女主人看了对方的人品,又听了他的这番话,觉得女仆所说果然不错,便和和气气地招待他,让他随随便便地和她一起坐下来烤火,又问他怎么会出这种事的。里纳尔多便把当天的事原原本本讲了一遍。

他所说的这些事,因为他的仆人逃进城堡之后已经讲过,这女主人也听到一些,所以对他的话也深信不疑,而且将她知道的有关他仆人的事也都告诉了他,说是明天早晨不难把他找到。这时晚餐已经摆好,里纳尔多听从女主人的吩咐,洗过手,同她一起坐下来吃饭。

这里纳尔多正当壮年,身材魁梧,仪表堂堂,气度轩昂,举止优雅,那主妇的眼光不时在他身上打转,对他很有好感。这天,本来侯爵约好和她幽会,所以早已勾起了她的春情。

吃罢晚饭,离了席,那主妇就跟她的女仆私下商量,既然侯爵失约,害她空喜欢了一场,那么,送上门来的这个好机会,能不能充分利用呢。那女仆早已知道了女主人的心思,便极力怂恿她。于是,主妇重又回到大厅,里纳尔多仍然独自在那里烤火。她脉脉含情地看着他,说道:

"哎,里纳尔多,您干什么这么闷闷不乐呢?您不是就丢了一匹马和一些衣服这类东西吗,难道您不相信能够补偿回来吗?请放心吧,打起精神来吧,您就当做在自己家里,而且我还想对您说,您穿了先夫的这身衣服,我觉得,您真像他。今晚我真想搂住您,亲吻您几百遍呢!要不是怕得罪您,我早就这样做了。"

这里纳尔多并非傻瓜,听了她的这番话,又看见她眼里闪射着光彩,就张开双臂,向她走去,并且说道:

"太太,我这条命是您救的,没有您,我早活不成了,我应当尽量侍候太太,让您称心如意,这才是道理,不然,我就是一个坏蛋。来吧,您只管搂我吻我吧,吻个心满意足,我一定奉陪,也要更高兴地搂您吻您。"

事情到了这一步,自然无需多费唇舌了。那主妇早已欲火中烧,投入了他的怀抱。她紧紧搂着他,吻啊吻的,吻了何止千次,也让他回吻了上千遍。两人这才起身进了卧室,也不多耽搁,马上宽衣上床,云雨多次,一直到天亮,两人的欲望才算满足。

天刚亮,主妇便吩咐他赶快起床。为了不让任何人看出破绽,她又找出一身破旧衣服叫他穿了,并给他钱袋里装满了钱,同时又请求他,昨天晚上的事不要向任何人提起,又指点了如何进城去找他的仆人的路径,然后让他从昨晚进来的那个门走了出去。

等到天已大亮,城门洞开,他便装作远道而来的商旅,进了城,找到了自己的仆人,从马背上取出自己的衣服换上。正要让仆人扶他上马起身时,差不多可以说是奇迹发生了:昨天抢劫他的那三个歹徒,在另一件事上犯了案,被官府抓住,押进城来。他们对所作的案件统统供认不讳,里纳尔多被抢的马匹、金钱以及衣物,全部物归原主,只有一副袜带给歹徒们丢失了,其余一无损失。

里纳尔多感谢天主和圣朱利亚诺,然后才上马启程,平平安安回到家乡。那三个不法歹徒,第二天就到半空里跳舞去了①。

---

① 原文为"向风踢腾去了",即被吊到了绞刑架上。

## 第三则故事

> 三个年轻人挥霍无度,结果倾家荡产。他们的一个侄子失意回家,路遇英国的公主。她嫁给了这个年轻人,帮他的几个叔叔重振了家业。

女郎们和三个青年听了里纳尔多·德斯蒂的故事,无不称奇,赞美他的一片虔诚,同时也感谢天主和圣朱利亚诺在他危难之时搭救了他。但对于那位不负天公美意、善于利用送上门来的机会的寡妇,她们也不愿加以谴责,尽管大家没有把这个意思明确说出口来。就在大家谈论那天晚上她是多么受用的时候,坐在菲洛斯特拉托旁边的帕姆皮内娅知道这回该轮到她讲故事了,就在心里暗暗琢磨该讲个什么样的故事,一听女王的吩咐,她就高高兴兴、不慌不忙地讲起来:

高贵的女郎们,只要仔细留心世间的事物,那么就会发现,如果要谈命运捉弄人这个题目,那真是越谈越有话可说。世人只道是自己的财物掌握在自己手里,却不知道实际上暗暗掌握在命运之神手里,只要明白了这一点,对我刚才的说法就不会感到惊奇了。命运之神凭着她那不可捉摸的意旨,用一种不可捉摸的手段,不停地把财物从这个人手里转到另一个人手里。这种情况随时随地都可以得到充分的证明,而且也在前面讲过的几个故事里阐述过了。不过,既然女王指定我们讲这个题目,我准备再讲一个,各位听了这个故事,不但可以解闷,也许还可以得到一些益处。

从前,我们城里住着一位骑士,叫做特巴尔多,有人说他是朗贝蒂家族的后裔,也有人见他的后代从事的都是一个行业,即阿戈朗蒂家族过去从事的行业,而且这个家族至今还从事这个行业,因而说他是阿戈朗蒂家族的后代。不管他是这两家中哪一家的后代吧,反正他是当时一个十分富有的骑士,膝下三个儿子,老大叫朗贝托,老二叫特达尔多,老三叫阿戈朗特。这三个儿子个个年轻英俊,一表人材。到老大还不满十八岁时,这特巴尔多骑士不幸去世,弟兄三人依法继承了这么巨大的一份家产。

这兄弟三人看到,这么大一份家业,房产土地,金银现钞,真是应有尽有,所以就漫无节制、随心所欲地挥霍起来。他们养了好多骏马、猎狗和禽鸟,侍候他们的仆役更是不计其数。他们还大开门庭,广延宾客,来者不拒,有求必应,又不时召集武士,举行竞技和比武。总之,凡是有钱人的享受,他们都享受遍了,而且年轻人的种种纵欲,他们也都插上一手。

这样奢华的生活没过多久,父亲留下的家业就差不多给花光了,即使有些许收入,但也是入不敷出。于是,开始变卖家产,以产抵债,今天卖这个,明天卖那样,眼看就到了山穷水尽的地步。财富蒙蔽了人们的眼睛,贫穷才使他们眼睛睁开。

一天,朗贝托把两个兄弟叫来,对他们说,父亲在世时家道是何等兴旺,那时的日子是何等富足,父亲一死,他们是如何挥霍无度,把那么大一份家产快要花光,现在就要成为穷光蛋了。因此,他认为,最好趁空场面还没有拆穿之前,把剩下的东西全部变卖,跟他一块远走他方。

兄弟三人照此办理,然后也不向亲友告别,更不声张,悄悄离开佛罗伦萨,来到英国,在伦敦租了一间小房住了下来。他们刻苦度日,干起放高利贷的行当来。也是他们运气来了,不出几年工夫,就挣了不少钱。

就这样,兄弟三人一个个相继回到佛罗伦萨,把旧时的大部分产业又买了回来,除此之外,还购置了一些新产业。三个人还都娶了妻子。在英国的放款业务仍在继续进行,后来打发他们一个叫做亚历山德罗的年轻侄子,前去掌管。这兄弟三人都留在佛罗伦萨,但他们都忘了以前所吃的苦头,个个故态复萌,再次挥霍浪费起来,尽管他们都有了家眷,都已生男育女。再说,他们自认财力雄厚,不管什么人来借贷,也不管借多少,全部满口应承,花钱如流水，比以前更加挥霍无度。多亏亚历山德罗在英国贷款给贵族，都要他们拿城堡或是其他产业作抵押，收入着实可观，因此能将大笔款项寄回来，弥补了三个叔叔的亏空。

就这样，这三兄弟依然继续任意挥霍，钱不够用时就向人借债，总指望着从英国来的接济。可是出乎人们的预料，英国国王和王子失和，竟兵戎相见，酿成一场战祸。这样一来，全国一分为二，有的效忠国王，有的依附王子，抵押给亚历山德罗的城堡采地全被占领，他的财源完全断绝。他指望国王和王子总有一天会重归于好，战争平息，他就可以收回本息，不受损失，所以一直留在英国。在佛罗伦萨的三兄弟仍毫无节制，肆无忌惮地挥霍，债台越筑越高。

几年下来，英国方面的接济毫无指望了，三兄弟不仅信誉扫地，而且因为他们拖欠的债务久久不还，给债主们逮捕起来，投入牢房，全部家产被没收，但仍不够还债。他们的妻子儿女东西分散，十分悲惨，看来这一辈子只能与贫穷为伍了。

再说亚历山德罗在英国观望了几年，一心指望时局能太平下来，后来看看再没有希望，只怕再待下去连性命都难保，就想回到意大利去。就这样，他独自一人踏上了归途。有一天，刚出了布鲁日城，看见一位穿着白色衣服的本笃会年轻修士，正领着众人走出城来。一大队修士、无数仆从，以及一辆大货车在前，后面是两个上了年纪的骑士策马随行。亚历山德罗认出，那两个骑士就是国王的亲属，便上前向他们打了招呼，他们欢迎他一路同行。

在大家一起赶路时，他轻声问他们，带着这么多随从、骑着马走在前面的教士是什么人，前往何处。其中一个骑士回答他说：

"那骑马前行的青年是我们的一个亲戚，最近被任命为英国最大的一个修道院的院长。但他的年纪太轻，按照规章，还不能担任这样重要的职务，所以我们陪他到罗马去，请求教皇特予通融，批准他的任命。不过这些事千万不能跟别人讲。"

那位新院长骑在马上，时而领先，时而又断后，就像我们通常看到贵族们出门上路的那副情景。这样一来，这位院长便注意到亚历山德罗。亚历山德罗正当青春年少，又长得眉清目秀，举止大方，彬彬有礼，天下没有那个男子能够比得上他，那院长一看见他，就满心欢喜，觉得他比谁都可爱。于是便把亚历山德罗叫到身边,跟他边走边谈,和颜悦色地问他是什么人,从哪里来,到哪里去。亚历山德罗把自己的身世照实说了,还表示愿意为院长效劳,不管是多么微不足道的效劳,都愿尽力而为。

那院长听他说得有条有理,再看他的举止又十分端庄,就暗中断定,尽管他操的是贱业,却必定是一个大户人家子弟,因此觉得他更加可爱了,对他的遭遇也深表同情,便好言相劝,安慰一番。院长对他说,应该放宽心,只要为人正直,天主自会把他从那坎坷的命运中拯救出来,不但能恢复昔日的繁荣,甚至能达到比以前更好的地步。院长眼看大家都向托斯卡纳进发,便请求同他一路同行,相依为伴。亚历山德罗谢过院长,再次表示,无论有什么吩咐,一定愿意效劳。

那院长自从见了亚历山德罗之后,心里便产生了一种从未有过的异样感情。大家就这样一路同行了几天,来到一个小城,这城里连一家像样的客店都找不到,可院长却偏要在这里过夜,多亏亚历山德罗经常在这里路过,便让熟识的一个客店老板收拾出一间房子,尽量舒适一些让院长住下来。这样,亚历山德罗凭着自己的干练,俨然成了院长的总管。他还尽力设法,在城里为随从们找到了住处。

院长用过饭后,天色已经不早,大家都分头睡了。亚历山德罗就问那店主,他自己在哪里将就一夜。那店主回答他说:

"说真的,我也不知道该怎么办,你看,到处都住满了,连我和我的妻子也只好睡在长凳上。不过,院长的房里有几袋粮食,我可以在麻袋上临时给你弄出个铺位,如果你愿意,就在那里勉勉强强过一夜吧。"

"这怎么行?"亚历山德罗说,"你知道,院长的房子本来就很狭小,连他的修士都没有睡在他那儿,我怎么好去打扰?早知如此,那我就该趁院长的帐子没有放下时,叫他的修士睡在麻袋上,我到修士们睡的地方去睡。"

"这可怎么办呢?"那店主说,"事情已经到了这个地步,我看你还是将就一下吧,睡在麻袋上也很舒服。反正院长已经睡下,帐子也已经放下了,我就悄悄给你弄个铺位,你睡这儿好了。"

亚历山德罗觉得这样做,倒也不至于惊吵院长,就答应了,悄悄爬到麻袋上,睡了下来。

再说那院长因为情思荡漾,迟迟未能入睡,亚历山德罗同店主说的话,他全都听到了,同时也听清亚历山德罗在什么地方睡下,不由心花怒放,暗自想道:"这分明是天主给我一个如愿以偿的机会,要是我不把它抓住,以后不知道哪一天才能再遇到这样的机缘。"

院长便打定主意,等客店里的一切声响都静下来后,便低声喊叫亚历山德罗,要他到自己的床上来睡,后者再三推辞之后,只得答应了。

亚历山德罗脱去衣服,上了床,在院长身边躺了下来,那院长这时便把一只手放在他的胸口,不住地抚摸他,就像多情的少女抚摸情人一般。这一举动叫亚历山德罗大吃一惊,以为院长要拿他来满足一种不正当的欲望。也不知是凭着直觉,还是由于亚历山德罗有什么举动,院长马上猜透了他的心思,不觉暗自好笑,便解开内衣,拿起他的手放到自己的胸前,对他说道:

"亚历山德罗,赶走你那荒唐想法吧,你摸摸我这儿,你会发现我藏着些什么。"

亚历山德罗用手在院长胸口一摸,摸到两个又小又圆、结实而又柔软的东西,像象牙雕刻出来似的滑腻,原来是少女的两个乳房。这时亚历山德罗才知道,院长原来是个少女,他毫不迟疑,不等对方有所表示,便一把将她搂在怀里,正要吻她时,她却说:

"且慢靠近我,先听我把话说清楚。现在你也知道了,我是个女人,不是什么男人。我离家的时候是个处女,这一回去朝见教皇,是要请他替我寻个婆家。也不知是你的幸运降临,还是我遇上了恶运,那天我一见到你,对你的一腔爱火就在我胸中点燃了,我相信,无论哪个女人也没有像我那样爱得热烈。我已经下了决心,只要你做我的丈夫,别的任何人都不要。如果你不愿娶我做妻子,就请你即刻下床,回到你自己的铺位上去。"

亚历山德罗虽说还不知道她的身世,但是看她一路上带着那么多随从,断定她一定是名门大户的千金小姐,又见她长得十分美貌,所以也就不再迟疑,立即回答说,只要她愿意,他哪里有不乐意的道理。

她一听这话,就从床上坐起来,把一个戒指交到他手里,叫他对着墙上的一幅耶稣的小画像,起誓要娶她,然后两个人才高高兴兴地拥抱在一起。这一夜剩下的时间自然是在欢乐之中度过了。

天亮时,亚历山德罗就照着他们商量好的办法,悄悄地离开了房子,像昨晚进来时一样,神不知鬼不觉地离开,这样一来谁也不知他昨夜究竟是在哪里睡的。亚历山德罗继续跟着院长的人马一路前行,好不高兴。过了好多天,他们来到了罗马。

休息了几天之后,院长只带着两个骑士和亚历山德罗去见教皇,她照例向教皇行过礼,然后说道:

"尊敬的教皇,您比任何人都更清楚,一个人想要过一种纯洁正派的生活,就得避开那些引诱他向相反方向前进的事物。正因为如此,我要做个规规矩矩的女人,于是就像您看到的,我乔装成男人,带着国王的大部分财宝,悄悄从我父亲,英国国王的宫廷偷跑出来。您也看到了,我是这样年轻,可我的父王却非要把我嫁给苏格兰国王不可,他已是个年老的国王,因此我才逃了出来,求您给我找个丈夫。我之所以逃跑,担心的并不是苏格兰国王的年岁,而是怕我年纪太轻,意志薄弱,一旦嫁了他,受了诱惑,或许会做出什么违背天主戒律、有损我们王室名誉的事来,这才前来求您。

"天主给人们安排的一切都是恰如其分的,正因为如此,在我一路来时,是那慈祥的天主使我遇见了他为我选中的丈夫,他就是这位青年。"(说着,她指了指亚历山德罗。)"您看到了,他就在我的身边,凭他的仪表和品德,不论是怎样尊贵的小姐,他都能配得上,尽管他的血统也许不像他给人的印象那样尊贵,但他这尊贵使我爱上了他,他就是我所要的人,除了他,再没有第二个男人能占有我的心,也不管我的父亲和别人如何想法,反正我只要他。我这次长途跋涉,本来是为了我的婚事,如今这个原因已经不存在,但我还是来了,一是为了瞻仰罗马这座圣城的许多圣迹,并且觐见教皇陛下;二也正是为了当着您的面,也就是当着众人的面,重申我和亚历山德罗两人私下订定、只有天主作证的婚约。我衷心地求您,但愿天主和我都喜欢的事也让您高兴,求您为此祝福;您是天主在世间的代表,蒙受了您的祝福,也就是加倍地得到了天主的赞许,这样我们两人就可以活也活在一起,死也死在一起,永远宣扬天主和您的荣耀了。"

亚历山德罗听了这番话,才知他的妻子原是英国的公主,真是又惊又喜;而那两个骑士听了这番话之后则大为震惊,要不是教皇在场,只怕他们会对亚历山德罗做出无礼的行动来,也许连这位公主也会遭他们的毒手。

教皇本人也是一样,他看到公主女扮男装,又听说她自己给自己选择了丈夫,感到十分吃惊。可是他看到事已如此,无法挽回,便答应了公主的恳求。他首先劝解那两个骑士,叫他们不必动怒——他知道他们在生气,让他们同公主和亚历山德罗重归于好,然后才着手安排起婚礼来。

到了教皇确定的日子,他安排了一个盛大宴会,把教廷的红衣主教、城里的贵族和显要都请来赴宴,然后请出公主,同贵宾们相见。她穿了一身皇室华服,容光焕发,娇美可爱,众人个个啧啧称赞。新郎亚历山德罗也身着盛服,仪表堂堂,俨然一位王孙公子,根本不像一个放款收利的年轻人,连那两个骑士也对他肃然起敬。就在教皇亲自主持的结婚典礼上,一对新婚夫妇重申盟誓,当众受到教皇的祝福,这婚礼自然是庄严隆重,热闹非凡。

离开罗马之后,顺着亚历山德罗的意思,夫妇两人一起来到佛罗伦萨,当然,这公主也很愿意到这座城池。他们结婚的消息早已传到佛罗伦萨,他们一到那里,备受人们的尊敬。公主先还清了那兄弟三人的债务,恢复了他们的自由,又替他们赎回家产,把三家的妻子儿女都接回家来。大家对这位公主自然是感激涕零。亚历山德罗夫妇离开佛罗伦萨时,邀请阿戈朗特同行,他们来到巴黎时,受到了法王的隆重款待。

两个骑士已先期回到英国,极力在国王面前为公主说情,英王果然宽恕了公主,高高兴兴地欢迎他的女儿和女婿回去。不久,英王授予亚历山德罗伯爵爵位,将康沃尔半岛赐给他作采地,为此还举行了隆重的仪式。这位新的伯爵极为干练,调停了英王和王子之间的冲突,使全国得以恢复和平,因此深得全国人民的爱戴和尊敬。

阿戈朗特把贷款全部收齐,又被亚历山德罗封为骑士,满载而归,回到佛罗伦萨。伯爵和他的夫人终生享尽人间的荣华富贵。据说,他凭着自己的才能和勇敢,再加上岳丈的提携,后来征服了苏格兰,成了苏格兰王。

## 第四则故事

> 兰多尔福·鲁福洛经商赔本,流为海盗,后被热那亚人捉住,乘船遇风落海,他抓住一只箱子,漂流到科孚岛,被一个女人救起,又发现那只箱子里全是珠宝,回家后成为巨富。

劳蕾塔坐在帕姆皮内娅旁边,听见她的故事已经到了美满的结局,不待吩咐,便紧接着讲起来:

仁慈的女郎们,依我看,命运的力量确实伟大,而它最伟大的地方莫过于让一个卑贱之人一下成了皇亲国戚,正像帕姆皮内娅刚才讲的故事中的亚历山德罗。前面各位所讲的故事都是这个题目,我当然也不该越出这个范围,现在我就不怕诸位见笑,也来讲个这类故事。我这个故事的结局虽然没有刚才一个那样荣耀,但中间经历的苦难却有过之而无不及。我知道,这样的故事相形之下听起来可能不够味儿,但我再也讲不出别的来,只好请诸位多多原谅了。

人们都说,从雷焦到加埃塔①这段海岸,是意大利风景最优美的地带,

---

① 雷焦在意大利最南端西海岸,面对西西里岛,系卡拉里亚大区首府。加埃塔在那不勒斯北部,也在西海岸。

尤其是萨莱诺附近，青山紧靠大海，当地人称做阿马尔菲海岸①，沿岸建了不少大大小小的城镇，花园和喷泉，比比皆是，住在那一带的人，都是些大商巨贾，他们个个善于经商，十分富足，像他们这样善于经商者，实在为数不多。就在那一带，有个小镇，名叫拉韦洛，今天那个镇上的人都很富有，从前呢，那里也有一个家资豪富的人，名叫兰多尔福·鲁福洛。可是他仍不满足，富了还想富，结果险些倾家荡产，甚至连自己的性命也送掉了。

这兰多尔福也像一般商人一样，很会算计，他买了一艘很大的木船，又把自己的钱都买成货物，满满装了一船，启程向塞浦路斯岛驶去。到了那里，他才发现船上装的那些货物，别人早已运来好多，他毫无办法，只得忍痛降价，简直等于白白送人，使他几乎到了破产的地步。

这样一来，他整天愁眉不展，不知如何是好，眼看自己马上就要从一个大富翁变成穷光蛋了，于是思忖，看来只有两条路可走，要么去死，要么铤而走险，出海抢劫，把损失的钱捞回来，只有这样，才不致出发时是个大富翁，回去时却成了穷光蛋。于是便找人把他的大木船卖了，又凑上卖去货物的钱，买了一艘海盗用的那种小快船，海盗所用的一切都购置齐全，把只小船装备得齐齐全全，存心出海拦截货船，尤其是土耳其人的船只。也许是上天照应，他做海盗比他做商人顺利得多。

从此以后，土耳其的商船被他抢劫的不计其数，不出一年工夫，他抢劫来的钱财，抵过了他经商的损失不算，比原本多出一倍还有余。他是个栽过跟头的人，看看自己弄到手的钱已经不少，不想再次栽跟头，便对自己说，够了，有了这些也就心满意足了，不能再干了，于是打算带着这笔钱返回老家。上次的生意已经使他后悔，不敢再拿钱去做生意，决定带着这笔现款回去，于是带着钱开船出海，向家乡进发。

船只来到多岛海的时候，傍晚刮起了猛烈的东南风，不仅正好顶风，而且波涛汹涌，他的小木船经受不住，只得驶进一个小岛的港湾里躲避，等待风浪平息。他的船刚驶进港湾不久，另有两艘大船也吃力地驶进来躲避。

这是从君士坦丁堡驶来的两艘热那亚人的大商船，船上的人看见港湾

---

① 萨莱诺是那不勒斯以南的一个海滨城市，距阿马尔菲市不远，下文的拉韦洛也在附近，这一带是有名的旅游胜地。

里有一艘小木船,又听说这条船的主人就是大名鼎鼎的大富翁兰多尔福,这班人本来就见钱眼红,贪得无厌,于是就用大船拦住去路,不让小船有逃走的机会,好下手抢劫。他们派了一部分人,拿着弓箭,全副武装,登上岸去,还选好地点,将木船围住,不让上面的任何人逃上岸去;其余的人跳上小艇,借着潮水的力量,很快就靠在兰多尔福的小船边,不费多大力气,便围住了小船,船上的人无一逃脱。没有经过多大搏斗,他们就登上小船,将船上的货物全部抢走。他们又将小船凿沉,把兰多尔福押到大船上。可怜这兰多尔福现在身上只剩下一件背心了。

第二天,风向转变,两艘大船扬帆西行,整整一天,一帆风顺。可是到了傍晚,风暴骤起,惊涛骇浪迎面而来,两艘大船被打得各奔西东。那兰多尔福倒霉而可怜,他所在的那艘船被风浪卷去,猛撞在切法卢岛上,大船就像玻璃撞上了石头,顷刻之间撞个粉碎。像通常一样,这时的海面上全是货物、箱子、木板,随着浪涛四处漂散。这时天色已晚,风浪险恶,大海茫茫,那些落水的人,懂水性的就拼命游泳,碰到什么东西,就紧紧抓住不放。

那倒霉的兰多尔福也是这些人中的一个。那天,死神几次三番来召他,他想不如趁早一死,而不愿再返回家乡受穷受苦。可是,真的在此生死关头,他又害怕了,所以也像别人一样,伸手抓过一块漂浮过来的木板,紧紧抓住不放,希望天主保佑,让他沉得慢些,甚至能帮他逃出险境。

他爬到木板上,随着风浪漂流,一直漂到天明。这时他举目四望,除了乌云骇浪,别无所见,此外只有一只箱子在浪涛里颠簸着。每当这只箱子向他漂来时,他就十分害怕,惟恐这箱子把他的木板撞翻,所以箱子每次漂来,他就顾不得身子虚弱,用尽全身力气,伸手把箱子推开。这时,突然一阵暴风吹来,掀起巨浪,风吹浪涌,那箱子一下猛撞到他的木板上,立刻将他翻进海里。兰多尔福这时已经再没有力气,只好在浪底漂了一会儿,但他又挣扎着浮了起来,这倒不是因为他有了力气,而是出于害怕。他举目四望,只见他的那块木板已经漂远,那箱子却在眼前,他怕再抓不到那块木板,便向那个箱子游去,抓住箱子,用力爬到上面,又用双手划着,向远处游去。

就这样,他随海浪漂到这边,又被漂到那边,整整一天一夜,既没有吃,也没有喝,更不知道自己是在什么地方,抬头望望,只见一片汪洋。

到了第二天,他已浑身透湿,活像一块海绵,两手依然紧紧抓着箱子不放,快要沉溺的人都是这样,只要抓住了什么东西,总是不肯放开。不知是天主的旨意,还是风的力量所致,他给冲到了科孚岛①的海滩边。恰巧正有一个穷苦女人来到海边,用海水和泥沙擦洗她的陶锅,抬头望见海上不知是个什么东西向她漂来,吓得向后退着,叫了起来。这时的兰多尔福,眼睛已经看不清楚,话也说不出来,当然无法向她解释。幸亏海水把他冲到岸边时,那女人认出是一只箱子,再仔细辨认时,才看到箱子上面的两只手臂,接着看清了兰多尔福的脸。这时,她已想像出究竟是怎么回事了。

这时,海上已经是风平浪静,她动了恻隐之心,就跨入海里,抓住兰多尔福的头发,连人带箱子一起拖上岸来。她让同她一起来的女儿把箱子顶着,她自己则把兰多尔福抱起,像抱孩子似的把他抱回家里。到了家,她把他放到热水浴缸里,给他洗了一个热水澡,又给他按摩全身,他的身子慢慢暖和起来,渐渐恢复了生机。她就这样为他忙碌了一阵,又给他拿来好酒和甜点,款待他一番。过了几天,在她的精心照料之下,他的体力完全恢复,神志也完全清醒过来。那好心的女人认为,那箱子——她一直替他精心保管着——应该还给他了,认为他该继续去干自己的事,便把自己的这些想法讲给他听。

兰多尔福已经记不起那个箱子,既然那善良的女人说是他的,他就收了下来,心想也许里面有些什么值钱的东西,可以维持他几天的生活。他拿起箱子,发现箱子很轻,刚才的希望不免失掉大半。不过等那女人不在家时,他还是设法打开箱子,看看里面都是些什么。箱子一打开,原来里面是很多宝石,有镶嵌的,也有尚未镶嵌的,这使他感到喜出望外。他一看这些东西,就知道它们价值连城,他满心欢喜,便连声感谢天主不曾把他抛弃。但是他想到,短短这段时间,他遭到命运的两次打击,也许还会第三次遭殃,所以决定一定要万分谨慎,以便把这些东西弄回家去。于是他用些破布之类的东西,把这些宝石好好包起来,又对那善良的女人说,他无需再用那只箱子了,如果能给他一个袋子,他便把箱子送给她。

那善良的女人满足了他的要求,他再三谢过她的救命之恩,便背起袋子,向她辞别而去。他搭了一艘船,来到布林迪西,继续沿海岸航行,来到特

---

① 科孚岛为希腊一海岛,现称克基拉岛。

拉尼①。在那里,他遇到几个丝绸商,谈起来才知道大家都是同乡。他把自己这一段遭难遇险的事,原原本本地讲给他们听,只有那箱子的事一字不提。他们听了深表同情,送给他一套衣服,还让他骑上他们的马,把他一直送到他的家乡拉韦洛,几个丝绸商重新上路,去做他们的生意。

到了家,他感到万无一失了,这才重新谢过天主的保佑,解开他的袋子,再更加仔细地检查一番他的宝石,路上他是无法这样仔细检查的。这时他才真正发现,这些宝石都十分珍贵,而且数目甚多,即使不照市价,便宜一些卖出去,也比出发前富了一倍还有余。他设法把宝石卖出之后,寄了一大笔钱给科孚岛的那个善良女人,报答她的救命之恩,又寄了一些钱到特拉尼,感谢那些给他衣服的商人,其余的钱留着自己享用。从此,他不再出外经商,一直过着荣华富贵的生活,直至尽其天年。

---

① 布林迪西为意大利东南部一海港;特拉尼也在意大利东南沿海,比布林迪西稍靠北。

## 第五则故事

佩鲁贾城的马贩安德鲁乔来到那不勒斯买马,一夜之间遭遇三次风险,结果一一逃出险境,还带了一枚红宝石戒指回家。

现在轮到菲亚梅塔讲故事了,她说道:听了兰多尔福得宝石的故事,使我想起另外一个故事来,也是十分惊险,甚至不亚于劳蕾塔刚才讲的那个,只是她的故事经历了好几个年头,而我要讲的,只是一夜之间的事,你们下面就可以听到了。

听人说,从前在佩鲁贾市①有个年轻人,名叫安德鲁乔·迪彼得罗,是个精明的马贩。他听人说,那不勒斯的马价便宜,就用钱袋装了五百个金币,同其他商人一起出发了。说起来,这还是他第一次出远门。到达的时候,正好是一个星期日的傍晚,快到打晚祷钟的时分。当晚向店主人打听了一些情况,第二天一早就来到马市。他看到,那里的马确实不少,而且每一匹都令他喜欢,于是就跟人家讨价还价,结果连一匹也没有买成。为了表示他要买马,他像那些没有教养的乡巴佬一样,不时把钱袋掏出来,在来来往往的行人面前摆弄他的那些金币。这时,正巧一个长得十分俏丽的西西里

---

① 意大利中部一城市。

姑娘从他身边走过,看到了他摆弄的金币。她本来以卖笑为生,给几个小钱就愿意满足男人的欲望,而安德鲁乔并没有注意到这个姑娘。她紧走两步,来到他身边,看到了他的钱袋,心里立即浮起一个念头:"要是这些钱成了我的,那谁还能比我阔气呢?"想过之后,也就走开了。

在这姑娘身边,还有一个老太婆,也是西西里人。她看到了安德鲁乔,就没再理会走开的姑娘,热情地拥抱住了这个小伙子。那姑娘看到了这一切,便在一旁悄悄地等着,不过没说一句话。安德鲁乔一看,原来认识这个老太婆,便热烈地向她问候致意,约她到他住的客店看他,说完两人便分了手。安德鲁乔继续在市场上转悠,但他一上午依然没有买到马,空手而归。

那姑娘起初注意的是安德鲁乔的钱袋,后来看到那老太婆同他的交情,便想尽量设法把他的钱弄到自己手里,都弄来也好,弄到一部分也不差。于是她详详细细地向那老太婆打听他是什么人,从哪里来,来干什么,她是怎么认识他的。那老太婆便把安德鲁乔的一切,详详细细地告诉了姑娘,就是让安德鲁乔来讲,也不会有太大的差别。她自己曾在安德鲁乔的父亲家住过很长时间,先是在西西里,后来是在佩鲁贾。她还把安德鲁乔住在哪家客店,为什么到这里来,都告诉了姑娘。

那姑娘把情况讨了个一清二楚,又把他的名字和他亲属的名字都牢牢地记在心里,以便利用这些材料施行她的骗术,满足她那欲望。回到家里,她就故意找了些杂事,让那老太婆整整忙碌了一天,无暇去探望安德鲁乔。到了傍晚,她就派了一个最善于干这类事的使女前往安德鲁乔住的客店。事有凑巧,那使女到了那里,安德鲁乔正好独自站在店门口,使女一打听,正好问到了他本人。他说,他就是安德鲁乔,那使女一听,便把他拉到一边,说道:

"先生,这城里有位小姐,想在您方便时同您谈谈。"

安德鲁乔听了,满心欢喜,不禁从头到脚把自己打量了一番,自以为真是个美男子,因此认为那位小姐一定是爱上了他,好像整个那不勒斯再也找不出第二个漂亮的小伙子了。因此,他很快答应下来,又问那使女,那小姐打算在什么时候、什么地方同他谈。使女回答说:

"先生,您愿意什么时候来就什么时候来,她在家里等您。"

对这件事,安德鲁乔向客店一字未提,便对使女说:"那好,现在就去吧,你带路,我跟你去。"

使女把他带到小姐家里,那条街叫做恶窟街,这条街正派到什么程度,这个名字就足以说明了。但是他对此一无所知,也不加怀疑,只认为是到一个正大光明的地方去会见一位高贵的女人,所以他就放心大胆地跟着那个使女进了那所房子。他刚登上楼梯,那使女便向她的小姐喊道:"安德鲁乔来了!"这时他看到,那位小姐正在楼梯口上等着他。

那小姐正当青春年少,身材修长,面庞秀丽,穿着服饰大方得体。她看到安德鲁乔走上楼来,便走下三级台阶,张开手臂,搂住他的脖子,好像一时悲喜交集,激动得话都说不出来了。然后她流着眼泪,亲吻他的前额,哽咽着说:"啊,我的安德鲁乔,我可要好好欢迎你啦!"

安德鲁乔没有想到会受到如此亲热的欢迎,真是受宠若惊,不知该如何回答,只好说:"小姐,见到您真是不胜荣幸。"

那姑娘很快拉起他的手,带他进了客厅,没有说一句话,又带着他从客厅来到她的卧室。那卧室里摆了好多玫瑰和桔子花,再加上种种香料,芬芳扑鼻。他看到,室内有一张锦帐低垂的绣榻,门后挂着一套又一套的衣服,这是这一带的一种习惯,另外还有好多摆设,一切都富丽堂皇,他从未见识过。因此,他认定她一定是一位富贵人家的小姐。她请他一起坐在床边的一个大箱子上,这才开始对他说:

"安德鲁乔,我知道,你一定会被我的拥抱和眼泪弄得莫名其妙,因为你不认识我,甚至连我的名字都从来没有听说过,可是,我讲一件事给你听,你一定会大吃一惊:我是你的姐姐。我想对你说,真该感谢天主,使我在死去之前能见到我的一个亲兄弟,这样我就死而无怨了。但是,我的平生愿望是,但愿能同我的所有兄弟都见上一面,那我就死也瞑目了。你恐怕对这些事一无所知,那么,就让我来告诉你吧。

"彼得罗是你的父亲,也是我的父亲,我想,这一点你已经知道了,他在巴勒莫①住了很长时间。由于他的人品好,又和蔼可亲,所以凡是认识他的人都对他抱有好感,至今也还记得他。在那些爱他的人当中,有一个人爱得最深,那就是我的母亲,她是一位有身价的女人,当时正在守寡。她当时不

---

① 巴勒莫是西西里首府。下文中的阿格里琴托为西西里的另一座城市。

顾父兄的威吓，不惜自己的名誉，结识了他，后来就生下了我，就是你面前的我。

"后来，彼得罗因故需要离开巴勒莫返回佩鲁贾，当时我还是个小姑娘，他便抛下我们母女两个走了。据我所知，从此他就把我们忘得一干二净。如果他不是我的生身父亲，那我一定要指责他对我母亲无情无义，且不说他还欠了我这个做女儿的一段情分，我是他的女儿，又不是什么年轻姑娘生的，更不是什么低三下四的女人生的。我母亲只因为一心一意地爱他，不知道他是这样一种人，便把自己的一切，包括自己的身子都交给了他。可是又怎么样呢？当时做下了错事，时间又过了这么久，只能心里指责，却无法挽回，事情就落到了这个地步。

"他把我丢到巴勒莫的时候，我还是个小孩子，后来我在那里长大，差不多像我现在这样高了。我的母亲本来是个阔太太，就把我嫁给了阿格里琴托城的一个可敬的绅士。他因为爱我和我的母亲，所以便搬到巴勒莫来住。他是个教皇党①的中坚分子，因同我们的国王查理密谋，而被腓特烈皇帝发觉，我们只得匆忙逃离西西里岛，那时，我马上就要被封为骑士夫人了，那个封号在整个西西里岛还是头一个。我们只带了一点点东西，不过，说是'一点点儿'，那是同我们拥有的那么多东西相比较而言的。我们抛下田地房产，逃到这里。承蒙查理国王不忘我们过去对他的效忠，以及因之而遭受的损失，赏赐了我们好多田地房屋，作为补偿。他还一直给我的丈夫——也就是你的姐夫——很高的俸禄，这一点你以后自会看到的。就这样，我在这里住了下来。想不到，凭着天主的恩惠——不是借你的光，在这里见到了我的好弟弟。"

说完，她又搂住他，眼里含着泪水，热烈地吻他的前额。安德鲁乔听了这篇娓娓动人的故事，听她讲得有条不紊，天衣无缝，讲来又没有一点儿停顿磕巴，同时他又记起，他父亲确实在巴勒莫住过一段时期，他本来就是个年轻人，一般小伙子自己都贪恋女色，再加上看到她那滚滚的泪珠，亲切的拥抱，纯洁的亲吻，因此便相信了她说的一切都是实话。等她住口之后，他

---

① 十二三世纪时意大利一党派，支持法国国王查理一世，多数成员为大工商业主，对立派为大封建主组成的帝皇党，也称吉伯林派。

便回答说:

"夫人,您自然会想像到,这事真叫我吃惊。事实是,要么是我的父亲从来没有提起过你们母女俩,要么是他提起过,可我没有听见过。所以我根本不知道有您这样一个人,就好像您并不存在似的。我到这里来只是为了别的事,没想到竟找到了我的姐姐,这真出乎我的预料,叫我说不出有多么高兴。真的,天下的人,不管地位有多高,没有一个不愿意结识您,别说像我这样的小商贩了。但是,有一件事请您告诉我,您是怎么知道我在这里的?"

那姑娘回答说:"今天早上,一个穷苦老婆子告诉我的,她常到我这儿来。就是她谈到了咱们的父亲,她还对我说,父亲在巴勒莫和佩鲁贾的时候,她一直在他家里做事。我本来早就想去看你了,只因想到,一个女人跑到一个陌生的男人家里去有失体统,所以还是觉得你来这里更好些。"

讲过这些,她又一个个提到家里好多人的名字,询问他们的近况,安德鲁乔一一作了答复,这使他越发相信他不该相信的事了。

他们就这样谈了好长时间。天气很热,她让人端上希腊白葡萄酒和甜点,让安德鲁乔享用。他吃过喝过之后,看看到了晚饭时间,便起身告辞。她却无论如何也不答应,装出生气的样子,抱住他说:

"天哪!现在我才知道,你根本不把我放在心上。你刚刚遇到你平生从未见过的姐姐,你到了她家里,就该留下来才对,怎么能离开这里去客店吃饭呢?当然,应该由你的姐夫陪你吃晚饭,可是,他不在家,这使我很感不安。但是,作为一个女人,我知道该怎么款待你。"

对此,安德鲁乔不知该如何回答,只得说:"我把您完全当做自己的亲姐姐,可是,如果我不走,就得累人家白等我一个晚上回去吃晚饭,这不免有点儿不懂礼貌了。"

"我的天哪!"她说道,"难道我就不能打发一个人去告诉他们不要等你了吗?不过,要是你真讲礼貌,那就应当把你那些朋友全请来,吃过晚饭之后,如果你真要走,你可以同他们一起回去。"

安德鲁乔说,今晚他不想请他那些同伴,不过,他愿意遵命留下来。于是,她假装打发人到客店去关照,让人别再等他回去吃饭,然后又跟他东拉西扯了一阵,这才请他共进晚餐。她预备了好几道菜,故意消磨时光,等着天黑。等到吃完晚餐,安德鲁乔站起来告辞,她无论如何不让走,说是在那不勒斯,晚上可不能随便走动,尤其是一个外地陌生人,夜行很不安全。她还说,刚才她打发人去客店通知他不回去吃晚饭的时候,同时也关照过,他晚上不回去住了。

这些话他深信不疑,又想多在她身边待一会儿,便被这一套手法骗住,留了下来。他们两人又谈了好一阵,直到深夜,这自然是有其原因的。于是,她让安德鲁乔睡在自己的卧室里,留下一个男童侍候他。看看他别无其他需要了,她这才带着使女到别的房里去了。

那天天气很热,安德鲁乔看看只剩了自己,便立即脱掉外衣和裤子,把它们放到床头。这时,他感到肚子有点儿胀,想要解手,便问那小童,便桶在哪里。那个男童指着一扇门说:"进去吧。"

安德鲁乔毫不怀疑地推门迈了过去,谁知竟一脚踏在一块架空的木板上,一下连人带板一起跌了下去。多亏天主照应,虽然他是从高处跌下去的,却并没有受伤,只是掉到了污秽之处,弄得满身污泥。为了让诸位明白,刚才讲的以及后来究竟是怎么一回事,姑且把这个地方给大家交代一下。原来这是一条很窄的胡同,就像我们通常见到的那样,两边的房子靠得很近,房与房之间架两根梁,中间钉几块木板,就算是坐人的地方,安德鲁乔踏上去的就是这么一块板,只是没有钉住而已。

安德鲁乔跌到了下面的窄胡同里,很是着恼,便喊起那个小童来。谁想那小童见他跌了下去,便跑去报告他的女主人。那个女人马上来到房间,先找他的衣服,果然从裤子袋里找到了安德鲁乔的钱。原来,他怕被偷,总是把钱带在身边。这位所谓巴勒莫的太太,某人的姐姐,一旦把钱弄到手之后,便再也不去管那个男人是死是活,随手把那扇叫他掉下去的门关上了。

安德鲁乔喊着,不见小童回答,便更加大声喊叫,还是没有一点儿反应。这时,他也疑惑起来,可是到这个时候才发觉,确实是为时已晚了。他翻过胡同里的一堵矮墙,来到外面街上,跑到那所宅子门口——那宅子他记得清清楚楚,又是喊叫,又是敲门。这样闹了半天,还是没有动静。这时,他已知道自己受了骗,不觉边哭边嚷起来:

"哎呀,真倒霉哪,怎么一转眼我就丢了五百金币和一个姐姐哪!"

他又哭喊了一阵,便再去敲门,大呼大喊。他这样闹腾,把附近的人吵醒了,他们从床上爬了起来,那位好太太的使女们也跑到窗口,其中一个装

作睡眼惺忪的样子,向他怒喊了一声:

"谁在下面敲门?"

"喂,"安德鲁乔嚷道,"你不认识我了?我是安德鲁乔,菲奥达利索太太的弟弟。"

那使女回答他说:"可怜虫,如果你喝多了,那就快回家去睡吧,有事明天早晨再来。我不认识安德鲁乔,也不明白你说的那些话是什么意思。你还是快走吧,让我们好睡觉,行不行啊?"

"什么?"安德鲁乔说,"你不明白我的意思?你肯定明白。如果你们西西里人这样对待自己的亲戚,转脸就忘了,那么你们至少应该把我的衣服还我,我二话不说,马上就走。"

"可怜虫,"她回答说,好像几乎要笑出来了,"我看你在做梦吧。"说完,她缩回身子,把窗砰的一声关上了。

安德鲁乔这时才知道,他的钱被人骗去,这可把他给气疯了,知道讲理是肯定无济于事的,便拿起一块大石头,开始拼命地砸起那个大门来,声音比先前大得多。

这样一来,几家邻居都被吵醒,他们以为他是个坏蛋,故意编造这故事来纠缠那个女人,又恨他这样拼命砸门,闹得大家不得安宁,便都跑到窗口来,像当地的一群狗对着一只生狗狂吠似的向他呵叱起来:

"人家是规规矩矩的女人,你这种时刻到人家门口,讲些不三不四的话,实在太下流了。看在天主的分上,快走吧!你这可怜虫,快走吧,让我们安安静静地睡觉吧!如果你同她真有什么事,明天再来吧,别吵得人整夜不得安宁。"

在那个所谓的好女人家里有个拉皮条的彪形大汉,安德鲁乔来时并没有见到他,这时,那大汉听了邻居们的话,心里更有数了,便来到窗口,怒气冲冲地大声喊道:

"下面是什么人在胡闹?"

安德鲁乔听到这声音,抬头望去,看不太真切,只看到好像是个什么人物,长着满脸的黑胡子,又伸懒腰,又打哈欠,像是刚从床上爬起来。安德鲁乔不免有点儿发慌,回答说:

"我是这家那个女人的弟弟……"

那楼上的大汉不等他说完，比刚才更粗暴地喝道：

"我真不知道，为什么我不下去揍你一顿，把你揍得动弹不得才好罢手。你这个秃驴，醉鬼，你这样吵得谁都睡不成了！"

说完转身关上了窗子。有几个邻居知道这个人的脾气，好心地劝安德鲁乔说：

"看在天主的分上，可怜的人，快走吧，别让这个人给杀了。为了你自己，还是快走吧。"

安德鲁乔被那个家伙的凶恶神气和厉声呵斥给吓坏了，又经众邻居这么一劝，想来他们也是出于好意，只好离开。他丢了钱，好不痛心，垂头丧气地沿使女领他来时的路径想返回客店，但又不知道是不是这条路。他身上沾了好多污秽，气味难闻，自己也觉得难受，便想到海边洗一洗，就向左拐，走进一条叫做卡塔拉纳的街道。在他正往城市的尽头走时，突然看到两个人向他这边走来，手里还拿着一个灯笼。他担心来人是巡丁或者强人，便想躲开，仔细一看，旁边正好有个草房，便藏了进去。可是那两个人好像早已计划好似的，也径自来到这座草房。一进草房，便把肩上扛的铁器放下，一边谈着，一边检查这几样铁器。忽然，其中一个说道：

"怎么回事？这里今天怎么这么臭！"

说着，便举起灯笼，正好照见了可怜的安德鲁乔，吃惊地问道："谁在那里？"

安德鲁乔不做声。他们提着灯笼，来到他身旁，问他为什么这副模样，到这里来干什么。安德鲁乔只好把他的遭遇原原本本地告诉了他们。他们琢磨了一下那出事的地点，其中的一人对另一人说："不错，是布塔弗科家，就是那个卡莫拉①的小头目干的。"其中一人转身对安德鲁乔说：

"可怜的人呀，尽管你丢了自己的钱，可你还得感谢天主，因为你跌了下来，再也无法回到那个屋子，不然的话，毫无疑问，等你睡熟之后，一定会遭他们的毒手，结果连你的性命和你的钱一起送给他们。你现在再哭又有什么用？你想拿回一文钱，那比上天摘一颗星星还要难得多。不仅如此，如果那个家伙听到你把这件事讲出去，只怕你的性命都难保呢。"

---

① 卡莫拉系那不勒斯一带的黑社会组织，类似西西里的黑手党。

说完,那两个人又商量了一会儿,这才转身对安德鲁乔说:

"你看,我们很同情你。现在我们正要去干一件事,如果你肯参加,跟我们一块儿去干,那我们敢肯定,你将来分到的那部分好处,比你以前损失的要多得多。"

安德鲁乔正身处绝境,便说愿意马上就去。

原来那天是那不勒斯大主教菲利波·米努托罗下葬的日子,他穿着华丽的服装,带了好多随葬品,手指上戴着一个红宝石戒指,光这只戒指就值五百个金币以上。这两个人就是打算去偷盗这些东西。他们把这个打算告诉了安德鲁乔,他这时只想得到好处,不管这事做得做不得,就跟他们一起去了。在去大教堂的路上,安德鲁乔仍然是一身臭气,一个人便说:

"我们能不能想法让他先洗一洗,免得这样臭气熏人?"

"可以,"另一个回答说,"这附近有一口井,那里的辘轳上总是吊着个大水桶,我们就赶紧到那里给他洗一下吧。"

他们来到那口井边,只见绳子还在,大水桶却不在了。他们就决定,用绳子把安德鲁乔缚住,放下井去,等他在井里把身上的污秽洗干净了,摇摇绳子,他们再把他拉上来。

安德鲁乔刚下井,就有几个巡丁,因为天热,又追捕一个人跑了半夜,口渴难忍,便来到井边喝水。那两个窃贼一看到巡丁,立刻溜掉了,来喝水的两个巡丁并没有看到他们。

安德鲁乔在井里洗好了,便摇动绳子。那两个口渴的巡丁已将他们的小木盾、兵器和披风放到地上,开始向上拉那条井绳,以为拉上来的是满满的一桶井水。安德鲁乔被拉到井口,便松开绳子,抓住井栏,跳了上来。两个巡丁一看上来一个人,吓得魂飞魄散,扔下绳子,一句话也不敢说,拔脚便逃。安德鲁乔也大吃一惊,要不是紧紧抓住井栏,说不定就掉进井底,甚至受伤或者送了性命。他看见地上的几件武器,更加惊惶,因为他记得他的那两个伙伴并没有带武器。他疑疑惑惑,不知这是怎么回事,又担心这里再有什么鬼把戏,于是决定什么也不碰,悄悄离开这儿。可是,他又不知自己该到哪里去。

就在这样漫无目标地向前走着时,安德鲁乔又遇到了先前的那两个伙伴,原来他们想回去把他从井里拉上来。他们见到他,十分惊异,问是谁把他拉上来的。安德鲁乔说不知是谁,只把经过情形告诉了他们,还对他们说,他在井边看见些什么东西。两个伙伴知道这是怎么回事,所以都笑了,告诉他刚才他们为什么跑开,是些什么人把他从井里拉了上来。这时已是半夜,大家不再说什么,径直来到大教堂,很顺利地走了进去,来到大主教的石棺旁。那是一个大理石石棺,很大。他们用随身带来的铁棍把沉甸甸的棺盖撬了起来,再用东西把它撑住,正好容一个人出入。这样弄好之后,一个人说:

"谁进去?"

"我不去。"另一个回答说。

"我也不去。"那第一个说,"安德鲁乔,你进去。"

"我不去。"安德鲁乔说。那两个家伙转过身来对他说:

"什么!你不进去?天主在上,如果你不进去,我们举起这铁棍,给你当头一棒,结果了你的性命。"

安德鲁乔害怕了,只得爬进石棺,一边往里钻,一边想道:"这两个家伙强迫我钻进去,无非是想骗我,等我把里面的东西都交给他们,自己再挣扎着爬出来的时候,他们早已带着东西跑得无影无踪了,我却一无所得。"

这样一来,他便决定首先把自己的一份弄到手。一进石棺,他想起他们对他说的那枚珍贵的戒指,就赶忙把戒指从大主教的手上捋下来,套到自己手指上。他这才把主教的牧杖、帽子、手套等等东西,一件一件交出去,说是能拿走的全在这里了,事实上,死者身上确实只剩一件衬衫了。外面的两个人说,肯定有一枚戒指,叫他好好找找。他在棺里假装在努力寻找,却故意磨蹭好让他们在外面等着。那两个家伙却比他更狡猾,一边假意叫他再好好找一找,一边却将支撑棺盖的撑柱抽掉,棺盖掉下,盖住了石棺。两人扬长而去,不管安德鲁乔在石棺中的死活。

安德鲁乔在里面听到轰然一声,棺盖盖上了,当时他的心境如何,可想而知。他想把棺盖顶起来,一会儿用头,一会儿用肩膀,全是白费力气。他不由得一阵绝望,昏倒在大主教的尸体上。这时要是有人来看到这番情景,一定很难分辨出哪个是活人,哪个是死人,哪个是主教,哪个是安德鲁乔。等他醒来,不由放声大哭,他看到,面前无疑只有两条路,要么是没有人来挪开棺盖,他就只能在这尸体边陪着爬动的蛆虫饥饿而死,被污浊的空气窒息而死，要么是有人挪开棺盖，发现了他，那就会被当做盗墓贼而绞死。

就在他这样胡思乱想、悲痛万分的当儿，忽然听到教堂里来了好多人，还有说话的声音。他立刻猜想到，这些人也是来干他和他的同伙所干的那种勾当的，这使他更加害怕。但是当他们撬起棺盖，用撑柱撑好之后，也发生了派谁进去的问题。谁都不想进去，争论了好半天，一个神父说话了：

"你们怕什么呢？难道怕死人吃掉你们？死人是不会吃人的。好，让我进去好了。"

这么说着，他就把胸口贴到石棺边上，头朝外，把两条腿伸进石棺里面。安德鲁乔看到他真的要下来，马上抬起身，拉住神父的一条腿，装作要把他拖进石棺。那神父感到石棺里面在拖他，吓得高声尖叫，爬出石棺，没命地逃跑了。其余的人一看到这情形，个个吓得魂飞魄散，拔腿便逃，好像背后有千百个魔鬼追来似的，让那石棺盖开着口，再也无人理会。

安德鲁乔看到这情形，喜出望外，立即爬出石棺，从原来进来的地方走出大教堂。

这时，天已快亮了，安德鲁乔手上戴着那枚好不容易到手的戒指，有路便走，一直来到海滩边，这才寻路回到了原来的客店。客店里，他的同伴和客店老板因他失踪，一夜不曾放心。他把他的经历讲给他们听，店主劝他，最好立刻离开那不勒斯。他不敢耽搁，立即动身，回到了佩鲁贾。他出门原是为买马，马没有买成，却把所有的钱换了一枚戒指带回家。

## 第六则故事

> 贝里托拉夫人战乱中出逃,两个儿子同她失散,她逃到卢尼贾纳①,和一对羔羊同住;她失散的一个儿子也来到她的主人家,因同主人的女儿私通而被下狱;西西里造反,反对国王查理,贝里托拉得以与儿子相认,儿子娶了母亲主人的女儿,她又找到了另一个失散的儿子,全家团圆,衣锦还乡。

无论是女郎还是小伙子,听了菲亚梅塔讲的安德鲁乔的遭遇,都痛快地笑了一阵。笑毕,埃米莉亚遵照女王的吩咐,开始讲道:

不幸和痛苦的遭遇是命运循环变动中的事,但是,人们常常只谈论其中的一件,其他的好多件却只留在我们的心底,这些事留在那里只会使人受到蒙骗。所以我认为,听了那样的遭遇也无需烦恼,不论是幸运的人,还是苦难的人,都不妨听听悲惨的故事,因为对于幸运的人,可以引以为鉴,而对于

---

① 为古代托斯卡纳地区的一部分,在马格拉河流域,即现在的意大利西北部拉斯佩齐亚港一带。

苦难的人，也不失为一种安慰。因此，虽然悲惨的故事我们已经讲过好几个，但我还是想给大家讲一段实有其事的人间惨史。这故事的结局尽管也是美满的，但是，当初忍受的痛苦是那样深，时间又那么久，我很难相信，到头来的一点欢乐怎么能抵偿那重重的悲苦辛酸呢？

亲爱的女郎们，你们想必都知道，腓特烈二世死了之后不久，曼弗雷迪①成为西西里王。在辅佐他的大臣中，最受器重的一位就是那不勒斯的贵族阿里盖托·卡佩切，他的美丽高贵的妻子名叫贝里托拉·卡拉乔拉，也是那不勒斯人。这阿里盖托正在执掌整个西西里的大权时，听说查理一世②在贝内文托大败西西里军队，杀死曼弗雷迪，整个王国已经投降查理一世。阿里盖托既不敢相信西西里岛人的忠贞，又不甘心向前王的仇敌称臣，只好准备出逃。不幸事机不密，被人察觉，他和他的一些朋友以及曼弗雷迪的好多臣仆均被抓住，成了查理王的阶下囚，这时的查理王已将全岛占领。

贝里托拉失去了丈夫，这对她无异是晴天霹雳，她不知道他的生死下落，吓得心惊肉跳，觉得已是大祸临头。为免遭敌人侮辱，她撇下了所有的家产，也不顾自己已有身孕，匆忙中只带了一个八岁的儿子朱弗雷迪，身无分文，上了一条小船，向利帕里群岛逃去。在那里，她又生下一个儿子，名叫斯卡恰托③。她雇了一个奶妈，大小四人登上一条小船，打算去那不勒斯投奔亲戚。可是事情又出乎她的预料，木船遇到风暴，本来应该去那不勒斯的，却被吹到了蓬察岛④。他们来到一个小港湾，等待风平浪静后再继续航行。这贝里托拉夫人也像别的人一样登上小岛，找了一个隐蔽的地方，孤身一人。她想起了自己的丈夫，不觉痛哭起来。

她每天都要上岸走一会儿，说是去散心，其实是找个隐蔽的地方痛哭一阵。一天，她正在独自悲泣，突然一伙海盗闯来，木船上的人和水手都没有

---

① 曼弗雷迪(1232—1266)，腓特烈二世之子，长期摄政，1258年正式登位，称"两西西里王"(西西里与那不勒斯)，反对教皇，支持帝皇党(即吉伯林党)。
② 查理一世(1226—1285)，法王路易八世之子。曼弗雷迪两次被教皇逐出教门，教皇将两西西里王转封给查理一世，条件是他需向教皇纳贡。1266年，查理在意南部贝内文托一带杀死曼弗雷迪，结束了两年的王位争夺战，正式统治两西西里岛。
③ 意为被逐出家门者。
④ 蓬察岛为那不勒斯西北一海上小岛，前文中的利帕里群岛在那不勒斯南部海上。

发觉,一下全被掠走,没有一个逃脱。等到贝里托拉夫人照例哭完之后,回到海滩边去看自己的孩子,近几天来她天天都是这样哭了回来看孩子的,不料此时海边已空无一人。她先吃了一惊,后来又立即对眼前的一切感到疑惑,但她抬眼向海上一望,才看见一只大船,后面拖着那只小木船,还没有走远。这下她全明白了,她不仅失去了丈夫,现在连两个娇儿也丢了,只剩她孤零零一人,一无所有,流落在这荒岛之上,也不知此生此世还能不能和自己的丈夫儿子见面,她只是呼唤着他们的名字恸哭,昏倒在海滩上。

在这荒岛之上,哪里有人用凉水和药品来救她呢,她的魂魄便离了她的躯体,随处飘荡,过了很长时间,她的神态才同她的眼泪和哭声一起回到她的躯体。她呼唤着两个儿子的名字,跑遍了小岛,找遍了每个洞穴,结果一无所获。这时她才感到疲惫难忍,但天已黑下来,这才想到了自己,她虽仍抱着希望,却不知该到哪儿栖息,只得来到她平时去痛哭的那个洞穴。

黑夜就在这种恐惧和痛苦中过去了,新的一天来临。她稍觉宽舒,从前一天起就不曾吃东西,现在觉得肚子饿了。在饥饿的煎熬之下,她只得挖些野菜充饥,吃过之后,她又哭起来,面对渺茫的未来愁绪万千。正在这时,她看见一只母羊来到附近的一个岩洞,不多一会儿,又从洞里出来,到林子里去了。她站起来,轻手轻脚地走进那个岩洞,看到两只小羊,可能是刚刚生下来的。她觉得,世间再也没有什么有这两个小生命这样美丽、这样可爱了。她分娩不久,还有奶汁,便轻轻把它们抱起来,用自己的奶头喂它们,它们一点也不犹豫,就把她当做自己的母亲吃起奶来。从此之后,它们再也分辨不出是在吃母羊的奶呢,还是在吃她的奶。就这样,在一个人迹不到的荒岛上,她算是给自己找到了伴侣,跟小羊和那只母羊都混熟了。她自己也死心塌地在这荒岛上住了下来,吃的是野草,喝的是山泉,想起自己的丈夫孩子和过去的日子,便痛哭一场。一位养尊处优的贵夫人,竟成了一个野人。

就这样过了几个月。有一天,一艘从比萨来的木船,也是因为遇上了风暴,来到了这个荒岛,停泊了好几天。

那艘船上有一位贵族,叫做科拉多·德马凯西·马莱斯皮尼,还有他贤淑的夫人,他们朝拜了阿普利亚[①]地区的所有圣地之后,取海道回家。一

---

[①] 阿普利亚为意大利的一个大区,在半岛的东南端。

天,为了摆脱烦恼,这科拉多和他的太太带着一些仆人上岸散心,他的狗也带在身边。他们来到贝里托拉夫人栖身的岩洞附近,那几只狗看见有两只小羊在那里吃草,便气势汹汹地奔了过去,原来那两只小羊已经长大,可以独自出来吃草了。它们被几只狗追着,别无去处,只能回到贝里托拉藏身的岩洞。她看到有狗追来,急忙起身,拿起一根木棍,将狗赶开。这时,科拉多和她夫人跟着狗正好走来,看到这个蓬首垢面、又瘦又黑的女人,不觉吃了一惊;而这贝里托拉乍见两个生人,比后者还要害怕。依照她的请求,科拉多把狗叫回来,然后好言好语地问她是什么人,在这里做什么。她便把自己的身世、遭到的苦难和自己不愿离岛的决心,对他们细细说了一遍。

这科拉多原同阿里盖托十分熟悉,听了她的叙述,不禁滴下同情的热泪,尽力劝她放弃那不肯离岛的决心,说是愿意把她送回家去,或者把她接到自己家里,像姐妹般对待她,等到否极泰来,再见机行事。可是贝里托拉夫人心坚如铁,不肯接受科拉多的好意,他只好把自己的妻子留下来陪她,说是他会打发人送些吃的东西来,再送些衣服,因为她身上的衣服已经破烂不堪了,并且要他的妻子尽力劝她到他们的船上来。那好心的太太和她留在这里,先是为贝里托拉的不幸遭遇哭了好一阵,等衣服和食物送来之后,费了好多唇舌,劝她吃了些东西,换上衣服,可是到了最后,她说什么也不肯回到有人认识她的地方。最后才说服她,带她到卢尼贾纳,并且带上那两只一直与她相依为命的小羊和那只母羊。在这样劝说她时,那只母羊也回来了,同她十分亲热,科拉多夫人在一旁看了,不禁十分惊异。

天气转好之后,贝里托拉跟着科拉多夫妇上了木船。老羊和两只小羊跟着她也上了船,船上的人都不知道这位夫人的名字,都管她叫"母羊"。他们一帆风顺,不多几天就来到马格拉河口,然后弃船登岸,来到他们的城堡。在这里,贝里托拉夫人身着寡妇服,举止谦逊温顺,像是科拉多夫人身边的一个侍女。同时,她依然十分爱护她的小羊,亲自照料它们。

再说那一帮海盗,在蓬察岛劫了木船,把船上的人一起押到了热那亚,只有贝里托拉除外,因为他们根本没有见到她。到了热那亚,海盗们分了赃,那奶妈和两个孩子连同另外一些东西落到了一个名叫瓜斯帕林·多里亚那个人的手里,他把他们领回家去,将他们收为奴仆。那奶妈想起丢了自己的女主人,她自己和这两个孩子又沦为他人的奴仆,悲痛万分,痛哭了好一阵子。她虽然是穷苦人家出身,但人很聪明,很有见识,知道多哭也没用,便同孩子们一起做人家的奴仆,尽量自己安慰自己。她也知道自己目前是什么处境,如果把孩子们的真实姓名讲了出来,就会给他们招来更大的麻烦。除此之外,她又想,但愿有一天命运有了转机,两个孩子要是还活着,就可以恢复他们的身份和财产了。所以她下定决心,不到时候,决不向任何人说明两个孩子的来历,凡有人问起,总是说他们是她自己的儿子。她把大孩子朱弗雷迪改名为贾诺托,改姓普罗奇达,那小的一个倒不必改名。她恳切地告诉朱弗雷迪为什么要给他改名换姓,如果人们知道了他是谁的儿子,又会是多么危险。这些话她不知讲了多少遍,总是反复强调。那孩子原长得聪明伶俐,所以牢记奶妈的话,绝不提起他们过去的事。

那兄弟两个同奶妈一起,在瓜斯帕林家里苦熬了好几年,整天穿的是破衣烂衫,鞋袜不整,干的是种种苦累劳役。贾诺托长到16岁,志气很高,因他本非奴才之辈,不甘久做别人的奴仆,便离开瓜斯帕林,搭乘一艘去亚历山大利亚的船,到处漂泊了很长时间,但始终没有找到发展的机会。

从瓜斯帕林家出走三四年之后,他已长成一个高大俊秀的青年。他在四处漂泊中打听到,原以为早已不在人世的父亲仍然活着,只是给查理王囚在牢中,处境非常苦。最后,他流落到卢尼贾纳,由于机缘凑巧,他恰恰来到了科拉多·马莱斯皮尼家,勤勤恳恳地当了一名家仆,很讨主人喜欢。他的母亲经常在主妇身边,所以偶然也能见到,只是他认不出来,母亲也没有认出他来,因为分手已经多年,两人的容貌都已有不少变化。

就在这贾诺托住在科拉多家的时候,科拉多家里出了一件事。原来,科拉多有个女儿,叫做斯皮娜,嫁给了尼科洛·达格里尼亚诺,不幸丈夫去世,她成了寡妇,回到父亲家来住。那时,斯皮娜刚十六岁出头一些,年方青春,人又漂亮,令人喜欢,她的眼光常常落在贾诺托身上,他也常常偷偷瞅她,两人就这样热烈地爱上了。这爱情没有发展多少时间,两人便发生了关系,不过,这种关系持续了好几个月,一直没有被别人发现。正因为如此,两个人忘了这原是偷偷摸摸的勾当,胆子越来越大,不像以前那样谨慎小心了。

有一天,一家人到野外游乐,那小姐和贾诺托故意快步前行,把别人抛在后面。两人来到一座苍郁茂密的林子里,待到林阴深处,他们以为已经离众人很远了,便找了一个好地方躺下,找了些花草作褥,以周围的树木作掩护,开始做起爱来。两人欢乐了好长时间,还以为只有一会儿工夫。不料先是那女孩子的母亲,然后是她的爸爸,突然闯了进来。那做父亲的看了这番情景,怒不可遏,也不解释究竟为了什么原因,就命令三个仆从把两人捆绑起来,押回城堡。这父亲气得一边走一边发抖,决定把他们双双处死。

那姑娘的母亲虽然也十分气恼,觉得女儿做了错事应该重重地责罚她一顿,但不忍走到极端,把女儿处死。当她从丈夫的话里得悉他要怎样处置这对罪人时,不禁赶到他身边来求情了。她说,他可千万不要因为一时愤怒,在这么一大把年纪时把自己的亲生女儿杀害,也不要叫一个仆人的血玷污了他的双手。他可以找到别的办法,既惩罚他们,又息他的怒气,可以把他们投入牢房,叫他们在那里痛哭流涕,忏悔自己的罪过。亏得这贤慧的夫人再三劝谏,才使她的丈夫打消了原来的主意,吩咐把两个人分别囚禁起来,严加看守,每天只给些薄粥清汤,让他们半饥半饱,多受些折磨,以后再作主张。他的一声令下,两人便被囚禁起来。两人终日痛哭流涕,忍饥挨饿,这牢狱的苦楚是不难想像的。

贾诺托和斯皮娜在牢房里苦熬了一年,那科拉多几乎都把这件事给忘了。这时,阿拉贡的彼得罗王同姜·迪普罗奇达秘密达成协议,鼓动西西里的人起来造反,把这个岛从查理王手里夺了回来。科拉多原是个帝皇党,听了这一消息,十分高兴。贾诺托在牢中也从看守他的人那里听到了这个消息,不禁长叹一声,说道:

"唉,我好命苦呀!我在外面到处漂泊,整整十四个年头,别无其他指望,就只指望能有今天,谁知这一天真的到来了,我的希望却成了泡影!我今天身陷囹圄,除了一死,别无希望了。"

"你怎么这样说呢?"那看守问道,"这是大皇帝们之间的事,与你有什么相干?你同西西里又有什么关系?"

贾诺托回答他说:"我一想起我父亲从前在西西里的地位,便感到心痛难忍,我逃出西西里的时候还是个孩子,可是我记得,当初曼弗雷迪为王之时,我的父亲是岛上的重臣。"

"那么,你的父亲是谁呢?"那看守又问。

"我的父亲嘛,"贾诺托回答说,"现在我总算可以毫无顾忌地讲出来了,以前我一直不敢吐露,只怕招来风险。我父亲名叫阿里盖托·卡佩切,如果他老人家还活着,他应该依然是这一姓名。我呢,我的真名是朱弗雷迪。假如我能获得自由,回到西西里去,我敢肯定,我在那里能有极为重要的地位。"

那个忠于主人的看守不再追问,找了个机会,把这些话全部禀告了科拉多。这科拉多听了之后,在那个看守面前装作并不看重此事的样子,打发他走之后即去找贝里托拉夫人,彬彬有礼地问她,阿里盖托是不是有个儿子,名叫朱弗雷迪。那女人流着泪说,是这样,这就是他的大儿子的名字,如果他还活着,今年该有二十二岁了。科拉多听了,断定贾诺托说的是实话,于是想,他现在可以做一件好事:把女儿嫁给贾诺托,既是一件善行,又洗刷了女儿和一家的耻辱,真是一举两得。于是,他便把贾诺托悄悄叫来,详细询问他的身世。等他弄清这个年轻人确实是阿里盖托的儿子朱弗雷迪时,他才对年轻人说:

"贾诺托,我对你不薄,时时把你当做友人,你应该知道,作为一个仆人,应该怎样处处为东家的利益和名誉着想,却不想你反而同我女儿干下那种勾当,叫我蒙受耻辱。如果换了别人,早就把你处死了,可是,我却硬不起心肠来。现在,既然你说你并非低三下四之人,父母都是有地位的贵族,那我就不念旧恶,解脱你的痛苦,把你释放出来,恢复你的名誉,也保全了我家的名声,当然,这些都要看你愿意不愿意。你知道,你跟我的女儿斯皮娜有过不正当的关系,这事既怪你,也怪她。她已守寡在家,有一大笔很好的嫁妆,她的人品,她的门第,你也都已了解,对于你目前的处境,我也没有什么可说的。所以只要你愿意,我就同意让她不要再名不正言不顺地同你保持关系,而是堂堂正正地做你的妻子。你呢,就是我的女婿,就和她一起住在我家里,爱住多久就住多久。"

长时间的监禁虽然使贾诺托的肉体受尽折磨,但他高贵的出身给他熏陶成的高尚品性和他对情人的一片真诚的心都丝毫未减,虽然科拉多对他所说的这些话正是他求之不得的,也知道他现在完全掌握在对方手中,但是他仍然毫无顾忌,光明磊落地回答说:

"大人,我绝不是看中了您的权势,贪图您的家财,也不是出于其他任何动机,像那些没有良心的人那样陷害您,图谋您的钱财,我爱您的女儿,现在依然爱她,永远爱她,因为她值得我爱慕。如果说,用世俗的眼光来看,我过去做出了对不起她的事,那么,我的罪是同青春年少有关,要消灭这罪恶,那就得消灭人类的青春年少。要是老年人回想一下自己年轻时的情形,他们也曾犯过错误,再拿他们从前犯过的错误同我的错误比较一下,那么他们就不致像您和一般世人那样,把这回事看成罪大恶极了。我是做了错事,但并非出于恶意,而是由于好心。您方才所提议的事,正是我日夜所盼望的,要是我早知道您肯答应,我早就向您提出请求了。现在,我已不敢再存什么指望了,幸福却从天而降,这真是喜出望外。但是,如果您的真心与您的话所表明的意思并非一致,那您就把我送回牢房,随您怎么严厉处置都无不可。不过即使如此,我将依然爱着斯皮娜,正因为我永远爱她,所以不管您如何对待我,我都爱您,尊敬您。"

科拉多听了他的这番话,十分惊奇,知道他气质高贵,用情专一,因而更加敬重他,竟站起身来拥抱他,吻他,并且当即吩咐下人,把斯皮娜悄悄带到这里来。

斯皮娜被幽禁多时,已是面黄肌瘦,憔悴不堪,早已失去了先前的那份娇艳,像贾诺托一样,简直像是另外一个人了。这时,这对恋人当着科拉多的面,表示同意这桩婚事,按照当地的习惯,结为夫妇。

新婚夫妇所应有的一切物品,科拉多在几天之内都已置备妥当,但又不让任何人知道他所做的这一切究竟是为了什么。这时,他觉得是时候了,应该让两个母亲也高兴一番了,因此,他把自己的夫人和"母羊"一起请了来。他先对"母羊"说:

"夫人,要是我让您的大儿子回到您的身边,而且他已娶了我女儿,您会觉得怎样?"

"母羊"回答说:"那我只能对您说,您给我的恩德就更大了,因为您把比我的生命更宝贵的人交回给了我。像您所说的那样,真要让我同他团聚了,那也就是您带回了我已失去的希望。"

说到这里,她已泣不成声。这时,科拉多转身向自己的夫人问道:

"我的夫人,要是我给你这样一个女婿,你觉得如何?"

夫人回答他说:"不要说他是个世家子弟,就算是一个穷苦人家的子弟,只要你喜欢,我也高兴。"

"那好了,"科拉多这时说,"我希望再过几天,使你们两个都成为幸福

的太太。"

等这一对小夫妇又养得丰满起来,恢复了从前的容颜,科拉多便让他们穿上华丽的衣服,然后问朱弗雷迪:

"如果你能看到,你的母亲也在这里,那么你是否觉得这是喜上加喜,福上加福呢?"

朱弗雷迪回答说:"我不敢相信,她老人家遭受了那么多的苦难和不幸之后,今天仍活在世上。但如果真是这样,那就使我太高兴了。她是我最亲近的人,靠了她的指点,我相信,我能把我在西西里岛的大部分产业收回来。"

于是,科拉多把两位夫人请了来。她们见了这对新婚夫妇,十分高兴,向他们祝贺,心里却不免奇怪,科拉多到底受了什么感动,忽然心平气和,把女儿嫁给了贾诺托。贝里托拉想起科拉多先前说过的那番话,不免仔细端详起贾诺托来。由于母子间奇妙的力量,她忽然从他的容貌中看到了自己的儿子小时候的某些特征,也等不及再找其他证明,就张开双臂扑了过去,搂着他的脖子舍不得放开。那激动的情绪和深厚的母爱,使得她一句话也说不出来,所有的情感一齐涌上心头,使她再也忍不住了,竟一下昏倒在自己儿子的怀里。

这可把小伙子给惊呆了。他只记得,他在这个城堡中多次见过这位夫人,但不知道她是什么人。可是,他也从她的身上闻出了母亲的气息,不禁责怪自己从前太粗心,一边又温柔地抱住亲娘,流着泪亲吻她。科拉多的夫人和斯皮娜赶紧用凉水来急救,还想了其他好多办法。在她们的救助之下,贝里托拉渐渐恢复了知觉。她紧紧抱住儿子的头,一边痛哭流涕,一边又讲了许多亲切的话,千百遍地亲吻儿子。儿子怀着尊敬的心情一次又一次地端详着母亲,接受着母亲的爱。

他们这样几次三番地拥抱亲吻之后,便各自讲起自己的遭遇来。旁边看的人没有一个不被这种气氛所感染。科拉多宣布要把女儿的这桩婚事遍告亲友,并且决定要大摆喜宴来庆贺这对小夫妇,这使大家更加高兴。但是朱弗雷迪却对他说:

"大人,您给了我好多幸福,我的母亲这十多年来又承蒙您照顾,现在,我却还要再向您讨一个恩典,那么您对我就是仁至义尽了。我所求您的就是，派人把我的弟弟也接来，让他也来参加这个婚宴，这个婚宴就更加美满了，我和我的母亲也就更加快乐了，也更加感激您了。我过去讲过，我和我的弟弟一起被海盗掠去，他现在还在瓜斯帕林家做奴仆。我还求您派几个人到西西里岛去，打听一下那里的情形，探问一下我父亲的生死存亡，要是他老人家还活着，他的情况又怎么样。所有这一切，都要打听清楚，回来向我们报告。"

科拉多听了朱弗雷迪的要求，很是高兴，马上派了几个人分别到热那亚和西西里岛去。去热那亚的那个人找到了瓜斯帕林的家，以科拉多的名义，要求他把斯卡恰托和奶妈交给他带去，并且把科拉多为朱弗雷迪和他的母亲所做的事讲了一遍。瓜斯帕林听了，非常吃惊，说道：

"当然，我乐意尽一切努力为科拉多效劳，你要的那个孩子和他的母亲，他们确实在我家住了十四年，我也乐意把他们交给你。但是你回去之后，拜托你转告，千万不要轻信贾诺托的话，他现在忽然自称是朱弗雷迪，谁知他的心里究竟想些什么呢？"

他话虽是这样说，可还是周到地接待了科拉多的使者，一边又悄悄把奶妈叫来，小心谨慎地从她口里打听这件事的来龙去脉。这奶妈已经听到了西西里岛起义的消息，也听说阿里盖托还活着，过去的顾虑一丝不存，便把实情和盘托出，并且说明了她从前为什么隐瞒真相的原因。

听到这奶妈所说的同科拉多的来人所说的完全相符，那主人开始有几分相信了。但他是个十分精明的人，还是不放心，又翻来覆去地调查了一番，于是又得到了另外一些更确切的证据。他觉得十分惭愧，深悔不该亏待这孩子。为了补赎自己的过失，又知道孩子的父亲竟是鼎鼎大名的阿里盖托，便把自己的女儿许配给了这个孩子。他的女儿长得十分漂亮，刚刚十一岁。他还给了女儿一大笔财产作为陪嫁。举行过热闹的婚礼之后，他带着女儿女婿、奶妈和科拉多的使者，登上一艘全副武装的大船，向莱里奇驶去。到了那里，受到了科拉多的热烈欢迎，大家一起骑着马来到离此不远的科拉多的一个城堡，那里已经一切准备就绪。

这真是盛大的节日，母子兄弟，骨肉团聚，手足重逢，忠心的奶妈见到了主妇。大家又热烈欢迎瓜斯帕林和他的女儿，这父女俩在众人面前也十分高兴。这一家人男男女女，老老少少，再加上科拉多和他的夫人，他的孩子

以及在场的亲朋好友,所有人的兴奋真是难以用笔墨形容,只能请各位女郎自己去想像了。

这天主真是伟大无比,除非不施恩,一旦施恩总是施个十足。阿里盖托健在的消息,不迟不早,恰在这时传了来。正当盛大宴会刚刚开始,众宾客刚刚进第一道菜时,那个被派往西西里岛去的使者正好赶了回来。他报告了阿里盖托的情况,还有那里的种种消息。原来,人民起义的时候,阿里盖托还被查理王关在卡塔尼亚市的牢里,人们像怒潮般冲进牢房,杀掉狱卒,把他救了出来。因为他是查理王的死敌,所以大家推举他做起义的领袖,大家在他的领导之下,把法国人杀的杀了,赶的赶了。因此,他深受彼得罗国王的器重,恢复了他的所有职衔和财产,他的情况非常好。使者还说,他得到了阿里盖托的盛情款待,当阿里盖托听到自己的夫人和儿子的消息时,真是高兴万分,自从他被下狱之后,他还没有听到他们的一丁点儿消息呢。现在,他已派了一艘快船和几位绅士,前来迎接家人返乡。

这位使者受到了热烈欢迎,大家都高兴地听他叙述一切。等他讲完,科拉多立即离席,带领着几个亲友,前去欢迎前来迎接贝里托拉和朱弗雷迪的绅士们。大家相见,十分快乐,科拉多请这些绅士们一起回去赴宴。宴席刚进行了一半,正当兴高采烈之际,朱弗雷迪和他的母亲以及众亲友都起来欢迎,好不热闹。这番盛况,真是空前绝后了。那几位绅士在就座之前,先代表阿里盖托向科拉多夫妇致意,并表示感谢,感谢他们照料他的妻子和儿子们的恩德,还愿意尽力报答他们夫妇俩,无论什么事,他都愿为他们效力。他们又转身朝向瓜斯帕林,说他的深情厚谊当初并不知道,他们可以断言,如果阿里盖托知道了他如何厚待斯卡恰托,他必定会同样感谢他。

说过这些话以后,他们才同两对新婚夫妇一起开怀畅饮。科拉多不但这一天款待他的女婿和众亲友,而且接连好多天大摆宴席,一直到贝里托拉和朱弗雷迪以及其他人觉得该告辞动身为止。

分别的时候,大家都恋恋不舍,个个泪人儿一般。贝里托拉带着两对新人,告别了科拉多和夫人以及瓜斯帕林,上船出发了。一路都是顺风,不几天就到了西西里岛。阿里盖托在巴勒莫接到了自己的夫人和儿子儿媳,一家人欢天喜地,大家的欢乐一言难尽。此后他们便在那里幸福地生活,深深感谢天主赐给他们的恩典。

## 第七则故事

巴比伦苏丹要将女儿嫁给加波国王为妻,公主途中遇难,流落异乡,四年间先后落在九个男人手里。后来公主回到本国,国王以为她仍是处女,依旧把她嫁给加波国王。

贝里托拉的苦难使女郎们听了很是心酸,如果埃米莉亚讲的故事再长些,这些女郎们也许个个都要流泪了。故事讲完之后,女王命令潘菲洛接着讲一个,他非常听话,马上开始讲道:

可爱的女郎们,有时我们自己也搞不清楚,究竟什么对我们有益。因此,我们时常可以看到,有些人以为只要有钱,生活就可以无忧无虑,逍遥自在了;所以为了钱,人们不但虔诚地向天主祷告祈求,而且费尽心力、不避艰险地去追求财富。这样一来,有些人成了百万富翁,可是因而也就送掉了自己的性命,因为富了之后不免让人眼红,甚至性命就丢在朋友的手里。有些人本来出身贫贱,但经历了千百次的恶战,流尽了兄弟朋友的鲜血,终于登上了国王的宝座,以为从此就可尽享人间的安乐尊荣了,哪里想到一登王位,反而日夜忧虑,担惊受怕,直到临死时才明白,盛宴时的金樽里面原来藏着毒药。许多人体力超群,或者美貌过人,有些人热切希望自己有种种长处,他们却不知道,正是他们所希望的这些东西给他们招来了杀身之祸或生活中的其他不幸。

我这里并不想把人类的欲望一一都讲一通,但是我敢肯定,没有一种能使我们确实得到快乐幸福,而不受命运的摆布。所以我们最妥善的办法是听天由命,诚心接受天主的赐予,因为只有天主才知道我们确实需要些什么,只有他能把我们的所需赐给我们。男人们为了各种各样的欲望而犯罪造孽;可是你们呢,温雅的女郎们,你们主要是犯了一种罪孽,那就是追求美貌,你们不满足于自己天赋的姿容,总是想方设法增加自己的魅力。因此,我想给你们讲一个美丽的伊斯兰教姑娘的不幸遭遇的故事,可怜她因为长得美,四年中间落到了九个男人手中。

很久以前,巴比伦有个苏丹,叫做贝密内达,他的一生可算是万事如意了。他有好多儿女,其中一个女儿叫做阿拉蒂埃,凡是见过她的,莫不说她是世上的绝代佳人。这时,阿拉伯人举兵入侵,来势甚猛,那苏丹幸亏得到加波国王的大力援助,才把敌人打退。所以这加波国王便向苏丹求婚,要娶阿拉蒂埃为妻。这苏丹一口答应下来,算是给这位国王的特殊恩惠。苏丹备了一艘华丽的大船,将好多珍贵的嫁妆装上大船,又派了大队士兵护送,再加上侍候公主的官员和宫女,准备送公主远嫁。启程之日,苏丹亲送公主上船,为她祝福。

水手们看天气很好,便挂起满帆,从亚历山大利亚港出发了。一连几天,一直顺风,航程愉快,不觉已过了撒丁岛,眼看很快就要到达目的地了。就在这时,有一天风向突变,而且来势凶猛,大船怎抵挡得住,船上的人几次三番都认定已经没救了。但这些水手个个勇敢无比,拼着命同风浪搏斗,一直坚持了整整两天两夜。到了第三天晚上,风势依然有增无减。夜黑风高,浓云密布,放眼四周,一片漆黑,大船早已失了航向,只是在风浪中颠簸漂流着,到离马略尔卡岛①不远的地方,突然发现船底有一条裂缝,眼看就要沉没了。

船上的人看看已无法可施,便想逃命,而且人人只顾自己,哪里还管他人。水手们把小船放到水里,纷纷跳了下去,认为小船虽小,总比漏了的大船可靠得多。他们撇下主人,一个个跳进小船,先跳进去的人拔出刀子,阻

---

① 西班牙东部海上一岛屿。

止后面的人再上小船,可后面的人还是争着要上。可怜他们原想逃命,谁知反而送了性命。小船本来就小,加上风大浪高,一下子便倾覆了,船上的人全都遭灭顶之灾。

大船上,只剩下了公主和几个宫女,她们在风浪中被吓得失去知觉,晕倒在甲板上。大船虽然破裂,仓里灌满了水,但由于风势凶猛,依然在海洋里急速漂流着,终于被刮到了马略尔卡岛的岸边,撞到离岸一箭之遥的沙滩上。这一撞十分猛烈,竟牢牢地陷入泥沙之中,这一夜再也没有被风浪卷走。

黎明时分,风势稍减,公主苏醒过来,软弱无力,勉强抬起头来,一个个呼唤她的侍女,但叫遍了所有的人,也没有一个人答应,原来她们离她很远。公主没有听到任何一个人的回应,四周又看不到一个人影,所以十分惊奇,也格外害怕了。她挣扎着站了起来,发现她的侍女和其他女人横七竖八地躺在船上。她一个个把她们叫醒,但只有几个人还剩一口气,其余的人经不起风浪的颠簸和极度的恐惧,都已经死了,这使公主更加害怕。公主看到只剩自己一个,又不知身在何处,但总得想个办法,只好尽力摇撼那些一息尚存的侍女,直到把她们摇醒。她们找不到船上的那些男人,不知他们到哪里去了,只见大船陷在泥沙之中,满船是水,大家不禁痛哭起来。

她们时时望着岸上,这时已经是上午,但愿岸上有人走过,能发发慈悲,前来搭救她们。正午过后,有位绅士从他的庄园归来,骑着马,带着他的仆从,路过这里,这位绅士名叫贝里科内·达维萨尔戈。他看到了这只搁浅的大船,马上就想像到是怎么回事了,便吩咐一个仆人快到船上去看看情况,回来向他报告。那仆人好不容易才爬上大船,看见一位年轻小姐和不多几个侍女,畏缩地躲在船头的斜桅下。她们看到一个男人上了船,都哭着求他行行好。可是她们很快发现,她们的话他听不懂,她们也听不懂他的话,只好打着手势,说明她们所遭受的不幸。

那仆人回到岸上,把他看到的情形详细禀报了贝里科内。贝里科内立即命令把几个女人救上岸来,把船上能搬动的贵重物品和那些尚未被海水泡坏的东西统统搬进他的城堡。他先请她们吃些东西,然后让她们休息,请她们安下心来。贝里科内注意到阿拉蒂埃服饰华丽,知道她是个高贵女子,又看到另外几个女人对她毕恭毕敬,认为更足以证明自己的想法一定不错。

她虽然经受了海上的磨难,面无血色,形容憔悴,但从其风采神色之间仍可看出她是个美艳绝伦的女子。因此,贝里科内当下暗暗想道,要是她还没有嫁人,他要娶她为妻,如果不能做他的妻子,他也要让她成为自己的情妇。

这贝里科内是个身体壮实、气宇威严的汉子,自从把公主带到家里之后,就尽心尽意地调养她。不上几天,公主已完全复原,果然十分娇艳,他越看越爱,但苦于言语不通,她听不懂他的话,他也听不懂对方的话,因此无从知道她是什么人。可是他对公主的美貌万分倾心,便嬉皮笑脸地做出种种动作手势,向公主求欢,希望公主能同他一拍即合,谁知这种种努力竟毫无用处,她断然拒绝了他的一切亲昵。不过越是这样,贝里科内的那份热情反而越是高涨。这种情形,公主也已看在眼里。她在这里已经住了多日,从人们的饮食起居等等习俗来看,她已知道自己是在基督徒中间,知道在这样的国家里,即使她能把自己的身份说出来,对她也不会有什么好处。同时她也感到,时间一长,不管是出于自愿,还是出于无奈,她迟早恐怕会让贝里科内满足了他的欲望。但是她心地高洁,不肯向苦难的命运低头,所以叮嘱她身边的三个侍女(这时,身边只有这三个侍女了),千万不能让别人知道她们的身份,除非机遇对她有利,可以得到帮助和恢复自由有望。她还极力劝勉她们要坚守贞操,并且说自己已经立下志愿,永保清白,除了丈夫,决不许任何男人染指。三个侍女都赞美公主,表示愿意绝对服从公主的嘱咐。

眼看着一心向往的美人虽近在眼前,却无从下手,真叫贝里科内一天比一天急切难熬。看看奉承和引诱都打动不了她的心,他决定玩弄一下手段以达到目的,如果依旧行不通,那就只好使用暴力了。他有几次注意到,她很喜欢喝几口酒,这也难怪,因为她那儿的法律禁止喝酒,一向难得喝到。于是他就想,这酒说不定能作为爱神的使者,帮他一个大忙。

一天晚上,他备下丰盛的菜肴,款待公主,只装作在他和公主之间不曾出现过什么不快。宴席上,各种山珍海味端了上来,气氛热烈。他又吩咐侍候公主的侍从们,替她频频斟酒,这酒是他叫人用好几种酒混合调制的。公主看不出其中的花招,只觉得酒味芬芳,喝时不觉失去了应有的节制,也完全忘记了自己以前的种种不幸,变得非常欢快。公主看到,几个女人正在跳马伊奥里卡舞,也就跳了一段亚历山大利亚的土风舞。

贝里科内看到这个情景,知道事情已经接近了他所希望的目标,于是格外殷勤起来,命令将更多的佳肴美酒频频送上,使宴会拖延到深夜。最后,宾客散尽,只剩下公主,他便亲自将公主送进卧室。这时的公主,酒性发作,只当贝里科内就是她的侍女中的一人,便毫无羞意,当着他的面,脱光了衣服,上床睡觉。贝里科内这时立即动手,先将室内的烛光全部熄灭,然后从另一侧爬上床,躺到公主身边,一把把她搂在怀里,公主毫无抵抗,由他摆布,两人亲亲热热欢乐起来。在此之前,这公主从未同任何男人有过这等关系,初次领略了这种滋味,好不高兴,一面又后悔当初不该一再拒绝贝里科内,直等到今夜才共度良宵。从此以后,常常是无需他前去求她,便主动招他前来,不是用语言招他,因为他们言语不通,而是凭她的手势。

贝里科内和她正过着甜蜜的生活,命运之神却并不因为把一个王后变成了乡绅的情妇而就此罢休,还准备叫一个更卑贱的人来占有她的身子。

贝里科内有个弟弟,叫做马拉托,刚刚二十五岁,年轻漂亮,像朵玫瑰花。他一见到阿拉蒂埃,便十分喜爱,凭着她的神情举止,认定她对自己也有情意。他认为,他们两人现在无从亲近,并非为了别的,只怪贝里科内把她看管得太紧。因此,他顿时起了不良念头,而且想到做到,毫不迟疑。

这时,恰好有一艘货船停泊在本城的港口,将要驶往伯罗奔尼撒半岛的基亚伦扎城,只要风向一变,马上启航。这艘货船的船主是两个热那亚青年。马拉托和他们两人商量妥当,让他带着一个刚刚到手的女人搭他们的船。就在那天夜里,他纠合了一伙亲朋好友,把他们领进城堡,藏了起来,贝里科内毫无防备,一点儿没有发觉。到了半夜,他带着这伙人闯进贝里科内和公主睡觉的房间,这房间并未上锁,所以这伙人一下便闯了进去,一刀结果了正在好梦中的贝里科内。公主哭哭啼啼,他们喝令她不得出声,不然立刻要她的命。他们就这样抢走了这美人儿,并且席卷了贝里科内的许多贵重物品,逃到海边,未被任何人察觉。马拉托挟着公主,悄悄上了那艘货船,他的那伙兄弟各自分散回家。船上的水手趁着顺风,立即解缆启航。

公主已经遭遇一次不幸,今晚再遇劫难,心里好不悲伤。不过马拉托靠着天主赐给男人的那个得力之物,开始给了她安慰,叫她安安心心地和他同居,把贝里科内忘个干净。

然而,当她对自己的境遇刚刚开始满意时,命运之神似乎不因她过去的磨难而就此罢休,正打算让她再忍受一次苦难。

我们多次讲过,这阿拉蒂埃原是一位绝色佳人,一举一动又绰约多姿,因此两个船主,也就是那两个热那亚青年,竟也爱上了她。他们是一门心思想着如何去接近她,讨她的欢喜,而又不让马拉托发觉,其余的事情,一概顾不上了。两人的心事,彼此都知道,无从隐瞒,因此便在暗地里商量,决定先一起出力,把她弄到手,然后大家平分秋色,轮流享受,仿佛爱情也像货物和赢利一样,可以对半平分的。

他们发觉,马拉托把她看管得很严,他们的诡计难于实现。一天,风帆高悬,船行如箭,这马拉托正在船梢闲眺,没有注意到这两个人已悄悄包抄过来,两人一使眼色,立即从后面冲上去,把他紧紧抱住,顺势一推,扔进了大海,等到船上有人发现马拉托掉进海里时,大船早已驶出一海里之遥了。公主听见这一消息,看看营救无方,又痛哭起来。那两个男人立即上前,说尽甜言蜜语,极力安慰她,还许下许多誓言,只是公主一点也听不懂他们的话。事实上,这公主的悲哀更多的是悲叹自己的薄命,而不是为了那个倒霉的马拉托。他们这样在她身边唠叨了半天,以为已经把她劝过来,于是开始相互争论,究竟谁应当第一个跟她睡觉。两人都想占先,谁都不肯退让,争得面红耳赤,继而声色俱厉,终于怒火直冒,拔出刀来,拼个你死我活。船上的人还没来得及把他们分开,双方身上已经各自挨了几刀,一个当场倒地毙命,另一个也受了重伤,几乎奄奄一息了。公主见了这情景,眼见没有一个人能够搭救自己,又没有谁能给自己出个主意,更加悲伤起来,又恐这两个热那亚青年的亲友会把她当作祸根,要她抵命。幸而那个受伤的小伙子替她求情,大船又很快驶抵基亚伦扎,她总算又逃出了一场劫难。

公主跟着那个受伤的小伙子上了岸,一起住进一家客店。她的艳名很快传开,不久就传遍了全城,甚至传到了伯罗奔尼撒亲王的耳朵里。这位亲王当时正在这座城里,便想亲自见见这个女人。及至见了公主,这亲王觉得她的姿容比传说中的美色更胜过几分,竟一见钟情,除了她,别的事全都不在心上了。他打听到了她流落到此地的情形,便断定他不难把这美人弄到自己手中。

就在亲王这样左思右想时,这受伤的小伙子的家属听到了这一消息,赶忙把她送给了亲王。亲王自然喜不自胜,就连公主也暗自庆幸,以为从此可以过安宁的日子了。那亲王看她不但长得如花似玉,而且仪态万方,高贵优雅,虽然无法探问她究竟是什么人,料想她决非寻常人家的女儿,因此格外爱怜她,格外尊重她,绝不把她当做一个情妇,而把她看成自己的妻子,凡亲王之妻该享的尊荣,都统统给了她。

公主回想过去种种悲惨遭遇,再看看现在的境况,觉得目前的处境很是不错,因而心情开朗,精神焕发,又像从前一样娇艳无比,弄得整个伯罗奔尼撒半岛的人都在议论她的妩媚风流。这样一来,她的艳名传到了雅典公爵的耳朵里。这公爵原是个美男子,跟亲王是亲戚,彼此素有往来,很想亲眼看看这位美人。于是说他要拜见亲王。像往常一样,这位公爵带了一大批精选的侍从来到基亚伦扎,受到了亲王的隆重款待。

过了几天,两个人在一起闲谈时,说起了这个女人的容貌,公爵就问亲王,她是不是真的像众人盛传的那样美丽。亲王回答说:"大大超过传闻。不过,我的话也许不足为凭,还是用你的眼睛看一看更能使你信服。"

于是公爵催亲王带他前往。公主事先已得到通知,便浓妆艳抹,满面春风,出来迎接。她招待他们两位一边一个坐下来,只是言语不通,无法交谈,两人只好像瞻仰奇迹似的望着她,尤其是那位公爵,简直把她当做了一尊天仙。公爵只顾饱览秀色,不知道自己这样目不转睛地瞅着她时,一口口浓烈的爱情之酒已经流进心田,深深地爱上了她,已经不由自主地神魂颠倒了。

等他和亲王一起离开公主时,他只顾独自思量,觉得亲王得了这样一个美人,真是世上第一个享尽艳福的男人了。他心里七上八下,反复琢磨,最后,邪念终于压倒正气,决定把这美人儿从亲王手里夺来,独享这份艳福。

公爵急于想占有她,便把正义、公理统统抛在一边,一心一意在诈骗上用功夫。一天,他按奸计暗暗买通了亲王的一个名叫朱利亚奇的侍从,让他悄悄备好几匹马和一些必要的东西,一旦动身,马上就可出发。夜里,公爵和一个亲信手握尖刀,由买通的那个侍从带领,偷偷进了亲王卧室。这天夜里天气很热,公主已经睡下,亲王的侍从看到,亲王贪图凉快,正光着身子站在窗口,享受由海面吹来的微风。他将这些情况悄悄告诉公爵的亲信,后者便蹑手蹑脚来到窗边,拔出匕首,从亲王背后猛刺过去,从腰部直刺了个对穿,顺势将他抱起,从窗口抛了出去。

亲王的房子筑在临海的高地上,凭窗望去,空地上原有几间矮小的民房,因受海浪冲击,已经倾圮,成了很少有人经过的荒滩。正如公爵所料,亲

王的尸体抛下去后，没有任何人发觉。

公爵的侍从眼看事情已经办妥，便装作要拥抱朱利亚奇的样子，却把一条事先准备好的绳子敏捷地套到他的脖子上，用力一抽，使他来不及喊一声便一命归天。这时公爵也走上前来，帮着把他的尸体也从窗口扔了下去。

事情办完，等他们确信所有这一切既未惊动公主，也没有被任何人听到时，公爵才点着手里的蜡烛，来到公主床前，悄悄揭开罗帐，只见公主光着身子，正睡得香甜。他把她从头到脚看了一遍，不由暗自赞叹，本来，她穿着衣裳时已经叫他十分迷恋了，现在这美人儿一丝不挂地呈现在眼前，更叫他心花怒放。公爵这时欲火难忍，不顾自己犯了多大的罪孽，手上还沾着杀人的鲜血，竟爬上床去，同这公主欢配鸳鸯，公主这时仍睡意朦胧，还以为是亲王，躺在那里，迎就配合。

公爵享受完这天堂般的幸福之后，立即起床，把侍从们全都叫来，吩咐他们把公主劫走，不许她喊出声来。公爵一行，从刚才进来时的那个暗门出去，把公主扶上马背，公爵带着一行人一溜烟似的悄悄上了路，直奔雅典。不过，公爵已经娶了夫人，不能把这公主带到雅典城里，而是把她藏到了离城不远的一座精致的海滨别墅里，尽心供养她，侍奉她，她所需要的一切，一应俱全，但这位公主仍然是最痛苦的一个女人。

再说亲王这边。第二天一直到中午时分，人们仍不见亲王起床，也没有听见里面有什么动静，就轻轻推开房门——这门历来是虚掩着的——走了进去，却没有看见一个人。他们以为亲王带着他的美人儿出门去玩几天了，所以也就没有在意。

到了第三天，有个疯子来到海边倒坍的房子一带，看到了亲王和朱利亚奇的尸体，回家的时候，这疯子竟拖着勒死朱利亚奇的那条绳子。这样一来，好多人才认出这是谁的尸体来，十分吃惊。大家好言好语哄这疯子，叫他把他们领到发现这尸体的地方。在那里，大家发现了亲王的尸体。大家十分痛心，隆重地埋葬了亲王。大家寻思这罪大恶极的血案究竟是怎么回事时，想起雅典的公爵已经不见了，而且是不辞而别，形迹可疑，一定是他杀害了亲王，把美人劫走了。于是，大家立即举立亲王的弟弟做他们的新亲王，要他务必为被害的亲王报仇。新亲王即位后，又进行了一番调查，从亲友侍从等方面又得到一些证据，证明众人的猜测并非无稽之谈，就召集了亲友侍从,组成一支强大的军队,前去讨伐雅典公爵。

公爵听到消息,连忙调集兵力,准备迎战。许多贵族都赶来助战,君士坦丁堡的皇帝也派了太子康士坦丁和皇侄埃曼努埃尔,率领大军,前来声援。这两位贵客受到公爵,尤其是公爵夫人的热诚款待,原来他们两人是她的兄弟。

形势日益严重,战争一触即发。这时,公爵夫人把自己的两个兄弟请到房里来,流着泪,把战事的起因和公爵私藏情妇、欺瞒妻子等情形,原原本本告诉了他们,又十分悲切地求他们给她出个主意,怎么才能让公爵既保持荣誉,又解她心头之恨。

这两个年轻人对公爵的事早有所闻,也就不再多问,只用许多好话来安慰她,叫她放心就是了。他们问明那女人现在藏在何处之后,就告辞了。他们也多次听人家夸奖她的无比娇美,很想见见她,就请求公爵让他们瞻仰一下她的风采。这公爵居然忘了,那亲王只因让人看了看她,遭到了什么样的后果,竟一口答应了他们。第二天,他在公主居处的花园里设下盛宴,带了几个亲信和两个内弟,到那里和公主欢宴。

康士坦丁坐在公主旁边,目不转睛地盯着公主,看得出了神,心里暗想,自己哪里见过这样标致的女人!他又觉得,不管是公爵还是别的什么人,为了占有这个美人,因而干下了丧尽天良的罪恶行径或者其他不正当的事,倒是情有可原。他把这个美人儿看了又看,越看越觉得美,跟当初的公爵一模一样。就这样,他完全爱上了这个美人。告辞之后,心里想的全是她,战争之类的事早已被抛诸脑后,只是想着如何从公爵手里把她夺过来。不过他一直不动声色,免得让别人识破他的私心。

就在这康士坦丁欲火正旺之时,亲王的军队已经逼近公爵的疆土,战争一触即发。公爵和康士坦丁以及另外一些人按照预定计划,离开雅典,开往边境,不让亲王的军队再继续向前推进。他们在前线驻扎了几天,在这几天里,康士坦丁心里一直在想着那个女人。他想,现在公爵远离城池,正是满足他的心愿的良机,便假装有病,要回雅典休息,得到公爵的批准之后,就把军权交给埃曼努埃尔,回雅典去见他的姐姐。过了几天,他故意逗引他的姐姐讲起公爵欺瞒她,在外面另养一个情妇的事来,于是他就对她说,他倒有个办法,就是趁现在这个好机会,把那个女人打发到别的地方去住,从此断

绝了这一祸患,如果她赞成,他可以帮她办成这件事。

公爵夫人以为这是他的一番好心,是为了自己的姐姐,哪里想到他在打那个女人的主意,就说很赞成这个想法,只要将来不要让公爵知道这是她的主意就成。康士坦丁要她对此尽管放心,于是公爵夫人就把这事托付给康士坦丁,让他见机而行。

康士坦丁悄悄武装起一艘快船,一天傍晚,叫人把船停泊在公主居住的花园附近,告诉船上的人,应该如何如何行事,然后就带着几个人前往公主住的别墅。公主亲自带着侍女出来迎接,并且陪着他和他的侍从到花园里去散心。康士坦丁说是公爵有话托他转达,单把公主引到靠海的一个门边。这门上的销早已由他的一个侍从打开,这时就向船上悄悄发了一个信号,康士坦丁立即叫人抢了公主跳下船去,他自己回过身来对公主的侍女们说:

"谁要想动一动,喊一声,就别想活命!我不是想夺公爵的这个女人,而是来为我姐姐洗雪耻辱的。"

对此,谁也不敢出来回答。康士坦丁就带了众人跳下船去,坐在哭哭啼啼的公主身边,命众人一齐用力摇桨,离雅典而去。船在水中不是航行,而是在飞,到了第二天清晨,已经来到埃伊纳岛。他们在这里上岸,稍事休息。康士坦丁乘此机会,享受了一番艳福,而公主这时一直在为自己的红颜薄命而哭泣。于是大家又上了船,继续航行,不多几天之后,来到开俄斯岛。康士坦丁害怕受到父王的谴责,怕把好不容易弄到手的美女失去,认为这里比较可靠,决定在此住下来。公主为自己的不幸遭遇哭了好多天,这康士坦丁也用别人的那套办法来安慰她,使她像前几次一样,又渐渐满足于命运之神为她做出的安排了。

就在这时,同君士坦丁堡皇帝正在连年打仗的土耳其王奥斯贝赫,有事来到伊兹密尔,因此听说康士坦丁拐了别人的女人,窝藏在开俄斯,过着荒唐的生活,而且全无戒备。奥斯贝赫便召集了一些人,分乘几只战船,趁着黑夜,偷袭开俄斯,敌人尚未发觉,已经占领全城,也有几个警觉的,发现情况后还想反抗,却全被杀死。奥斯贝赫下令烧毁全城,把俘虏和战利品都装上船,返回伊兹密尔。

这奥斯贝赫也是个年轻人,在他检查俘虏时,看到了这个漂亮的女人,知道是从康士坦丁床上抓到的,一定就是她的情妇了。一看到这个女人,奥斯贝赫十分高兴,毫不迟疑,立即娶她为妻,并且举行了婚礼,高高兴兴地同她住了好几个月。

在这件事发生之前,君士坦丁堡皇帝本来在同卡帕多奇亚国王巴萨诺谈判,以订立军事同盟,双方同时出兵,夹击土耳其,只因巴萨诺提出的某些要求未能满足,以致尚未达成协议。现在,君士坦丁堡皇帝听说儿子遭到这等暗算,非常痛心,便不再计较,立即答应了卡帕多奇亚国王的要价,催促这位国王尽快发兵,进攻土耳其,皇帝自己也调兵遣将,准备从另一侧向土耳其发动进攻。

奥斯贝赫听了这一消息,赶紧调集大军,先行迎击卡帕多奇亚国王,以免腹背受到两支强大的军队的夹击,而把伊兹密尔和那位美人托付给一个心腹照管。这奥斯贝赫同卡帕多奇亚对峙了一阵之后,两军短兵相接,只可惜奥斯贝赫的军队竟一败涂地,他本人也在沙场上丧了命。这巴萨诺乘胜长驱直入,如入无人之境,进占了伊兹密尔,当地的人纷纷向他投降。

再说受奥斯贝赫托付照料公主的那个心腹,名叫安蒂奥科,虽然年事已高,可是一看到这个女人长得这么漂亮,不觉也动了心,爱上了她,完全忘了朋友和主子的托付。他居然会说她的语言,这使她特别高兴。本来,几年以来她流落到异族人之间,如同一个哑巴和聋子,既不懂别人的话,别人也不懂自己的话,所以没过几天,安蒂奥科已经和她混得十分亲密。又过了不久,便由友好亲密发展到了勾勾搭搭的私情,贪婪地享受着床笫间的欢乐,把在外作战的主公忘得一干二净。后来消息传来,奥斯贝赫已经战死,巴萨诺的军队一路开来,所过之处,抢劫一空。这两个人便私下商定,趁敌人还没有到来,赶紧一起逃跑,于是收拾了奥斯贝赫的大量细软,逃到了拉迪岛。他们两人在这个岛上还没住多久,安蒂奥科就得了重病,命在旦夕。他有一个知己朋友,是塞浦路斯商人,这时正在拉迪岛。安蒂奥科自知自己已不久于人世,决定把自己的财产和这个心爱的女人托付给这个商人。临终之前,他把两人叫到床前,说道:

"我知道我是没有任何希望了,我真难受,因为我这一生以来,从未有过像最近这样快乐的日子。如果我要死的话,那我就死在你们两个人的怀抱里,这使我死而无憾,你们一个是我的平生知己,一个是我最爱的人,自从我认识了她,我爱她就超过了自己的生命,你们是我在世上最亲近的人。使我放心不下的是,我死了以后,丢下她一个人在这里,人生地疏,无依无靠。要是我不知道你在这里,那我就更放心不下了。我相信你会尽力爱护她,就像爱护你的老友一样。所以我无论如何恳求你,我死了以后,把我的东西和她都托付给你,一切请你照顾,一切全归你支配,只要使我的灵魂得到安慰就是了。

"而你呢,我亲爱的姑娘,我只求你,我死了以后,别把我忘了。这样一来,我到了另外一个世界里,也可以这样自豪:我在人世的时候,得到了世上最漂亮的女人的爱情。假如你们能答应我这两点,那我死也瞑目了。"

听了他的这番话,那商人和公主都流下泪来,两人都安慰他,并且郑重地答应他说,万一他死了,一定照他的话去做。不久之后,他果然死了,两人体面地厚葬了他。

几天之后,那塞浦路斯商人在拉迪岛上办完了商业上的事,准备乘便船返回塞浦路斯,他问这位漂亮的女人,愿不愿意跟他一起走。那女人回答说,如果他不嫌弃,她很愿意跟他去,只是希望念及安蒂奥科的情谊,把她当作姐妹看顾。那商人回说,她所说的,他很愿照办,但是在前往塞浦路斯的路途中,为了更好地照料保护她,不妨对人只说是夫妻关系。于是两人上了船,船上的人给了他们船尾的一间小仓房,他们既说是夫妻,便只好同睡在一张小床上。在这种情况下,自然便发生了当初从拉迪岛动身时两人谁也不曾想到的事,也就是说,两个人在黑暗中同衾共枕,耳鬓厮磨,相互间的吸力极为强大,忘了对死者安蒂奥科的情谊和爱情,两人在强大的诱惑力的推动下动起手脚,成了好事,船还没到帕福斯,两人已经打得火热,那塞浦路斯商人本来就是要带着她回到帕福斯这座城市的。一到这里,两人就住了下来,同居了一段时间。

恰好有个名叫安蒂戈诺的老先生,因有事来到帕福斯城,这人年事已高,阅历颇深,但家财不丰。这位老先生虽在塞浦路斯国王的宫廷里供职,但命运之神却老是跟他作对。一天,那商人到亚美尼亚经商去了,这位老先生从公主的住宅前面经过,看见一个明眸皓齿的美人倚在窗口,不觉出神地望了一会儿。他忽然想起,似乎在什么地方看见过这个美人,只是记不起究竟在什么地方看到的。

那美丽的公主受尽命运的捉弄,现在似乎已经有了转机,快要否极泰来了,她看到安蒂戈诺之后,突然想起从前在亚历山大利亚时见过这个人,是在她父王的宫廷里供职的,而且地位很不低。她的心里立即涌起一个希望,或许靠了他的帮助,能恢复自己金枝玉叶的身份。于是趁她的商人不在家,赶紧把那老先生请了进来,然后羞羞答答地问他是不是叫安蒂戈诺,是不是法马戈斯塔人,她觉得好像应该是这样的。那老先生承认,他正是安蒂戈诺,另外还说:

"小姐,我觉得您很面熟,可是一点也记不起在什么地方见过您。因此,如果不碍事的话,倒要请教一下尊姓大名。"

公主听到他果然就是故乡来的人,不觉大哭起来,并且一把抱住他的脖子,哭着问他,是不是在亚历山大利亚见过她。那老先生本来十分惊愕,经她这么一点明,立即认出她就是阿拉蒂埃,苏丹的女儿,人们都以为她在海上遇难了。老先生马上上前要行君臣大礼,她则坚决不让,还叫他坐到自己身边。安蒂戈诺坐定之后,恭恭敬敬地问她,她怎么会到这里来的,什么时候来的,又是从哪儿来的,要知道,在整个埃及,人人都认为公主在海上淹死了,因为这么多年都过去了。

"我要是当真溺死了,"公主回答说,"那就好了,也免得遭受那么多的苦难,我想,假如我父亲知道我现在落到什么地步,那他也一定巴不得我早死的好。"

说到这里,她不禁痛哭失声,那安蒂戈诺赶紧对她说道:

"公主,请您先不要悲伤,要是您不见怪的话,请您先给我谈谈您过去的经历,还有您现在的生活情况。也许托天主的福,我们能够想出挽救的办法来也未可知。"

"安蒂戈诺,"那美丽的公主说道,"我看见了你,就像看见了我的父亲,凭着做女儿的对父亲的敬爱之情,我把自己本来可以隐藏起来的身份向你说了出来。在这世界上,简直没有几个人叫我见了面能像见到你那样高兴,所以我想把一直埋在心头的种种悲痛,像对自己的父亲那样对你吐露出来。你听了之后,如果能够想个办法,让我回到宫里去,那我就请你帮帮忙,尽量设法;如果你无法可想,那么我就求求你,不要对任何人提起在这里见过我,或者听到过有关我的消息。"

说完这些之后,她又流着泪,把在马略尔卡岛船沉人亡之后一直到现在的一切遭遇，统统告诉了他。安蒂戈诺一边听着，一边也不禁掉下了同情的眼泪。他考虑了一下，说道：

"公主，既然您遭遇了重重苦难之后没有让任何一个人认出您的身份来，那我就绝对可以向您保证，我可以把您送回给您的父亲，让他比以前更加疼爱您，再送您去和加波国王完婚。"

她问他这事怎么做得到，他就把自己的详细计划向她讲了一遍。为了免得夜长梦多，他不再耽搁，立即动身回到法马戈斯塔，见了国王之后，他对国王说：

"陛下，如果您愿意，我有一件事想来求您，这事会给您带来十分的尊荣，也可以让我这个可怜的人得到一个好差使，而又不破费您什么。"

国王问他是什么事，安蒂戈诺答道：

"在帕福斯城，有一天来了一位漂亮的公主，以前大家都传说这年轻公主已经落海而亡，其实并非如此，她为了保持自己的清白，经历了不知多少苦难，现在仍过着极为清苦的生活，所以很想回到父王身边。要是您肯派我护送她回到她的国家去，那么这在您是一件非常体面的事，而对我也很有好处。我想，苏丹将永远不会忘记您的大恩大德。"

国王原是个宽宏大量的人，当下就答应说可以照办，也就是说，先派人把那位公主隆重地接到法马戈斯塔来。公主来到之后，受到了国王和王后的优厚款待。当他们问起她的遭遇时，她就照安蒂戈诺教给她的话从头到尾背了一遍。几天之后，国王再也留不住公主，便派了一班绅士和贵妇做她的侍从，由安蒂戈诺负责，护送公主去见苏丹。至于这苏丹如何欢天喜地地把生还的女儿和护送她的安蒂戈诺及侍从人等接进宫去，也就不必细说了。

公主刚休息了片刻，她的父王就急于要知道，她是怎么侥幸生还的，以前又一直住在哪里，为什么这么多年以来也不捎一个信息给他。公主已把安蒂戈诺教给她的一套话牢记在心，便倒背如流地回答道：

"爸爸，我们分别后大约二十多天时，我们的船就遇上风暴，船破了，在黑夜里漂荡着，撞到西方一个叫做埃格莫特①的海岸上。船上的那些男人结果如何，我一点也不知道，后来也从未听说过。我只记得，第二天早上，我

---

① 法国一城市，在普罗旺斯附近。

好像死而复活。当地的居民看到船被撞破,全都来抢劫船上的东西。我和未死的两个侍女只得弃船上岸,刚到岸上,那两个侍女就被当地的小伙子们抢走,一个向东,一个向西,逃得无影无踪,她们的结果如何,我再也没有听说过。

"我自己也落在两个年轻人手里,他们抓住我的头发,拖着我往一个很大很大的树林里跑,我却拼命挣扎,奋力哭喊。正在这时,恰好有四个骑马的人从这里经过,那两个暴徒一看到他们,立刻丢下我,各自逃走了。

"那四个骑马的人,我觉得一定是什么大官,他们看见这情景,立刻奔来,问了我好多话,我也竭力想把自己的遭遇告诉他们,却只恨语言隔膜,谁也不懂对方说些什么。他们商量了半天,让我骑在一匹马上,把我送到一所女子修道院里,那是根据他们的宗教建的一所修道院。他们对院里讲了好多,只是我并不懂是什么意思,我就在那里住了下来,而且很受所有修女的优待,我也跟着她们一起崇拜'圣幽谷新月',那是当地妇女最信仰的一位圣徒。

"我跟她们住了一段时间,稍微懂了些她们的语言,她们就问我是什么人,从哪里来的。我知道自己是在什么样的地方,怕一旦说了实话,她们会因我是个异教徒而把我驱逐出去,只得回答说,我是塞浦路斯一个大贵族的女儿,我父亲送我到克里特岛去完婚,不幸途中遇到风浪,船只被毁,到了这里真是幸运极了。

"我惟恐露出破绽,时时处处留心她们的风俗习惯,跟着她们的样子学。后来,院里的主管叫做院长的,问我想不想回塞浦路斯,我回答说,那正是我求之不得的事。但是,那位院长十分关心我的名誉,不肯随便把我托付给到塞浦路斯的人。直到大约两个月前,有几个法国绅士带着家眷路过那里,前往耶路撒冷去朝拜圣地,那就是他们奉为天主的耶稣被犹太人钉死后埋葬的地方。其中有一位太太是院长的亲戚,所以她就把我托付给了他们,请他们顺路把我带到塞浦路斯,交给我的父亲。

"这些绅士和他们的太太如何欢迎我,款待我,细说起来,那话可就长了。总之,我们登上一条船,航行了好多天之后,才到了帕福斯。可怜我到了那儿人生地疏,又不知该怎样向绅士们说明才好,因为那院长原是嘱托他们在那里把我交到我父亲手里的。幸亏上天照应我,就在我们在那里上岸时,在海边遇见了安蒂戈诺。我立即叫住他,用我们本国的语言求告他——这样一来,那些绅士和太太们就不会知道我们讲了些什么——请他把我认做他的女儿。他立即明白了我的意思,装出非常高兴的样子,认了我。尽管他的境况很差,他还是尽力张罗着款待了这些绅士和他们的太太。随后,他把我送到塞浦路斯国王那儿,国王的盛情,我简直难以用言词来向你们形容,国王又热心地派人把我护送回家。要是还有什么我没有说清楚的,那么就请安蒂戈诺来补充吧,我的种种遭遇他已听过好多遍了。"

安蒂戈诺赶紧上前对苏丹说:

"陛下,她刚才所说的,已经对我讲了好多次,送她回来的绅士和太太也都是这样讲的。只有一个地方她没有说,或者是她有意不说,因为她可能觉得自己不便说出来。这就是,那些同她一道来塞浦路斯的绅士和太太们,都称道她端庄稳重,在修道院里同修女们过着纯洁正派的生活,道德高尚,习俗优雅,当他们把她交给我,不得不同她分手告别时,无论是那些太太还是绅士们,个个都依依不舍,流下泪来。假如我要把他们称赞她的话全讲出来,不要说今天讲不完,就怕连今天晚上整整一夜也说不尽。我觉得只要讲一点就够了,那就是,从他们所说的话里,以及我自己的观察,公主不但相貌出众,而且还具有最纯洁、最正派的品德,陛下有这样一个女儿,在当今的君王之间是最值得自豪的了。"

苏丹听了这些话,真是说不出的高兴,不住地祷告真主,请真主好好报答那些照应过他女儿的人,尤其是郑重地把他的女儿送回来的塞浦路斯国王。过了几天,苏丹送给安蒂戈诺一份厚礼,准他回塞浦路斯,又派了特使,带了国书,前去向塞浦路斯国王致谢,深深感谢这位国王搭救他女儿的大恩大德。然后,苏丹准备照旧履行前约,把女儿嫁给加波国王。因此写信把经过的曲折情形告知加波国王,还说,如果他想娶她为妻,那么就请他快派人来接。这加波国王对此非常高兴,马上派了专使,用隆重的仪式把公主接回。而这公主虽然同八个男人睡过了千把次觉,但在新婚的床上,居然能使她的丈夫相信她还是一个处女。从此,她成了加波国的王后,和国王长期过着愉快的日子。正如俗话所说:"被吻过的嘴唇,以后还有机运,好比天上的月亮,有亏有盈,时时更新。"

## 第八则故事

安特卫普伯爵无辜被诬,潜逃出国,把他的两个子女丢在英国,而且不在一地。后来他潜回苏格兰,看到子女都已发迹,就跟着英军回到法国,充当马夫,后来冤情大白,重新恢复爵位。

女郎们听完美丽的公主的种种经历,不禁连声叹息。但是,谁又能说出她们为什么这样叹息呢?也许有几位女郎一方面在同情她的遭遇,一方面也是在惋惜自己不能像她那样多次嫁人吧。这一层可就不能多问了。潘菲洛最后讲的那句俗语,又引得大家大笑起来。女王知道他已把故事讲完,就回头叫埃丽莎接着讲一个故事,她遵命高兴地讲道:

我们今天所讲故事涉及的范围可真广阔,使我们每个人不但可以在里面打一个圈子,就是转十个圈子也绰绰有余。你们想想,那捉摸不定的命运能带来多少千奇百怪的境遇啊。既然人生中有数不尽的悲欢离合,那我就来讲一个这样的故事吧。

当罗马帝国由法兰西人转到日耳曼人手里时,两国的敌视日益加深,战争频仍。这样一来,法国国王和王子就有了借口,说是为了保卫自己的国土,率领了许多亲友,尽量多地集合了国内的兵力,向敌人大举进攻。国王出征,国内就没有人治理了,幸而国王深知安特卫普伯爵瓜尔蒂埃里是个正直聪明的君子,对国王忠心耿耿,既是朋友,又是可信之臣,所以虽然知道伯爵深谙战略,国王还是叫他担当起更艰巨的任务,任命他做摄政,代理法国的全国政务,自己则率领大队人马,出发远征。

伯爵担任摄政之后,治理国家,有条不紊,凡事都向王后和太子的妃子禀报。虽然从职权上说,王后和妃子同样应受摄政王的管束,伯爵却还是把她们当做自己的女主人一样尊敬。

这位伯爵四十来岁,身体壮实,相貌堂堂,举止优雅,和蔼可亲。更加难得的是,这位伯爵又是当时最英俊、最善于修饰的一个武士。正如刚才所说,这法国国王和太子在外作战,那伯爵的夫人已亡,给他留下一子一女,他为公务,时常进宫,同王后和妃子商量国家大事。不料那妃子竟看中了伯爵的风度人品,眼睛不住地在他身上转,不由自主地爱上了他。这妃子想到,自己是如花似玉的少妇,对方是没有夫人的鳏夫,要满足欲望,照理说并不是一件难事。于是,她整天想的不是别的,只是想如何不顾羞耻,向他表明自己的心意。一天,宫里仅她一人,她觉得时机到了,就把伯爵召进宫来,说有事要同他商量。

这位伯爵的心思同那个女人完全不同,听到召唤,立即前去见她。妃子有意躺在一张床上,叫伯爵在她身旁坐下,屋里再无旁人。伯爵问她,召他来有什么事,连问两次,她都沉默不语。最后,她的情欲压倒一切,两颊绯红,也顾不得羞耻,断断续续,含着哭声抖抖索索地把她的心事讲了出来:

"可爱的伯爵,我最亲爱的朋友,像您这样聪明的人,应该明白男人和女人都有弱点,也应该明白,由于不同的原因,各人脆弱的程度各不相同。因此,一个真正公平的判官,对于同样的罪案,由于犯罪的人情况不同,判罪也就不一样了。比如说,有一个凭力气勉强维持生计的穷男人,或者一个穷女人,居然也想效法那饱暖富贵、整天空闲、什么都不缺的太太,追求风流韵事,那么谁不指责这个人轻浮狂妄呢?我想,没有一个人会否认这一点。

"正因为如此,我认为,如果一个富贵人家的太太由于机缘而不由自主地堕入情网,我们就不能过分责怪她;如果她看中的情人是一个大智大勇的英俊之才,那就更该原谅她了。我认为,这两种情况完全适合于我;除此之外,我正当青春年少,丈夫又出门在外,那我就更可以在您面前替我自己的激情辩护了,我就更可以一往直前地去爱我该爱的人了。您是个聪明人,听我这样说,不会不了解我内心的痛苦,那我也就要恳求您,给我出个主意,帮助帮助我吧。

"我的丈夫远在天边,我无法抵挡肉欲的冲动和爱情的力量,这力量是如此强大,不要说是一个柔弱的女子,就是那些雄赳赳的大丈夫,也常常被它征服。您也知道,我饱食终日,无所事事,更需要爱情的抚慰,也就不知不觉地堕入了情网之中。我知道,这样的事如果让人知道了,那是很害臊的,可是,要是别人不知道你在干这样的事,那就无所谓羞耻不羞耻了。爱神对我真是太好了,它不但在我选择心爱的人时没有蒙蔽我的眼光,叫我不知所从,反而使我的眼睛格外明亮,让我看得清清楚楚,您正是值得我这样一个女人爱慕的对象。要是我的眼光没有蒙骗我的话,您就是全法国能找到的最漂亮、最可爱、最英勇、最有修养的一个骑士了。您知道,我丈夫不在家,您也没有妻子,所以我求求您,看在我对您的这一片痴心分上,也可怜可怜我的青春,就跟我相亲相爱吧,我这颗年轻的心就像冰遇到了火一样,完全为您溶化了。"

说到这里,她已泪流满面,她越是想继续祈求,却越是连一句话也说不出来。她垂下了头,只是哭泣,仿佛再也没有力气,把身子倒在伯爵的怀里。

这伯爵本来是个极为正直忠诚的人,看到她要怂恿他去干那荒唐的事,就正言厉色地斥责她,一把将她推开。那妃子张开双臂,还要去搂他的脖子,却被他给甩开。他发誓说,就是让他粉身碎骨,他也万不肯做出这等败坏主公名誉的事来,更不许别人干出这等事来。

那女人听他说出这样的话,顿时把刚才的爱情忘得一干二净,竟老羞成怒,狂叫道:

"好一个不识抬举的东西!我这一片好意难道就容得你这样糟蹋吗?天主永远也不会容忍你的!既然你不让我活,我也就少不得要你的命,或者不让你在这个世界上立足了!"

她一面说,一面动手扯乱了自己的头发,撕破了胸口的衣服,同时高声喊叫起来:

"救命啊!救命啊!安特卫普伯爵要强奸我啦!"

她这么一喊,伯爵反而慌了,他倒并不是因为自己做下了什么亏心事而

害怕,而是知道朝廷里的众臣子平时对他存着妒忌,害怕这些人只信妃子的话,不容他自己辩白。所以他立即逃出王宫,赶回自己家里。一到家,不加思索,马上把两个孩子放在马上,自己也跳上马背,拼命向加来①奔去。

再说宫廷里的好多人听见妃子喊叫,急忙跑来,他们看见妃子这副披头散发的模样,又听了她那番话,不仅都信以为真,而且还说,这伯爵平时那样谦恭谨慎,原来都是虚伪的手段,好借以达到这一目的,因此声势汹汹地冲到伯爵家里,打算逮捕他,不料扑了一个空,这些人便把伯爵家的所有东西全部抢走,还把空房子也给拆了个一干二净。

消息传到军中,自然添油加醋,国王和太子听到之后,大发雷霆,立即判决伯爵和他的子孙永远放逐,并且宣告,如果有谁能捕获伯爵,不论是死是活,都给予重赏。

伯爵虽然逃走,但心里很是痛苦。因为自己虽然清白,可这一逃便等于证实自己有了罪行。好在一路上没让人认出,别人也没有发现他们有什么可疑。父子三人到了加来,立即乘船渡海,来到英国,换了穷人穿的衣服,前往伦敦。进入伦敦城之前,他叮嘱了两个孩子好多话,最重要的有两件事:第一,命运给他和两个孩子带来苦难,尽管他们都没有做过坏事,但在这种情况下,必须耐心忍受;第二,如果他们想要性命,那就千万不要对任何人提起他们是谁的孩子,以及他们从哪里来。

那男孩子叫路易吉,九岁左右,女孩名叫维奥兰,七岁上下。两人虽然年幼,却完全领会了父亲的告诫,并且此后果然处处留心。伯爵觉得,还是应该更为周密一些,需给两个孩子改名。于是他把男孩改名为佩罗托,女儿改名姜内塔。三人这才进入伦敦,衣衫褴褛,到处行乞,很像来自法国的乞丐。

一天早上,他们在一座教堂门前行乞时,一位英国将军的夫人走出教堂,看到了伯爵和他的两个孩子,她问他是从哪里来的,那两个孩子是不是他的儿女。他回答说,他是从皮卡第②来的,只因为他的大儿子不长进,使他不得不带着这两个孩子流落他乡。那夫人心地十分慈善,看那女孩子眉

---

① 法国一城市。
② 皮卡第为法国一地区。

清目秀,举止文雅,十分逗人喜爱,便不住瞅着这女孩,并且说:

"好人,如果你肯把你这漂亮的女儿留给我,我愿意好好照顾她,她是个好孩子,将来长大成人,我一定给她找个配得上的好丈夫。"

伯爵听了这番话,十分欢喜,立即答应下来,流着泪把女儿交给了那位太太,并且再三叮咛。女儿有了安身的地方,他也知道那收养女儿的人家是好人家,便放了心,决定不再在这里耽搁,领着佩罗托沿路乞讨,来到威尔士。因为他们本来不习惯于长途跋涉,所以一路吃了很大的苦头。这里住着英王的另外一位高级将领,深宅大院,仆从如云,伯爵带着儿子,常到他家门前乞讨。

这位将军的儿子,同另外一些大户人家的孩子们常在这庭院里跑跑跳跳,玩个不停。佩罗托去熟了,就混在孩子们中间一起玩。不过不论哪项游戏,他都玩得很灵巧,有时甚至比其他孩子都玩得好。有几次,将军偶然看到这孩子,觉得他的举动神态都很可爱,问了左右,才知道是常到这儿来乞讨的一个穷人的孩子,就叫人去跟他商量,说将军想收养这个孩子。伯爵听到这话,觉得再好也没有了,便一口答应下来,只是骨肉分离,不觉十分悲痛。

这样,伯爵的两个孩子都有了着落,他决定不再在英国久留,就费尽周折,渡海来到爱尔兰的斯坦福,在一个伯爵属下的爵士家里充当仆役,照料马匹,凡是一个仆役该干的事,他样样都干。就这样,他在这里吃苦耐劳地过了好长时间,其间没有一个人认出他来。

再说伯爵的女儿维奥兰,已经改名姜内塔,住在伦敦将军夫人家里,几年过后已经长大,容貌变得十分秀美,不但将军夫妇都喜欢她,而且那一家大小以及看见过她的人,没有一个不赞美她。加以她的一举一动十分优雅,因此没有一个不认为,她哪怕跟身份最高贵的小姐相比,也毫不逊色。那收养她的好心的将军夫人,从她父亲手里领来时,只听了伯爵编造的那番话,根本不知道她的底细,一心想按照她的身份替她找一份门当户对的亲事。但是那察访人间善恶的天主,知道她出身高贵,她沦于微贱并非由于她的罪过,而是由于别人的恶行,所以对她另有妥帖的安排。我们不能不相信,仁慈的天主不忍心让一位千金小姐落到下贱人的手里,所以就闹出了下面这么一段故事来。

收留姜内塔的夫人有个独生子,老夫妇俩看成是宝贝一般,做父母的自然都爱自己的孩子,但这个孩子实在懂道理,品德又好,更值得父母疼爱。他比姜内塔大六岁左右,看见她长得这样美,又这样温雅,不禁深深爱上了她,除了她,心里再没有第二个人。只是他以为姜内塔出身卑贱,不敢向父母提出娶她的要求,只怕会受到父母的责备,说他不顾身份,滥用爱情,所以只得把这份情意深深地埋在自己心底,非常苦恼。

这精神上的痛苦压得他透不过气来,终于得了重病。请了多少大夫来给他诊治,个个看了他的症状之后,都说不出个所以然来,难以下药,说是难抱希望。这可把他的父母急坏了,也使他们难过极了,急得不知如何是好。他们多次哀求儿子,把害病的原因告诉他们。对此,儿子只是叹气,作为回答,或者说,他只觉得自己是愈来愈虚弱了。

一天,一个年轻但精通医道的青年医生坐在他的床边,抓着他的手腕,正在给他诊脉。恰在这时,姜内塔走进房来,因为她敬爱老夫人,有时代替她前来侍候病人。病人一看见她进来,虽然她没说一句话,没有什么特殊的表示,但他的爱火高燃,心力充足,脉搏顿时跳得比平时有力多了。那位正把脉的医生立即感觉到了这一变化,十分惊奇,但他不动声色,只想看看这种变化能持续多久。

过了一会儿,姜内塔办完事走出房间,病人的脉搏跟着转慢了。这样一来,这医生便明白了这年轻人的病根在哪里。稍等了一会儿,医生又把姜内塔叫回来,装作有什么事要问她,同时又把病人的脉搏按住,果然,她一进来,那年轻人的脉搏又像刚才一样有力了,她一走,脉搏又恢复原状。这一下,医生对病根有了把握,便走出病房,把青年的父母请来,说道:

"令郎的病嘛,医家无能为力,要恢复他的健康,一切全掌握在姜内塔的手里。从一些确切的迹象看来,我发现令郎害的是相思病。据我观察,这姜内塔本人对此却一无所知。要是你们爱惜他的生命,你们就快快想个办法吧。"

那老夫妇俩听了这番话,倒是放心不少,因为毕竟可以找出办法来救他们的儿子了。但他们又很不放心,惟恐将来当真要认姜内塔做他们的儿媳。医生走后,夫妇俩来到病人房里,夫人说道:

"我的孩子,我万万想不到你有了心事却瞒着不对我讲,宁可积郁成疾,憔悴成这个样子。因此,你可以尽管放心,不管是什么事,体面也好,不怎么体面也好,只要能让你高兴,我无不像自己的事一样替你办到。尽管你把心事闷在自己肚子里不说,可这天主还是爱怜你的,甚至比你自己还要更加爱怜你,不愿眼看着你为此憔悴而死,因而把你的病因向我显示出来。你原来不是为了别的,而是害着刻骨的相思病,日夜想念着一个姑娘。说实在的,像你这样的年龄,本该是谈情说爱的时候,这用不到藏着瞒着,也用不着害羞,要是你不懂得去爱一个姑娘,那我倒要说你是个没出息的孩子了。所以,我的孩子,别再瞒我了,把你的心思全都告诉我吧,把那些叫你得病的烦闷和苦恼统统丢开吧,你尽管放心,相信你妈好了,只要你跟我说,你想要什么,我都会尽力去给你办,尽力满足你的愿望,因为我爱你甚于爱自己的生命。快丢开害羞和担心吧,把一切都告诉我,看看我能不能为你的爱情尽点儿力。要是你发现你妈不替你尽力,或者不把事情办妥,你就把她当做世界上最残忍的母亲吧。"

那青年听了母亲的这番话,起初还有点儿不好意思,但后来又想,除了母亲,再也没有更合适的人能帮他实现自己的愿望,这才说:

"妈妈,我之所以把我的相思隐瞒起来,别无其他原因,仅仅因为我看到,许多人一上了年纪就忘了他们的青年时代。现在你这样谅解我,那我不但承认你猜的一点儿不错,而且还要告诉你,我心里的人是哪一个,只望你照你答应我的话去做,这样我的病就会痊愈。"

夫人很自信,认为总会有办法既能满足儿子的要求,又不一定按儿子所想望的本意去办,就满口答应下来,说只要他肯把心事讲出来,她马上给他办,让他如愿以偿。

"妈妈,"青年于是说道,"我们的姜内塔真是美丽极了,而且优雅大方,我爱上了她,可她还不知道,我也就无法得到她的同情,我又丝毫不敢把自己这份心情告诉别人,结果就弄成了现在这个样子。你已经答应了帮我的忙,要是你没法做到,那我可就不久于人世了。"

夫人知道眼前只能安慰他,而不能责备他,便微笑着说:

"唉,我的孩子,你就为了这点事让自己病成这个样子吗?放心吧,只要你的病能好,一切都包在我身上了。"

那青年心里充满了希望,病情在很短时间里就有了极大好转,母亲看了着实高兴,就开始考虑如何实现她的诺言。于是有一天,她把姜内塔叫了来,在闲谈之中,只装作打趣似的,亲切地问她是不是有了心上人。姜内塔立刻满脸绯红,回答说:

"夫人,像我这样一个孤苦伶仃的姑娘,无家可归,只能寄人篱下,既不指望谈情说爱,也不配谈情说爱。"

那夫人便说:"要是你果真没有情人,我们很想给你介绍一个,两个人待在一起,多么快活,这才不辜负你的美貌。像你这样漂亮的姑娘,连情人都没有,真有点儿说不过去。"

对此,姜内塔回答说:"夫人,您在我父亲穷困的时候把我收养下来,像亲生女儿一样把我养育成人,为了这份恩情,本来我应该事事遵从您的意旨,但是在这件事上,我却不能遵命,我觉得我只能这样做。如果承您高兴赐给我一个丈夫,那么我就得一心一意地去爱他,可是我现在没法爱上一个男人,这是因为,我现在除了祖先留给我的清白之外已一无所有,而这份清白,我愿意终生守住。"

她这么一说,夫人觉得要实现答应儿子的诺言,就难以办到了。但这位夫人毕竟是一位聪明人,不由暗暗赞佩这个姑娘,就说:

"怎么,姜内塔,像你这样一个漂亮的姑娘,如果一个国王,一个年轻的骑士前来向你求爱,你也要拒绝他吗?"

姜内塔不假思索,马上回答说:"国王可以用暴力强迫我,但是,他要是不用正大光明的手段,那他就永远也别想得到我的同意。"

夫人知道这姑娘意志坚定,不便多说,不过还是想试她一试,于是去对儿子说,等他病好了以后,她会把他们俩安置到一个房间里,那时他就可以去向姜内塔求爱了。夫人还说,如果由她出面,像个媒婆似的为儿子牵线,那不免有失体面。

这个主意不但不能使这个年轻人高兴,反而使他的病情突然恶化了。到了这种地步,夫人别无他法,只得把心事对姜内塔明白说出。可是这姑娘的意志却更加坚定,无可动摇。夫人看了,只得把情况告诉了丈夫,两人商量了一阵,难过了一阵,决定还是答应儿子娶姜内塔为好,虽然这事大大违反了他们的本意,但是,娶一个贫贱的姑娘,救儿子一命,总比眼看他娶不到妻子就这样死了要来得好些。两人商量了好长时间,最后决定就这样办。

对此，姜内塔非常高兴，真心诚意地感谢天主不曾忘记她，尽管如此，她仍承认自己只是个平民的女儿，依然不肯吐露真情。那青年自然高兴得心花怒放，病很快痊愈，高高兴兴地举行了婚礼，同新娘子过上了幸福美满的生活。

再说伯爵的儿子佩罗托留在威尔士一个英国将军家里，在将军的养育之下，已经长大成人。他长得俊美无比，又练就一身武艺，不管是全岛比武，还是临时比赛，或者是其他方面，没有一个人是他的对手，因此远近闻名，无人不识，大家都叫他皮卡第的佩罗托。

天主没有忘记佩罗托的妹妹，对他也记在心里。有一年，当地发生了一场可怕的瘟疫，差不多夺去了全岛一半人的生命，其余侥幸活下来的，也大都逃奔他乡，城市荒凉不堪。在这场瘟疫中，将军和他的夫人、独生儿子、兄弟和其他亲属，统统染疾而亡，好好一家人只剩了正当待嫁之年的将军的女儿、佩罗托和几个仆人。瘟疫过后，将军的女儿因为爱慕佩罗托是个英俊有为的青年，同几个幸免于难的长辈商量之后，选佩罗托做她的丈夫，认他为一家之主，掌管她继承的全部家业。不久，英国国王听到将军的死讯，又听说佩罗托英勇无比，就命令他接替死者的职务，封他做将军。这就是安特卫普伯爵骨肉分离之后，他的两个无辜的儿女的大致经历。

再说那伯爵，自从逃出巴黎，来到爱尔兰已经过了十八年，眼看自己已经上了岁数，很想在可能的情况下去看望自己的亲骨肉，看看他们的日子过得如何。他原来的容貌已经完全改变，显得十分苍老，只是终年劳动，倒比从前富贵安乐时结实多了。他辞别了东家，身无分文，好不容易来到英格兰，先寻到了当初留下佩罗托的地方，知道他已成了将军，很有名望，又有了一份很大的家业，再看他已长得身材魁梧，相貌堂堂，伯爵心中甚是欢喜。但在尚不知姜内塔的情况之前，他不想轻易暴露自己的身份。

因此，他又辗转来到伦敦，转弯抹角地向人打听收留他女儿的将军夫人和姜内塔的现状，这才知道自己的女儿已经嫁给夫人的儿子，心里又是十分高兴。伯爵看到两个儿女都已长大成人，过着幸福的日子，觉得他从前所受的种种苦难磨折也就算不上什么大事了。

他很想见女儿一面，就常到她门前去乞讨。一天，姜内塔的丈夫贾凯托·拉孟斯在门口见到了他，看这个孤苦老头儿十分可怜，就叫一个仆人把他叫进来，给他一些东西吃，算是行行好。仆人当然照办不误。

这时的姜内塔已经给贾凯托生了几个孩子,最大的不到八岁,个个长得活泼可爱,世上少见。几个孩子看到伯爵吃东西,个个都跑到他身边,绕着他,同他亲近,好像有一种神秘的力量使他们本能地知道,他就是他们的外祖父。伯爵知道他们就是自己的外孙,真有说不出的高兴,格外爱抚他们。这样一来,孩子们也不想离开他了,不管他们的教师如何呼唤,只是不肯离去。姜内塔闻声,立即从房里走出,来到伯爵跟前,吓唬孩子们说,谁要是不听教师的话,就要挨打。孩子们开始哭起来,说是想同这位好老人家一起玩,因为他比教师更爱他们。这话叫姜内塔和伯爵都笑了。伯爵看见孩子们的母亲出来了,立即站起来,完全像一个穷人对贵妇人表示敬意的样子,而不像父亲遇见女儿的样子。不过一见到她,他心里还是十分高兴。姜内塔自然一点也不知道这就是自己的父亲,因为他变得太厉害了,面貌苍老了,头发花白了,胡子也长了,又瘦又黑,简直和从前判若两人。她看到孩子们只是不肯离开这老人,一拉开就哭,只得请求教师,让他们再玩一会儿。

正在孩子们拥在老人身边笑着闹着时,恰巧孩子们的父亲贾凯托回来了,教师把刚才的事告诉了他。他本来心里就看不起姜内塔的出身,因此便说:

"随他们去吧,天主会叫他们倒霉的。真是有其母必有其子,他们的母亲本来就是个叫化子,他们愿意同叫化子在一起,也就没有什么可大惊小怪的了。"

伯爵听了这些话,心里万分难受,但只是耸耸肩,像他忍受别的好多耻辱一样,把这一耻辱忍了下去。

贾凯托听说孩子们和这个老人十分亲热,心里虽然并不乐意,不过因为爱自己的孩子,舍不得让他们啼哭,就叫人去问那老人,是不是肯留下来在这里当个仆人,如果愿意,他愿意收留他。那伯爵回答说,这是他求之不得的事,不过他别无所长,只会看马,因为他一辈子都是做马夫。于是他们就交给他一匹马,让他照管,侍候好这匹马之后,他就和孩子们一起玩。

就在命运之神这样为伯爵和他的儿女们安排这一切时,法国国王突然驾崩,不过死前他同日耳曼人订下了周密的和约,他死后由太子继承了王位,当年陷害伯爵的那个妃子就成了王后。后来,同日耳曼人的和约期满,新王又进行了一场极其激烈的战争。这时英国国王同法王成为新亲,当然发兵前往助战,统领援军的就是大将军佩罗托和另一个将军的儿子,即贾凯托,他收留的那个老人——就是伯爵——也随军来到法国,充当马夫,但始终没有被任何一个人认出来。这伯爵本来是个良将,所以在军中出了很多主意,干了好多事,而且往往无需别人求,总是主动献计。

就在两国交战之时,法国王后得了重病,她自知已不久于人世,就向全国公认为最圣洁的鲁昂大主教作了忏悔,把生平中的罪孽都交代出来,其中一件,就是自己怎样诬陷安特卫普伯爵。她不仅向大主教认了罪,而且还当着宫廷里好多大臣的面,把这件事和盘托出,恳请他们替她请求国王,如果伯爵还活在人世,立即恢复他的爵位,如果已不在人世,则由他的子女继承。这王后忏悔后不久,就一命呜呼,人们为她举行了隆重的葬礼。她的临终忏悔则由使者赶到军中报告了国王。

国王听到王后作了忏悔,知道冤枉了好人,不觉连连叹息,当即下令通告全军以及全国各地,凡知道安特卫普伯爵及其子女下落者,如能报告,每报一项消息者即可得到重赏。当初伯爵因罪流放,实属冤枉,幸因王后忏悔,真相才得以大白,现在,国王准备恢复伯爵的爵位,甚至还要加封,以事补偿。

一直在军中充当马夫的伯爵,听到了这一消息,又打听了一番,知道确实无误,这才去见贾凯托,请他和自己一起到佩罗托那儿,说他就是国王要找的人。三个人见了面,伯爵才把一切都讲了出来:

"佩罗托,这位贾凯托娶了你的妹妹,可她当时没有什么嫁妆,现在为了不让她永无嫁妆地嫁过去,我想,国王的这笔重赏就让他去领取,让他到国王跟前去报告我们的踪迹,因为你就是安特卫普伯爵的儿子,他的妻子就是你的妹妹维奥兰,我就是你们的父亲,安特卫普伯爵。"

佩罗托听了这段话,定睛看了对方半天,认出他果然是自己的父亲,哭着跪到伯爵的膝下,抱着他的腿说:

"我的爸爸,见到你,我是多么高兴呀!"

贾凯托听了伯爵的话,又看见佩罗托的举动,先是惊奇,后来又高兴万分,简直不知该怎么办才好。过了一会儿,他知道这一切千真万确之后,想到自己一向把伯爵当马夫,呼来唤去,真是羞愧,也投在伯爵足下,哭着求他饶恕他从前的种种冒犯。伯爵急忙把他扶起来,好言好语地劝他不必把过

去的事放在心上。

然后三个人仔细谈起过去的种种遭遇,一会儿伤心落泪,一会儿又满心欢喜。佩罗托和贾凯托请伯爵更换衣服,伯爵坚决不换,他叫贾凯托先去报告,领取国王答应的赏金,然后他再穿着这身马夫的破衣服,跟他一起去见国王,也好让国王羞愧一番。

商量好之后,贾凯托才带着伯爵和佩罗托去见国王,说是带来了伯爵和他的儿子,特地前来领赏。国王马上命左右拿来一份厚礼,放到贾凯托面前,说是只要他果真能把伯爵和他的子女带来,这份礼物就归他了。这时,贾凯托回过身来,把自己的马夫和佩罗托领上前去,说道:

"陛下,这就是伯爵和他的儿子,他还有一个女儿,就是我的妻子,她现在不在这里,凭着天主的仁慈,您不久就会见到她。"

国王听他这么一说,就定睛打量起伯爵来,虽然他比以前已经苍老很多,但仔细一看也就辨认出来了。国王含着眼泪,把跪在面前的伯爵扶了起来,拥抱亲吻,同时也亲切地接见了佩罗托。然后国王叫人替伯爵换了衣服,一边又替他预备侍从、马匹,以及符合他身份的一切应有的物品。一切很快地全办妥了。除此之外,国王对佩罗托也十分优待。这时国王才仔细问起伯爵流落他方的整个情况。

贾凯托因为报告了伯爵和他子女的下落,因而得了重赏,领赏时,伯爵对他说:

"这是国王的恩赐,你收下吧,只是希望你别忘了告诉你的父亲:你的孩子,也就是他的孙子、我的外孙,并不是叫化子的女儿养下来的。"

贾凯托领了这份奖赏,派人把他的妻子和母亲接到巴黎。佩罗托也把他的妻子接来。大家和伯爵住在一起,好不快活。国王不但把伯爵的产业完全发还,而且大大超过原来的数量。后来,伯爵的子女们辞别而去,各自回家,伯爵住在巴黎,直到终老,生活比过去更加豪华舒适。

## 第九则故事

> 热那亚人贝尔纳博受了安布罗焦洛的骗,输了赌金,叫人去杀害他无辜的妻子。她幸而逃脱,女扮男装,在苏丹跟前效力。后来她遇见那个骗子,叫人把贝尔纳博也弄到亚历山大利亚,三面对质。结果真相大白,骗子受到惩罚,她复现女儿身,同丈夫衣锦还乡。

埃莉莎讲完了她那哀婉动人的故事,完成了任务。接下来该由女王菲洛梅娜讲她的故事了,她长得健壮而娇艳,总是面带微笑,讨人喜欢,只听她不慌不忙地讲道:

我们应该对迪奥内奥守信,现在既然只剩他和我还没讲故事,那就由我先讲,按照他的要求,最后一个故事由他来讲。

人们常说的一句俗语:害人者终害己。如果不是有事实证明,这句话不大会使人相信。各位亲爱的女郎,我现在就来讲一个故事,这个故事既切合我们今天的题目,同时又证明,这句俗语并非虚文,想来你们是不会不爱听的,这样的故事也能教我们对坏人有所戒备。

在巴黎的一家客店,住进几个意大利的大商人,有的为这件事务而来,有的又为了别的事务,总之各有其事。一天晚上,大家吃完晚饭之后聊起天来,谈得十分投机,东拉西扯,说着谈着,便集中到这样一个话题上:各自留在家里的老婆。其中有一个人打趣地说:

"我不知道我的老婆独自一人留在家里时干些什么,可是我敢说,要是我在这里遇上一个可人的小妞,不去跟这到手的人儿欢乐一番,反而还把自己的老婆挂在心头,那才怪呢。"

另一个人回答说:"要是我,当然也是照干不误,因为我相信,要是我的老婆遇上了这样的美事,她也照干不误,即使我不愿让她干,她也会干的。这叫做半斤对八两,针尖对麦芒。"

接着又有一个也表示了同样的看法,总而言之,大家差不多一致认为,家里的老婆只要有机会,是决不会独守空房的。

其中只有一个人与他们的意见不同,他是个热那亚人,名叫贝尔纳博·洛梅利尼。他说,感谢天主,他娶了一个全意大利少有的贤慧媳妇,不但女性的美德集中在她一个人身上,就连那属于骑士和绅士的品德,多半也可以在她身上找到。她又年轻,又漂亮,丰满结实,论起属于女人的描龙绣凤的本领,女人中她肯定是第一名。此外,论起举办酒席宴会的本领,哪怕是名门望族家的总管也比不上她。所有这一切,都是因为她出身名门,天资聪颖,稳重贤慧。接着他大夸她会骑马放鹰,能写会念,精通账目,俨然一个精明的商人。这样赞美了一番之后,他又回到刚才大家议论的话题上,发誓说,再也不会找到比他的妻子更贞洁更正派的女人了。因此他相信,即使他十年不归,或是终生在外,她也不会同另一个男人闹出那种荒唐事来。

在这伙闲聊的商人中有一个青年,名叫安布罗焦洛·达皮亚琴察,听到贝尔纳博夸赞他的妻子是天下最贞洁的女人,不禁笑了起来,还以嘲弄的口气问他,他这么大的福气应该是皇上赐给他的了。

贝尔纳博有点儿恼了,回说这福气不是皇上赐给他,而是比皇上更有权力的全能的天主赐给他的。

安布罗焦洛说:"贝尔纳博,我并不怀疑,你说的都是实话,但是依我看来,你对于事物的本性却了解得不够透彻,要是你在这方面多留意一些,我想你也不是一个胡涂人,你一定能明白许多事理,那么你在谈到这个问题时就不会信口开河了。你不要以为,我们这样乱讲自己的女人,好像我们认为自己的女人跟你的女人有什么不同,相反,是我们摸透了女人的本性,所以才这样说的。

"我总觉得,男人是天主创造的万物之灵,女人则是仿照男人创造出来的。一般认为,男人比女人更为完美,这从男人们的业绩中也可以看出来。正因为如此,男人必然比女人更有毅力、更有恒心,而天下的女人一般总是水性杨花。这一层道理可以用许多天然的原因来说明,不过,我在这里不想讲这个。假如说,性格坚定的男人尚且不能自持,会在女人面前屈服,那么当一个可爱的女人向他有所表示的时候,他更是要去跟她亲近了。像这样的事,不是一个月里只有那么一回,而是一天就有上千次。你倒想想看,意志本来就薄弱的女人,怎么能经得起一个聪明男子的苦苦追求、曲意逢迎、送长送短以及其他千百种手段呢?你想她能顶得住吗?不管你口头上说得多么好,我总不相信,你会把你自己说的话信以为真。你说过,你的太太也是个女人,她也跟别的女人一样,也是血肉之躯。既然是这样,她也有别的女人所共有的欲望,别的女人对于生理上的要求能克制到什么程度,她也只能克制到什么程度。因此,尽管她极为正经,可是她还是会做出别的女人所做出的事来。既然有这种可能,那你就不该斩钉截铁地否认这一点,或者坚持相反的论调。"

对此,贝尔纳博回答说:"我是个商人,不是哲学家,只能以一个商人的见解来回答你。我承认,某些不知羞耻的蠢女人是会做出你所说的那种事来的,但聪明的女人们十分看重自己的名誉,她们保护自己的名誉时比男人更有决心,而男人在这方面倒是很随便的。我的妻子正是这类女人中的一个。"

"说真的,"安布罗焦洛又说,"要是女人们跟别的野男人来往一次,她们的头上就长出一只角来,表明她们干的好事,我相信,她们就不会去尝试这种事了。但是,事实上不但长不出角来,而且往往是:如果是个细心的女人,她会把事情做得干净利落,不留任何痕迹。耻辱和丧失名誉只是私情败露时才得到的遭遇。所以只要有可能,她们就会偷偷摸摸去做,要是不做,那才是个傻瓜。你应该相信这样一点:要是真有那么一个正派的女人,那只是因为没有人来追求她,或者是她追求别人遭到了拒绝。就我所知,这是天然的原因决定的,也是真理,除此之外我还要说,要不是我跟不少娘儿们有过不少次经验,我也不敢把话说得这么肯定。咱们这样说吧,如果我能接近你那位至圣至洁的好太太,我敢说,要不了多长时间,我就能同她勾搭上,就像我勾搭上别的娘儿们一样。"

贝尔纳博听了很生气,回答说:"这事儿不是口头上能够辩清的,你说你有理,我说我有理,结果都是空口说白话。你既然说所有女人都是易于摆布的,你又是个风月场中的老手,为了表明自己的太太是个贞洁的女人,我愿意这样办:如果你能叫她依从了你,那么我情愿把自己的脑袋割下来;如果你做不到,我也不多要你什么,你只消给我一千枚金币就行了。"

"贝尔纳博,"争得面红耳赤的安布罗焦洛回答说,"我跟你打赌,如果我赢了,我不知道拿了你的性命有什么用,但是,如果你真想让我证实我所说的话,那么你就拿出五千枚金币来——这总比你的脑袋便宜得多了吧——同我的一千枚金币赌个输赢。你刚才并没有提出个时间限制来,现在我自己确定个期限:从我离开这里回到热那亚算起,我要在三个月内让你的太太满足我的愿望,并且要把她最珍贵的东西以及其他一些物证带回来,好让你相信当真有这么回事。不过,你也得答应我一个条件,就是在这一期限之内,你不能回热那亚,也不能写信告诉她有这么回事。"

贝尔纳博回答说,这样办再好也没有了,只是在场的许多商人觉得这不是儿戏,只怕将来闹出乱子来,纷纷上前劝阻。这两个人正在火头上,哪里肯听,当场签了契约,作为约束双方的文字凭证。

签好契约之后,贝尔纳博留了下来,安布罗焦洛则立刻动身前往热那亚。他在那里住了几天,小心谨慎地把那位太太的姓名品行等等打听清楚,这才知道,贝尔纳博赞扬她的那些话远不足以表现她的贤慧,因而感到自己这次真的做了蠢事。不过,他很快就认识了一个穷苦女人,她经常到那位太太家,深得太太的信任。可是,他又无法让这个穷苦女人替他直接效力,于是他便用金钱贿赂了她,求她把他装在一个特制的大箱子里,运到那位太太家里,而且要直接抬到那位太太的卧室里。那个女人受了贿赂,就依照他的吩咐,假意对那位太太说,她要出门去一次,有一只箱子想在她家寄存几天。

那只箱子就这样进了那位太太的卧室。到了深夜,安布罗焦洛料想这位太太已经睡熟,便运用机关,将箱子打开,悄悄钻出箱子。房间里一盏灯正亮着,他借着灯光,观察房里的陈设以及墙上的绘画,把每样东西都牢记在心。他来到床前,看见这位太太和一个小姑娘睡得正香,他又轻轻把她的被子全部掀开,只见她赤身裸体,跟穿着打扮时一样美丽,再细看她的身上,却没有任何特殊的标记可以回去报告,只是在左乳房下部有一颗黑痣,四周长着几根金黄色的茸毛。他看清楚之后,又轻轻把被子重新给她盖好。她如此美丽,叫他真想命都不要,爬上床去同她睡上一觉,可是他早听说,在这类事上,她冷若冰霜,决不苟且,所以没敢冒险。这天夜里,他在这位太太的卧室里逗留了好长时间,从她的衣橱里偷了一个钱袋、一件睡衣、几只戒指和几条腰带,把这些东西放进他的大箱子,自己也重新钻进箱子,盖好箱盖,使一切同原来一模一样。他这样活动了两夜,贝尔纳博的太太竟毫无察觉。

第三天,那穷苦女人按照原先叮嘱她的话,把那个大箱子要了回去,把它运回原先的地方。安布罗焦洛从箱子里爬了出来,按照原先的诺言,好好酬谢了那个穷苦女人,然后带着那些赃物,赶回巴黎。到了那里,果然还没有超过契约规定的期限。

他把当初争论、订契约时在场的人都请了回来,当着这许多人的面向贝尔纳博宣布,他们两人打的赌,他赢了,他当初说的话现在完全兑现了。为了证实这一点,他先把那位太太卧房的陈设和墙上挂的画描绘了一番,接着将带来的东西拿了出来,说是这都是那位太太送给他作纪念的。

贝尔纳博承认,那卧室确实同他说的一模一样,也承认这些东西都是他太太的,但他又说,安布罗焦洛所说的房间里的情形可以是从他家的仆人那里打听来的,这些东西也可能是从仆人那儿弄来的。因此,如果再没有其他东西,单凭这些还不能算数,不足以证明他已赢了。

于是安布罗焦洛又说:"老实说,这些证据已经相当充足了,但你还要我再说一些,那我再说就是了。我可以告诉你,齐内沃拉夫人,也就是你的太太,在左边乳房下有一颗很大的黑痣,黑痣周围有些金黄色的茸毛。"

贝尔纳博听了这话,简直像一把刀子直刺心窝,痛苦极了。他没有说话,但脸色骤变,他的神态表明,安布罗焦洛的这派胡言乱语,他已信以为真。过了一会儿,贝尔纳博才说:

"先生们,安布罗焦洛所说的都是真的,他赢了,请他随便什么时候去找我吧,该付的钱一定会付的。"

第二天,贝尔纳博把答应的钱如数给了安布罗焦洛,自己就怀着满腔怒火离开巴黎,赶回热那亚去惩罚他的女人。看看快到热那亚时,他停了下来,来到自己的一个别墅,这里离城仅20英里,然后便派了一个心腹仆人,带着两匹马和他的一封信,前往热那亚城去通知他的夫人,说是他回来了,请她到别墅来和他相会。但是他悄悄命令那个仆人,等她同他一起出城来别墅时,找个下手的机会把她杀掉,然后回来回话。

仆人来到热那亚,交了家信,说了些主人的情况,贝尔纳博太太满心欢喜,将仆人好好款待了一番。第二天早晨,她便和仆人一人骑着一匹马,前往那座别墅。一路上,两人东拉西扯,不觉来到一个幽静的山谷,两边是峭壁和树木,仆人觉得这么隐蔽的地方,正好可以不露痕迹地下手,好回去向主人复命。他一手抽出匕首,一手抓住女人的手臂,说道:

"夫人,快向天主祷告吧,你也不必再往前走了,因为你的死期到了!"

贝尔纳博的太太看见他扬着匕首,又听他说出这样的话来,万分惊恐,嚷道:

"天哪,行行好吧! 你要杀死我,总得告诉我,我什么地方得罪了你,叫你下这毒手!"

"夫人,"那仆人回答说,"你一点也没有得罪我,而是得罪了您的丈夫,具体是什么,我也说不上来,反正是他命令我,叫我在半路上杀死你,不许对你有丝毫的怜悯,如果我不照他的话去做,他就要把我吊死。你知道,我这是照章行事,不管他让我干什么,我都不能说半个不字。天主知道,我是同情你的,可我没有别的办法。"

对此,那女人哭着说:"哎呀,看在天主面上,千万不要为了服从别人的命令,就向一个从没有得罪你的人下毒手啊! 那洞悉一切的天主,知道我从来没有做下什么错事,值得我丈夫如此对待我。现在咱们先不说这些,我想说的是,只要你听我一句话,这样无论是在天主面前,还是在我丈夫和我面前,都能交代过去。你可以这样办:你把我的这身衣服拿去,把你的紧身衣和外套给我,你拿着我的衣服去见我的丈夫,也就是你的主人,说是已经把我杀死。我向你发誓,我现在的这条命是你给的,我马上离开这儿,逃亡他乡,从此以后,无论是他是你,或是这一带的任何人,再也不会听到我的任何消息了。"

那仆人要杀她,本是出于无奈,所以不必多求,就动了恻隐之心。于是他就拿了她的衣服,又把自己的破旧紧身衣和外套脱给她,她随身带着的一点钱,也仍让她留着,只求她快快离开这里。他看着她在这山谷里徒步向远方走去,这才回去向自己的主人报告,说是不仅已将她杀死,而且还把她的尸体也抛给一群野狼吃掉了。

又过了几天,贝尔纳博才回到热那亚。他杀害妻子的事传了开来,遭到了人们的谴责。

再说那女人,可怜独自一人,十分凄楚,直到天色黑下来,才敢走进附近的一个村子,凭着乔装改扮,向一个老太太讨来针线等物,照自己的身材把那件紧身衣裁短,用自己的衬衣改做了一条短裤,又把头发剪短,把自己完全打扮成一个水手模样,向大海方向走去。事有凑巧,她在那里遇到一位加泰罗尼亚①的绅士,名叫恩卡拉赫,这个人把自己的船停在附近,独自上了岸,想到阿尔本加②镇的喷泉乘乘凉。她同这个绅士攀谈起来,被他收容,跟着他上了船,她说自己的姓名是西库拉诺·达菲纳莱。到了船上,她换了一套新的水手服,开始在这条船上做一名仆从,悉心侍候这位绅士,颇得他的欢心。

不久,那位绅士航行到亚历山大利亚,带了几只猎鹰上岸献给苏丹。苏丹几次设宴款待他,每次都看到西库拉诺来了就照料那几只猎鹰,很是欢喜,就开口问绅士,能不能把他③留下来。他的主人无法推托,只得把他留下。西库拉诺进宫之后,一举一动都非常得体,所以很快就得到了苏丹的宠爱,正像从前在那位绅士跟前的情形一样。

时光就这样过去了。话说在阿卡④这个地方,一年一度都要举行盛大的集市,许多基督教和伊斯兰教的商人都要到那里去贸易。这个地方也属苏丹管辖,为了保护商人和货物的安全,苏丹一向派遣几名大臣率领官员和士兵,前去维持治安。这一回,苏丹觉得应该派西库拉诺前往,后来果然派他前去。这时,他早已学会当地的语言,便奉命赴任。

西库拉诺来到阿卡,负责当地商民和货物的安全事宜,他勤于政务,十

---

① 西班牙东北部一地区。
② 意大利西北部萨沃纳省一市镇。
③ 从这里开始,用"他"来称呼乔装的女主人公。
④ 阿卡即圣乔瓦尼·阿卡,巴勒斯坦一海港城市。

分称职。他经常来回巡视,接触了许多商人,其中有很多西西里人、比萨人、热那亚人、威尼斯人以及意大利其他城市的人。因为他们是从自己的祖国来的,所以他很喜欢跟他们攀谈。有一天,他走进一家威尼斯人开的服装店,在许多小物件中间,看见一个钱袋和一条腰带,分明是自己的东西,不觉大为惊奇。然而他不动声色,只是客客气气地问店主,这些东西是不是出售。原来安布罗焦洛·达皮亚琴察弄了很多货物,搭乘威尼斯人的一艘船来到这里,他听到长官问他的这几样东西,就走上前来,笑吟吟地说:

"先生,这是我的东西,但不出售,如果您喜欢,我愿意奉送给您。"

西库拉诺看他笑起来,倒怔了一下,心想莫非他看出了自己的底细?但他马上又镇静下来,说道:

"你是因为看到像我这样一个行伍中人忽然问起女人们的东西来,才觉得好笑吧?"

"先生,"安布罗焦洛说,"我不是笑这个,而是笑我当时把这些东西弄到手的情景。"

"噢,想必是运气很不错吧。"西库拉诺说,"如果不是什么不可告人的事,讲出来让大家听听吧。"

"先生,"安布罗焦洛说,"这些东西,再加上另外几样东西,都是热那亚的一位太太送给我的,要我永远留着,作为爱情的纪念品。那位太太叫齐内沃拉,是贝尔纳博·洛梅利尼的妻子。有一天晚上,我跟她睡觉,便得到了这些东西。我现在发笑,是想起了天下竟有像贝尔纳博这样的傻瓜,说是我无论如何也不可能勾搭上他的老婆,跟我打起赌来,拿五千枚金币来对我的一千枚金币,结果我赌赢了,玩了他的老婆,还赢了他的钱。实际上,这只能怪他太愚蠢,而不能怪他的老婆,因为她那样干了,天下所有的女人也都会那样干的。后来我听说,就为这个,他从巴黎赶回热那亚,把他的老婆给杀了。"

西库拉诺听了这话,才恍然大悟,明白了为什么贝尔纳博那么恨他的妻子,也弄清了自己受这么多磨难的根源,就暗暗下定决心,决不能让这个家伙逃避惩罚。于是,西库拉诺装作对这个故事很感兴趣的样子,以后又常去和这个人接近,关系十分密切,而且在集市结束之后,安布罗焦洛还依着西库拉诺的话,带了所有的货物来到亚历山大利亚。西库拉诺还给他建了一个店铺,又拿出一笔钱来给他作资金,安布罗焦洛觉得交了这样一个好朋友,真是大有前途,还有什么不愿意住下来的道理呢?

西库拉诺一心想要在自己的丈夫面前表白自己的贞节,无时无刻不在寻找机会,后来终于通过亚历山大利亚几个来自热那亚的大商人,设法把贝尔纳博弄到这里。这时的贝尔纳博已经穷困潦倒,西库拉诺就叫自己的一个朋友把他收留下来,却并不声张,专等时机成熟,再把所有的一切说清。这时,西库拉诺已经把安布罗焦洛叫进宫里,叫他在苏丹面前讲述自己的故事,好给苏丹解闷。西库拉诺看到,贝尔纳博已经到来,觉得无需再多等了,便趁一个机会,请求苏丹把安布罗焦洛和贝尔纳博召来,命令安布罗焦洛当着贝尔纳博的面交代出来,到底跟贝尔纳博的妻子有没有那种关系,如果他不肯实说,就动用刑罚,强迫他说出。

两个人被召到宫中,苏丹当着众人,厉声命令安布罗焦洛把当初怎样打赌并赢了贝尔纳博五千枚金币的经过如实讲出来。在这么多人当中,安布罗焦洛最信赖的人当然就是西库拉诺,不料一见他怒容满面,比别人还要无情,那显然意味着,如果不如实招认,就要动用严刑。安布罗焦洛现在是四面楚歌,只得当着贝尔纳博和这么多人的面,把实情说了出来,心里还暗暗希望,只要赔还五千枚金币和交出偷来的一些物件,还可以逃过其他刑罚。安布罗焦洛讲过之后,这件案子的主审官西库拉诺转身对贝尔纳博说:

"你听信了这个骗子之后,是如何对付你的妻子的?"

贝尔纳博回答说:"我输了钱,又出了丑,我认为这都是因为我的妻子不贞,一时气愤,回到家里,就派我的一个仆人把我妻子杀了,据仆人回来禀报说,她的尸体当时就给许多饿狼吃掉了。"

双方的供词苏丹都听得清清楚楚,来龙去脉也已搞清,只是他还不明白,西库拉诺这样查究这个案子究竟用意何在。这时,西库拉诺对他说:

"陛下,你现在不难看出,那个可怜而善良的女人有着这样一位'相好',又有这样一位丈夫,该是多么自豪了。她的'相好'只凭几句谎话,一下子就把她的名誉和清白给毁掉了,把她丈夫的钱也给骗走了;而她的丈夫呢,跟她做了多年夫妻,却不相信她的忠贞,宁可轻信别人的谎言,把她杀了去喂狼。更叫人佩服的是,这'相好'和丈夫两个人,这样爱她、敬她、经常亲近她,却竟然认不得她了。现在为了使陛下彻底明白案情,以便判决,我只求陛下给我一个恩典,为了惩罚那个骗子,赦免那个受骗的人,请允许我把那位夫人带上来当面对质。"

苏丹在这件案子上完全听从西库拉诺的主意,就准许了他的请求,要他把那个女人带上来。贝尔纳博一直认为自己的妻子早已死了,听到这里不免十分吃惊,那安布罗焦洛早已猜到事情很不妙,恐怕不仅是赔五千枚金币所能了事的,也不知道那夫人一出庭,对他是凶是吉,所以只是惴惴不安地等待着。

苏丹答应西库拉诺的请求之后,只见他立即跪在苏丹面前,痛哭流涕,那男性的声气和气派一下子都消失了。只听得他哭着说:

"陛下,我就是那个苦命的齐内沃拉,六年来一直女扮男装,流落他乡!这个奸徒安布罗焦洛用下流无耻的手段诬害了我,诽谤了我;而那个狠心的、不明是非的男人却命他的手下人杀死我,把我的身子抛给豺狼吃掉。"

说到这里,她撕开胸前的衣服,露出乳房,让苏丹和在场的人都看到她是女人。然后,她转过身来,气愤地质问安布罗焦洛:他何时像他所言同她睡过觉。安布罗焦洛这时已经认出她来,吓得低下了头,不敢做声,活像个哑巴。

苏丹一向把她当做男人,现在听她这么说,又看她这般情形,真是惊诧万分,竟好多次以为自己耳闻目睹的不是事实,而是在做梦。后来心神稍定,知道这是真事,西库拉诺就是齐内沃拉,就大大把她称道了一番,赞美她的忠贞和美德。然后吩咐侍从,给她换上最华丽的女装,派许多宫女去侍候她。同时又顺从了她的愿望,本该判贝尔纳博死罪的,现在赦免了他。贝尔纳博认出她就是自己的妻子,连忙跪在她面前,痛哭流涕,向她请罪。这样狠心的男人本来是不值得宽恕的,但她还是不念前恶,饶恕了他,把他扶起来,温柔地拥抱他,认他做自己的丈夫。

然后苏丹下令,把安布罗焦洛立即绑赴城内高处,捆到木桩之上,全身涂上蜜糖,听凭风吹日晒,不到他倒下不准松绑。人们立即前往执行这一命令。苏丹又下令,安布罗焦洛的所有财产,全部归齐内沃拉,清点下来,这笔财产不少于一万枚金币。苏丹又大摆宴席,款待齐内沃拉和贝尔纳博,盛赞她是女中豪杰。苏丹又赏给齐内沃拉不少金银器皿、珍宝现金,价值又在一万枚金币以上。

宴罢，苏丹吩咐给他们预备一艘大木船，准许他们回热那亚，何时动身，听他们自便。这对夫妇带了大笔财富，非常高兴地回到故乡。故乡的人热烈欢迎他们，特别是欢迎他们一向以为已经去世的齐内沃拉。她一生都受到了当地许多人的敬重，都赞扬她德行高洁。

那安布罗焦洛当天就被绑上木桩，遍体涂了蜜糖，任苍蝇来舔，牛虻来叮，野蜂来扎，而这些虫蝇之类在这里多得很，所以很快就爬满了全身，那痛苦比死还难受。等到他死的时候，血肉都给虫子啃光，只剩了一副骨架。他的白骨串在几根筋上，在那里挂了好长时间，使过往行人知道，这就是恶人的下场。这正是，害人者终害己。

## 第十则故事

> 海盗帕格尼诺·达摩纳哥把法官里卡尔多·迪秦泽卡的妻子劫去,丈夫打听到她的下落,便去接近那个海盗,求他放她回家。他答应只要她愿意,就不加留难,但她不肯跟丈夫回去,后来里卡尔多去世,即与海盗结为夫妇。

这伙正派的男女青年听了女王讲的故事,都十分称赞,尤其是迪奥内奥,这一天里,只剩他没有讲他的故事了,在称赞过女王之后,他讲道:

美丽的女郎们,我原想讲另外一个故事,可是女王的故事中有一节使我改变了主意。我这里指的是贝尔纳博的愚蠢,尽管这愚蠢后来让他得了好处。像他这样的人都认为,他们自己在这世界上东游西逛,今天跟这个女人相好,明天又跟那个女人勾搭,但在他们的想像中,自己的女人在家里总是双手紧紧抓住腰带,规规矩矩地守空房。我们是她们生的,在她们的手里长大,现在仍生活在她们中间,但日常的经验好像还不足以叫我们认为还有跟这相反的情形。我现在讲这个故事,就是为了让你们看到,这班人是多么愚蠢。另外还有一些人,那就更加愚蠢了,他们说是自己的力量比人类的七情六欲的力量还要大,只要他们搬出一套荒唐的谬论来,就可以强迫别人违反自己的本性，按照他们那套谬论来行事。

　　从前，在比萨市有个法官，名叫里卡尔多·迪秦泽卡，头脑极为聪明，只是体力差些。这个富人有一种想法，认为只要用他做学问的功夫来应付他的太太，就可以叫她称心如意，所以一心想要找个年轻美貌的姑娘来做他的妻子。要是他给自己办事也像给别人出主意一样，那就好了，那他就不会要他的太太既年轻又漂亮。结果，他果然如愿以偿，洛托·瓜朗迪先生把他的女儿许给这位法官为妻，这位姑娘名叫巴尔托洛梅娅，是比萨城里数一数二的漂亮姑娘。

　　在比萨城里，姑娘们一般都是面黄肌瘦，比那吃虫子的蜥蜴漂亮一点儿的实在为数极少。这位法官得了美女，自然高兴，所以大张旗鼓地把新娘迎到家里，又大摆宴席，十分热闹。当天晚上，新婚燕尔，自然要合欢一番。谁知这第一次就给他来了个下马威，只差一点儿就成了陷到那个坑里的一步死棋。只这么一次就累得他气喘吁吁，面无人色，精疲力竭了。第二天早晨只得吃些蜜饯和其他滋补的东西，喝些白干葡萄酒，以便恢复精力。

　　现在这位法官先生对于自己的本领，比从前明白多了，于是便开始用一本适合于厌学的孩子们用的日历来教导他的妇人，这本历书大概是在拉文纳编印的，根据这本历书，一年到头，没有一天不是供奉一位圣徒，甚至是好几个圣徒①。他又旁征博引，向他的太太证明，在这些圣徒的节日里，夫妻应该禁止房事，虔敬神明。这还不算，他又添加了许多斋戒日，什么四季斋戒②、十二门徒彻夜祈祷日以及上千位圣徒的节日啦，什么圣礼拜五日、圣礼拜六日、圣安息日啦，还有整个四旬斋的四十天，再加上什么月圆月缺啦，如此等等，总之是禁忌众多，在这些日子里，夫妻只能节欲敬神。他以为，对付与他同床共枕的女人，就像办理法院的案子一样，推诿几天是没什么要紧的。

　　这样一来可就苦坏了那位太太，一个月里，他也只不过敷衍她一回罢了，总是避着她，但又把她监视得十分严密，只怕有人像他教给她那么多安

---

① 拉文纳系意大利东北部一城市，城内古教堂众多，数目可与一年的天数相比，每一教堂又有自己的圣徒，所以一年中差不多每天都可称为节日。
② 四季斋戒为每季三天：(1)四旬斋第一个星期日之后；(2)降灵节后；(3)9月14日圣十字节后；(4)12月13日圣卢奇亚诺节后的星期三、五、六。

息日似的,教她那么多的工作日。

有一年夏天,天气特别热,里卡尔多打算带他的太太到蒙特内罗①去避几天暑,他在那里有一座华丽的别墅。为了替漂亮的太太解闷,他带着大家到海上去打鱼。他和几个渔夫乘一只船前行,他的太太和一些女伴们乘坐另一只船,跟在后面观看。大家玩得高兴,不觉已经离开岸边很远,把船摇到海里去了。

就在大家一心打鱼和观赏的时候,海面上突然来了一艘大船,那是当时有名的海盗帕格尼诺·达摩纳哥的一艘海盗船。这海盗看见海面有两条船,立即追去,小船尽管没命地逃走,但帕格尼诺还是追上了女人们的那条船。这海盗看见船里有一位如花似玉的太太,就放过别人,单把她掠上船去。里卡尔多已经逃到岸上,只能眼睁睁地看着海盗抢了他的娇妻,扬长而去。

这位法官本来就是连空气都要嫉妒的,现在娇妻被人掠去,他是多么痛心,自然无需多费口舌了。他在比萨控告了海盗们的强盗行径,又到别的地方去控告,可是毫无实际结果,因为他既说不出是谁抢走了他的妻子,也不知道她被劫到哪里去了。

再说那帕格尼诺本来是个光棍,眼见这样一个美女落到了自己手里,心里好不高兴,想把她永远留在身边。可这个女人却大哭不止,任凭他怎样劝慰,也没有用处。到了夜里,他觉得白天的空话毫无用处,那就用行动来安慰她吧,果然,她的那本历书就从腰带上掉了下来,那些圣徒的节日、安息的假日,在她的脑海里也忘得一干二净了,她也显出了安心的样子。就这样,他们还没有等到返回摩纳哥②,她就把她的法官和那套规矩忘了个一干二净,只觉得同帕格尼诺在一起真是如鱼得水,好不快活。他把她带到摩纳哥,不但白天安慰她,而且夜夜让她满足,还把她当做自己的妻子一样看待。

过了一段时间,她的下落竟给里卡尔多先生打听到了,他恨不得马上把自己的妻子找回,可又觉得谁也无法替他圆满地办好这件事,必须亲自前

---

① 意大利海滨城市里窝那郊外一片地区之名。
② 帕格尼诺的姓是达摩纳哥,意为"从摩纳哥来",即以地名为姓,回摩纳哥即是回故乡或回家之意,另外,本书中人物姓氏凡第一字为"达"或"迪"的,后面即为地名,系指此地来的人,同达摩纳哥的姓氏结构完全一样。

往,而且下了决心,不管花多少钱,一定要把娇妻赎回。他乘着海船,来到摩纳哥,果然见到了她,她也看到了他。她当晚就告诉帕格尼诺,她的丈夫已经到了这里,她也向他表明了自己的心意。

第二天早晨,里卡尔多见到帕格尼诺,就跟他接近起来,不长时间两人便混得像老朋友一样了。其实,帕格尼诺不是不知道对方的用意,只是不想道破,只等着看他如何行动。当里卡尔多觉得时机已经成熟,就向对方婉转地说明了他此行的缘由,他要多少赎金,尽管说来就是,只是千万把他的妻子归还给他。对此,帕格尼诺和和气气地回答说:

"先生,我很欢迎您,我愿意简单说几句来回答您。是的,我家里有个小娘子,可我不知道她是您的妻子,还是别人的太太,因为我既不认识您,也并不认识她,因为她到我家的时间并不太久。看来您也是个高尚的绅士,我不妨带您去见她,如果您所说的话不假,果真是她的丈夫,那么照我看,她理应认识您。只要她承认您所讲的都是实话,而且愿意跟您回去,那么难得您这样有礼,赎金随便给我多少都可以,我决不计较。但是,如果不是这么回事,那您就是存心到我这里来夺取她了。我可以告诉您,我是个年轻汉子,也像别人一样知道保护自己的女人,尤其是像她这样一个女人,她可是我见过的最可爱的女人。"

里卡尔多说道:"她是我的妻子,半点儿不假,只要你领我去见她,你立刻就可以知道,我说的是真话。她一定会当场张开双臂,勾住我的脖子。所以,你这提议很合我的心意。"

"那好吧,"帕格尼诺说,"咱们就去吧。"

里卡尔多跟着帕格尼诺一同来到他家里,在客厅坐定之后,帕格尼诺便叫人请她出来,她已经装束就绪,来到两个男人坐定的客厅,可是她只向里卡尔多略微地招呼了一下,好像只是把他当做帕格尼诺带来的一位生客。里卡尔多满以为她一见了他,一定会高兴得不得了,看她这么冷淡,不免大吃一惊,私下里想道:"莫非我自从丢了她之后,过分忧伤,形容憔悴,连她也认不出来了?"于是说:

"夫人,那天带你去打鱼,叫我付出了多大的代价啊!自从失去你之后,我心里这份悲苦,那可是从来没有经历过的。可是现在你见了我,却这么疏远,好像根本不认识我似的。难道你没看出,我就是你的丈夫里卡尔多,是特地前来赎你回去的？这位先生慷慨好义，愿意把你交还给我，不跟我计较赎金的多寡，实在难得。"

那少妇转过脸，微带笑容，说道："先生，您是在跟我说话吗？请您仔细看看，别认错了人。因为我可不记得在什么地方见到过您。"

里卡尔多马上说："你想想自己说的是什么话吧。请你把我仔细看一看，再好好回想一下吧，那你就会看出，我是你的先生里卡尔多·迪秦泽卡。"

"先生，"那少妇回答说，"请您原谅，像您说的，叫我尽管对着您瞧，我觉着不大雅观。不过，说实话，不必仔细瞧我也可以肯定，我确实从来没有见过您。"

里卡尔多于是又猜想，她是出于害怕才这样推托，不敢在帕格尼诺面前跟他相认，所以就向帕格尼诺请求，能不能让他们两人单独在一间房里谈谈。帕格尼诺说，当然可以，但不能用强暴手段同她亲吻，于是又吩咐少妇，跟来人到内室去，听他有什么话要说，她可以随自己的心意回答他。于是那少妇同里卡尔多进了内室，坐定之后，里卡尔多嚷道：

"唉，我的心肝呀，我的甜蜜的灵魂，我的希望呀！难道你不认得你的里卡尔多了吗？他爱你可是胜过爱自己呀！这怎么可能呢？我变得这么厉害吗？唉，我的宝贝的眼睛呀，你好好看看我吧！"

那女人这时笑起来，不让他再喊下去："放心吧，你总该知道，我不至于那么健忘，连你这位法官老爷里卡尔多·迪秦泽卡，我的丈夫，都记不起来了。可是我跟你在一起的时候，你似乎并不很了解我，要是你是个聪明人，或者像你自认为的那样什么都了解，那么你就应该看出，我正像刚开的一朵鲜花，是一个精力旺盛的少妇，因此你也应该知道，除了吃穿之外，我还应该有别的更迫切的需要，虽然少妇们怕羞，不好意思把这需要讲出来。在这方面你是怎么做的，你自己知道。

"你如果更喜欢研究法律，而不是把心思用一点儿到妻子身上，那你就不该娶什么太太。不过，在我看来，你其实也算不上什么法官，你只不过是那些圣徒的节日、斋戒日、彻夜祈祷日的街头宣传者，亏你在这一套上是那么内行。我还要对你说，要是你让那些给你种田的农夫，也像我耕种我那块小小的田地那样，动不动就是假日，那么你也就别指望会有一粒粮食的收成了。总算天主可怜我的青春,叫我遇上了那个男人,我就同他住在这座房子里。这里是从来不知道什么休假日的,我说的是你那些专门奉承天主(绝不是奉承女人)的假日,从那扇门里也从来不会闯进什么礼拜六啊,礼拜五啊,彻夜祈祷日啊,四季斋戒日啊,或者什么四旬斋啊,最后这个斋期可真叫长啊!恰好相反,我们是日日夜夜都在工作,我们的毯子破得特别快。就在今天凌晨,夜祷钟响过之后,我还跟他工作了一番呢。我愿意跟他在一起,趁着青春年少,好好干一场,那些圣徒的节日、朝圣、斋戒等等,等到我老了再去信守吧。所以你也不必多耽搁了,赶快回去干你的事去吧,但愿你称心如意,爱守多少斋戒就守多少斋戒,只是把我免了吧。"

听了她的这番话,里卡尔多非常难受,看她不再讲了,才张口说:"唉,我可爱的灵魂啊,你这说的是什么话呀?难道你就不想想你家里的名誉和你自己的名誉吗?难道你不怕罪孽深重,宁愿在这里做这个人的姘妇,却不愿到比萨城里堂堂正正地做我的太太吗?他一旦厌倦了你,就会把你一脚踢开,让你抬不起头来做人,而我是永远爱你的,你始终是我的宝贝,哪怕我不愿意,你也永远是我的当家人。难道你为了这荒淫无耻的肉欲,连自己的名誉都不要了,把永远爱着你的我也给抛弃了吗?啊,我心头的希望呀,不要再这样说了,跟我回去吧。现在我知道你的欲望了,从今以后,我要尽力补偿。我可爱的宝贝呀,你就改变主意,跟我回去吧,可怜我自从丢了你之后,从不曾有一天高兴过。"

对此,那少妇回答说:"我的名誉,除了我自己,我不想让别的任何人来顾惜。再说,现在才顾惜,未免有些太晚了,要是当初我的父母家人把我许配给你的时候,替我的名誉好好设想一番,那该多好啊!既然当初他们不替我的名誉打算,现在我也就不想为他们的名誉着想了。要是我现在犯了'臼罪',那么我和一根不中用的杵守在一起,依然没有什么痛快可言①。你就不必为我的名誉费神了。我还想告诉你,我在这里倒觉得自己是帕格尼诺的妻子,而在比萨,只不过是你的姘妇罢了,那时候,我得想着什么月盈月亏以及天宫里的种种星象,然后才能把我的星宿同你的星宿交在一起,可在这

---

① 这里系文字游戏,意大利文中"臼"为 MORTAIO,谐"不可救赎的"(MORTALE)之音,而"杵"(PESTELLO)则谐"毒疫的"(PESTILENTE)之音。

里全不管这些,帕格尼诺整夜把我搂在怀里,他拥我咬我,他怎么满足我,那就让天主替我回答你吧!刚才你说你今后要努力补偿我,怎么个补偿法?你能干过三次之后,还是像根棍子一样挺在那里吗?想不到多日不见,你居然变成一个骑士了!走吧,好好活着吧,看你这样脸色憔悴、气急败坏,好像活在人间反而是在受罪。

"我还想再对你说一句,就算那人把我抛弃了——我看他是不会的,只要我愿意同他在一起——我也永远不会回到你那里,因为你无论怎么榨也榨不出一滴'甘露'来了,从前我是陪你活受罪,只对你有利,那我就是双倍的损失了,那我就只能到别处去找我的补偿了。我的话都已讲清楚,这里既没有那些圣徒的节日,也没什么彻夜祈祷,所以我愿意留在这里,看在天主面上,你还是快走吧,不然,我就要喊叫了,说是你要强奸我。"

里卡尔多看看情况不妙,终于明白,自己这么不中用,当初却偏要娶个年轻太太,实在是愚蠢,只得忍着悲痛走出房去。他又去同帕格尼诺谈了好多,毫无用处,最后只得空着双手回到比萨。

这里卡尔多过分痛苦,最后竟神经错乱,走在比萨街上,不管是人们向他打招呼,还是问他什么,他总是回答一句话:"那强盗窝里是从不守什么安息日的!"不久,他就死了。帕格尼诺听了这消息,又知道那少妇爱着他,就和她正式做了夫妻①。只要在他们还能行动之时,他们都是只知干这个活儿,从来不去理会什么圣徒的节日、彻夜祷告或者四旬斋的。亲爱的女郎们,所以当贝尔纳博跟安布罗焦洛争论的时候,在我看来,那可是骑着羊儿下山——彻底地错了。

这个故事使所有在场的人都大笑不止,笑得腮帮子都有点痛了。女郎们都同意迪奥内奥的意见,认为贝尔纳博是个傻子。等故事讲完,大家的笑声静下来之后,女王看看天色已晚,每个人都已讲过故事,觉得自己的使命到此结束了,便照开始时约好的规定,把花冠脱下,戴到内伊菲莱头上,笑着说道:

---

① 天主教会不许离婚,所以只能等里卡尔多死了,他们才能结婚。意大利是20世纪70年代才通过了《离婚法》的。

"亲爱的朋友,现在这个小小邦国的统治权就属于你了。"

说完,她坐了下来。内伊菲莱得到这一荣誉,不觉有点儿脸红,她的脸变得像四五月里清晨的一朵刚刚开放的鲜艳的玫瑰花,虽然低着头,但她那美丽的眼睛依然像颗闪烁的明星,发出动人的光彩来。大家都向她道贺,在一片祝贺声里,她显得非常高兴,不像刚才那样忸怩了,坐得也比平时挺了,说道:

"现在,我是你们的女王了,但我不想脱离前规,因为大家一直信守,一直拥护。我自己的意见很简单,等一会儿我讲一讲,如果你们同意,我们就这样执行。

"大家知道,明天是礼拜五,后天是礼拜六,这两天是斋戒的日子,很叫一些人感到头痛。当然,礼拜五是救世主为我们而殉难的日子,我们应该把这一天奉做神圣的日子,虔诚地向天主祈祷,我认为在这一天,我们为天主祈祷比讲故事更恰当些。而礼拜六呢,女人们通常在这一天洗洗头,一周辛劳,自然应该把灰尘污垢、汗渍泥污统统洗掉;还有好多人为了崇敬圣母,在那天斋戒,也不工作,以迎接礼拜天。我们呢,自然无法完全照这些规矩做去,但我想,至少在礼拜六这一天也要暂时停止讲故事。

"到礼拜六为止,我们在这里总共就住够四天了,为了免得外人打扰,我想也该换个新地方才好。新的地方我已经想好,也已经布置好了。到了礼拜天,午睡过之后,我们就到那儿集合。今天我们已经讲了不少,为了让大家有充分准备,也为了让大家讲的故事有个范围,我想我们可以在命运无常这个总题目下,每人讲一件事,我想,题目可以是:凭着个人的机智,终于如愿以偿,或是物归原主。每人可以在这个题目范围内,想一些有教育意义的,或者至少是有趣的故事来给大家讲。当然,迪奥内奥仍不在此例,他仍有他的特权。"

大家都很欣赏女王的计划,同意照她的意旨去办。大家就这样定了下来。于是女王把总管传来,吩咐当晚的宴席在哪里安置,并吩咐了在她的任期内他该干的一些事。然后女王和众人站了起来,各人随意去干自己喜欢干的事。

这伙青年男女来到一个小花园中,大家玩了一会儿。到了晚饭时分,大家又聚在一起,高高兴兴地吃过晚餐。餐罢离席后,埃米利亚应女王之命,

带领大家跳舞,帕姆皮内娅领唱,众女郎合唱,唱的歌词是:

姑娘幻想的幸福我已享尽
假如我不歌唱,还能等待何人?
爱神啊,你带给了我一切幸福,
带给我无限的希望使我眉开眼笑;
让我们一起引吭高歌,
别再提过去的哀怨和苦恼,
你带来的欢乐已把这些换成了欢笑,
但只有你的灿烂的火焰来照耀,
才能点燃起我的激情使我风华永茂,
因此我要把你永远奉为我的神道。

爱神啊,你把他带到我眼前,
那是我第一次投进你的烈火的喷泉,
啊,他可真令人爱怜,
风流潇洒,热情又勇敢,
再无人能超过他,
也不能同他并肩齐肩;
他叫我一见倾心,把我的爱火点燃,
爱神啊,让我的情歌在你面前永盘桓。

他给了我幸福无止境,
因为我深深爱他,他也爱我如生命,
爱神啊,我不能不感谢你如至圣;
人间的一切我都已经
拥有,我只希望来世更加荣幸,
因为我对他
一贯忠贞,爱神啊,这些你都已看到,
他会把我带入幸福的仙境。

唱完这支歌,大家又唱了好多别的歌。大家尽情地跳着舞,用种种乐器伴奏。女王觉得天色已晚,该去休息了,这才命令点起火把,让侍从们引领各人回房。后来的两天,照女王原来的吩咐,各自活动,同时也都盼着礼拜天早早到来。

# 第 三 天

《十日谈》第二天结束,第三天由此开始。内伊菲莱担任女王。这天所讲故事的主题是:凭着个人的机智,终于如愿以偿,或是物归原主。

礼拜天清晨,太阳刚刚升起,就已经把鲜红的朝霞染成一片桔黄。这时女王已经起床,并把她的同伴叫起来。在这之前,总管已把大部分需要的东西送到了他们要去的地方,还派人去照料。现在,当他看到女王动身时,马上像拔营似的把其他东西收拾好,押着行装,带着剩下的仆人,跟在女主人和男主人后面出发了。

女王在她的女伴和三位青年的陪伴下,在大约二十只夜莺和其他鸟儿的鸣唱中,跨着舒缓的脚步,踏上了一条很少有人走动的小径,朝西走去。小径两旁长满了绿色的小草和鲜花。朝阳初临,朵朵花儿渐渐开放。女王边走边和她的陪同们聊天、戏耍、笑闹。8点半光景,在至多两千余步之后,他们来到了一座华丽的别墅前。它坐落在一个小山丘上的平地上。他们走了进去,四边游览了一番,看到宏伟的大厅和陈设齐全、布置雅洁的内室,都连声称赞,认定它的主人是个了不起的人。接着,他们走了出去,参观那个极大的、令人赏心悦目的庭园,又看到满窖的美酒,冒出大量凉水的清泉,就更加赞叹起来。

接着,他们又来到可以俯览整个庭园的一个阳台上观赏。由于适逢其时,花草和树叶都十分茂盛。他们落座之后,殷勤的管家给他们端来了精美的点心和上等的美酒,让他们提提神。然后他们又到别墅旁边的那个围着一道短墙的花园去游玩。一走进去,他们觉得这里的一切都美极了,因而开始观赏四处,比观赏那个庭园要仔细多了。

园中道路纵横,而且十分宽广,挺直得像箭一样。每条路边都搭着葡萄棚,上面的葡萄殷实饱满,预示着这一年的丰收。那时节,花叶的清香和草木的芬芳混合在一起,使他们觉得仿佛置身于一个东方的香料房里。道路的两旁还长满了白玫瑰、红玫瑰和茉莉花,游园的人,无论是在早晨,还是在太阳较高的时候,都可以走在香气扑鼻的舒适的绿阴下,不受太阳的照射。

在那个地方,有多少花木,是什么品种,又是怎样布置的,讲起来可就话长了;但有一点要提一下,只要是我们的气候所容许栽培的花木,这个花园可算是应有尽有。在花园的中央(这里比起其他地方,可要多说上几句了),有一块长满绿茸茸小草的草坪,看上去一片墨绿,墨绿中点缀着许许多多的艳丽的鲜花。草坪四周环绕着葱绿繁茂的橘树和香橼树,有的果子已经熟了,有的已经结果,有的还在开花,其阴影令人赏心悦目,其香气使人心旷神怡。草坪中央,有一座白色大理石的喷泉,上面镂着精美的雕刻。一座人像由一个小圆柱托着,直立在喷泉中央。不知道是由于自然的力量,还是由于人工的力量,这喷泉通过人像把很多的水高高地喷向天空,然后水又落到明亮的水池里,发出阵阵悦耳的声响。这喷出的水足够一个磨坊用了。当池子里的水要溢满时,就由一条暗道流出,再通过设计巧妙、环绕着草坪的一条条小沟流遍全园。最后,在全园各个方向流动的水汇集成一条清溪,流出花园,朝平地泻去。那落差的巨大力量,可以推动安置在那里的两个水磨,这给它们的主人着实带来了不小的收益。

看到这样一座花园,它的精巧的布局,繁茂的花木,从喷泉中流出的清溪,他们每一个人都十分快乐,竟说如果天堂能在人间建成的话,那么一定会跟这座花园一模一样,很难再增添一分美色了。他们欢乐地在花园里漫游,信手折下树的青枝,编成一顶顶漂亮的花冠,倾听二十余种鸟儿像比赛歌喉似的声声鸣唱。这当儿又有了新的发现:他们看到,原来园子里还养着上百种可爱的动物,这边出现了家兔,那边跑出了野兔,山羊悠闲地卧在地上,麋鹿正在啃青,除此之外,还有很多善良的牲畜,就跟家养的一样,逍遥地走动。这种快乐和那种快乐加在一起,真使他们欢天喜地。

他们尽兴畅游,饱览了园中景色,然后来到摆在美丽的喷泉旁的酒席上。大家遵照女王的旨意,先唱了六首歌,再跳了几回舞,然后开始用餐。席面上酒菜十分丰盛、精美,侍奉得又非常周到,大家都极为高兴。餐后,他们又重新弹琴、唱歌、跳舞,直到热气突然袭来。女王觉得到了午睡的时候,这才停住。他们中,有的回房午睡,有的贪恋园中的美景,舍不得离去,就留了下来,或读爱情传奇故事,或下棋,或掷骰子,打发这段时光。下午,午睡的人起来,用凉水洗了脸,恢复了精神;然后大家来到喷水池旁的草坪上,遵从女王的指示,按平时指定的顺序坐了下来,等待着按女王定下的题目开始讲述故事。女王吩咐第一个讲的人,是菲洛斯特拉托。下面就是他讲的故事。

## 第一则故事

> 玛塞托·达兰波雷基奥假装哑巴,成了一座女修道院的园丁,院中所有修女都争着找他同睡。

诸位美丽的女郎,世上有多少头脑简单的男女呀,他们满以为只要给一个年轻姑娘的前额上罩上一块白布,脑后披上一块黑巾,她就不再是女人,不再有女性的欲望,仿佛一成为修女就跟一块石头一样了。这种人一听见和他们的意见相左的看法,就如此恼怒,好像是出了什么伤天害理的极大罪恶似的;他们不会想想和瞧瞧他们自己随心所欲,想怎么干就怎么干尚且不满足,更不会想想由于闲暇无事,无人陪伴所产生的那种欲望的劲头了。与此相似,还有很多男女,他们相信锄头、铁锹、粗劣的饮食、生活的困境会使在田里干活的人没有一点性欲,会使他们的头脑和智力粗劣低下。抱有这类见解的人简直是自己骗自己。现在女王命令我讲故事,我就按她划定的范围,给诸位讲一个小小的故事来说明这一点吧。

在我们的地区,有那么一座以圣洁闻名的女修道院,它至今还在(为了不损伤它的名誉,我不想说出它的名字来)。不太久以前,在那座修道院里面,只有八位修女和一个女院长,她们都是年轻的女人,此外,还有一个收拾她们美丽大花园的呆头呆脑的园丁。这园丁因为不满意自己的工资,和院里的管事算了账,就回兰波雷奇奥去了。回乡后,免不了有人探望他。其中有一个身强力壮的庄稼汉,名叫玛塞托,就乡下人来说,他是个漂亮的人,脸蛋也讨人喜欢;他问那个园丁这一阵时间到哪里做事去了,这个呆头呆脑的叫努托的家伙便告诉了他。他又问努托在修道院里干些什么,努托就说:

"我替她们收拾一个又大又漂亮的花园,另外,有时也到树林砍柴,挑水,干些杂活;可修女们给我的工钱是那么少,连买双鞋的钱都不够。再说,她们都很年轻,整天价折腾人,不论你怎么做,都不合她们的心意。有几回,我在花园翻土,这个支使我:'把这个东西拿这里来。'那个说:'把那个东西放这里。'还有一个夺下我手中的锹,说:'那不对。'我给她们搅缠得只有放下工作朝园外跑;为了这种种缘故,我不想在那里干下去,就回家来了。那管事求我回去后看见有合适的人就介绍给他,我答应了。但愿上帝保佑他甭乱操心了,我高兴就给他寻一个,不高兴就算了。"

玛塞托听努托这么说,心里痒痒的,恨不得马上混到那群修女里面去。按努托所说的情形,他只要能混进去,不愁达不到他的目的。可他又想,还是不让努托知道,不跟他说为好,于是他对努托说:

"嘿!你离开那里,真是做得太对了!一个男子汉怎能跟娘儿们混在一起呢?还不如跟魔鬼呆在一块儿好些,她们这些人,七回当中有六回都不知道自己究竟要做什么。"

谈完之后,玛塞托开始想他用什么办法投到修道院和混到那群修女之中;他知道他能胜任努托说的那些事,也不怀疑他有能力干成那件事。但他担心人家不要他,因为他太年轻,惹人注意。经过几番考虑,他对自己说:"那地方离这里很远,不会有人认出我;如果我装成哑巴,肯定会被收留的。"打定主意后,他没有告诉任何人要去哪里,便装扮成一个穷汉,脖子上挂着一把长斧子,朝修道院出发了。到了那里,他走了进去,正好碰到管事。他假装哑巴,用手势求他看在上帝的面上给他点吃的,假如用得着的话,他可以给他们劈柴。

管事给了他点吃的,随后搬出了一些柴让他劈(那些柴是努托过去没有劈完的)。他年轻力壮,不一会就把柴劈完了。那管事正好要到树林去,就带上了他,叫他在那里砍柴;砍完柴,又把驴子牵到他面前,做手势让他明白用驴子把柴驮回去。

这些事,他做得很令人满意,那管事便让他留下来做些杂差。有一天,院长看到他,就问管事他是谁。管事说:

"院长啊,他是又哑又聋的可怜人,有一天他跑到我们这里要饭,我就给了他,然后让他干点杂役。如果他能在园子里干活,又愿留下来,我们会有很多活让他干的。我想我们正需要一个园丁,他又强壮,什么事都可以打发他去干。再说,您也用不着担心他会跟年轻的修女调情。"

女院长说:"天主在上,你讲得对极了!如果他能栽花种菜,就想办法让他留下来。找几双鞋,拣几件旧衣服给他,夸夸他,待他好点,让他吃得好好的。"

管事就照办了。

当时玛塞托离他们不远。假装在打扫院子,把所有的话都听在耳里。他好高兴呀,对自己说:"如果你们把我弄进去,我将好好地耕种,这花园还从来没有被那样耕种过呢。"

管事看他干得很在行,就打手势问他是否愿意留在这里干活。那哑巴也用手势回答他,表示他愿意干任何事情,于是管事就收留了他,让他照管园圃,又指示他应干的事,然后就去料理修道院里其他的事情了。小伙子干了没有几天,修女们便开始拿他解闷,把他作为嘲笑的对象,并像一般人对待聋哑人一样,在他面前说了很多肆无忌惮的话,以为他一句也听不懂。但那个女院长对此不予理会或根本不管,大概她以为一个没有舌头的人连前面的尾巴棍也没有了。

有一天,他干了许多辛苦活儿,就躺下休息,正好有两个年轻的修女来花园散步,走近他躺着的地方,以为他睡着了(其实他是假装的),就打量了他一会。其中一位较胆大的对另一个说:

"如果你能保密,我说给你一件事。这事我考虑了很久,它对你也可能有好处。"

"你放心好了,"另一个回答道,"我决不会告诉任何人。"

于是那个胆大的修女说道:"我不知你想过没有,我们在这里就像给关在笼子里一样,除了管事那个老头和这个哑巴,没有任何一个男人敢闯进来。我常听来这里探望我们的女人们说,天下无论哪种乐趣,要是跟男女之间的那种乐趣相比,简直算不了什么。所以我心里老是在想,既然我不能跟其他男人,那么跟这个哑巴总可以尝尝那种乐趣的滋味吧。再说,他也是世上最合适的人了,因为他就是想讲我们的坏话也办不到呀。你看,他虽然是个傻小子,可身体倒很健壮。我想听听你怎么想。"

"哎哟,"另一个答道,"你怎么能说出这种话呢?你不知道我们已经答应把贞节献给上帝了吗?"

"噢,"那一个修女说,"每天人们向上帝许下多少心愿啊!况且许下这种心愿的人又不只咱们两个,还是让上帝去找另一个修女或其他的修女们还愿吧。"

"万一我们怀孕怎么办?"

另一个说:"事情还没临到头上,你就担心了,当真有那么一天,再想法子吧。要想瞒过别人,法子有的是,只要我们自己不说出去就行。"

经她这么一讲,第二个修女心里早已痒痒的,甚至比她的同伴更想尝尝男人是什么味道,于是她问:"好倒是好,可我们怎样下手呢?"

第一个修女答道:

"你瞧,他正在歇晌,我想其他的修女们也在睡觉;我们到园子里走一圈,看看有别的人没有,如果没有,只要挽着他的手,把他领到他遮风避雨的小屋子里就行了。我们一个人跟他进去,另一个放风,不就成了吗?像他这样呆头呆脑的人,我们想让他怎么干,他难道会不依从吗?"

不想她们的这些话全给玛塞托听了进去。他太乐意从命了,只等着她们中的一个把他拉进小屋。

那两个修女果真向四周察看了一遍,见没有人,就放心了。于是那个先打玛塞托主意的修女便走近他,把他弄醒,而玛塞托居然马上就站了起来。那修女做出种种媚态,牵着他的手就把他往小屋里领,而玛塞托痴痴笑着,活像个傻瓜。到了小屋,玛塞托也用不着三邀四请,就按她的心愿干了起来。等她尽兴畅欢了一番之后,果然像诚实的伙伴一样,把地方让给了另一个修女,而玛塞托仍旧装作傻瓜,做了她们要他做的事。事后,那两个修女还是不想走,每个人都想再试试这个哑巴的骑马功夫,免不了又干了几次。此后,她们私下多次谈起,一致认为这种事真是美妙,比她们听到过的可强多了。所以,一抓到合适的时机,她们就去找哑巴取乐。

有一天,另一个修女从她住室的小窗户里看见她们在干那事,就叫其他两个修女来看。起初,她们一起商量,认为应该把这件事告诉修道院院长,后来却改变了主意,反而跟犯了清规戒律的修女达成了协议,让她们也参加进去，于是她们也成了让玛塞托耕种的土地。再后来，另外三个修女也在不同的场合加入进来，成了同伙。

最后只剩下修道院的女院长还蒙在鼓里。有一天，她独自一人到花园里散步，看到玛塞托由于天气太热，正躺在一棵杏树下的阴影处睡觉（他由于夜间骑马过多，所以那天干了一点活就觉得很累）。他整个摊开，躺在那里，突然一阵风吹来，吹走了他盖在前面腰部的衣服，于是，他的所有东西都露了出来。

那女院长独自一人，看着看着，也像她的小修女们一样，凡心大动。她叫醒玛塞托，把他领到自己的房间，一连几天不放他出去，不断品尝她原先跟修女们诅咒的那种乐趣。这一来引得那帮修女们怨声载道：花园没人耕种怎么行呢！

最后，她终于把他放了出来，可还不时地把他召了回去，也不管她是否超过了她应得的那份。这样，女院长再加上那些修女，真让玛塞托难以招架了。他想，如果把他的哑巴角色再扮演下去，后果真是不堪设想了。所以，有一天和女院长睡觉时，这个哑巴忽然张开口说：

"院长，我听说，一只公鸡可以满足十只母鸡，可十个男人怎么也满足不了一个女人。我一人要对付九个女人，我再也支撑不下去了。自从我到这里之后，由于我所干的活，我已精疲力竭，我不想再干一点活了。你们或者把我弄得去见上帝，或者找个这样或那样的法子来补救吧。"

那女院长原以为他是个哑巴，现在听他讲了话，愣住了，接着喊道：

"这是怎么回事，我以为你是个哑巴呢。"

"院长，"玛塞托说，"我曾是个哑巴，但不是天生，只是由于一场大病，我才不会讲话，今天夜里我觉得我第一次能讲话了。我是多么感激上帝啊。"

女院长相信了他的话，问他所说的他要对付九个女人是怎么回事。他把事实全告诉了她，她听了之后，才发现修女个个都比她精明。不过女院长到底十分谨慎，她没有放玛塞托出去，而是下决心去和修女们商量，找个法子把这些事安排好，以免修道院丑名远扬。

后来，修道院的管事死了。她们经过商量，一致同意把过去偷偷摸摸干的事安排清楚（这事征得了玛塞托的同意）。她们对外面的人说，由于她们的祈祷和院里供奉的圣者的显灵,常年哑着的玛塞托恢复了讲话的能力,周围的人们也就信了。同时,她们还让玛塞托当了管事。这样一来,玛塞托的活儿也有了程序,不至于忍受不住了。其结果是,他为修道院生出了很多的小修士。不过这事做得十分周密,外间一直一无所知。只是在女院长死后,玛塞托也老了,又积攒了些钱,急于回家,把这事说了出去,这才为人所知。

于是,成了老头、当了父亲、又有点钱的玛塞托便跟来时一样,脖子上挂着一把长斧子,回乡去了。他凭着他的聪明机智,没有虚度他的青春,既养了成群的儿女,又没有花钱。所以他常对自己说,他侍奉耶稣基督的法子,就是让他头上长出很多角来[1]。

---

[1] 这句话的意思是把耶稣基督比成了修女们的丈夫,让他头上长角,是说让他头上戴了"绿帽子"。

## 第二则故事

> 一个马夫和阿季鲁尔夫国王的妻子睡觉,被阿季鲁尔夫发现,但他没有声张,当夜把马夫的一把头发剪掉。而马夫也把同他睡在一起的所有男人的头发剪掉了,因而免除了灾祸。

菲洛斯特拉托的故事讲完之后,女郎们有的脸上泛起红晕,有的笑了起来。这让女王很是高兴,于是她就让帕姆皮内娅接着再讲一个。只见帕姆皮内娅面带微笑,开始讲了起来:

诸位美丽的女郎,有那么一帮轻浮的家伙,知道一点什么事之后,也不管这事跟他有关还是无关,就到处乱讲,炫耀自己已心里有数。这帮人有时还喜欢指责别人的隐私,以为这样就能把自己的丑事掩盖过去,殊不知却欲盖弥彰。现在,我想从反面向你们证明这一点。有那么一个人,他十分狡猾,可在高贵的国王眼里,他比玛塞托还要下贱。

伦巴第人的国王阿季鲁尔夫像他的前几任国王一样,也把他的王国定都于伦巴第的帕维亚城。他娶的妻子是前任国王阿屋塔里的遗孀。她叫泰屋德琳达。这位王后美艳过人,聪慧贤淑,可命中注定要受到一个对她图谋不轨的人的侮辱和糟蹋。

话说伦巴第在国王阿季鲁尔夫的贤明统治下,繁荣昌盛,国泰民安,却不料出现了这么一件事：王后的一个马夫，竟疯狂地爱上了王后。这个马夫，虽然出身卑微，可长得跟国王一样高大漂亮，人又很聪明，说实在的，让他操此贱业还真有点委屈了他。

由于他卑下的社会地位，他知道要向王后表明这种爱情实属荒唐，再加上他是个机灵的人，也不敢跟任何人提起，更不敢向她眉目传情。可是，尽管他知道他没有任何希望引起王后对他的爱怜，却对自己的想法有些自鸣得意。既然他燃烧着爱情的火焰，他就想方设法去干他认为能讨王后欢心的任何事情，比其他仆役服侍得更为殷勤。正因为如此，王后每次上马时，都叫他而不是别的马夫来侍奉，每当此时，他都觉得这是极大的恩宠，寸步不离马镫，甚至认为能碰一下她的裙角，也算是天堂般的幸福了。

但正像我们所看到的那样，世间的事往往如此：希望越小，热情反而更高。这位马夫怀着巨大的热情，可又不得不去隐藏它，因为这毫无希望，可见他是多么痛苦了。有几回，他都想到了自杀，以便摆脱这种折磨人的爱情。但转而一想，即使要死，也得表明他是为了爱上王后而死的；在死之前，何不去试试运气，好或多或少地满足一下自己的欲望呢。但他既不敢跟王后去说，也不敢给她写信让她知道，因为他知道说和写都是没有用的，所以他一心想的是用什么巧计才能和王后睡上一觉：不扮成国王，其他的办法和出路是没有的，而他又发现国王并不是每夜都到她那里去的。他可以在那时溜到她的房间。

于是一连好几夜，他都隐藏在王宫的一个大厅里（这个大厅连着国王和王后的住房），看看国王穿着什么样的衣服，是怎样走进王后卧室去的。有一夜，他终于看清了国王离开他的房间，朝王后的卧室走去。国王披着一个大斗篷，一只手拿着一枝点着的火把，另一只手拿着一根短棍，来到王后的卧室前。国王也不讲话，只是用短棍敲了一两下，门很快就从里面打开了，国王的火把被接了过去。后来国王走出卧室时，事情也是这个样子。他看清了一切，也想照这个样子试它一下。于是，他设法弄来了一件跟国王披的那件相似的斗篷、一枝火把和一根短棍，又洗了次热水澡，好把身上的马粪味去掉，免得王后猜疑，发现其中的骗局。各种物件准备停当之后，他随身带着，仍旧躲在那个大厅里。

等到所有的人都睡着时，他觉得时机已到，或者称心如意，或者为热恋而死。他拿出随身带的火石铁片,敲出一点火星,把火把点着,然后披上斗篷,朝王后的卧室走去。到了那里,他用短棍敲了两下门,门立刻被一个睡眼惺忪的宫女打开了。那个宫女接过火把,用手遮着它的光;而他一言不发,脱下斗篷,掀开王后的床帐,就上了王后睡觉的床。一上床,他就装作生气的样子(因为他知道,国王生气时,没有任何人敢跟他说话)紧紧地抱住王后,一句话不说(或者说王后一句也没有问),就实打实地干了王后好几次。他虽然舍不得离开王后,可又怕呆在那里时间过长会引来杀身大祸,还是起了床,披上斗篷,拿上火把,什么都没说,就离开卧室,尽快回到自己的铺位上。

马夫刚刚躺好,国王已经起身,来到了王后的卧室。王后不免十分奇怪;再加上他上床之后,又跟她高兴地谈笑,于是趁着他高兴,壮着胆子问道:

"噢,我的主人,今晚又有什么新鲜事儿啊?您刚离开我,并且异乎寻常地拿我取乐了一阵子,怎么这样快就又回来了呢?您还是保重一下身体吧。"

听了这些话,国王马上就明白,王后被一个举止跟他相似的人戏弄了。但国王毕竟是位智者,他很快就想到,既然连王后都没有发现,别人就更不会发现了,所以他也不愿跟王后点穿这件事。要是换上一个头脑简单的家伙,准会不是这样做,而是来回问,"我没来过这里,来过这里的那小子是谁?他怎么来的?又是怎么走的?"如果这么问,没准还会生出许多事来,一则让王后感到有失而难过,再则也可能让王后产生出再这么来一次的欲望,还是不要声张,把丑遮起来算了。

于是国王不露声色,平静地回答:

"王后,你不认为我这个男子汉在来过这里之后会再来一次吗?"

王后答道:"我的主人,我是说,我请您保重一下您的身体呀。"

国王说:"我很高兴听从你的劝告,这次我就不打扰你,我走了。"

其实,国王对他已经知道的那件事心里十分恼怒,但他仍违心地拿起了斗篷,离开了王后的卧室。他下决心要暗访出那个做了这件事的人,他想,那小子肯定是宫里的人,而且不管他是谁,这时他还不会跑出宫里的。

于是他点着了一个小灯笼,借着微弱的光,来到了御厩上面的一个长统房内。那里有很多床,所有的仆役都睡在那里。他估计,不管王后说的干了一阵子的那个家伙是谁,他的脉搏和心脏肯定会由于取乐了王后半天而跳动得厉害。于是他一言不发,从房子的这头开始,把所有人的胸口都摸遍了,看谁的心口跳得厉害。

其他人都睡得很沉,只有那个和王后睡过觉的马夫没有睡着。他看到国王走来,马上明白国王是来找他的,刚才的劳累和现在的恐惧使他的心跳得更厉害了;他很清楚,如果国王知道是他干的,那国王立刻会把他处死。在这紧要关头,他想着各种主意;但他发现国王没有带武器,便决意假装睡觉,看看国王如何下手。

国王摸了好几个人,觉得他们都不是他要找的人,后来摸到马夫,觉得他的心口跳得非常厉害,便自言自语地说:"就是这个人。"但国王不想让人知道他的意图,所以便没有惊动马夫,只是拿出他身上带的一把剪子,把他的半边的头发剪下了一把(当时,仆役们都留着长发),根据这个记号,第二天早晨,便能认出他来。剪完了马夫的头发之后,国王便回到自己的卧室。

这个马夫,原本十分狡猾,看到国王做了这事之后,马上就明白,剪他的头发是为了做个记号。他毫不迟疑,马上起身,也找到一把剪刀——马厩里总是放着几把剪马鬃的剪刀,轻手轻脚地,把所有睡着的人的头发都剪下一把来,而且剪得跟他一样,剪去了耳朵上面的。剪完之后,谁都没有发觉,他就上床去睡了。

第二天早晨,国王起床后,乘宫门还没有打开,便命令所有的仆役都集合到他那里去。大家站在国王的面前,头上都少了点东西。国王仔细察看,想认出被他剪了一把头发的人。谁料站在他面前的仆役几乎个个都被剪了头发,而且剪得一模一样,这下可叫他愣住了,他暗自说:"我要找的这个家伙,尽管出身下贱,可人倒是怪精明的。"接着,他又想,为了找出这个人来,现在非得闹得人声沸腾不可,他可不愿意为了小小的报复,招来莫大的羞耻。为了警告他一下他不是好惹的,于是对大家说:

"你们中谁做了那件事,以后再也不要做了,现在你们滚吧。"

如果换了别人,肯定会把仆役们都吊起来用刑拷问。如果这样,他也许能把那个他要找的人找出来,可是要把他找出来进行报复,那他的耻辱不但不会减少,反面会闹得路人皆知,也有损于王后的名节。

　　那帮仆役听了国王的话，都很惊奇，背后议论了半天，也没有搞清国王要说的是什么，只有那个马夫知道国王指的是什么事。这马夫是一个聪明人，在国王活着的时候，不敢泄漏这秘密，也不敢再干同样的事来试试自己的运气了。

## 第三则故事

> 一位少妇爱上了一个年轻小伙子,却到一位事事认真的神父那里去忏悔,装作守身如玉的样子;那神父不知底细,反而给她牵线,成就了她的好事。

帕姆皮内娅讲完之后,有的赞扬那马夫胆大心细,有的赞扬那国王聪明审慎;这时,女王朝菲洛梅娜转过身来,命她接着讲下去。于是菲洛梅娜微笑着,开始讲了起来:

现在,我想给你们讲个故事,它或许更会让我们这些俗人①满意,这故事说的是一位俏丽的少妇如何叫一个严肃的神父上当。说起神父,他们的大多数都行事古怪,不懂人情,极为愚蠢,可却自以为他们在任何事情上都比别人聪明,高人一等,其实这远不是事实。这帮家伙由于懒惰成性,不像其他人那样有着谋生的手段,所以只能像猪那样,躲在有吃食的地方。亲爱的姐妹们,我之所以要给你们讲这个故事,不只是因为要遵从女王旨意,而且还因为要让你们知道,我们平常过分相信的那些神父们,不仅能被男人们,有时还能被我们女人们巧妙地捉弄呢。

---

① 俗人,指不属于教会的人,一般人。

没有多少年前，在我们那座欺骗多于爱情和信义的城市里，有一位姑娘，她出身高贵，举止文雅，不但天生丽质，而且才情并茂。她的名字和这故事里其他几个人的名字，我虽然知道，可是不想把它们说出来，因为有的人还活着，不必给他们带来麻烦，再说，这本来就是想博人一笑的故事罢了。

这位姑娘虽系出名门，却嫁给了一个羊毛商，因为他太有钱了，但她怎么也看不上他，因为她觉得，尽管他极其富有，可人却极其粗俗，配不上她这样高贵的女人；再说，她又看到他只知与钱财为伍，不是挑选羊毛打样纺布，就是和女工争论毛线的粗细，所以，不到万不得已，她是绝不会让他搂抱亲热的。可为了满足她的欲望，她决心给自己找一个比那羊毛商要称心如意的情人；后来她果然爱上了一位年轻力壮、精明强干的男子，以至于哪天没有看见他，晚上就烦躁得睡不着觉。

可惜，这位男子没有发现这一点，更没有注意到她。她呢，又十分谨慎，既不敢叫贴身女仆告诉他，也不敢写信，惟恐出什么差错，招致危险。后来，她发现那位男子跟一位神父来往十分密切，这神父虽然长得肥胖粗大，一脸蠢相，却倒也极为虔诚，很受大家的好评，她觉得可以利用他给她和她的情人牵线搭桥。主意一定，她便找了个适当的时机，来到神父所在的教堂，派人通知他说，如果他愿意，她有事向他忏悔。

神父一看，知她是个有身份的夫人，便高兴地听了她的忏悔。忏悔完后，她对神父说：

"神父，我想让您听我讲件事，以求您的帮助和指点。我刚才向您已经说过，您也知道，我的亲属和丈夫十分爱我。特别是我丈夫，他爱我胜过他的生命，他又十分富有，不管我想要什么，他都搞来，让我立刻就有，所以，我也爱他胜过爱我自己。单凭这一点，如果我还怀有二心，违背他的意愿，损害他的名誉，就真是一个该放在火堆上烧死的坏女人了。

"现在，有那么一个男人，我不知道他的名字，但看样子像个好人，如果我没弄错的话，他还是您的一个好朋友。他样子又漂亮，身材又高大，穿着很得体的棕色衣裳。可能他还不知道我怀有多么贞节的想法，以为可以追求我呢。只要我一到门口，一靠窗户，或一走出家门，他就马上在我面前露面；我真奇怪怎么他今天没有跟到这里来。他这么做，真让我痛苦极了，因为这些做法，往往会使清白无辜的女人受到非议呢。

"有几次,我想把这事告诉我的兄弟们,但又一想,男人们有时说话没有分寸,你一句,我一句,恶语相伤,会生出很多是非来;为了避免坏事和造谣中伤,我一直对此隐忍不发。我仔细考虑一下,与其告诉别人,不如讲给您听更为妥当,因为您是他的朋友,再则您也有权纠正这类轻浮的行为,即使不是您的朋友,就算是外人,您也可以斥责的。我求您看在上帝的面上,教训教训他吧,让他不要再这样做了。世上自有很多女人为了愉情会接受这些事的,她们会喜欢他的追求和观赏的,而我无论如何也难以成为这样的女人,他可真让我太讨厌了。"

说完之后,她低下了头,几乎要哭了起来。

那神父立刻便明白了她说的是谁,并把她的善良意向赞美了一番。他既然相信了她所说的那事是真的,便答应她如此这般去做,不再让那个男子惹她的麻烦;又由于他知道她是个有钱的太太,接着便向她赞扬起乐善好施的行为来,原来,他想向她募捐。

那少妇说道:

"看在上帝的面上,我恳求您,如果他否认这回事,请您不要担心,就对他说是我亲口说的,还要告诉他,他害得我好苦呀。"

她忏悔完之后,立刻获得了赦免,这时她又想起了神父对她说过的乐善好施之事,于是掏出一把钱来,悄悄地放到神父手里,求他为死去的亲属们做弥撒,然后从他的座下站起身来,回家去了。

隔了没有多久,那位男子照例来看望神父。他们闲谈了一会之后,神父把他拉到一边,用非常客气的方式规劝他不要像那位太太所说的那样堵在门口见她并对她有所图谋,因为他相信他已经这样做过了。

这位男子感到十分奇怪,因为他从来也没有追求过她,连她家的门口都很少经过。他刚要开始辩解,可那神父止住了他,说:

"现在你既不要装作惊奇的样子,也不要费口舌去否认了,这是没有用的。这些事,我不是从她的邻居们那里知道的,而是她本人亲自告诉我的,因为她让你缠得受不了啦。再者,我对你说,这些荒唐事对你也没什么好处,而她本人呢,又是我所能遇到的最瞧不起这类轻浮行为的女人。所以,为了你的名誉,为了她的幸福,我劝你住手吧。不要再让她受打扰。"

这位男子比神父要聪明得多了,用不着多想,很快就明白了那少妇的用意,于是他现出惭愧的样子,答应以后不再纠缠她了。但他一离开神父,便朝那位少妇的家奔去;而那位少妇也一直守在她家的一扇小窗子前,看他会不会从她家的门前走过。不一会她看见他来,心里十分快乐,便用眼睛向他传送柔情蜜意好叫他明白,他听了神父的话,也搞明白了那些话的真正含意。从此以后,他便装作有什么事似的,小心翼翼地在那条街上来回走动,可心里十分快乐,这一来,那少妇更是喜气洋洋,高兴异常。过了一段时间,她发现那位男子爱她就跟她爱他一样,就想进一步点燃起他的爱火,送给他她对他爱情的一些表记。于是,她选准了一个时机,跑到神父那里,一到教堂就跪在他的座下,开始哭了起来。

看到她这个样子,神父十分爱怜,便开始问她又出了什么事。

这位少妇回答说:

"我的神父,我的事就出在我几天前跟您说过的您的那位朋友,那个该遭上帝惩罚的家伙身上。我想,他生下来就是为了让我受罪,就是为了让我终生不得乐趣,让我再也不能俯在您的脚下听您教诲,让我跟他干出伤风败俗的事情。"

"什么!"神父喊道,"他怎么还在缠你?"

"怎么不呢,"少妇说,"他反而变本加厉了。自从我向您哭诉以后,他几乎老羞成怒,认为我不该向您揭发他的恶行,平时,他在我房前只走一次,现在要走七次呢。但愿上帝可怜,如果他只从我门前经过,盯着我看,也就罢了,没想到昨天他竟派一个女仆到我家里转述那些废话,并送给我一个钱袋和一根腰带,就好像我没有一些钱袋和腰带似的。他真是胆大妄为和无耻之至了。对这种恶行,我一直十分愤怒,如果不是考虑到愤怒也是种罪过和您老人家的情面,我早就会闹得鸡犬不宁啦,但是我还是忍了下来,在没有得到您点拨之前,我不想有什么举动,也不想把这事张扬出去。

"我把钱袋和腰带扔给了那个女仆,以便让她把它们拿回去还给他,并叫她赶快滚开。但又一想,我又怕她把东西隐藏归己,却对他说我收了,我知道她们这类人有时是会这样干的,于是,又把她叫回来,气呼呼地把东西从她手里夺过来。现在,我带来了这两样东西,请您把它们还给他,并告诉他,我一点也不稀罕他的东西。感谢上帝和我的丈夫,我有很多的钱袋和腰带,多得我都能在它们里面淹死。神父,如果我跟您说了难听的话,您可别生气;假如以后他仍不肯罢休,不管可能出什么事,我都要告诉我的丈夫和兄弟们了。如果他挨了揍,遭了殃,我倒是很高兴的,因为我为他承担了骂名。神父,事情就是这个样子。"

说完,她哭得更厉害了,同时,从裙子下面拿出一个精制华丽的钱袋和一条漂亮值钱的腰带扔到了神父的膝上。神父由于完全相信少妇所说的话,因而十分生气。他拿起这两样东西,对她说:

"孩子,你十分生气,对此,我既不感到惊奇,也不会责怪你,而是要好好地赞美你,因为你在这事上能接受我的建议。前几天我已经教训过他,他也答应我改过,没想到他却没有改。为了上次那件事和最近他刚做的这件事,我想,我能训得他面红耳赤,叫他再也不敢缠你了。可是,上帝保佑,你千万不要因一时气恼,把这事告诉你的亲属和兄弟,如果你告诉了他们,他可是要倒大霉的。你也不必因此担心你名誉受损,我将在上帝和凡人面前,挺身而出,坚定地为你的贞节作证。"

那少妇听了这些话,便假装得到了一些宽慰。由于她知道这位神父像其他的神父一样,十分贪财,于是说:

"神父,这几夜我多次梦见我死去的亲属,他们都非常痛苦,一个劲地朝我乞求施舍,特别是我母亲,她那难受的样子真让人心酸。我想她那么难受,肯定是已知道我在受这个魔鬼的折磨。所以我想请您替我为这些亡灵做四十天圣格利高里奥的弥撒礼和念些祷告,好让他们从炼狱的火中超度出来。"说完,她拿出一块金币放到神父手里。

神父高高兴兴地收了下来,又说了许多好话,举了很多崇拜上帝的例子,来证明她对宗教的虔诚,然后祝福了她,让她离去。

少妇走后,神父立刻派人把他的朋友叫来,因为他根本没有发现他又受骗了。那位男子来了之后,看到神父满面怒容,马上就明白他能得到那个少妇的口信了,就等着看他有什么话要说。神父先是把他上次答应过知错改错的话重复了一遍,然后就又开始教训他,指责他送东西给那位少妇,其程度要比少妇跟他说过的严重得多。

这位男子这时仍不明白神父的用意何在,就支支吾吾地否认他曾送过钱袋和腰带给那位少妇,以免神父对他们俩之间的事情起疑。

但神父见此,不禁大怒,说:

"你这个恶人,你现在还想否认吗,它们就在我这里,是她本人哭着交给我的,你再看看,你能不认得它们吗?"

这位男子假装十分羞愧的样子,说:

"是的,我认得这两样东西,我承认我错了。我向你发誓,既然她如此坚贞,以后,你再也不会为这事规劝我了。"

两人还说了很多话,最后,这位呆神父把钱袋和腰带给了他的朋友,过后,又把他训斥了一顿,劝诫了一番,直到他答应改过,才放他离去。

这位男子可乐坏了,一则肯定了那少妇真心爱他,二则得到了这样贵重的礼物,所以,他一离开神父,便立刻朝她住的地方走去,为的是让他的情人看到他得到了那两样东西。而那少妇眼见她的计谋越来越成功,也高兴非凡,只等着她丈夫出远门,便可大功告成。说来也巧,没有几天,她丈夫因某些事情就去了热那亚。

早晨她丈夫上马出发之后,她就匆忙赶到神父那里。她先是悲泣了好一阵子,然后才说:

"神父,我现在得跟您说清楚,我实在难以忍受了。但由于前几天我曾答应过您,在向您禀告之前,我不会干出任何事情,所以我来求您谅解来了。我对您说,今天早晨,天还没有大亮,您的那位朋友,地狱的魔鬼,就又来找我了,为此,您该明白我为什么哭泣诉苦了吧。

"我也不知道是什么恶鬼让他知道了我丈夫昨天早晨去了热那亚,今天早晨,我跟您说,天还没大亮的时候,他就跳进了我家的花园,爬上了一棵大树,来到了我卧室的窗户前,弄开窗户想跳进来。多亏这时候我被弄醒了,赶紧从床上跳起来,就要喊叫;他还没来得及跳进来,就求我看在上帝和您的面子上,不要喊叫,并告诉了我他是谁。我听他这么说,考虑到您的面子,就忍住了,赶紧跑过去,赤身裸体的就跟刚生出来时一样,把窗户关上了,把他关在了窗外,但他仍在那里等了一阵。后来,我想他大概走了,因为再也没听到他说什么。您瞧瞧,现在,对这种事情,我怎么能容忍呢。我再也不想忍下去了,虽然我敬重您,可也不能过分忍受和宽容这类事呀。"

神父听了这些话,简直气疯了,都不知道说什么才好,只是来回问她,是否认清了他,会不会是别人。

少妇回答:

"感谢上帝,我不会认不出他的,我跟您说,就是他。如果他矢口否认,您千万别信他。"

这时,神父说:

"孩子,这我就说不出别的了,只能说这是最胆大最无耻的事情了。你把他赶跑,那就做对了。但是,我求你,看在上帝的面上,还是考虑一下你的贞操吧。前两次,你听从了我的劝告,这次就再听一次吧。也就是说,你不要麻烦你的亲属,让我来处理这件事吧,看看我是否能制服这个挣脱铁链的恶魔。我原先以为他是个圣徒呢。如果我能去掉他的兽性,那最好,如果不能,你就本着良心的指示,该怎么办就怎么办吧。我祝福你。"

"那好吧,"少妇说,"这一次我就听您的,以免您生气。但是您一定得跟他说明白,叫他小心些,不要再缠我。如果这样,我就答应您以后绝不会为这事再到您这里来了。"

然后,她好像是一副极为恼火的样子,什么也没再说,离开了神父。

她离开教堂刚一小会儿,那男子就来了。神父叫住他,把他拉到僻静处,骂了个狗血喷头,说他不老实,发假誓,背叛朋友。而他已经有了两次遭神父痛斥的经历,知道神父的发火必有文章,于是一边注意倾听,一边含混地应答,想套出神父的话来。他说:

"神父,为什么生气?难道是我把耶稣钉到十字架上去的吗?"

听了这话,神父嚷道:

"你瞧这家伙多厚颜无耻!你听他说些什么!他说得就好像时间已经过了一两年,他早把他的下流无耻的行径忘得一干二净了。从今天清晨到现在,不就隔了一个上午吗?他不是想强奸别人吗?你说,今天天还没亮以前,你在哪里?"

"我也不知道我在哪里,"那男子回答,"不过,这事怎么这样快就传到你这里了呢?"

"不错,"神父说,"是传到我这里来了。我知道,你因为她丈夫不在家,就相信那位娴淑的女人能把你搂在怀里。嘿,老兄,你可真是个老实人!真变成夜游神了,会跳进花园,会爬树。你想晚上乘人不备从树上爬进人家的窗户去破坏那个女人的圣洁吗?世界上再没有什么事比你做的更让她讨厌的了,不信你就再试试吧。说实话,且不管她是多么讨厌你,就是为了我的

谆谆劝导,你也该好好悔改了吧。我跟你说,到现在她还没有把你干的事声张出去,这倒不是她爱你,而是由于我的请求。我已经答应了她,如果你以后再干出让她讨厌的某些无耻的事,那她就不会不声张了,而要按她的想法去做了。如果她真的告诉她的兄弟们,看你怎么办?"

这位男子现在从神父的话里,已经很清楚地知道他能干和需要干的事了,便赶忙向神父承诺,道谢。到了夜深人静,接近黎明时分,他跳进少妇家的花园,爬上窗前的大树,看到窗户已经打开,就从窗户跳进少妇的卧室,不由分说,便把他的漂亮的情人搂到了怀里。他那情人,由于终于等到了他,简直是欢天喜地,也搂住他,说:

"真应该感谢神父帮了大忙,指给你来这屋里的路。"

很快,他们俩便玩乐起来。过后,两人一边嘲笑神父的迂腐,一边嘲笑那些洗羊毛、梳羊毛、织羊毛的人,说着说着,兴头大起,又玩了起来。事后,他们对他们要做的事还作了安排——这次是用不着再到神父那里去了——再痛痛快快地一起呆上它好多夜晚。我祈求上帝慈悲为怀,赶紧把我和所有有情的基督教女教徒引到那欢乐的夜晚吧。

## 第四则故事

堂·费利切教给普乔兄弟一种苦修成圣徒的法子,可当他苦修时,费利切却乘机和这位兄弟的妻子寻欢作乐。

菲洛梅娜讲完之后,大家都没有做声,只有迪奥内奥用温柔动听的话赞美那位少妇的机智和菲洛梅娜最后所做的祈祷。女王笑了,然后转身向潘菲洛说:

"潘菲洛,现在你来讲一个有趣的故事吧,让我们再乐一乐。"

潘菲洛赶紧答应,开始讲了起来:

女王,世上有很多人费尽气力,想登上天堂,不料自己没有成功,却把别人送了进去。现在你们将要听到的故事发生在不久以前,就出在我们的一个邻居身上。

据我所知,在圣布朗卡齐奥①附近,住着一个有钱的善人,他的名字叫里涅里·迪普乔。他一心向教,是圣方济各修会②的一个三品修士,人称普乔兄弟。他家里只有妻子和一个使女,又无须照顾什么店铺买卖,因而专心

---

①布朗卡齐奥,佛罗伦萨的一个教堂,至今犹存。
② 圣方济各修会,方济各1209年创立的一个主张苦修的修会,1221年开始收在俗的男女。

修行，常常留在教堂里。他天生愚钝，又是个老好人，每天勤诵经文，赴会听道，参加弥撒，就连俗人唱赞美诗，他也从不漏过；他还斋戒，自行鞭笞①，是能叫自己皮肉受苦的一个人。

他的妻子叫伊萨贝塔，青春二十八九岁，娇艳丰满，像个熟透了的苹果。但由于她丈夫的圣洁生活，可能更由于她丈夫年事已高，她经常长时间地不能同丈夫同床行房事。当她想和丈夫共寝时，或想和他调笑时，她丈夫就给她讲基督的生平、纳斯塔焦神父的传道、玛达莱娜的哀泣等等来搪塞她。

这时候，从巴黎回来一个叫做堂·费利切的修士，他也是圣布朗卡齐奥的修士。他年轻、漂亮、聪明，学问也高深，普乔兄弟便和他成了朋友，来往十分密切，每逢有什么疑难问题总是向他求教，又由于他的地位，他显得非常圣洁，所以普乔兄弟常常请他到家吃中饭和晚饭。他的妻子见他这样敬爱这位修士，对修士也很亲切，十分愿意他光临。

就这样，在这位修士多次光顾普乔兄弟的家之后，看到他的妻子如此娇艳丰满，就觉得她在那件事上可能有较大的缺憾。于是他就想，如果有可能，他将替普乔兄弟出份力气来填补她所缺少的东西。因此，他不时狡猾地向她眉目传情，果然燃起了她的那种和他一样所怀有的欲望。看到这点之后，他找了个合适的时机，向她吐露了自己的求欢之意。对方倒也十分高兴，答应成其美事，只是不肯到外面和他欢会。在家里呢，因为普乔兄弟从不出城，所以他也没有法子干成那事，对此，他甚是苦恼。

过了好多天，他终于有了一个主意。这主意让他既能和那个女人在她家睡在一起，又能在普乔兄弟呆在家的情况下不让他起疑。有一天，当普乔兄弟去看望他时，他就对他说：

"普乔兄弟，我非常知道你的最大愿望是变成一个圣徒，但依我看，你选的路可太漫长了，实际上存在着一条捷径。教皇和他的大主教们走的就是，不过他们不愿意把它说出来，惟恐说出之后，教会再也收不到俗人的捐献和其他的供奉了——而教会正是靠捐献存活的，这样一来，教会就得完蛋。可是你是我的好朋友，又承你这样尊重我，我就把这条捷径指点给你，相信你

---

① 13世纪，在意大利出现了一个狂热的宗教团体，其成员常常排队游行，用鞭子抽打自己直至流血，认为这样便可自赎。

会按照我的话去做,而且也不会告诉世界上的任何人。"

普乔兄弟对这事原本就十分热心,他先是迫不及待地求他教给他,然后就发誓说,如果不经他同意,他绝不会告诉任何人,而且要能做的话,想立刻实行。

修士说:"既然你作了保证,我就对你说了吧。你该知道,神学博士们认为,要获得真福的人,就得苦修,法子你会听到的。但你要听明白,我不是说,你原来是个罪徒,做过苦修之后就不是了;而是说你在苦修赎身之前所犯的罪孽,可以因此而全部洗净并获得宽免;假如那些罪孽你以后再犯,也不会列入该罚下地狱的天条里,而是用圣水就能把它们赶跑,就像赶走轻微的过失一样。

"总之,一个要苦修赎身的人,首先要孜孜不倦地供认他的所有罪孽,此后还必须十分严格地斋戒四十天,在此期间,不能让任何女人近身,连自己的妻子也不能碰。此外,你在家里再找一个夜晚可以望见天空的地方,在那里放上一张大桌子;每天在规定的第二遍晚祷的时候,你就去那儿,双脚着地,仰面躺在桌子上,双臂摊开,要做得像基督被钉上十字架一样。如果你愿意,还可以在桌子上钉几个短木桩给你做支撑。你就这个样子,一动也不要动,直至天明。如果你博学的话,最好念一些我将给你的经文。可你学问不深,就念上三百遍天主经文,三百遍圣母颂,向神圣的三位一体致敬吧。当你仰望天空的时候,你一直要想着上帝是天地的创造者;既然你呆着的姿势跟基督被钉上十字架一样,就应该想想基督的苦难。

"清晨晓祷的钟声响过,如你愿意,可以起来到你的床上去睡一会,不过不要脱衣服。到了早晨,你必须起床赶往教堂,在那里至少要望三场弥撒,念五十遍天主经文和五十遍圣母颂。过后,如果有事的话,你可简单地料理一下你的事务,然后吃饭。到了教堂打第二遍晚祷钟时,你要再去教堂念一些祈祷的经文,这些经文我可以写给你,假如不念这些经文,苦修就没用。过后,你再照我说过的一样从头到尾地做下去。假若你能坚持像我从前所做过的那样,我希望不等苦修期满,你就会感受到神奇的永恒的幸福了,当然你得诚心诚意地去做。"

这时,普乔兄弟回答说:

"这并不是什么太难的事,也用不着太长的时间,我肯定能做到。以上帝的名义起誓,这个礼拜天我就开始实行。"

他离开修士,回到家。由于得到了修士的许可,便把这事一五一十地跟他的妻子说了。

他妻子一听就极为明白教士让他在一个地方从夜晚呆到清晨一动不动的用意了。她觉得这真是妙法,就跟他说,凡是于他灵魂有益的事,她都赞同,还说为了让上帝使他的苦修完满,她也要和他一起斋戒,但其他事还是免了吧。

他们商量好之后,到了礼拜天,普乔兄弟便开始苦修。而那位修士老兄,早已和那个女人约定,一到天黑普乔没法看到的时候,便带来一些吃的和她共用晚餐。两人一起吃着,一起喝着,一起过夜,直到清晨他起来离去,普乔兄弟回来时为止。

普乔兄弟苦修的地方,和他妻子睡觉的卧室紧挨着,中间就隔了道薄墙。一天夜里,这位修士老兄和那个女人相互纵情玩乐得有点过分,普乔兄弟感到屋子的地板有点震动。等他念过一百遍天主经文之后,就喊他的妻子(他本人依然一动不动),让她不要大动,并问她在干什么。

那个女人倒也十分风趣,此时她骑在没有鞍子的圣贝内戴托,或说得更正确些,骑在没有鞍子的圣乔万尼·瓜尔贝尔托的驴子上,竟回答说:

"哟,我的丈夫,我正一个劲地翻来覆去呢。"

"你怎么翻来覆去,"普乔兄弟又问,"这是怎么回事?"

这时,这位风流俏皮的女人就笑了起来(她是有理由笑的),答道:

"怎么你不明白这是怎么回事?我已经听你讲过一千遍了:'晚上不用餐,整夜把身翻'嘛。"

普乔兄弟本来就相信斋戒是让人睡不着和会让人在床上翻来覆去的,于是便关心地对她说:

"太太,我跟你说过,叫你不要斋戒,既然你这样做,就别想它了,睡吧。你在床上这样折腾,把屋子里的东西都震动了。"

"你不用担心,"那女人说,"我知道我在干什么,你还是好好苦修吧,我自个的事,我会留心的。"

普乔兄弟便不再说话,继续念他的天主经文。但从第二天夜里起,这个女人和修士老兄便在她家另外的一个地方安放了一张床,在普乔兄弟苦修时,他们就在床上恣意寻欢,直到普乔兄弟做完苦修回来前的一小会儿,修士才离去,她再回到自己床上。

就这样,普乔兄弟夜夜苦修,他的妻子和教士夜夜欢会,因此她不止一次地对修士说:

"你让普乔兄弟苦修,我们却成了天堂的神仙。"

由于她丈夫长时间地不和她一起睡觉,她已习惯了和修士交颈共眠,因为她觉得这事简直妙不可言。在普乔兄弟的苦修结束后,她仍旧和修士往来,想方设法和他在别处幽会,暗地里长期地享受其中的乐趣。

对此,在故事结束时,让我们再回到开头所讲的那几句话吧。普乔兄弟苦苦修行,一心想通过修士给他指引的路升入天堂,不料却把修士和他的妻子送了进去;他妻子和他在一起时,总是缺少那活儿,而修士老兄却满足了她,心肠真是慈悲。

## 第五则故事

> 齐玛把他的一匹骏马赠给了弗朗切斯科·韦尔杰莱西老爷,为的是让后者准许自己和他的太太讲几句话;她一言不发,他就替她作答,后来的事,果然按齐玛所回答的话实现了。

潘菲洛讲完普乔兄弟的故事,女郎们笑了起来;这时,女王吩咐埃丽莎接着再讲一个。埃丽莎这个人有点傲慢,这倒不是因为她有什么不高兴的,而是因为她向来的习惯使然。她这样开始讲道:

世上有很多人光认为自己十分精明,以为别人一无所知,因而经常存心戏弄别人,可到后来却被别人戏弄。我认为,那种无缘无故跟别人勾心斗角的人实在是太傻了,但也可能并不是每个人都同意我的看法。既然轮到我讲,我就给诸位讲个皮斯托亚的骑士的故事吧。

在皮斯托亚城的韦尔杰莱西家族中,有一位被称为弗朗切斯科骑士老爷,他有钱、聪明、能干,但极为贪婪。他奉命到米兰去当地方官,旅途所需的东西都准备好了,只缺少一匹合意的坐骑,否则就可体面地动身赴任了。他四处寻找也没有找到,心里很是焦急。

本地有一个年青人,名叫理恰尔多,他出身低微,但很富有,常常衣着华丽,招摇过市,为此,人们称他为"齐玛"①。他很长时间以来一直爱慕和追求着弗朗切斯科的漂亮的妻子,但由于她品行十分端正,总不能成功。这时候,碰巧他买了一匹托斯卡纳地区最出色的骏马,由于它体态优美,他十分爱惜。但因为大家都知道他在追求弗朗切斯科的太太,所以有人就把这事告诉了弗朗切斯科,让他跟齐玛商量,或许后者看在所追求的女人面上,能把马给他牵来。

贪婪成性的弗朗切斯科果然把齐玛叫来,问他是否卖他的骏马,而心里却希望他把马赠给他。

齐玛听了这话,心里很是得意,便说:

"大爷,您就是把您所有的东西都送给我,也甭想弄走这匹马。但是,如果您喜欢,我可以送给您,不过要有个条件:在您牵走马之前,您得容许我当着您的面,跟尊夫人单独讲几句话。别人都站远点,只能让她一人听见。"

这位贪心的骑士想戏弄齐玛,就对他说,想讲什么随他的便。说完,他离开客厅,来到太太的房间,对她说只要让齐玛和她讲几句话,他就能赢得一匹骏马。但他又叮咛她,无论齐玛说什么,她都要一言不发。

这位太太对这事很是反感,但又不得不遵从丈夫的意愿,便应承了,于是她跟丈夫来到客厅听齐玛讲话。既然齐玛跟骑士有言在先,他就和这位太太在客厅的一角,在离人远远的地方坐了下来。他这样开口说道:

"尊贵的夫人,我想像您这样绝顶聪明的人,恐怕早就明白我爱您爱得有多深了。我觉得我所见过的任何姑娘也没有您美丽,更不用说您的仪态举止和心灵的高洁了。所有这一切,足以使任何高尚的男子拜倒在您的脚下。我用不着向您多说,从来没有一位男子爱他的情人,像我爱您爱得这样深沉和热烈了。只要我的可怜的生命还能运动四肢,我将永远这样爱你。这还不算,如果有一天我离开人世,如果天上和人间一样也有男女之间的爱情,我还会爱您,永不改变。世上没有任何东西,无论它们是贵是贱,您能永远掌握得牢牢靠靠,但在任何情形下,只要我一息尚存,我和我的一切东西,就都归您支配。对此,您可以得到确确实实的证据:如果您命令我做您喜欢的事情,我都立刻去做,并认为这是我的莫大幸福,舍此,即使全世界都服从

---

① 齐玛,意为"花花公子"。

我的支配,我也不会快乐。

"既然像您听到的那样,我已表白了我是属于您的,那您就不能指责我竟敢不顾一切地祈求您,只有您能让我安宁、幸福和身心健康,没有您,我便什么都没有了。可爱的人儿,我求您,让我成为您的最恭顺的奴仆;我的灵魂正在爱火里燃烧,它的惟一希望是您的慈悲,请您不要再像过去那样对我铁石心肠了。我是您的,只要您还怜悯我,我就可以宽慰地说,由于您的美貌,我爱上了您,现在您只要发发慈悲,我也不枉为人一世。如果我的祈求难以让您那颗高贵的心灵俯就,那我只有死路一条,而这样,别人就会说我的性命死在您的手里。且不说我的死不会给您带来荣耀,而且我相信这事出了之后,您的良心也会感到不安,在您心平气和的时候,您可能少不得会对自己说:'唉,我的齐玛,我真不该对你这样无情。'可到那时候,后悔就来不及了,而您也只有更加烦恼。

"为了避免这种事情发生,现在您还来得及救我一命,请您发发慈悲吧,不要让我死去。我成为世上最快乐的人,还是最不幸的人,全都仰仗着您了。我希望您宽厚仁慈,不要让我再煎熬下去了,我这样爱您,您总不会见死不救吧。请您可怜可怜我,给我一个圆满的回答,让我的心儿得到宽慰,现在,在您面前,我的心正害怕得狂跳不止呢。"

说到这里,他顿住了,眼睛里流出了几滴热泪,开始等待着那位夫人的回答。

过去,齐玛曾一直在爱慕、追求她,还在她的窗下唱过情歌和做过其他类似的事情,但她总是无动于衷。现在,听了这位爱她的男子讲的这番热烈多情的话,却体会到了一种过去从未有过的爱怜。尽管由于丈夫的吩咐,她默默无语,但禁不住轻声地叹了几口气,这叹气表示她是多么愿意给齐玛一个回答呀。

齐玛等了一会,见她一言不发,感到十分奇怪,但一下就明白了这是骑士使的诡计。他盯住她的脸,看见她不时地含情脉脉地瞅他几眼,又听到她从胸中发出的轻轻的叹息声,顿时产生了希望,有了一个主意,于是他便以这位夫人的口气代替她作了回答。他凑近她的耳边说:

"我的齐玛,用不着怀疑,我早就发现了你在深沉地用全部身心爱着我,现在听了你这些话,我比过去更加了解你了,我很高兴,也应该高兴。过去我对你是显得有些冷淡残酷,但我要你相信,我心中对你的情意并不像我脸上表现出的那样,相反,我也一直在爱着你,把你看得比任何人都可爱。但是我不得不那样去做,一来害怕别人知道,二来我要珍惜我贤淑的名誉。现在时机到了,我能明确地向你表达我的情意,并回报你对我的一往情深。你放心好了,你的希望会实现的,因为你知道,在你为了爱我把马赠给了弗朗切斯科之后,用不了几天,他就会到米兰上任去了。凭着我的信义和我对你的真挚的爱情,不出多少时日,你就可以和我在一起,共同享受我们爱情的甜蜜了。

"我担心以后可能再也没有机会同你讲话了,不如现在我们就约好,如果有一天你看到我的房间的窗户上挂着两条毛巾(我的房间就在花园里),当天夜晚你就可以从花园的小门走进来和我相会,不过你要当心,不要让别人看见。我到时在我的房间里等你,那样,我们就可以像我们希望的那样整夜地呆在一起,尽情欢乐了。"

齐玛代他的情人这样讲完之后,恢复了自己的身份,就回答说:

"最亲爱的夫人,对您绝妙的回答,我快乐得无以复加,都不知道该说什么话向您表达我的感激之情了,即使像我希望的那样能用恰如其分的言语来表达,恐怕也没有任何言词足以让我表达对您的感激了。请您用您的缜密的思考去想像出我希望表达、可用言语又难以表达的那种感情吧。现在我只想对您说,就像您叮嘱过我的一样,我决不会出差错。到那时,我要尽心尽力地报答您对我的巨大恩赐。现在我就不多说了。我最亲爱的夫人,愿上帝给您快乐,像您所希望的那样称心如意,愿上帝祝福您。"

在整个这段时间,那位夫人一直没有开口。于是齐玛站起身来,朝骑士那里走去。骑士见他起身,赶紧迎过去,他笑着问:

"怎么样?我履行我的诺言了吧?"

"不,老爷,"齐玛回答,"您答应过我和尊夫人讲几句话,却让我和一座大理石雕像谈了半天。"

骑士听了这话,十分高兴,因此对原本就十分信任的妻子更加放心了。他说:

"不管怎么说,你的马归我了。"

"是的,大爷,"齐玛回答,"如果我早知道向您求这个情会有这种结果,

还不如干脆把马送给您好了,真是上帝让我这样做呀,您算是买了一匹骏马,而我却没有卖。"

骑士听了这话,就笑将起来。因为他得到了骏马,没有几天就动身到米兰赴任去了。

那位夫人独自留在家里,回想起齐玛说的那些话,想起他对她的爱情,想起为了爱她竟把自己的马赠送给了丈夫,再加上又常常看到他在自己的家门口来回走动,就对自己说:"我这是在做什么呀?为什么要虚度我的青春呢?我那丈夫已经去了米兰,半年之内怎么也不会回来,难道我还能让他补偿我的青春不成?难道我一直等到人老珠黄?再说,我上哪里去找像齐玛那样的情种?现在,我一人在家,也用不着顾忌谁,我不明白我为什么不抓住这大好时机做我能做的事情呢?这样的机会以后不会总有的。况且不会有任何人知道的,就算被人发现,那时再忏悔好了,总比现在独守空房,成天懊悔要强。"她就这样开导自己。终于有一天,她照齐玛吩咐的那样,在她花园里的房间的一个窗户上挂上了两条毛巾。齐玛望见那两条毛巾,甭提有多高兴了。到了夜晚,他一个人悄悄来到她家花园,发现门开着,就溜进去,来到屋门前,看到那位温柔的太太正等在那里。

她看见她的情郎哥来了,心花怒放,赶忙迎上去接待他。他搂住她就吻,足有千百遍,这才跟她上了楼梯,走进卧室,于是两人毫不迟疑地上了床,躺到一起,享受着爱情的最终的甜蜜。男女之间的这种幽会,有了开头,便没了结尾。在骑士于米兰逗留期间,甚至在他回来之后,齐玛一直和那位夫人悄悄来往,互相享受着对方提供的极大乐趣。

## 第六则故事

> 里恰尔多·米努托洛爱上了费利佩洛·西吉诺尔福的妻子,知她妒忌成性,假意跟她说,费利佩洛有一天要和他的妻子在浴室幽会;她冒充里恰尔多的妻子来到浴室,想和她丈夫同睡,结果发现她原来和里恰尔多睡在一起。

埃丽莎刚刚把故事讲完,女王便十分赞赏齐玛的机智,接着又吩咐菲亚梅塔再讲一个。菲亚梅塔微笑着回答:

"女王,我十分愿意。"于是她开始讲了下去:

我们的城市,虽然事态形形色色,各种话题难以讲完,但我还是想和埃丽莎一样,暂时不谈这座城市,谈谈别处发生过的事。我要说的故事,发生在那不勒斯。在那里,有一位一本正经的妇人,对偷情这类事十分厌恶。但爱上她的一位男子,却凭着他的聪明和巧计,让她在没有开出爱情的花朵之前,就先尝到了爱情的果实。这个故事,一方面提醒诸位,万一这类事发生在自己身上,可千万要谨慎,另一方面是为了给诸位解解闷。

从前,在那不勒斯这座比意大利其他地方更可爱的古城里,有一位叫做里恰尔多·米努托洛的青年,他血统高贵,财富万千,声名显赫。他虽然有一位美丽、可爱的年轻妻子,但他却爱上了另一个人。这个人,按照众人的说法,比那不勒斯的任何美女都要漂亮。她的芳名叫卡泰拉,是一位跟里恰尔多身份差不多的青年绅士费利佩洛·西吉诺尔福的妻子。她把贞节观念看得极重,所以一心一意地爱着丈夫。

里恰尔多热恋着卡泰拉,凡是能献殷勤、追女人的手段都试过了,可是一点也不中用,希望全无,为此,他真是灰心透顶。但是,他又不知道和不能够摆脱掉对她的爱情,真让他求生不得,求死不成,活着乏味。看到他这个样子,有一天,他亲戚的几位夫人都来劝他,叫他放弃对卡泰拉的爱情,免得劳而无功。她们说,卡泰拉只爱她的丈夫费利佩洛,别的任何事都不关心;又说她的醋劲极大,就连天空飞过鸟儿,她都担心它们会把她的丈夫带走。

里恰尔多听到卡泰拉这样妒忌,倒顿时生出个主意,觉得利用这点可以达到自己的目的。于是他假装对卡泰拉已经死了心,爱上了另一个淑女,本来他为卡泰拉举行的马上比武及讨她欢心而做的任何事情都转移到了这位淑女身上。没有多久,那不勒斯的所有市民,包括卡泰拉本人,都认为他心里已不在爱卡泰拉,而是爱上了别人。他就这样不断地向别人献媚求爱,以至于所有的人都深信不疑,就连卡泰拉也改变了对他过去所做所为的生硬态度,走路碰见他时,也像老邻居那样亲热地和他打打招呼。

按照那不勒斯人的风俗,每到热天,骑士和淑女们都要到海滨去游玩和野餐。一天,里恰尔多知道了卡泰拉和她的朋友们已去了海滨,就和他的那群人也赶到那里。在那里,卡泰拉她们请里恰尔多加入到她们的团体里来,而里恰尔多却装作犹豫不决的样子,好让人家三邀四请。可里恰尔多一到她们的圈子里,这些淑女们便拿里恰尔多新近的爱情开起玩笑来,而里恰尔多也假装对他的新欢有着火一样热烈的深情,这就更让她们谈论不休了。后来,像人们通常外出游玩时那样,她们分头玩耍去了,只剩下里恰尔多和卡泰拉及她的几个女伴还留在原地。这时里恰尔多便向卡泰拉说起她丈夫费利佩洛可能在外面另有所爱,她一听,就立刻妒火中烧,恨不得马上就知道里恰尔多所指的那个女人是谁。最后,她实在按捺不住了,便请求里恰尔多看在他所爱的情人面上,行行好,把费利佩洛干的事告诉她。

里恰尔多便对她说:

"既然您凭着我情人的名义向我求情,我怎么能拒绝回答您问我的问题呢,那我就快点告诉您罢。不过,您得答应我,在您没有亲眼看见和证实我说的话之前,您不能和您的丈夫讲,也不能和别人谈这件事情。倘若您同意,我会让您,也能让您看到的。"

那位夫人经他这么一说,越发相信这事是真的了,于是赶紧向他发誓说她不会跟任何人讲。里恰尔多把她拉到一边,拣一个其他人听不见她们谈话的地方,开始对她说:

"夫人,如果我还像过去那样爱您,我绝不敢把这事告诉您,让您烦恼。但由于那种爱情已成过去,我也就不太担心向您说出事情的真相了。我不知道费利佩洛是否因为我曾热恋过您或者说他相信您也看上了我而大光其火——甭管您爱上我这事是真是假,但他当着我的面却从未有所流露。其实他是在等待时机,想趁我不备的时候去做他认为可能我已经做过的事情,也就是说,想勾引我妻子。我发现,很长时间以来,他一直托人做牵线,私下求我的妻子;这些事,我是从她那里知道的,她的回答呢,是我教的。

"就在今天早晨,我没来这里以前,我看到一个女人凑到她跟前跟她交头接耳,我马上就知道这个女人是个什么样的人了。我把我妻子叫过来,问她那个女人来干什么。我妻子对我说,'她就是给费利佩洛做牵线的那个人,你不是让我和她会面,通过她给费利佩洛一些回话让他还心存侥幸吗?她说费利佩洛想知道我想怎样打发他,还说如果我愿意,他能让我和他在本城的一个浴室里秘密会面;就为这事,她求我,纠缠我。我不明白你为什么让我周旋,如果不是你让我这样,我早抬脚就走了,让她别想再见我一面。'我认为这事闹得过分了,也不能再容忍下去了,所以我对您说了,好让您知道,您丈夫真是完全值得您信赖呢,可这种信赖却要了我的命。

"您甭以为我说的这些话是凭空杜撰的,这却是实情呢。如果您愿意,可以亲自去看看,亲自验证一下。我已让我妻子跟等待回信的那个女人说,她准备明天午后大家午睡时到一个浴室去和他会面;得到这样的答复,她才高兴地走了。我想,您总不会相信我真的会把我妻子送到那里去吧。不过,我要是您,我将让他在那里找到的人是我,而不是他相信的那个她;等跟他上床后,我将让他看看他是和谁睡在一起,如果他想干那种光彩的事,我也会让他受用一番的,然后使他羞愧难当。这样,他对您的侮辱,对我的侮辱,都可以一下子得到报复。"

卡泰拉听完这些话,也不想想是谁跟她说的,是不是欺骗她,只是凭着一股醋劲,立刻就相信了他的话,而且把以前的一些事同这件事联系起来,越想越对,越想越气。于是,她便答应他按他说的去做,因为这事对她来说,并不是什么难事,如果费利佩洛真的来了,她定会叫他无地自容,叫他以后再见到女人时,永远记起这次教训。

听她这样说,里恰尔多很是高兴,觉得他的计谋真是不错,大有成功的可能,然后又说了很多其他的话怂恿她这么做,好叫她深信不疑;同时还请求她不要告诉别人这事是从他那里听到的,她也向他保证言而有信。

第二天早晨,里恰尔多来到跟卡泰拉说过的那家浴室,找到女主人,跟她说了自己的意图,求她尽力提供方便。那位好心的女人也很懂行,便高兴地答应了,并和他商量好她该怎么做和说些什么。

在她的浴室里,有一间四壁无窗、不透一丝光线的暗室,根据里恰尔多的指点,她在里面放了一张床,并把它布置得十分舒适。里恰尔多吃完午饭后,便在床上躺了下去,等待着卡泰拉的光临。

再说卡泰拉听了里恰尔多的那些话,一点也不怀疑,只是晚上回家来,满腔怨恨。碰巧费利佩洛那天回来,由于心里有事,没有像平常那样跟她亲热。看到这样,她就更加起疑,暗自对自己说:"看来他心里确实装着那个女人,想着明天和她取乐。但他甭想干成。"她整夜都在考虑这事,想像着明天在浴室碰到他,该如何教训他一顿。

诸位想想,这事还能怎么办?到了第二天午睡的时间,卡泰拉按照原定的计划,带着女仆,就朝里恰尔多告诉她的那个浴室奔去,找到女主人便问费利佩洛是否在她开的浴室里。那位女主人早已受到里恰尔多的叮嘱,因而问:

"您是那位要想和他说话的夫人吗?"

卡泰拉回答:"是的,没错。"

"那么,"女主人说,"请您进去找他吧。"

自动上钩的卡泰拉被女主人领着来到里恰尔多躺着的房前;她头上披着一块纱巾,一进去,便把门关上了。

里恰尔多一见她进来,立刻从床上跳将下来,把她抱住,轻轻地说:

"欢迎你来,我的心肝。"

卡泰拉为了装得像他所等待的另一个女人,也拥抱他,吻他,跟他十分亲热,但一句话也没说,怕他从讲话的声音中听出她是谁。

好在房间里十分黑暗,双方都很高兴;即使他们在房里呆上较长时间,恐怕也看不清什么东西。里恰尔多把她抱到床上,也不敢多说,怕她听出声音来。他们俩在一起呆了很长时间,玩得好不快乐,只是其中的一个不如另一人心甘情愿罢了。

后来,卡泰拉觉得发作的时候到了,便怒气冲冲地说:

"唉,女人的命真是悲惨,她们忠贞地爱着丈夫又有什么用!我也好可怜呀!八年来,我爱你胜过爱我自己的生命,而你,正像我体验到的那样,正热恋和享用着另一个女人,罪过呀,你这没心肝的人。你现在认为你是跟谁睡在一起?跟你睡在一起的,是八年来一直躺在你身边、被你虚情假意欺骗的女人呀,你假装爱她,实际上在背地里却另有新欢。

"我是卡泰拉,不是里恰尔多的妻子,你这个不忠不义的小人!你听着,难道你听不出是我的声音吗?正是我呀。我觉得我在暗中憋了好长好长时间了,还是让我们来到亮处吧,这样我就能够当面羞辱你一番了,你这条找骂的癞皮狗。唉,我真命苦呀!这么多年来我一直爱着的人,竟然是一条无情无义的狗!他还以为搂在臂里的是另一个女人呢,我跟他做了多年的夫妻,竟比不上这么一会工夫他对我的爱抚温存呢。

"忘恩负义的坏蛋,你今天干得不错,真够卖力气的了;平日你在家里时,却是那么软弱疲乏,坚持不了多长时间。但感谢上帝,你耕种的依然是你自己的田地,并非像你相信的那样,在耕种别人的田地。难怪你昨晚不肯亲近我,原来是在卸掉包袱,想养精蓄锐,好做个骑士去跟别人交锋呀。多亏上帝和我的机智,水儿才没有流到别人田里。你为什么不讲话了,难道听了我的话,你就变成哑巴了?上帝呀,我不知我为什么竟忍住了,没有用手把你的眼睛抠出来。你以为这事你干得十分机密吧,感谢上帝,你觉得你聪明,别人也不笨。你不会如愿以偿的,告诉你罢,我派了人在你后面盯着你的一举一动呢。"

里恰尔多听了她的这些话,心里感到既好笑,又得意,却不敢说破,只是搂住她,吻她,跟她更加温存。她见他不说话,又说:

"你这条讨人嫌的狗,现在你想用来回抚摸我的手段巴结我,使我不再发火,消了这口恶气吗?这你就错了。不当着我们亲戚、朋友和邻居的面羞辱你,我的这口恶气是不会消的。你这个坏蛋,我难道没有里恰尔多·米努托洛妻子那样漂亮吗?我难道不是温文尔雅的女子吗?你为什么不回答呀,恶狗?她什么地方比我好?离我远点,甭再碰我,今天你够卖力气的了。我再清楚不过了,你知道了我是谁,你那热呼的样子是装出来的。上帝帮帮我吧,我以后再也不让你近身了;我不明白我为什么把持着我自己,不找里恰尔多解解闷。他爱我胜过爱他自己,可从来未能得到我的青睐。如果我和他相好起来,那又有什么坏处?你觉得你是和他的老婆睡在一起,这就等于你想把她弄到手,至于成功与否,这可不取决于你;以后我要是和她的男人有染,你可没有理由怪罪。"

卡泰拉就这样言词激烈,怨天恨地说了下去。最后,里恰尔多想,如果她继续相信他是她丈夫,就这样走了,那事情可就闹大了。于是他决定把这事向她挑明。他紧紧抱住她,使她无法脱身,然后说:

"我的可人儿,别生气了,我是那么爱您,但简单的办法不能让我如愿以偿,所以爱神教给了我这条巧计,我是您的里恰尔多呀。"

卡泰拉听他这样讲,又听出了他的口音,马上想从床上跳下来,但没有成功;于是她又想喊叫,可里恰尔多用一只手捂住她的嘴说:

"夫人,不管怎样讲,您也不像原来那样清白了,即使您喊叫一辈子,那也没用;即使您真能喊叫,或者把这事说给别人,那么摆在您面前的无非有两个结果:一个跟您有关,也就是说,这有损于您的尊严和荣誉。当然,您可以说是我骗您来这里的,但我可以说,这不是真的,我是答应给您金钱和礼物,您才来的,只不过我给的没您想的那么多,您才翻脸,讲出这些话来,大吵大闹。您知道,人们宁可相信坏事,也不会相信好事,人们宁可相信我,也不相信您;另外一个是,如果这事传到您丈夫的耳朵里,那他可就跟我结了死仇,不是我杀了他,就是他杀了我。如果这样,恐怕您也不会快乐和幸福。

"所以,我的心肝,请您不要损害您的荣誉,不要让我和您的丈夫结仇,闹出人命关天的大事。再说,世上被骗的女人中,您既不是第一个,也不是最后一个。说实在的,我也不是故意要欺骗您。我太爱您了,而且准备一直爱下去,成为您最恭顺的奴仆。我,我的一切,我想和能奉献给您的,都早已属于您了,从今以后,就更属于您了。您在别的事情上很聪明,我想您在这件事情上也不会胡涂。"

在里恰尔多说话时,卡泰拉一直使劲地哭着,她一肚子气怎么也平不下来。但是,她心里明白,里恰尔多没有胡说,他说的后果完全可能发生,因此她终于开口说道:

"里恰尔多,我受了你的侮辱,上了你的大当,如果我还能容忍,那上帝却不会原谅我。但在这里,我不打算大喊大叫,只怪我头脑简单,过分妒忌,才被你诱骗到这里来。可你得记住,我早晚得用这样或那样的办法报复你对我做过的事情,否则,绝不善罢甘休。你放手呀,别再抱着我。你已经满足了你的欲望,把我任意糟蹋够了,该放我走了,放我走吧,我求你。"

里恰尔多知道她心中仍十分恼怒,决定等她平静下来,再放她走。于是便开始甜言蜜语地求她,哄她,安慰她,直至她安静下来,答应和他和好。于是两个人又玩了好一阵工夫,你贪我恋,享受着很大的快感。

直到这时,卡泰拉才明白,情人的亲吻比起丈夫的要有味得多,于是她一改以往的冷淡,对里恰尔多充满了柔情。自那天之后,她仍然爱着他;他们经常幽会,享受着爱的甜蜜,不过行事谨慎,没露出一点痕迹。但愿上帝允许我们也享受爱情的幸福吧。

## 第七则故事

> 泰达尔托失去他情妇的欢心,离开佛罗伦萨;过了几年,他乔装成一个香客返回,见到他的情妇,让她认识到自己的错处,并把她那蒙受不白之冤、将受极刑的丈夫搭救出来,让她的丈夫和他的兄弟们和解;最后他巧妙地和他的情妇重修旧好。

听完菲亚梅塔的故事,大家齐声赞好。为了不耽搁时间,女王令埃米莉亚赶紧接着讲下去,于是,她开始讲道:

刚才两位讲的都是别的地方的事,现在我想回到我们的城市,讲讲我们的一位市民是如何失去他的情妇,尔后又如何和她重修旧好的。

在我们佛罗伦萨,有一位贵族青年叫泰达尔托·埃利塞伊。他一直热烈地爱着阿尔多布朗迪的妻子埃尔梅利娜。若就他值得称道的人品而言,他也的确配得上消受这份艳福。可命运捉弄人,偏偏和他的幸福作对。埃尔梅利娜在和他相好了一阵之后,不知由于什么原因却完全变了卦,跟他断绝了往来。她不但不想和他见面,连他托人传话也置之不理。对此,他十分痛苦,郁郁寡欢。但由于过去他把这种爱情隐蔽起来,没有任何人相信这是他痛苦的根源。

他觉得他没有什么过错,所以想尽一切办法要重新获得她的爱,但任何努力都是枉费心机,因此绝望了,准备离开佛罗伦萨,免得让她看到他为这事憔悴而暗中得意。他带上他所有的现金,除向他的一个心腹朋友说了这事之外,没有向任何朋友或亲戚提起,便秘密地动身,到了安科纳城。在那里,他改名为费利波·迪桑洛德奇奥。后来,一位有钱的商人雇他帮忙干事,他就上了他的船,和他一起到塞浦路斯经商去了。他的正直勤勉很让商人赏识,不但给了他一份好薪水,还让他成了买卖的合伙人,把大部分事务交给他处理,他也尽心尽力,把商务处理得极为妥善。不上几年,他竟攒下一笔钱,成了一个有名的富商。

　　在他忙于经营时,他也时常想起他那狠心的情人,想起他那失恋的创伤,非常想再见她一面。但他凭借着顽强的毅力,七年来,一直压抑着那种冲动。

　　有一天,他在塞浦路斯听到有人唱他从前作的一首歌,那歌词叙述了当初他和他的情人你恩我爱的情景。听了之后,他觉得她不会忘记旧情,因此又燃起了回去见她的希望,并且再也按捺不住,于是便决定返回佛罗伦萨。他先把所有的事务料理完毕,带上一个仆人到了安科纳,把他所有的货收拾在一起,委托他的合伙人把它们寄往佛罗伦萨,存在合伙人的一些朋友那里;然后他自己则装扮成一个从圣地回来的香客,带着他的仆人悄悄动了身。到了佛罗伦萨,他住进一个由两兄弟开的小客店里,这家客店离他原来情人的家很近。他第一件要做的事就是走到她情人的住宅前,希望能见到她,不料他看到窗子门户和一切都紧闭着,大吃一惊,以为她已经死了,或者搬到别处去了。

　　于是他便忧心忡忡,朝自己兄弟家走去,到了门前,又看到他的四个兄弟全都穿着丧服站着,就越发惊奇了。他知道自己相貌和习惯都已改变了,跟他离去时不同,不易被人认出,于是小心地走近一个鞋匠,问他为什么这几个人穿着丧服。

　　鞋匠对他说:

　　"他们穿着丧服,是因为他们的一个一直在外的兄弟泰达尔托15天前被人杀了。我听说他们指控一个叫阿尔多布朗迪的人,说他把他们的兄弟杀了,法庭就把他抓了起来。据说他们的这位兄弟跟他的老婆有过奸情,这次乔装回来是想和她会面。"

泰达尔托听了这话,十分奇怪,觉得肯定有某个人长得跟他极为相像,被当成他给误杀了;同时也对阿尔多布朗迪的不幸感到难受。由于听到他的情人还活着,健康无恙,加上天色已晚,他才满腹疑虑地回到小客店;跟仆人一起吃完晚饭,他便到几乎位于客店最高处的客房去睡觉。但由于心事重重,床不舒服,也可能是由于没有吃饱,直到半夜,他还没有睡着。正当他夜不能寐之时,忽听得见从客店屋顶爬下几个人来,紧接着又看见从他房间的门缝露进一丝光线,于是他悄悄走到门缝那里,向外张望,想知道出了什么事情。只见一个非常漂亮的姑娘,手里拿着灯,接着三个男人走了过来,到了她身边。他们相互打过招呼,其中的一人对姑娘说:

"感谢上帝,从今以后,我们可以高枕无忧了,泰达尔托的兄弟们已经控告阿尔多布朗迪杀死了泰达尔托。他已坦白供认,并在判决书上签了字。不过,我们仍要小心,不要漏出风声,万一让人知道是我们干的,我们跟阿尔多布朗迪就一样危险了。"

他们说完,姑娘似乎很高兴。接着,他们便下楼睡觉了。

泰达尔托在屋里听完这些话,就想,人的脑子怎么这样糟呀。首先,他的兄弟们把一个外人当成了他来哭泣和埋葬,一个无罪的好人,却被诬告,蒙了不白之冤,要被处以极刑;再者,法律是那么盲目、残酷,执法者本应弄清真相,却常常以假当真,滥施暴行,可他们嘴上却说他们是正义和上帝的使臣,实际上只是罪恶和魔鬼的代理人罢了。接着,他又想到了阿尔多布朗迪的命运,觉得应想个法子救他才好。

第二天早晨他起身之后,留下仆人,只身一人来到他情人的门前。大门正好开着,他走了进去,看到他的情人正坐在楼下的小厅里,泪流满面,十分痛苦。由于怜悯,他几乎落泪。他走到她身边说:

"夫人,您不要难过,大难要过去了。"

那女人听到有人说话,抬起头来,哭着说:"好人呀,你大概是外乡来的香客吧。你怎么会知道我的吉凶?"

"夫人,"那个香客回答,"我是从君士坦丁堡来的,上帝派我到这里来是为了把您的眼泪变成欢乐,是为了把您的丈夫从死亡中解救出来。"

她说:"如果你从君士坦丁堡来,怎会知道我丈夫和我是谁?"

于是那个香客就把阿尔多布朗迪遭难的经过从头说了一遍,还说出了她是谁,结婚多长时间,以及很多他知道的跟她有关的事情。对此,那女人惊奇极了,以为他是个先知,便跪在他的脚下,以上帝的名义祈求他赶紧救出她丈夫的性命,否则恐怕就来不及了。

那个香客装作一个非常圣洁的人,说道:

"夫人,请您站起来,不要哭泣了,注意听我说的话,千万不要把它们讲出去。上帝启示我,这次您遭了大难,是因为您过去犯有罪孽,上帝所以降下这份灾难,是让您洗去一部分罪孽,让您尽力弥补改正。否则的话,更大的灾难还会降临呢。"

"先生,"那女人说,"我是有很多罪孽,但我不知道上帝想让我弥补改正哪一个,所以,您要是知道的话,请告诉我,我将竭尽所能地改正。"

"夫人,"那个香客说,"有件罪孽,我知道得很清楚,用不着问您什么。但我要您自己讲出来,让您觉得更加悔恨。还是让我们谈谈那件事吧,告诉我,您过去可曾有过一个情人?"

那女人被他一问,愣住了,长叹了一口气,她以为那件事是不会有任何人知道的,尽管泰达尔托被谋害,尸体被葬的那天,他的朋友言谈不慎,露出了一点口风,这才让外界略有所闻。于是她回答说:

"我看上帝把人的秘密全都向您揭穿了,我也不打算再隐瞒了。这是真的,我年轻的时候,的确曾全心全意地爱过一个不幸的青年,不想他遭惨死,我丈夫又去抵命。他的死让我大哭了几场,好不难过。在他离开故乡之前,我曾对他冷淡、粗暴,可是,尽管他和我分离了这么多年,尽管他已不幸地死去,我心里还是想着他。"

那个香客说:

"您爱的不是那个已死的倒霉的青年,而是泰达尔托·埃利塞伊。请您告诉我,为了什么原因您和他断了往来?他又有哪点得罪了您?"

那女人回答:

"不,他从来没有得罪我。我跟他断了往来,是由于一个混蛋神父的胡说八道。有一次我向他忏悔,说出了我和泰达尔托的私情。他对我劈头盖脸地咆哮了一顿,至今我还心有余悸;他对我说,如果我还那样,我就会堕入地狱深入魔鬼的嘴里,就会被放在烈火上燃烧。对此,我胆战心惊,再也不敢和情人亲近了。不论他写信还是派人来传信,我都一概不理不睬。我猜想,他是受了这打击,灰心绝望,才离开故乡的;如果我看到他的生命像白雪在阳光下那样慢慢耗尽,我完全可能屈服,改变决心,因为世上没有任何希望比跟他在一起的那种希望更强烈的了。"

"夫人,"那个香客说,"叫您难过的罪孽不是别的,正是这件事了。我知道,泰达尔托并没有强迫您,您爱他完全是出于自愿,因为您心里喜欢他。后来,就像您要求的那样,他跟您幽会,您对他充满柔情,对他说的话,做的事,也欢喜得了不得。他呢,原来就爱着您,现在就更千百倍地爱您了。我知道,你们的事就是如此,如果真是如此,您为什么要冷淡他,跟他断绝来往呢?这类事,您得慎重地想一想呀,要是您害怕坏事,后悔了,又何必当初要做呢?何必等到他成了您的人,您成了他的人时再做呢?在他没有属于您的时候,您爱怎么做就怎么做,那是您的事,但他一旦属于您了,您忽然又抛弃了他,那就是您的不对了,因为这有点像抢走了他的宝贝,而又没有尊重他的意愿。

"现在,你应该知道,我本人就是一个修士,所以我早就把修士们的品行看透了。在别人面前,我是不会说他们的,不过对您,我不妨把话说开,因为这对您有好处,也为了让您更好地认清他们,免得以后再次上当。

"过去,修士们的确是极其圣洁和正派的人,但今天那些自视过甚、号称为修士的人,除了穿着一件长袍外,哪里还有一点修士的气味呢?就说那件长袍吧,也和过去的不同。从前修士穿的长袍,遵守教规,都用粗劣的布料,尺寸样式简朴清贫,只求遮体而已;修士们把他们的身体裹在这样不值钱的衣服里,是为了表示他们对世俗浮华之物的藐视。可今天他们穿的长袍却宽大、耀眼、布料精美、样式豪华,仿照大主教的气派。在教堂、在广场,他们像只孔雀似的炫耀,没有一点羞耻之心,跟世俗的纨绔子弟有何不同?他们的行为又像渔夫,一心想把河里的鱼儿一网打尽。他们披着宽大的带着褶子的袍子,一心想迷惑和欺骗少女、寡妇、愚男蠢女,再也不顾其他的责任。为此,我说真话,修士们虽然穿着教袍,但实在是徒有其表。过去的修士想普度众生,而今的修士只想着女人和财宝。他们用尽心机,有声有色地宣讲,无非是恐吓那帮无知的男女,叫他们相信人生的罪孽可以用捐献和望弥撒来洗净,对他们来说,当修士不是由于对宗教的虔诚,而是由于卑鄙的动机,为了不劳而获,为了让那些想挽救他们已死亲属灵魂的人给他们奉献面包、好酒和金钱。

"当然,您也知道,奉献和祷告能够洗涤罪孽,但是,如果那班出钱的人看到或知道那些钱被修士们如何使用,他们宁可留给自己,或者宁可扔到猪圈。只是这帮修士们知道,掌握财富的人越少,拥有的人就越会开心,所以,他们中的任何人都用喊叫、威胁和想尽办法来排斥别人,好独吞归己。他们指责人们心里的淫念,是为了把听指责的人从女人身边吓跑,把娘儿们留下归自己享用。他们指责高利贷和不义之财,是为了让有不义之财的人害怕堕入地狱,赶紧把钱交给他们,好去买更阔绰的长袍,去谋得主教或其他高级教士的职位。

"每当这类或那类事情遭到人们的责难时,他们便大言不惭地说:'你们应按我们说的去做,不要按我们做的去做。'以为这样,便能把罪责推得一干二净,好像羊群比牧人①更应坚定和不受诱惑。好多修士知道,一般人听到他们这样的回答,不一定理解它的意义。

"现今的修士想让你们去做他们说的事,无非是叫你们填满他们的钱袋,把你们的秘密向他们坦白,叫你们过禁欲生活,遇事忍耐,逆来顺受,不发怨言,这很好,很诚实,很圣洁;可他们的目的何在呢?他们这样做,是因为如果世俗的人随意去做,他们就做不成了。

"谁不知道,没有钱还能过那种好吃懒做的日子吗?如果你把钱都花在享乐上,修道院的修士就不会有好日子过了;如果你去追女人,谈情说爱,就轮不着修士了;如果你不能忍耐,不逆来顺受,修士就不能去你家破坏你的家庭了。我为什么给您讲出这种种事情呢?因为当着明智人的面,他们倒也自责,但常常找出上面的那种借口②为自己开脱。如果他们不能像他们相信的那样节制自己的欲望,过着圣徒的生活,他们为什么不守在家里呢?如果他们真想过圣徒的生活,为什么不遵照《福音书》里说的"论到耶稣开

---

① "羊群"指一般教徒,"牧人"指修士。
② 指上文假借修士之口说的"你们应按我们说的去做,不要按我们做的去做。"

头一切所行所教训的"①那样的神圣的话去做呢?他们首先还是管好自己,再管别人吧。我本人就成百上千次地亲眼看到,那帮修士不但对民间的妇女,而且对修女,进行追逐、调戏和奸骗,可他们在布道坛上都大声地谴责这种行为。对他们的所说所为,难道我们也要步随其后吗?谁愿意那么做,就那么做,但上帝知道他那么做是否明智。

"退一步讲,即使在这方面修士指责您破坏了婚姻的盟誓,犯下了重大的罪过有些道理,但抢劫一个男人的宝物,罪过不是更大吗?杀死他或放逐他,叫他流落异乡,不更是罪上加罪吗?一个男人和一个女人发生非分的亲近,总还算是人之常情,可抢劫他、杀死他或放逐他,这可是有意的邪恶之举啊。

"上面我跟您说过,您已经偷走了泰达尔托的心,可又反复无常,断绝了和他的来往,我说,这不是等于您杀了他吗?您从那以后,对他十分冷酷,这不是等于是让他自杀吗?法律认为,促成犯罪跟亲手犯罪都有同样的罪行。您不能否认,他这七年流落他乡都是您造成的。这样看来,在上面所说的三件事情中,不论您做出了哪一件,您都已犯下了比跟他非分亲近更大的罪行。让我们再看看,泰达尔托是否罪有应得呢?不,肯定不是。您本人也承认,用不着我说,他爱您胜过爱他自己。

"他认为,您远远胜过天下任何女子,是那么值得他尊敬、赞美和崇拜,只要有一点私下亲近您的机会,他就毫不犹豫地向您吐露他的痴情。他把他的财产、荣誉、自由及所有的一切都放到了您的手中。他难道不是一位高贵的青年?难道比起其他的人他不算漂亮?难道他不具备青年人的优秀品质,不算是优秀青年?难道他不受爱戴?难道他不给人好感?难道他让任何人避而远之吗?您不会否认这些吧。

"那么,您怎么竟然听信那个愚蠢的疯子,妒忌的修士小人说的话,跟他翻脸无情了呢?我不知女人们不尊重男人、厌恶男人是不是一种过错,但她们应该想到她们所处的地位,上帝赋予男子最高贵的品行,使他超过任何生

---

① 语出《新约全书·使徒行传》里的《在耶路撒冷·给使徒的使命》第一章开头的一句话,而非出自《新约全书·四福音书》。作者引此话的目的是说修士们想成为耶稣的使徒,却不按他所做的榜样、所行的教诲去做。

灵;因此,女人们受到男子的爱慕时,应该感到骄傲,应该以爱来回报,应千方百计讨对方喜欢,这样,女人才能被人永远地爱着。而您是怎么做的,竟信了一个神父,一个吃喝玩乐的家伙的话,这您是知道的;我看他是希望取而代之,所以才想方设法排除别人。

"神圣的正义自会权衡,它会使用一切手段来达到目的,绝不会放过那种罪过。您从前毫无理由地和泰达尔托断了来往,现在您丈夫又为泰达尔托的事陷入囹圄,您肯定备受折磨。如果您想解脱出来,您要答应并且去努力做到,假如有一天泰达尔托长期流浪之后回来,您得给他柔情、爱意,得珍重他,和他照样亲近来往,就像您糊里糊涂地听信那个神父的胡说八道之前一样。"

香客一席话讲完了。埃尔梅利娜仔细地听后,觉得句句是真,认为自己的确犯了那种罪过,所以才遭受到今天的苦难。于是她说:

"上帝的使徒,我非常明白,您说的话都是实情。从前我一直把修士当成圣人,听了您的解释,我总算明白了修士是什么样的人。当然,我也承认,我那样对待泰达尔托,错误实在很大,如果我还能够的话,我非常愿意按您说的方法去补救。但我能做什么呢?泰达尔托永远也不可能再回到世上了;他已经死了,所以,既然不能办的事,我又何必向您许愿呢?"

香客听到此处,赶紧说:

"夫人,上帝启示我,泰达尔托根本就没有死。他还活着,健康、完好,只是缺少您的钟爱。"

埃尔梅利娜就说:

"您看看您说的是什么呀,我亲眼看到他死在我门前,身上有很多刀伤。我把他抱在怀里,泪水弄湿了他的面孔,大概就是由于这事才惹来流言蜚语吧。"

"夫人,"香客说,"不管您说什么,我向您保证,泰达尔托还活着,只要您答应您对他的承诺,我希望您很快就会见到他。"

她说:"我答应,也很愿意那样去做。如果我丈夫无罪释放,泰达尔托安然无恙,那就是我最大的快乐。"

这时,泰达尔托觉得该表明自己的身份,该用她丈夫完全有希望释放的话来安慰他的情人了,于是他说:

"夫人,为了让您对您丈夫的事放心,我有件秘密要告诉您。您可千万不要泄露出去。"

埃尔梅利娜深信这位香客是位圣人,于是把他带到离小客厅很远处的一个房间里,两人单独呆在一起。这时,泰达尔托掏出他一直精心保存的一枚戒指——这是他的情人和他幽会时的最后一个夜晚送给他的——给她看。他说:

"夫人,您认识这件东西吗?"

埃尔梅利娜一看到戒指,马上就认出来了,于是回答:

"是的,先生,这是我送给泰达尔托的东西。"

香客站起来,马上摘下香客戴的那种帽子,脱下长袍,用佛罗伦萨话说:

"怎么,您不认识我吗?"

埃尔梅利娜一看,认出了他就是泰达尔托。这一下可把她吓得够呛,就好像看见死鬼又活着出现一样;她哪里还能想到欢迎从塞浦路斯来的泰达尔托,简直把他当成了从坟墓里出来的死鬼,由于害怕直想拔腿就跑。

这时泰达尔托对她说:

"夫人,我是您的泰达尔托,我活着,完好无损。我从来就没有死,也不曾像您和我的兄弟们相信的那样被人杀害。"

埃尔梅利娜听出他的口音,半信半疑,再把他端详了一阵,认出他果然是泰达尔托,便哭着扑向他的肩头,吻他,然后说:

"泰达尔托,我的亲人,欢迎你回来。"

泰达尔托也吻她,抱住她说:

"夫人,现在还不是您热烈欢迎我的时候,我想去设法让他们把阿尔多布朗迪活着健康地还给您,这事,我希望明天晚上之前您就能听到好消息。说真心话,是的,我希望今天您就能有关于他性命的好消息,如果这样,我想今晚就回到您这里来,把种种情形仔细地向您说个明白,不过现在可不行。"

于是,他又穿上香客的长袍,戴上香客的帽子,吻了一下他的情人,叫她不要难过,离开了她。不消多少时间,他来到了阿尔多布朗迪被关的监狱。阿尔多布朗迪正在监狱里愁眉不展,害怕性命不保,泰达尔托得到狱卒的许可,走进牢房,在他的身边坐下,装作安慰死囚的修士,对他说:

"阿尔多布朗迪,我是你的朋友。上帝怜悯你受了不白之冤,派遣我来救你。如果你还尊崇上帝,我想向你讨个小小的情,如果你答应,那么今天晚上天黑之前你本应听到的死亡判决会变成无罪开释的宣告。"

阿尔多布朗迪回答说:

"善良的人,你既然热心救我性命,那么必然像你说的一样,是我的朋友,虽然我不认识你,也想不起在哪里见过你。说真的,人们所说的那种我应被判处死刑的罪过,我的确没有犯过;不过,我可能从前有过什么罪孽,才落到今天这种地步。我可以这样对你说,为了表示尊崇上帝,如果上帝真对我发了慈悲,甭说一个小小的情,就是再大的任何事情,我也会高兴地去做,不会不答应。但是,你得把你求的情告诉我;如果我躲过这场大难,我绝对照办。"

香客说:

"我不求别的,只求你宽恕泰达尔托的四个兄弟,他们把你当成了杀害他们兄弟泰达尔托的凶手,所以才告了你。如果他们请求你原谅他们,那么请你把他们当成兄弟和朋友看待吧。"

阿尔多布朗迪对此回答说:

"没有受过迫害的人,不会知道复仇是多么快意的事情,也不会渴望复仇。但是,为了祈求上帝挽救我的生命,我非常愿意宽恕他们,现在就宽恕他们;如果我能活着躲过这场大难,我一定照你说的去做,让你满意。"

香客听了,非常高兴,便不再多说,只是请他放心,在第二天天黑之前一定让他听到无罪释放的好消息。于是香客离开了,直奔衙门,私下求见主审官员,对他说:

"大人,我们每个人逢到一件事情时,都很高兴地想把它弄个一清二楚,像您这样身处高位的人,更想把案情搞明,不会使无辜者受刑,犯罪者逍遥法外。我现在到您这里来,一是为了使您的声名远扬,二是为了使罪犯受到应得的惩罚。您知道,您认为阿尔多布朗迪杀死了泰达尔托,所以把他抓来要处以极刑,但这实在是冤枉。我想在今天半夜之前把杀人真凶交到您手里,好证明我言之有据。"

审判官本是个善良的人,对阿尔多布朗迪也有些同情,所以他仔细地听着香客说的话,又跟他讨论了很多的细节,然后就依了他的法子,在半夜把开店的那两个兄弟和他们的仆人抓了起来,当时,他们也没有抵抗。到了审讯室，一开始他们还想问到底是怎么回事，后来受不了刑，他们也就分别招供了，再后来，他们三人又一起坦白交待，是他们杀害了泰达尔托·埃利塞伊，不过当时并没有看得太清楚。

审判官问他们杀人的原因何在，他们回答，是因为在他们不在店里的时候，被害人调戏他们中的一个人的妻子，想强奸她。

香客知道了这事之后，就向审判官告辞，悄悄来到埃尔梅利娜家中。家里别的人都睡觉了，只有她一人在等他，一半是希望听到她丈夫的好消息，一半是想和她的泰达尔托重修旧好。他来到房中，高兴地对她说：

"我最亲爱的人儿，你快乐起来吧，因为明天你就可以看到你丈夫平安无事地回家了。"为了让她更为放心，他把他干的事情向她从头到尾讲了一遍。

埃尔梅利娜是如此高兴，好像她是天底下最快乐的人了，因为如此让她难受和如此难以想像的两件事已经解决了：一是她相信已经死亡并为之哭泣的泰达尔托还活着，她又有了他；二是她相信没有几天就要被处死并为之难过的丈夫已脱离了危险。于是她温柔地拥抱和吻着她的泰达尔托，然后和他携手上床，前嫌尽消，两情欢洽，你恩我爱，欢乐异常。

天快亮时，泰达尔托从床上起来，把他要干的事告诉了他的情人，又再次叮嘱她保守秘密，然后穿上香客的衣服，离开情人的家，去为阿尔多布朗迪的事周旋。

天亮之后，官府经过调查，彻底弄清了这件案子，立刻下令释放阿尔多布朗迪；几天过后，把几个杀人犯押至肇事地点，一起斩首了。

阿尔多布朗迪得到释放之后，他，他的妻子，他的所有朋友和亲戚都欢天喜地；感谢香客的救命之恩，把他请到家中，精心服侍，求他在城里多呆些时间，特别是埃尔梅利娜，心里明白她是在求谁，所以更加殷勤。过了几天，泰达尔托认为该替他的兄弟们和阿尔多布朗迪调解一番了，因为他听说他的兄弟们由于阿尔多布朗迪无罪释放，遭人讥讽，同时又担心报复，身边常带着武器，于是他请求阿尔多布朗迪遵守以前的诺言，阿尔多布朗迪愉快地答应了。香客让他在第二天设下一席丰盛的酒宴，和他的亲戚及亲戚的女眷一起招待泰达尔托的四个兄弟和他们的妻子；香客又表示他本人愿意立刻去邀请他们出席酒宴，让双方和解。

阿尔多布朗迪对香客言听计从，于是香客便立即赶到他的四个兄弟那里，费了很多口舌，说了很多无可反驳的道理，要求他们到阿尔多布朗迪家里，求他宽恕，重新和他和解，最后终于让他们答应了。泰达尔托这才请他们明天上午到阿尔多布朗迪家去吃午饭，他们知道这出于他的一片诚意，便爽快地接受了邀请。

第二天上午吃饭之前，泰达尔托的四个兄弟身穿丧服，带着几个朋友，来到阿尔多布朗迪的家。主人早已在家里恭候。他们当着阿尔多布朗迪邀请的所有宾客的面，把武器扔到地上，走上前去听候主人发落，求他宽恕他们以前对他的得罪之处。

阿尔多布朗迪流着眼泪，亲切地接待了他们。他一一吻了他们，只说了很少的几句话把事轻轻带过，没有任何责骂，便宽恕了他们。跟在他们身后的他们的姐妹和妻子，身穿丧服，也被埃尔梅利娜太太和她的女伴们亲热地接了进去。于是，男女宾朋入席，饭菜丰盛，招待得十分周全，无可挑剔，只是由于泰达尔托的亲戚们一律穿着丧服，显得没有喜庆的气氛，所以大家言寡语少，有的人甚至想责怪香客不该出主意办这次酒席。香客也看出了这一点，觉得到了该把事情挑明的时候了，于是趁大家吃水果的时候说：

"这次酒筵，如果不缺泰达尔托，大家便会尽兴了。实际上，他一直和你们在一起，只是你们没有认出他。现在我就把他介绍给你们。"

说完，他脱掉香客的帽子和长袍，露出绿色的威尼斯大披风，大家十分惊奇，瞪着眼睛看他，长时间地辨认，可仍不敢贸然地相信他就是泰达尔托。看到这个样子，泰达尔托讲了他和他兄弟们的血缘关系，他家和阿尔多布朗迪家之间的事情和他自己的经历。他的兄弟们和其他人才信了，大家高兴得流出了眼泪，跑上前去拥抱他。在座的不管是亲戚还是非亲戚，包括女宾，也都同样地拥抱了他，只有埃尔梅利娜太太坐着没动。

阿尔多布朗迪见此，便对她说：

"这是怎么了，埃尔梅利娜？你怎么不像别的女宾一样，向泰达尔托问好呢？"

为了让大家都听见，埃尔梅利娜大声回答道：

"没有任何人比我更愿意欢迎他啦，要是能那样做，我早就那样做了；是的，我比任何人都欠他的情，正是由于他的努力，我才再次拥有了你。但是，由于上次我错把别人当成了泰达尔托来哭了一场,招来了一些风言风语,怎能让我不避些嫌疑呢。"

阿尔多布朗迪说:

"去拥抱他吧,你以为我会相信那些谣言吗?他费了很多周折,救了我的性命,这足以证明那些话是假的,我无论如何也不会相信。站起来,去拥抱他吧。"

女主人巴不得如此,赶紧听从了丈夫的话,站起身来,像别的女人一样,上前去拥抱了他,表示热烈欢迎。

阿尔多布朗迪的豁达大度使泰达尔托的兄弟们和在场的男女宾客都很满意,过去有些人听了流言蜚语,心中不免起疑,现在听了这些话,心中顿时豁然开朗。于是,在大家向他表示欢迎之后,泰达尔托扯掉他兄弟们的丧服和他的姐妹及嫂子们的丧衣,让人拿来其他衣服换上。他们换过衣服后,人们或唱歌,或跳舞,种种娱乐,不一而足。就这样,酒筵开始时有些冷清,结束时却欢声喜语。宴罢,大家兴犹未尽,又去泰达尔托家吃晚饭,十分快乐;于是,大家又在他家吃喝玩乐了好几天。

开始的几天,佛罗伦萨人把泰达尔托当成了复活的死人,总有些惊怕;还有很多人,包括他的兄弟们,心里头也有点怀疑他到底是谁;要不是一件偶然的事情使他们弄清了是谁被杀了,恐怕很长时间,他们也不敢彻底相信他呢。

事情是这样的:有一天,从卢尼吉亚纳来的几个士兵路过泰达尔托家门口,看见他便上前打招呼说:"你好,法齐乌奥洛。"

当时泰达尔托正跟他兄弟们在一起,他对他们说:

"你们把我当成别人了吧。"

这些人一听他说话的口音,真是狼狈,赶紧求他原谅,并说:

"说实话,您长得跟他一模一样,我们还没有见过有一个人跟他那样像呢。法齐乌奥洛是我们的一个兄弟,大约十五天以前来到这里,从此我们再也没有听到他的消息。本来,我们对您穿的衣服也感到奇怪,因为他和我们一样,是个雇佣兵。"

泰达尔托的大哥听见这么说,走上前去问法齐乌奥洛穿的是什么衣服,他们回答说跟他们的一样,再加上这样和那样的迹象,事情终于真相大白了,被杀的人是法齐乌奥洛,不是泰达尔托,因此,大家对泰达尔托的怀疑也就消失了。

就这样,泰达尔托既发了财,回到了家乡,又保住了他的所爱;他的情人呢,再也不会跟他闹翻;两个人自此以后,始终谨慎地享受着他们的爱情。但愿上帝也让我们享受我们的爱情吧。

## 第八则故事

> 费龙多吃了院长给他的某种药粉,被当成死人埋了;后来他被人从墓里抬出,放进一个因禁犯规教士的地窖,醒来之后,还以为自己在炼狱里;这时院长便乘机享用他的妻子,并使她怀孕了,为此才放出费龙多,让他当了孩子的父亲。

埃米莉亚的故事讲完了,没有人因其长而感到厌烦,大家都认为,像这样一个头绪纷繁、情节复杂的故事,已讲得够简练了。接着,女王便示意劳蕾塔,希望她接着讲下去,于是她讲了起来:

诸位亲爱的女郎,我现在应该讲的故事,虽然比刚才讲的表面上更像是某种虚构,但它却是真事;我是听说一个人死了,被人当成另一个人来哭泣和埋葬后,才想起这个故事来的。现在,我要说的是,一个活人如何被当成死人埋了,后来,他本人和其他很多人又如何相信他死而复活,因此,一个本该受到惩罚的坏蛋,竟被当成了圣徒来赞美。

在托斯卡纳地区,有一座修道院,它至今犹存,像我们常常看到的那样,它坐落在一个人们不太常去的地点。那里有一个修士,后来当上了院长。他除了贪色之外,在任何别的事情上倒也十分圣洁;不过,这事他做得非常机密,人们并不知道,也丝毫没有怀疑他这种毛病,所以人们一直把他当成一个正派、圣洁的人。

院长和一个叫费龙多的农民很有些交情。这个农民很有钱,但粗俗、愚蠢不堪。他之所以不让院长讨厌,是因为有时院长拿他开心,觉得有趣。由于这种交往,院长知道他娶了一个如花似玉的女人当了老婆;一来二去,他竟然火热地爱上了她,没日没夜地害起相思来。可那个费龙多,尽管头脑简单,百事不懂,偏偏又爱着他的老婆,把她看管得很严,在这一层上,倒也挺机灵的。这几乎让院长无法可想。不过,院长终究是个聪明人,他费了不少功夫,说服了费龙多带着他的妻子到修道院的花园里来玩;趁着这个机会,他在花园里和他们大谈永生的幸福和很多善男信女的事迹,说得那位太太当下就想向他忏悔,费龙多也只好同意,然后离去。

院长一见大喜,就把她领到了修道院的一个密室里。她先在院长的脚边坐下,然后说出这番话来:

"大人,如果上帝给了我一位好丈夫或者根本没有给我一个丈夫,那么,我也许还能像其他的善男信女一样很容易地接受您的教诲,走上永生之路。但我一想到费龙多是个什么样的人,一想到他的又傻又笨,就觉得自己还不如一个寡妇。可我毕竟又嫁了他,只要他活着,我就没法另找丈夫。像他这样的蠢货,却偏偏毫无道理地妒忌得要命,跟他过下去,我只能受罪,只能倒霉;所以,在我没有忏悔之前,我想谦卑地请求您在这方面给我一些指点,因为如果不能解决我的问题,忏悔呀,善行呀,对我一点用处都没有。"

这番话算是说到了院长的心坎里,他高兴极了,觉得运气已来,给他的希望打开了大门。于是他说:

"我的孩子,我相信你的话,像你这样漂亮娇嫩的姑娘竟嫁给一个白痴,当然是够烦恼的了,不过,我想他的忌妒更让人讨厌。再说,不论是哪个女人,如果有这样的丈夫,也是活受罪。但是咱们长话短说,除了用一种药治好他的忌妒外,我还真没别的建议和办法。这种药,我知道它非常灵验,也懂它的配方,只是得有个条件,我对你说的话,你千万要保守秘密。"

那女人说:

"我的神父,您甭担心,我宁可去死,也不会把您跟我说的话告诉别人。但这事究竟该怎么办呢?"

院长回答:

"我们要想治好他,必须把他送到炼狱①里去。"

"但是,"那个女人问,"他还活着,又怎能把他送到那里去呢?"

院长说:

"先让他死去不就行了,这样他就得去了。等他在那里受了很多苦,治好了忌妒的毛病,我们再诵些经文,祈求上帝让他重新回到人间。上帝会这么做的。"

那个女人说:"那我不就成了寡妇了?"

"是的,"院长答道,"不过只是一段时间而已,在这段时间内,你可千万不要另嫁他人,假如费龙多重返人间,你还得回到他那里去,如果他更加妒忌,上帝是不会答应的。"

于是她说:

"只要能治好他的这种毛病,免得我像在监狱里生活一样,我就满意了。您照您的意思办吧。"

"我会治好他的,"院长说,"不过我既然为此出了力,你该怎么回报我呢?"

"我的神父,"她说,"只要我能做得到,我什么都可以答应您。可是,我是一个女人家,对您这样的一个圣洁的人,我又能做些什么事呢?"

"夫人,"院长说,"我帮你的忙,你也得帮我的忙呀。也就是说,我准备帮你得到人生的快乐和慰藉,你也得帮我,使我的身体受益,使我的性命得救呀。"

她说:

"如果这样,我答应。"

"太好了,"院长说,"那你就把你的心,你的身子交给我吧,成全了我吧。我对你一直燃烧着爱的火焰,日夜不宁啊。"

那女的听他这样说,感到十分惊异,就对他说:

"哎哟,我的神父,这难道是您该提的事吗? 我一直相信您是位圣人,好

---

① 据天主教教义,炼狱是人的亡灵洗涤生前所犯的轻罪或已蒙宽恕的重罪及种种恶习的场所,洗净者由此可升入天堂。

啦,圣人怎么可以向求他指点的女人提出干这种事呢?"

对此,院长回答:

"我的美人儿,你用不着奇怪,不会因为这事,我的圣洁就会减上几分。因为圣洁不圣洁在于灵魂,我求你的事只不过是肉体的罪过罢了。还是别管这些吧。你的娇美妩媚有多大的威力呀,怎能叫我不爱你呢。我告诉你,你的美超过任何女子,就连看惯了天上仙女的圣人也喜欢上了你,你该感到骄傲才是呀。我尽管是位院长,可也是男人,再说你也知道,我还不老。我求你的事,对你来说也不是什么难办的,甚至你还想办呢。我对你说,等费龙多进入炼狱,我夜里就来陪你,代他给你慰藉。不会有任何人知道这事的,因为人们像你方才一样,都把我看做一个圣人,比圣人还圣人呢。请不要拒绝上帝给你的恩宠,如果你是聪明人,就答应我的请求吧,有许多女人还希望像你这样呢;此外,我还有许多漂亮值钱的首饰,我谁都舍不得给,只想给你。求你了,我的温柔的救人苦难的女人啊,救救我吧,我可是帮了你的大忙了。"

那女的低着头,既不拒绝,可又觉得答应他不太好。院长看她听了这番话,迟疑不作回答,便认为她有一半已经同意了,于是又说了好多其他的话开导她,直至她点头同意,这才作罢,不过,后来她又害羞地告诉他,只有费龙多下了炼狱之后,她才能委身从命。

院长一听大喜,赶忙说:

"我们可以很快就让他下炼狱,只要你明天或后天让他到我这里来一次,我自有道理。"

说完,他掏出一枚精美的戒指,悄悄放到她手里,然后放她离去。

那女的对这礼物,十分欢喜,心里想着,有了这个戒指,将来还会有别的什么。回去的时候,她找到她的陪伴,向她们讲述院长的功德,她们都很赞叹,就这样,她们边说边往家里走去。

过了几天,费龙多果然来到了修道院。院长一看见他,就决定动手把他送到炼狱里去。原来这位院长从莱万泰①的一个王公那里得到过一种具有神奇力量的药粉。据那个王公说,这是当年"山中长者"常用来叫人灵魂出

---

① 指沿地中海的小亚细亚地区和叙利亚。

窍、跟天国往来的一种灵药①；根据剂量的大小，可让服药的人睡得长些或短些，从没出过差错。只要有人服了它，就会跟死去一样。现在，院长拿出了那种药粉，称好了足以让费龙多睡上三天的剂量，放到一杯浊酒里，请他到房间里来喝酒。费龙多一点也不疑心，把它全喝了下去，然后院长把他引到外面的庭院里，那些修士和院长便开始拿他的蠢话开心解闷。不一会，药力起了作用，费龙多突然头昏脑涨，瞌睡起来，人还站着就睡着了，然后就摔倒在地。

院长装作十分惊慌的样子，解开他的衣服，叫人拿些凉水，洒在他的脸上，还用了种种其他的急救办法，好像费龙多得了什么绞肠痧或是什么其他的急症，晕了过去，他想让他恢复知觉，挽救他的性命似的。那些修士看到院长这样，也想尽了办法，见他毫无反应，就去摸他的脉搏，这才发现他已经死了。于是赶紧派人去把他的妻子和亲戚们叫来，他们立即赶来，大哭了一场。最后，院长决定让费龙多穿着原来的衣服，把他埋到墓里。

那女的回到家里，借口孩子年幼，不愿离家再嫁，这样，她就留下了，管教孩子和管理费龙多的财产。

当天夜里，院长悄悄爬起来，和他非常信任的一个人，前几天刚从博洛尼亚来的一个修士，把费龙多从墓里抬出来，移到一个不见一丝光线的地窖里。这地窖是给修士们准备的，犯了清规戒律的人便被关在这里。他们剥下他的衣服，给他换上一身修士的服装，把他放到一个草堆上，让他慢慢醒来。那个博洛尼亚来的修士已经从院长那里知道了要干什么，就守在那里等费龙多恢复知觉，其他的人对此事一概不知。

第二天，院长带了几个修士去慰问那个女人，走进她家，见她身穿丧服，正在哭泣。他免不了要安慰她一番，然后就悄悄求她要遵守诺言。

那女的现在没有费龙多碍手碍脚，自由自在，再加上看到院长的手指上又戴着一个漂亮的戒指，就答应了，并和他定好，让他明天晚上到她家里来。

---

① 山中长者，指中东传说中的一个王公，一伊斯兰教派的首领。灵药，指一种麻醉品，很可能是指印度大麻。据马可·波罗《游记》记载，山中长者，在两座大山之间建造了一座世界上最大最美的花园。花园里有描金的宫殿、各种果树、泉水、美酒、美食、漂亮的少男少女，他们会唱会跳……山中长者常用一种药粉把人麻翻带到这里，他们醒后，看到眼前的景色便以为自己到了天堂。

到了第二天晚上,院长穿上费龙多的衣服,由那个博洛尼亚的修士陪着,到那个女的家里,和她大事行乐,直至黎明,这才回到修道院中。从此,院长便晚出早归,干他的帮忙勾当。这样来来往往,难免不被人发现,就有人说,费龙多在那条路上飘荡,是在忏悔生前的罪恶;后来竟越传越神,乡下的那帮愚夫愚妇谈论得有声有色。费龙多的女人听人谈论,自然心里明白那是怎么一回事。

话说费龙多在地窖里醒来之后,正不知自己身在何处,这时,那个博洛尼亚的修士怒吼一声,抓起他,拿着棍子就照他没头没脑地乱揍一阵。费龙多哭喊着,一个劲地问:

"我在哪里?"

"你是在炼狱里。"修士回答。

"什么!"费龙多喊道,"我难道死了吗?"

"当然死了。"修士回答。

费龙多想到自己,想到他的妻子,想到幼儿,心里一阵难过,便大哭起来,接着便是胡言乱语。过后,修士给他带来一些吃的和喝的。

费龙多嚷道:

"什么,死人也吃东西吗?"

修士回答:

"是的。昨天早晨,有个女人,就是你的老婆,到教堂去望弥撒,好挽救你的灵魂,这些吃的是她带来的,上帝准许你享用它们。"

费龙多说:

"愿上帝赐她快乐。我生前非常非常爱她,整夜把她搂在怀里吻她,兴头一起,也还干点别的什么。"

这时,他也实在饿了,便开始吃喝。他喝了一口酒,觉得味道不十分好,就开始叫嚷:

"上帝让她伤心去吧,她怎么不把靠墙的那桶里的酒拿给神父呢?"

待他吃完之后,那修士又一把抓住他,拿起刚才的棍子,把他好一顿痛打。费龙多急得直叫:

"哎哟,你为什么这样痛打我?"

修士说:

"因为上帝命令我每天打你两次。"

"这到底是为了什么?"费龙多问。

修士回答:

"因为你娶了当地最好的女人为妻,却要妒忌。"

"唉,"费龙多说,"你说得很对,她是世上最可爱的女人,比蜜饯还要甜蜜哪。但我以前不知道上帝不喜欢男人妒忌,要是知道,就绝不会那样了。"

修士说:

"当你在世上的时候,早就该知道这点,那还能补救;有朝一日,你如果能回到阳间,请记住我的这几顿棍子,再也不要妒忌。"

费龙多问:

"什么,死人还能再回阳间?"

修士回答:

"是的,只要上帝愿意。"

"噢,"费龙多说,"只要我能回去,我会成为天下最好的丈夫;我永远不再打她,不再对她说粗鲁的话,除非像今早那样她给我送了劣酒,对了,还有她没有送蜡烛,害得我摸黑吃饭。"

修士说:

"她当然送来好些蜡烛,只是在做弥撒时全都点完了。"

"噢,"费龙多说,"你说得对,如果我回到阳间,我一定让她愿意怎么样就怎么样。不过,你得告诉我,你是谁,为什么干这个?"

修士回答:

"我也是一个死人,原来是撒丁岛人。因为生前经常鼓励我的主人妒忌,我才被罚到这里当差,给你吃喝,打你,直至上帝把你我发落到其他地方。"

费龙多问:

"这里除了咱们两个,就没别人了吗?"

修士回答:

"不,这里的鬼魂成千上万,只是你看不到他们,他们也看不到你。"

费龙多又问:

"我们离自己的家乡有多远?"

"嘿嘿,"修士答道,"那可远了,怎么算得清楚。"

"哎呀,那可远得没边了,"费龙多说,"我觉得我们都远离这个世界了。"

费龙多在地窖里呆了十个月,在里面有吃有喝,还有皮肉挨揍及像刚才那样的扯淡。在这十个月内,院长一有机会就到他的那个漂亮的老婆那里去,和她寻欢作乐,度着美妙时光。可后来,事情出了毛病:那女的怀孕了。她发现了这事,就赶忙告诉了院长。两人一商量,觉得事不宜迟,得赶紧让费龙多从炼狱里出来,回到她的身边,好说是他让她怀了孕。

第二天夜里,院长到关着费龙多的地窖,压低声音喊他,对他说:

"恭贺你,费龙多,上帝要送你回阳间了。你回去之后,你老婆将给你生个儿子,你要给他起个名字,叫他贝内戴托①,因为全靠那圣洁的院长和你妻子的祷告,还有看在圣贝内戴托的分上,上帝才给了你这样的恩宠。"

费龙多听见这话,高兴极了,他说:

"我真高兴。愿天主保佑神明,保佑我的院长,保佑圣贝内戴托,保佑我那像美餐一样可口、像蜜饯一样甜蜜的老婆吧。"

下一次在给费龙多喝酒时,院长又在酒里放了一点药粉让他睡了大约四个小时,院长和那个修士,给他换上他自己的衣服,把他抬到了开始时埋葬他的那个墓里。

第二天天快亮时,费龙多苏醒过来,从墓穴的小缝中看到了他十个月没有见到过的亮光,就开始叫了起来:"把我弄出来!把我弄出来!"同时,他还用头去顶棺材盖,盖本来没有盖严,因此没费多少劲,就被他顶开了,他便往外爬。当时修士们正在做晨祷,听到费龙多的声音,赶到墓那里一看,见费龙多正从墓里爬出来,吓得撒腿就跑,赶忙向院长报告这件怪事。院长假装刚刚做完祈祷,站起身来说:

"孩子们,不要怕,去把十字架和圣水拿来,跟我走,让我们瞧瞧万能的上帝显现的奇迹吧。"说完,他便往墓地那里走去。

费龙多由于很长时间被关在地窖里,从未见过太阳,所以面色苍白;他一见院长,便跪到他的脚下,对他说:

---

① 意为"受到祝福的人"。

"我的神父,由于上帝的启示,您的祈祷,圣贝内戴托的祈祷,我老婆的祈祷,把我从炼狱的痛苦中拉出来,重回人世。我祈求上帝保佑你年年好,月月好,今天好,明天好。"

院长说:"还是赞美万能的上帝吧。孩子,既然上帝让你还阳,快回家去安慰你的妻子吧,自从你死了之后,她一直以泪洗面呢。以后,你可要成为上帝之友和忠实的奴仆啊。"

费龙多回答:

"神父,您说得对。现在您看我怎样对待她吧。我一看见她,就会搂住她吻她,我太爱她了。"

他走后,院长和他的修士们在一起,他假装十分惊奇,以为这是奇迹,便叫大家虔诚地唱起《圣经·赞美诗》第51篇来。

再说费龙多,他回到村子,把一路上看见他的人都吓得直跑,他们就像看到什么恐怖的东西似的。他把他们叫回来,声明自己是个活人。连他的老婆看见他,也觉得害怕。

后来,人们仔细辨认,确定他是个活人,才放下心来,于是问他很多事情,问他怎样活着回来的。他居然一一作答,还给问他的人带来了他们亲戚的亡灵的消息呢。接着他自己又编造了炼狱的好多事情,讲得天花乱坠。最后,他竟然当着围观的听众,声称在他复活之前,加百列天使亲口对他说的神谕。他就这样回来和他老婆团聚,又重新掌管了他的财产,就这样使他老婆怀了孕,这当然是他的看法。事情真是凑巧,到了第九个月(乡下的那帮蠢人还以为女人就是怀胎九个月生孩子呢),他老婆生出一个男孩子,取名贝内戴托·费龙多。

人们看到费龙多行动如常,便相信了他所说的话,以为他是死而复活的人。这一来,院长的圣洁的声誉便四处传扬开来。费龙多因为曾挨了不少打,妒忌的毛病已经得到了治疗,果然像院长早先跟他老婆保证过的一样,他不再妒忌。他老婆也非常满意,像平常一样,跟他生活在一起,只是一有合适的时机,就去找院长,他呢,也总是殷勤周到地满足她越来越强的要求。

## 第九则故事

吉莱塔治好了法国国王的瘤疾,请求国王让贝特朗·德罗西利奥内做她的丈夫,他不情愿地娶了她,未跟她圆房即去佛罗伦萨。他在那里爱上一位姑娘,吉莱塔便冒充那位姑娘和他睡觉,有了两个儿子;后来他终于爱上了她,把她当成自己的妻子。

由于劳蕾塔的故事讲完了,迪奥内奥最后讲的特权又要得到尊重,女王知道该由她自己接着讲下去了,于是不等臣下的请求,便心平气和地开始说道:

有谁听到过像劳蕾塔讲得这样有声有色的故事呢?幸亏她不是第一个讲的人,否则的话,别人的故事恐怕会相形见绌呢。我真有点害怕,今天要讲的剩下那两个故事难以让诸位津津有味地听下去了。虽然如此,我还是要按我准备的给诸位讲上一个。

从前法国有一个贵族,名叫伊斯纳尔多,是罗西利奥内的伯爵。因为他体弱多病,家里常年有一个医师。这个医师名叫热拉德·德内博纳。伯爵有个独子,叫贝特朗,他长得很漂亮,也招人喜欢。他小时候常和医师的女儿吉莱塔一块玩耍;没想到吉莱塔到了情窦初开的年纪时,竟私下里疯狂地爱上了他。后来,伯爵死了,贝特朗承袭爵位,前往巴黎听国王差遣。自从他一走,吉莱塔整日郁郁寡欢,没有多久,她的父亲也去世了。她多么希望找到一个机会去巴黎看她的贝特朗呀,但是,由于她只剩下孤身一人,又继承了一笔钱财,所以受到了严格的监护,实在找不出一个合适的借口去那里。

吉莱塔到了该嫁人的年纪,可仍对贝特朗念念不忘,她的亲戚们给她做媒,说合了很多人家,都被她一口回绝了,也没说出她不想嫁人的原因。

她听说贝特朗到了巴黎之后,出落成一个美男子,越发风流潇洒了,因此她心中的爱情之火燃烧得越发猛烈。后来她又听人说,法国国王在胸口长了个瘤子,由于治疗不当变成了瘘管——这使国王心中十分烦闷,而且痛苦难当,虽经很多名医精心治疗,病情不但没有好转,反而更加恶化,从此,国王绝望了,既不想看病,也不想吃药。听到这个消息,吉莱塔十分高兴。她认为她不但能借给国王治病的机会合法地到巴黎去,而且,如果国王的病正是她想的那种,说不定会天赐良缘,让她和贝特朗结为夫妻呢。原来,她父亲生前传了很多秘方给她,她现在就按国王的病情,用一些对症的草药制成药粉,骑上马,朝巴黎进发了。

到了巴黎,她首先打听出贝特朗的下落,去看了他,然后就去见国王,求他让她给他看病。

国王看她是个年轻貌美的姑娘,不忍拒绝,就让她看了患处。看完之后,她对治好这种病胸有成竹了,就说:

"陛下,如果您让我给您治病,凭着上帝的助佑,不出八天,我就能把它治好,不让您感到痛苦,或者感到麻烦。"

国王听了她的话,觉得十分可笑,心想,"世上的名医都治不好的病,一个年轻的姑娘又懂得什么呢?"于是便感谢了她的好意,告诉她,他已经决定不再看医生了。

可那姑娘说:

"陛下,您瞧不起我的本领,大概因为我是个年轻的姑娘吧;不过我对您说,虽然我不是个精通医道的名医,可是由于上帝的助佑和我的先父,名医热拉德·德内博纳的传授,我是能治好您的病的。"

国王听了她的话,心里说:"她可能是上帝派来的吧;她既然说短期内能

治好我的病,又不叫我受什么苦,为什么不叫她试一试呢?"这样决定之后,国王便对她说:

"姑娘,如果您没有治好我的病,又让我破坏了我不再看医生的决心,您让我怎样处置您哪?"

"陛下,"姑娘回答,"请您让我治吧。如果八天之内我没治好,您就把我活活烧死;如果我治好了,您该怎么谢我呢?"

国王说:

"我看您还不曾许配人家,如果您治好了我的病,我替您寻个体面高贵的郎君吧。"

姑娘说:

"陛下,您给我配亲,我十分高兴,但是,我希望自己选个丈夫,我不会选您的儿子或王室的后代的。"

国王马上便应允了她。

姑娘开始给国王治病,用了还不到八天,就把国王的瘤疾给医好了。等国王觉得自己恢复了健康,就对姑娘说:

"姑娘,您已经赢得了一位丈夫。"

姑娘回答:

"那么,陛下,请您让贝特朗·德罗西利奥内做我的丈夫吧。我从小就非常喜欢他,直到现在,我还在爱着他。"

国王觉得把他给她作丈夫,可是件大事;不过他有话在先,不便食言,便把伯爵召来,对他说:

"贝特朗,您已经成年,且受了很好的训练,我认为您可以回去治理您的领地了;现在,我给您选了一位姑娘做妻子,你带她一起走吧。"

贝特朗问:

"陛下,这位姑娘是谁?"

国王答道:

"就是医好我的瘤疾,还我健康的那个姑娘。"

贝特朗当然认得她,而且新近还见过她一面。他虽然觉得她十分漂亮,可认为她出身低微,不能高攀贵族门第,因此,他带着蔑视的口吻说:

"陛下,您难道想让我娶一个江湖郎中为妻吗? 上帝呀,我不会要这种

女人做我的夫人的。"

国王说:

"这就是说,您想让我失信于人吗?我曾答应过那位姑娘,只要她让我恢复健康,就可选择一个人做她的丈夫,她选了你。"

"陛下,"贝特朗说,"我是您的侍臣,您可以支配我的一切,可以把您喜欢的人赐给我,但是,我坦白地对您讲,对这门亲事,我是不满意的。"

"您会满意的,"国王说,"这位姑娘聪明、美丽,她非常爱您,保证您和她在一起生活比和一位名门望族的小姐一起生活要幸福得多。"

贝特朗不再多说,国王便命人布置盛大的结婚典礼。到了定下来的日子,贝特朗不情愿地在国王面前娶了姑娘为妻,因为他更爱自己的身份。婚礼刚一结束,他就像他早已想好的那样对国王说,他要回他的领地圆房,于是向国王告别之后,上马而去,实际上他并没有回他的领地,而是到托斯卡纳去了。到了那里,他听说佛罗伦萨人正跟锡耶那①人交战,就加入了佛罗伦萨人的军队。佛罗伦萨人很高兴收留了他,并很优待他,给了他较高的饷银,委托他做了个队长。于是,他就留在军队里为他们服务了很长时间。

出了这事,新娘自然不太高兴,不过她希望他早晚有一天会回心转意,回到他的领地来。她独自来到罗西利奥内,好在那地方的人都很尊敬她,把她当成伯爵夫人看待。到了伯爵府邸,她看到由于伯爵长期不在家里,一切都搞得乱七八糟,毫无章法,于是她凭着她的智慧和勤勉,把一切事情都理得井井有条,真是一个贤慧的夫人。那些家臣仆役看到这样,都对她心悦诚服,很高兴能有这样一位伯爵夫人,都说伯爵把她丢下不管,实在是有违情理。

夫人在把领地管理得井然有序之后,派了两个骑士去向伯爵汇报,并恳求他回来;如果他因为她的原因不愿回来,也请讲明,她为了让他高兴,也可另作安排。没想伯爵固执极了,竟然说:

"家里的事,她爱怎么办就怎么办吧;我是绝不会回去和她一起生活的、除非我的这个戒指会戴在她的手上,她的怀里会抱着我的亲生儿子。"

原来伯爵有枚戒指,据说有避邪作用,所以他非常珍爱,戴在手上,时刻

---

① 锡耶那,离佛罗伦萨较近的城市,与前者同属托斯卡纳地区。

不离。

两位骑士觉得伯爵提的条件太苛刻了,他要求的那两件事几乎是无法办到的,可是怎么说也无法让他改变决定,于是便回到夫人那里,把他的意思转达给了她。夫人听了,痛苦万分,但千思万想之后,觉得如果她能依他,把他说的那两件事办到,那么她的丈夫也许会改弦易辙,回到她身边。她定下该如何办之后,便把当地的士绅和长者请来,用悲戚的语调讲述了她如何爱着伯爵,如何为了他管好家产,而他又是如何对待她的,然后告诉他们,她不愿意因伯爵长期漂泊在外而占有他的产业,宁可去朝圣,把残生献给上帝,广行善举,好拯救她的灵魂。她请求他们照看和管理伯爵的领地,并派人去通知伯爵,让他回来接管他的财产,她要出走,再也不回罗西利奥内来了。

她讲到这里,那些善良的人早已泪湿衣衫。他们一再请求她改变主意,不要离去,但无济于事。她以上帝的名义叮嘱了他们一番,然后带着伯爵的一个堂弟和一个使女,穿着香客的衣服,收拾好钱和首饰,也不告诉别人她要去哪里,就上路了,径直朝佛罗伦萨走去。到了那里,她找到一个善良的寡妇开的小客栈,像穷苦的香客似的住了下来,希望打听到她丈夫的消息。

事有凑巧,第二天她就看到了她丈夫贝特朗骑着马和他的士兵从店门口经过,虽然她认清了是他,却故意问女店主他是谁。那女店主告诉她:

"他是外方来的一位绅士,叫贝特朗,是个伯爵,讨人喜欢,又懂礼貌,在本城很受欢迎;现在,他拼命地爱上了我们一个女邻居的小姐,她出身名门,只是现在穷了。要说这位小姐,实在是位贞淑的姑娘,因为家里没有陪嫁,还没有嫁人,她和她的母亲,一个善良的老太太住在一起。如果她母亲不在了,说不定她已经让伯爵给勾搭上了。"

伯爵夫人听了这些话,心里完全明白了是怎么回事,然后又把其中的详细情况一一打听清楚,拿定了主意才去行动。她先问明那位老太太和伯爵所爱的那个姑娘,即老太太的女儿的地址和姓名,然后找了一天,穿上香客的衣服,去拜访了那母女俩,一看,她们果然十分穷苦。夫人向她们问好之后,便对老太太说,她有事想跟她商量,不知她愿意不愿意。老太太听说有事商量,就站起身来,请她到内室,让她坐下。这时,伯爵夫人说:

"老太太,我想您跟我一样,命运不好,但是,如果您愿意,并且恰巧您也

能够提供方便,那么您不但帮了我,也帮了您自己。"

老太太回答说只要有正当的办法,她岂有不愿意帮助人的道理,于是,伯爵夫人又说:

"我必须首先得到您的誓言,否则的话,我相信了您,您再把我骗了,那么您的事和我的事都办不成了。"

"这个自然喽,"老太太说,"您尽管对我讲吧,我绝不会欺骗您的。"

于是伯爵夫人便表明了自己的身份,把自己从小就爱上了伯爵,以及后来发生的一切都如实地告诉了她。老太太对这事本来就有所耳闻,又听了她讲的话,就更相信她了,对她十分同情。伯爵夫人讲完她的遭遇之后,接着又说:

"您瞧,我是多么不幸呀,如果我要我丈夫回到我身边来,我要做的那两件事有多难呀。现在我觉得除了您,没有任何人能帮助我了,因为我听说伯爵,我的丈夫,爱上了您的女儿。"

老太太回答:

"夫人,我不太清楚伯爵是否爱上了我的女儿,不过,他对我女儿倒是满殷勤的;就算有这回事,您希望我能为您做些什么呢?"

"老太太,"伯爵夫人说,"我会告诉您的。但是在告诉您之前,我先向您保证,如果您帮了我,您会得到酬劳的。我看您的女儿这样漂亮,论年纪也该找个人家了,不过我听说她现在还留在家里,是因为缺少嫁妆。将来您帮了我,我会给您一笔钱去置办嫁妆,让您的女儿风光地嫁出去,您看好不好?"

那位老太太的日子过得本来就很窘迫,听到有人资助她,怎能不高兴呢?不过,她毕竟出身于大户人家,就说:

"夫人,请您告诉我该做些什么,如果对我来说是正大光明的事,我乐意效劳,至于您说的酬劳,随您怎么办好了。"

伯爵夫人说:

"请您派一个您信任的人去向伯爵,我的丈夫传话,说是您的女儿准备和他相好,但要他办一件事证明他爱她,她才放心。她听说他有一枚戒指戴在手上,十分珍爱,如果他舍不得把戒指给她,她是不会相信他爱她的。等他把戒指送来,请您把它交给我,然后再派人对他说,您的女儿想和他欢会,让他晚上悄悄地到这里来,让我和您的女儿调包,和他睡觉。如果上帝恩宠于我,我也许会因此而怀孕。到那时,我手上戴着他的戒指,怀里抱着他的孩子,我就会重新得到他,像妻子和丈夫一样,跟他生活在一起了。这些就拜托您了。"

老太太先是觉得事关重大,怕有损女儿的名誉,但又一想,帮助一位善良的女人重新得到她的丈夫也是件好事,再说,伯爵夫人让她做的事,目的纯正,完全出于美好和忠诚的感情,便答应下来。没过几天,她就遵从伯爵夫人的指示,谨慎地和伯爵联系上了,拿到了那枚戒指(当时,伯爵还真有点舍不得给呢),让伯爵夫人冒充她的女儿和伯爵睡觉,事情安排得天衣无缝。

仿佛上帝有意要成全她,在伯爵所热切希望的最初和她的交合中,她实际上就已经怀了孕,后来足月临盆,事实证明她果然生出一对男孩来。那位老太太呢,不只一次而是很多次,让伯爵夫人享受到丈夫的欢爱,每次她都安排得十分秘密,没有露出半点风声。伯爵本人也一直没有发现他是和妻子睡觉,还以为是和他所爱的女子在一起呢;到了第二天离去的时候,伯爵常常把一些漂亮而又珍贵的首饰留给她,她都精心地保存起来。

等到伯爵夫人发觉自己怀了身孕,不愿再麻烦老太太,就对她说:

"老太太,由于上帝和您的帮助,我已经有了我希望有的东西,因此,我该回报您了,过后,我就要离开这里。"

老太太对她说,如果她的目的已经达到,她为她高兴,至于她所做的事,是应该的,是成人之美,并不是希望得到报偿。伯爵夫人就说:

"老太太,您对我真是太好了,您要什么,尽管对我提出,这也不算什么酬劳,只不过我觉得这是我应该尽的一点心意罢了,况且我也该帮助别人。"

老太太的日子也实在困难,只得有些难为情地向她开口要了一百里拉①,好给她的女儿做嫁妆。伯爵夫人见她不好意思,又听到她要求的钱数不太大,就给了她五百里拉,另外加上相同价值的一些贵重首饰;那老太太真是喜出望外,再三称谢。于是伯爵夫人向她道别,回客店去了。

老太太由于担心贝特朗再到她家里来,便随便找了个借口,和她的女儿一起搬到乡下的一个亲戚家去了。过了不久,贝特朗听家臣报告,说夫人已

---

① 里拉,当时佛罗伦萨的货币单位,现在意大利仍在采用,不过当时一里拉合一金币。

经出走,又经他们劝说,就回家乡去了。

伯爵夫人听说他离开佛罗伦萨回自己领地,十分欢喜;她自己仍留在佛罗伦萨等待分娩,后来一胎生下两个男孩,长得非常像他们的父亲。伯爵夫人精心地喂养他们,等她觉得可以动身了,便上了路,悄悄地来到蒙佩叶①,休息了几天。在那里,她探听到伯爵在万圣节那天要在罗西利奥内举行庆典,欢宴当地的贵妇和骑士,于是她又穿上香客的服装,回到家里。

当时贵妇和骑士们正聚集在伯爵的府邸里,准备入席,她也没换衣服,怀里抱着两个儿子,在人群中看到伯爵,便挤了过去,扑在他的脚下,哭诉道:

"我的夫君,我是你那苦命的妻子,为了让你回家住下,我宁可一人可怜地长期飘泊在外。现在,看在上帝的面上,我恳求你遵守上次你让那两个骑士给我带来的诺言吧,因为你提出的条件,我办到了:我怀里不只有你的一个儿子,而是两个;瞧,这是你的戒指。按照你的承诺,我找你的时间到了,你也该认我为妻了。"

伯爵听了她的话顿时愣住了;他看看那枚戒指,认了出来,又看看那两个孩子,果然跟他十分相像,于是就问:

"这到底是怎么回事?"

于是伯爵夫人便原原本本地把事情讲述了一遍,伯爵和其他所有在场的人,听了无不感到惊奇。伯爵知道她讲的全是实情,觉得她既坚韧不拔,又有智慧,再看到他的那两个小儿子是如此可爱,为了遵守诺言,也为了让骑士和贵妇们高兴——他们所有人都请求他接纳她,给她伯爵夫人的尊称,认她为合法妻子——他便不再固执,把她从他的脚下扶起,拥抱她,吻她,承认她为合法妻子,那两个孩子为合法子嗣;然后又请她换过衣服,以伯爵夫人的身份和大家相见。在座的人,甚至于听到这事的伯爵的所有臣民,都十分高兴,因此,不仅那天庆祝了一整天,而且接连又是几天盛宴。从那以后,伯爵一直守着她,尊她为夫人,非常爱她。

---

① 法国的一个城市。

## 第十则故事

阿莉贝成为隐居者后,遇上修士鲁斯蒂科,他教她怎样把魔鬼关进地狱。后来阿莉贝被人找回,嫁给内尔巴莱为妻。

迪奥内奥认真地听着女王讲述故事。女王讲完之后,只剩下他一人还没有讲,因此不待别人吩咐,便含笑讲了起来:

诸位可爱的女郎,你们可能从未听说过魔鬼是怎么被放进地狱里去的吧,现在我就告诉你们;好在我讲的跟诸位今天一天所讲的故事离题不远,也许诸位听了之后,能把握住它的精髓,明白这样的事理:爱神虽说更喜欢光顾贵族的琼楼玉阁,而较少逗留在穷人的茅屋小舍,但这并不是说,他不会偶尔地也在茂密的幽林、陡峭的山峦、荒蛮的洞穴显示一下他的威力;我们要知道,人类万物完全可能受爱情力量的主宰。

好吧,现在让我言归正传。从前,在巴巴利的加夫萨城①,有一位富人,在他的众多子女中,有个美丽端庄的女儿,叫做阿莉贝。她本不是基督教教徒,可听城里的好多基督徒都赞美基督教的信仰,崇敬天主,也就生了仰慕之心。有一天,她向一位教徒请教,问他人们该如何侍奉上帝而不受世俗之

---

① 突尼斯的一个城市。

事的干扰。这个人就告诉她,侍奉上帝最好的办法,是像逃到荒无人烟的沙漠中去修行的隐士们一样,摒弃一切世俗的事务。

这位小姑娘才十四岁左右,头脑非常简单,听了这话,其实也不是由于什么基督教信仰,而是由于一种幼稚的冲动,便在第二天早晨,孤身一人,悄悄地向泰巴伊达沙漠进发,也没有告诉任何人。她凭着那种冲动的力量,经受了不少饥饿之苦,几天以后,终于来到了一片荒漠地区。她看到远处有一个小茅屋,就朝那里走去,在门口遇到一个圣洁的人。那个人没想到会在这里看到一个小姑娘,就问她来这里做什么。她回答说,她受了上帝的感召,来寻求侍奉天主和一位能指导她如何侍奉天主的人。

那人见她又年轻又漂亮,担心一旦收留了她会引来魔鬼的诱惑,所以先赞扬了她的坚定志向,拿出了一些草根、野果和椰枣给她吃,又倒了一点清水给她喝,然后对她说:

"我的孩子,离这里不远,有位圣洁的修士,他比我在侍奉天主方面可强多了,你去找他吧。"说完就打发她上路。

等她到了那位修士那里,得到的回答竟跟第一个修士的话一模一样,她只得再往前走去。后来,她遇到一个叫做鲁斯蒂科的年轻、虔诚、和善的隐修士,便把自己的来意跟他说了。这位想试试自己对宗教的坚定信仰,所以没有像前两位那样把她打发走,竟收留了她,让她和自己一起住到了他的小棚子里。到了晚上,他把一些棕榈树叶铺在地上,就算是床,让她睡在上面。

这样安排好了之后,没过多久,肉欲的引诱就开始向他的宗教力量进攻了。他这才知道他是自己骗自己,根本经不起魔鬼的几番猛攻,只得低头认输。什么圣洁的思想、祈祷、禁律,全让他丢到脑后,开始一心思量她是如何年轻貌美,又用什么手段、通过什么途径把她搞到手,既满足自己的欲望,又不让她看出他是一个淫荡的人。他先问了她几句话,发现她还没有跟男人有过交往,就像她表现出的那样,十分单纯,因而他想借让她侍奉天主为名,来满足他自己的欲望。一开始,他向她大讲特讲魔鬼如何是天主的敌人,接着就让她明白,侍奉天主,讨他欢心的,便是把魔鬼重新放到天主惩罚它的地狱里。

那姑娘便问如何送进去,鲁斯蒂科说:

"你马上就会明白的,这样吧,你看着我,我怎么做,你就怎么做。"说完,他就把身上穿的很少的几件衣服脱下,浑身上下赤条条的。那姑娘也跟他学,把穿的衣服剥了个精光。于是,鲁斯蒂科跪在地下,装作祈祷的样子,同时也让那姑娘和他面对面地跪下。

他们就这样跪着。鲁斯蒂科看着那姑娘如此美丽诱人的胴体,欲望就燃烧起来,那块肉也活动起来;阿莉贝看到这样,便惊奇地问:

"鲁斯蒂科,我看见你下身有个直挺挺的东西,它是什么呀,我怎么没有呢?"

"我的孩子,"鲁斯蒂科说,"这就是我跟你讲过的魔鬼呀,你看,它让我极为痛苦,我都快受不了啦。"

"噢,赞美天主,"那姑娘说,"我看,我可比你强多了,我就没有那种魔鬼。"

鲁斯蒂科说:"你说的不错,你身上是没有长着魔鬼,但有一件我没有的东西。"

阿莉贝就说:

"那是什么东西呀?"

鲁斯蒂科回答:

"你有一个地狱。我相信上帝派你到这里来,是为了拯救我的灵魂,因为我的这个魔鬼把我害苦了。如果你可怜我,就让我把这个魔鬼关进你的地狱里去吧,那你就给了我极大的安慰,同时也算做了一件功德之事,会叫上帝高兴的。再说,你来这里的目的不就是为了侍奉上帝吗?"

那个虔诚的姑娘说:

"噢,我的神父,既然地狱在我身上,那么你高兴什么时候就什么时候把魔鬼关进去吧。"

鲁斯蒂科说:

"我的孩子,愿上帝祝福你。现在就让我们去把它关到地狱里去吧,省得它让我难受了。"

说完,他就把姑娘引到一个小床上,教她怎样躺好,以便把遭天主谴责的那个魔鬼关进去。

那姑娘的地狱从来没有关过魔鬼,开始时难免有点疼痛,于是她对鲁斯蒂科说:

"我的神父,这个魔鬼真是邪恶的东西,真是天主的敌人,就连把它关进地狱时,它还要伤人,真应该惩罚它。"

鲁斯蒂科说:

"孩子,它以后就不会这样凶恶了。"

为了制服这个魔鬼,鲁斯蒂科把它连续打入了地狱六次,直到它不再昂首怒视,才下床休息。

在以后的几天里,他又多次把魔鬼打入地狱,每次那姑娘都顺从地接纳了它。时间一长,她竟开始喜欢起这种游戏来了,于是她对鲁斯蒂科说:

"我想,加夫萨城的人说得对,侍奉上帝可真是件快乐的事情。回想一下我做过的事,我觉得没有哪一件事比把魔鬼放入地狱里更让我舒服和快乐的了。我认为,那些不去侍奉天主而去干别的事的人,真是太愚蠢了。"

所以,她常常让鲁斯蒂科去干那件事。她对他说:

"我的神父,我到这里来是为了侍奉天主,不是为了闲逛的,让我们去把魔鬼放进地狱里吧。"

事情完后,她又说:

"鲁斯蒂科,我不明白为什么魔鬼还要从地狱里溜出来,如果它留在里面,我就像地狱那样愿意接受和容纳它,它还是永远不溜出来吧。"

就这样,那姑娘不断地要求鲁斯蒂科和她一起侍奉天主,讨天主喜欢,以至于把修士的身子都掏空了,当别人流汗的时候,他还感到冷呢。因此,他对姑娘说,既然魔鬼已被制服,不能再昂首怒视,那么不必再惩罚它,把它放进地狱里去了。"由于上帝的恩宠,我们已经打掉了它的嚣张气焰,它正请求上帝饶恕呢。"这总算叫那姑娘安静了几天。

过了一阵,那姑娘见鲁斯蒂科不再求她把魔鬼关进地狱里,有一天便对他说:

"鲁斯蒂科,或许你的魔鬼已经受了惩罚,不再纠缠你,可我的地狱却闹腾呢。你还是干点好事,让你的魔鬼来救救我地狱的急吧,就像原先我的地狱帮助你制服魔鬼一样。"

由于鲁斯蒂科吃的是草根,喝的是清水,实在是不能满足她的要求,只得向她解释说,为了平息地狱的火焰,需要很多很多魔鬼呢,他只能干他能干的事。因此,他只是偶尔地满足她一下,次数是如此之少,就像一颗豆扔到狮子嘴里一样,怎能让她吃饱呢,所以那姑娘觉得不能尽力服侍天主,嘴里常出怨言。

正当鲁斯蒂科的魔鬼和阿莉贝的地狱——一个已经疲软,一个要求过高——发生矛盾的时候,加夫萨城着了一场大火,在这场大火中,阿莉贝的父亲和她的兄弟们,还有她的亲族都烧死了,这样一来,阿莉贝便成了惟一的家产继承人。城里有个叫内尔巴莱的青年,他吃喝嫖赌,把家财挥霍一空,听说阿莉贝还活着,就四处找她,竟然在官府还没有把她父亲的家产作为无人继承的家产充公之前找到了她,把她领走了。当时她心里老大不愿意,可鲁斯蒂科却总算松了一口气。内尔巴莱把她领到了加夫萨城,娶了她做妻子,这样,他和她一起便成了巨额财产的继承人。在他和阿莉贝还没有同房之前,城里的女人们问阿莉贝在沙漠里是如何侍奉天主的,她就回答说是把魔鬼放进地狱里去,内尔巴莱把她硬带到这里来,使她不能再这样侍奉天主,真是缺了大德。

女人们又问她:

"怎样才能把魔鬼送进地狱里去呢?"

她就连说带比画地向她们演示了一番。她们听了,个个笑得前仰后翻,边笑边对她说:

"孩子,你不用难过,这里的人都会干这事,内尔巴莱也会这样和你一起侍奉天主的。"

后来,这事便被当成了笑谈传遍了全城,竟变成了一句口头语:侍奉天主最好的办法,就是把魔鬼送进地狱里去。再后来,这句话飘洋过海,传到我们这儿,至今还在流传呢。

年轻的女郎们,诸位要想得到上帝的恩宠,赶紧学会把魔鬼关进地狱里去吧,因为这不但让天主高兴,而且男女双方从中还可获得快乐,妙不可言呢。

迪奥内奥的故事讲得如此之妙,以至于笑坏了那七个纯洁的女郎,她们笑啊,笑啊,有上千次之多。等他把故事说完,女王知道她的任期已满,便从头上摘下桂冠,很高兴地戴在菲洛斯特拉托的头上,对他说:

"让我们看看这头公狼领导我们这群羔羊,是不是比我们这群羔羊领导这群公狼要强。"

听了这话,菲洛斯特拉托笑着说:

"如果大家信得过我,那狼早就教会羔羊怎么把魔鬼放进地狱里去了,绝对比鲁斯蒂科教阿莉贝要教得好,你们不要叫我们狼,你们也不是羔羊。不管怎么,现在既然轮到我做国王,我一定尽力领导好。"

内伊菲莱插话道:

"听好,菲洛斯特拉托,如果你们要教我们,首先得学聪明点,就像玛塞托·达兰波雷基奥领教了修女们的厉害学聪明了一样,否则,还是到了你们骨瘦如柴,只剩下一副骷髅时再说话吧。"

菲洛斯特拉托见自己的话比不过女郎们的机巧锋利,就不再取笑,开始管理王政。他把管家召来,查问了一下该做的所有事情,还作了些别的指示,目的无非是在他的任期内让伙伴们过得满意;然后他转身对女郎们说:

"可爱的女郎们,我还知道好歹,但不幸的是,我爱上了你们中间的一位美人,从此成了爱情的奴隶。我对她屈身俯就,百依百顺,尽力讨好,却好事难成,先是被抛弃,接着她又跟了别人,对我来说真是雪上加霜,我恐怕是要终生痛苦了。所以我想明天的题材,只能以我的事为例,讲些结局悲惨的爱情故事。我早就知道我会有一个不幸的结局,你们叫我菲洛斯特拉托①,由此就知道,给我取的这个名字是有道理的。"

说完这些,他站了起来,让大家自由活动,到吃晚饭时再集合。

花园是这样美丽,这样叫人赏心悦目,大家都不忍离去,因为再没有地方比这里更令人愉快的了。这时太阳已经西斜,不再那么炎热,有几个人就去追赶小鹿、小兔和小动物,因为它们总是在他们坐地的周围蹦蹦跳跳,有点让人讨厌。迪奥内奥和菲亚梅塔开始唱起《古列尔莫阁下和维尔吉乌的女子》②这首歌来,菲洛梅塔和潘菲洛开始下棋,总之各有各的消遣,这样,时间一晃而过,不知不觉就到了吃晚饭的时间。饭桌就放在美丽的喷泉旁边,大家高高兴兴地吃了晚饭。

---

① 菲洛斯特拉托这个名字在希腊文中意味着"喜欢战争的人",但作者在这里要指出的这个词的意义是"为争取爱情而死的人"。

② 这是当时流行的一首情歌,它源于法国的一首情诗。

吃完之后,菲洛斯特拉托按照前几位女王立下的规矩,命令劳蕾塔跳舞唱歌。劳蕾塔说:

"我的君王,别人的歌我不会唱,我也想不起我有什么歌能配得上这良辰美景,让大家高兴;如果你们硬让我唱的话,我就唱一首我记得的歌吧。"

国王说:

"没有任何东西比你的歌声更美丽动听的了,你就拣你记得的,尽管唱吧。"

于是劳蕾塔便唱了起来,其他的女郎们应和着。她的声音十分甜蜜,不过略带一些伤感的味道。

没有任何一位姑娘,
像我这样痛苦忧伤,
相思而又无望!

那运转日月星辰的上帝,
根据他的意愿,
把我造得如此婀娜多姿,空灵美丽,
为的是让每一个看到我的男子啊,
都抛掉高贵的矜持,
向我表示爱慕之情,
可那帮浑身毛病的小人,
却对我恶眼相向,
瞧不起我,甚至把我侮弄。

想我青春年少时,
有位男子把我搂在怀里,一往情深,
他一望我的眼睛,便爱火燃烧,
时间如穿梭流水,
他哪一天不对我情意绵绵,
我也心旌儿摇荡,

真心把他回报,
但现在他已不复存在,
撇下我心碎地孤身一人!

后来一个粗暴傲慢的男人来到我面前,
可他却自认为儒雅高贵,
他占了我的身子,
还要无端妒忌,
这日子可怎么过,
我实在是想不通,
像我这样的天生尤物,
来到世上本为了颠倒众生,
怎能让他一人单独占用!

我永远诅咒我的不幸,
死了情郎哥还要嫁人,
真不该脱下素色的服装,
换上艳丽的衣裙,
你看我表面高兴,
心里却痛苦难熬,
噢,倒霉的婚姻,
我要是在没有举行结婚仪式之前,
早早地死了,岂不更好。

噢,我的情郎哥呀,
我的初恋,
我的欢娱,
现在你已升入天堂,
站在上帝面前,
请你可怜可怜我吧,

我怎能把你忘怀,去和别人相爱,
让我再燃起往日的情焰吧,
我祈祷着早日和你相见。

唱到这里,劳蕾塔的歌止住了。大家发现对这首歌,各自的体会都不相同。有的按照米兰人的谚言"宁可做蠢猪,也不做美女"去品味,以为红颜薄命;有的了解她的真正心意,有着更高妙的解释,这里便没有必要多谈了。

歌声过后,国王命令点起火炬,大家坐在草地上和鲜花周围,唱起别的歌儿,直至星群西坠。国王觉得到了睡觉的时候了,便跟大家道了夜安,让大家回房安歇去了。

# 第四天

> 《十日谈》第三天结束,第四天由此开始。菲洛斯特拉托担任国王。大家讲的都是结局不幸的爱情故事。

最亲爱的淑女们,根据有识之士的见解,又据我常常看到的很多事情和读到的很多书籍,我总是认为妒忌的风暴和火焰只会袭击危楼高塔或大树的顶端,可是我发现我的想法大错特错了。为了躲避妒忌的风暴的袭击,我不只逃到平地,而且还不得不藏到无人问津和幽深隐秘的山谷。读过这几篇故事的人都可以发现,这些故事是用通俗的佛罗伦萨方言写成的,而且用的还是散文,它们不但没有一个像样的标题,甚至文风也尽力卑下粗俗。可是,这一切都没能让我躲过妒忌的狂风,它无情地吹着,吹得我浑身摇晃,站不稳脚跟;也没能让我躲过妒忌的狂咬,咬得我遍体鳞伤,奄奄一息。到了这时,我才真正明白了智者们常说的一句话:在这个世界上,只有遭受不幸,才不会惹人忌恨。

圣明的淑女们,你们有些人读完这些故事,说我过分偏爱你们,要讨你们喜欢,给你们以安慰,实在有失体统;有些人则说得更糟,怪我巴结迎奉你们。另外一些人虽然想说得较为自然,实际上却指责我这样一把年纪还在谈风论月,迎合妇道人家的心思。还有很多人假装关心我的名誉,劝我明智地和住在希腊帕尔纳索山上的文艺女神缪斯呆在一起,不要在你们中间厮混,胡编乱造些故事。

更有甚者,有些人讲的,与其说是至理名言,倒不如说是让人讨厌的闲言碎语。他们说我应当更加深谋远虑地去设法挣到面包,不应该任性地东拉西扯,去喝西北风。还有另一些人竭力证明,我给你们讲的故事,全是我绞尽脑汁凭空编造出来的,与事实根本不符。

尊贵的淑女们,我为你们服务,为你们奋斗,却招来如此之多的人,如此之大的阴风,如此锋利的牙齿,如此之多的锋利目光,要把我打倒、欺凌,甚至要把我活剥了才雪恨。上苍明鉴,对这些,我听着、玩味着,心里平静。当然,说到防护,我还得仰仗你们支持,但我绝不会吝惜我的精力,即使我不能合适而有力地回击他们,也要批驳他们一番,好叫我耳根清净;因为我的故事还未讲够三分之一,就有很多狂妄的人指手画脚,我要是不先批驳他们,他们便会更加嚣张,使我没法把故事讲完,如果真到了这种地步,任凭你们有多大力量,也无济于事了。

在批驳他们之前,作为自己的辩护,我想讲一个并非完整的故事,目的是不要让人们把我讲的这个故事和我们如此可爱的伙伴们①讲的那些故事相混,也就是说,由于我讲的故事有头无尾,它不会和那些故事没有区别。我讲的这个故事是针对那些攻击我的人的。现在我就开始讲吧。

从前,在我们这座城市里有一个人,名字叫菲利波·巴尔杜奇。他虽出身卑微,但手里却很有些钱财,也懂得安身立命的道理。他有一个妻子,两人相亲相爱,互相体贴,夫唱妇随,从来没有为任何事红过脸。但人生死有命,他那位贤慧的太太后来去世了,只留给了他一个两岁的亲生儿子。

对于爱妻之死,菲利波极度痛苦,逾于常人。从此,他觉得失去伴侣孤零零地活在世上实在是没有意思,便决定抛弃尘世,带上他的小儿子去修行,去侍奉天主。他把他的所有东西都捐献给宗教的慈善机构后,便带着儿子来到了阿西拿伊奥山②山上,找到一间小房,和他的儿子住了下来,靠布施、斋戒和祈祷度日。他对他的儿子,非常留心,既不跟他提到尘世,也不让他看到,惟恐扰乱了他侍奉天主之心,只是和他谈论永生的荣耀、天主和圣徒的光荣,只是教给他神圣的祈祷词这一类事情。父子俩就这样在山上住了好多年。那孩子也从未离开过那间小房,除了他父亲,也没有见过任何人。

根据需要,善良的菲利波也偶尔下山几次,到佛罗伦萨去向善男信女们讨些布施,然后再回到山上的小屋来。

时光荏苒,菲利波已是个老人,那孩子也十八岁了。有一天,菲利波正

---

① 伙伴们,指书中讲故事的十个男女。
② 阿西拿伊奥山,今名为塞纳里奥山,在佛罗伦萨附近。

要下山,那孩子问他到哪里去。他回答完了,他孩子就问他:

"父亲,您年事已高,不便再受累了,何不把我带到佛罗伦萨,让我认识一下您的朋友和天主的信徒呢?我现在年轻力壮,比您耐得了苦累,以后您有什么需要,派我去佛罗伦萨,您留在这里休息不更好吗?"

善良的老人想,现在这孩子已长大了,也习惯了侍奉天主,世俗的浮华恐怕也难以让他迷失本性了,于是便对自己说:"这孩子说的不错。"第二次下山时,果然带了他同行。

在佛罗伦萨,那小伙子看到全城都是些宫殿、邸宅、教堂等等东西,因为他从未见过,不免十分惊奇,一个劲儿问他父亲那些东西是什么,叫什么名字。

他父亲便给他解释,他听了十分高兴,便又提出另一个问题。就这样,儿子问,父亲答,一路走着。可事有凑巧,他们遇到一队衣着华丽、年轻貌美的姑娘,她们刚刚参加过婚礼回来。那小伙子一看见她们,就问父亲她们是什么。

他父亲回答:

"我的孩子,快低头眼睛看着地面,不要瞧她们,她们不是好东西。"

小伙子便问:

"她们到底叫什么?"

他父亲担心会引起小伙子的邪恶的肉欲,便没有告诉他她们的真正名字,即女人,而是说:

"她们叫母鹅。"

小伙子平生哪里见过这样奇妙的东西!于是对他看到过的宫殿呀、牛呀、马呀、驴呀、钱呀,都不再关心,而是脱口而出地说:

"父亲,您让我带一只母鹅回去吧。"

"唉,我的儿子,"父亲说,"你别闹了,她们不是好东西。"

小伙子问:

"噢,坏东西就是这样的吗?"

"是的。"父亲回答。

那小伙子却说:

"我不知您说的是什么话,也不明白她们为什么是坏东西;对我来说,我还从没有看到过这样漂亮、这样讨人爱的东西呢。她们比您给我看的那些天使的画像还要好看呢。看在老天爷的面上,如果您还疼爱我,让我们想个法子,把那些母鹅里的一个带回去吧,我想喂它。"

父亲说:

"我可不愿意,你也不知道怎样喂它们。"这时,那老人才知道,自然的力量比他的精心教诲可强多了,直后悔把他带到佛罗伦萨来。

现在,我不想把这个故事讲下去了,我讲的也足够反驳那些人了。

年轻的女郎们,有些非难我的人指责我错了,说我费尽心机地想讨好你们,过分地喜欢你们。我对此公开地承认,你们使我快乐,我也极力要博取你们的欢心,我现在要问问这些人,这有什么奇怪的?温柔的淑女们,且不说你们让我们领略到多少甜蜜的亲吻,热情的拥抱,甚至是销魂的枕席,就只说我们看到过和仍在看到的你们美丽的服装,娇美的面庞,优雅的举止,还有那女性的高贵,就足以让我这样做了。刚才我们已经看到,一个在远离尘世的深山里长大的小伙子,他的足迹从未越出那小屋一步,除了他父亲,再也没有别的伴侣,可他一旦下山看到你们,就只想着你们,渴望得到你们,要把他的爱慕之情奉献给你们。

如果一个小隐士,一个还没有开化的小伙子,一个近似于野人的青年,觉得你们比任何其他东西都可爱,那么为什么这帮人却因为我喜欢你们,讨你们欢心而恨不得咬我、撕裂我呢?我天生是个情种,从小时起,我就准备把我的灵魂和身体全部献给你们,那都是由于我感受到了你们明媚的目光,柔情的蜜语的力量和温柔的叹息所点燃起的火焰呀。说实在的,那些不爱你们,也不希望被你们所爱的家伙,哪里还算得上是人,他们感受不到,也根本不懂得这种自然的感情,却来咒骂我,对他们,我真是不屑一顾。

还有些人对我的年纪说三道四,这表明他们根本不懂得葱儿白首,可叶梢常青。不过,还是笑话少谈,让我正经地回答他们:直到我生命的终结,我都不会认为侍奉女性是件不光彩的事情,就连已过中年的圭多·卡瓦尔坎蒂①和但丁,已到晚年的奇诺·达皮斯托亚②,也都推崇你们,以侍奉你们为荣。

---

①② 意大利13世纪末、14世纪初的诗人,"温柔新诗体"的代表人物。

要不是担心离开论辩的一般规则,我真想从历史中引证出很多有名的古人,他们到了晚年还一心讨女子的欢心呢。那些指责我的人,如果对此毫无所知,那就赶紧走开,去翻翻历史典籍吧。有人说我还是要和帕尔纳索山的缪斯女神们呆在一起的好,这是个好建议,但我们没法和她住在一起,她们也不可能和我们凡人做伴,如果有人愿意离开女神,去看一下跟女神类似的人儿,难道这不是一件快意的事情,这又有什么值得责怪呢。缪斯女神们也是女人,世上的女人虽然不能和她们相比,但世上女人的模样,一眼看去,还是跟她们相似的。抛开我喜欢她们的别的原因不说,单凭这一点,我就应讨她们的欢心。不是说女人们是已经让我写出千行诗句的动因,而缪斯女神们不是;缪斯女神们帮助我,指导我写出了它们。可能在写这些东西时,这些东西虽然算不上什么,她们也会常常降临到我身边帮助我,也许是因为女人们跟她们相像的原因,我才会有这样的荣幸吧。所以,在编这些故事时,并不像许多人猜想的那样,我远离了缪斯女神和帕尔纳索山。

对那些担心我会挨饿,劝我去挣面包的人,我还能说什么呢?真的,我不知该讲什么,不过我倒是想,有朝一日如果我向他们乞食面包时,他们会怎样回答。我觉得他们可能会说:"到你的故事里去找面包吧。"是的,过去的诗人能在他们的作品中,比富人在他们的财宝中找到更多的面包。他们努力地写作,声名永存,而那些贪得无厌、只知道面包越多越好的人却往往不得善终。我还能说什么呢?要是真有一天我向他们讨面包,那就让他们把我赶走好了。感谢天主,现在我还不缺面包,如果有那么一天我吃了上餐没下餐,那我也能像保罗一样,能够饱足,能够忍饥①;所以,这只是我的事情,任何人也不用为我操心。

有人说我写的这些故事不合事实,我倒是高兴让他们去弄清来龙去脉,如果我写的是胡编乱造,我愿意承认他们的指责是对的,也将尽力去纠正自己。但是在他们光这样说而提不出事实之前,我不会理睬他们的意见,而是按自己的意见去办,拿他们说我的话回敬他们。

现在,我想,用这些话来回敬他们已经足够了。最温柔的女郎们,凭着

---

① 参看《圣经·新约·斐理伯书》第4章第12句话:"我也知道受穷,也知道享受,在各样事上和各种境遇中,或饱足,或饥饿,或富裕,或贫乏,我都得了秘诀。"

天主的助佑和你们的支持，不管暴风刮得多么猛烈，我都将转过身去，持之以恒地进行我已经开始的工作，因为我看出，我决不会比暴风中尘埃的结局更糟，不管它被卷上半空或停留在地面，不管它是否被扬到高空，又落到人们的头上，落到帝王的王冠上，有时还落到宫殿和高塔之上；就是那埃尘从高处落下来，也不会再落到比原来更低的地方。

再说，我早就准备把我所有的力量奉献给你们，事事讨你们欢心，现在则更加坚定，因为我知道，我和那些有理性的人只能这样做，我们爱你们，这完全是出于天性。要是想和这种法则，即和这种天性作对，倒真是需要花费极大的力气呢。不过这常常没有一点儿用，到头来只能损失更重。

我承认，我没有那么大的力量，也不希望有；即使我有，我也要借给别人，绝不自己使用。那些诽谤我的人总该住口了吧，如果他们无动于衷、麻木不仁，就让他们冷冰冰地生活一辈子吧。他们可以去找他们的乐趣（不过，这只能是腐败的嗜好），但也得让我去找我的乐趣呀。

美丽的女郎们，我们扯得太远了，让我们打住，言归正传吧。

太阳已经赶走了天上的星星，吹散了夜间阴暗的潮湿地气，这时，菲洛斯特拉托已经起床，接着便把大家都喊了起来，于是大家来到花园玩耍、散心。这天的午饭仍安排在昨天吃饭的地点。午饭过后，大家睡了一会儿，醒来时太阳已经西斜，于是又照常来到美丽的喷泉旁坐下。

菲洛斯特拉托命令菲亚梅塔首先开始讲一个故事，她并没有推辞，便柔声细语地讲了如下的一个故事。

## 第一则故事

> 萨莱尔诺亲王坦科雷迪杀死他女儿的情人,把心脏取出,放入金杯,送给他女儿;她把一种毒液倒在那颗心脏上,然后和泪饮下死去。

今天,我们的国王指定我们要讲些悲惨的事情,我们不能不讲。他可能是想这几天我们太逍遥自在了,需要听听别人的痛苦,好叫我们生出同情心来;也可能是由于我们这几天太快活了,想改变一下话题。不管怎样,我不能违背他的旨意,所以给大家讲一个令人同情,甚至是凄惨的故事,保证让你们流出苦泪来。

萨莱尔诺①的坦科雷迪亲王本是个宽厚、仁慈的王爷,可到了晚年,手上却沾满了一对情侣的鲜血;虽说在他的一生中,他只有过一个女儿,但如果没有这个女儿,他的晚年可能会更幸福些。

亲王作为父亲,对他的女儿百般疼爱,要说疼爱的程度,自古以来,当父亲的也只能这样了。由于这种疼爱,他竟舍不得放女儿离开他,让她出嫁,只是到了她该结婚的许多年之后,才把她嫁给了卡普阿大公的一个儿子。后来,她丈夫死了,成了寡妇,就又回到她父亲身边。当时,她正值青春年

---

① 萨莱尔诺,意大利南方的一个城市,靠近那不勒斯,现属坎帕尼亚大区。

华,身段漂亮,面目娇美,比起其他女子来,堪称绝色,不但如此,她还才思过人,只可惜做了个女人。她住在父亲的宫里,过着贵妇人的豪华生活,又看到他父亲十分爱她,根本不想让她再嫁,所以她对这种正当的要求也不好开口,只是想如果有可能的话,她会找一个合适的男子做她的情人。

像我们在很多宫廷里所见到的那样,在她父亲的宫廷里也有很多人经常进进出出,她仔细地考察了他们的行为举止之后,发现了他们当中有一位年轻的侍臣,名叫圭斯卡尔多;他是本地人,虽说出身低微,但他的道德和举止比起其他人要高贵得多。她对他甚是中意,竟悄悄地爱上了他,而且由于经常看到他,常常欣赏他的举止,爱火就燃烧得越发猛烈了。那小伙子也并非傻瓜,很快就看出了她的心意,不觉也动了心,除了爱她,脑子里什么都不想了。

既然两个人相爱了,可又没有公开挑明,那年轻的郡主就一心想着和他幽会,可她又不敢把她的爱意托人向他讲明;后来,她终于想出了一个别出心裁的主意。她给他写了一封信,教他第二天怎样和她相会,然后把信藏到一根空心的竹竿里,交给圭斯卡尔多,对他说:"今晚你把它交给你的女仆作吹风筒用吧,她用它保管把火烧得更旺呢。"

圭斯卡尔多接过竹竿,心想郡主不会无缘无故地送给他这类东西,而且说出这样的话来。他回到家后便查看竹竿,发现上面有一道缝,打开一看,里面有一封信。他急忙读了起来,明白了他该做什么,心里别提有多高兴了。于是他作好准备,按她信里教他的办法,要去和她幽会。

亲王住的宫室附近有一座山,山上有一个很多很多年前挖的石室;山腰上有一条隧道,透着微光,直通那间石室。那石室早已废弃不用,所以那隧道的出口几乎被山上长的荆棘杂草塞住了。在那间石室里,有一道秘密的石阶,直通宫室的一个房间,郡主就住在那里。在那间房和石阶之间,有一道非常结实的门,打开门,就能走进郡主的房间了。由于那石阶很久以来一直没有人使用,大家早已把它给忘了,可是没有什么秘密能逃过情人的眼睛,爱神让这位多情的郡主记起来了。

她悄悄地找来几件工具,背着别人,亲自动手,费了好大力气,终于把那扇门打开了。她登上石阶,找到了山洞的入口处,然后把隧道的地形,洞口离地多高都画下来,写在信上交给了圭斯卡尔多,叫他来找她。圭斯卡尔多立即准备了一条绳子,在中间打了许多结和活扣,以便爬上爬下。第二天晚上,他穿了件皮衣,免得叫荆棘刺伤和让别人听到声响,就一个人来到山脚下,找到山洞,把绳子的一个活扣套在一棵结实的树上,顺着绳子降落到山洞里,在那里等待他的情人。

第二天,郡主假说要午睡,把侍女们全打发走了,然后把她的房门锁上,打开那道暗门,独自一人沿着石阶来到山洞里,果然看见圭斯卡尔多等在那里。两人一见面,彼此十分惊喜。郡主把他引到自己的卧室,两人在房间里一起呆了很长时间,那莫大的快乐自不待言。分手时,两人相互叮咛,一定要谨慎行事,不能让别人发现他们的幽会。圭斯卡尔多走后,郡主锁上暗门,离开卧室,去找她的侍女。

等到天黑之后,圭斯卡尔多顺着绳子爬出他进来的那个洞口,回到自己家里。就这样,他们常常用这种办法相会。

可是,他们如此频繁、如此快乐的幽会竟引起了命运之神的妒忌,两个情人的欢乐终于酿成了一场大祸。

原来坦科雷迪亲王常常独自一人到他女儿的房间,去和她呆上一会,聊聊天。有一天,他吃过早饭,来到女儿——她的名字叫吉斯梦达——的寝宫,看到女儿正和她的侍女在花园里玩乐。他不愿意打断她的兴致,便悄悄走进她的卧室,也没有被人发现或听见,进房一看,见窗户紧闭,床帷低垂,便在床脚边的一个凳子上坐了下来,头依在床头上,拉过帷帐,好像有意要藏起来似地睡着了。

那天,恰巧吉斯梦达和圭斯卡尔多有约,所以她在花园中玩了一会便悄悄溜回房间,把门锁上,也没有发现房间里还有别人。她把暗道的门打开,放等在隧道里的圭斯卡尔多进来,然后两人一起上床,像平常那样说说笑笑地玩了起来。这一来,坦科雷迪听到声响,便被惊醒了。他看到他们俩干的好事,简直气昏了头,真想咆哮起来,但一想家丑不可外扬,便没有出声,仍藏在那里,其实心里已想好了该怎样对付这件事。

那两个情人并没有发现房间里还有坦科雷迪,仍像往常那样,在床上温存了半天,直到不得不分手时,才下了床。圭斯卡尔多从洞里出去,吉斯梦达走出卧房,而坦科雷迪呢,却不顾年事已高,从女儿卧室的一个窗户,跳到了花园里,趁没人发现,赶紧回宫,心里气得要死。

回去之后,坦科雷迪派了两个大汉守在洞口,到了夜晚睡觉时分,圭斯卡尔多穿着皮衣,刚刚爬出,就被他们抓住,秘密地押送到坦科雷迪那里。坦科雷迪一看见他,便几乎哭着说:

"圭斯卡尔多,我一向待你不薄,不曾想到让我亲眼看到你今天所做的事,竟破坏我女儿的名节,真是色胆包天!"

圭斯卡尔多没有辩解一句,只是说:

"爱情的力量可比我们能管住的要大得多。"

于是坦科雷迪命令把他严加看管,他立即被囚禁在一间暗室里。

吉斯梦达对此一无所知。第二天,坦科雷迪左思右想该如何处置他女儿。吃过饭后,他跟平常一样又来到女儿的房间,叫过女儿,锁上门和她单独呆在里面,然后哭着对她说:

"吉斯梦达,我一向以为你贞淑端庄,从未想到你会干出这种事来,要不是我亲眼目睹,而是别人告诉我,你和你丈夫以外的男人发生关系,我想都不会想,别说相信你会做了。我老了,留在世上的日子不多,可是一想到这种事情,就觉得难过。

"你要是想做出这种无耻的事来,也得找一个与你同样高贵的男子呀。上帝呀,在我的宫廷里,出入多少王孙公子,可你却偏偏选中了圭斯卡尔多,一个出身下贱的青年,只是由于怜悯,我才把他养大,留在宫廷。你干的事让我痛苦万分,真不知该怎样处罚你才好。圭斯卡尔多那小子,昨晚一爬出山洞,就被我抓住关了起来,我已经决定怎样去发落他;上帝呀,可对你,我不知怎么做才好。一方面,我难以下狠心,我一直爱着你,比其他父亲爱女儿要爱得深;另一方面,由于你的轻浮荒唐,我怎能不怒火中烧。前者让我饶恕你,后者却让我不顾骨肉之情,非得去处罚你不可。不过在处罚你之前,我想听听你有什么话要说。"

说完,他便低下头,像挨了打的孩子一样大哭起来。

吉斯梦达听了父亲的话,知道不仅他们的私情已经败露,而且圭斯卡尔多也被抓了起来,心里别提有多难受了,有好几次都差点像一般女人那样嚎哭起来。但是,她的高贵的灵魂战胜了怯懦,她的脸上凝聚起一种神奇的力量,决定至死也不求饶,因为她知道,她的圭斯卡尔多必死无疑了。

所以,她并不像一个因为犯了过失受到责骂的女人那样痛哭流涕,而是

无所畏惧,眼中无泪,面无愁容,毫无不安地对父亲说:

"坦科雷迪,我既不准备否认,也不准备向你讨饶,因为否认没有一点用,讨饶我又不想干。再说,我也根本不想利用你的父女之情和对女儿的爱来为自己谋取好处,不,我要把事情的真相告白天下,用充足的理由捍卫我的荣誉,用实际行动表现出我灵魂的高贵。是的,我爱过也仍爱着圭斯卡尔多,只要我活着——我恐怕活不长了——我将永远爱他。假如死后还会爱的话,那么我就是死了也还爱着他。我堕入情网,一方面是我作为女性不能自制,另一方面也是因为你不关心我的再嫁,以及圭斯卡尔多的可敬可爱。

"坦科雷迪,你自己是血肉之躯,你该知道,你养的女儿也是血肉之躯,而非铁石。尽管你现在年纪大了,可你记得那青春的法则有着什么样的、多大的力量。虽说你的青春年华大部分都用在征战上了,但你要承认安逸舒适对老人们都有影响,别说对青年人了。

"总之,我是你养育的,是个血肉之躯,而且活得不错,仍还年轻,所以,无论从哪方面讲,你都不该责怪我有着青春的欲望,而这种欲望是受神秘力量支配的呀。再说,我嫁过人,知道那种快乐的滋味,这让我又怎能不去想它。我年纪轻轻的,又是个女人,又怎能按捺住那青春的烈火,所以,我情不自禁,私下爱上了一个男人。我做出这事来,虽说是由于自然的冲动,可我也想方设法,免得让你我蒙受羞辱呀。多亏仁慈的爱神和好心的命运之神指给了我一条没人知晓的暗道,才让我如愿以偿。这件事,不管是别人告诉你的,还是你自己发现的,我都不会否认。

"我找到圭斯卡尔多,并非偶然,像很多女人那样,随便找一个就行,而是经过深思熟虑,才在许多男人中挑选了他,谨慎地把他引向我的怀里,我们俩海誓山盟,矢志不移,的确也享受了不少乐趣。除了风流罪过之外,你刚才还指责我,说我不该找一个出身卑微的男人发生关系,好像我只有找一个王孙公子做情夫,你才不会如此生气,这完全是没有道理的世俗之见。在这件事情上,你应该发现,这不是我的过错,而是命运不公,它常常把无能之辈提到显赫的高位,却把英才埋没在底层。

"好了,我们暂且不谈这些,还是看一看事物的一些根本的道理。你会看到我们所有的人都是血肉造成的,我们的灵魂都是同一天主用同样的力量创造的,具有同样的能力和同样的德性。人类一诞生,我们一出世,就是平等的,只有德性才是人的贵贱的首要区分。那些拥有大德并且能发挥大德的人才配称得上高贵,否则只能算是低贱。尽管这条法则被世俗的偏见隐蔽起来,可它不会消失,还会在人的本性和高雅的举止中显现出来。所以,那发挥大德的人就表明了自己的高贵,如果这样的人还被视为低贱的,那可不是他的过错,而是这样看待他的人的过错。

"你看看你的满朝贵人,观察一下他们的德行、行为和举止,然后再看看圭斯卡尔多的,只要心无偏见,你肯定会说圭斯卡尔多是最高贵的,而你的那些贵人全是无能之辈。关于圭斯卡尔多的德行和才能,我不会相信任何人的判断,除了你说过的那些话和我的眼光。有谁曾像你那样三番五次地赞赏他的德行和才能,并认为他是值得赞赏的英才呢? 当然,这一点错都没有,因为我的眼睛不会欺骗我,你对他的任何赞赏他都当之无愧,但你没有发现,我对他的赞赏比你对他的赞赏还要强出百倍呢。要是我把他看错了,那也是你欺骗了我。

"现在你还会说我委身于一个卑贱的人了吗? 如果你这样说,恐怕你说的不是真心话。如果你说我跟一个穷人发生了关系,那么感到羞愧的应该是你,因为你没有把一个英才提到高位,而把他当成了你的仆人。贫穷不能去掉一个人的高贵,反之富贵却能。多少国王,多少王侯都曾是穷人,而现在又有多少农夫、牧人都曾是显赫的富豪。

"最后,无论你怎样处置我,也请你不要犹豫不决了。如果在你的风烛残年时你要干出你年轻时都没有干出的事来,即残酷地对待我,我也准备接受。你残酷地对待我吧,我决不向你求饶,如果我干的事也算是罪恶的话,那我是罪魁祸首。如果我知道你用什么手段处置圭斯卡尔多,而不用相同的手段处置我,那么我自己会动手这样做的。

"现在,你可以走了,跟女人们去哭泣吧。哭完之后,就下狠心把我们俩一刀杀了吧,如果你认为我们应该死的话。"

这时,亲王才知道,他女儿有着一个伟大的灵魂,但他并不完全相信他女儿的意志像她所说的那样坚定。他离开女儿之后,左思右想,最后决定不用残酷的手段处置她,但要惩罚她的情人,以冷却她那火热的爱情。当天晚上,他命令看守圭斯卡尔多的两个禁卫兵把他悄悄绞死,掏出他的心脏送给他。两个禁卫兵果然这样做了。

第二天,亲王叫人拿来一只精致的大金杯,把圭斯卡尔多的心放到里面,然后派一个亲近的仆人把它交给他的女儿,要他对她说:"这是你的父王送来的,目的是用你最爱的东西来安慰你,就像你曾用他最爱的东西来安慰他一样。"

吉斯梦达等她父亲走后,仍矢志不移。她让人找来一些有毒的草药和毒根,捣碎蒸馏,制成毒汁,如果她担心的那件事发生,就准备服下它。那仆人送来了亲王的礼物,还转达了亲王所说的话。吉斯梦达神色坚毅地打开那个金杯,发现里面有一颗心,就明白了他父亲的话,也明白了那颗心肯定是圭斯卡尔多的。

于是,她抬起脸来,对那个仆人说:

"我父亲这件事做得真是得体,大概也只有用黄金做坟墓才配得上这颗心了。"

说着,她拿过金杯,凑到唇边吻那颗心,然后说:

"我在任何事情上,都能感受到我父亲的慈爱,在我生命的最后时刻,则更是如此了。为了他送给我的如此珍贵的礼品,我应该更加感激他。"

说完,她拿起那只金杯,低下头去,看着那颗心说:

"我的最可爱的住所,我所有欢乐的所系啊,那个人的可诅咒的残酷行为让我现在又用肉眼看到了你,过去我是每时每刻都在用思想的眼睛注视着你呀!这对我来说,已经够了。你已经走完了你的行程,命运使你不能再生;你已经到达了生命行程的终点,解脱了尘世的烦恼和苦役。你的敌人把你埋在了与你的才德相称的金杯里。你的葬礼,除了你生前所爱的女子的眼泪,什么都齐全了,现在你连眼泪也不缺了。上帝感化了我狠心父亲的灵魂,让他把你送到我这里来。我原准备面无惧色、双眼无泪地死去,现在,我要痛哭一场了,哭完之后,我的灵魂将追随你的灵魂,毫不迟疑,让你的灵魂和你喜爱的曾守护的灵魂结合在一起。我非常愿意和你的灵魂做伴,我肯定会和它一起走向冥界,除此以外,我还能怎样?我相信你的灵魂还在徘徊,看着你和我的欢乐的住所①,我相信它爱着我;我深深爱着的灵魂啊,你等等我。"

---

① 指圭斯卡尔多的心脏。

说完之后,她低下头,凑到金杯上,泪如雨下。可她没有像一般女人那样哭哭啼啼,而是一边流泪,一边无数次吻着那颗死去的心,旁边的人都看呆了。

她周围的侍女不知道这是谁的心,也不明白她说的话是什么意思,可都被她的话深深地感动了,陪她流泪。她们再三问她哭泣的原因,但她一点也不肯说,她们只得竭尽所能地安慰她。

后来,她觉得哭泣够了,才抬起头,擦干眼泪说:

"噢,最可爱的心儿呀,我对你已尽了我的祭礼,现在只剩下最后一件事,那就是让我的灵魂和你的灵魂做伴了。"

然后,她叫人取出昨天备下的盛有毒液的那个瓶子,把毒液倒在那颗给泪水浸泡的心上,举起金杯,毫无惧怕地凑到嘴边,一饮而尽。饮完之后,她手里依然拿着金杯,登上闺床,躺得十分端正安详。她把她那死去的情人的心放到她的胸口上,一言不发,只等着死亡。

她的侍女不知道她已经服毒,但听她的话、看她的行为有些异样,便派人把种种情况向坦科雷迪作了报告。坦科雷迪害怕发生意外,赶紧来到他女儿的房间,这时,她已经躺在床上了。他想用好话劝慰她,可已经迟了;又看到她很快就要死去,便失声痛哭起来。

听见哭声,她对他说:

"坦科雷迪,把你的眼泪留给比这更不幸的事情吧,我用不着你来哭,我也不需要眼泪。谁看到过,除了你,还有什么人因为达到了目的反而哭泣呢?假如你从前对我的慈爱还没有完全消失,我求你赐给我最后的一点恩典。虽说你反对我和圭斯卡尔多悄悄地、不加声张地做夫妻,但我求你把他的遗体(不管你把它扔到了哪里)和我的遗体公开地合葬在一起。"

亲王听她这样说,心如刀割,一时竟答不上话来。她觉得她死亡的时刻已到,于是把圭斯卡尔多的心紧贴在自己胸口上说:

"上帝保佑你们,我要走了。"

说完,她闭上眼睛,完全失去了知觉,摆脱了痛苦的人生。

这就是你们听到的圭斯卡尔多和吉斯梦达的爱情的悲惨结局。当时坦科雷迪非常难受,但后悔已太晚了,于是把他们两人隆重地埋葬在一处。全萨莱尔诺的人听到这事,无不悲痛。

## 第二则故事

> 阿尔贝托神父看上了一个女人,却谎称加百列天使爱上了她,于是神父装扮成天使多次和她交颈共眠。后因害怕她的亲属捉奸,他从她的家跳到了一个穷人家里;第二天被当成野人牵到广场游街,又被揭发,院里的修士把他押回关在牢里。

菲亚梅塔的故事不止一次地让她的女伴们流下了同情的泪水,但她讲完之后,国王却面色严肃地说:

"我觉得圭斯卡尔多和吉斯梦达所拥有过的欢乐,只要我能有一半,哪怕是付出生命,也都太便宜了。诸位女郎,你们不要惊奇,我虽然活在世上,却时时刻刻感到已经死去千百次了,他们享受过的所有欢乐,我一丁点儿都没有享受过。好了,还是把我的事放到一边,现在我想请帕姆皮内娅接着讲一个跟我的事有点相像的故事。如果她能像菲亚梅塔那样把故事讲下去,那么毫无疑问,我那颗燃烧着情焰的心便会感到几滴露珠的清凉了。"

帕姆皮内娅听了国王的吩咐,却没有考虑他的偏好,反而想到了她女伴们的心意,可是国王的话她又不便违背,所以决定既要使女伴们满足,又要不超出国王指定的题目,给大家讲一个聊供发笑的故事。她开口讲道:

老百姓有一句俗语说得好:"坏蛋被当成好人,他更会作恶,可又常常不被人相信。"这句话真给我提供了不少题材,叫我有好多故事好讲,同时也能让我揭穿那帮修士是多么虚伪。他们穿着宽大的长袍,脸上故意弄得惨白,说话谦卑柔顺,不过只是在他们请求别人时才会这样;一轮到他们指责别人的恶习,他们就声色俱厉,一脸凶相。他们说他们在争取达到永生,其实不过是把手伸到别人的钱包里,索取供奉。再说,他们也不像我们,在争取上天堂的路,而是自封为天堂的拥有者和统治者,把天堂分成若干大小不等、优劣不一的地段,然后根据死者生前捐献给他们的金钱的数目,指派给死者。这样,他们首先欺骗了自己(如果他们相信自己说的那些话),也欺骗了那些把他们的话信以为真的人。我要是把他们的老底公开地揭露出来,很多愚蠢的男男女女定会看到他们的长袍下隐藏着什么东西。但现在,我还是给大家讲一讲威尼斯一个赫赫有名的阿西西派的神父①,一个行骗老手的故事;但愿上帝显灵,叫所有那些神父跟这个威尼斯的神父一样,把他们的伪言伪行昭示于众。再说,我也喜欢说说这个故事,刚才大家听了吉斯梦达之死的事,心里肯定同情,生出许多悲痛,这个故事能让大家欢笑一下,轻松轻松。

诸位德才兼备的女郎,从前在伊莫拉有一个作恶多端的坏蛋,名字叫做贝尔托·德拉·马萨;他的种种恶行在当地弄得路人皆知,不管他说谎也罢,讲真话也罢,反正再也没有一个人相信他。他看到在当地无法立足,十分绝望,便到威尼斯来了,而威尼斯却是个藏污纳垢的地方②。在那里,他摇身一变,但心里想的都是干他在别处没有干成的罪行。于是,他好像是受了良心的责备,忏悔他过去的罪恶似的,表现得异常谦逊,似乎比任何人都更是天主教徒。后来,他竟成了小兄弟会那一派的神父,自称为阿尔贝托·达伊莫拉。既然他穿上了这身衣服,便不得不装模作样地过着清苦的生活,赞美苦修和实行斋戒,在弄不到他喜欢的酒肉时,也不吃肉喝酒。

总而言之,一个窃贼,一个无赖,一个造假币的家伙,一个杀人犯,在一些人看来,竟成了一个有名望的布道者。只要有暗中作恶的机会,他是绝不

---

① 阿西西派的神父,指圣方济各修会的神父。因该会的创始人方济各诞生在阿西西市。
② 在薄迦丘和当时佛罗伦萨的文学作品中,威尼斯常常是攻击的对象。

会放过的。现在他当了神父,在他主持弥撒时,他在祭台上常常当着很多人的面,为哀悼救世主耶稣的苦难而痛哭流涕;其实,他的眼泪值不了几个子儿,他可以随要随用。

长话短说,他凭着布道和眼泪,竟骗取了威尼斯人的信任,好多人立遗嘱,几乎都请他当委托人和监护者,甚至还有好多家庭,请他当财产的保管人,大多数的善男信女,也向他忏悔,征求意见。就这样,虽说一只狼变成了牧人,可他圣洁的名声比阿西西的圣方济各还要大得多。

话分两头,再说威尼斯有个年轻的妇女,她的头脑简单又愚蠢。她叫莉赛塔·达卡奎里诺,是个大商人的妻子,丈夫乘船到佛兰德经商去了。一个礼拜天,她到那位圣洁的神父那里去忏悔,跪在神父的脚下,像所有没头脑的威尼斯女人一样,把她的私事全向他说了。说话中间,阿尔贝托神父问她可曾有过相好的。

她一听,脸便沉下来说:

"嘿,神父大人,您头上难道没有长眼睛吗?看不出我生得比任何其他女人都漂亮吗?如果我要情人,那真是要多少有多少,可惜,我的美貌并不是随便哪个人都可以爱的。你真看不出像我这样的美人能有几个?就是把我放到天堂的仙女中,我也算是美的。"

总之,关于她的美貌,她一个劲儿自捧自吹,听起来叫人肉麻。

阿尔贝托神父一眼就看出她是个爱虚荣的女人,觉得她真是一块可供他的铁器开垦的土地,立刻就想和她欢爱一番。不过时机未到,他只得继续假做圣人,不敢用花言巧语奉承她,反而用严厉的口气指责她不该这么虚浮等等。这样一来,那女人便大骂他是个无知的畜生,说他分不清美女丑妇。为了不过分刺激她,阿尔贝托神父便让她做完忏悔,放她走了。

几天之后,神父带着一个心腹伙伴,来到了莉赛塔的家,说是有事不能让旁人知道,要单独和她讲。他和她来到了内室后,便双膝跪在她面前说:

"夫人,看在上帝的面上,我求您饶恕我上礼拜天关于您的美所说的那些话吧。因为就在那天晚上,我受到了惩罚,一直躺到今天才能起床。"

那傻娘儿问:

"是谁把您惩罚成这个样子的?"

阿尔贝托神父回答:

"我马上跟您说。那天晚上,像往常一样,我正在做祷告,忽然一道亮光来到我的房间,我刚要回头望去,只见一个非常漂亮的小伙子,手拿一根棍子出现在我面前,他抓住我的袍子,这么一推,又那么一拉,劈头盖脸地打将过来,弄得我遍体伤痕。我赶忙问他为什么打我,他说:'好一个狂妄的家伙,你今天竟敢指责美丽绝顶的莉赛塔,要知道除了上帝,我最爱的就是她了。'我当时问他:'您是谁呀?'他回答说他是天使加百列,我就说:'噢,我的主人,我求您饶了我吧。'他又说:'这次我算饶了你,不过你得到她那里去求她,让她饶恕你;如果她不饶恕你,我还回来用棍子打你,让你活着一天难受一天。'他后来说的话,我不敢说出来,如果您不饶恕我的话。"

那个女人本来就是个傻瓜,现在也十分胡涂,听了他的话,句句当真,高兴得心花怒放。过了一会,她说:

"阿尔贝托神父,我跟您说过,我的确是绝顶美丽的女人;现在上帝真帮了我的大忙,我又可怜您,所以为了免得您受苦,我饶了您。不过,您得把天使后来跟您说的话如实地转达给我。"

神父阿尔贝托说:

"夫人,如果您真饶恕了我,我是很愿意跟您说的,但您得记住一件事情,那就是听了之后不要告诉任何活人,如果您不想坏了您的美事,那您可真是世上最幸福的人了。

"加百列天使让我给您传话,他说他很喜欢你,好多次都想和你一起过夜,要不是怕惊吓了您,那天晚上他就来了。现在他派我来对您说他哪一夜想和您在一起睡上一觉。不过,他是天使,如果用神体下凡的话,您是不能接触的,但他为了讨您的喜欢,想借一个凡人的形体到您这里来。他让我问问,您想让他什么时候来,来时借用哪个人的形体。如果他到时来了,您就是天下最幸福的女人了。"

那傻娘儿回答说,如果加百列天使喜欢上了她,她真是太高兴了。因为她也喜欢他,每次看到他的画像,她总是在像前点上一支四分钱的蜡烛;至于他什么时候来,她都欢迎,因为她总是一个人呆在她的房间里;不过得有个条件,将来他不要抛弃她而爱上圣母马利亚,因为据说,他对圣母很有情意,在任何地方她都看到过他跪在圣母面前①。至于他要借用哪个凡人的形体,随便他好了,只要不要吓着她就行了。

阿尔贝托神父说:

"夫人,您讲得句句在理,我一定照您说的跟他把事办好。但我想求您给我一点恩惠,这对您也算不了什么,也就是说让他借用我的形体。说这是一种恩惠,是因为他会抽走我的灵魂,把它放到天堂里,然后钻进我的形体内。他跟您一起呆多久,我的灵魂就在天堂里呆多久。"

于是那位没脑子的女人说:

"我看这样办很好。您为我挨了他的打,我也该让您得到些安慰。"

阿尔贝托神父说:

"今天晚上,您就把门打开,好让他进来,因为他借用了凡人的形体,就只能像凡人一样从门口进来了。"

那女人答应一切照办。阿尔贝托神父走后,她高兴得手舞足蹈,忘乎所以,裙子都碰不到屁股了。她一心等着加百列天使来找她,觉得这天竟有一千年那么长。

再说阿尔贝托神父却想,与其当个天使,不如当个骑士。所以他吃了点滋补品,又吃了些精美的东西,以利晚上骑马作战,免得战不了几个回合便被摔下马来。到了晚上,他向院里请了假,便和一个心腹朋友先到了一个女友家里;原来他把她当成了拉皮条的,当他想骑牝马时,就去她那里,此事已发生过多次。在那个女友家里,他换了装,觉得时辰已到,便带着化装的衣物,来到了莉赛塔家门口,躲在一个角落,把自己装扮成天使模样,然后进门,直奔莉赛塔的卧室。

莉赛塔看见一个白色的人形闯进来,便赶紧跪下迎接。天使祝福了她,扶她起来,做手势让她到床上去。她马上欣然听从,天使也跟其崇拜者一起在床上躺下。

阿尔贝托神父原是个身强力壮的俊美汉子,干这事又很在行;而莉赛塔呢,是个肥美柔嫩的娘儿,觉得比起和她丈夫睡觉来,滋味的确不一样。那

---

① 据《圣经》说,加百列为天使长,曾奉上帝差遣,向圣母报她受孕有喜。很多宗教绘画都画有加百列在圣母面前跪报的场面。

一夜,他虽然没有翅膀,可还是用力地舞弄了多次,其程度之猛,让她高兴得直叫唤;此外,他还跟她讲了些天国的荣光。就这样,两人玩了一个通宵,直到天明,那神父才收拾起他的东西,回去找他的那个朋友。那个朋友,承蒙那家女人的美意,怕他单独睡觉清冷,陪了他一夜。

第二天,莉赛塔一吃罢早饭,就带着女仆直奔阿尔贝托神父那里,把加百列天使的情形和天使对她讲的永生的光荣向他描述了一番,还添枝加叶地吹嘘了一顿天堂的美景。

阿尔贝托神父说:

"夫人,我不知道昨晚您和他怎样度过的,我只知道昨晚他找过我,我把您的回话告诉了他,他立刻便把我的灵魂摄到了一个鲜花盛开、玫瑰吐艳的地方,像这类地方,我在尘世是无法看到的。我的灵魂呆在那令人销魂的美景中直至今晨。而我的肉体,在这段时间内怎样,我可不清楚。"

"我不是告诉您了吗?"那女人说,"您的肉体和加百列天使整夜都睡在我怀里。如果您不信,请您看看您的奶头下面,在那里我给天使一个长吻,留下的印痕恐怕好几天都不会消失呢。"

于是阿尔贝托神父说:"我今天倒要破破例,脱下衣服看一看您说的是不是真的。"

这样胡扯了一阵之后,那女人便回家去了。此后,阿尔贝托神父便一直假扮天使,多次去找她,从没有遇到过什么麻烦。

不想有一天,莉赛塔和她的一个女伴谈论什么样的女人最美时争执起来,她本是个傻娘儿,却自认为自己是天下第一美人,所以竟说:

"如果你知道我的美竟让谁喜欢上了我,你就会闭嘴,不再夸奖别的女人美了。"

她的女伴很想听听,两人又彼此相熟,就说:

"夫人,你说的也可能是真的,不过,在我没有知道你的情人是谁之前,我是不会轻易改变我的看法的。"

这位傻娘儿本来肚子里就藏不住什么东西,于是说:

"好朋友,他可不是随便可以说出来的,不过我可以告诉你,我的情人是加百列天使,他爱我胜过爱他自己,因为他对我说,我是世上最美的女人,你服了吧。"

她的女伴一听，简直要笑起来，不过为了让她继续讲下去，便忍住了。女伴说：

"夫人，上帝保佑，如果加百列天使是你的情人，并且是他告诉你这些话的，那恐怕这事是真的了；但我还是不太相信，天使怎么也会干这类事情。"

那傻娘儿回答：

"好朋友，你错了。我向上帝起誓，他干这事的本领比我丈夫可强多了，他还说，天堂里也还干这事呢，但因为我比天上的仙女还美，所以他才爱上了我，时常来和我过夜。这下你可明白了吧？"

那个女伴离开了莉赛塔之后，恨不得马上找个地方把这事讲给别人听，让别人取笑莉赛塔一番呢。后来，在一个节日里，她终于把这事原原本本地告诉了她的女友。

她的女友们又把这事告诉了她们的丈夫和女友们，而他们又告诉了其他人。就这样，不出两天，便传遍了整个威尼斯城，自然也传到了她的大伯子、小叔子的耳朵里；他们也没有去问她，只是心里想看看天使能不能飞，所以一连几夜都等着他。

事有凑巧。却说阿尔贝托神父听到关于莉赛塔的传闻后，有一夜赶到她家里，想责怪她；他刚一脱下衣服，就听到门外一片喊闹声，原来，莉赛塔的大伯小叔们看见神父走进她的宅子，都来到她卧室的门前，要把门打开闯进来。神父情知不妙，急中又找不到其他的门可逃，只得打开一扇对着大运河的窗子，跳了下去。

好在河水不太深，他又会游泳，总算没有受伤，游到了对岸。看到岸上有个人家的门打开着，就走了进去。屋里正好有个人，他就求他看在上帝面上，救他一条命，还少不得编造一派谎言来解释他为什么半夜赤身裸体地跑到这里来。那善良的人听了很是同情，而且他正要出去，就让神父睡在他的床上，等他回来。他锁上门就干他的事去了。

再说莉赛塔的大伯小叔们闯进她的房间一看，加百列天使已经飞走，只留下一对翅膀，于是就把她羞辱责骂了一番，让她好不伤心，然后拿起天使的东西，扬长而去。

天大亮时,那个收留了神父的好人在里阿尔托①听说,昨天夜里加百列天使怎么和莉赛塔夫人一起睡觉,她的亲戚怎么前去捉奸,天使又怎么害怕,怎么跳进运河,怎么下落不明等等这类的事之后,马上就明白了躲在他家里的人是谁了。他回到家里,认出了这个所谓的天使,就跟他讨价还价,最后达成了协议:他必须给他50个金币,否则就把他交给莉赛塔的亲属。这件事就算这么了结。这时,神父便想赶紧溜走,可那个好人却说:

"光天化日之下你是没法溜走的,要想溜走,只有一个法子。今天正好是一个节日,有人装作狗熊,有人扮成野人,有人装这个,有人装那个,让别人牵着,一起到圣马可广场参加一个狩猎赛会,赛会一结束,节日就算过完了。趁别人还没发现你在这里,如果你愿意,我可以把你扮成一头野兽,牵着你出去,保证把你领到你要去的地方。除此之外,我看不出你有什么法子离去;那女人的亲属肯定知道你躲在附近的某个地方,所以四处都派了人把守,好抓住你。"

阿尔贝托神父虽然觉得这样出去太难堪了,可是因为害怕那女人的亲属,还是答应了,不过告诉了他让他牵到哪里,怎样牵着他,他才舒服。

那个人在他身上涂满了蜂蜜,然后就把鹅毛鸭毛往他身上粘,再给他脖子上套个铁链,脑袋上戴个面具,让他一只手拿着棍子,另一手拉着两条从屠宰场弄来的狗。接着他又派了一个人到里阿尔托去宣布,凡是想看看加百列天使的人,请到圣马可广场去。威尼斯人可真是守信用。

一切准备完毕之后,那个人就把他牵了出来,让他在前面走,他在后面拉着链子。一路上很多人都乱哄哄地问:"这是怎么一回事,这是怎么一回事?"他把神父弄到广场,那里已是人山人海,有的人是跟着他们来的,有的人是在里阿尔托听到宣告,从那里赶来的。那个人把他带来的野人拴在高处的一根柱子上,假装说要等着狩猎会开始。神父遍体都抹着蜂蜜,所以苍蝇叮,牛虻咬,吃足了苦头。

那汉子看到广场上挤满了人,假装要解开野人的链子,却猛然地撕下阿尔贝托神父的面具说:

"诸位先生,由于野猪不参加狩猎赛,恐怕是赛不成了,为了不让大家白

---

① 里阿尔托,威尼斯一座著名的桥梁,在威尼斯市中心。

来一趟,我想让你们见识见识加百列天使,昨天晚上,他从天上降到地上来安慰威尼斯的女人了。"

面具被撕下之后,所有的人都认出了阿尔贝托神父。大家污言恶语,高声辱骂,都说这个所谓的圣人原来是个淫棍;此外,还有些人往他脸上扔这样那样的污秽的东西。人们骂呀,扔东西呀,一直闹了很长时间,最后这事终于传到了修道院里,立即有六个修士赶到这里,给他解开链子,扔给他一件法衣,把他押回院中,一路上人们仍跟着大骂。回到修道院,他就被关进牢中,后来,据说他吃尽苦头,一命呜呼。

这个家伙,看上去像个好人,实际上却在暗中为非作歹,一时把大家蒙蔽,竟胆大妄为地假扮加百列天使,后来反被当成野人游街示众,他真是罪有应得;等到想要忏悔他的罪恶时,已经太晚了。愿天主显灵,让所有像他这样的坏人都遭到像他同样的下场吧。

## 第三则故事

> 三个小伙子爱上三姐妹,一起私奔到克里特岛。大姐由于妒忌,杀死了她的情人;二妹要救大姐的性命,顺从了克里特岛公爵的求欢,后被她的情人杀死,然后凶手带着大姐亡命他乡;三妹和她的情人受血案牵连被捕,后买通看守,逃到罗得岛,贫困而死。

菲洛斯特拉托听完帕姆皮内娅讲的故事后,思考了一小会儿,然后对她说:

"讲得还算不错,我喜欢这个故事的结局,不过,故事的前半部笑料太多了,我认为大可不必这样。"

随后,他转过脸来对劳蕾塔说:

"女郎,请接着讲一个好一些的故事吧,如果你愿意的话。"

劳蕾塔笑着说:

"你对情人们可真是太狠心了,如果你只希望他们有个悲惨的结局,我就依着你,讲一个关于三对情侣的故事,他们本想享受爱情的更多的甜蜜,结果却都遭到了恶运。"说完这些话,她便开始讲起来:

年轻的女郎们,正像你们所清楚知道的那样,任何恶习不但会给自己带来灾难,而且还会牵连别人。我想,在所有把我们引向危险境地的恶习中,愤怒可算是其中之一了。愤怒不是别的,只是人们感到不如意时,还没来得及仔细考虑就产生的一种冲动,它排斥理性,蒙蔽智慧,叫我们的灵魂在一片黑暗中狂热地燃烧。一般地讲,男人们容易发怒,只是这个人和那个人的程度不同罢了。可女人们发起怒来,事情可糟糕透顶了,因为女人们容易受到别人的刺激,一旦如此,就会喷发出巨大的火焰来,无法控制,一发而不可收拾。

这其实也没有什么让人奇怪的,让我们想想,那轻软脆弱的东西总比沉重坚实的东西容易着火。我们女人和男人相比,是比较脆弱和容易动摇的,希望你们男人不要在这方面见笑。

既然我们有着这方面的自然的弱点,就更应该想一想,我们温柔体贴能给接触我们的男子带来多大宽慰和快乐,而一时的狂怒又能招来多大危险和灾难,因此我劝女人们还是用广阔的心胸避免这种情感。为此,我想用我的故事来说明这样的道理。这个故事讲的是三对情侣,就因其中一位姑娘由于我上面所说的那种愤怒,使得他们本该幸福却变得极为不幸。

诸位都知道普罗旺斯省的马赛是沿海的一个著名古城。从前,住在那里的富商巨贾比现在可要多得多,他们之中,有一个名叫纳尔纳德·西瓦达。他出身寒门,但诚实笃信,是个信誉极佳的商人,后来巨富,拥有无数的土地财物。他的妻子给他生了好几个子女,其中最大的三个是女儿。老大和老二是双胞胎,十五岁,老三十四岁。家里人等她们的父亲从西班牙经商回来,就打算让她们出嫁了。

那两个大女儿,一个叫尼内塔,一个叫玛达莱娜;三女儿叫贝尔泰拉。尼内塔跟一个出身高贵但现在家道已经中落的青年绅士相恋,这个青年绅士叫雷塔尼奥内。两人的爱情十分热烈,但由于他们行事谨慎,外人对此毫无所知,因而得以享受他们的爱情。大姐有了情侣之后不久,两个妹妹也都有了各自的情人。这两个情人一个叫佛尔科,一个叫乌盖托,他们彼此相识,都从死去的父亲那里继承了大笔财产。他们中一个爱上玛达莱娜,另一个爱上了贝尔泰拉。

雷塔尼奥内从尼内塔那里知道这事之后,心想自己钱袋空空,何不找她的两个妹妹的情人帮忙呢。主意已定,他就设法和他们亲近,有时陪这个,有时陪那个,有时还陪他们两个一起去看自己的情人和他们的情人。后来,他觉得和他们混熟了,成了至交,有一天就把他们请到自己家里来,对他们说:

"亲爱的朋友们,我们来往密切,交情不浅,凡是我能为自己做的事,我都能为你们去做。因为我非常爱你们,所以不妨把我心里想的告诉你们,跟你们商量一下,如果你们觉得我说得对,那我们就照此办理。假如你们不说谎的话,据我朝夕观察,你们深深地爱上了那两个妹妹,就像我爱上她们的姐姐一样。如果你们想跟我步调一致,我心里倒有个主意,保管叫你们满意。你们两位家里十分富有,而我的家境却很差。如果你们能把你们的钱凑在一起,让我和你们一块使用,我们就能选世界上任何一个地方和她们三个姐妹一起去过快活的日子。我保证不会失算,那三姐妹会带来她们父亲的大部分金钱和我们一起走,无论我们到哪里,她们都会跟随。到了那个地方,我们三个人像亲兄弟一样,各自和自己的情人住下来,到那时候,我们比世界上的任何人都会生活得幸福快乐。你们是否赞同我的主意,请你们自己决定。"

那两个小伙子正热恋得昏头涨脑,一听可以拥有他们的情人,也没有细加考虑,立即答应说愿意按照他的主意去办。

雷塔尼奥内得到两个小伙子的回答,过了几天(他们会面也不是件容易的事),就去找尼内塔,和她聊了一会,便把他们商量的办法和她讲了,又怕她不同意,费尽心机地说了好多花言巧语,让她相信这事决无问题。出乎他的意料,她本人也十分想和他公开地生活在一起,比他还要急切,所以她十分爽快地答应了,并告诉他,这个主意很合她的心意,还说她妹妹们在这件事上肯定听她的。最后,竟叮嘱他要尽可能快地把必需的东西收拾好。

雷塔尼奥内找到那两个小伙子,他们一直在催问他计划何时实行,他告诉他们,情人们那里毫无问题,一切准备就绪。最后他们商量好要去克里特岛。于是他们打着外出经商赚钱的幌子,把家产变卖一空,折成现金,买了一艘轻快的帆船,悄悄把它装配齐全,就等着出发了。

再说尼内塔,她深知她妹妹们的心思,准会接受这个计划,可还是甜言蜜语地挑逗她们,弄得她们觉得就是活不成也得达到目的。到了约定上船的那天夜晚,三姐妹打开父亲的钱柜,偷出很多金钱首饰,悄悄溜出家门,她们的情人早就在半路相候,然后汇合一起来到岸边,赶紧上船,吩咐摇桨上路。那快船一路也不曾靠岸,第二天晚上,径直到达热那亚,三对情人在那里第一次尝到爱情的滋味,好不快活甜蜜。

满足了他们的需要之后,他们休息了一阵,又登船上路,一港又一港,第八天时便到了克里特岛。在那里附近的坎迪亚地方,他们买了一大片顶好的地产,盖起了华丽的住宅,从此过起了王爷般的生活。他们养了很多仆人、猪、狗、骏马和猎鹰,每天像过节一样,寻欢作乐,这六个人真是世界上最快乐的人了。

他们就这样过着日子。但正如我们常常看到的那样,乐极便会生悲。想当初雷塔尼奥内是何等地爱着尼内塔,现在占有了她,可以随心所欲,就对她渐渐看不上眼,爱情也就冷淡下来。其真实原因原来是,在一次惯常的宴会上,他喜欢上了当地一位漂亮的贵族小姐,他千方百计地追求她,讨好她。尼内塔发现之后,醋意大发,时刻紧盯他的行踪,跟他又吵又骂,弄得两人都很难受。

天天能饱餐的东西让人生厌,想吃又吃不到的东西却让人嘴馋。尼内塔的指责反而让他燃起了对新欢的巨大情焰。也不管那位小姐对雷塔尼奥内是否有意,反正尼内塔一看他们来往,就断定他们发生了不正当的关系。一开始,她异常痛苦,后来就变成了愤怒,也不管从前对他多么恩爱,反正现在对他恨之入骨,一心想报复,欲置其死地而后快。正好当地住着一个希腊老妇人,是配制各种毒药的大师,尼内塔专门去看她,许以重金,让她配了一剂致人死命的毒汁。一天晚上,正好雷塔尼奥内感到又热又渴,尼内塔便把那毒汁给了他,他也没有发现,就一口气喝了。

那毒汁实在厉害,还不到第二天早晨,他就已经气绝了。佛尔科和乌盖托,还有他们的情人也不知道他是中毒而死的,陪着尼内塔大哭了一场,然后很隆重地把他安葬了。

但没过几天,那个为尼内塔配制毒汁的老太婆因其他罪行被捕,受不了酷刑,便把这件事和所有其他罪行都招供出来。对此,克里特公爵表面上不露声色,却在一天晚上让人带着士兵悄悄地围住了佛尔科的住宅,不费吹灰之力,便把尼内塔抓走了。对尼内塔也没用刑,她就把毒死雷塔尼奥内的事一五一十地招认了。

佛尔科和乌盖托私下从公爵那里打听到尼内塔被捕的原因之后，回来便告诉了他们的情人，大家都非常难过。虽然他们想尽一切办法要救尼内塔的性命——因为根据法律，她是要受到应得的惩罚的——但都没有成功。公爵坚持要秉公处理。

玛达莱娜是三姐妹中最漂亮的姑娘，公爵很长时间以来一直在追求她，但她没有做出相应的举动来满足他。这时她就想，如果她满足了他，他也许能让她姐姐免受死刑之灾。于是她暗地里派了一个心腹仆人去告诉公爵说，如果他能答应她两个条件，她就随他支配。第一个条件是必须把她姐姐释放，并安全地送到家里来；第二个条件是，他必须对此事严守秘密。公爵听了仆人传的话，非常高兴，经过一番考虑之后，终于答应了她立即着手办理。

于是，在得到了玛达莱娜本人的同意之后，一天夜里，他把佛尔科和乌盖托传唤过去，说是想查问案情，自己就悄悄来到他们家里，和玛达莱娜过了一夜。他事先假装说要把尼内塔装进麻袋，扔到海里，其实当夜就把她交给了她妹妹，作为他一夜之欢的代价。第二天早晨他离开时，他求她和他继续往来，保证那夜绝不是最后一夜，同时还让她把她那有罪的姐姐弄到别处去，免得他受人指责，也免得她姐姐被重新严办。

第二天早晨，佛尔科和乌盖托被放了回来，听说尼内塔那天晚上被扔到海里给淹死了，都深信不疑。回到家中，他们安慰他们的情人，劝她们不要为大姐的死悲伤。玛达莱娜虽然把尼内塔藏得很好，可最终还是让佛尔科给发现了。他见她还在家里，十分惊奇，很快就起了疑心（因为他已经听说过公爵对玛达莱娜心怀爱慕），他问他的情人，尼内塔怎么会在家里。

玛达莱娜胡扯了一阵，想瞒过他，但他十分精明，根本不相信她，非逼着她讲出事情的真相不可。在他的再三盘问下，玛达莱娜只得照实说了。

佛尔科一听，先是痛苦万分，后来怒不可遏，最后拔出剑来，也不管玛达莱娜怎样苦苦哀求，就把她杀了。他闯下这大祸之后，害怕公爵报复和法律的惩罚，就把情人的尸体留在了房中，来到尼内塔躲藏的地方，假装非常高兴的样子，对她说：

"你妹妹让我把你赶紧带到别处去，以免你再落到公爵手里。"

惊魂未定的尼内塔也想早点逃离这块地方，对他的话很自然就相信了。

这时天色已黑,她也顾不上和妹妹道别,就跟佛尔科匆匆逃走了;佛尔科也只有身上带着的不多的几个钱,但他来不及准备,便带着尼内塔逃到海岸,登上一只小船,从此再也没有人知道他们的下落。

第二天,人们发现玛达莱娜被杀,有些忌恨乌盖托的人便立刻把这事报告了公爵。公爵一听他所爱的女人被杀,十分震怒,急忙赶到她家,把乌盖托和她的情人抓了起来。这一对可怜的人儿当时还不知道佛尔科和尼内塔已经逃之夭夭,可公爵硬说是他们和佛尔科串通一气,要他们承认谋杀玛达莱娜的罪名。

他们知道,要是招认了这事,肯定必死无疑;好在他们比较精明,在家里藏了一笔钱以备不时之需。现在他们就用这笔钱买通了他们的看守,也来不及回家收拾细软财物,就乘着夜晚,和看守一起登上了一条小船,逃到了罗得岛,在那里,他们在贫困和苦愁中度过了余生。

总之,这就是雷塔尼奥内的荒唐的爱情和尼内塔的狂怒给他们自己和他人带来的悲惨后果。

## 第四则故事

杰尔比诺王子,滥用他祖父圭列尔莫对他的信任,袭击了突尼斯国王的一条船,想抢走突尼斯公主,公主被船上的人杀死,他又杀死了船员,最后被祖父正法。

劳蕾塔讲完她的故事,便不再说话。可听故事的人却为这三对不幸的情人感到难过。有的人指责尼内塔的狂怒,有的人说这,有的人说那,直至国王仿佛从沉思中惊起,扬起头来对埃丽莎示意,叫她赶快讲下一个故事,于是埃丽莎温文尔雅地开始讲了起来:

诸位可爱的女郎,很多人都相信爱神之箭能让男女一见钟情,可没有人会相信,男女之间光凭道听途说的传闻便能相爱,要是这样说,难免会受到别人的讥笑。可现在,我却要给诸位讲一个故事,来证明一下这种讥笑是没有根据的。在这个故事中,有一对从未见过面的男女,凭着传闻,不但成了互相爱慕的情人,而且竟因这事遭到了惨死。

根据西西里的传说,圭列尔莫二世①生有一男一女,男的叫做鲁杰里,

---

① 圭列尔莫二世(1152—1189),史称"善人",但他并没有子嗣,作者说他有子女,是出于编故事的需要。

女的叫做戈斯坦莎。鲁杰里比其父先死,遗下一子,名叫杰尔比诺,由祖父精心抚养,长成了一个非常英俊的青年,以勇敢和彬彬有礼著称。

他的声誉不仅传遍整个西西里,而且还远播到世界各地,特别是西西里当时的属地巴巴利①更是响彻着他的英名。在很多听到杰尔比诺的美德和彬彬有礼的人们中间,有一位突尼斯的公主;据那些瞻仰过她丰采的人说,她可真是天下尤物,绝代佳人,不但如此,她还气质高贵,灵魂高洁。她非常喜欢听英雄豪杰的故事,对众人传诵的杰尔比诺完成的英雄事迹听得更是津津有味。这样一来二去,她竟然疯狂地爱上了他,常常想像他的品德相貌,把他挂在嘴边,恨不得天天听人讲他。

另一方面,她的才貌双全的美名也传到了西西里,自然也让杰尔比诺听到了。他听到有这样的一个美女,便把她牢记于心,十分高兴,竟也像公主对他一样,对公主燃起了爱情的火焰。

为此,他总想找一个借口,取得他祖父的同意,到突尼斯去跟公主见上一面,但他一直没有找到一个机会。可他的任何朋友,凡是有去突尼斯的,他都托他们代他向公主转达他的衷肠和爱意,他觉得这是把她的消息带回来的最好办法。他朋友中的一个,果然凭着机智把这事办成了:他假装成一个珠宝商,声言给公主送来了珠宝,进宫见到了她,乘机把王子对她的倾慕之情告诉了她,说是王子愿意把他和他的一切都供公主支配。公主听了使者的口信,十分高兴,便告诉他,她也像王子一样,燃烧着爱的火焰,作为爱情的证明,她托使者把她最贵重的一个珠宝转给王子。杰尔比诺收到这样一件珍贵的礼物,十分高兴。从此便常常托那位朋友传书,捎带礼物,并和公主商量好许多计划;要不是命运作梗,也许他们早就见面并且偎依在一起了。

可是正当他们用这种方法相恋时,却发生了一件意想不到的事情:突尼斯国王要把公主嫁给格拉纳达国王。公主一听这件事,心如刀割,她想从此她将要和她的情人天各一方,永远不能再见面了。为了使此事不致发生,她真想找个方法逃出父亲的王宫,渡海投奔到杰尔比诺那里去。

杰尔比诺听到公主要嫁到格拉纳达的消息后,跟公主一样也异常悲痛,

---

① 巴巴利,指地中海南岸的北非地区。

但他想凭借武力在海上截住送亲的船只,把公主劫走。

突尼斯国王也听到了杰尔比诺爱着自己女儿和他打算抢亲的一点风声,又想到他的力量和勇敢,难免有些担心;等到女儿的嫁期临近时,他便派了一位使者去见西西里国王古列尔莫,请求他保证既不让杰尔比诺,也不让其他人拦截送亲的船只,使公主安全抵达格拉纳达。这时西西里国王已是个年迈的老人,也没听到过杰尔比诺恋爱的事,因此也就没有想到这里边的请求有何用意,便很随便地答应了,并且为了表示信义,还把自己的一只手套送给了突尼斯国王。突尼斯国王得到了安全通行的保证,就立即在迦太基的一个港口造了一艘华丽的大船,把需要的东西装配齐全,装饰好船身,配好海员,万事俱备,只等着把公主送往格拉纳达完婚。

年轻的公主一看这光景,心中叫苦不迭,赶忙私下派一个仆人去巴勒莫①见杰尔比诺,替她致意,通知他不出几天她就要被送往格拉纳达去了,并问问他是否像人们传说的那样是个勇敢的男子汉,他是否像他多次表白的那样爱她。

公主派去的仆人很好地完成了任务之后,便回突尼斯复命去了。杰尔比诺听了那番话,急得不知怎么办才好,因为他已经知道了古列尔莫国王,他的爷爷向突尼斯国王作了保证。但他终于抵挡不住爱情的力量,又受到了情人言语的激励,害怕被当成懦夫,所以他立即奔向墨西拿②。在那里,他配置好两只武装快艇,召集了一些勇敢的武士上船,便扬起风帆,直往撒丁岛驶去,因为他知道,送亲的船要从那里的海面经过。

果然不出所料,他们在那里没有守候几天,公主的船便乘着微风在离他们守候不远的地方出现了,而且正渐渐地朝他们的船驶来。杰尔比诺见此,便对他的朋友们说:

"先生们,如果你们还像我认为的那样是些男子汉,那么我相信你们中的任何一个人都感受过或能感受到爱,没有爱,是不足以被称为男子汉的,每个男子汉的心中都有着这种道德和向善的冲动。假如你们有过恋爱的经历和正在恋爱,就不难理解我的欲望了。我爱着一个女人,是爱使我不辞劳

---

① 巴勒莫,西西里首府,一个港口城市。
② 墨西拿为西西里岛东部一海港。

苦地来到这里。我的情人就在前面的那艘船上。它上面不但有我最希望得到的人,还有大宗财宝。如果诸位是英雄好汉,就让我们同心协力,勇敢进攻,费不了多少力气,我们就能把船劫持过来。我是为了爱才动刀动兵的,那船上的战利品,我只要一件东西,那就是我的情人,其余所有的财宝,由你们随便分摊。来吧,让我们进攻那艘船吧,你们瞧,连上帝都在助我们成功,那艘船因为没风,停在那里不动了。"

就是杰尔比诺不讲那番话,和他在一起的那些墨西拿人也急于劫持那艘大船了,因为他们想着那船上的众多财宝,所以他的话音刚落,大家就高声欢呼,奏起号角,拿起武器,桨橹齐发,向突尼斯的大船猛攻过去。

大船上的人看到远处有两条快艇急驶而来,而又无法躲避,只得仓皇应战。杰尔比诺在靠近大船时,让大船上的统领到快艇上来谈判,否则的话,就会有一场厮杀。

大船上的伊斯兰教徒认出是杰尔比诺率领的人袭击他们,就拿出古列尔莫国王的那只手套,指责他们违背了国王的保证,对他们的要求根本置之不理,并说要想让他们投降,或要取走船上的任何东西,非得打一场不可。杰尔比诺看到公主站在甲板上,光艳照人,比他原来想像的要漂亮得多,因此爱情之火燃烧得更猛烈了。船上的人扬起那只手套,他回答说,这里没有猎鹰,用不着什么手套,还是把他的情人交出来,否则你们就准备应战吧。对方对此毫不理会,于是双方箭石齐飞,开始了一场混战,大家各有伤亡。

后来,杰尔比诺看到战事进展不大,就把从撒丁岛弄来的一条小木船点着了火,夹在两条快艇中间,直往大船边上送去。伊斯兰教徒们看到这种情形,知道非降即死,就把已躲进船舱哭泣的公主带到船头,喊叫杰尔比诺,在他亲眼目睹之下,把公主杀死了,然后把尸体扔进海里。那可怜的公主,在临死之前还哭喊着救命救命呢。

"你把她带走吧,这是我们送给你的,无信无义,就该得到这样的报偿。"他们喊道。

杰尔比诺看到他们的暴行,再也不顾死活冒着飞箭流石,靠近大船,也不管船上有多少人,便一跃而上。他就像一头雄狮一样,冲进畜群,张牙舞爪,见兽就大撕大咬,完全是为了泄恨而不是为了充饥。只见他手舞宝剑,向伊斯兰教徒的头上挥去,有如切瓜斩菜,杀死了很多人。这时候,被点着

的大船的火势越烧越猛,他让他的船员们尽情地劫掠一番,好满足他们的欲望,然后大家放弃大船而去,就这样结束了一场不幸的战斗。

过后,他叫人把公主的尸体从海里捞出,抚尸痛哭了很长时间,又把她运回西西里,在和特拉帕尼小岛相望的乌斯迪卡把她隆重地安葬了,然后回到家中,悲痛欲绝。

突尼斯国王听到这样的噩耗,派了使者,穿着黑衣,去见古列尔莫国王,对他讲了事情的经过,并责怪他不守信义。国王一听,勃然大怒。他知道对方要求的是公义,自己无法否定,就派人把杰尔比诺捉来;很多大臣都替王子求情,可他还是判了王子斩首之刑,而且他本人要亲自监斩。他即使没有子孙,也不想做个负义的国王。

总之,一对情人还没有享受到爱情的欢乐,就在短短几天之内双双惨死。

## 第五则故事

> 伊萨贝塔的情人被她的哥哥杀死,他出现在她的梦中,并指出他被埋葬的地点。她偷偷挖出情人的尸体,把他的头颅葬在一个花盆里,终日守着花盆饮泣。哥哥又把她的花盆抢走,不久,她悲痛身亡。

埃丽莎讲完故事,国王称赞了几句,然后就叫菲洛梅娜接着再讲下去。菲洛梅娜正沉浸在可怜的杰尔比诺和他的情人的不幸遭遇之中,听了国王的吩咐,便长叹一声,开始讲她的故事:

诸位可爱的女郎,我所讲的故事中的人不像埃丽莎讲的那样是王子和公主,但他们的命运也同样令人叹息,叫人心酸。刚才提到了墨西拿,这倒叫我想起一个悲伤的故事,因为这事就发生在那里。

在墨西拿城,有三个年轻的兄弟,经商为业,父亲原是圣吉米尼亚诺① 人,死后留给他们一大笔遗产,因此他们十分富有。他们有一个妹妹,叫做伊萨贝塔。她年轻、美丽,又很能干,但不知由于什么原因,他的哥哥们没有让她出嫁。

---

① 圣吉米尼亚诺,意大利托斯卡纳地区的一个小城,在佛罗伦萨和锡耶那之间。

三个哥哥的店铺中还有一个年轻伙计,他是比萨人,叫做罗伦佐,负责照顾店里的一切事务。他相貌漂亮,人品端正,伊萨贝塔见过他几次之后,竟开始热烈地喜欢上了他。罗伦佐也发现了这一点,就不再想着去爱其他的女人,一心一意地把心全都放到了她身上。他们俩就这样互相爱慕着,过了没有多久,便把彼此的心里话说了出来,并满足了他们的那种热烈的欲望。

这一对情人就这样不断往来,享受了一段好不快乐的时光。可他们疏于防范,有一天晚上,伊萨贝塔到罗伦佐卧房时被她的长兄发现了,而她却全然不知。那位长兄是个稳重的青年,见此等事情发生,虽然极为恼怒,可也强行压制自己,没有声张,思前想后地过了一夜,决定去找他的兄弟们商量商量。

第二天早晨,他就去找那两个兄弟,把伊萨贝塔和罗伦佐昨夜的事向他们说了。大家商量了好长时间,最后决定暂不理会,装作什么也没有看到,什么也不知道,免得声张出去,大家脸上无光;可时机一到,他们就要动手雪耻,把他除掉,而且要做得人不知鬼不觉,以免带来麻烦。

他们既然有了这种打算,所以仍和平常一样,和罗伦佐同样有说有笑。有一天,兄弟三人假装要去城外郊游,把罗伦佐也带去了。他们来到一个偏远没人的地方,乘罗伦佐毫无防备的时候,就把他杀死,埋在了一个没人能发现的地点。回到城里,他们对外散布说,他们派罗伦佐到外埠料理商务去了。因为过去罗伦佐常到外面办事,人们也就相信了他们的话。

由于罗伦佐一去不归,伊萨贝塔心里着急,就常去催问她的哥哥,为什么她老没见到他。

有一天,他的哥哥们给问急了,便对她说:

"你这是什么意思?你这样来回问他,到底跟他发生了什么关系?如果你再问下去,我们的回答恐怕让你受不了。"

那年轻的姑娘听到这种回答,又着急又难过,不知道罗伦佐到底出了什么事,可由于害怕,也不敢再问她的哥哥们。只是每天夜里,她常常流着眼泪,喊着他的名字,祈求他早日归来。有时,她彻夜难眠,以泪洗面,心酸至极,但仍苦苦地等待罗伦佐的出现。

一天夜里,她又为久久不归的罗伦佐哭了一场,哭着哭着,最后竟昏昏

沉沉地睡着了。这时,罗伦佐突然出现在她的梦中。他面带愤怒,模样儿非常憔悴,衣服被扯得粉碎,他仿佛对她说:

"噢,伊萨贝塔,你不要再叫我的名字了,不要再苦苦地等我了,不要流着泪儿埋怨我了,你知道,我不能再回到世上来了,因为在你最后见到我的那天,你的哥哥们把我给害死了。"

接着,他把他被埋的地点指给了她,叫她以后不要再喊他、等他,然后就消失了。

那姑娘惊醒过来,对梦中所见所闻深信不疑,因此又难过地哭了一场。第二天早晨起来之后,她也没有跟她的哥哥们说去干什么,就决定去罗伦佐指给她的地点,看看梦里的事是不是真的。于是她便带着一个女仆,离开了墨西拿城。那女仆对她的私情知道得很清楚,她也用不着向她隐瞒什么。她们急匆匆地赶到郊外,找到那个地点,她用手扒开地面上的干树叶,便露出了不太坚硬的土地,她就在那里挖了起来。

挖了没有多久,她就找到了她那可怜的情人的尸首,他面目依旧,还未腐烂,可见梦幻并非虚妄。她虽然极为痛苦,可也知道这里不是哭祭的地方。如果可能的话,她真想把他的尸首带走,埋在一个更合适的地点,但又无法做到,只得拿出一把刀子,把他情人的头颅从脖子上割下来,用一块方巾包好,放到女仆的衣襟上,又把无头尸体重新埋好,见没人发现,就离开那里,回到家中。

她把自己关在自己的卧室里,抱着那颗头颅失声痛哭,泪水刷刷地落在它的上面;她又拿着它,千百遍地吻着,吻遍了每个地方。然后找来一个漂亮的大花盆,这花盆原是种茉乔栾那或是种罗勒用的,她把情人的头颅用一块上等的绸缎包好,放进花盆,埋好土,上面栽了几株美丽的罗勒的幼枝,也不浇水,只用玫瑰水、香橙水和眼泪浇洒。她终日坐在这盆花的旁边,恋恋不舍,因为它里面埋藏着她的罗伦佐;有时在痴痴地望着它时,她突然会凑到花盆上,哭将起来,流的眼泪把罗勒花全都弄湿了。

这盆罗勒花,由于长期不断地受到泪水的浇灌,由于人头渐渐腐烂泥土变肥,长得异常美丽茁壮,香气四溢。伊萨贝塔的邻居看到她整日痴望着花盆流泪,十分奇怪,就跑去把眼见的事告诉了她的哥哥们。他们说:

"我们看到她天天都是如此。"

她的哥哥们听到这些话,也发现了这一点,责备了她几次,见一点也不起作用,便私下把花盆拿走了。她找不到花盆,就不断问她的花盆哪里去了,哀求把她的花盆还给她;她的三个哥哥只是假作不知,也不把花盆还给她。她就哭呀哭呀,最后一病不起,在病中还不断追问她的花盆到哪里去了。

三个哥哥见到这种情景,好生奇怪,就想知道花盆里有什么东西。他们取走花盆里的土,看到一个用绸缎包着的人头还没有完全腐烂,认出了那上面的鬈发是罗伦佐的,大为恐慌,害怕他们干的杀人勾当败露,就把它重新埋到别处,也没有告诉任何人,便打点好细软,离开墨西拿,悄悄躲到那不勒斯去了。

那年轻姑娘只是来回哭泣,不断追问她的花盆到哪里去了,最后哀恸而亡。不久,很多人便知道了这件事,有的人还为此编了一首歌,那歌至今还在传唱。它的前两句是这样的:

> 哪一个坏人,
> 他竟偷走了我的花盆……

## 第六则故事

> 安德莱奥拉和加勃里奥托相爱,各自向对方讲了自己做的一个梦,不料男的讲完后突然死在女的怀里。她和女仆想把他的尸首抬到他家门口,路上被官府捉住。她虽然讲清事情的经过,可当地长官却乘机想奸污她,她坚决不从。她父亲知道了此事,从官府把她领回,从此她拒绝再过尘世生活,当了修女。

菲洛梅娜把她的故事讲完之后,女郎们都很感兴趣,因为她们虽然多次听到过这首歌,但一点也不知道它还有这样一个来历。国王见她把故事说完了,就吩咐潘菲洛按照定下来的顺序,接着再讲一个。

潘菲洛讲道:

刚才的故事讲到梦,这倒让我想起另一个有关梦的故事来。不过,上一个故事里的梦发生在事情之后,这一个故事里的梦却发生在事情之前,做完之后,做梦的两个情人把梦刚向对方讲完,梦兆便得到了应验。亲爱的女郎们,你们应该知道,活着的人总是有欲望之痛苦的,当他做梦时,觉得梦到的东西十分真实,等到醒来时,觉得有些是可信的,有些是让人半信半疑的,有些是根本无法让人相信的,但到后来,很多梦却变成了事实。

因而,有很多人梦见什么就信什么,简直把梦中的那些事情当成光天化日之下所见的事情一样;他们往往根据梦境或害怕或希望,梦见好事,醒来就喜气洋洋;梦见坏事,就忧心忡忡。还有一些人相反,他们根本不相信梦兆,除非他们当真在后来遇到梦兆已预示的危险发生时,才会相信。对这两种人,我都不赞同,因为梦兆并不全部会真实发生,可也不见得全部虚假。梦兆并不全部真实发生,这是我们知道的;梦兆也并非都是虚假的,菲洛梅娜的故事已经证明,在我的故事中,我想再次证明这一点。但我认为,只要我们心地正直,诚实做人,就没有必要害怕噩梦,也不必改变行善的决心;假如做了怂恿我们去干坏事,但对我们有好处的梦,可千万不要相信,不要心安理得地去作恶。总之,我们应该完全相信善行。现在,让我们言归正传。

从前,在勃莱西亚城,有一位绅士,叫做内格罗·达蓬泰卡拉罗。他生有几个子女,其中有一个女儿叫做安德莱奥拉。她年轻漂亮,只是还没有许配人家。她的邻居家有一个小伙子,叫做加勃里奥托,他虽出身寒门,但举止高雅,一表人材,讨人喜欢;安德莱奥拉爱上了他。通过她的女仆的帮助,加勃里奥托不仅知道他被安德莱奥拉爱上了,而且多次被她引到她父亲的大花园里幽会,两人一直十分快乐。

如果不是死亡,没有任何原因能把他们的美好姻缘拆散,因为他们暗地里早已变成了夫妻。他们就这样不断往来。有一天夜里,安德莱奥拉做了一个梦:在梦中,她看到自己和加勃里奥托正在她家的花园里,她让他躺在自己怀里,两人十分亲热。正在他们这样躺着的时候,她觉得看见了一个黑黑的令人恐怖的东西从他的身体里走出来,她也不知那是什么,只见它抓住加勃里奥托,不顾她高声喊叫,把他从她的怀里揪起就走,沉入地下,一会就不见了。她看到情人被它夺走,痛苦至极,不由得醒了。醒来之后,她庆幸这不是真事,但对所做的梦还是心惊胆战。

恰在此时,加勃里奥托捎信来说第二天晚上要来看她,她因为那场噩梦,竭力劝他改日再来,但加勃里奥托坚决要求,她又怕他心生疑窦,只好第二天晚上在花园里等候他。当时正是花开的季节,她摘了很多红玫瑰、白玫瑰,就和他来到花园里一个美丽清凉的喷泉边坐了下来。两人一起享乐了很长时间之后,加勃里奥托就问她为什么不想让他晚上来看她。

她就把昨夜做的噩梦告诉了他,还说这是个凶兆,十分不安。

加勃里奥托听她这么说,觉得可笑,说相信梦中的事也有点太愚蠢了,我们做梦往往是因为吃得过饱或吃得太少,任何一个白天都可证明,晚上所有的梦都是虚幻的。然后,他又说:

"我要是也相信梦幻,我今天就不会来这里了。昨晚,我跟你一样,也做了一个噩梦。我梦见我到一片可爱的树林里打猎,捕获了一头非常秀美的雌鹿,它浑身雪白,可爱极了,真是世间少见,它一会儿就和我混熟了,再也不想离开我。我看它十分珍贵,又怕它离开我,就用一个金圈套在它的脖子上,把圈链放在手中牵着它。

"正当那头雌鹿把头埋在我胸口偎依着我的时候,不知从哪个方向突然冒出一条黑如煤炭的凶恶的母猎狗,朝我奔来。我还没来得及抵挡,它就扑向我的左胸,锋利的牙齿直咬到我的心脏,把我的心脏给掏走了。当时我难受得要死,梦也就断了。我醒后,赶紧用手去摸胸口,觉得什么事也没有,可我却急成那个样子,不由得笑起我自己来。

"一个梦又算什么呢?事实上我曾做过比这还要可怕的梦,可世上的事和我本人也都安然无恙呀。我说,让它去吧,让我们享受眼前的大好时光吧。"

姑娘因为做了个噩梦,仍心有余悸,现在听说他也做了个噩梦,就越发害怕了。但她不想让他忧虑,就尽量把她的恐惧藏在心里。

他们俩相互拥抱着,吻了又吻,但也不知是为什么,她总是有点提心吊胆,一会看看他的脸,一会又向花园张望,生怕有个黑色的东西突然出现。

他们就这样呆着,突然加勃里奥托长叹一声,抱紧她说:

"哎哟,我的心肝,救救我吧,我要死了。"说完之后,他就摔倒在草地上。

姑娘见此,把他扶到自己膝上,几乎哭着说:

"噢,上帝呀,我的宝贝,你怎么了?"

加勃里奥托已不能回答,他气喘吁吁,浑身冷汗,不一会便命归黄泉。

那姑娘爱他胜过自己,我们每个人都不难想像,她该有多悲痛了。她哭喊着他的名字,但这又有什么用呢?她摸着他的周身,发现他已冰冷,知道他已无法挽救,悲痛得哭成了一个泪人,不知该怎么办才好。最后,她去找她的女仆(那女仆知道他们的私情),把飞来横祸告诉了她。

两人为加勃里奥托痛哭了一会,那姑娘便对女仆说道:

"上帝把他召了去,我也不想活了。不过在我自杀之前,我既想保住我的名声,也不想让人知道我们的私情,还想把我情人的尸体埋葬了。"

女仆说:

"我的孩子,你不要提什么自杀的事,你在这个世界上已经失去了他,如果你自杀的话,你在另一个世界也会失去他,因为你会因自杀而下地狱的。可我看得出,他是个善良的青年,他的灵魂是不会到地狱里去的。你还是不要太难过,想些法子做做祈祷帮他超生吧,也许他生前犯过一些罪过,正需要祈祷赎罪呢。说到埋人,我想,最好把他埋在这个大花园里,因为没有别人知道这件事,也从未有人来过这里。如果你不愿意这样,我们可以把他抬到园外,明天早晨被人发现之后,会有人把他抬到他家里,他的亲属会把他好好埋葬的。"

姑娘虽然痛不欲生,哭个不停,可还是听从了女仆的建议。但她不同意女仆出的第一个主意;对第二个主意,她这样回答说:

"像他这样连上帝都要妒忌的可爱青年,我的情人和丈夫,如果把他像狗一样埋了,或者把他扔到路边不管,我于心何忍?我已经哭了他一场,尽了我的可能,他的亲属也应该哭哭他。我已经想好了一个处置这件事情的办法。"

她随即让女仆从她的箱子里拿出一块绸缎,拿来之后,把它铺在地上,再把加勃里奥托的尸体抬到它上面,在他头下放上一个枕头。她又痛哭了一场,替他合上嘴巴和眼睛,编了一个玫瑰花环戴在他的头上,把刚才采到的所有的玫瑰花撒在他身上,然后对女仆说:

"从这里到他家门口的路不远,你和我就这样把他抬去放到他家门口吧。不一会天就亮了,他的亲属会把他抬进去的;虽说他的亲属对他这样死去不会感到任何欣慰,可对我来说,他是死在我怀里的,总算是不幸中之大幸吧。"

说完,她又俯下身去,贴在他的脸上,哭了好长时间。天快亮了,女仆再三催促,她才站起身来,从自己手上摘下那枚她和加勃里奥托暗地里成为夫妻那天戴的戒指,套到了他的手上,哭着说:

"我最亲爱的夫君,如果你的灵魂现在还能看到我的眼泪,或是你的灵魂虽然升天,留在你身体内的感觉还能认出我,请你接受我最后的礼物吧,我是你生前最爱的人呀。"

说完这些,她便晕倒在地。过了好一阵,她才苏醒,站起身来,和女仆一块儿提起上面躺着加勃里奥托的绸布,把尸体抬出花园,朝他家走去。

在路上走时,不料她们碰到一队正好当时要去办别的案子的巡警,就被他们连人带尸一起给抓走了。

安德莱奥拉本来就想死,又认识本城长官的家,于是她坦然地说:

"我知道你们是干什么的,我也知道我跑没有用。我想去见你们的长官,把实情告诉他。但如果我跟你们走,你们还敢对我动手动脚,或者碰一下尸体,弄乱了上面的东西,我可要控告你们哪。"

那些巡警果然没敢冒犯她和去动加勃里奥托的尸体,只把她们两个和尸体一起带到了公署。长官听了报告,立即起床,把她传进住宅盘问。他听了讲述,就让人叫来几个医生,让他们检查一下死者是由于中毒而死还是被谋杀的。检查后,所有的医生都否定了上面说的那两点,一致认为他是因心脏附近长的一个脓疡突然迸裂,窒息而亡的。

长官听了医生的话,虽知道她至多是犯了点轻微过失而已,却想方设法地诬她犯了重罪,还说她要想被释放,非得答应他的求欢不可。但安德莱奥拉哪里肯听,那长官见此,竟不顾廉耻,想要用强迫手段。安德莱奥拉一见,怒火中烧,力气倍增,坚决抵抗,并大骂他是衣冠禽兽,斥责他的行为。

天亮后,她的父亲内格罗老爷听到女儿被捕,急得要命,赶忙带着很多朋友,直奔官府,去找长官询问案由,想把女儿从他那里带走。

那长官害怕安德莱奥拉控告他曾想对她用强迫手段,觉得还是把话说到前面为好。他先赞扬她忠贞,接着又承认自己曾有不太规矩的举动。现在看到她如此冰清玉洁,对她更是敬爱。还说如果她父亲和她同意,他想娶她为妻,不管她是否已跟一个平民发生过关系。

正当他们这样谈话的时候,安德莱奥拉走了过来,在父亲跟前哭着说:

"父亲,我想,我不必向您再讲我的所作所为和我的不幸,我相信您已经听到了。我现在惟一能求您宽恕我的事,就是我不该瞒着您,和我喜欢的人已成了夫妻。我求您宽恕,并不是为了保住性命,我只愿到死还是您的女

儿,而不是您的仇人。"说着说着,她就哭倒在父亲的脚下。

内格罗老爷已是个老人,秉性善良,人又宽厚,听到女儿的话,不由得掉下了眼泪。他哭着把女儿轻轻搀起,对她说:

"我的女儿,假如你选的丈夫是根据我的意见选的,我高兴,假如你选的丈夫是你喜爱的人,我也高兴。你让我难过的是,你不完全相信我,对我隐瞒了他,等我知道时,他已经不在人世了。但事已至此,为了让你高兴,我愿意把死者当成我的女婿,我要告诉其他的子女和亲属,让他们体体面面地把加勃里奥托安葬。"

回去之后,老人就让他的儿子为加勃里奥托准备葬礼。听到这个消息,小伙子的所有亲属及城中几乎所有的男女都赶来了。那小伙子的尸体安放在安德莱奥拉的绸缎上,身上撒满了她的玫瑰花,停放在公署庭院的中央。不仅两家的亲属,甚至城里的所有男女都为他哭泣。出殡时,不像一个平民百姓,倒像一位贵族,遗体由显赫的人物抬着,穿过公署的院子,直抬到墓地。

几天之后,那长官来说亲,内格罗便把他的话跟女儿说了,她怎么也不同意,做父亲的也不难为她。后来她和她的女仆到一个以圣洁著称的女修道院当了修女,度过了贞洁的余生。

## 第七则故事

> 西莫娜爱着巴斯奎诺;两人在园中谈情。巴斯奎诺用一片鼠尾草擦牙后,突然死亡。西莫娜因涉嫌被捕,为向法官证明巴斯奎诺是如何死的,她也用鼠尾草擦牙,结果也同样死去。

潘菲洛讲完他的故事后,国王对安德莱奥拉并没有表示同情,而是看着埃米莉亚,示意她赶紧接着讲下去。她不敢迟疑,便开始讲道:

亲爱的诸位女郎,潘菲洛讲的故事倒让我想起应该讲讲另一个故事。虽然它和上一个故事的情节不大相同,但故事里的女主人公跟安德莱奥拉一样,也是在一个花园里失去情人的。她也像安德莱奥拉一样,被抓去见官,但她不是靠着家里的力量和自己的坚贞被释放的,而是当场死去。我们前一阵说过,爱神虽说喜欢光顾贵人的高楼广厦,可也不拒绝降临穷人的贫屋陋室,他就像一位威力无比的主人,在恋爱问题上,对富人和穷人一样显示威力,叫他们全都俯首称臣。我的故事虽然还不能全部说清问题,但大部分的道理还是显示出来了。跟着这个故事,我很高兴地又回到了我们的城市,因为今天,我们讲的各种故事涉及到世界其他地方,还是让我们暂时远离它们一下吧。

话说不久之前,在佛罗伦萨有一位美丽的姑娘,名叫西莫娜,若论家境,她只不过是个穷人家的女儿。虽说为了赚得面包度日,她每天得用双手纺织羊毛,不过她的感情并不贫乏,早就盼望着爱神走进她的心坎了。恰巧有个小伙子,名叫巴斯奎诺,家境和她相仿。他常常按照他师傅,一个羊毛商的吩咐,到她家来送要纺的羊毛。这个小伙子干事说话很讨人喜欢,所以也就打动了她的春心。

于是她心中便经常出现那小伙子的漂亮身影。虽说这样,可她仍不敢心存奢望,只是纺织时,随着锭子上绕着的羊毛线的运动,发出像火一样热的千呼百叹来,因为她纺织的羊毛都是那位漂亮的小伙子给她送来的。再说那个小伙子,对她也特别关照,为了让他师傅的羊毛纺得更好,常常到她家来看她纺织,而不去别的女工家,好像所有的羊毛都该归她而不是也归别的女工来纺织似的。

这样,一个常来关照,另一个又巴不得他来,时间一长,他的胆子变得比平常大了,她也消除了平日胆怯和害羞的心理,两个越发亲密了。他们也用不着等谁去邀请谁幽会,只要有一人提出,另一个人肯定会答应的。

日子一天天过去,他们之间的感情也更加深厚了。有一天,巴斯奎诺对西莫娜说,他特别希望能和她到一个公园里去散散心,在那里,他们可以单独呆在一起,无拘无束地谈天,也不会引起别人怀疑。西莫娜高兴地同意了。

礼拜天,吃过早饭,西莫娜对父亲说要去圣加罗参加一个节日,就带着一个叫做拉吉娜的女伴赶往巴斯奎诺和她约定好的一个公园去了。在那里,巴斯奎诺和他的一个同伴已经在等候。这个同伴名叫普奇诺,但人们都叫他"斯特兰巴"①。没想到这位斯特兰巴和那位拉吉娜一经介绍,竟彼此有些意思,谈起恋爱来。原来的那一对只得离开他们,另找地方谈心。

巴斯奎诺和西莫娜来到花园里长着一大片鼠尾草和茂密树丛的一个地方,便在树丛底下坐下来谈心,谈了好一阵情话,又商量着在花园里舒舒服服地共进野餐。这时巴斯奎诺回头转向树丛,顺手采了鼠尾草的一片叶子,用它开始擦牙和牙床,说吃完饭后用它擦牙能清洁牙齿。

说完之后,他又谈怎么野炊,还没说上几句话,脸上就显出异常痛苦的

---

① 斯特兰巴,意为"办事着三不着四的人",但也可能有"罗圈腿"之意。

表情,不一会,便什么也看不见了,连话也不会说了,接着就死了。

西莫娜看到这番情景,就哭喊起来,叫斯特兰巴和拉吉娜赶快过来。他们跑过来一看,巴斯奎诺浑身肿胀,脸上布满黑斑,已经死亡,于是斯特兰巴便不分青红皂白地嚷将起来:

"你这个邪恶的女人,是你把他毒死的。"他大喊大叫,公园里的人听到喊声,都赶了过来。

他们过来一看,巴斯奎诺浑身肿胀,已经气绝,又见斯特兰巴捶胸顿足,指责西莫娜毒死了他;这时,西莫娜因为突然死了情人,六神无主,竟然不知道该如何为自己辩解;这一来,大家就相信了斯特兰巴所说的话,也不管她哭得多伤心,便上前扭住她,把她送往官府。

到了官府,斯特兰巴和巴斯奎诺的另外两个朋友(他们是听到消息后赶来的)阿蒂恰托及玛拉杰沃莱便指控西莫娜谋杀了巴斯奎诺。法官也没多想,便开始审理案子。审来审去,法官觉得这不像个谋杀案,西莫娜也不像一个行凶的人,便带着她去查看死尸和那出事的地点,因为西莫娜说的话实在使他费解。

一行人乱哄哄地到了公园,见巴斯奎诺的尸体胀得像个酒桶,还躺在那里。法官见此也不免吃惊,就问西莫娜到底是怎么回事。她走近长着鼠尾草的树丛,把事情的经过一五一十地对法官说了,为了让他明白事情的真相,她也像巴斯奎诺一样,从鼠尾草上摘下一片叶子擦牙。

斯特兰巴、阿蒂恰托和巴斯奎诺的其他一些朋友都当着法官的面讥笑她,说她一派胡言,坚持要控告她为杀人凶犯,还说不判她火刑不足以惩罚她。可怜的姑娘因情人不明不白地突然死亡已经够难受了,现在又听斯特兰巴嚷嚷要判她火刑,害怕得不得了,一时竟神志昏迷,也像她的情人一样,用鼠尾草擦牙,倒地而死。在场的人无不吓得目瞪口呆。

噢,幸福的人儿,你们热烈的爱情,你们的生命竟在同一天结束了!如果你们的灵魂到了同一个地方,你们应该感到幸福!如果在那个地方还有爱情的话,你们就像在人世间一样相爱岂不更幸福吗?照我们这些还苟活于世上的人看来,西莫娜比我们可要幸福多了,尽管斯特兰巴、阿蒂恰托、玛拉杰沃莱这些纺毛工人或这一类的人诋毁她,她仍保持住了自己的清白,找到了人生的正路,逃脱了诬陷,像她的情人一样死去了。让她的灵魂去追赶

她所爱的巴斯奎诺的灵魂吧。

再说那法官和所有在场的人,都惊得呆若木鸡,一时说不出话来。过了好一阵,那法官才缓过神来,想出了一个主意。他说:

"很明显,这丛鼠尾草是有毒的,一般的鼠尾草不会这样。应该把它连根拔起放在火中烧了,免得有人再受其害。"

法官说完之后,园工当着法官的面把灌木砍倒,把草拔掉,这一来,这两个薄命情人的死因便真相大白了。

原来在那片长着鼠尾草的灌木丛的地底下,有一只硕大无比的癞蛤蟆,它吐出的毒气沾染了鼠尾草的根须,使草变成有剧毒的草了。因为害怕癞蛤蟆有毒,没有人敢走近它,人们就在它周围打了个大篱笆,连癞蛤蟆带草,一起烧掉了。巴斯奎诺之死的案子搞清之后,法官吩咐斯特兰巴、阿蒂恰托和玛拉杰沃莱抬着西莫娜及巴斯奎诺两人肿胀的尸体,来到圣保罗教堂,就在那里的墓地把他们合葬了,因为他们是那里的教民。

## 第八则故事

> 吉洛拉莫爱上了撒尔韦斯特拉,但迫于母亲的要求而去巴黎;回来时知道她已嫁人;他偷偷来到她家,死在她身边。他的尸体被抬到教堂,撒尔韦斯特拉也哭死在他身旁。

埃米莉亚的故事讲完之后,内伊菲莱便遵照国王的旨意,开始讲了起来:

诸位高贵的女郎,我认为,世上总有一些人所知甚少,却又自视过高,他们不但不会接受别人的奉劝,甚至违背事物的常理,真是愚蠢之至。他们这样做,本来就已是很大的毛病了,哪里会有什么好的结果。在各种事物的常理中,爱情是无法改变和阻挡的,因为就其本性而言,爱只会自行消亡,任何计谋都难以使它逆转。现在我就给诸位讲一个故事。有一个女人,她自认为天底下就数她聪明,想尽办法谋划,妄图阻止一段天造地设的姻缘,结果却是她的亲生儿子和爱情都同归于尽。

从前,在我们的这座城市里,据传有一个极其富有的大商人,名叫莱奥纳尔多·西吉耶利,他有一个儿子,名叫吉洛拉莫。孩子出生后不久,他便离开了人世,好在对他留下的家产都作了仔细的安排。

孩子的保护人和他的母亲替他尽心地管理着财产。

那孩子渐渐长大,常和邻居的小孩子们一起玩耍。在他的伙伴中,有一个裁缝的女儿,年纪和他相仿,他最喜欢她。后来,两人的年龄也渐渐大了,少儿间的爱慕竟使他们变成了一对小情侣。吉洛拉莫如果有一天看不到那个女孩,就心神不安,而那个女孩子对他也同样爱得很深。

那孩子的母亲看到这种情形,很不高兴,时常责骂他,甚至惩罚他,但他一如既往,哪里肯听。她就把这事和他的保护人说了。她以为她有钱,就能把李子树变成桔树了。她对保护人说:

"我的这个儿子只有十四岁,却跟邻居的一个裁缝的女儿撒尔韦斯特拉恋爱起来。如果我们不早点把他们拆散,他早晚有一天会背着我娶她为妻的,到时还不把我气死。要不然,如果他看到她嫁给了别人,他也会难过的。所以我认为,为了避免这类事发生,你们应当把他送到远处去学学生意,也好让他离开那个女孩子,把她忘了,到时再找一个好人家的女儿完婚。"

保护人却说她讲得在理,愿意尽力照她的话去办。他们中的一个就让人把那孩子叫到店铺里,和颜悦色地对他说:

"孩子,你现在已经不小了,该学会照管你的生意了,如果你能去巴黎呆上一段时间,我们会很高兴的,因为你财产的大部分都在那里。你到了巴黎,还可跟绅士和贵族来往,学习他们的谈吐礼仪,比呆在这里强多了,这样你就会变成一位更加优秀、更有教养的青年。再说,你还可以回来。"

那孩子认真地听完他说的话,直截了当地回答说他不愿意,因为他认为呆在佛罗伦萨相当好,没有必要到别处去。

那些能干的保护人听他这么说,就热心地开导他,苦口婆心地说了一大堆话,但没法让那孩子改变主意。他们只得把这事告诉了他的母亲。他母亲一听,气得七窍生烟,她恼怒的倒不是他不去巴黎,而是他竟迷恋着那个小户人家的姑娘。骂过之后,她又好言好语安慰他、哄他,求他听从保护人的意见;跟他说了半天,他终于同意了,但提出只在巴黎呆上一年,绝不再多。

这样,吉洛拉莫就离开了情人,去了巴黎,可没想到,他在那里却因为种种原因一住就是两年,但他在那里每时每刻都在思念着他的撒尔韦斯特拉。回家之后,他去找她,发现她已经嫁给了一个做帐子的诚实的年轻人,心里难过极了，但也没什么办法。他想，为了安慰自己，惟一能做的是打听到她住在哪里，跟当时的年轻情人一样，在她家门口徘徊，他相信她跟他一样，不会忘记旧情。

但出乎他的意料，她已经不记得他了，好像从未见过他似的；要不就是她还记得一点，却故意不肯和他相认。不久，他就看出，她是不会理他了，因而心如刀割，万般痛苦。但他仍想尽一切办法，让她记起旧情，可一切努力都是白费，就决定当面跟她提出，哪怕死了也在所不惜。

于是他从她邻居那里打听到她屋子里的情形。一天晚上，他乘她和她丈夫去邻居家聊天，就悄悄溜进她家，躲在她卧室的一卷卷帐布后面藏好，耐心等候。等他们回来上了床，她丈夫睡熟之后，他走到她睡的地方，把一只手放到她的胸口，低声说：

"我的宝贝，你还在睡吗？"

那姑娘还没入睡，见有人躲在房中，就想喊叫，他慌忙说：

"看在上帝的面上，请你不要叫喊，我是你的吉洛拉莫呀。"

她听到这话，浑身发抖，赶忙说：

"吉洛拉莫，看在上帝的面上，你赶紧走吧；我们孩子时的一段恋爱已经是过去的事了，你知道，我已嫁人了。除了我丈夫，我再想其他的男人，那可是不合适的呀。所以我请求你，为了上帝，请你离开这里吧。再说，我的丈夫听到你的声音，即使不出什么大的乱子，我也不能再和他一起平静和睦地过日子了。现在，他是这样爱我，我又和他度着安静的光阴。"

小伙子听她说出这等话来，心里一阵阵疼痛。他叫她想想他们当初在一起时的情形，又对她说，他虽然和她分开过，但仍深深地爱着她，此外，他还求她，答应给她好处，可一点也没有用。

为此，他真想死去。他最后求她，让她看在他痴情的分上，允许他在她身边躺上一会儿暖暖身子，因为他等她都等得快冻僵了，并向她保证，不再和她说话，也不碰她，暖和过来之后就走。

撒尔韦斯特拉不禁对他生了怜惜之情，又听了他的保证，便答应了。

于是他上了床，躺到了她身边，果真没有动她。他想起了他对她的爱情，她现在的冷酷，失去了任何希望，一心不想活了，于是他屏住呼吸，握紧拳头，一言不发，竟在她身边死去了。

过了一段时间,那姑娘见他动也不动,不免奇怪,又怕她丈夫醒来,便对他说:

"喂,吉洛拉莫,你怎么还不走呀?"

没料到他一声不响,她还以为他睡着了,就去用手把他推醒。可她刚一碰他,竟像碰到了冰冷的冰块一样,她就更奇怪了,再用力推他、摇他,他还是不动,这才知道他已经死了。她又惊慌又难过,可不知怎么办才好。

最后,她想出了一个主意,决定问问她丈夫,如果这事发生在别人身上,他会怎么办。她推醒了丈夫,把发生在她身上的事当做发生在别人身上的事那样跟他说了,还问他,假如这事发生在她身上,她该怎么办。

她那位好心的丈夫说,他认为应该把死者抬到他家的门口,放在那里。至于那女人,她不应该受到责备,因为她没有什么过失。

于是她说:

"这正是我们应该做的。"说完,她拉着他的手,让他摸那个小伙子的尸体。

这一下,他可吃惊不小,赶紧下床,点上灯,也不跟妻子说什么,赶紧动手替死人穿上他的衣服(因为他没有犯罪,所以毫不犹豫),扛起尸体就奔出家门,把它放到了死者家门口。

第二天早晨,吉洛拉莫的尸体在他家门口被发现了,家人哭喊成一团,他的母亲更是呼天抢地。医生赶来仔细地检查了全身,没有发现一点伤痕和创伤,一致认为他是因忧愤而死的,跟发生过的事情一模一样。

他的尸体被抬到了教堂,他的母亲痛哭流涕,他的亲属的女眷和女邻们,也按照我们的习俗,陪她哭泣。

当她们俯在尸首上痛哭的时候,撒尔韦斯特拉的丈夫,那个好人,对她说:

"你戴上块头巾,到停放吉洛拉莫尸首的教堂去,混到女人们中间,听听她们对这件事有什么议论。我也到男人们中间去打听打听,看看人家说了些什么对我们不利的话。"

在吉洛拉莫死后,那姑娘却也柔肠百结,后悔起来,在他活着的时候,她没有让他亲过一口,现在却接受了这个建议,匆忙赶往教堂去了。

多么奇怪呀,爱情的力量真是让人难以捉摸!过去吉洛拉莫的财富都没能打动的心,现在却被他的不幸感动了。撒尔韦斯特拉蒙着头巾,挤过人群,一望见死者的脸,便柔肠寸断,过去的爱情之火立刻燃烧起来。只见她一下子扑到尸首面前,发出一声高高的呼喊,把脸俯在死者的尸体上,也没有哭出几声,就一动也不动地死去了。原来,在碰到他的尸首之前,她的心就已经碎了。

旁边的女人们并没有认出她是谁,她又一直不起来,便走过去安慰她,劝她起来,可她却扑在那里一动也不动。她们便把她扶起,一看原来是撒尔韦斯特拉,但她已经死了。那里的所有女人,更是加倍地同情,哭得越发凄惨了。

消息传到了教堂外的男人那里,撒尔韦斯特拉的丈夫也听到了,他哭了,哭了很长时间。大家安慰他、劝他,他也不听,最后,他才把昨天晚上吉洛拉莫和他妻子的种种情形讲了出来,这时人们终于明白了他们俩死亡的原因,都为他们俩扼腕叹息。

那些女人就按习俗,把姑娘的尸首装扮好,放到了停放吉洛拉莫尸首的同一个尸架上,又哭了一阵,把他们两人合葬在一个墓里。他们活着的时候,没法配对,死亡倒使他们成了永不分离的夫妻。

## 第九则故事

> 圭列尔莫·罗西里奥内杀死他妻子的情人,挖出他的心脏给她吃,她知道后,从楼上窗口跳下而死。后来,她和她的情人被合葬在一起。

内伊菲莱讲完故事,她的女伴们个个都很同情。国王不愿意侵犯迪奥内奥的权利,因为除了他们俩,别人都已经讲过了。于是他开始讲道:

心地善良的女郎们,你们凭着爱心对不幸的人们非常同情,我现在也讲一个故事,保证你们也会像对上一个故事里的人物一样感到难过,不过我的故事里的人,身份要高贵得多,但他们的不幸更为悲惨。

诸位想必知道,据普罗旺斯人的传说,在普罗旺斯曾有两位高贵的骑士,他们都有各自的城堡和属臣。其中一个叫圭列尔莫·罗西里奥内,另一个叫圭列尔莫·夸尔塔斯达尼奥。两人都武艺高强,因而相互倾慕,每逢有什么马上比武或武艺比赛,两人总是穿着相同的盔甲参加。

尽管两人的城堡相距有三十余里,却经常来往。夸尔塔斯达尼奥发现罗西里奥内的妻子长得非常标致,便忘乎所以,不顾两人之间的兄弟情谊,疯狂地爱上了她,私下里经常言语挑逗。那位夫人倒也看出了苗头,又认为他是个勇武的骑士,一来二去,便也喜欢上了他,后来竟朝思暮想,一心等他开口。没过多久,他就向她求欢,两人一拍即合,爱得难舍难分。

可他们行事不慎,不久就让她丈夫给发现了。他气得怒火中烧,过去亲密的朋友一下子变成了不共戴天的仇敌。他决意非杀掉他不可,但是他隐藏起他的妒意,比那两个情人隐秘的私情还要严密。

碰巧在法国要举行一次马上比武大会,罗西里奥内得到消息,马上通知夸尔塔斯达尼奥,如果对方高兴,就上他家一起讨论是否愿意去、怎么去。

夸尔塔斯达尼奥十分高兴地告诉他,他第二天准去他家吃晚饭。

罗西里奥内听了,心想杀他的时机到了。第二天傍晚,他全副武装,带了几个随从,骑马来到了离他城堡有三里远的一座树林,埋伏在那里,等着夸尔塔斯达尼奥经过。过了好长一阵,他看到夸尔塔斯达尼奥和他的两个侍从,没带武器,骑着马而来。看来他一点也没防备,更不知大祸就要临头。等他走到近处,罗西里奥内手持长矛,跃马而出,大吼一声:

"你的死期到了。"话还没说完,一枪便刺进了他的胸膛。

夸尔塔斯达尼奥连躲避和说话都没来得及便被刺穿了胸膛,从马上摔下来,不一会便气绝身亡。那两个侍从还不知是怎么回事,便调转马头,没命地往主人城堡方向落荒而逃。

罗西里奥内从马上跳将下来,手拿一把尖刀,剖开他的胸膛,用手挖出他的心脏,扯下长矛上的三角军旗,把心脏包好,吩咐一个随从拿着,并告诉随从不得走漏风声,便重新上马赶回城堡。这时天已黑了。

夫人听说夸尔塔斯达尼奥晚上要来吃晚饭,就满怀希望地等着,可他总也不来,十分奇怪,看到骑马回来的丈夫便问:

"老爷,为什么他没有来?"

她丈夫回答:

"夫人,他已派人通知我,说今晚他不能来了,明天再来。"夫人听了很是失望。

罗西里奥内跳下马,叫来厨子,对他说:

"这是颗野猪的心,你拿去做出一道菜肴,一定要做得精美,等我上桌时,用银碗把它送来。"

厨子接过,使出全部本领,用了万般细心,把它切碎,加了许多作料,果然是道好菜。

晚饭时,罗西里奥内和夫人坐在餐桌旁,菜肴摆了上来。但他干了杀人

之事,心中到底不安,所以吃得很少。

不一会,厨子把做好的那颗"野猪心"端来,罗西里奥内推说今晚胃口不好,不能多吃,让他把它放到夫人面前,劝她多吃。夫人也没起疑,尝了几口,觉得味道还不错,就把它吃光了。

罗西里奥内看到这样,就问:

"夫人,你觉得这道菜怎么样?"

夫人回答:

"老爷,说实话,味道不错,我很喜欢。"

"感谢上帝,"他说,"我相信你的话,一点也不感到奇怪,因为连这颗心死了你都喜欢,别说它活着时你多喜欢了。"

夫人听了,怔了半天,然后问道:

"这是怎么回事,你叫我吃的这个东西是什么?"

他回答说:

"你吃的是夸尔塔斯达尼奥的心,你这个不要脸的情人的心,没错,就是他的心;我实话告诉你,在我回来不一会儿之前,是我用这双手把它从他的胸膛里挖出来的。"

夫人正热烈地盼着夸尔塔斯达尼奥,听到这话,其痛苦可想而知;过了一阵,她说:

"你的所为,只有不讲信义、心存邪恶的骑士才会干得出来。因为他并没有强迫我爱他,而是我把爱情献给他的,你做得太过分了,你要惩罚,惩罚我好了,为什么要杀了他?上帝呀,像他那样勇敢、有礼的骑士,我竟吃了他那颗高贵的心,从此,我不会再吃任何东西了!"

说完,她站起身来,直奔窗前,毫不迟疑,跳了下去。

窗户离地面很高,夫人不只是摔死,简直是摔得粉身碎骨。

罗西里奥内看到这种情形,惊呆了,觉得自己的确做了件坏事,由于担心普罗旺斯伯爵和当地居民的指责,便让人备马,骑上逃之夭夭了。

第二天早晨,这件事在全区传开,两个城堡的居民对这一对情人的惨死深表悲痛,哭着把他们的尸体收在一起,抬到夫人所在的城堡的教堂里,合葬在那里的墓地。在墓地上还刻着一些诗句,说明里面埋的是谁,以及他们惨死的方式和原因。

## 第十则故事

> 一个医生的太太以为她的情人死了,就把他藏进木箱,不料木箱被两个高利贷者抬到家里。那情人醒来后被当成窃贼。太太的使女对官府说,是她把他放到箱子里去的,使他逃脱了绞刑,而两个偷箱子的窃贼则被罚款。

由于国王已经讲完,现在只剩下迪奥内奥还没有讲了,所以他早有准备,也用不着国王吩咐,便开始讲了起来:

诸位女郎,你们讲的不幸的爱情故事,不仅使你们心酸流泪,连我也很难受,我现在希望转变一下话题,讲点别的。赞美上帝,悲惨的故事总算讲完(除非我还想再讲一个悲惨的故事,上帝保佑,我可不愿意),我可不想再讲那些令人心碎的故事了,还是让我讲一个有趣的、让人高兴的故事吧。这对我们明天要讲的故事也许有点借鉴作用。

诸位美丽的女郎,你们知道,不太久以前,在萨莱尔诺城有一位著名的外科医生,名叫玛泽奥·德拉·蒙太涅。在他的晚年,他娶了城里一位漂亮可爱的姑娘为妻,为了讨她的喜欢,他给她买来了高雅贵重的衣服和首饰,使她穿戴得比城里任何女人都好。可说实话,自从嫁给医生之后,她却常常感到心头发冷,因为在他的床上,她很难体会到席枕之欢。

我们的这位医生,跟我讲过的那位里卡尔多·迪秦泽卡先生教他太太的一样,也对他的太太发表了一通高论,说什么和女人睡上一夜,得好几天才能恢复元气等等,这能让那位少妇心悦诚服吗?幸亏她心胸开阔,而又聪明识趣,看到自家男人那么吝啬,就想走到街上另找别的汉子了。于是便开始留意了很多青年,竟看上了一个,便把她的希望、灵魂的安宁和全部幸福都寄托在他的身上。这位青年也看出了她的情意,觉得跟像她这样的女人谈情说爱也不赖,就对她大献殷勤。

青年人叫做鲁杰里·德阿叶罗利。他本是贵族出身,却吃喝嫖赌,挥霍无度,连他的亲戚朋友都讨厌他,甚至连见他都不想见,而整个萨莱尔诺,都把他看成是窃贼,看成是声名狼藉的坏人;可这位太太为了自己不可告人的目的,竟还是爱上了他,并让自己的使女去做牵线,和他搞在一起。在他们成了情人之后,那位太太便责备他过去的荒唐生活,说如果他真心爱她,就该弃邪归正,并告诉他该如何去做,还常常拿出一笔又一笔的钱资助他。

两人就这样经常偷偷地幽会,由于行事非常谨慎,倒也没出什么意外。有一天,一个病人的一条腿烂了,来找医生诊治,医生看过之后,对他的亲属说,腿里有根骨头烂了,如果不把它取出来,不但整条腿难保,而且恐怕还会有性命之忧;可要把骨头取出来,他也没有太大的把握,还是尽力而为地做手术吧,其结果只能听天由命了。病人的亲属一听,商量了半天,就同意让他开刀。

医生知道如果不用麻药,病人肯定会非常疼痛,绝不会老老实实地让他开刀,所以就决定晚上再做手术,早晨先配好一剂麻药,然后让病人喝了睡觉,好使手术顺利。他拿那剂麻药回家之后,放到了他卧室的窗台上,也没对别人提起它是干什么用的。

到了傍晚,医生正准备到病人那里去,忽然阿玛尔菲的好友派来一个人对他说,阿玛尔菲出了乱子,许多人被打得头破血流,叫他立即动身赶往那里。

医生只得把治腿做手术的时间推到第二天早晨,慌慌张张地跳上一只小船,赶往那里去了。他的太太听说他走了,夜里不会回来,便像往常一样,悄悄把鲁杰里找来,带到卧室,把门锁上,想等其他人去睡觉之后,就来和他欢会。

鲁杰里就在她的卧室里等她,也许由于白天过分劳累,也许由于吃的东西太咸,也许由于习惯,总之他非常口渴。偏偏这当儿他看见窗台上放着那个装有麻醉剂的瓶子,他还当是清水,便拿起它来,把水一饮而尽。没有多久,他就倒在一个木箱上,昏昏地睡着了。

那位太太等到她可以回卧室时,便匆忙赶了回来,看到鲁杰里睡觉,就开始推他,低声地叫他,想叫他醒来,但一点用都没有,他既不回答,也一动不动。

太太有点气恼,就使劲推了他一下说:

"贪睡鬼,如果你要睡觉就回家去睡,不要到这里来。"

鲁杰里被她这么一推,便从箱子上重重地摔到地下,不省人事,犹如死了一般。这时,她才害怕起来,开始拉他,拖他,又是捏鼻子,又是扯胡子,可是一点也不管用,他像根木头似的一点感觉都没有。

她怕他真死了,就用指甲掐他的肉,用蜡烛的火苗烤烧他,他还是毫无反应。虽说她的丈夫是医生,可她却不懂医道,以为他死了。这还用再说什么,她见心爱的情人这样,其痛苦就可想而知了。但她不敢声张,只是俯在他身上低声地哭泣,哀叹她的不幸。

过了一会儿,这位太太害怕事情暴露出去,让她蒙受羞辱,就想应该赶紧想个办法,把尸首从她家里搬走。可这事她又能跟谁去商量呢?她只得把她的一个使女悄悄找来,把她的不幸告诉她,让她帮忙出个主意。

使女见他这样,也吃惊不小,但仍和那位太太一样去掐他,见他不动,就对女主人说他死了,建议把他抬出去。

太太便问:

"可我们把他抬到哪里去呢?第二天早晨让人家发现了尸首,总不能让别人怀疑是从我家抬出去的吧?"

使女回答说:

"主人,今晚天黑时,我看到邻居的工匠铺门口放着一个不太大的箱子,如果他没把它收进去,我们倒可以派上用场。我们把尸首装到箱子里,往它上面再扎上两三刀,就别管了。等人发现尸体之后,谁会想到是从我们家里抬出去的?人们会想,他本来就是个不安分的小伙子,大概是干了什么坏事,被仇人所杀后才放到箱子里的。"

女主人一听，觉得这主意不错，但她不想在他身上扎几刀，因为她不能让她的灵魂不安。然后她就派使女去看看那个箱子还在不在，使女回来告诉她还在。

那使女年纪轻，身子灵巧，在女主人的帮助下，把鲁杰里扛上肩走出家门，女主人在前面望风，到了箱子那里，就把鲁杰里放了进去，关好箱盖，不管了。

再说离木匠家不太远的几家人家的一个房子里，新近搬来两个放高利贷的青年，他们一心想着赚钱，又不太舍得花钱置买家具，那天也注意到木匠门口的那个箱子，就商量着等到夜深，把它扛到他们家里来。

到了半夜，他们从家里出来，看到箱子还在那里，不管三七二十一，扛上肩，抬了就走；弄到了他们家里，就把它往他们老婆的房中一放，径自睡觉去了。

鲁杰里昏沉沉地睡了好长时间，第二天清晨，药性已过，就迷迷糊糊地醒了过来。他醒来之后，身子昏沉沉的，大脑怎么也不清醒，除了这夜，好几天一直是这样。再说他在箱子里睁开眼睛，目无所见，用手再一摸，才明白自己给关在箱子里了，便冥思苦想，自言自语："这是怎么回事？我在哪里？我是醒还是睡？我记得昨夜我到我情人家里去了，大概是她把我关进了箱子。可这是怎么回事？是她丈夫回来了，还是出了什么变故，我的情人才把我藏进这里？我想就是这么回事。"

于是他不敢出声，听着外面的动静，可由于箱子不太大，他又呆了很长时间，十分不舒服，想活动活动身子。他刚一转身，屁股便撞到箱子上，这箱子本来就没有放到一块平整的地上，给他一动，就向一旁倾斜，接着砰的一声，滚倒在地。正在睡觉的两个女人给惊醒了，吓得大气都不敢出。

鲁杰里随着箱子滚翻，心里也大吃一惊，不过他见箱子盖已被打开，就想不管出了什么事，也比关在箱子里好，便爬了出来。但他不知是在什么地方，只得暗中乱摸，想找个台阶或门什么的，赶紧逃之夭夭。

两个女人听到有人的动静，就问："谁在那里？"鲁杰里听到不熟悉的问话声，也不敢回答。于是她们就喊丈夫过来，可那两位忙了半夜，睡得正沉，竟没听见。

这时，两个女人更害怕了，便跳下床来，奔到窗口，开始大喊："抓贼呀，抓贼呀!"左邻右舍听到喊声,从床上爬起来,由四面八方跑到她们的房子里,到了这时,两个女人的丈夫才被吵闹声惊醒。

鲁杰里看到这种场面,竟给吓呆了,也不知往哪里跑,就让他们抓住了。正好几个巡警听到喊叫声也跑来了,他们就把他交给了巡警,押到官府受审。大家本来就认为他是个坏人,于是到了衙门,官家便严刑拷问,他只得承认他夜入民宅是为了行窃。法官也不迟疑,就判了他绞刑。

第二天早晨,鲁杰里到放高利贷者家中行窃被捕的事便传遍了萨莱尔诺城。医生的太太和她的使女听到这个消息,十分惊恐,觉得她们昨夜干过的事好像没有干过一样,犹如做梦。特别是那位太太,听到鲁杰里要被处以绞刑,十分难受,几乎发疯。

教堂的晓钟刚刚打过不久,医生就从阿玛尔菲回来了,一到家中便问他的麻药到哪里去了,因为他想给病人做手术用。他看到那个瓶子已经空了,就大声嚷嚷说家里什么也放不住。

他的太太正在难受,就回答说:

"你说些什么呀,医生,值得为打翻的一瓶水闹腾吗?在世界上你就找不到水了吗?"

医生说:"夫人,你不要以为那是一瓶清水,那是叫人睡觉的麻药。"接着,他便把要用它为病人开刀的事讲给她听了。

听到这里,那位太太才明白鲁杰里把它给喝了,所以才睡得像死人一样,就说:"我们不知道那是药水,你就再配制一瓶还不行吗?"

医生见此,毫无办法,只得又配制了一瓶。

过了一会儿,被女主人派去探听鲁杰里详情的使女回来了,她告诉她说:"夫人,所有的人都说鲁杰里是坏人,我还没听说他的哪个朋友或亲戚想挺身而出帮他一把,明天一到,法官就要把他绞死。

"此外,我还想告诉您一件新奇的事,我已经明白了他是怎样跑到放高利贷的人家里去的。您听听,原来是这么回事。您知道,我们把鲁杰里藏进了邻居木匠的那个箱子里,可刚才那个木匠却在跟另一个人吵架,看来另一个人才是箱子的主人。他要求木匠赔他的箱子钱,那木匠坚持不承认卖了他的箱子,说它夜间被人偷走了。另一个就说,'这就不对了,你明明是把它卖给了两个年轻的放高利贷的人,在昨夜捉着鲁杰里的时候,我在他们家看到了那个箱子,是他们亲口跟我说的。'木匠说,'他们在说谎,我从没有把箱子卖给他们,一定是他们昨天深夜把箱子偷走的,我们到他们那里去看看。'这样,他们去了放高利贷的那家,我就回来了。现在我知道鲁杰里是怎样到了放高利贷的那家了,至于后来他怎么又活过来的,我就不知道了。"

那位太太这时才真正明白了事情的来龙去脉。她告诉使女医生刚才对她说的话,又求使女赶紧设法救鲁杰里的性命,因为她想救出鲁杰里,同时又保住她的名声。

使女说:

"夫人,只要您教我怎么办,我就怎么办。"

那位太太在这紧要关头,急中生智,就吩咐使女如此这般地去做。使女听了就去找医生,哭着对他说:

"老爷,我得求您宽恕,我做了对不起您老的事。"

医生问:

"什么事呀?"

使女一边哭一边说:

"老爷,您知道有一个叫鲁杰里·德阿叶罗利的小伙子吧。他看上了我,我对他呢,又有些害怕,又有些爱,最后终于变成了他的女友。昨晚您不在家,他来缠我,要和我睡觉,我就把他引到了我的卧室。他忽然感到口渴,我一时没法也没地方去给他弄水和弄酒来喝,客厅里倒是有,可是因为太太在那里坐着,我又不敢去拿。我想起您在您卧室的窗台上放了一瓶清水,就拿来让他喝了,又把空瓶放回了原处,可害得您跟夫人吵了起来。我承认,做错了事,但谁又不做一两次错事呢?现在,我对做的事非常难过,难过的不光是为了这个,而且还因为错中又错,竟闯下了大祸,眼看鲁杰里的性命就要不保。所以,我无论如何也得请您原谅,还得求您让我设法把他救出来。"

医生听了她的话,本来一肚子的气现在也就没了,反而取笑地说:

"你真是自作自受。昨晚你还以为请来一个男人来杵你的皮肉,谁知竟请来一个贪睡鬼。你还是快救你的爱人吧,以后你不许把他领到家里来,如果让我逮住,我饶了你这次,饶不了你下一次。"

使女看到计谋取得了初步成功,就赶忙离家朝关着鲁杰里的监狱奔去,到了那里，奉承了半天看守，看守终于放她进去见他。她告诉他，如果他还想活，法官提审他时该如何如何应答。然后她就去求见法官。

法官老爷看见一个漂亮鲜艳的姑娘，哪还顾得上先听她说什么，上来就一把抱住这个小妞浑身乱摸，摸得个不亦乐乎。使女为了让他听她说话，也就没表示什么，最后才从他的怀里挣出来说：

"老爷，听说您把鲁杰里当窃贼给抓到这里来了，这实在是冤枉。"

于是她又把编好的话从头讲了一遍，她作为他的情人怎样把他引到医生家，他又怎样喝了麻药，她又怎样以为他死了，把他藏进箱子；然后又把她在街上听到木箱主人和木匠吵架的话告诉了法官，向他说明鲁杰里是如何到放高利贷的人家里的。

法官想这事不难查证。他先传问医生是否有麻醉药水的事，医生回答的跟使女一样；接着又传问木匠、箱子的主人和两个放高利贷的青年，盘问了半天，那两个青年人只得承认是他们在夜间偷了木箱并抬到了家里。

最后，法官又提审鲁杰里，问他昨晚住在哪里，鲁杰里回答说他也搞不清楚，只记得他约好了和医生家里的使女去睡觉，一时口渴，喝了一个卧室里的一瓶水，后来怎样就不知道了，等到醒过来时，已经在放高利贷的人家里了。

法官老爷听了这些事，觉得十分好笑，就一遍一遍让使女、鲁杰里、木匠和放高利贷的青年讲了半天。

最后鲁杰里无罪开释，两个偷箱子的高利贷者被罚以十个金币。鲁杰里的高兴就不用说了，他的情人也欢天喜地。后来，他们两个人还是经常不断地偷偷欢会，你亲我爱，好上加好；每当他们谈起那个使女要在他身上扎上几刀时，总是笑闹个不停。但愿这样的好事发生在我的身上，不过，我可不愿被关到箱子里呢。

如果说前面的九个故事叫可爱的女郎们伤心，那么迪奥内奥最后这个故事却让大家开怀大笑，尤其是在听到法官搂住使女浑身乱摸那一段，刚才的不愉快心情早已烟消云散。

国王看到太阳已开始变成金黄色，知道他的任期将满，便向诸位女郎请求原谅，言语十分柔和诚恳，因为他曾指定大家讲述悲惨的题材和情人的不幸故事。说完，他站起身来，摘下桂冠，在众女郎的期待中，把它轻轻地放到菲亚梅塔的满是金发的头上，对她说：

"我把这个王冠放在你头上，我肯定你比大家更能想出明天的故事总题，一扫今天的愁闷，让我们的伙伴们听得津津有味。"

菲亚梅塔长着一头金色的长鬈发，一直披到她那白皙细腻的双肩；她的脸上，百合花的洁白和玫瑰的朱红结合得完美无缺，泛着艳丽的光彩；一双大眼睛又黑又亮，一张小嘴上的两瓣嘴唇宛如两颗红宝石。她听了菲洛斯特拉托的话，微笑着回答：

"菲洛斯特拉托，我很愿意戴上这个桂冠，为了更好地发挥你今天定的主题，我吩咐大家明天都讲这样的一个故事：一些恋人经过艰险的波折，终于获得美满的结局。"

对这个建议，大家都很高兴，于是她把总管召来，吩咐他做些准备。过后，女王高兴地允许他们自由活动，到吃晚饭时再重新集合在一起。

于是有的人便到花园去游玩，它那美丽的景致真是让人越看越喜欢；有的人到园外去看那些转动的小磨；有的人兴之所至，随意漫游；大家都尽兴玩着，不知不觉到了吃晚饭的时间。

晚饭的地点仍安排在那个美丽的喷泉旁，食物精美丰富，服务得也十分周全，大家极为高兴。饭后，大家离席，像前几天一样，又是唱歌，又是跳舞。女王见菲洛梅娜舞罢，就对菲洛斯特拉托说：

"菲洛斯特拉托，我不想改变我的前任留下的规矩，而是要和他们一样，为此，我也要指定一个人唱首歌。我虽然猜想你的歌跟你的故事不会有什么两样，但好在以后几天再也不会听到你那种专讲不幸的人儿的故事了，所以我想让你唱一首你喜欢的歌。"

菲洛斯特拉托欣然从命，立刻开始唱了起来：

爱神呀，我怎能不把泪儿弹，
我的心儿如坐针毡，
因为它的忠诚被人背叛。

爱神呀，你让我对她一见钟情，

从此朝朝暮暮,长吁短叹,
不怕身儿消瘦,
不怕容颜儿憔悴;
你让她长得面容儿多娇媚,
自认为别人就得为她活受罪;
正是因为你呀,
我才神魂颠倒,心儿苦痛,
我铸成了大错,只得黯然神伤。

自从她抛弃了我,
不顾我的眷恋,
我方知受骗;
我自以为得到了她的芳心,
做了她的最恭顺的奴仆,
做梦也难料到,
我以后的苦恼,
她心中有了别人,
就把我一脚踢跑。

既然我知道自己已被抛弃,
心中怎能不悲痛哭泣,
爱神真对我无情无义,
我诅咒白天、夜间,
她的面容总在我眼前出现,
脸上带着高贵的美丽,
闪耀着绝妙的光彩!
我的忠诚、希望、热情,
只换得一颗该指责的心。

爱神呀,我的心儿碎了,

我的叹息想你已经听到，
可你还在苦苦呼唤我去爱；
我告诉你：
为了减轻生活的酷刑，
我渴望死神的降临；
死神呀，用你的一击，
唤来了结我的残生，
我觉得尘世哪有阴间光明。

除了死，我没有别的慰藉，
到了阴间，我的苦难才算完结；
爱神呀，你开开恩，
我只有一死方能把愁苦抛掉，
活着的心儿只能受煎熬。
唉，错错错，
只能让她带走我的欢乐！
我死了她准会高兴，
好和她的新欢把幸福享尽。

我的谣曲，要是没人唱给你听，
我也不用担心，
因为没人会像我一样对你唱吟。
我现在只求你一件事，
请你找到爱神，对他一人，
诉说我的苦心，
说我对生命已厌倦透顶，
求他带我到更好的地方去，
再以他的名义给我带回口信。

　　这首歌的歌词清楚地表达了菲洛斯特拉托的心情和他痛苦的原因。如果不是暮色已至,那么在舞蹈的女郎中间,可能有人脸上染的红晕就会被人看出来了。

　　菲洛斯特拉托唱完之后,大家又唱了好些歌,直到该睡觉的时间到了,女主人才吩咐大家各自回房休息。

# 第 五 天

> 《十日谈》第四天结束,第五天开始。菲亚梅塔担任女王。讲的是一些恋人经过艰险的波折,终于获得美满结局的故事。

东方已经大白,旭日的光芒把东半球照亮。枝头的鸟儿正在欢快地歌唱,迎接黎明的到来。菲亚梅塔被这片婉转的歌声唤醒了。她起身后,便把她的女伴和三个小伙子一一叫醒。然后大家踩着沾满露水的小草,一起到辽阔的田野里和平原上漫步,一路上谈天说地,兴高采烈。后来他们觉得太阳光晒在身上热乎乎的,才回到屋里,然后吃了些美酒和糖果提神醒脑,又到那可爱的花园里去,一直玩到吃饭时为止。

他们在那里愉快地唱了些歌曲,又唱了一两支民谣,就开始吃饭。小心周到的管家按着女王的心意,把一切都已准备就绪。大家高高兴兴、井然有序地吃过中饭,又按照惯例跳起舞来。他们载歌载舞,并有乐器伴奏。直跳到午睡时分,女王才让大家散去。于是有的人去睡,有的人仍旧待在美丽的花园里寻欢作乐。

下午3点钟后,大家按照女王的意旨,照旧在喷泉附近集合。女王登上王座,笑眯眯地看着潘菲洛,吩咐他带头讲一个结局美满的故事。潘菲洛欣然应命,便开始讲了起来。

## 第一则故事

> 奇莫内陷入爱河后头脑健全了,在海上抢走了心上人埃菲杰妮亚,被罗得岛人关入牢狱。那里的长官把他释放。在埃菲杰妮亚和卡桑德拉与人结婚的那天,两人协力把她们劫走,一起逃往克里特岛,并娶她们为妻,以后各自回到家园。

可爱的女郎们,遇上今天这样一个快乐的日子,我本来有许多故事可讲,作为开端;不过其中一个故事最叫我喜欢。这不仅因为它结局圆满,开头来说十分合适,而且可以看出,爱情的力量是多么神圣,多么伟大,能给人带来多大的好处,而许多信口雌黄的人却极不公正地指责它,说它是那么淫邪。我相信,这个故事你们一定十分爱听,因为我想你们都正在谈情说爱。

我们都读过塞浦路斯岛国的古代历史吧。且说塞浦路斯岛上有一位绅士,名叫阿里斯蒂波。说到人世间的荣华富贵,全岛谁也比不上他。若不是命运作怪,使他有一件事伤透脑筋,那他真是万事如意了。这件事不是别的,乃是他有个名叫加列索的儿子,虽然长得气宇轩昂,一表人材,别的小伙子谁也比不上他,可是愚劣异常,简直无可救药。他本名加列索,尽管良师谆谆教诲,父亲好言相劝,甚至鞭笞相加,别的人也为他费尽心机,却无法灌输他一点儿学问和教养。他说起话来声音沙哑,举止又往往有失体统,与其说他像一个人,倒不如说他像一头畜生。为了嘲笑他,大家叫他奇莫内。在他们的语言里,"奇莫内"就相当于我们语言里的"畜生"。他父亲看他浑浑噩噩过日子,非常烦闷,对这个儿子再也不存任何希望。他一辈子不想看到这个儿子,免得伤心,就吩咐他到庄园里去和那伙庄稼汉住在一起。奇莫内一听喜出望外,因为他和那班粗人合得来,喜欢他们的生活习惯,而与城里人却反而格格不入。

奇莫内就这样到了庄园,在那里规规矩矩地干着活。有一天刚吃过中饭,他从一个农庄走到另一个农庄,肩上扛一条棍子,后来进入了一片小树林。这一带的林木本来很美,这时正好是5月天气,树上的枝叶十分繁茂。也是合该有这段经历,在命运之神指引下,他走到一块小草地上,草地周围长满了高大挺拔的树,角落里有一泓清澈阴凉的泉水。他看到泉旁的绿草地上睡着一位异常美丽的女郎。她身上只穿了一件很薄的衣裳,雪白的肌肤几乎全部露了出来,只有一条薄薄的白被单齐腰盖在下半身。她的脚跟前还睡着两个女人和一个男人,他们都是女郎的佣仆。

奇莫内一见到这位女郎,就停住脚步,拄着棍子,不吭一声,用爱慕不止的眼光凝神望着她,好像一辈子不曾见过女人似的。他本来粗野成性,虽然人家千方百计地开导他,仍旧不懂得半点风雅,可是这会儿却茅塞顿开,觉得自己从没有见到这样一个美艳的女郎。于是他仔细察看起她的各部分来,把她黄金般的发丝、额头、鼻子、嘴儿、喉咙和手臂都一一欣赏到了;她那一对稍微隆起的乳房,更使他出神。他一刹那间就从一个粗俗之徒变成一位鉴赏家了。他尤其想看她的眼睛,可是那女郎睡得正沉,此刻眼睛仍闭得紧紧的,因此他好几次想把她叫醒。可是他觉得自己以前何曾见到这样一个美丽的女郎,难道她是天仙下凡吗?他一下子变得有见识了,竟懂得仙女不比俗物,需要倍加尊敬才是。因此他耐下心来,等她自己苏醒再说。虽然等待的时间似乎很长,可是他被她的美色迷住了,一下子竟舍不得离开。

这位女郎名叫埃菲杰妮亚,睡了好久才醒过来,不过比她的几个侍仆还醒得早。她睁开眼睛,看见奇莫内正倚着一条棍子站在她的眼前,非常吃惊,不由对他说:

"奇莫内,你这个时候到林子来找什么呀?"

原来奇莫内是一个又俊又粗鲁的男子汉,加以他的父亲富贵双全,所以当地几乎没有一个人不认识他。

奇莫内没有回她的话,只是一个劲儿瞅着她那一对张开的眼睛,觉得那双眼睛中有一股柔情向他送来,他生平从未领略过这样一种快感。姑娘怕他那样盯住她看,他粗鲁的脾气可能要发作,会对她做出什么不规矩的事,便喊醒两个女仆,站起身来说:

"看在天主的分上,奇莫内!"

不料奇莫内说:"我要跟你在一起!"

尽管姑娘一直怕他,不愿同他在一块儿,可是怎么也摆脱不了他,只得让他伴送到自己的家门口。

以后奇莫内就回到城里他父亲家,说是从此不愿再回庄园了。他父亲和家里人虽然不高兴,也只好随他,他们倒想等着看,他这次忽然改变主意,究竟是什么原因。

奇莫内的心本来听不进任何教诲,如今看见了埃菲杰妮亚的美艳,这颗心却给爱神的箭射穿了。没有多少时间,他的思想就转变了,他父亲、家人和相识的许多人都不免大为惊异。

他开头第一件事,就是请他父亲另外给他做些衣服,还要给他种种装饰品,让他打扮得像他兄弟们一样,做父亲的欣然应允。然后他又结交一批有身份的朋友,从他们那里学会了绅士应有的风度,尤其学会了一套对待情人的气派,这使众人惊异不止。不多时,他不但粗通文字,而且成为一个出色的学者了。后来,由于受埃菲杰妮亚爱情的感化,他说起话来不但由粗声粗气变为温文尔雅,而且精通音乐和骑术,还练得一身出众的武艺,陆战海斗都勇悍无比。他的多才多艺,这里且不必细说。总之,自从他第一次坠入情网,不到四年工夫,就显得富有教养,才艺出众,塞浦路斯岛所有的小伙子,谁都比不上他。

可爱的女郎们,奇莫内的转变究竟是怎么一回事呢?那无非是因为上苍本来赐给奇莫内以聪颖的资质,遭到妒忌的命运女神的暗算,把他这些资质紧紧捆住在他心田里最狭窄的一角,幸亏爱神来给他松绑;爱神比妒忌的命运女神强得多,又执行了他启蒙点化的职能,把奇莫内原有的智能从那荒僻的暗处解放出来,使它重见天日;凡是爱神所主宰的生灵,他都能用他的光芒照引你走到完美的境界,这是显而易见的。

奇莫内为了埃菲杰妮亚,有些地方也像热恋中的任何青年一样,显得过于放肆;可是父亲阿里斯蒂波见这个傻蛋在爱神指引之下,已变成一个像样的人,非但宽容了他的一切作为,而且还竭力推波助澜。由于奇莫内记得埃菲杰妮亚叫过他一声"奇莫内",于是,始终不愿让人家叫他加列索;为了要实现自己的心愿,一再请求埃菲杰妮亚的父亲齐普塞奥把女儿嫁给他,谁知齐普塞奥总是回答他说,他已经把女儿许配给罗得岛上一个有身份的小伙子帕西蒙达,不能失信。

埃菲杰妮亚所定的婚期到了,新郎前去迎娶。这时奇莫内心里想道:"哦,埃菲杰妮亚,现在我该向你表明,我是多么爱你呀。亏了你,我才变得像个男子汉,一旦我得到了你,我肯定比神仙都光彩呢。要么我把你娶来,要么我就去死,这一点儿也不假。"

于是他暗地里请来了几个高贵的年轻朋友,又私下做了一条设备齐全的战船,然后下海,只等男家接埃菲杰妮亚到罗得岛去的船开过来。新娘待她父亲隆重地宴请了男方的宾客之后,便上了船,朝罗得岛开去。奇莫内时时刻刻在观察动静,第二天便开船追上来,站在船头上,冲着埃菲杰妮亚那条船上的人大声喊道:

"停下,收起帆来!要不,就把你们打垮,让你们沉到海里去!"

奇莫内的对手听了,马上拿起武器,站在甲板上,准备迎敌。奇莫内说了这些话后,即抓起一只铁叉,向罗得岛那条飞驶的船头上扔去,再用力一拉,把那条船拉到自己的船头跟前。他像一头凶猛的狮子,不待同伴们上前,就奋不顾身地跳上他们那条船,在爱情的鼓舞下,以万夫不当之勇向敌人猛扑过去。他手持一把短刀,像宰羊一样杀伤了不少人。罗得岛人一见形势不妙,慌忙把武器扔在地上,似乎齐声表示屈服。

于是奇莫内对他们说道:"年轻的朋友们,我这次带领武装人马,离开塞浦路斯岛,到海上来袭击你们,既不是为了抢劫,也不是因为和你们有仇。促使我到这儿来的,是因为我想得到一件无价之宝,而你们好好地把它让给我,也算不得什么。我要的东西,就是埃菲杰妮亚,我爱她胜过一切。我曾好言好语向她父亲求过情,可是他不肯,只得听从爱情的驱使,前来抢亲,跟你们作对。我想说的是,我要代替你们的帕西蒙达把她娶来,你们赶快把她

交给我,托天主保佑平平安安地赶路吧。"

那些青年人并不怎么慷慨大方,只是慑于武力,才把哭哭啼啼的埃菲杰妮亚交给了奇莫内。奇莫内见她泪流满面,就说:

"高贵的女郎,别难过。我是你的奇莫内。我爱你爱了这么久,而帕西蒙达只是跟你订了个婚约罢了,所以我比他更有资格娶你。"

于是奇莫内把埃菲杰妮亚扶上了自己的船,放走了那些护送她的罗得岛人,对别的任何东西连碰也没有碰一下。奇莫内得到了这样一个宝物,真是比谁都高兴。他花了些时间安慰了这位哭哭啼啼的姑娘,然后和伙伴们商量一番,决定不马上回塞浦路斯岛。大家都一致同意掉转船头,驶向克里特岛,因为那边每个人都有不少新新旧旧颇讲情谊的亲友,奇莫内的尤其多。大家都认为,带了埃菲杰妮亚到那边去是很安全的。

但命运女神反复无常。她一时高兴,让奇莫内得到那位高贵的女郎,转眼又来捉弄这位热恋中的小伙子,把他的满腔喜悦顿时化作无限悲痛。

他离开罗得岛人不到四个钟点,天就黑下来了。奇莫内本来指望能消受生平最愉快的一个夜晚,谁知此时天上阴云密布,海上狂风怒号,眼看暴风雨就要来了。大家手足无措,不知把船开往哪儿才好,也不知如何管住那条船。

奇莫内这时的苦恼,自然不在话下。他觉得上苍满足他的愿望,只是为了叫他死时更加痛苦,否则死了也没有什么了不起。他的伙伴们也都十分伤心,而埃菲杰妮亚比谁都难过。她痛哭失声,每一个浪头打来,她都十分害怕,一面哭,一面狠狠责备奇莫内不该爱上她,还咒骂他不该这样胆大妄为,又说这场暴风雨的来临,只不过是神明显灵,神明不许他违背他们的意志而强娶她;神明不容奇莫内痴心妄想,享受这个福分,要叫她自己先死,然后让奇莫内也悲惨地死去。

大家连声悲叹,而狂风愈吹愈猛。水手们不知所措,既辨不清航向,也不识航道,竟把船开到罗得岛附近。他们自己并不知道这就是罗得岛,为了顾全性命,他们想尽办法,用尽力气,让船儿着陆。幸亏他们运气好,他们来到一个小海湾里。奇莫内释放的那批罗得岛人,也是不久才驶着他们的船在这儿登陆的。第二天清晨,天色渐渐亮起来,他们才知道自己的船停泊在罗得岛,看见昨天释放的那条船离他们只有一箭之地。奇莫内十分懊恼,怕那些罗得岛人报复,便下令尽一切努力把船开走,听凭命运女神把他们带到任何地方,因为,不管哪儿都不会比这里差。大家用尽气力把船开走,可是无济于事。狂风向他们迎面刮来,好像有意跟他们作对,这样他们不但不能开出海湾,反而不由自主地向岸边靠近。

他们到这里不久,那些刚刚离船上岸的罗得岛的水手就把他们认出来了。其中有个水手立即奔到附近的一个村庄里去,刚刚下船的那些罗得岛青年士绅都已经去那边了。水手告诉他们说,由于命运的播弄,奇莫内和埃菲杰妮亚像他们自己一样,让船带到这里来了。他们听到这个消息,异常高兴,带了一大群村民,立即赶到海边去。这时奇莫内已经带着自己一行人等登了陆,商量好逃到附近一个林子里去,不幸连埃菲杰妮亚在内一个个都被捉住,给带到村里去。消息传到帕西蒙达耳里,他马上到岛上的官府里去告了一状。这一年的官长是利西马科,他立即答应受理这件事,并率领一大群警卫,出城把奇莫内一行人等押进大牢。

因此,奇莫内这个可怜的、陷入情网而不能自拔的人,刚得到了埃菲杰妮亚,却又失去了她。他只是吻过她几下而已。至于埃菲杰妮亚,虽有罗得岛的许多高贵仕女们接待她,安慰她,不过她被劫后十分痛苦,海洋上的风暴又使她劳瘁不堪,所以她一直待在她们那儿,直到结婚大典的那一天。

帕西蒙达竭力疏通官府,要把奇莫内和他的那伙人统统处死,但官府念他们前一天在海上释放了那批年轻的罗得岛人,所以饶了他们的命,判以终身监禁。狱中生活可想而知,非常凄苦,毫无乐趣可言。帕西蒙达呢,却正在赶紧筹备即将举行的婚礼。

这时命运女神看到奇莫内吃了亏,仿佛有些后悔,便又对他开了一次恩。原来帕西蒙达有个弟弟,名叫奥尔米斯达。虽然他比他哥哥小几岁,可是说到长处,却并不比做哥哥的逊色。他早就和城里一位名叫卡桑德拉的高贵而美丽的小姐订婚了,偏偏利西马科也热爱着这位小姐,种种意外之事,使得婚期一再拖延。如今帕西蒙达眼见婚期将到,准备大事庆祝,他想,最好让奥尔米斯达同时举行婚礼,这样就可以节省一些费用,免去一些排场。于是他就向卡桑德拉的父母去求情,结果甚为圆满。他又和他的弟弟商妥,就在他和埃菲杰妮亚结婚的那天,让奥尔米斯达把卡桑德拉娶过来。

利西马科听到这个消息,眼见自己所抱的希望就要落空,不由万分沮丧。他想,若不是奥尔米斯达要娶她,那他一定能把她娶过来的。不过他是一个有头脑的人,虽然一肚子怨气,可并不发泄出来。他左思右想,有什么办法可以阻挠这门婚事,结果认为,除了把卡桑德拉劫走以外,别无良策。

他觉得这个办法十分妥当,因为他可以利用职权;可是他又想到,自己既然身居要职,这样的做法未免太不光彩了。他考虑再三,最后还是不顾体面,让爱情占了上风,于是他横下一条心,无论如何非把卡桑德拉劫走不可。接着他便盘算需要怎么样的伙伴来帮忙,这事应该如何进行。于是他想起了奇莫内和大牢里的一伙人,认为这件事除了奇莫内以外,再也找不到更好更可靠的人了。

第二天夜里,他私下把奇莫内召到自己的房间里,对他说:

"奇莫内,神明仁慈而慷慨,把多少事物赐给人们,但他们也异常贤明,总要试验受赐的人有没有这个福分消受。在每件事上,谁能够勇敢坚定,始终如一,神明便认为他配受他的赏赐,对他福上加福。我知道你父亲家资豪富,因此神明对你的考验更其严格,看看你是不是配享受更大的福分。就我所知,他们先叫爱神来挑逗你,使你一下子从无知无识的动物变成一个真正的人。接着又让你饱经风霜,在得到一位意中人乐了一番之后,又坐进监牢,这无非是要看看你有没有献身精神,如果有的话,他们就会赐给你莫大的幸福。我跟你说这些话,只是为了要让你振作精神,鼓起勇气来。

"埃菲杰妮亚本是你的,命运女神先把她赐给你,后来动了气,突然从你手里把她抢走。帕西蒙达幸灾乐祸,千方百计要把你判处死刑。他现在正急于张罗着跟她举行婚礼。如果你当真像我想像的那样多情,对此自然会心痛万分。我和你有同样不幸的遭遇。他的兄弟奥尔米斯达也准备在同一天结婚,新娘就是卡桑德拉,我爱她甚于世界上的一切。现在我们没有别的办法来逃避这天大的屈辱和不幸,只有凭着我们的胆量和力气,拿起刀剑,杀出一条路来,把我们属意的两个姑娘劫走。这在我还是生平第一次,而你已经是第二次了。我相信你失去你的意中人,自由对你也是无足轻重的;你只要依照我的办法去做,一定能重新得到神明赐给你的意中人。"

奇莫内本来已心灰意冷,一听这席话,顿时精神百倍,毫不迟疑地回答道:"利西马科,做这件事除我以外,你再也找不到一个更得力、更忠心的朋友了。只要如你今天所说,事成之后让我得到这份收获,我一定尽最大努力去做。"

于是利西马科说道："再过两天,那两位新娘第一次走进她们丈夫的家门。那时你可以带领你的伙伴们,拿着武器,我也带领我的几个心腹,趁着夜色,走进他们家,冲开众宾客,把我们的心上人抢走,谁敢阻挡,就杀了谁。我已私下叫人备好一条船,人到手以后,就立刻送上船去。"

奇莫内很欣赏这个计划,于是在牢里静待约定的时间到来。

转眼婚期已到,两兄弟家里喜气洋洋,大张筵席,富丽堂皇,盛况空前。这时利西马科已把一切准备就绪,时机一到,便叫奇莫内一伙人和他自己那批心腹身上都藏了兵器。他先对他们讲了一通话,鼓动他们为他效力,并把他们分成三队。然后派了一队人小心地驻守在港口,这样在必要时,船就不会有人阻挡了。他又派另外两队人到帕西蒙达家里,让一队人守住门口,这样里面的人就不敢为难他们,或截断他们的出路。他和奇莫内带了其余一队人直奔楼上。当他们来到客厅里时,两个新娘正和别的许多女人端端正正坐在桌子旁吃吃喝喝,于是他们一拥而上,推翻桌子,各人抱起自己的心上人,交给手下,吩咐他们火速上船。

两个新娘大哭大叫,别的女人和奴仆都哭哭嚷嚷,整个屋子顿时哭声震天,一片喧闹。利西马科一伙人立刻拔出宝剑,往楼梯口奔去,众人见了,都乖乖给他们让路。帕西蒙达听到叫嚷声,立即拿起一根大棒走出来。凑巧这伙人下楼,双方碰个正着。奇莫内看准他的头猛一刀劈去,把对方裂成两半,当场倒地而死。可怜的弟弟奥尔米斯达赶来搭救哥哥,也被奇莫内一刀砍死。另外几个人想走近迎敌,不是受伤就是挨打,都被奇莫内和利西马科的伙伴们杀退了。

他们带着劫来的心上人,离开这座鲜血满地、痛哭哀号的屋子,没有一点儿阻碍。他们聚在一起,带着两位新娘上了船。他们在船上把姑娘安顿好,又出来了,因为这时岸上已站满了人,个个手执兵器,他们是前来营救两位姑娘的。可是他们立即划桨开船,扬扬得意地离去了。

他们来到克里特,受到许多亲友的款待。后来他们又大摆筵席,和两位抢来的新娘成了亲,十分快乐。

塞浦路斯岛和罗得岛上的人,都为了这件事吵吵嚷嚷,好久不得安宁。最后,两个岛上的亲友们在各处调停,做出了这样的安排:他们在异地住一

段时间后,奇莫内可以带埃菲杰妮亚安安适适地回到塞浦路斯,而利西马科也可以带着卡桑德拉回到罗得岛。此后,他们各在自己的故乡和妻子愉快地生活,一直到老。

## 第二则故事

> 戈丝坦扎听说情人马尔图乔·戈米托去世,悲痛欲绝,独自驾了一条小船,不料被风吹到苏沙城。她打听到马尔图乔住在突尼斯,便设法见他。他当上了突尼斯国王的宠臣,同她完婚后,衣锦还乡。

女王听完潘菲洛讲的故事,连声称赞,叫埃米莉亚接下去说。于是埃米莉亚开始讲道:

每个人都希望自己所做的事得到称心如意的报偿,这是理所当然的事,所以男女相爱,应当最终团圆,而不应一生抱恨。因此,我遵从女王之命讲这一类故事,比昨天依从国王的命令讲另一类故事更加高兴。

高贵的女郎们,你们都该知道,在西西里附近,有一个名叫利帕里的小岛。不久以前,那岛上有一个名叫戈丝坦扎的女郎,容貌非常美丽,是岛上的名门之女。岛上又有一个小伙子,名叫马尔图乔·戈米托,生得英俊潇洒,富有教养,而且德才兼备。他爱上了戈丝坦扎,女的也倾心于他,只要一天见不到他,就坐立不安。马尔图乔向女方的父亲表明心意,要娶她为妻,那父亲嫌他穷,不肯答应。

马尔图乔心里想,自己不过穷了些,人家就瞧不起,攀不上亲,于是和他的亲友们一起备了一条小船，决心离开利帕里。他发誓说，如果发不了财，便再也不回家乡了。从此他就当上了海盗，开始在巴巴里沿岸一带航行，谁的力量及不上他，他就去向谁行劫。他的运气真不错，可惜就是贪心不足。他和伙友们在短时间里都攒下不少钱，却是富了还想再富。有一次遇上了几条伊斯兰教徒的船，他和他的伙友们都给抓住了，虽然抵抗了好久，可物资被劫，船也给打沉了，大部分伙友都被扔到海里去，马尔图乔则被押到突尼斯，关入大牢，吃了许多时间的苦头。

这消息传到了利帕里。说的人不是一个两个，而是许许多多、形形色色的人，都说马尔图乔一伙人都连人带船沉到海里去了。那个姑娘自从马尔图乔一走，就异常悲痛，如今听到他和别的人都死了，哭个不停，简直不想再活下去。她想用某种残暴的手段自尽，却又横不下心来，便另想一种不寻常的办法，让自己死去。

一天夜里，她偷偷走出家门，来到港口，偶尔看到有一条小渔船，和别的几条大船相距不远，帆桨一应俱全，船主刚才上岸去了。她赶快上了船，向大海划去。这个岛上的妇女大多会划船，她也并不例外。她张起了帆，又把舵、桨都扔掉，让自己的一切听任风浪摆布。她满以为会发生什么意外，或是这条小船因轻而无人掌舵，会被风吹翻，或是在岩石上撞得粉碎，这样即使想逃也逃不掉，肯定会淹死在海里。她把头埋在船底，痛哭起来。

可是一切都出乎她的意料。那天吹的是北风，风力很小，几乎没有什么波涛，小船很平稳，第二天晚祷时分，漂流到苏沙城附近的一个沙滩上，离开突尼斯足足有一百哩。

这位姑娘躺在船底，不曾抬起过头来，也不想抬起头来，所以根本不知道自己在海上还在陆地。事有凑巧，船搁浅在沙滩上时，有一个给渔夫们帮佣的穷苦女人在海边收渔网。她看见这条船张着满帆搁在沙滩上，十分惊讶，还以为渔夫们在船上睡熟了。她前去一看，什么人也没有，只有一个姑娘睡得正熟。她叫她好多回，才把她弄醒。从姑娘的服装看来，可以断定是一个基督徒。她便用意大利语问她，为什么孤单单的一个人乘船来到这里。姑娘听见她说的是意大利语，禁不住起了疑心，怕是有一阵逆风把她吹回到利帕里来了。她顿时一跃而起，环顾四周，只见自己身在陆上，认不出这是什么地方，便问那位大娘她此刻在哪儿。

"姑娘,你现在在巴巴里的苏沙城。"大娘回答。

姑娘听了这话,知道上帝没有让她死成,很是悲痛。她惟恐会遇上什么丢脸的事,不知如何是好,便坐在船尾,哭了起来。大娘见此光景,不由产生怜悯之心,再三劝她到她的一间小屋里去歇一会,进屋后,又再三好言相劝,使姑娘终于向她说清来到此地的根由。大娘听罢,知道她已好久没有吃过东西了,便拿出自己的干面包,还有一些鱼和水,一定要请她吃一些。

戈丝坦扎听那位大娘操着意大利语,就问起她的姓名来。她回答道,她是特拉帕尼人,名叫卡拉普蕾莎,在这儿为几位信奉基督教的渔夫干活。姑娘心里虽然十分悲伤,但一听到卡拉普蕾莎这个名字,也不知是什么触动了她,总觉得这是一个吉兆①,多少减少了一些轻生的念头。她并没有细细说出自己的姓名、来自何方,只是恳求那个大娘,看在天主的分上,可怜可怜她年轻无知,给她一些指点,如何才能免于受人欺凌。

卡拉普蕾莎不愧是一个好心肠的女人,听了这些话,便把姑娘留在小屋里,一面赶快出去收渔网,回来后又用自己的斗篷,把姑娘从头到脚裹住,亲自送她到苏沙城去。到了那边,那位大娘对她说:"戈丝坦扎,我要把你送到一个伊斯兰教徒的大娘那里去,她年纪已大,人又老成,富于同情心,我常常帮她做事。我去尽力替你说情,她一定很愿意收留你,把你当做亲生女儿看待。你和她住在一起,也应当全心全意服侍她,讨她的欢心,等到天主赐给你好运气时再说。"说完后,她就照办了。

那个老大娘年事已高,一面听她说,一面眼睁睁地望着姑娘哭了起来,并且拉住她的手,吻了吻她的额头,然后把她带到屋里。屋子里除了老大娘外,还住着别的几个女人,男人却一个也没有。她们干着各种手艺,有的纺织,有的做芭蕉扇,有的鞣皮制革。姑娘不久也学会了一些手艺,跟大家一块儿干起活来,因此那位老大娘和其他的人都很喜欢她。不久,她又把她们的语言学会了。

姑娘就这样在苏沙住下来。她家里人以为她失踪了,或者已经死了,都痛哭不已。且说突尼斯有个国王,名叫马利亚布台拉,当时他正遭受格拉那达地方一个很有权势的世家子弟的侵袭,那人扬言突尼斯的土地是属于他

---

① 在意大利语中,卡拉普蕾莎(carapresa)含有"宝贵之物"的意义。

的,并派大批人马前来进犯国王,要把他赶下王座。

马尔图乔·戈米托在大牢里听到了这个消息。他精通土语,听说突尼斯国王正在竭力进行防御,就对狱吏说道:

"如果我能够跟国王谈谈,我就敢壮起胆来献上一计,他也许能打胜仗。"

狱吏把这话报告了上司,上司立即奏禀国王。国王下令将马尔图乔带来,问他计谋所在。他回答道:

"陛下,过去我曾多次来到贵国,如果我没有看错的话,您指挥作战时似乎多靠弓箭手。因此,只要想方设法使敌军缺箭,而您军队里的箭无比充足,那么这一仗就会打胜。"

国王听了说:"如果办得到,那么我相信当然会取胜。"

马尔图乔说:"陛下,俗语说:有志者事竟成。现在你得去定做一些弓,弓弦要比常用的细得多,以后再去定做一些箭,箭尾一定要配上这些细弦的弓。这事必须做得十分机密,不让您的敌人知道,否则他们就会找到对策。至于我为什么要用这个计谋,理由是:我军和敌军交战时,双方弓箭齐发,敌军把我军射过去的箭捡起来,我军也要捡他们的箭,但敌军捡到我军的箭,因为箭尾小,配不上他们粗弦的弓,不能使用,而我军捡来敌人的箭,箭尾大,配上我军的细弦弓,真是妙极了。这样一来,我军的箭绰绰有余,而对方却大大不足。"

国王生性聪慧,听了马尔图乔的劝说,十分高兴。他完全依照他的话去做,果然打了胜仗。因此马尔图乔深受国王器重,名声显赫,享受荣华富贵。

这消息不胫而走,到处都传开了,不久就传到戈丝坦扎的耳里。她原以为马尔图乔早已死了,如今知道他还活着,于是心中冷却了的爱情又突然重新燃烧起来,而且比以前更加炽烈,绝望又成了希望。她把这一切告诉了那位好心的老大娘,把自己的经历原原本本说给她听了,又说想要亲自到突尼斯去一趟,亲眼看看这些传闻是不是事实。老大娘极力赞美她的心愿,于是像亲娘一般乘一条小船陪她到突尼斯,并和戈丝坦扎一起住在她的一位女亲戚家里,受到殷勤的款待。卡拉普蕾莎与她们同行。到了那里,她打发卡拉普蕾莎出去打听马尔图乔的下落。结果得知他真的还活着,而且有钱有势,便把情况告诉了老大娘。老大娘十分欣喜,要亲自去见马尔图乔,告诉他戈丝坦扎已到这里来找他。

有一天,她到他那里去,对他说:"马尔图乔,你有一个仆人从利帕里到我家来,想跟你私下聊聊。他因为信不过别人,所以我答应了他的要求,亲自到这里来和你说一声。"马尔图乔谢了她,就跟着她到她家里。

姑娘一见到他,真是喜出望外,她再也不能控制自己,连忙张开双臂扑向他,搂住他的脖子,一句话也说不出来。想起往日的凄怆,今日的欢乐,她不由轻声地啜泣起来。

马尔图乔一见到这个姑娘,一时惊得目瞪口呆,过了一会,才叹了口气说:"哦,我的戈丝坦扎,你还活着吗?好久以前,我就听说你失踪了,乡亲们也不知你的下落。"说着就抱住她亲吻,眼泪也扑簌簌地掉了下来。于是戈丝坦扎把自己经历的风险,以及这位好心的大娘对她的种种好处,都一一说给他听了。

马尔图乔和她倾诉了一番衷曲之后,就向她告别,到国王那里去,把这事的一切细节,也就是说他自己和那位姑娘的种种经历启奏国王,还说,希望国王允许他按照自己国土里的规矩和她结婚。国王听了他的叙述,非常惊异,立即把那个姑娘叫来,听到姑娘的话与马尔图乔的一般无二,便对她说:

"这么说来,你这个丈夫真挑得不错呀。"

他吩咐手下人备了许多贵重的礼物,一部分给姑娘,一部分给马尔图乔;又允许他们爱怎样就怎样办。马尔图乔对那位收留戈丝坦扎的老大娘非常尊敬,感谢她对姑娘的种种照顾,送给她好些礼物,还祈求天主保佑她,然后向她告别。临别时,戈丝坦扎还流了许多眼泪。接着,国王又准许他们带了卡拉普蕾莎上了一条小船,他们一帆风顺地回到了利帕里,说不尽的一番欢乐。马尔图乔在利帕里和姑娘结婚,举行了隆重的婚礼,从此两人恩恩爱爱,长久过着安宁的生活。

## 第三则故事

> 皮耶德罗·博卡马扎与阿妮约莱拉私奔,路遇盗贼,女的逃进树林,被人带往一座城堡;男的落入盗贼之手,后又逃脱,经过一些波折也来到城堡与情人相见,结成眷属,后一起回罗马。

埃米莉亚讲的故事,大家都赞不绝口。女王见她说完,便转过身去吩咐埃丽莎接着讲,埃丽莎立即欣然应命,讲起下面这个故事来:

美丽的女郎们,我讲的是一对青年男女,因为粗心大意,先吃了一夜的苦,后来厄运过去,才过了不少快乐的日子,因为这个故事也还算切题,所以我乐意讲给大家听听。

且说罗马这个地方虽然冷冷清清①,以前确也曾是世上首屈一指的都城。不久以前,那里住着一个青年,名叫皮耶德罗·博卡马扎,是罗马一家豪门之子。他爱上了一个十分美丽的姑娘,名唤阿妮约莱拉。姑娘的父亲季利奥佐·绍洛是个平民,然而很受罗马人尊重。皮耶德罗既然爱她,便用尽心机,逗得那位姑娘也倾心于他。皮耶德罗堕入情网,不能自拔,再也受

---

① 罗马本是教皇的京都,14世纪初,教皇迁都别处,故曾遭冷落。

不了相思的煎熬,意欲向她求婚。亲友们闻讯,都前来狠狠责备他一番,叫他千万不可做出这种事来,同时又去关照季利奥佐·绍洛,叫他千万不要听从皮耶德罗的话,否则,他们决不会认他做亲友了。

皮耶德罗本来认为,即使有这么多的亲人反对这门婚事,只要季利奥佐答应把女儿嫁给他,一切都不成问题;如今眼见这惟一能如愿的路子也给截断了,不由难过非凡。可是他毕竟想出了一个办法,只要姑娘能够同心协力,这段姻缘依旧可以成功。于是他托人去试探她,知道她也心甘情愿,便决定带她一起逃出罗马城。

皮耶德罗把一切事情都准备就绪后,那天一清早就起了床,和那个姑娘一起上马,向阿那尼进发,那里他有几位知己朋友。他们匆匆骑着马,根本没有时间举行婚礼,只怕有人追来。一路上两人情话绵绵,有时还要亲吻。

谁知皮耶德罗对这条路径不太熟悉,出城才走了八哩路,本当向右打弯,他却拐到左边去了。走了两哩多路,来到一座小小的城堡附近,被城堡里的人看见了。突然,城堡里跳出了十来条汉子,姑娘见这些人就要来到跟前,立即喊道:

"皮耶德罗,快逃,有人来袭击我们了!"

说着,她就赶着马儿向一片大树林奔去。她紧紧扶住马鞍,使劲刺马前进,马给刺痛了,飞快地奔进树林里。

一路上,皮耶德罗眼睛并不望着道路,只是瞅着阿妮约莱拉的脸,所以不像姑娘那样一下子就注意到这些汉子。他听到她的话,要看看这些人是哪里来的,可还没有发现他们,就被他们赶上,并且被抓住了。他们把他拉下马来,问明了他的姓名,大伙儿商量了一下,说:

"这人是我们敌人的一个朋友,我们非得剥掉他的衣服,牵走他的马,把他绑在那边的一株橡树上不可,这样,我们才能向奥尔西尼泄恨!"

大家一致同意这个办法,就命令皮耶德罗脱下衣服。皮耶德罗眼见一场灾难即将到来,不料这时草木丛中突然蹿出二十五条汉子,向这一伙人大喝道:"杀呀!杀呀!"这伙强盗惊惶失措,立即放下皮耶德罗,准备自卫。但一看对方人多,寡不敌众,只得逃走,而那二十个人却在后面紧追不舍。

皮耶德罗见了这番光景,立即拎起衣服,上了马,竭尽全力向刚才阿妮约莱拉逃去的方向奔遁。可是跑了一阵,在林子里不但找不到道路和小径,连一个马蹄的印痕也找不到;他认为那些抓他的强盗和袭击强盗的那批人都去远了,可以放得下心,可是始终找不到心上人的影子,于是边喊边哭,成为普天下最伤心的人了。他在林子里走来走去,喊了一阵,但没有人答应。他不敢回头走,往前去又不知是什么地方;此外,森林是野兽常栖之地,除了担心自己之外,还一直担心着他的女郎,只怕她会被大熊或野狼咬死。

不幸的皮耶德罗整天就这样在树林里转来转去,边喊边叫。他自以为是在向前走,其实却是在向后退。他就这样叫喊着,号哭着,又害怕,又饥饿,最后筋疲力尽,不能再往前走了。眼看天色已晚,他真不知如何是好,只得下了马,把马儿系在一棵大橡树上,接着自己爬上了树,免得夜里被野兽吃掉。不久,一轮明月升起,夜色清朗。皮耶德罗即使能睡也不敢睡,只怕从树上跌下来;为了意中人,他忧心如焚,也睡不着。他唉声叹气,嘤嘤啜泣,为自己不幸的命运而自怨自艾,因此整整一夜没有合眼。

前面已经说过,那位姑娘当时只顾逃跑,也不知往哪里走才好,只有听凭她马儿把她不论带到哪个地方。她一直往树林深处走,后来再也找不到原来入口的地方了,于是也像皮耶德罗一样,只得在那块荒无人迹的地方转来转去。整整一天,她一会儿等待,一会儿又往前走一阵,一路走,一路哭喊,悲叹自己的厄运。最后暮色降临,皮耶德罗仍没有踪影。这时她不觉来到一条小路,马儿往小路上走去。约摸行了两哩多路,只见远处有一座小屋。她催马加鞭,急忙赶到那里,看到屋子里住着一个慈祥的老头儿,他妻子的年龄也不小了。他们见她孤零零的一个人,便说:"哦,姑娘,天已经很晚了,你独个儿到这儿来干什么呀?"

姑娘哭哭啼啼地回答说,她在树林中走失了同伴,又问从这里到阿那尼还有多远。

慈祥的老头儿回答道:"你要往阿那尼去,这条路是到不了的,离开这里还有很多路呢。"

姑娘又问:"这里附近有没有什么地方可以住一夜?"

慈祥的老人说:"天黑之前,随便哪个地方你也赶不到了。"

于是姑娘说道:"既然赶不到,那么请看在老天爷的面上,让我今夜在这儿借宿一下吧?"

仁慈的老人说:"你今晚要在我们这儿借宿,那很好,只有一件事,我要向你说清楚:这一带地方,日夜都有一些坏蛋来来往往,他们有的是同党,有的是死对头,经常干坏事,害得我们好苦。你住在这儿,万一灾祸临头,遇上了这班人,看到你这么年轻美貌的姑娘,难免要对你不规矩,那时我们可救不了你呀。我们要向你预先交代明白,万一有什么意外,别责怪我们。"

姑娘听了老人的话,虽然很害怕,可是眼看天色已黑下来,就说:"但愿天主保佑我们平平安安。万一有什么意外,受这些人欺侮,总比待在林子里被野兽吃了强些。"

说罢她就下了马,走进这个穷苦老人的屋子里,同他们一起吃些素菜淡饭,然后跟这一对老夫妇挤在一张小床上,和衣而睡。她整夜不是唉声叹气,就是哭泣,恨自己和皮耶德罗命苦,又怕皮耶德罗也许凶多吉少。天快亮时,她听到一阵杂沓的脚步声,于是起了身,走到小屋后面的一个大院子里,看到院子一角有一大堆干草,就马上往干草堆里一钻,心想,当真有什么歹徒前来,也可以躲一下,不致立即被人发现。她还来不及躲好,一群歹徒已经来到小屋门前,用力把门打开,走进屋来,看到姑娘那匹马鞍辔俱全,便问谁到这里来过。

好心的老人见姑娘不在,便说:

"除了我们两口子,并没有外人,这匹马昨天夜里来到这里,主人可溜跑了。我们把它牵进屋里,免得给狼吃掉。"

他们的头目说道:"马儿既然没有主人,那就归我们吧。"

这伙人一进小屋,就东奔西闯。有些人走到院子里,扔下长矛和木盾。其中一个人不知干什么才好,随手一矛向干草堆上扔去,差点儿戳在躲在草堆里的姑娘身上。那根长矛正好扎在她的左乳附近,铁矛头把她的衣服戳破了一大块,她怕自己受到伤,差点儿失声喊了起来。可是她立刻想起了自己的处境,所以尽管吓得要命,还是镇定下来了。然后这伙人三三两两地烹羊煮肉,吃吃喝喝,以后就牵着姑娘的马,各干各的勾当去了。

等到他们走远了,好心的老人问他妻子道:

"昨夜到我家来的那位姑娘,不知怎么样了? 我们起床之后,我还没有见过她呢。"

他的老伴回说不知道,一面就去找那个姑娘。

姑娘暗中听得歹徒已经走了,便从干草堆里走出来。老人见她并未落入强人之手,真是喜出望外,当时天色已亮,就对她说:"现在天已亮了,离这里五哩路的地方,有一个城堡,我们陪你到那里去,那边十分安全。不过你只好步行,你的马已经给那伙坏蛋牵走了。"

这时姑娘全不把什么马儿放在心上,但求他们看在天主的分上,把她带到那个城堡去。于是三人即刻启程,到晨祷过半,就赶到那里。

这个城堡的主人原来是奥尔西尼族的一个子弟,名叫列洛·迪·卡姆波·迪·菲奥雷。他的妻子又虔诚又善良,这时恰好在家,看到这位姑娘,一眼就认出了她,并且盛情接待了她,问她怎么会到这里来的。姑娘就把此事的一情一节统统向她说了。夫人也认识皮耶德罗,因为他是她丈夫的朋友,她听说皮耶德罗落难,十分伤心,又怕他可能遇害,便对姑娘说:

"既然你不清楚皮耶德罗的情况,就住在这儿再说,等我有机会时,再把你安全送到罗马。"

再说皮耶德罗待在橡树上,伤心至极,天黑下来时,他看见约摸有二十条狼,团团围住他的马儿。马儿一闻到狼的气息,便摆动脑袋,挣断缰绳,企图逃脱,可是四面都是狼,欲逃不能,于是设法自卫,猛踢狠咬了一阵,终于敌不过,被狼群扑倒在地,咬得血肉模糊,连五脏六腑也顿时被它们吃个干净,只剩下一堆骨头,狼吃完后就跑了。对皮耶德罗来说,这匹马本来无异是一个伴侣,一个疲劳中的得力助手,如今他非常惊惶,怕一辈子也逃不出这个林子了。

清晨,他在橡树上冷得快要死了,就不住地向四下张望,看见在大约一哩开外的地方,有一大堆火焰。天大亮时,他战战兢兢地爬下橡树,向那堆火焰走去,只见一群牧羊人正围着火吃吃喝喝,寻欢作乐。大家见他可怜,就让他待在一块儿。

他吃了些东西,身体暖和一些以后,便把自己不幸的遭遇说给他们听,说他怎样孤零零一个人来到这里,又问他们,这里往前走是否有什么乡镇城堡。

牧羊人告诉他说,离这里大约三哩路光景,就是列洛·迪·卡姆波·迪·菲奥雷的城堡,女主人现在正在那里。皮耶德罗听了十分高兴,恳求他们派人带他前去,当时有两个人欣然接受了这个任务。到了那里,皮耶德罗找到了几个熟人,正要想方设法到树林里去找寻姑娘,夫人恰好派人请他,他立刻应召前往。他看见阿妮约莱拉也在那里,真是无比欣喜。他恨不得上前紧紧搂住她,可是夫人在旁,不好意思这么做。至于那位姑娘的高兴,当然也不亚于他。

这位慈祥的夫人欢迎他、款待过他以后,就请他讲讲自己的经历。听完以后,她责备他不该违背家人的心意,随心所欲地行事;后来见他主意已定,姑娘也和他同心合意,心想:"我何必伤精神呢?他们彼此相爱,心心相印,两个人都是我丈夫的朋友,他们的愿望是真诚的。我看这也许是天意:一个在绳索中逃了命,另一个在长矛下幸存,两人都险些儿被树林中的野兽吃掉。我还是成全他们吧。"想罢,她就转身对他们说:

"如果你们俩真想结为夫妻,我也乐意,你们就在这里成婚,一切费用都由列洛家来负担。你们办完事后,我再向你们家人去说情。"

皮耶德罗听了欣喜万分,阿妮约莱拉更是快乐。于是两人在这里成婚,夫人为他们举办了体面的婚礼,凡是山里能办得到的事,都件件办到。两人甜甜蜜蜜地尝到了初欢的果实。过了几天,夫人陪他们两人一起回乡,他们骑着马,一路还有人护送,就这样回到了罗马。皮耶德罗的家人见皮耶德罗做出这种事来,自然十分恼火,不过后来总算和睦相处。从此,皮耶德罗和他的阿妮约莱拉过着安宁快乐的日子,直到晚年。

## 第四则故事

里奇亚尔多·马纳尔第和情人幽会,被女方的父亲里奇奥·迪·瓦尔博纳先生发觉,他随即同她结婚,跟那位做父亲的和睦相处。

埃丽莎的故事讲完了。她的同伴们听了她的故事,赞不绝口,于是女王叫菲洛斯特拉托接着讲一个,他就笑吟吟地说了起来:

你们这许多人老是责怪我,说我讲的尽是一些悲惨的故事,使你们不得不掉下眼泪来。现在我想调剂一下你们的心情,要讲一些东西让你们笑笑。我想讲述的是一个爱情故事,内容很简单,其中固然有一些波折,但只是几声叹息,还夹着短时间的惊恐和羞惭罢了,结局可十分美满呢。

尊贵的女郎们,话说不久以前,罗马涅有一位名叫里奇奥·迪·瓦尔博纳的绅士,此人出身高贵,富有教养。他娶了一个妻子,名叫贾科米娜。将近晚年时他交上了好运,妻子生了一个女儿,女儿长大后,十分秀丽动人,当地谁也比不上她。她的父母亲只有她这个独生女儿,非常疼爱她,对她的照管无微不至,巴不得将来能攀上一门称心如意的亲事。

再说布雷蒂诺洛地方有一个年轻人,名叫里奇亚尔多,是当地马纳尔第家族的子弟。他容貌俊秀,风度潇洒,常到里奇奥先生家里来做客。里奇奥先生和他的夫人对他像自己儿子一样,并无半点戒备之心。那小伙子好多次见到这位容貌姣美、举止得体的姑娘,姑娘青春焕发,正当出嫁的年龄,他不由深深爱上了她。不过他千方百计掩盖自己的爱情,不敢露出一些痕迹。姑娘可察觉到了他的那份情意,她对这件不正经的事不但一点也不厌恨,反而像他一样爱上了他,这使里奇亚尔多非常高兴。

小伙子几次三番想向她表白,但疑虑重重,不敢开口。有一回他终于抓住机会,鼓足勇气对她说:

"卡泰丽娜,我求求你,别让我害相思病死去吧!"

姑娘立刻接嘴道:"求老天爷也别让我害相思病死去!"

里奇亚尔多听了这话心花怒放,胆子也大了许多,便对她说:"为了让你高兴,我什么事都愿意去做,不过你得想想办法,别让我俩死去才好。"

于是姑娘说:"里奇亚尔多,你知道,爹娘把我看管得多严,所以我不晓得你怎么才能接近我;可是如果你有什么办法,让我做时不会丢脸,那就告诉我,我一定照办。"

里奇亚尔多想了又想,忽然开窍了,连忙说:"我亲爱的卡泰丽娜,我只有一个办法,别的什么也没有了。你父亲的小花园附近有一个阳台,如果你能睡在阳台上,或者到阳台上去,那就行了。只要我事先知道你夜间上那儿去,那么不管阳台多么高,我一定想方设法来到你跟前。"

卡泰丽娜答道:"如果你有胆量上那儿去,我相信我一定会想办法去阳台睡觉的。"

里奇亚尔多点头称是,说罢两人只匆匆吻了一下,就分手了。

那时已快到5月底,第二天,姑娘到母亲跟前撒娇,说昨天夜里特别热,怎么也睡不着。

母亲说:"女儿啊,热什么?这天可一点也不热呀。"

于是卡泰丽娜说:"母亲呀,您应当说:'依我看一点也不热。'也许您的话是对的,不过您该知道,年轻的姑娘和上了年纪的女人相比,体质要热得多呢。"

做母亲的说道:"我的孩子,你的话倒不错,不过我不能随心所欲地要它热就热,冷就冷,像你希望的那样。季节的变化年年有,天气总有冷有热,还是忍耐些吧。也许今夜会凉爽些,你会睡得好一点了。"

"那只好随老天爷了,"卡泰丽娜说,"可是夏天既然快到,夜里照例是

不会凉快起来的!"

"那么,"夫人说,"你要我怎么办呢?"

卡泰丽娜答道:"要是爹爹和您同意,我很想在他房间附近小花园上面的阳台里搭一张小床,我睡在那里,听夜莺歌唱,地方又凉快些,这比睡在您房里要好多啦。"

于是母亲说:"女儿,你放心吧,我会跟你爹去说的,只要他同意,我们就这么办吧。"

可是里奇奥是个老头儿,老头儿也许总有些怪僻,听了夫人的话,说道:"夜莺是什么东西呀,她要听它唱歌才能睡觉?我倒要让她听着蝉儿的歌声睡觉呢!"

卡泰丽娜知道了父亲说的话,当夜不但自己不睡,也不让母亲睡觉,口口声声埋怨天气太热,其实不是天气热,而是心里恼火。母亲听了女儿的满腹牢骚,次日一早就对里奇奥先生说:"夫君,您太不疼爱自己的女儿了,她在阳台上睡觉,与您又有什么相干呢?昨天,她整夜找不到乘凉的地方,她还是一个孩子,爱听夜莺歌唱,您又何必大惊小怪呢?年轻人自有年轻人那一套莫名其妙的东西。"

里奇奥听后就说:"好吧,就照你的意思在那边放一张床,再挂上一顶轻纱帐,让她去睡,让她称心如意听夜莺歌唱吧。"

姑娘听说父亲同意,便急忙在那边搭起一张床来。她准备天一黑就睡在那儿,同时等着与里奇亚尔多相会。等他一到,她就准备向他打一个预先约定的暗号,让他明白下一步应怎么办。

里奇奥先生听得姑娘上床,就把卧室通向阳台的那扇门锁上,自己也去睡了。

一待夜深人静,里奇亚尔多利用一架梯子爬上墙头,以后又紧紧抓住另一座墙头的凸起部分,翻到阳台上,也顾不得多么疲劳,掉下来又有多么危险。姑娘在那里悄悄地、十分热情地抱住了他。

他们吻了又吻,以后就一起躺在床上,两人整夜寻欢作乐,叫夜莺也唱了不少歌曲。

夏夜很短,他们男贪女爱,十分欢乐。他们不知道天色即将破晓,却觉得身子热乎乎的,一部分是由于天气,一部分是因为调情做爱。他们一丝不挂地睡着了,卡泰丽娜的右臂挽住了里奇亚尔多的脖子,左手却握住了你们女人家在男子面前羞于启齿的那个物件。

他们就这样睡着了,天色大亮时还没醒来。里奇奥先生起了床,想起女儿睡在阳台上,就悄悄推开门说:"让我去看一下,昨天夜里夜莺叫卡泰丽娜睡得怎样。"

他走到那边,轻轻揭开床上的轻纱帐一看,原来里奇亚尔多和女儿正像上面所描述的那样赤条条地抱着睡觉。他认识里奇亚尔多,于是退了出来,走到他妻子的卧室里叫醒她,对她说:

"老娘子,快快起床,到那边去看看嘛!你的女儿已迷上了夜莺,竟把它留住了,现在还握在手里不放呢。"

夫人说:"怎么会有这样的事?"

里奇奥先生说:"你赶快去,还看得见呢。"

夫人匆匆穿好衣服,悄悄跟着里奇奥先生来到女儿床边。夫人贾科米娜揭开纱帐一看,顿时明白女儿如何捉住夜莺不放,而她又多么喜欢听它歌唱呀。

夫人觉得里奇亚尔多欺骗了她,十分气愤,很想大叫大喊,呵责他一番,但里奇奥先生对她说:"夫人,如果你珍惜我对你的爱,那就别闹了。说句实话,既然她把他抓到了手,他就应当属于她。里奇亚尔多是富家子弟,出身又好,我们认他做女婿,真是求之不得。他想从我家平安无事地出去,就先得娶她为妻。那时他会明白,他把夜莺放进了自己的笼子,而不是别人的笼子。"

夫人见丈夫对此事并不动什么肝火,心里也就坦然了。她想女儿既已度过了一个良宵,如今好梦正酣,还捉住夜莺不放,她也就无话可说了。

刚说完这些话,里奇亚尔多就醒来了,看到天已大亮,不由得吓得魂不附体,就唤醒了卡泰丽娜,说道:

"哎呀,我的宝贝儿,我们该怎么办?天已亮了,我还走得了吗?"

话音刚落,里奇奥先生已走了过来,揭开纱帐应声说道:"你们干得好!"

里奇亚尔多一看到他,一颗心似乎要从身体里撕裂开来,他起身坐在床上,说道:"先生,看在天主的分上,原谅我吧。我知道,我是一个不讲信义的坏蛋,罪该万死,所以一切听凭您发落;只是恳求您要是有可能,就可怜我这条命,免我一死吧。"

里奇奥先生听了就说:"里奇亚尔多,我一向很信任你,想不到你竟辜负了我的情义!不过年轻人既然已干了这等胡涂事,那么你在离开这间屋子之前,要先正式娶卡泰丽娜为妻,这样才能保全你的性命,挽救我的面子。这样,她不仅仅在上一夜是属于你的,而且一辈子将成为你的人。只有这个办法,我的心才能宁静,而你也就平安无事;要是你不愿这么做,那就把你的灵魂交给天主发落吧。"

在两人说话的当儿,卡泰丽娜的手已不再捉住夜莺,而用衣服遮住自己,抽抽搭搭地哭了起来。她一面恳求父亲原谅里奇亚尔多的行为,一面请里奇亚尔多按照里奇奥先生的愿望去做,这样,他们两人以后就可像上夜那样长久地、安安心心地一起欢度良宵了。

不过太多的祈求是毫无必要的:里奇亚尔多又羞惭又惶恐,既想弥补自己所犯的错误,又想幸免一死,何况他又深深爱着自己的心上人,而且一心想永久占有她,因此他心甘情愿地、毫不迟疑地顺从了里奇奥先生的心愿。

这时里奇奥先生从夫人贾科米娜那儿取下手上的一只戒指,里奇亚尔多就当着他们的面,在床上认卡泰丽娜为妻。于是里奇奥先生和夫人走了,临行时说:

"现在你们休息吧,也许你们还不想起来,需要再睡一会儿呢。"

他们一走,两个年轻人又拥抱在一起了。这对情侣夜里只走了六海里路,现在还得再走两海里,第一天的行程才算结束。

起身以后,里奇亚尔多同里奇奥先生更加一本正经地谈论起今后的事来。几天后,他不失体面地跟姑娘结了婚,至亲好友均来参加婚礼。他用隆重的仪式把新娘接到家里,婚礼十分热闹光彩。以后他们俩一直和睦相处,而且日日夜夜戏弄夜莺,尽其所欢。

## 第五则故事

圭多托将女儿托付给贾科明诺后,溘然长逝;后来姜诺尔和明尼诺两人都爱上了这个姑娘,引起格斗。经调查,原来姑娘是姜诺尔的胞妹,她便嫁给了明尼诺。

女郎们听了夜莺的故事,无不笑得前仰后合;虽然菲洛斯特拉托已把故事讲完,她们还是忍俊不禁。女王等大家笑了一阵子后,便开口说:"昨天你确实给我们吃足了苦头,今天可叫我们乐透啦,所以再也没有什么理由来责怪你了。"她命内伊菲莱接下去讲故事,内伊菲莱就愉快地讲述起来:

菲洛斯特拉托讲的故事发生在罗马涅,我也不如讲一下那个地方的一些趣闻吧。

话说法诺城里住着两个伦巴第人,一个叫圭多托·达·克雷莫纳,另一个叫贾科明诺·达·帕维亚。他们两人都上了年纪,年轻时曾经历过一番戎马生涯。圭多托临终时没有儿子,除了贾科明诺外,再也没有任何亲友可以信托,留在世上的,只有一个十岁光景的女儿,于是他把许多财产和女儿都一起托付给贾科明诺,叮咛了一番,就去世了。

贾科明诺本住在菲恩扎城,因那里长年来兵荒马乱,不得不离开家乡。

如今形势已稍有好转，凡愿意回来的都可以回来，不受任何约束。由于他对菲恩扎城一直怀有好感，所以他带着所有家当和圭多托托付给他的小女孩，一起回到那个城市了。

他待这个小女孩像自己的亲生女儿一般。姑娘长大后，出落得非常美丽，同城里别的姑娘相比毫不逊色。她不但容貌美，人品也好，而且富有教养，因此有许多小伙子都前来向她求婚，不过其中有两位财产相当的英俊少年尤其爱她，以致彼此争风吃醋，结下冤仇。他们一个名姜诺尔·迪·塞韦里诺，另一个叫做明尼诺·迪·明戈莱。如今姑娘已有十五岁，两人都巴不得把她娶过门来，可是两人的家长都不同意。他们眼见正当的途径无法把她弄到手，就只好勾心斗角，另想更好的办法。

贾科明诺家里有一个年老的女仆和一个名叫克里韦洛的男用人，后者爱好玩乐，善于交际，姜诺尔同他关系甚好。他认为如今时机已经成熟，可以把心事向那仆人披露，便恳求他如何才能遂其心愿，并答应事成后一定重重酬谢。克里韦洛听后就说：

"我能帮你的忙的就只有这么一点儿，那就是在贾科明诺出去到别人家吃饭的时候，让你来到她栖身的地方，因为即使我想替你说些什么话，她也决不会听的。这个办法要是你喜欢，我就答应替你办，以后，你认为该怎么办就怎么办吧。"

姜诺尔说这个办法再好也没有，两人就这么说定了。

另一方面，明尼诺也巴结上了那个女仆，叫她好几次捎信给那个姑娘，几乎把姑娘的芳心打动了。此外还答应等某一天晚上贾科明诺有事离开家里，替他同姑娘安排一次约会。

此事过后不久，在克里韦洛的策划下，贾科明诺到朋友家里吃晚饭，于是他将这一消息通知姜诺尔，并告诉姜诺尔按照某一约定的信号进屋，那时门会替他开着。女仆方面对此却一无所知，她告诉明尼诺，贾科明诺今天不在家里吃晚饭，叫他在屋子附近等着，看到她做的信号就立刻进屋。

暮色降临。死心爱着姑娘的这两个人互不知情，彼此只是怀着猜疑戒备之心，各自带着武器和随从，企图进屋把姑娘搞到手。明尼诺一伙人躲藏在姑娘邻近的一个朋友家里等待信号，姜诺尔隐伏的地方则离开屋子稍远一些。

等贾科明诺一走,克里韦洛和女仆就立刻动脑筋,想把对方打发走。克里韦洛对女仆说:

"现在你怎么还不去睡觉?干吗你要在屋子里转来转去?"

女仆对他说:"你为什么不要找老爷?你既然吃过了晚饭,此刻还等在这里干什么?"

两人就这样相持不下,各不相让。克里韦洛眼见跟姜诺尔约定的时间已到,心里暗想:"我何必担心这个女用人呢!要是她不安静,她会自食其果的。"于是他打出约定的信号,上前开了门,姜诺尔就连忙同两个随从一起进屋,在客厅里找到了姑娘,抱住了想把她带走。姑娘开始挣扎,并且大声叫喊,女仆也叫了起来,明尼诺听到声音,立刻同伙伴们赶来,看见姑娘已被拉到门外,便拔出刀剑,齐声喝道:

"呸,混账东西!你们真是在找死!不许这样胡闹了,你们简直横行霸道!"说完这话,就向对方挥剑砍去。

左邻右舍听到这片叫嚷声,都走出屋来,执着火把,带着武器,纷纷责备姜诺尔,还帮着明尼诺说话。经过长时期的争执,明尼诺才把姑娘从姜诺尔手中夺了过来,送回贾科明诺家。一场混战尚未结束,负责当地治安的兵丁赶了上来,逮捕了他们中间的许多人,其中包括明尼诺、姜诺尔和克里韦洛,并把他们押进了监狱,这场风波总算平静下来。

贾科明诺回家后,得悉了这场变故,十分恼火,便查问此事的原委;知道此事姑娘并无任何过错,便稍稍平静下来,暗想不如及早把她嫁出去,免得再发生类似的情况。

第二天早晨,两个年轻人的家长得悉了此事的一情一节,知道小伙子们闯了祸。他们只怕贾科明诺会采取某种法律手段来对付,便亲自上他家,说了不少好话,恳求他原谅他们年少而没有头脑,以致干出这种蠢事,并请他发发慈悲,对此不要计较;对于小伙子干的坏事,不管他提出什么赔偿要求,他们都心甘情愿。

贾科明诺是一个阅历颇深而通情达理的人,听后就简短地答道:

"各位先生,哪怕我在家乡也好,如今在贵地作客也好,我对各位都是友好的,决不会做出任何使你们不愉快的事。除此以外,既然你们引咎自责,我也只好顺从你们的心意。至于这位姑娘,也许许多人都认为她不是克雷莫纳人或帕维亚人,而是菲恩扎人。不过不管是我、是她,还是把她托付给我的人,都不知道她究竟是谁家的女儿,所以不论各位有什么要求,我都照办。"

这些大人先生听说姑娘是菲恩扎人,都很惊异,同时向他致谢,认为他刚才的一席话十分宽宏。他们还要求他谈谈他是怎样收养这位姑娘的,而且如何知道她是菲恩扎人的。于是贾科明诺说:

"圭多托·达·克雷莫纳是我的朋友和战友,临死时他对我说:当腓特烈皇帝占领本城时,什么东西都给士兵们劫掠一空。有一回他和他的弟兄们走进一座屋子,看到里面满是居民们丢下的财物,屋子里没有人,只有一个两岁光景的小娃娃,看见有人上楼,就叫他爸爸。他动了恻隐之心,就带了小娃娃和屋子里所有财物一起到了法诺城。他后来在那里死去了,临终前把娃娃交给我照管,嘱咐我到适当时候把她出嫁,她的财物都用来做嫁妆。现在她已到了婚配的年龄,不过我还没有替她找到一个如意郎君。我很想早些把她嫁出去,免得再发生昨晚那样的事。"

当时在场的有一个人,名叫圭列尔米诺·达·梅迪奇纳。当年他曾和圭多托一起参加劫掠,清楚地知道圭多托劫的是哪一家。看到被劫的人也正好在场,就走到那人面前说道:

"贝尔纳布乔,你听见贾科明诺的话了吗?"

贝尔纳布乔说:"听见了。我还在想这件事呢。我记得在那动乱的年代里,我丢失了一个小女孩,年龄跟贾科明诺说的差不多。"

圭列尔米诺说:"那准是这个姑娘了。我以前曾和圭多托待在一起,听他说起过抢劫的地点,知道那一回抢的就是你家。你再回想一下,姑娘身上有没有什么标记,可以把她认出来。想办法找一找,这样你一定能发现,她是不是你亲生的女儿。"

贝尔纳布乔想了一会,记起了姑娘左耳上方应当有一个十字形的伤疤,因为在遭难以前不久,她曾生过疮,动过手术。看到贾科明诺仍旧在场,他便毫不迟疑地走上前去,请求对方带他到屋子里,让他看看那个姑娘。贾科明诺欣然领他前往,并叫姑娘出来与他相见。贝尔纳布乔一见到她,就仿佛看到她母亲那风韵犹存的脸儿,不过他觉得仅仅这点表征还不够,于是请贾科明诺发发好心,允许他把她左耳上方的头发撩开一点儿,贾科明诺高兴地答应了。当时姑娘正羞答答地站在那儿,贝尔纳布乔走向前去,用右手掠开她的头发,果然见到了那个十字形伤疤。他断定她就是自己的亲生女儿,就抽抽搭搭地哭了起来,而且去拥抱她,不过她却嗤之以鼻。

于是他转身对贾科明诺说:"老兄,她就是我的女儿。圭多托抢劫的就是我的家。突然发生这件意外事,我们夫妇俩都很惊慌,一时竟忘了自己的女孩儿。当天我家就被烧毁,我们一直以为她早在屋子里烧死了。"

姑娘听了这番话,又见他是一个老人,才相信他的话是实。骨肉之情使她感动,她接受了他的拥抱,而且和他一起嘤嘤啜泣。贝尔纳布乔立即把她的母亲和其他亲属以及姐妹兄弟一一找来,向大家讲明她的身份;大家和她拥抱了好久,他再把事情的真相说清楚。他们欢天喜地热闹了一番后,才把她接回家去,贾科明诺也十分欣喜。

本城的官长是一个开明士绅,知道在押的姜诺尔就是贝尔纳布乔的儿子,又是那位姑娘的胞兄,便通知手下对他所犯过错作了宽大处理,并亲自过问此事,向贝尔纳布乔和贾科明诺说情,使姜诺尔和明尼诺两人言归于好。他又做主将姑娘嫁与明尼诺为妻,姑娘的芳名是阿涅萨,这使明尼诺的家人欣喜万分。为此,他又将克里韦洛和对此案有牵连的人一起释放。明尼诺喜出望外,于是办了盛大而体面的婚礼,把她接回家去,以后同她和睦快活地生活了好长时间。

## 第六则故事

> 季安尼同所爱的姑娘幽会,被人发觉并奏禀国王,一起被缚在刑柱上,即将用火烧死;幸而海军大将认出了他们,两人不但获救,而且喜结良缘。

内伊菲莱讲完了故事,女郎们都十分高兴。女王命令帕姆皮内娅讲些什么,于是她神情安详地说了起来:

可爱的女郎们,从今天和以前各次所讲的一些故事中,可以看出爱情的力量是异常伟大的;对有情人来说,哪怕移山倒海,赴汤蹈火,他也毫不在乎。这类故事虽讲得不少,但我有兴趣再讲一个堕入情网的男青年的冒险故事。

话说那不勒斯附近,有一个伊斯基亚岛,岛上住着一位美丽而快活的姑娘,名叫蕾丝蒂图塔,她是该岛绅士马林·波尔加罗①的女儿。伊斯基亚岛附近有一个名叫普罗奇达的小岛,岛上有一个名叫季安尼的小伙子,他热恋着那个姑娘,把她看得比自己的生命还重,而姑娘也深深爱上了他。他不但白天从普罗奇达渡海到伊斯基亚岛前去看她,有好多次在夜间也会泅水——因为那时已找不到船了——从普罗奇达一直到伊斯基亚岛,即使看

---

① 马林·波尔加罗是一位历史人物,薄迦丘与他在宫廷中结识。他深受当时宫廷中人们的器重。

不到她本人,至少也能对她家的墙壁看个痛快。

在他们狂热地沉浸于爱河的当儿,发生了一件事。

有一个夏日,姑娘独自去海边散步。她从一块岩石走到另一块岩石,用一把小刀把石缝间的贝壳挖出来。后来不觉来到一个荒僻的地方,四周都是山岩峭壁,浓荫遍地,有一泓清凉无比的泉水潺潺而流。这时正好有几个西西里青年,乘三桅船从那不勒斯来到这里。他们看到姑娘姿色过人,又只是独自一人,而姑娘还没有发现他们,顿时不怀好意,决定把她劫走。

这些家伙怎么想就怎么做:他们不顾姑娘大叫大喊,一齐把她捉住,将她架上了船,扬长而去。到了卡拉布里亚,他们为了这姑娘彼此争吵起来,各人都想占为己有,后来怕这样僵持下去会败事,为了她把一切都毁了,便一致同意把她献给西西里国王腓特烈①。国王年方青春,颇爱女色。

他们到了巴勒莫后,就真的把她带进宫里。国王见她如此秀美,十分欢喜,不过目前身体有些虚弱,便吩咐下人请她暂时进库巴御花园,让她住在园内一座豪华的宫里,并叫他们好好侍奉,等身体好些时再说。下人一切照办了。

这位姑娘被人劫走,在伊斯基亚岛引起了很大的震动。最叫人着恼的,就是人们竟不知道是谁把她劫走了。季安尼比什么人都着急,由于一时在伊斯基亚岛找不到线索,便不再等待,进而去调查那条三桅船的去向。他自己也装备了一条船,以飞快的速度沿着海岸行驶,从明内尔瓦②一直到卡拉布里亚的拉斯卡莱亚,到处打听姑娘的下落。在拉斯卡莱亚,他总算打听到她被几个西西里船员劫到巴勒莫去了。

季安尼尽快赶到巴勒莫,到了那里找了多时,才知道他们已将姑娘献给国王,正在库巴御花园里供养着。他气愤极了,今后他不但一辈子不能占有她,连见面的希望也几乎没有了。

不过他还是深深眷恋着她。他把三桅船打发走后,就在这里住了下来,因为他认为此地谁也不认识他。

他经常从库巴御花园前走过。有一天,他凑巧看到姑娘倚在窗口上,姑

---

① 即腓特烈二世,于1296至1337年统治西西里。
② 那不勒斯的海湾名。

娘也望见了他,两人心中暗自欢喜。季安尼看到这块地方十分冷僻,就在可能范围内同她接近,还跟她谈了一些话;姑娘告诉他,如果他以后还想凑近她谈话,应当如何行事。临行时,他把那里的方位地形都一一记在心里。他眼巴巴地等着天黑,快到下半夜时,他又来到这里,从啄木鸟也无法上去的地方爬进了花园,在园子里找到一根竿子,把它支撑在姑娘指给他看的窗子前面,然后轻捷地攀缘而上。

姑娘觉得做这等事已经有失身份,要是在以前,她一定要保全自己的名誉,不致做出这种丢人的事。可是她又觉得除了他以外,再也找不到第二个如意郎君可以许身,同时也希望他能把她营救出去,所以决定样样都依从他。正因为如此,她早打开了窗户,让他一上来就可以进房。季安尼见窗户开着,就悄悄进入室内,躺在她的旁边。这时姑娘还没有睡,她在靠近他之前,先将自己的心意表白一番,坚决要求他带她出去,离开这个地方。季安尼说,这是他最高兴的事,这次离开她后,一定将事情安排妥当,下次来时就带她走。接着两口子拥抱在一起,高兴得什么似的,尝尽了爱情的种种乐趣。以后他们又不知重复玩了多少次,终于搂抱在一起睡熟了。

再说国王本来对姑娘一见倾心,对她一直念念不忘,这天他觉得精神挺好,尽管天色快亮,他还是想上她那儿去一阵子。于是他信步来到库巴御花园的行宫里,叫人轻轻把姑娘卧室的房门打开。侍从手擎点着蜡烛的大烛台,引国王走进室内。国王往床上一看,只见姑娘和季安尼两人一丝不挂地搂抱在一起睡着。他不由勃然大怒,气得话也说不出来,恨不得当场抽出身边的一把宝剑把他们杀了。但转而一想,这一对男女赤身裸体地正好睡着,现在杀了他们,对任何人来说都是卑鄙不过的事,何况他是一个国王。于是他忍住了,准备把他们当众烧死。

他转身对一个侍从说:"我本来对这个女人抱有很大的希望,原来她是一个贱货。你看应当怎样发落她?"

他又问侍从是否认识这个小伙子,此人狗胆包天,竟敢闯入宫中干出这种过分而令人不快的事来。侍从听了答道:他想不起见过这样的人。

国王气急败坏地走出房间,命令下人将这对情人赤条条地捉住,然后绑起来,天一亮就送到巴勒莫,在广场的刑柱上背对背绑好,待晨祷钟响后执行死刑。这样,大家都能看到他们的丑态,然后再把他们活活烧死,这叫做罪有应得。国王说完这些话,就怒气冲冲地回到巴勒莫的宫中去了。

国王一走,众人立即扑向这对情人,不但把他们弄醒,而且毫不留情地把他们捉牢绑好。两个青年男女见此情状,悲伤万分,他们哭哭啼啼,生怕送了性命,这是有目共睹的。侍从们按照国王的命令,把他们押送到巴勒莫,并且绑在广场的一条刑柱上,面前放着木柴堆和火把,待国王一声命令,就把他们活活烧死。

这时巴勒莫的男男女女,都一齐到广场上来看这对情人。男人们都争先恐后地去看姑娘,夸她全身上下长得真美;女人们都跑去看小伙子,对他的美俊魁梧赞不绝口。可是这对不幸的情人却羞惭万分,他们垂着脑袋站在那儿,为自己的灾难痛哭失声,随时准备残酷的火刑加在身上,命归黄泉。

他们就这样被捆绑在柱上,等待就刑,时辰一到,就要执行。他们所犯的过错,现在已传遍城里各处,消息也传到国王的海军大将鲁季埃里·迪·洛里亚①的耳朵里。此人德高望重,深受人们爱戴。现在他也赶到他们被绑的地方来看个究竟。他到这里后,先看看那个姑娘,称赞她确实长得美艳,后来又瞧瞧那个小伙子,不费多大力气就认出了他是个熟人,于是上前一步,问他是不是普罗奇达岛的季安尼。

季安尼抬头一看,认出他是海军大将,于是答道:

"大人,您问得对,我就是季安尼,可是不一会,我就不在人世了。"

海军大将问他为什么会落得这样的下场,他回答说:

"为了爱情,触怒了国王。"

海军大将叫他把详细情况说说清楚。大将听完一情一节,正要离去,季安尼却叫住了他,对他说:

"大人,如果办得到的话,请您向罚我捆在刑柱上的国王求个情吧。"

鲁季埃里问他有什么请求,季安尼说:

"我知道自己非死不可,而且死就在眼前。现在我要请国王开恩:我爱这位姑娘,把她看得比自己的生命还重,她对我也是一样,可现在却背对背给绑着。能不能让我们面对面绑在一起,这样临死前我就能看着她的脸,我

---

① 腓特烈二世在位时,确有一位功勋卓著的海军大将,不过他姓劳里亚,不是洛里亚。他名声显赫,带有传奇色彩。

死也甘心了。"

鲁季埃里笑着说:"我很愿意替你说情。我一定让你能经常看着她,直到看厌为止。"

海军大将离开了季安尼,嘱咐执刑的官吏,在接到国王下一步的命令之前不得执行。接着他毫不迟疑地去见国王。他虽见国王余怒未消,仍陈述了自己的看法,说道:

"国王啊,那两个青年人哪儿冒犯了你,你要下令在广场上将他们活活烧死?"

国王说明了原委,于是鲁季埃里又说:

"他们确实罪有应得,可是不该由你来处分他们。犯过罪的应该受罚,立过功的也应当受赏,何况一国之王应当宽宏大量,慈悲为怀。你可知道,你要烧死的两个人是谁吗?"

国王回答说不知道,鲁季埃里就继续说下去:

"让我来说说吧,这样你就知道你在一气之下做出的事是多么有见识。这个小伙子是兰多尔福·迪·普罗奇达的儿子,也就是季安·迪·普罗奇达大人①的亲弟弟,你能做该岛的君王,应当归功于这位大人。那位姑娘是马林·波尔加罗的女儿,由于她父亲的力量,你今天才能统治伊斯基亚岛,不被人家驱逐出去。再说,这一对年轻人相爱已久,如果年轻人做了这样的事算是犯罪,那么他们犯的罪也只是彼此相爱,而不是故意冒犯陛下。由此看来,陛下应当非常隆重地接待他们,赏赐他们,怎么要把他们处死呢?"

国王听了这一席话,觉得鲁季埃里说的句句是实,不但急忙收回成命,制止了自己过激的行为,而且对所做的事感到十分内疚。因此他即刻下令把两个年轻人松绑,并且带来见他。手下人当即照办不误。

国王把他们的情况查问清楚后,觉得应当待之以礼,并且赏赐一番,以补偿他们所受的委屈,于是当即让他们穿上华贵的衣服,又见两人情投意合,便叫季安尼正式娶下这个姑娘。国王还送给他们不少贵重的礼物,派人送他们高高兴兴地回家,家人热情而隆重地接待了他们。以后两人无比欢乐地住在一起,白头偕老。

---

① 系西西里贵族,在反抗理查第一及驱逐法国缙主方面立下功勋。

## 第七则故事

> 泰奥多罗爱上了主人的女儿维奥兰蒂,使她受孕,因而被判处绞刑,幸遇生父相认获救,与维奥兰蒂终成眷属。

女郎们听故事时都提心吊胆,生怕那一对情人会被国王活活烧死,后来听说他们终于获救,一个个都赞美天主,异常高兴。女王听完了这个故事,就吩咐劳蕾塔接下去讲一个,于是她快活地说了起来:

美丽的女郎们,在善良的圭列尔莫王①统治西西里岛时,岛上有一位绅士,名叫阿梅里戈·阿巴泰·达·特拉帕尼。他不但家财众多,而且儿女成群,因而需要许多仆役。那时热那亚的海盗们在亚美尼亚沿岸行劫,捉到了不少儿童,用船从莱万泰运到西西里。阿梅里戈把他们当做土耳其人,买下了几个孩子。这许多孩子看去都像牧童,不过其中有一个长得比别人俊秀,温文有礼,名叫泰奥多罗。尽管他的身份是一名奴仆,却和阿梅里戈先生的子女一起成长。泰奥多罗这孩子很有志气,并不因身份低和环境不利而丧失自己高贵的秉性,没过多久,他就变得彬彬有礼和富有教养,因而阿梅里戈先生十分赏识他,给他恢复了自由人的身份。这时阿梅里戈仍把他看成是

---

① 圭列尔莫一译威廉,是西西里王国的君主,生于1166年,卒于1189年。

土耳其人,便给他受洗,教名皮耶德罗①;又叫他掌管家务,对他非常信任。

阿梅里戈先生有一个女儿,名叫维奥兰蒂,生得娇美动人;她和其他兄弟姊妹一样,在父亲抚育下成长起来。由于父亲迟迟没有让她出嫁,她就有机缘暗暗爱上皮耶德罗,对他的言行举止非常倾慕,只是羞于向他吐露衷曲而已。不过爱神并没有辜负她的一片苦心,因为皮耶德罗也好多次悄悄瞅着她,对她怀着深厚的爱,以致一刻没有看到她,心里就好不自在。皮耶德罗深恐自己的秘密被别人看出,觉得这只是一种奢望罢了。姑娘一直喜欢留神看他,如今可看穿了他的心事。为了让对方更加放心,姑娘对他颇加青睐,而内心也十分欢喜。两个人就是这样心照不宣,尽管男的或女的都有许多话要倾吐。

他们相互害着相思,爱情的火焰在烧炙着他们。命运之神既注定这样的事会发生,就会替他们安排好出路,让他们消除妨碍他们前进的恐惧与顾虑。

阿梅里戈先生家有一个十分美丽的园子,离特拉帕尼大约有一哩路左右,阿梅里戈夫人常带着女儿、女仆和别的女人去那边玩乐。有一天,天气酷热,她带着皮耶德罗一起到园子里去。不料像我们生活中经常遇到的那样,天有不测风云,天空一下子乌云密布,夫人和女伴们怕遇上暴风雨,就急忙动身回特拉帕尼去。不过皮耶德罗和姑娘年纪轻,走起路来快,不久就超前赶了一大段路,把姑娘的母亲和别的女伴远远抛在后面,也许这不是害怕暴风骤雨,而是受到爱情的驱策。当他们俩远远在前,几乎看不到夫人和别的人时,忽然雷声隆隆,接着下起巨粒大的冰雹来,倾盆大雨接踵而至,于是夫人和同伴们一起到一家农舍去避雨。皮耶德罗和姑娘因为找不到避雨的地方,只好走到一个古老的快要倒塌的小屋子里去。小屋没有人住,只剩下一角小小的屋顶可以勉强遮雨。他们两人靠得很近,因为遮雨的条件差,他们不得不紧紧挨在一起,由于彼此接触到身体,胆子就稍稍壮了起来,以致吐出了绵绵情话。

皮耶德罗先开口说:"求求天主,让这场冰雹不停地下吧,我可以一直待在这儿!"

---

① 即《圣经》中之彼得。意大利文中之 Pietro 即英语中之 Peter。

姑娘说:"我也巴不得这样!"

说完了这些话,两人就抓住了手紧紧握起来,握手后拥抱,拥抱后接吻,这时冰雹还继续下个不停。其中的一情一节,我不必细说。待他们尝尽了爱情至高无上的快乐,双方安排好日后的幽会后,天气才开始好转。

暴风骤雨总算过去了,他们在附近的城门口等待夫人,和她一起回家。以后,他们好几次在这里幽会,行动十分隐秘小心,你贪我爱,十分欢乐。这件事干下去,姑娘便怀了孕,双方为此都十分焦急。她用许多办法打胎,结果均不见效。

皮耶德罗眼见此事发展下去自己会丧命,便打算逃走,把心里话对姑娘说了,姑娘听后回答他:

"如果你走了,我一定自杀。"

皮耶德罗本来非常爱她,就改口说:"我的小姐,我怎么能呆在这里呢?你肚子大了,我们干的事人家马上就会知道。你很容易得到别人的原谅,可是我真不幸,我得承担你和我两个人的过错。"

姑娘听后便说:"皮耶德罗,我的罪将来谁也瞒不过,不过只要你不说,人家一辈子也不会知道这事是你干的,这点你可放心。"

于是皮耶德罗说:"既然你同意这么做,我就不走,不过你要说到做到呀。"

此后姑娘总是用尽心机,不让人家看出自己已经怀孕,只是肚子越来越大,眼看再也瞒不住了。一天,她哭哭啼啼来到母亲跟前,把情况说了一番,求她开恩。夫人听了无比伤心,骂她真是一个贱人,还盘问她是怎么干出这件事情来的。姑娘为了不让皮耶德罗受害,便胡乱地编造一些情节,把真相隐瞒过去了。

却说夫人对女儿的话信以为真,便把她送到一个庄园里去住,以免丢丑。分娩的一天终于到了,姑娘也像一般女人那样叫喊起来。阿梅里戈先生平时几乎从不到那个庄园里去,偏偏那天他打鸟回来,路过女儿住的卧房,听到女儿哭喊声,十分惊异,便立刻进室,问这究竟是怎么一回事。夫人万万想不到丈夫会上这儿来,一见之下,大惊失色,就伤心地把女儿的遭遇一五一十对他说了。可是做丈夫的不像妻子那样轻信,他说女儿怀孕而不知孩子的父亲是谁,在情理上是决不可能的,因此他一定要知道那个男人究竟是谁,只有待女儿招认之后才能获得他的宽恕,不然就毫不留情地要她的命。

夫人竭力劝他别再追究此事,叫丈夫姑且相信她的话再作道理,可他充耳不闻。就在老夫老妻争辩的当儿,女儿已经养下一个男孩。他怒气冲冲地拔出剑来,三脚两步走到女儿跟前,说道:

"要是你不快说出孩子的父亲是谁,你得马上给我去死!"

姑娘怕死,就毁了向皮耶德罗所作的诺言,把两人之间的风流韵事全部供认出来。

阿梅里戈先生听后怒不可遏,恨不得当即把她杀了。然而他只是在气愤之下随口骂了几句,就立即上马回到特拉帕尼,晋见当地总督库拉多,把皮耶德罗损害他家名誉之事统统向他说了。总督乘皮耶德罗还没有得知风声,就连忙派人逮捕了他,严刑拷打,他终于把奸情一一招供出来。

过了几天,总督做出判决:先在地上用鞭子抽打犯人,然后处以绞刑。

不过阿梅里戈先生的怒气并不因皮耶德罗被判处绞刑而有所平息,他要在同一时间内把这一对情人和他们的儿子统统除掉,不让他们留在世上,于是他在一杯酒里放了毒药,把毒酒和一把出鞘的剑一起交给一名家丁,吩咐他说:

"把这两件东西交给维奥兰蒂,并以我的名义告诉她,叫她在宝剑和毒药之间选择一个死法,而且别磨磨蹭蹭;要不,我就当着这许多市民的面将她活活烧死,让她罪有应得。在这以后,你就抓起她前几天养下的那个儿子,把他的脑袋向墙头砸去,死后再扔给狗吃。"

那名家丁原是一个心地不正的小人,听了这个骄横的父亲所作的残酷判决,就前去执行。

皮耶德罗这个罪犯被差役用鞭子打了一顿后,就由他们押送到绞刑架。凑巧这伙人押着他在一家旅馆面前经过,旅馆里住着三位亚美尼亚贵人。他们都是亚美尼亚国王派到罗马去的使节,准备同教皇商谈有关十字军即将发动的重大事务。他们在这里歇脚,想休息几天消除疲劳。三名使节受到特拉帕尼城一些贵人的隆重款待,阿梅里戈先生对他们尤为热情。

此时,这三个人听到差役们押着皮耶德罗吆喝着走过的声音,就走到窗口张望。只见皮耶德罗的上身给剥得赤条条的,双手反绑在后。三位使节中有一名德高望重的老先生,名叫菲内奥。他看到犯人胸口有一颗朱红色的斑点,此物不是涂上去的,乃是娘胎里带来的大朱砂痣,当地女人们都称它是"玫瑰痣"。菲内奥一见到它,顿时想到自己有一个儿子十五年前在拉齐斯坦①海岸被海盗劫走,至今杳无消息。他看看这个被鞭子抽打的可怜的青年,暗想如果自己的儿子现在还活着,恐怕也有这般年纪了。联想到这个胎记,他不禁怀疑这个小伙子会不会是自己的儿子。他再一想,如果真是他的儿子,那小伙子一定记得自己和父亲的名字,也不会忘记亚美尼亚的语言。

于是当犯人走近窗口时,他就喊了一声:

"泰奥多罗!"

皮耶德罗听到这一喊声立即抬起头来。菲内奥又用亚美尼亚语说:

"你是哪一国人?你是谁的儿子?"

解差们为了尊重这位贵人,就停下步来,于是皮耶德罗答道:

"我是亚美尼亚人,父亲的名字是菲内奥。我从小就被身份不明的人拐到这儿来了。"

菲内奥听了,知道他肯定就是自己当年失落的那个儿子,于是泪流满面,跟同伴们一起下楼,并且支开众差役向他跑去,紧紧抱住了他。接着,他把自己身上一件极其华丽的缎子大衣披在儿子身上,请求监刑官把囚犯交给他处理,等上面命令下来后再带回去。监刑官欣然同意。

皮耶德罗的事已经家喻户晓,所以菲内奥一下子就明白他被处死的原因。他立即带着同伴和仆人来到库拉多先生处,对他说:

"先生,那个您看做是奴隶被您判处死刑的人,其实是个自由人,而且是我的儿子。听说他剥夺了一位姑娘的贞操,现在他准备娶她为妻,因此我请求您死刑暂缓执行,等我了解姑娘是否愿意嫁给他再说;如果她肯嫁,那么把他处死就是违法的了。"

库拉多先生听说犯人原来就是菲内奥的儿子,不由惊惶万分。他怪自己时运不济,犯了大错,觉得十分惭愧,并承认菲内奥说的句句是实,立即派人把皮耶德罗送回家去,同时将阿梅里戈先生召来,把一切情况告诉了他。

---

① 亚美尼亚的一个港口。

阿梅里戈先生以为女儿和孙子都已经死了,痛不欲生,他想如果女儿不死,万事都可以补救,获得美满的结局。他立刻派人赶到女儿那里,如果他的命令还没有执行,那就立即撤销。使者看到阿梅里戈先生以前派去的那个家丁已把剑和毒药放在姑娘面前,但姑娘迟迟不肯选择,最后那家丁破口大骂,她迫不得已,正好要拿起其中一件东西,使者就赶来了。家丁得悉主人的命令,只得听姑娘自便,径自回去向阿梅里戈汇报情况了。

阿梅里戈知情后,喜不自胜,急忙赶到菲内奥那里,几乎要哭出声来。他向菲内奥道歉,并请求对方原谅,又说如果泰奥多罗愿娶他的女儿,他非常高兴将她许配给他。

菲内奥乐意地接受了他的道歉,回答他说:

"我希望我的儿子娶令媛为妻,要是他不愿意,就按原来的判决执行吧。"

菲内奥和阿梅里戈先生就这样说定了。泰奥多罗固然为重新见到父亲而高兴,但又怕自己不免一死。他们把商定的事向他说了,问他是否愿意。泰奥多罗听说只要他愿意,就可以娶维奥兰蒂为妻,快乐得好像从地狱上升到天堂,连忙说只要两老高兴,就好比赐给他莫大的恩宠。

他们又派人去问姑娘,听她的意见如何。她本在那儿等死,命运比世上任何女人都苦,如今听得泰奥多罗前前后后的遭遇,一时愣住了,好一会以后才相信他们说的原来是真话,心里才稍稍宽慰些。她回答说,假使能称她的心,天下的幸福莫过于嫁与泰奥多罗为妻,不过这件事也得听从父亲的旨意。

各方面既然都已同意,他就和姑娘喜结良缘。婚礼非常盛大隆重,全城居民都欢天喜地。

姑娘非常快活,一心一意哺育着小儿子,不久后出落得越发美丽。过了一段时间,她产后休息期满,可以下床,正好菲内奥即将动身回罗马,于是她前去向公公请安致礼。菲内奥见媳妇如此漂亮,不由喜逐颜开,就大摆喜筵,欢庆他们的婚礼,把她看做亲生女儿一般,以后也一直这么对待她。过了几天,菲内奥就带了儿子、儿媳和小孙子,一起乘船回拉齐斯坦去,这对情人从此在故乡过着一辈子和睦而幸福的生活。

## 第八则故事

> 奥内斯蒂家族的纳斯塔焦爱上了特拉韦尔萨里家族①的一位姑娘,挥金如土,因失恋而隐居别处,在林中见骑士追捕少女,杀死后把她喂狗吃,于是他邀亲人和姑娘在林中用餐,姑娘目睹少女被狗分尸的惨状,怕受此恶报,遂嫁与纳斯塔焦。②

劳蕾塔一住口,菲洛梅娜就遵照女王的旨意,开始讲道:

亲爱的姑娘们,人家既然赞美我们富于同情心,那么如果我们冷酷无情,就会受到上苍的严惩。为了使你们看清这一点,并向你们提供足以把冷酷无情消除干净的素材,我很想向你们讲一个又苦又甜的故事。

在罗马涅的古城拉文那,以前有不少贵族和富豪,其中有一个青年,名叫纳斯塔焦·奥内斯蒂,因父亲和叔父相继去世,家资多得数也数不清。他像许多年轻人那样,由于尚未娶妻,就谈起恋爱来;他爱上了保洛·特拉韦

---

① 奥内斯蒂和特拉韦尔萨里都是罗马涅地方的贵族之家,但丁笔下亦有所记述。
② 做恶事后在地狱中受到恶报的故事,在中世纪的文学作品中甚为常见,不论奥维德和但丁,均有此类描写。

尔萨里先生的女儿,不过那位小姐的门第比他高得多。他原指望靠自己的那番功夫,一定能博得小姐的欢心,尽管他送去的礼物又多又好价值连城,但对方不但看不上眼,而且感到讨厌。他所追求的那个姑娘对他十分冷酷无情,粗野无礼;也许正因为她美艳绝伦,出身高贵,才使她如此骄横,目空一切,甚至对他本人或他所喜欢的东西,她都感到厌恶。

这一类的打击接二连三,纳斯塔焦真受不了,使他多次非常伤心;由于悲痛过度,有时竟萌起自杀的念头,后来他总算想通了,没有寻死。他几次三番想,还是让一切听其自然吧,既然她讨厌他,为什么他不能恨她呢?可是这样的想法也无济于事,因为对他来说,希望愈渺茫,爱情反而愈热烈。这个小伙子就是这样陷在情网里不能自拔,而且挥霍无度。

他的一些亲友们觉得他的所作所为,既白白摧残了自己,又徒自耗费财产,因此一再劝他求他,要他离开拉文那到别的地方去住一阵子,这样他的痴情就会冷些,钱财也不会那么乱花了。

不过纳斯塔焦对这样的劝告往往付之一笑,而且嗤之以鼻。后来他拗不过亲友们苦口婆心的劝说,总算同意了。他大张旗鼓地整理好行装,仿佛要去法国、西班牙或其他国家远行似的,然后骑上了马,同许多朋友一起离开了拉文那,来到离拉文那三哩光景的一个地方。

这个地方名叫基亚西。他在这里搭下了大帐篷,并对同来的友人们说,他准备住下来,叫他们回到拉文那去。

纳斯塔焦在这里安顿下来后,生活比往日过得更加优裕阔绰,一会儿邀这个吃中饭,一会儿又请那个用晚餐,跟以前一模一样。

5月初的一个星期五,天气晴好,他思念那个无情的女郎,便吩咐仆人全都退下,让他独自一人,随心所欲地想入非非。他一面冥想,一面神思恍惚地信步向前走去,最后来到一片松林。

这时已经过了白昼的第五个时辰①,他走入松林已有半哩多路,可是他既想不到吃饭,也记不起别的事。这时,他忽然听到一阵尖厉刺耳的哭喊声,声音似乎是一个女人发出的,因而他从甜蜜的沉思中惊醒过来,抬头看看究竟发生了什么事。

---

① 即接近中午。第五个时辰指上午11时。

他发觉自己正在松林之中,不由怔了一下。再往前一看,只见荆棘丛生的矮树林中,有一个容貌十分美丽的姑娘飞奔而出,正向他站的地方跑来。她披头散发,赤身裸体,全身皮肉都给树枝和荆棘拉破,一面痛哭,一面高喊救命。此外,他又瞧见两旁有两条凶猛的大狗正紧紧追在她后面,一追上就穷凶极恶地咬她。在她后面,他又看到一个身穿棕色甲胄的骑士,骑着一匹黑色的战马向前奔来,他手持短剑,怒容满面,对那个女人破口大骂,骂的话非常恶毒,还威胁着要她的命。

这一幅既令人惊骇又十分可怖的景象使他怦然心动,他对那个不幸的女郎终于动了恻隐之心,很想尽力搭救她,使她免遭痛苦和死亡。可是他手里并没有武器,只得折下一根树枝来代替棍子,随即跑去对付那两条大狗和那个骑士。

可是骑士看到他,就从远处高声大喊:"纳斯塔焦,别管闲事!这个贱婆娘罪有应得,让我的两条狗和我来发落吧!"

他话音未落,两条狗就扑到姑娘的腰肢上,使她前进不得,接着骑士赶到,跳下马来。纳斯塔焦走上前去说道:

"我不认识你,可你却一眼认出了我。我只想对你说,一个全副武装的骑士,竟想杀死一个赤身裸体的女人,还把她看做野兽一般,放两条狗来咬她,这实在太卑鄙无耻了。我一定要尽最大努力保护她。"

骑士答道:"纳斯塔焦,我跟你是同乡,名叫圭多·阿纳斯塔季①。当你还是一个小孩子时,我就爱上了这个女人,爱的程度比你对特拉韦尔萨里家的姑娘还深得多。可是那女人对我冷酷无情,不屑一顾,我不幸极了,绝望之下,就拿起我手里这把短剑自杀,因此我堕入地狱,永世受苦受难。那女人见我死了,居然快乐无比,可是过了没多久,她自己也呜呼哀哉。她不但残忍,而且对我的痛苦幸灾乐祸;对于这样的罪孽,她并无丝毫忏悔之意,反而认为自己满有道理。因此她跟我一样,被打入地狱,备受各种痛苦。

"她一入地狱,就同我一起受到判决:她得在我面前逃跑,我呢,由于我生前百般爱她,就得在后面追她。我得把她看成是死敌,而不是情人那样地追逐她。一旦我追上她,就得用我刺死自己的那把短剑来杀死她,打开她的

---

① 阿纳斯塔季是拉文那的大家族,在但丁的《神曲》中有所记述。

胸脯,把她那颗又硬又冷、无法容纳情爱和怜悯的心脏挖出来,连同她的五脏六腑一起喂那两条大狗,这番景象你马上就可以看到。

"可是不一会,她好像没有死透似的,又从地上一跃而起,重又痛苦地奔逃起来,两条大狗和我又在后面追赶,这似乎是上苍的判决和旨意。每逢星期五的这个时辰,我总在这里追上她,让我在这里百般折磨,过一会你就可以看个明白。在别的日子里,别以为我们两人就能相安无事,而我是在另外的地方追赶她;她生前在哪儿恨过我,跟我作过对,我就在哪儿追上她,捉住她。你看,情人就此变成了仇敌,以前她折磨过我多少月份,我就要追赶她多少年头。因此,让我凭天主公正的旨意行事吧,对你无法拦阻的事,你也别来唱反调吧。"

纳斯塔焦听了这番话,不由毛发直竖。他倒退几步,瞧着那个可怜的姑娘,生怕骑士会下起什么毒手来。骑士说完了话,就手持短剑,像疯狗那样向姑娘身上冲去,她当时给两条大狗咬住,脱不了身,只得跪下来高声求他饶命。他使出全身力气向她的胸脯中央刺去,剑从胸口一直穿透到背后。姑娘经此一击,顿时倒地,哀哭惨叫。骑士又拿起一把小刀,剖开她的胸部,把心脏和脏腑内其他各物一起挖出,扔给那两条大狗吃,这两头畜生顿时狼吞虎咽地把它们吃了。

不一会,姑娘又一下子站了起来,似乎刚才根本没有这么一回事。她拔脚向海边逃去,两条狗在后紧追不舍,一面追,一面东一块、西一块咬她的皮肉。此时骑士上了马,重新拿起短剑,策马前去追她,转眼之间,他们消失得无影无踪,纳斯塔焦再也看不到什么了。

纳斯塔焦看了这番景象,又是伤感,又是害怕;过了一会,他才想起由于此事在每星期五发生,也许对他大有用处,因此在这个地方做了记号,就回家去了。

一天,他请了许多亲友前来,对他们说:

"好久以来,各位一直好言相劝,叫我别再迷上那个冤家一般的姑娘,也别再为她花钱,我诚心诚意接受,而且很愿意照办。不过我也向各位求一个情,那就是在下星期五,请你们把保洛·特拉韦尔萨里先生和他的妻子、女儿以及他家所有女眷一起邀来,在我家便宴,你们倘爱请别的女士一起光临,也悉听尊便。我此次款待你们用意何在,到那时你们自然会明白的。"

那些人认为这只是小事一桩,而且义不容辞,便满口应承下来。他们回到拉文那后,就选定一个适当的时间按纳斯塔焦的意愿把有关的人请了来;尽管纳斯塔焦所爱的那位小姐百般推托,终于也跟其他人一起来了。于是纳斯塔焦大摆宴席,就宴地点就在松林下面以前那位冷酷的姑娘被横遭折磨的地点附近。他请男女宾客就席时,故意让他所爱的姑娘坐在出事地点对面的地方。

当他们吃到最后一道菜时,只听得一阵叫声:这是一个少女被人追逐时发出的绝望的哀号声。大家都十分惊愕,问究竟出了什么事,可谁也答不上来。于是众人都站了起来,看看到底是怎么一回事;只见前面是一个狼狈不堪的姑娘,还有一个骑士和两条狗。他们刚站起身,陌生人和狗就迫近他们身边。大伙儿发出一片鼓噪声,斥责骑士和那两条狗,许多人甚至冲上前去,想搭救那个姑娘;可是骑士把以前对纳斯塔焦说过的话又讲了一遍,他们不但往后退,而且心惊肉跳,诧异不止。看了以前纳斯塔焦见过的那幅场面,那些跟可怜的姑娘和骑士沾亲带故的人们都记起了他们昔日的爱情和夭亡之事,于是痛哭失声,仿佛身历其境一般。

当这幕活剧结束,女郎和骑士离开了现场时,看了这场戏的众人都议论纷纷。不过他们中间最害怕的,要数纳斯塔焦所爱的那个冷酷的姑娘了。她把刚才这一切都清清楚楚地看在眼里,听在心里,认识到这事对自己是一个最好的教训,同时还想起自己以前对纳斯塔焦种种无情的地方。这时,她仿佛感到自己在奔逃,而怒气冲冲的纳斯塔焦和两条大狗则追了上来,想到这里,她害怕极了。

为了怕今生今世会受到这样的报应,她就迫不及待地在当晚派一名信得过的侍女偷偷地去纳斯塔焦家,把满腔憎恨化作了爱。她求他上她家去,一切听他的便;他有什么要求,她都乐于照办。纳斯塔焦叫侍女转告,他对此非常高兴,还说只要小姐愿意,就娶她为妻,这对自己是莫大的荣幸。

姑娘心里明白,她和纳斯塔焦之所以没有成婚,责任在于自己而不在别人,就托人传信,说自己愿意嫁给他。因此她不托媒人,亲自开口向父母提这门亲事,说自己心甘情愿做纳斯塔焦的妻子,父母听了不胜欣喜。

下一个星期天,纳斯塔焦就把她娶了过来,举行了婚礼,后来两人一直过着幸福的生活。

　　林子里那幅恐怖的景象,不但成全了这段姻缘,还促成了更多的好事;因为拉文那城的姑娘从此变得胆怯而谦逊;以后男人向她们献殷勤时,她们不再像以前那么骄傲,而是温顺得多了。

## 第九则故事

> 费德里科爱上一位夫人,为她耗尽家财,但未能讨得她的欢心。后来夫人去看他,他一贫如洗,只得宰了一只相依为命的猎鹰招待她,夫人知情后回心转意,遂嫁给了他,还给他带来丰厚的陪嫁。

菲洛梅娜讲完了故事,女王眼看只有迪奥内奥和自己没有讲,而迪奥内奥又有特权最后一个讲,于是她自己便和颜悦色地说了起来:

现在轮到我来讲故事了。亲爱的女郎们,我讲的故事,一部分内容与刚才说的故事相同,因为我不但很想让你们知道,你们的美艳固然能使一些温柔的心灵倾倒,而且要让你们认识到,你们在适当的时机下自己可以打主动仗,大胆去爱自己所钟情的男人,不必老是听从命运的支配;命运之神没有判别能力,在教你们用情时往往过分。

你们想必知道,科波·迪·博尔盖塞·多梅尼基是本城一位名人,也许现在还活在人间。他在我们中间享有崇高的威望,是一个了不起的人物。他出身固然高贵,但尤其可贵的是他的品德,值得享有千秋万代的盛名。他上了年纪以后,常喜欢同乡亲们谈谈往事,谈起来总是那么娓娓动听,有条不紊,谁都没有他那么好的记忆力,谁都没有他那优雅的谈吐。他曾讲过不少动听的故事,下面这个故事就是他经常讲的。

话说从前佛罗伦萨有一个青年,名叫费德里科,是菲利波·阿尔贝里吉先生的儿子。他武艺高超,举止文雅,托斯卡纳境内没有一个小伙子比得上他。像一般绅士一样,他也迷上了女人,爱的是一位名叫莫娜·焦万娜的贵妇人,在当时佛罗伦萨的女流中,她是最最美艳动人的一个。

费德里科为了博取她的欢心,常常在马上比武,而且大摆宴席,慷慨捐赠,挥霍无度,但那位女人不但长得美,而且很守本分,他为她做的种种事,没有一件能打动她的心。

就这样,费德里科超过他的能力任意挥霍,而且一无所获。他的财产就此轻易地快花光了,变得十分贫穷,只剩下一个小庄园,靠它的收入勉强维持生计。此外他还养着一只猎鹰,是世上最好的品种。这时他比以前更沉湎于爱情,但眼见自己不能随心所欲地在城里过着体面的生活,便搬到小庄园所在地名叫"卡姆皮"的乡间去。他在那里一有机会就去猎鸟,不与外人接触,甘心安于贫穷。

如今,费德里科变得一贫如洗。有一天,莫娜·焦万娜的丈夫病了,眼见即将去世,便立下遗嘱。他家资豪富,身后拟将所有财产传给已成年的儿子,儿子死后如没有合法的继承人,则由爱妻莫娜·焦万娜继承遗产。立完遗嘱后,他就离开了人间。

莫娜·焦万娜就这样成了寡妇。

每年夏天,焦万娜总按当地妇女们的习俗带了儿子到乡间一个庄园里去。她的庄园恰好和费德里科的小庄园相近,因此这个大孩子就同费德里科交上了朋友。孩子对鸟儿和狗很感兴趣,他多次看到费德里科的猎鹰在空中飞翔,非常喜爱,恨不得据为己有,但看到对方如此钟爱这只飞禽,始终不敢开口。

由于得不到想念的东西,孩子终于生起病来,这使母亲十分焦虑。她只有这么一个独生子,对他宠爱备至。她整天站在儿子床前,不断安慰他,还几次三番问他需要些什么,叫他只管说就是,只要办得到,她一定想方设法把它们搞到手。孩子听母亲多次说了这样的话,就说:

"母亲呀,如果你能想办法把费德里科的猎鹰弄来给我,我看我的病马上就会好。"

夫人听了这话,就思量起来,琢磨这件事该怎么办才好。她知道费德里科早已爱上了她,可她对他连瞥也没瞥上一眼。她想:"我听说那只猎鹰是天下最好的飞禽,我怎么能前去向他要呢?现在那位先生除了那只鸟儿外,别的什么乐趣也没有了,如果我再想剥夺它,岂不是不识好歹了吗?"

虽然她确信如果向他去要那只猎鹰,她一定能拿到手,但总觉得难以启齿,因此不知如何回答儿子才好。她犹豫不决,不知所措。

最后爱子之心占了上风,她决定要使儿子称心如意,于是打算硬着头皮亲自——而不是托人说情——去要那只猎鹰。她对儿子说:

"孩子,你放心吧,你无论如何要把病养好。我答应你,明天早上我要做的第一件事,就是去把那只鹰讨来给你。"

孩子听了十分高兴,当天病情就有好转。

第二天早晨,夫人带着一个女伴,闲步来到费德里科的小屋里做客。由于近日来天气不好,他无法外出放鹰猎鸟,只得呆在园子里,吩咐一些工人干些零星活儿。他听见莫娜·焦万娜上门来了,不觉惊喜交集,连忙三脚两步出去迎接。

焦万娜见费德里科来了,就站起身来温文而亲切地招呼他。待费德里科毕恭毕敬地问候了她后,她就说:

"费德里科,你好吗?"接着又说,"以前承你过分厚爱,以致你为我吃了不少苦,我今天想来作一些补偿。补偿的办法是这样的:我准备和我的女伴今天上午在你家里吃饭,聊表歉意。"

费德里科当即谦逊地答道:"夫人,我从来没有因为您而吃过什么苦,只觉得非常快乐。我此生无足轻重,承您垂爱,我才不虚此生。承您屈驾光临,我真是不胜荣幸。虽然您的东道主已十分贫穷,但他仍愿意像过去一样,再为您耗尽资财,毫不吝惜。"

说罢,他就羞惭地迎她进屋,而且领她到小花园里,眼见没有别人在场,就开口说:

"夫人,此刻没有别人,就让这个女人陪着您吧,她是长工的妻子。我得去准备饭菜。"

他虽然一贫如洗,但直到现在才清楚地看出钱对他来说是多么必不可少,以前他对自己的家财确实挥霍得太过分了。不过他对此并不后悔。从前,他为了爱这个女人,曾经宴请过数不尽的宾客,今天上午却找不到一点东西来款待她了。他苦恼万分,暗自诅咒时运不济,像疯汉子那样一会儿跑到这儿,一会儿走到那儿,既寻不到一些钱,也找不到什么东西可以去典当。

时间已经不早了,他急于想找一些东西款待这位太太,可是他既不愿向外人借钱,又不愿向自己庄园里的长工开口,于是目光就落在小客厅木杆上面他那只心爱的猎鹰身上。他现在已一筹莫展,只好捉起那只猎鹰,觉得它长得很肥,心想这倒是给夫人吃的一道佳肴。因此他毫不迟疑地把它勒死,立即吩咐一名婢女煺毛洗干净,放到一条烤杆上小心烤炙。他又把仅剩的几条洁白餐巾放在桌子上,不一会就笑容满面地回到小花园里,告诉夫人午饭已经准备停当,只是他能力有限,聊表一片心意而已。

于是夫人和女伴起身,与费德里科一同入席。费德里科十分殷勤地招待她们吃鹰肉,而她们却不知吃的是什么东西。

夫人离席后同主人愉快地交谈了一阵。此刻她觉得是说明来意的时候了,便转过身去和蔼可亲地对费德里科说:

"费德里科,你记得在以往的日子里,你为我不惜冒任何风险,而我却一点儿也不动心,你一定在责备我这人无情无义。如果你知道我今天来这儿的主要目的,那你一定会奇怪我是多么冒昧。不过要是你膝下有儿女,你就会知道父母爱子女的情感有多深,这样你或多或少会原谅我。你没有子女,而我却有一个儿子。我的心和其他做母亲的不可能不一样,爱子之心促使我不得不违背我自己的意志,也顾不得什么礼仪,向你讨一件东西。

"我知道这件东西你特别珍爱,而且也难怪你喜欢它,因为你时运不济,除它以外,再也没有什么乐趣,再也没有什么消遣,再也没有什么安慰了。我请你送给我的东西,就是你的猎鹰。我的孩子对这只鹰喜欢得入了迷,竟因此生了病,如果不给他弄到手,我怕他的病势就会加重,结果我可能失去他。因此我恳求你赏光给了我,别因为爱我才这么做,其实你对我并不欠什么,而是本着你崇高的秉性,它特别表现在礼仪方面。你给我这件礼物,我认为好比救我儿子一条命,我会永远感激你的。"

费德里科听了夫人提出的要求,知道那只猎鹰已经吃掉,无法为她效力,不但什么话也答不上来,而且在她面前痛哭失声。夫人起初以为他的哭是因为舍不得割爱那只上等猎鹰,差不多要失声说出,她已不要那只鹰了。

可是她毕竟克制住自己,等待费德里科哭泣停止后如何回答。只听得费德里科说道:

"夫人,天主有心要我爱你,无奈命运在许多事情上都跟我作对,我真伤心极了。然而以前的种种厄运要是跟这一次相比,实在算不了什么,我一辈子也不会饶恕它。想当年我富裕的时候,您从来不曾来过寒舍,今日您屈驾前来,向我要一点小东西,命运却跟我又过不去,使我无法赠送给您,现在且让我将其中原因简单地说一下。

"我一听说您愿意屈尊在我家里用膳,心里就想:以您这样高贵的地位和身价,理应尽我所能用一些珍馐佳肴来款待您,这样才显得得体,至于别人,我就不会这样招待了。因此我就想起您刚才要的那只猎鹰,觉得它倒不错,可以为您佐餐,算得上是一盆像样的菜。今天早晨,我就把它烤好,放在盆子里,事情办得十分仔细,不料如今您需要带给令郎,无法奉献给您,叫我心里永生永世不得安宁!"

说完这话,他就把鹰毛、鹰爪和鹰喙都放到夫人面前,表明他的话句句是实。夫人看了这些东西,听了他说的一番话,起先还暗自责备他不该为女人而宰了这样一只上好的鹰佐餐。但转而想到他那贫穷不能使其屈膝的宽大胸怀,不由暗自赞叹不已。如今,她想得到那头猎鹰的希望已成泡影,还担心儿子的病也许因此没有起色,就感谢了费德里科的盛情款待,忧心忡忡地向他告别,回家来到儿子身边。那孩子呢,不知是得不到猎鹰忧伤过度还是有什么不治之症,不上几天就离开人间,做母亲的真是悲痛欲绝。

虽然她因丧子而悲痛不已,泪流不断,但毕竟是一个年轻的富孀,兄弟们好多次都劝她改嫁。她起先不肯,后见他们纠缠不休,便想起费德里科人品高尚,上次杀鹰款待她之事又气度宽宏,就对她的兄弟们说:

"只要你们不勉强我,我就不想再嫁人了。如果你们还是希望我出嫁,我只愿嫁给阿尔贝里吉家族的费德里科,别人谁也不愿嫁。"

兄弟们听了这话都嘲讽她说:"傻女人,你怎么说出这种话来?你怎么会要一无所有的穷光蛋?"

她回答说:"兄弟们,我清楚地知道你们说的是实话,不过我要嫁的是支配钱财的人,而不是供人使用的钱财。"

兄弟们见她主意已定,又知费德里科虽然穷困,人品却很高尚,就按照她的要求让她带着所有家财嫁过去了。费德里科娶了这样一个他所倾心的女人,而且又变得十分富裕,从此好好地安排开支,同她幸福地过了一辈子光阴。

## 第十则故事

> 皮耶德罗·迪·温奇奥洛①外出晚餐,他妻子乘机招来情夫。不料丈夫早回,她只好把情夫藏在鸡笼下面。皮耶德罗自称在友人家用膳时,因友人之妻偷汉子,大家不欢而散。此时来了一头驴子,踩痛鸡笼下面那汉子的手指,他大喊一声,被皮耶德罗发觉,始知妻子有奸情。但丈夫心里有鬼,两人只得和平共处。②

女王讲完故事,众人齐声赞美天主,说费德里科好心有好报。迪奥内奥是向来不用别人吩咐的,当即说了起来:

对于别人的丑事,我们往往幸灾乐祸地笑,而对他们的善行却不愿提起;如果这些丑事与自己无涉,我们笑得尤其厉害。这也许是因为起初只是不怀好意地随便笑笑而已,久而久之便养成了这种恶习;也许这是人类与生俱来的缺点,究竟是怎么一回事,我可说不上来。钟情的姑娘们,过去我讲

---

① 温奇奥洛是意大利佩鲁贾地方的望族。
② 这则故事,取材于古罗马作家阿普利尤斯的名作《变形记》(一译《金驴记》)。

故事的目的不外乎为你们消愁解闷,并博得你们的欢笑,现在我的意图仍是这样。尽管我要讲的故事某些内容不够规矩,但毕竟能让你们乐一阵,所以我还是讲了。

你们听这个故事时,就要像你们走进花园里经常做的那样,伸出纤手摘玫瑰时只摘花儿不摘刺;因此,你们就让那个不正经的坏男人倒霉去吧,而对妻子在情场中使出的欺骗手段开怀一笑,至于别人的不幸,则在必要时寄予一些同情罢了。

且说不久以前,佩鲁贾地方有个富人,名叫皮耶德罗·迪·温奇奥洛。他耽于男色,佩鲁贾全城人对他的印象很坏,他娶了个妻子,倒不是为了贪图美色,而是为了遮人耳目,使自己的名声可以好些。说来也真是天从人愿,他娶的是一个结实风骚的红发姑娘,要有两个丈夫才能遂她之愿,而她遇上的那个汉子却是另有所欢,不把她放在心上。

日子一长,做妻子的就看清这是怎么一回事了,心想自己年轻貌美,身体又棒,不由恼火起来,有时就跟丈夫吵架,以后两人几乎一直争吵不休。过些日子,她觉得这样只是白费力气,而丈夫却不会弃邪归正,心想:

"这个下流胚撇下我不管,干那不要脸的勾当,走的是违反人性的歪路;我若想法子另找新欢,在天理人情上却是说得过去。我嫁给他,还带给他一大笔嫁妆,原以为他是一个男子汉,心想男人喜欢干的事,他也喜欢;如果我早知道他不尽男人的本分,我是决不会嫁给他的。他知道我是女人,既然他心底里不喜欢女人,那又为什么要娶我?这真是不能容忍。要是我看破红尘,我就不如当修女去;可我是一个凡人,而且愿意做一个凡人,如果要等他来给我快乐或欢悦,我只能白等一辈子,而年龄却老了。等我老了,就后悔莫及,徒然为自己失去的青春伤心。如今他给我做出一个榜样,叫我去像他寻欢作乐那样去取乐,我也问心无愧。我自找乐趣是值得赞美的,受责备的应当是他;我只是触犯法律,他呢,不但触犯法律,而且违背天理。"

这个女人就在这样盘算着,也许不止想了一次,准备悄悄地付诸行动。

她结识了一个老太婆,此人表面上一本正经,宛如当年舍身喂蛇的圣人威尔迪亚娜①,手里老是拿着念珠去赎罪,口口声声说的是教皇的生活和圣

---

① 据传说,威尔迪亚娜生性十分虔诚,上帝派蛇来考验她,她就舍身喂蛇。

方济各的创伤,大家差不多都把她看成是一个女圣人。后来她认为时机成熟,就把自己的心事向她和盘托出。老太婆听后说:

"我的女儿呀,天主对世界上的事都看得明明白白,这件事你尽管做吧。如果你和每一个姑娘都这样做,只是为了不使青春埋没,没有别的目的,那就对头了。每个懂事的人都知道,人生最伤心的事,就是浪费青春。我们年纪老了,除了呆在灶间干活外,还能做什么呢?我就是这么一个过来人。我已是一个老太婆了,一想到过去的光阴已白白浪费掉,不免无限悲痛。虽然我并没有完全浪费青春,可当时有多少心愿没有实现哪。不过也别以为我年轻时是一个笨蛋。你看,现在我已老到这般地步,谁也不会向我献一点儿殷勤了。天晓得,我是多么难受啊!

"男人的情况可不同了。他们生来就有千百种事情好做,不光是干这个,何况大多数男人老来比年轻时更加发迹。可女人们生来就是干这件事的,生男育女,而不是干别的。这正是她们可贵的地方。别的事你不明白也罢,这一点你总该懂得,那就是我们女人随时可以干这件事,而男人却不行。此外,一个女人可以同时把许多男人搞得精疲力竭,而好几个男人却无法使一个女人疲软下来。这是天赐给我们的本领。我再对你说一遍,你对丈夫一报还一报准没错儿,尽管干吧,这样你老了时,那颗心再也不会责怪肉体了。

"人活在世界上,每个人都在及时行乐。特别是女人,应该比男人更加珍惜光阴。你要明白,等我们女人老了,丈夫也好,别的男人也好,再也不愿看我们一眼,却把我们赶到厨房里去跟猫儿聊天,数点锅子和盆子;更糟糕的是,他们还要编出一首小调来,说什么'给姑娘们吃的是珍馐,给老太婆吃的哽喉头'。还有不少难听的话。

"我不想再唠叨了,此刻只想告诉你:你把自己的心事说出来,谁也不能像我那样能帮你的忙。哪一个男人不管他多么规矩文雅,我也敢用一番大道理去打动他;不管他是一个硬汉子还是粗汉子,我总会叫他软下心来,叫他乖乖听我的话。只要告诉我你喜欢谁,以后的事就让我办吧。可是我要提醒你一件事,我的女儿呀,我是一个穷苦人,什么都要仰仗你了,我每天求天主宽恕也好,念经文也好,都想请你帮帮忙,这样天主就会好好照顾你死去的亲友。"

她的话到此才告结束。

女人同老太婆讲妥了条件,就说她常常看到有一个小伙子在这一带地方经过,并把一切特征告诉了老太婆,叫她见机行事。女人送给她一块咸肉,向她祝福后,就打发她走了。

不上几天,老太婆就把那女人所要的小伙子偷偷送到她的房间里。不久少妇看中了别的汉子,她也照样给她弄到手。尽管她做起这种事来一直有些害怕丈夫,但总不肯错过机会。

一天晚上,她丈夫到一个名叫埃尔科拉诺的友人那里吃饭去了。少妇叫老太婆带一个佩鲁贾城数一数二的风流美男子上门,对方立即照办。不料那女人和小伙子刚坐到桌子边吃晚饭,皮耶德罗就在外面叫她开门。女人听得敲门声,吓得命也没了,觉得放他走也不是,在别处藏起来也不行,但终究还是想让那小伙子躲一下。他们吃饭房间隔壁的小屋里有一只鸡笼,她就叫他在鸡笼下面躲起来,又把刚倒空的那只草褥子袋盖在上面。安排好后,她立即替丈夫去开门。

丈夫一进屋,她就问:"这顿晚饭你们可吃得真快呀。"

皮耶德罗说:"我们连味儿也没尝过呢。"

"这是怎么一回事?"女人问。

皮耶德罗说:"让我说给你听吧。埃尔科拉诺夫妻俩和我刚坐下来吃饭,忽听得附近有人在打喷嚏。开头一两声我们不在意,但接着又是第三、第四、第五声,以后喷嚏声还接连不断,大家不免诧异起来。埃尔科拉诺本有些生妻子的气,因为她让我们在门外站了好久才开门,于是怒气冲冲地说:

"'怎么啦?是谁打了这么多喷嚏?'

"说罢他起身离开桌子,走到近旁的楼梯口去。楼梯脚下有一个堆放杂物的小间,人们在建造房屋时,楼梯下往往留出这样的一块场地。

"他觉得喷嚏声就是从那个地方发出来的,就把那儿的门打开。门一开,突然冲出一股刺鼻的硫磺气味,刚才我们也闻到过臭气,曾经发过牢骚,原来臭气是从这里发出来的。这时他女人说道:

"'这是因为刚才我在用硫磺漂白面纱,后来把硫磺液放在铜锅①里,让它熏出烟来,再把那只锅子放在楼梯下面,所以还有一股臭气。'

"等埃尔科拉诺打开门时,臭气已散了一些,只见里面一个人还在接二连三地打喷嚏,原来他是受了硫磺的刺激,非打不可。他每打一次喷嚏,胸口就被硫磺气闷一次,要不了多久,不但喷嚏打不动,连别的器官也要出毛病了。

"埃尔科拉诺一见此人,大声说道:'咳,你这个女人,怪不得我们回来时,你让我们在外面站这么久,不开门儿!我不给你一点儿厉害看看,我死也不甘心!'女人听得他的骂声,知道奸情已经败露,她一句话也不抢白,连忙离席溜之大吉,不知跑到哪里去了。

"埃尔科拉诺没有注意到妻子已溜走,一声声叫打喷嚏的那个汉子出来,可是那人已打不动喷嚏了,不管埃尔科拉诺怎么喊他,他都一动也不动。

"于是埃尔科拉诺抓住他的一只脚,把他拖出来,然后跑去找一把刀,想把他杀死。可是我怕巡丁找上门来,就站起身来劝他别杀了他,也别伤害他;这还不算,我又高声大叫,庇护着他,因此左邻右舍都赶来了,把那个已经垮了的年轻人抬出屋子,我也不知他给带到哪里去了。为了这件事,我们的晚饭就吃不成了。这餐饭我不但没有狼吞虎咽,而且根本不曾尝过味儿,这个我已对你说了。"

他女人听完这件事,知道有的女人和她一样聪明,尽管她们有时时运不济。她本想为埃尔科拉诺的妻子说几句好话,后来觉得还是把别人的过错痛斥一番为妙,于是开起腔来:

"她干的好事!真是一位又规矩又圣洁的夫人!我看她是多么忠心,好一个正经女人,我得向她忏悔才是!如今她是一个老太婆了,还给姑娘们做出一个好榜样来。她出世的真是一个倒霉透顶的时辰!亏她居然还厚着脸皮活下去!她确实是一个最不讲情义的坏女人,全城女人的脸都给她丢光了。她把自己的贞操和对丈夫的山盟海誓都抛在脑后,连面子也不要啦。她丈夫倒是个好样的,多么正派,待她又那么好,可她为了另一个男人,不惜丢自己的脸,出丈夫的丑!天主保佑我,这种女人我怎么也不会可怜她!她

---

① 这里指的是一种内部镀锡的铜质容器。

该杀,应当把她放在火里,活活烧成灰烬才是。"

这时她想起躲在近旁鸡笼下的那个野汉子,不知怎么样了,就怂恿皮耶德罗上床,说该是睡觉的时候了。可是皮耶德罗只想吃饭,不想睡觉,还问她可有什么吃的。

他妻子答道:"什么晚饭!你不在家的时候,我们不总是照样吃晚饭吗?难道我成了埃尔科拉诺的女人了?嗨,你今天晚上干吗不去睡?睡觉去多舒服!"

真是事有凑巧,那天晚上,皮耶德罗的几名帮工从乡下运来一些东西,把几头驴子关在小屋隔壁的一个小马棚里,没有给它们水喝。其中一头驴子口渴极了,就挣脱缰绳,走出马棚,在每件东西上嗅来嗅去,也许想找些水喝。它这样走来走去,凑巧碰上了小伙子躲在下面的那只鸡笼。我们不想说是运气还是晦气,趴在那里的小伙子一只手正好伸在外面,那头驴子一脚踩在他的手指头上,他痛得要命,不觉大叫一声。

皮耶德罗听到叫声十分惊奇,觉得声音是屋子里发出来的,于是走出房间。这时他听到那人还在叫痛,原来驴子的脚不但没有从手指上移开,而且踩得更紧了。他问道:"谁在那儿?"随即三脚两步来到鸡笼跟前。

他一提起鸡笼,就看到了那个小伙子。小伙子给驴子踩了,手指痛得很厉害,如今看到了皮耶德罗,吓得浑身发抖,只怕对方给他吃苦头。

皮耶德罗一下子认出此人原来就是自己垂涎已久的一个对象,连忙问:"你在这里干什么?"小伙子什么也答不上来,只是恳求他看在天主的分上,别伤害他。

皮耶德罗说:"起来吧,别担心我会伤害你,不过你得告诉我,你怎么到这儿来的,想干什么。"

小伙子把此事原原本本地向他说了。此时皮耶德罗异常高兴,而他的女人却十分难受。他拉住小伙子的手,进入室内,只见妻子惊恐万状,在那里等着他。皮耶德罗在她对面坐了下来,开口说:

"你刚才在狠狠咒骂埃尔科拉诺的老婆,说她应该给火烧死,因为她把你们女人的脸都丢尽了。你为何不骂骂你自己呢?你没有勇气骂自己,却骂起别人来,其实她干的事,你不是也照样干了吗?要是你们这些女人不是这样下贱,就肯定不会做出这种事来。你们在找寻别人的毛病,来掩盖你们的过错,但愿天火把你们这些贱货统统烧死!"

那女人见丈夫开始时只是口出恶言,没有存心要跟她作对,而且得悉全部真情以后还脸有喜色,挽住那个漂亮小伙子的手不放,便鼓起勇气来说:

"你希望天上掉下一把火,把我们所有女人统统烧死,我认为你这话是千真万确的。你们男人渴望我们女人,好比狗儿渴望棍子一样。可是我可以在天主的十字架面前起誓,你的愿望不会实现。我倒要跟你说说道理,看你究竟有什么好埋怨的。要是你想把我跟埃尔科拉诺的老婆作一番比较,那我肯定比她好。她是一个假装正经的女人,丈夫对她百依百顺,对她十分关怀体贴,而你待我却不是这样。哪怕你给我穿好的衣服,用好袜子好鞋子,可是你心里一定明白,我的情况如何,你已多久没有跟我睡觉了。我宁可穿得破破烂烂,光着脚,让你在床上好好用功夫,而不愿穿戴得齐齐整整,像你现在待我的那样。皮耶德罗,你要清楚,我是一个地地道道女人,我的欲望和别的女人一模一样。我既然不能从你那儿得到满足,就得自找出路,这点你可不能怪我。至少我还给你面子,没有勾搭上小孩子和生疮生癣的汉子。"

皮耶德罗见妻子讲得滔滔不绝,好像那些话通宵也说不完,就仿佛对妻子的行为装得若无其事地说:

"女人,别再说了,就算我对你的话满意了吧。还是发发好心,替我们弄些吃的东西来当晚饭,我看这个小伙子也像我一样,没有吃过饭呢。"

女人说:"他当然还没有用过晚饭呢。你不识相地撞回家时,我们正好坐下来准备吃饭。"

"去吧,"皮耶德罗说,"给我们弄些吃的东西来;晚饭以后,我一定把这件事安排停当,你再也不会发牢骚了。"

女人见丈夫情绪很好,便站起身来,随即把饭桌重新放好,摆出了已准备好的饭菜,同她不正派的丈夫和那个小伙子一起高高兴兴地吃起晚餐来。晚餐以后,皮耶德罗究竟想出什么办法使他们三个都称心如意,我可记不得了;我只记得第二天早上那个小伙子走到广场之前,简直想不起上一天夜里是跟那女人睡觉的次数多呢,还是伴她丈夫的次数多。因此我要对你们说,亲爱的女郎们,人家怎样待你,你也该怎样回报人家;如果一时不成,就得牢记在心,以后有机会再算账。

迪奥内奥讲完了故事以后,那些女郎并没有像平时那样高声大笑,这倒并不是因为她们对故事不感兴趣,而是由于害臊。女王知道自己任期已满,便站起身来摘下桂冠,高高兴兴戴在埃丽莎头上,对她说:"小姐,现在要让您来发号施令了。"

埃丽莎接受了这项光荣的任务,便按照以前的惯例安排工作;她先指示总管在她任期内应当做些什么,使大伙儿都满意,然后说:

"我们曾好多次听到过这样的故事,那就是许多人凭着口齿伶俐,急中生智,就能针锋相对地还击别人的进攻,转危为安。这一类题材很好,对大家都有益处,所以我要求在天主的庇佑下,明天大家都讲一个以此为题材的故事,也就是说,或者用机智的言词为自己辩护,或者随机应变,用巧言和策略避免损失、危险或耻辱。

对此大家都很赞成。于是女王站起身来,吩咐大家去玩一会儿,到晚饭时再集合。大伙儿都很温顺,见女王站了起来,也就各自散去,像过去那样寻欢作乐。不久蝉儿的叫声止息,女王召大家前来晚餐。众人高高兴兴地吃了晚饭后,有的唱歌,有的奏乐。埃米莉亚遵从女王的旨意,跳起舞来;迪奥内奥则奉命唱一支歌,他马上唱道:

> 阿尔特鲁达这女人,
> 别愁眉苦脸不开心,
> 我把好消息说你听。①

女郎们听了都大笑起来,女王笑得尤其厉害,吩咐他别唱下去,换一支歌曲。

迪奥内奥说:"女王,如果我带着小鼓,我就可以唱《穿起衣服来,拉巴夫人》,或者《橄榄树下面的草》。您要不要我唱《海浪令我愁满怀》?可是我没有带小鼓,所以您看,我只好唱别的了。您爱不爱听《外出摘树枝,5月在乡展风姿》②?"

---

① 迪奥内奥这首小调以及下面几首歌曲,都是14世纪流行的曲调。
② 5月1日系佛罗伦萨的盛大节日,俗称春节,人们摘树枝带至广场上,以示庆祝。

女王说:"不好,唱支别的吧。"

迪奥内奥说:"让我唱《西莫娜大娘酒装满,这可不是10月天》吧。"

女王听了笑着说:"呸!我们不要听这种歌,要是你愿意,唱支优美动听的吧。"

迪奥内奥说:"女王,请别见怪。您究竟喜欢听什么呢?我能唱的歌有一千首以上。您爱不爱听《敲贝壳》或是《我的丈夫呀,客气些吧》,还是《我要用一百里拉买一只公鸡》?"

女郎们都大笑起来,女王却有些生气,说:"迪奥内奥,别再开玩笑了,还是唱一支好歌吧,不然,你就惹我发火了。"

迪奥内奥一听此言就不再说空话,连忙唱起一支歌来:

爱神,美丽而光明,
我心上人的明眸里有这个精灵,
我愿为爱神和心上人献身。

她美丽的眼睛光辉无比,
当它们和我的眼睛相遇,
我心里就燃起熊熊火焰。
我一看到她秀美的脸儿,
就知道你的威力之巨。
我神魂颠倒,思绪万千,
根根情丝缚得我无法动弹。
我对她完全惟命是听,
为了她叹息一迭连声。

亲切的爱神啊,我对你
无限忠诚,而且温顺地等待
你能向我发发慈悲。
可是我心中刻骨的相思,
不知她是否完全明白?

我的心和她形影相随,
对她真是如痴如醉,
没有她的爱,我的心永远
不得安宁,要安宁也不愿。
所以我求你,温柔的爱神,
把我的心事告诉她知道,
让她感受到情焰的力量——
请你为我前去说说情。
我为爱而憔悴,你已看到,
害相思使我渐渐瘦得不成样。
以后如有机会,我希望
你能带领我上她那儿,
好让我见她,称心如意。①

迪奥内奥唱完了歌一言不发,女王大大赞美一番,又吩咐别人唱了几首。女王见夜色已深,白昼的炎热已给夜凉驱走,便命大家各自回去休息,明日再寻欢作乐。

---

① 这首诗按 ABBCDECDEEBB,ABCABCCDD,ABCABCCDD 的韵脚写成,译文亦按照原韵。

# 第六天

> 《十日谈》第五天结束,第六天开始。埃丽莎担任女王。讲的是人们如何用机智的言词为自己辩护,或者随机应变,用巧言和策略避免损失、危险或耻辱。

天空中的月亮已暗淡无光,曙光已使大地各处露出一片鱼肚白。这时女王已经起床,并把同伴们喊了起来,于是离开美丽的楼房,在露珠晶莹的草地上悠然散步。他们一边走,一边谈论着各种问题,还对讲过的各篇故事的优劣争论不休;说起故事中的许多场景来时,他们又不觉大笑起来。后来太阳升高,天开始热了,大家才觉得应该回去,于是踏上归程折回家来。

屋子里,餐桌已安排就绪,而且缀满美丽的鲜花和芳草。他们趁天还没有大热,就在女王的嘱咐下吃起饭来,一面吃,一面说说笑笑,十分欢乐。饭后,他们别的不做,先唱几曲优美轻快的歌,然后睡的睡,下棋的下棋,掷骰子的掷骰子,迪奥内奥和劳蕾塔两人还唱起一支咏叹特洛伊勒斯和克蕾西达[①]的歌曲。

应该回集合地的时间已到,女王把众人一一唤来,叫他们像以前那样围着喷水池坐下。女王正要下令叫谁讲第一则故事,不料发生了一件从未遇见过的事:女王和众人听得厨房里一片喧闹声,声音是仆人那儿发出来的。女王差人把总管叫来,问谁在那里大叫大嚷,为什么事闹得这么凶。总管回答说是莉奇斯卡和廷达罗两人在胡闹,究竟是什么原因他也不清楚,他正想

---

[①] 相传特洛伊勒斯是古希腊的英雄人物,克蕾西达是他的情人,后对他负心。薄迦丘曾写长诗描写他们的恋情。

劝他们言归于好,就给女王叫了来。于是女王下令把莉奇斯卡和廷达罗唤来,两人一到,女王就查问他们为何吵闹不休。

廷达罗正想答话,但莉奇斯卡自以为长了几岁,不免有些自高自大,且因刚才叫嚷而头脑发热,就恶狠狠地看着他,抢先说:

"瞧你这头畜生,竟敢抢在我前面说话!让我先说!"于是她回过头来对女王说:

"小姐,这家伙要把西科凡泰老婆的事情告诉我,好像我还一点儿不了解她似的。他要我相信,西科凡泰跟老婆第一夜睡觉的时候,他是硬攻进那座山里去的,还流了不少血,我说这可不是那么一回事,他进得顺顺利利,而且十分舒服。这汉子真是一头蠢驴,满脑子以为姑娘们都那么笨,会白白糟蹋自己的青春,乖乖地听从父兄们的教导呢。其实她们在出嫁前的三四年里,十有八九对这回事已十分内行了。要她们一直拖到嫁人,真要急坏喽!天主知道我说的话一向算数,我敢向天主起誓:我的左邻右舍,在到丈夫家去以前没有一个不破身的。哪怕出了嫁,我知道她们还是用种种办法戏弄丈夫,而这个笨蛋却要我懂得什么是女人经,好像我昨天才出娘胎似的!"

莉奇斯卡说话时,女郎们纵声大笑起来,连牙齿也笑得快要掉下来了。女王连叫六次,喝令她别再出声,可是她当作耳边风,非要把想说的话吐出来不可。

等她把话说完,女王笑吟吟地回过头来对迪奥内奥说:

"迪奥内奥,这个问题要请你解决了。等我们的故事讲完以后,你要对这件事发表一下明确的意见。"

迪奥内奥马上回答说:"女王,我的意见是毫不含糊,非常明确的。我认为莉奇斯卡的话很有道理。我看她的话不错,廷达罗确实是一头蠢驴。"

莉奇斯卡听了这话放声大笑,转身对廷达罗说:"嗨,我刚才说的不错吧?快走!你以为自己比我懂得多,其实是一个眼泪还没有擦干的孩子!谢天谢地,我总算没有白活一辈子,没有。"

要不是女王板起了脸,叫她住口,别再吵吵嚷嚷,快跟廷达罗一起回厨房去,不然就得挨鞭子,那她还要再唠叨下去,人们不得不整天侍候她,别的什么也干不成了。两人一走,女王就吩咐菲洛梅娜第一个讲故事,于是她高高兴兴讲述起来。

## 第一则故事

> 一位绅士要讲一个故事给奥蕾塔夫人听,说听此故事好比骑在马上,十分有味,但他讲得乱七八糟,夫人就求他别再讲了,还是步行为妙。

年轻的女郎们,正如星星点缀着夜空,粲然生辉,春季百花齐放,给绿色的草地平添生机,树木装饰山丘,令人赏心悦目一样,在懿行淑德和优雅的谈吐中插入了机智动人的话,就更富有魅力。机智的俏皮话都简单扼要,对女人比较合适,男人则不然,因为女人不该多嘴多舌。说句实话,不知是我们女人的头脑笨呢,还是老天爷在这个时代跟我们故意过不去,如今女人在适当时机说了句俏皮话,或者别人说了一句,竟然只有很少的女人能恰如其分地领会其中意义,甚至一个也没有,这真是我们全体女人的耻辱。不过关于这方面的材料,帕姆皮内娅已讲得十分透彻,我也不必再多说了。为了让大家看到在适当时机说一句适当的话是多么有力而得体,我很想给你们讲一个故事,一个贵妇人如何彬彬有礼地逼使一位绅士哑口无言。

不久以前,我们城里有一位富于教养、能言善辩的贵妇人,像她这样有声望的女人,芳名是不该不提的。她是杰里·斯皮纳先生[①]的妻子,人家都

---

① 即鲁杰里·斯皮纳(Ruggeri Spina),是1300年左右佛罗伦萨绅士,教皇亲信,为"黑党"头目之一。

称她奥蕾塔夫人①,你们中间有不少人想来一定认识她,或者听别人说起过她。

有一天,她在家里宴请了许多仕女,饭后大家一起在乡间游乐,从一个地方走到另一个地方,情况和我们有些相像。也许大家打算步行的那段路程很长,其中有一位绅士对她说:

"奥蕾塔夫人,要是您愿意,我想乘我们长途步行的当儿,讲一个世界上最美丽的故事给您听,这样您就好比骑在马上了。"

夫人答道:"先生,那我真是求之不得呢。我太爱听了。"

于是绅士讲起故事来。故事本身确实十分精彩,不过他讲故事的本领,也许不比使用身边的佩剑高明多少,时常把同一句话重复三四遍,有时甚至达六遍之多。他一会儿说得七颠八倒,一会儿又说:"我讲得不对头。"名称也常常搞错,张冠李戴,听来全不是味儿,何况讲故事的声气跟人物性格和场景完全不相称。

奥蕾塔给他讲得好多次出了冷汗,心里憋得慌,仿佛生了一场病,快咽气了。最后她忍无可忍,又见那位绅士已仿佛进了死胡同,再也跑不出来,就和颜悦色地对他说:

"先生,您那匹马跑得太辛苦了,请您还是让我下马走一阵吧。"

那位绅士讲故事虽没有多大才能,却颇能领会别人的心意,也理解夫人话中的弦外之音,就自得其乐地当做是一场笑话,谈起别的新闻来;那篇有头无尾的故事,就这样不了了之。

---

① 是侯爵奥比佐·马拉斯皮纳(Obizzo Malaspina)的女儿。

## 第二则故事

> 面包师奇斯蒂只用一句话,就使杰里·斯皮纳先生明白自己的要求过分。

奥蕾塔夫人的话博得了男男女女的赞赏,于是女王叫帕姆皮内娅再讲一个故事,她就这样说了起来:

美丽的女郎们,我有一件事始终弄不清楚:有时,造物主把高贵的灵魂赐给了卑贱的肉体;有时,命运女神却叫具有高贵灵魂的人从事卑贱的职业,我不知两者之中究竟谁的过错更大一些。我们城里的奇斯蒂和别的不少人,就是这方面的例证。奇斯蒂有十分崇高的灵魂,可是命运女神却使他成为一个面包师。我真想把造物主和命运女神都诅咒一番,可是我知道,造物主是极其小心谨慎的,而命运女神呢,尽管愚蠢的人们把她描摹成一个瞎子,实际上却有一千只眼睛呢。

据我看来,造物主和命运女神都似乎是有真知灼见的。人们往往在适当时机把自己最珍贵的东西埋藏在家中最脏的地方,以防不测,这些地方别人不会见疑,以后在非用不可时再取出来,因为肮脏的地方比精雅的内宫更加安全可靠。同样,主宰世界的两个神往往把他们视为至宝的宠儿埋藏在人群间,让他们操着称之为最卑微的职业,一有机会,就脱颖而出,他们的光彩显得更其璀璨明亮。现在我想给你们讲一则关于面包师奇斯蒂的小故事,他借一件小事,居然使杰里·斯皮纳①开了窍。我想起刚才讲的是奥蕾塔夫人的故事,这位夫人就是斯皮纳先生的妻子。

话说教皇博尼法齐奥在位时,对杰里·斯皮纳先生极为器重。有一回,教皇派他几位地位显要的大使到佛罗伦萨去处理要务②,他们就下榻在斯皮纳先生家,同他一起商谈教皇所委派的事务。为了某种缘故,杰里和几位大使每天早晨总要徒步在圣玛利亚·乌吉③街前经过,奇斯蒂的面包店就开设在那儿,店务由他亲自操持。

命运女神虽然让他干着卑贱的职业,但对他还算仁慈,后来他变得非常富裕,过着十分豪华的生活,根本不想改行了。他除了拥有一些精美之物外,还经常备有佛罗伦萨和附近一带最好的白酒和红酒。他每天早晨看到杰里和教皇的几位大使从店门前经过,正好又是大热天,很想把自己上好的白酒献给他们解渴,聊表敬意。不过他想到自己的身份地位跟杰里的不同,贸然邀他做客似乎不很得体,于是想出一个办法来,要诱使杰里不请自来。

他穿起一件洁白的短上衣④,再系上一条洗得干干净净的围裙,看上去不像一个面包师,而像一个磨坊主。每天早晨,他算准杰里和大使们即将到来,便在店门前放上一铅桶清水和一小壶上好的白酒,桶和酒壶都是崭新的,酒壶则是波伦亚⑤的产品,另外还放着两只银光闪闪的杯子。当他们走过面包店时,他总坐在那儿,先清一二下嗓子,然后开始津津有味地饮起酒来;他那副神态,似乎把亡灵也会招来。

杰里一连两天看到他这副模样,到了第三天,他不由问道:"你喝什么呀,奇斯蒂?味道好吗?"

奇斯蒂连忙站起身来,答道:"味道真好,先生。不过要是您不亲自尝尝滋味,就不会懂得好到什么程度了。"

杰里不知是因为天气酷热呢,还是因忙于奔走而比平时更加劳累,也许是因为看到奇斯蒂先生喝得这样津津有味吧,竟也觉得口渴起来,于是笑吟

---

① 见前注。杰里·斯皮纳以素有文化教养著名。
② 指 1300 年教皇曾派遣使节,调停"白党"与"黑党"之纷争。
③ 乌吉(Ughi)一名,系自建斯特洛齐广场附近大教堂的家族而来。
④ 是 13 世纪至 17 世纪的一种男式短棉上衣。
⑤ 意大利地名,又译波洛尼亚。

吟地转身向几位大使说：

"先生们,让我们不妨尝一尝这位好人的酒吧,也许这酒不错,不然我们会后悔的。"

说罢,他和大使们一起向奇斯蒂走去。

奇斯蒂当即叫人从店里搬出一条漂亮的长椅,请他们坐下。他们的随从正想上前去洗杯子,可奇斯蒂把他们拦住了说：

"伙计们,别忙了,这件差事还是让我干了吧。我倒酒的本领不比做面包差,所以你们别想插上半手！"

于是他亲手洗好四只精美的新杯子,拿出一小壶好酒,殷勤地招待杰里和他的朋友们喝。他们觉得已多年没有尝到这样的美酒了,都称赞不已。在大使们居留佛罗伦萨这段时间内,杰里几乎每天陪他们上那儿去喝酒。

在大使们离任即将辞别时,杰里举行一次盛大的宴会,邀请了城里的一些头面人物作陪,奇斯蒂也在被邀之列,但他坚决不肯赴席。于是杰里吩咐仆人拿一只长颈瓶到奇斯蒂家要一瓶酒来,准备在上第一道菜时给每人各斟半杯。仆人以前跟主人前去时,这样的酒一滴也没能尝到,心里也许不服气,便带了一只大酒瓶去。

奇斯蒂看到了大瓶子,说道："小伙子,杰里不是派你来找我的。"

仆人再三申明此事没错儿,但对方不再理他,便回到杰里那里,向他禀报一切。杰里说：

"你再上他家去,告诉他确是我派你去的;如果他回答你的还是那句老话,你就问：'先生派我来不找你又找谁呢？'"

仆人回到面包师那里,说："奇斯蒂,杰里确实是派我来找你的,不是找别人。"

奇斯蒂答道："小伙子,他决不会来找我。"

"那么,"仆人说,"他派我找谁呢？"

奇斯蒂答道："找阿诺河①呗。"

仆人只得把他的话回报杰里。杰里到此时才恍然大悟,对仆人说：

"把你带去的瓶子让我看一下。"

---

① 意大利的一条河流名。亦译亚诺河。

等他看到了瓶子后,就说:"奇斯蒂说得对!"他把仆人骂了一顿,叫他换了一只大小适当的瓶子去。

奇斯蒂见了后说:"现在我知道杰里确是派你来找我了。"他高高兴兴为仆人斟满了一瓶酒。

同一天,他又装了一小桶酒,叫人小心翼翼地送到杰里家,自己也跟在后面;见到杰里后,对他说:

"请您别以为我今天早上给您的大酒瓶吓坏了,不过我想您也许忘记了过去几天,我一直用小壶给你们倒酒,换句话说,我希望您记得这不是家用之酒①。现在,我不想再把这酒藏起来了,所以全部奉献给您,您像以前那样尽管喝吧。"

杰里受了奇斯蒂这份珍贵的礼物后,恰如其分地报谢了他,从此一直十分看重他,两人成为好朋友。

---

① 指给仆人喝的、无价值的酒。

## 第三则故事

**诺娜夫人口齿伶俐,驳斥了佛罗伦萨主教的嘲讽,使对方哑口无言。**

帕姆皮内娅讲完故事时,大家都盛赞奇斯蒂对答如流,为人又慷慨大方。女王叫劳蕾塔接下去讲故事,她就兴高采烈地讲述起来:

可爱的女郎们,菲洛梅娜先讲了个故事,帕姆皮内娅刚才也讲了一个,她们说得真切动人,内容都涉及我们女人的一点儿小聪明,以及机智的言词是多么巧妙。这些话都很有道理,别的我也不必多说,只是我想提醒你们,对付别人时反唇相讥应当像羊儿那样咬对方一下,语气要委婉,不要像狗那样咬人,如果像狗那样出口伤人,那就不是对答,而是谩骂了。奥蕾塔夫人和奇斯蒂的答词,就是极妙的例证。如果你以前被人用恶毒的话像狗那样咬了一口,那么在此情况下反咬人家一口,也没有什么不对了。因此我们在跟别人开玩笑时,也得注意方式方法,而且要留心场合,认清对象。我们有一位高级教士,就是因为不注意这些,用言语刺伤了人家,结果反被人家狠狠地顶了嘴:这就是我要向你们讲的小故事。

话说佛罗伦萨有一位主教,名叫安托尼奥·多尔索①,德高望重,满腹经纶。有一回,卡塔罗尼亚有一位贵人来到佛罗伦萨,此人名唤德戈·德

---

① 安托尼奥·多尔索(Antonio dòrso)于1309至1322年任佛罗伦萨主教。

拉·拉塔①，是鲁贝尔托国王的一名大将。他身材魁梧，容貌英俊，深得女人欢心。在众多的佛罗伦萨女人中间，他又迷恋上一个美丽的妇人，她是多尔索主教兄弟的外孙女。妇人的丈夫虽是名门出身，却爱财如命，品质恶劣。大将打听到这个汉子的性格，就跟他商定：只要他让自己的妻子陪他睡一夜，就答应给他五百个弗罗林。尽管妻子不愿干这件事，那汉子还是打发她跟大将去睡觉，睡过之后，大将却把镀过金的银币给了丈夫。后来大家都知道了这件事，那个卑鄙的汉子不但蒙受损失，而且受人耻笑。而主教却是个聪明人，对此事佯装不知。

主教和大将经常彼此交往。在圣约翰节日那天，他们一起骑马外出，只见许多女人在大街上跑，那里正在赛马。当时主教看见一个年轻女人，她就是诺娜·迪·普尔奇夫人，是阿莱索·里奴奇先生的表妹，想来你们一定都认识她，可惜她在这次瘟疫里夭折了。那时她长得十分秀丽，不但能言善辩，而且胸怀宽大，不久前才嫁给波尔塔·圣·皮埃罗。主教指着她给大将看，待走近她时，他一只手搭在大将的肩上，对她说：

"诺娜，你看这位郎君如何？你看能把他攻下来吗？"

诺娜觉得主教在大庭广众面前说出这种话来有损自己的清白，并玷辱了自己的名声，但她不想多费唇舌为自己辩白，而只想以牙还牙，于是立即回嘴说：

"先生，他大概不会攻下我吧，因为我要的是真的金币。"

大将和主教听了这句话，都觉得自己给狠狠刺了一下，前者用卑劣的手段在主教兄弟的外孙女身上干了坏事，后者为了兄弟的外孙女而蒙受其害，因此两人不敢相对而视，惭惶地、不吭一声地各自走了。当天，他们同诺娜再没有说过别的话。

就这样，那少妇先被人咬了一口，后又用尖利的话回咬了对方一口。

---

① 据历史记载，他于1318年来到佛罗伦萨。

## 第四则故事

> 姜菲利亚齐①家的厨师基基比奥急中生智,用巧言使主人转怒为喜,逃脱厄运。

劳蕾塔的嘴一停下来,大家都高度赞扬诺娜的口才。女王吩咐内伊菲莱接下去讲,她就这样说了起来:

亲爱的女郎们,虽然头脑机敏的人常常能随机应变,用漂亮的言词对答如流,打中对方的要害,但上苍对胆怯的人们,有时也会助一臂之力,使他们情急智生,把平时万万想不到的话一下子说出口来。现在我就要向你们讲这样一个故事。

库尔拉多·姜菲利亚齐是我们城里的一位贵人,你们各位也许都看到过他,或者听人家说起过他。他慷慨大方,过的是绅士般的生活,经常以养狗捕鸟为乐,眼前将一些较重要的事务暂且搁在一边。

一天,他在佩雷托拉附近靠猎鹰猎获了一只白鹤,见这是一只十分肥壮的小鹤,便交给一名手艺较好的厨师基基比奥,吩咐他好好烹调,晚饭时当一道菜吃。

那厨师是威尼斯人,有些傻里傻气,爱好虚荣。他把小鹤收拾干净,就

---

① 姜菲利亚齐是13至14世纪佛罗伦萨的望族,属"黑党"。但丁作品中对这一家族曾有记述。

小心翼翼地用炉火烤炙起来。当鹤肉快熟时,锅子里散发出一股香喷喷的气味。这时正巧有一个姑娘走到厨房里来,她就住在附近,芳名布路内塔,基基比奥正热恋着她。她闻到了香味,又看到了鹤肉,便柔声柔气地要基基比奥给她一只鹤腿尝尝味儿。

只听得基基比奥哼起小调来,回答她:

"不给你呀不给你,布路内塔小姐呀,不给你呀不给你。"

布路内塔那姑娘可有些着恼了,对他说:"天主在上,如果你不给我,那就别想从我这儿捞到你喜欢的东西!"

一刹那工夫,两人就七嘴八舌地争吵起来,基基比奥毕竟不敢冒犯他的情人,便切下一只鹤腿给她吃了。

不一会,鹤肉就端到库尔拉多和他的一些客人面前。可是上面缺了一条腿,库尔拉多觉得很奇怪,就把基基比奥唤来,问他另一只鹤腿哪里去了。

那个会说谎的威尼斯人当即答道:"先生,天下的鹤,都只有一条腿,一只脚呀。"

库尔拉多听得火了,喝道:"什么只有一条腿,一只脚,见你的鬼!你以为我从来没有见过鹤吗?"

基基比奥还是一个劲儿说:"先生,我说的可是实话啊。要是您高兴,我可以请您去看看活的鹤是怎么样的。"

库尔拉多因席上有许多客人,不愿再追问下去,只是说:"我从来没有看到过,也没有听到过只有一条腿的活鹤!既然你想让我瞧瞧,我明天上午就想看到,那时我就心满意足了。可是我凭天主的圣体发誓:如果不是那么一回事,我就要狠狠地揍你,揍得你今后一想起我的名字就提心吊胆。"

那天晚上此事就不再提起了。第二天清晨,库尔拉多的气恼并未因睡了一觉而消散,起床时依旧怒气冲冲,急忙吩咐下人备马,让基基比奥也坐上一匹驽马,直向河边奔驰而去,因为一清早,人们经常可以在河边看到白鹤。路上,库尔拉多对基基比奥说:

"昨儿晚上说谎的到底是你还是我,一会儿就可以明白。"

基基比奥眼见主人余怒未消,而自己的谎言又即将揭穿,真不知如何是好,只是策马跟在库尔拉多后面,忧心如焚,恨不得逃之夭夭,可是他知道自己是逃不了的,因此东张西望,一会儿看看前面,一会儿看看后面,眼前所见到的的一切,似乎都变成两条腿的鹤了。

这时他们已来到河边。他别的没有看到,却先瞧见河边有十来只白鹤,它们都撑着一只脚呆在那儿,因为白鹤在睡觉时,另一只脚总是缩着的。

他马上指给库尔拉多看,说道:

"昨天晚上我说鹤只有一条腿,一只脚。先生,要是您去看看它们的模样儿,您就会明白我说的话不假呐。"

库尔拉多看到了那些鹤,说道:"慢着,我要叫你看看,它们有两条腿呢。"说罢,他走近白鹤,向它们"嗬嗬"地大叫两声。

鹤听到叫声,缩着的腿立刻伸了出来,走了几步以后就飞走了。

于是库尔拉多回过头来对基基比奥说:"混账东西,你还有什么好说的?你看鹤不是有两只脚吗?"

基基比奥惊恐万分,不知说些什么才好。只听他答道:

"先生,您的话不错。不过您昨儿晚上,可没有对白鹤喊过'嗬,嗬'呀!如果您也这样喊了几声,那么它也会像河边那些白鹤那样,把另外一条腿和一只脚伸出来的。"

这句回答使库尔拉多听了满心欢喜,他不但怒气全消,反而高兴地大笑起来,说:"基基比奥,你说得不错,要是我能喊它几声,那就好了。"

基基比奥灵机一动,风趣地回答了主人的诘问,从而摆脱了厄运,与主人相处得十分融洽。

## 第五则故事

福雷塞·达·拉巴塔先生和画家乔托从庄园回来,彼此出口伤人,嘲笑对方的狼狈相。

听了内伊菲莱的故事,女郎们都认为基基比奥的对答十分有趣。她一停嘴,潘菲洛就遵女王之命,讲了起来:

最亲爱的女郎们,正如刚才帕姆皮内娅所说,命运女神有时把品德崇高、才能出众的优秀人物埋藏在操下贱职业的人们中间;同样,造物主也在容貌极为丑陋的人们身上赋予惊人的才华。从我们城里的两位市民身上,可以清楚地看出这话不假,现在我想简单地讲一讲两个人的故事。

第一位要讲的是福雷塞·达·拉巴塔①先生,他身材矮小,人又畸形,扁脸孔,塌鼻子,连巴龙奇家族②中最丑的人也望而生畏。但他的法律知识极为渊博,许多有识之士都认为他是民法方面的万宝全书。另一位名叫乔托③,是一个杰出的天才,在创造及哺育世界万物而天体在其间运行不息的自然界中,任何东西他都能用一支钢笔或毛笔描画出来,而且画得惟妙惟

---

① 是14世纪上半叶著名的法学家。
② 巴龙奇是佛罗伦萨古老的家族之一,其成员以丑陋闻名。
③ 乔托(Giotto di Bondone,约1266—1337)是意大利文艺复兴初期的画家、雕塑家和建筑师,作品富有新意,对后世有相当影响。

肖,十分逼真。他所创造的作品不知有多少回使人们的眼睛造成了错觉,竟以为他画的东西就是实物。

几百年来,某些人一直有一种错误的见解,认为绘画艺术只能供凡夫俗子欣赏,不登大雅之堂,因而长期遭到埋没;如今,他却使它重见天日,并放出光彩。有人认为他替佛罗伦萨的艺术增添了一份光,对此他确实当之无愧。更为可贵的是:虽然他在艺术界才具过人,成就卓著,却十分谦虚,始终不愿别人称他为艺术大师,而造诣不及他的一些人和他的门生,对这样的头衔却孜孜以求,而且窃据了它,相形之下,更显得他的形象光灿夺目了。他的艺术固然达到登峰造极的境地,身材和容貌却一点儿也不比福雷塞先生漂亮。现在我就谈谈故事内容吧。

福雷塞先生和乔托在木吉洛地方都有一座庄园。一年夏天,福雷塞先生乘法庭休假的机会,到自己的庄园去观赏一番,后来骑着一匹租来的驽马回到城里,正巧在路上遇见了乔托。原来乔托也跟他一样,曾到自己的庄园歇了一阵,然后再返佛罗伦萨。乔托的马儿也好,行装也好,都和福雷塞的差不了多少。于是两人结伴同行,因为年纪老了,马骑得很慢。

走到半路,忽然下起一阵骤雨来了,这种情况,我们在夏天是司空见惯的。他们急急忙忙到附近一个农舍里去避雨,那家主人正好是他们两人熟识的一个农民。可是好一会儿,那阵雨还不像要停下来,因为两人想当天就赶回佛罗伦萨,就向那位农民借了两件旧的呢外套和两顶帽子,开始上路。两顶帽子已破旧不堪,因为拿不出更好的了。

他们已走了一程路,而两匹马儿一面走,脚蹄上的泥浆一面溅了起来,把他们的衣服都弄湿了,很不雅观。不久雨势渐小,天色转晴,两人本来好长时间没说话,现在又搭起讪来。乔托口若悬河,娓娓而谈,福雷塞先生骑在马上,侧耳倾听。他抬眼把乔托浑身上下打量了一番,看到他那副不成体统、狼狈不堪的模样,也不想想自己究竟是怎么一副嘴脸,竟失声大笑起来,说:

"乔托呀,要是现在迎面来了一个陌生人,而这个人又从来没有见到过你,看到你这副模样,你想他还会把你看成是世界上最优秀的画家吗?"

乔托当即回嘴道:"先生,如果他看到你这副模样,认为你总算识得几个字母,我想他是会这么看待我的。"

福雷塞先生听了,知道自己说错了话,真可谓咎由自取,自食其果。

## 第六则故事

> 米凯莱·斯卡尔扎向一些青年证明,巴龙奇是世间最高贵的家族,因而胜了对方,吃到了一餐晚饭。

女郎们听了乔托信口说来的妙语,都笑了起来。这时女王吩咐菲亚梅塔接下去讲,于是她说了起来:

刚才潘菲洛的故事里谈到了巴龙奇家族。也许你们对这家人不像他那样熟悉;但我倒想起一个故事,说明这个家族是多么显赫,而内容并不脱离我们的总题目,所以我很想讲给你们听听。

不久以前,我们城里有一个名叫米凯莱·斯卡尔扎的小伙子,他是世界上最风趣、最爱说爱笑的人,肚子里又有不少稀奇古怪的故事,因此佛罗伦萨的年轻人都很喜欢他,每次聚会时总少不了他。

有一天,他和几个小伙子在蒙图吉①聚会,讨论起这个问题来:在佛罗伦萨,究竟数哪一个家族最高贵、最古老;有的人说是乌贝尔蒂家,有的说是兰姆贝尔蒂家,大家根据自己的看法,各说各的,莫衷一是。

斯卡尔扎听了他们的话,嗤笑起来,说道:

"去你们的吧,你们这伙傻瓜!连你们自己也不知道在谈些什么呢。别

---

① 是佛罗伦萨郊外的丘陵地带,佛罗伦萨的一些富豪在这里有许多别墅。

说佛罗伦萨,就是全世界或是靠近海洋的沼泽地①里,都要数巴龙奇家族最高贵、最古老了。关于这一点,不但所有的哲学家,就是像我那样了解这家子的人们,都一致公认。为了不致引起误会,我强调一句:我指的是圣马利亚地区的巴龙奇家族,住的地方就在你们附近。"

青年们料想他还有别的话要说,所以听了后都讥笑起他来,说道:

"你在开玩笑呢,好像只有你才知道巴龙奇这家人,我们都不知道!"

斯卡尔扎说:"我不是开玩笑,我说的倒是实话!你们有谁愿意出来打赌,我都乐于奉陪,谁输了,就得请赢家吃一顿晚饭,还要让对方的六个知己朋友一起来吃。不论谁做裁判,我都没有意见。"

这时有一个名叫内里·曼尼尼②的小伙子说道:

"我倒很愿意来赢上这餐晚饭哪!"

双方一致同意请皮埃洛·迪·菲奥伦蒂诺做裁判,他们正在他家里。于是大家都到那边,想看看斯卡尔扎究竟怎么个输法,叫他尝些难堪的味道。大家都把经过情况向皮埃洛作了交代。

皮埃洛是一个有头脑的小伙子,先听完内里的话,再回头对斯卡尔扎说:

"你有办法证明你的话不假吗?"

斯卡尔扎说:"证明吗?我要拿出来的证明,不但叫你,而且叫反对派也承认我说的话句句是实。你们都知道,一个家族的历史愈悠久,门第就愈高贵,这是贵族们所公认的事实。巴龙奇一家的家世比任何贵族的都要古老,因此他们是最高贵的了。只要我向你们证明他们最最古老,我就赢了这场争辩,那是毫无疑问的。

"你们应该知道,天主创造出巴龙奇时,还刚开始学习造型,而其余的人,却是天主在懂得造型艺术后才一一创造出来的。我认为这是千真万确的,你们只要想想巴龙奇一家和别人的区别就行了:你们可以看出,别人的脸都生得相当端正,五官的布置有一定的格局,而巴龙奇一家的人却不是这

---

① 原文 maremma,原是意大利近海沼泽地之意,此处并非真正的地理名词,而是说笑话的夸张用语。

② 曼尼尼(Mannini),是当时佛罗伦萨的另一大家族。

样,有些人的脸又狭又长,有些人的则阔得要命;有些人的鼻子很长,有些人的太塌;有些人下巴翘起,腭骨大得像驴子般的;还有一些人,眼睛不是一只大一只小,就是一只高一只低,活像孩子们刚学画时涂出来的面孔。因此正像我刚才说过的,看来天主创造出巴龙奇时正在学画儿呢。这就证明他们的资格比别人都老,因而也最高贵了。"

做裁判的皮埃洛和赌一顿晚餐的内里也好,在场的各人也好,听了斯卡尔扎这番有趣的议论,都想起了巴龙奇一家人的模样,于是不觉大笑起来。他们都认为斯卡尔扎说得很有道理,应该赢得一顿晚餐,一致同意巴龙奇家族确实是最高贵和最古老的家族,不但在佛罗伦萨是这样,在全世界和靠近海洋的沼泽地里也是这样。

由此看来,潘菲洛为了要形容福雷塞的丑,说巴龙奇家族里的人也许不会比他更难看,这样的说法是很有道理的。

## 第七则故事

> 菲莉帕同情人幽会,被丈夫发觉,诉诸法庭;由于她的答辩振振有词,被无罪释放,且促使法官修改法律。①

菲亚梅塔讲完了故事,大家听了斯卡尔扎那番别开生面的议论,说明巴龙奇家族比其他家族更为高贵,都笑了起来。这时女王命令菲洛斯特拉托讲一个故事,他就开始讲道:

尊贵的女郎们,能言善辩在任何情况下都是一件好事,可是在紧要关头能随机应变,侃侃而谈,我认为更其可贵。下面我要向你们讲的一个贵妇人就有这样的本领,她的一席话不但使听众兴高采烈,大笑不已,而且挽救了自己,免于一死。你们且听这个故事。

话说普拉托②地方有一条法律,说句实话,它不但严酷,而且应该受到非议;法律规定女人与情夫通奸而被丈夫发觉的,罪名和有夫之妇为贪图钱财而委身于别的男人者相同,一律活活烧死,不加区别。

在实施这条法律的时候,发生了这么一件事。有一个美丽的贵妇人,名叫菲莉帕夫人,嫁与里纳尔多·迪·普利埃西为妻,但她另有所欢。一天夜里,她正睡在自己的房里和情夫搂在一起,却被丈夫发觉了。那情夫名叫拉

---

① 根据某些学者的意见,这则故事是根据民间传说改编而成。
② 意大利地名。

扎里诺·迪·瓜扎利奥特里,是当地大家出身的美少年,夫人爱他好比自己的生命,那小伙子也热恋着她。里纳尔多见此光景,勃然大怒,要不是害怕会殃及自己,他真想盛怒之下冲上前去把他们两个活活杀了。

他尽力克制自己,但想到普拉托有这么一条法律可以利用,自己不能杀她照样可以叫她送命,心里再也忍不住了。因此第二天一早,他就毫不犹豫地向法庭控告自己的妻子,提出适当的证据表明妻子的不贞,并要求把她传唤到庭。

一般说来,情意真切地沉溺在爱河里的人们总是胸怀坦荡的,这位夫人也是如此。她不顾亲友们的劝告,决心出庭受审,宁愿供出事实真相,及早从容地接受死刑,而不愿可耻地逃奔别处,拒不出庭,沦落异乡苟且偷生,因为这种做法,无异表明自己前夜不配接受情人的爱抚了。她由许多男女亲友陪着,来到法官面前,他们还是劝她不要认罪。她面不改色,用坚定的声调问法官为什么要传讯她。

法官打量了她一番,见她十分美艳,落落大方,谈吐之间又显示出她是一个有胆识的女人,便对她存几分同情;不过他怕她会坦白认罪,那时为了公事公办,就不得不把她处死了。

可是对于她丈夫提出的指控,法官免不了要审讯一番,于是问道:

"夫人,您瞧,现在您的丈夫里纳尔多在这里控告您,说他亲眼看到您和别的汉子通奸。我告诉您,根据本城制订的法律,我要把您判处死刑,以示惩罚。不过,如果您认为没有这么一回事,那就不能判刑了,所以您回答时要小心些。现在告诉我,您丈夫的指控有没有事实根据?"

那女人一点儿也不惊惶失措,用愉快的声音回答道:

"法官大人,里纳尔多是我的丈夫,昨天夜里,他确实看到我在拉扎里诺的怀抱里,我全心全意爱着他,而且跟他睡觉已有好多次了,这点我决不否认。不过我相信您一定知道,法律对男女应当是一视同仁的,而且它的制订,也应当取得遵守法律者的同意。这条法律是行不通的,因为它只是硬要我们这些可怜的女人遵守,而女人却比男人更高明,有时候可以满足许多男人。另外,当初制订这条法律时,并没有征求过我们女人的同意,从来没有来找过我们,因此可以理所当然地给它扣上一顶'对女人不怀好意'的帽子。

"如果您要昧着自己的良心,根据这条法律让我的肉体受害,那就请便吧。不过在判决以前,我请您赐给我一个小小的恩典。请您问一问我的丈夫:他每次对我提出要求,我是不是完全依他,没有一回不满足他,而且从来不曾拒绝过?"

里纳尔多不待法官询问,就立即回答,他每次求欢,他女人没有一回不答应。

"那么,"菲莉帕立刻接下去说,"法官大人,我要问您:要是他的需要和欲望在我身上已得到了满足,而我还有更多的可以供应,那我以前该怎么办?现在该怎么办?难道扔掉它喂狗吗?与其看它浪费掉或糟蹋掉,还不如赠送给那位爱我比自己生命更甚的绅士,这样岂不是更好吗?"

因为法庭上审讯的是这样一件案子,而且牵涉到一位这样有名望的夫人,因而全城普拉托人都拥到法庭里来。他们听了她巧妙的答辩后,先是大笑,后来一下子几乎异口同声地叫嚷起来,说那位女人说得有道理,讲得好。他们在离开法庭之前,先劝说法官,修改了那条残酷的法律,规定只有那些因贪图金钱而背弃丈夫的女人,才受这种处分。

里纳尔多就这样灰溜溜地离开了法庭,而那女人却快快活活地无罪获释,不必受火刑之苦,神气活现地回家去了。

## 第八则故事

**弗雷斯科劝侄女别照镜子,照镜子只会见到自己面貌丑陋。**

菲洛斯特拉托讲这个故事时,女郎们先觉得有些害臊,心弦却给拨动起来,她们脸上泛起的一层红晕就是明证;后来她们彼此相觑,几乎忍不住要笑出声来了,只是一面听,一面装出嗤笑的神态。等他故事讲完,女王就回头吩咐埃米莉亚接下去说一个,她如梦初醒地叹了一口气,开始讲道:

美丽的女郎们,刚才我浮想联翩,似乎到一块很远的地方神游,现在奉女王之命,只得勉强讲一个比以前也许短得多的故事。我向你们讲的内容,是一个叔父如何用诙谐的言语来纠正侄女的愚笨和错误,如果她有自知之明,就应当懂得其中含意了。

话说从前有一个男人,名叫弗雷斯科·达·切拉蒂科,他有一个侄女,小名切丝卡,虽然说不上美如天仙,却也还算秀丽。不过她目空一切,自高自大,对于别的男人、女人和一切东西,她都看不顺眼,总是骂三骂四,冷嘲热讽。她比任何人都骄傲、烦躁,动不动就发脾气,自己做的事没有一样能称她的心,而且自以为高不可攀,即使成了法兰西皇家的一名成员,怕也感到十分委屈呢。她在街上走时,装出一副十分厌恶的神气,仿佛闻到别人烧破衣服发出的臭气似的;看到或遇见了谁,她总掩起鼻子来,好像那人身上发出臭味。现在,我们且把她种种令人不快的怪腔撇在一边,言归正传吧。

有一天,她外出回家,惺惺作态地在弗雷斯科身边坐下,什么事都不做,

只是唉声叹气,于是叔父问她:

"切丝卡,今天是节日,你干吗这么早就回家了呢?"

她没精打采、装腔作势地回答道:

"今天我确实回来早了,因为我觉得在我们城里,男男女女从来没有像今天那样叫人讨厌。街上走的那些人没有一个称我心的,真是倒霉。我想,世界上任何女人都不会像我那样,见到这班丑八怪就恶心。为了不想见到他们,我就这么早回家了。"

弗雷斯科看到侄女那种不顺眼的作风,十分厌恶,对她说:

"姑娘啊,你说你看到那些面目可憎的人不好受,那么如果你想活得快快活活,就千万别照镜子了。"

她自以为跟所罗门①的才识不相上下,其实不过一根芦苇罢了,肚子里什么都没有。她懂得的东西不比一只羊儿多,所以根本不理解弗雷斯科的话中之意,反而说自己还要像别的女人那样常去照镜子呢。因此她的头脑一直没有开窍,到现在还是如此。

---

① 据《圣经·旧约》,所罗门为古代君王,以智慧闻名于世。

## 第九则故事

圭多·卡瓦尔坎蒂①用一番尖刻的话，击退了佛罗伦萨绅士们的嘲讽。

女王听完了埃米莉亚讲的故事，知道现在只剩下她自己和迪奥内奥两个人没有讲了，而迪奥内奥又有特权最后一个讲，所以开口说了起来：

美丽的女郎们，我本来想讲的那种故事，今天已有两个以上给你们抢先讲了，不过我还留着一个；故事的结尾有一段话，意味也许十分深长。

你们想必知道，我们城里过去有不少良好的、值得赞美的风俗习惯，如今却荡然无存，原因在于人们由于越来越富有而变得十分贪心，把这些风俗习惯都丢在脑后了。

我们且说其中的一个风俗吧：佛罗伦萨的一些绅士们，常常在各处集会，结成一个小集团，不过只准付得出费用的人们参加，今天我出钱，明天你出钱，大家轮流做东道主，日期由各人自行安排；倘遇外地的绅士来城，也经常款待他们，本城人士自不必说了。在遇到节日的当儿，特别是那些重要的节日，或者逢上捷报或喜讯传来的时候，他们总要穿上清一色的衣服，骑着马在城里兜兜，有时还比赛武艺。这样的活动，每年至少举行一次。

在这些小集团中，有一个是贝托·布鲁内尔斯凯蒂先生组织的，他和他

---

① 圭多·卡瓦尔坎蒂（Guido Cavalcanti，约1255—1300）系意大利著名诗人，"柔美新诗体"的创始人，与但丁友谊甚笃，但丁在名作《神曲》和《新生》中均提到他。

的伙友们竭力想吸收圭多·卡瓦尔坎蒂先生参加,而这也不是没有理由的:他不但是世界上最优秀的逻辑学家之一,又是一位出类拔萃的物理学家——不过这伙人对这些都不感兴趣——而且风度翩翩,富有教养,能言善辩,凡绅士所应该具备的才艺,他样样精通,而且都超过别人,何况他十分富裕,招待起别人来可以随心所欲,有求必应。可是贝托先生始终没法把他请到;贝托和他的朋友们认为,这是因为圭多对人世间的事常常想入非非,而且还多少倾心于伊壁鸠鲁[①]的学说。在凡夫俗子之间有一种说法,说他的这种冥想的目的,只是想证明天主并不存在。

话说有一天,圭多从奥托·圣·米凯莱出发,取道科尔索·迪·阿迪马里一直到圣约翰礼拜堂去。他平时常常走这条路,那里的陵墓全用大理石筑成,像现在的圣·雷巴拉塔礼拜堂的墓地那样;而在圣约翰礼拜堂周围,还有其他材料筑成的一些坟茔。当时圭多正在大门紧闭着的圣约翰礼拜堂门前和墓地的斑岩石柱中间走动,恰巧贝托先生和一伙朋友从圣·雷巴拉塔礼拜堂骑马来到这里,瞥见圭多在一片坟地中间,就说:"让我们去逗他一下吧。"

于是他们用马刺催马快跑,兴冲冲地向圭多直冲过去,圭多还来不及看个清楚,他们就来到他跟前,对他说:

"圭多呀,我们请你入伙,你不肯。现在倒要问你一句话:要是你真的发现天主不存在,那你又怎么办呢?"

圭多眼看被这些人团团围住,当即答道:

"先生们,你们在自己的老家里,爱说我什么就能说什么呗。"

说罢,他把手搁在一座陵墓上,像一个身手极其敏捷的汉子那样纵身一跳跳过陵墓,摆脱了他们的纠缠,扬长而去。

这些人都面面相觑,接着你一句、我一句地说了开来。他们说这人有些疯疯癫癫,回答的话不知所云。他们刚才站的地方,跟城里的其他市民又有什么关系呢?圭多跟他们更是风马牛不相及。但贝托先生却回头对他们说:

"如果你们不明白他的话中之意,你们的头脑倒是不清醒了。他只消文

---

[①] 伊壁鸠鲁(Epikouros,公元前341—前270),古希腊哲学家,有唯物主义和无神论倾向。

文雅雅地三言两语，就骂出了天下最恶毒的话。只要你们细细想一下，就知道这些坟墓就是死人的家，因为死人是葬在里面，永远躺在里面的。他把死人说成是我们的老家，无非是想说明我们和其他没有文化教养的人，同他和别的学者比较起来，连死人都及不上呢。正因为如此，我们在这里就好比在自己的老家。"

大家这才明白圭多的弦外之音，感到十分惭愧，以后再也不敢逗弄他了，同时十分推崇贝托先生，认为他是一位头脑敏捷、富有见识的绅士。

## 第十则故事

> 教士奇波拉答应乡下人,要他们看看天使加百列的羽毛,但打开盒子,却是一些木炭,于是他用巧言相骗,说是烤圣劳伦斯用的盒子。

每个人都讲完了一则故事后,迪奥内奥知道这回该轮到自己了。他不等女王一本正经地下命令,在大家赞美圭多机智的对答结束而静下来之后,就开始讲述起来:

秀美的女郎们,虽然我有特权可以随我高兴任意讲一个故事,可是今天我不想离开你们所讲的题材,你们刚才讲得多么有条有理呀。现在我跟在你们后面,想跟你们讲一讲圣安东尼派①的一个修士如何急中生智,小心地逃过了两个年轻人的暗算,免于受人耻笑。各位不要觉得太沉闷了,因为我为了把故事讲得完整些,只好多花一些时间。你们看,太阳还挂在半空中呢。

契塔尔多是位于我们城郊瓦尔德尔萨的一个城堡,你们也许已经听到过。它虽然很小,以前却也住过一些贵人和富豪。却说有一个圣安东尼教派的修士名叫奇波拉的,因为看到那里的油水很足,每年都要花很长时间去

---

① 圣安东尼教士曾受人非议,认为他是骗子和惟利是图的人。1240年,又受到教皇格里高利九世的谴责。

一次，以获取愚夫愚妇给他和弟兄们的一些施舍。那里的人们对他倒还欢迎，这与其说他富有献身精神，还不如说他的名字取得好，因为"奇波拉"就是洋葱之意，而那块地方正是因出产洋葱而闻名于托斯卡纳全境。

修士奇波拉身材矮小，毛发红红的，脸上总带着笑容，算得上是世界上最好的伙伴。另外，他虽然没有什么学识，却口若悬河，什么话都能随口说来；如果你不了解他的真面目，你不但会把他看成是一个雄辩家，还会说他是图利乌斯①再世，或者就是昆体良②呢。那块地方，几乎每一个人都成了他的伙伴、朋友或知心人。

有一年8月里，他照例到那个地方去。一个礼拜天早晨，附近乡镇的善男信女都到教区的教堂里来望弥撒。他看准时机，走上前去对他们说：

"先生们，女士们，你们知道，每年你们总要送些小麦和五谷给圣安东尼老爷可怜的子民们，有的少些，有的多些，根据你们庄园的收入和诚意而定，希望圣安东尼能保佑你们的牛羊猪驴各种牲畜。另外，你们各位，特别是参加我们这个团体的人，每年一次总要付出一小笔理应付出的钱来。现在，我的上级，也就是院长先生，派我来收这笔钱。所以在9点钟③以后，你们在天主的祝福下，一听到钟声就到教堂外面来，我像平常一样给你们讲道，请你们来吻吻十字架。还有一件事：我知道你们都是圣安东尼老爷最虔诚的信徒，所以赐给你们特殊的恩宠，让你们看一看我从海外圣地带来的一件极其圣洁而美好的遗物，这件圣物乃是圣加百列④的一根羽毛，也就是说，是天使加百列到拿撒勒向圣母马利亚报喜时落下来而留在圣母那里的一根羽毛。"

说完这些话后，他就不再吭声，回头做弥撒了。

当时教堂里做礼拜的人群中有两个年轻人，一个叫焦万尼·德尔·布拉戈涅拉，另一个叫比亚季奥·皮齐尼，都是修士奇波拉志同道合的好友，不过两人生性狡狯。当修士说上面这席话时，他们听到有什么圣物之类，不

---

① 即古罗马政治家、演说家西塞罗（Marcus Tullius Cicero，公元前106—前43）。
② 昆体良（Marcus Fabius Quintilianus，约35—95），古罗马演说家，教育理论家。
③ 古罗马白昼9点钟做的祷告，此处之9点钟，相当于现在的下午3时。
④ 见《圣经·新约·路加福音》第一章。加百列系天使，曾向圣母报告耶稣即将降世的消息。

觉暗暗好笑，彼此商量要借这根羽毛作弄他一下。

他们得悉那天上午修士奇波拉跟一个朋友在城堡里吃饭，于是商定一待他们坐席，就急忙上街到修士下榻的客栈去，由比亚季奥缠住奇波拉的仆人聊天，焦万尼则负责搜查他的行李，找到了羽毛便把它拿走，不管它是不是什么圣物，事后看他如何向群众交代。

修士奇波拉有一个仆人，有人叫他"鲸鱼古奇奥"，也有人叫他"脏鬼古奇奥"，再有人叫他"猪猡古奇奥"。他简直是个胡涂虫，连利波·托波①也从来没有画过这样的人物。修士奇波拉曾多次在友人面前开玩笑说：

"我的仆人有九个特点，只要其中有一个生在所罗门、亚里士多德和塞涅卡②身上，就足以毁掉他们的全部德行、理智和神圣。你们不妨想一想，他身上有九件东西，而德行、理智和神圣却一点儿也沾不上边，那该是怎么一号人哪！"

有一次，人家问他这九件东西是什么，他就用押韵的方式列举出来，回答说：

"我来告诉你们吧！他这人一磨蹭不爽，二身体肮脏，三专门撒谎，四马虎懒散，五不听使唤，六口出恶言，七没有头脑，八记性不好，九放荡胡闹。③另外他还有许多缺点，我也不必一一列举了。他的作风方面，有一点尤其叫人好笑；不论他上哪儿，总要讨上一个老婆，成起家来。他长着又黑又光滑的大胡子，看上去英俊潇洒，自以为许多女人见了后都会迷上他。如果你不管他，他就会跟在所有女人后面团团转，弄得头破血流为止。说真的，他倒是我的一个好帮手，人家跟我说什么悄悄话，他总想插进来听，人家向我提什么问题，他只怕我答不出，便立刻根据自己的意思，代我回答'是'或'不是'。"

修士奇波拉让这个仆人呆在客栈里，吩咐他好好看管行李，别让任何人翻动，特别是那个旅行袋，因为里面放着圣物。可是那个"脏鬼古奇奥"却迷上了厨房，入迷的程度比夜莺留恋绿色的树枝更甚，特别当他听到厨房里

---

① 利波·托波(Lippo Topo)是一个才能并不出众的画家，作品以诙谐著称。
② 塞涅卡(Lucius Annaeus Seneca，约公元前4—65)，古罗马哲学家、戏剧家，宣扬神秘主义和宿命论。
③ 原文一二三同韵，四五六同韵，七八九同韵，译文仿此，以保持本来面目及风格。

有女仆在场的时候。正巧他在那家客栈里看到一个又胖又矮的厨娘,那女人长得很丑,一张脸与巴龙奇家族①的人不相上下,一对乳房大得像两筐粪便,满脸汗水,一身油腻和烟灰。古奇奥走出了修士奇波拉的房间,门也不关,撇下他的行李不管,径自溜到厨房里,好像老鹰扑向腐烂的尸体一般。

那时虽是8月天气,他却在炉灶边坐了下来,开始跟那个名叫奴塔的胖厨娘搭讪。他对她说自己是一个有官衔的绅士,手头有九百多万弗罗林②,施舍给别人的钱还不算在内;又说自己精明强干,能说会道,连天主都及不上他呢。他可没有想到自己的头巾上有这么多油渍,用来涂抹阿尔托帕斯齐奥的大锅③还绰绰有余,也不去想想自己的那件紧身衣已经破烂不堪,脖子周围和胳肢窝下已经污垢累累,衣服上的斑点和色彩,比鞑靼人和印度人的还要多;鞋子裂了口,袜子脱了线。他跟厨娘谈话的口气,活像恰斯蒂利奥内家族④的大人先生们。他说他要给她重新装扮一番,使她脱离苦海,不再寄人篱下,还说即使不能让她享受荣华富贵,也能使她过上好日子等等。他这些话不管说得多么甜,结果还是一场空;正如他过去跟女人们献殷勤时那样,一切都是枉费心机。

却说那两个年轻人看到猪猡古奇奥正缠住女仆奴塔不放,心里暗暗欢喜,因为这样一来,办事就省力了。他们见修士奇波拉的房门开着,便径直走了进去,第一件事就是去搜查那只放羽毛的旅行袋。打开了袋,发现里面有一只小盒子,用一大块薄纱包着。打开小盒子一看,里面有一根鹦鹉尾巴上的羽毛,他们认定这就是修士答应给契塔尔多人看的东西。

这样的东西,在那个时代确实是容易取信于人的,因为当时东方的珍品运到托斯卡纳的为数不多,不像现在那样大量运来,使整个意大利蒙受其害。托斯卡纳境内的某些地方,对这种珍品见识不多,而这里的居民则一点也没有看到过。他们依旧保持着上代人质朴粗野的遗风,不但没有看到过鹦鹉,连听也没有听说过。

---

① 系佛罗伦萨望族,以奇丑闻名,见前注。
② 古意大利金币名,见前注。
③ 形容锅子之大。阿尔托帕斯齐奥是意大利卢卡地区的一个修道院,里面有一只大锅,修士每周两次烧汤给所有穷苦人喝。
④ 亦译卡第伦或夏蒂戎家族,据说该家族世世代代均是贵人或富人。

两个年轻人找到了这根羽毛,好不高兴,就立刻把它拿走。为了不使盒子里空无一物,他们看到屋角里有些木炭,就顺手放在里面,然后关上盒子,使一切恢复原状,才神不知鬼不觉带着羽毛兴高采烈地走了,只等修士奇波拉将来看到羽毛变成了木炭时怎么个说法。

刚才在教堂里做礼拜的头脑十分简单的男男女女,听说9点钟以后可以看到加百列天使的羽毛,做好弥撒就回家了。男的也好,女的也好,大家都奔走相告,一吃完饭,这许多人就争先恐后涌入城堡,挤得几乎连站的地方都没有。

教士奇波拉吃饱了午饭,打了一会儿盹,9点钟才过就起身了。他听说有许多乡下人都想赶来看羽毛,便吩咐脏鬼古奇奥带了铃和他的旅行袋到那边去。古奇奥只得依依不舍地离开厨房和奴塔,带着主人嘱咐的东西懒洋洋地走了。

由于他喝了许多水,走到那里时已是气喘吁吁,身子沉甸甸的,只得勉强执行修士奇波拉的命令,在教堂门口使劲地摇起铃来。待众人聚集以后,修士奇波拉就开始讲道,却没有发觉自己的圣物已被移花接木。他大肆宣扬了自己的功德,然后觉得可以把加百列天使的羽毛拿出来给大家看了,于是先庄严地做了一遍忏悔祈祷,再点起两支大蜡烛,撩开头巾后,小心翼翼地解开薄纱,把那只小盒子取了出来。

他先说了一些话,热情赞美天使加百列和他的遗物,然后打开盒子。往里一看,里面全是木炭!他既不怀疑鲸鱼古奇奥会干出这种勾当,因为古奇奥是不会动这种脑筋的,也没有诅咒仆人防备不严,让别人乘机做出坏事来。他只是暗暗责怪自己,既然他知道古奇奥这人马虎懒散,不听使唤,没有头脑,记性不好,为什么又这么信任他,让他来保管自己的东西呢?但即使如此,他还是面不改色,仰望天空,高高举起双手,抬高嗓门说道:

"哦,主啊,愿您的神力永远得到赞美!"

接着他关上盒子,转身对众人说:

"先生们,女士们,你们应该知道,当我年纪还很轻的时候,上级就派我到太阳出来的那些东方地区①,而且明确地指令我,要我无论如何要找到波尔切拉纳②的地盘,这对他们并没有害处,而对我们却大有好处。

"为了这件事,我从威尼斯出发,经过希腊镇,后来骑马经过加尔博王国和巴尔达卡,来到了帕里奥内,好不容易忍饥挨渴,过了不久又到萨尔迪尼亚。不过我又何必要把经过的地方全部说出来呢?我经过圣乔治海峡③,来到'嘲笑国'和'诈骗国',这两个国家里人口众多;以后再到'谎言国',遇到了我们的许多弟兄和其他教派的不少修士。他们借着天主的名义,不愿干些苦差使,对别人的劳苦漠不关心,一心一意只想为自己捞到好处,在那些地方使用的,只是没有铸成的钱币④。后来又路经阿布鲁齐国⑤,那里的男人和女人穿着木屐鞋在山上走来走去,还把猪肉藏在肠子里面。再往前走了不久,又见到一些人用棍子夹面包,用袋子装酒。⑥ 后来又离开那里到了巴斯基山,那里的水都是向下流的。

"简单地说,我走得很远,甚至一直来到印度帕斯蒂纳卡⑦。我凭着身上的那件圣袍向你们起誓:我看到修剪树枝的工具会飞,谁没有亲眼看到,谁都不会相信。不过我可以请那边一个名叫马索·德尔·萨季奥的大商人作证,我说的并不是假话,当时他正在剥胡桃,把胡桃壳零卖出去。

"可是我正在找的东西却无法找到,因为再下去就要走水路,于是回头到了那些圣地;那里每年夏天,冷面包价值四元银币,而热面包却一文不值。

---

① 这里的"东方地区",其实是泛指较远的地方并非真正的"东方"。修士在下面所指的各个地方,如波尔切拉纳、希腊镇、加尔博、巴尔达卡、帕里奥内和萨尔迪尼亚,均在佛罗伦萨境内或稍远处。奇波拉这样说是故意渲染神秘气氛,让群众想起陌生而奇异的东方。

② 是佛罗伦萨的一个医院。

③ 在威尼斯附近。

④ 意思是"空口说白话"。但丁在《神曲》的《天堂篇》中有这么一段典故,原文是:"圣安东尼就这样把猪群养肥,还养肥了比猪更不如的人们,付出的是没有铸成的钱币。"(见《天堂篇》,第29歌124至126行)

⑤ "阿布鲁齐"是远方之意。

⑥ "猪肉藏肠子"、"棍子夹面包"及"袋子装酒",据意大利某些薄迦丘学者的意见,系淫猥的比喻。

⑦ 并非真是印度的一个地方,只是修士随口胡诌而已。

在那里我看到了农米布拉斯梅特·塞沃伊皮亚切①神父大人,他是耶路撒冷最尊贵的一位教长。由于他瞧得起我经常穿在身上的那件圣安东尼老爷的圣袍,他愿将身边所藏的各神圣物都给我观赏。圣物真是多极了,如果我要把它们全部数出来,也许走好几哩路才讲得完呢。不过为了免得你们失望,我且说一些给你们听听吧。

"教长先给我看一只圣灵的手指,它依然十分完整,丝毫没有变质;后来又给我看了曾在圣方济各面前出现的六翼天使的一绺额发,还有九天使中第二位天使的一个手指甲,'韦尔布姆-卡罗靠近窗边'②的一根肋骨,再有天主教神圣信仰派的几件衣服,三王③在东方看到过的一些星光,圣米迦勒和魔鬼拼搏时淌下的一瓶汗水,圣拉扎鲁的死神的颔骨,以及别的一些东西。

"我宽宏大度地替他抄了蒙泰·莫雷洛用俗语写的一些著作,还有卡普雷齐奥作品中的一些章节,这些正是他长时期以来孜孜以求的东西。他回赠我一些圣物,给我圣十字架齿轮的一颗齿牙,还有一个小瓶子,里面装的是所罗门寺庙里的一些钟声,以及我刚才同你们谈起过的加百列天使的羽毛,再有圣·盖尔多·达·维拉马尼亚④的一只木屐鞋,不久前我到佛罗伦萨去,已把这只鞋子给了盖拉尔多·迪·本西⑤,因为他对圣徒维拉马尼亚极其虔敬;另外,他还送给我最有福泽的殉教者圣劳伦斯当年被烤死时使用过的一些木炭。这些东西我都怀着虔诚的心情拿到手后,一直藏着,一点不缺。

"本来,说句实话,我的上级一定要等他鉴别了这些东西的真假后才允许我拿出来给大家看,可是现在这些圣物既然已创造出一些奇迹,而他又收到教长好几封信,相信它们确是真的,所以答应我取出来给大家观赏。不过我不放心交给别人,因此经常带在身边。

---

① 原文 Nonmiblasmete Sevoipiace 是意大利文和法文的杂烩,意为"请勿轻视我"。在这里修士是随口胡扯。

② 所谓"靠近窗边",亦为修士信口雌黄之语。

③ 即朝拜初生耶稣的三博士。

④ 是早期的方济各会信徒之一,据说他是最早穿木屐鞋的人。

⑤ 盖拉尔多·迪·本西确有其人,系佛罗伦萨的一位富翁。

"说句实在话,我把加百列天使的羽毛藏在一只小盒子里,只怕把它损坏了,烤圣劳伦斯用的木炭却放在另一只里。这两只盒子模样儿很像,我以前常常搞错,今天又犯这个毛病了。我本来想把那只装羽毛的盒子带来,想不到竟拿了那只装木炭的来。我认为这并不是什么错误,而确确实实是天主的意旨,是天主亲自把这只放木炭的小盒子放到我手里来的;我刚才才记得,两天前正好是圣劳伦斯的节日呢。

"由此看来,原来天主希望我拿烤圣人用的木炭给你们看,好唤起你们心里对他应有的一片虔诚,以致我拿起的东西不是我所要的羽毛,却拿了被圣体的体液浸灭了的神圣的木炭。所以,有福的子民们,脱下你们的帽子,诚心诚意走近来瞻仰一下吧。

"不过我先要告诉你们,你们不论是谁,只要用这种木炭在身上画一个十字,在这一年内绝对不会受到火伤,火烧在身上也不会有什么感觉。"

说完这些话,修士一面高唱赞美诗颂扬圣劳伦斯,一面打开小盒子,拿出木炭来给大家看。这群傻里傻气的人用惊奇而敬畏的眼光看了一会儿后,就一齐涌到奇波拉修士身边,奉献的东西比以前还多,而且请求他用木炭为他们祈福。

因此,修士奇波拉就拿起这些木炭,在男人们洁白的衬衫和短上衣上面和女人们的面纱上面画起很大的十字来,并且明确告诉他们,这些木炭在画过十字后固然有不少损耗,但以后放进盒子里又会增长起来,以前他试验过好多次,都是这样。

他就这样为所有的契塔尔多人画了十字,从中获取了一大笔收益。偷羽毛的两个小伙子本来想嘲弄他一下,如今他急中生智,两人反而自讨没趣。他们也在听他讲道,还听他用新的花招来保护自己,用转弯抹角的方式说了一番花言巧语,结果笑得连嘴也合不拢。待众人散后,他们就走到他面前,七嘴八舌地把自己的所作所为告诉了他,还把羽毛归还给他,让他明年像那天用木炭玩把戏那样再耍新的花样儿。

大伙儿听了这个故事,都觉得津津有味,情绪非常高昂,大家都为修士奇波拉的所作所为大笑不已,特别笑他一路旅行的一情一节和看到这么多又取去这么多圣物的故事。

女王听完了这个故事,她的任期也满了,便站了起来,取下王冠,笑吟吟地把它戴在迪奥内奥头上,说道:

"迪奥内奥,让你来体会一下管理女人和领导女人是多么麻烦的事情。现在你来当国王吧,好好地掌管国家,等你期满之后,大家都来赞扬你。"

迪奥内奥戴着王冠,笑嘻嘻地答道:

"比我珍贵的国王,你们想必见过好多次了,我指的是棋中之王①。说真的,要是你们真是把我当做国王那样来服从我,我一定要让你们享受到一种乐趣,没有这种乐趣,任何欢腾的场面都会黯然失色。这些话暂且撇开不谈吧,我一定尽我的本分,管理好这个国家。"

于是他照例把总管召来,吩咐总管在他的任期之内应该如何有条不紊地做好各件事,然后说:

"尊贵的女郎们,我们刚才已从各方面谈论了人的机智和各种机遇问题,要不是那位莉奇斯卡女士②刚才到这里来,谈话之中使我找到了明天要讲的故事材料,我怕即使苦苦想了好久,也想不出要谈的题目来。你们刚才也听她说过,她的左邻右舍中,没有一个女人结婚前是处女,又说妻子捉弄丈夫的种种把戏,她没有一件不清楚。不过前面那段话暂且撇开不谈,因为全是孩子气的。我认为后面那段话,倒是讲故事的有趣题材。既然莉奇斯卡女士启发了我们,我想明天讲故事的范围就不妨定为:'女人为了爱情或为了满足自己的情欲,捉弄了自己的丈夫,有的丈夫没有察觉,有的一知半解。'"

有几位女郎认为这样的故事题材不很得体,要求另换题目,于是国王说:

"女郎们,我命令你们讲这类故事,明明知道你们是不情愿的,但我不能因你们不愿讲而收回成命,因为我认为在目前情况下,既然男男女女都做出不规矩的事来,什么话都是允许谈的。你们知道不知道,由于现在的这场劫难③,法官都离开了法庭,人类的法律和教会的戒律,都已起不了作用,每个

---

① 外国的棋子有的用象牙做成,故有"珍贵"之语。
② 这里的"女士"有讥讽的意味。
③ 指1348年佛罗伦萨的那场瘟疫。

人为了保全生命,都可以为所欲为吗?如果你们所讲故事的内容有点儿越轨,只要不做出任何不正经的事,也就无伤大雅。你们讲故事只是为自己和别人找些快乐,我看将来谁也找不到什么站得住脚的理由来指责你们。再说,我们这一伙人从一开始直到现在,都是非常规矩的;不管我们说些什么话,我觉得大家在行为方面,谁也没有污点,以后也不会有什么污点,凭天主之恩。又有谁不知道你们的贞洁呢?我看别说讲几个逗人开心的故事,就是以死相威胁,也休想改变你们的主意。

"我还要向你们说句实话:要是人家知道你们拒绝讲这类故事,也许会怀疑你们心里有鬼,所以不愿开口。你们的话我一向都很听从,如今你们选我做你们的国王,又授权让我制订规章,如果不按我提出的要求讲故事,就谈不上给我什么面子了。所以我看你们还是消除顾虑吧,只有心怀鬼胎的人才顾虑重重,你们可不是这样的人啊。你们还是坦坦爽爽地,每人动脑筋讲一个美丽的故事吧。"

女郎们听了这番话,都说这正合她们的心意。于是国王让她们去任情玩乐,到吃晚饭时再集合。

这时太阳仍高高悬在空中,因为刚才讲的故事都很短。迪奥内奥和别的青年去玩"台面游戏"①了,埃丽莎却把别的女郎们唤到一边,说道:

"自从我们到这儿以后,我一直想带你们到附近的一块地方去;这个地方叫'女郎谷',我想你们谁也没有去过。以前我没有时间陪你们去,今天太阳还高高挂在天空,倒是一个机会呢。如果你们有兴致去,我相信到了那里后,一定会感到十分满意。"

女郎们都回答说愿意去,于是不向三个小伙子透露半点风声,带着一个女仆径自出发了。

她们走了不到一哩路,就来到"女郎谷"。山谷里有一条小径,小径一侧有一条清澈无比的小溪潺潺而流。她们由小径进入山谷,看到这里的风光确实十分绮丽,令人赏心悦目,尤其在这盛夏季节,更使人沉浸在遐想之中。后来她们中间的一位告诉我,山谷里的平原虽然看去不失为天工之作,不落一点人工的痕迹,但四边却是滚滚圆的,仿佛圆规画出来一般。周围约

---

① 是玩骰子和棋子的一种游戏。

有半哩多长,四面是六座不太高的小山,每座山的山顶上都可看到一座别墅,形状像一个美丽的城堡。这些小山的山坡逐渐朝平原方向倾斜,好像我们在露天剧场里看到的一排比一排高的座位,从山顶往下望,这一圈圈的石级依次缩小。山坡朝南的地方,长满了葡萄、橄榄、扁桃、樱桃、无花果和其他各种果树,没有一块荒地。朝着大熊星方向①的斜坡上,则盛长着一丛丛小橡树、梣树和其他葱绿而挺拔的树木。除了女郎们刚进来的那个入口外,近旁的这片平原就没有别的入口了,那里长满了杉树、柏树、桂树和一些松树,整整齐齐,井然有序,仿佛是本领高强的园艺师栽种出来的。太阳高照时,树丛中的地面上只有少许阳光,甚至一丝也透不进来;地上绿草如茵,开满了红花和其他各色的花卉。

除此之外,那条小溪也同样叫她们喜欢。它从夹在两座小山中间的谷中流出,顺着光秃秃的悬崖泻了下来,发出十分悦耳的声音;溅落的当儿,远处望去宛如一练水银,在受到某种东西的压力后,又变成了细小的水花。溪水流到小小的平原上后,迅速地注入一条小沟,最后流到平原中央,聚成一个小湖,犹如市民们有时在可能情况下在自己的花园里所开筑的那种鱼池。

这个小湖并不深,湖水只及到人的胸口。湖水清澈见底,没有任何混杂物,连极小的卵石也历历可见;倘若你想知道水里究竟有多少卵石,那么数也数得清。往水下望去,你不但可以看到湖底,还能见到许多鱼儿游来游去,叫你既高兴,又惊异。溪水的另一边是一片草地,草地在溪水滋润下,使周围景色越发秀丽。溢出小湖的水流入另一条小沟,再从那里流出小谷,注入低地。

姑娘们来到这里,对四周的景物观赏了一番,而且大加赞美。由于天气很热,又见前面的小湖湖水清澈,别人也不会瞧见,她们决定在湖里洗个澡。她们吩咐女仆守望在刚才入口的那条路上,如果有人过来,就赶快通知她们。于是七个女郎便脱去衣服,下水去了。湖水映出了她们雪白的肌肤,好像薄薄的玻璃里面一朵朵鲜红的玫瑰。她们既然在水里,便任情游来游去,追捕鱼儿,一点没有把水搞浑,还想亲手把鱼儿逮住,弄得鱼儿不知往何处藏身才好。女郎们在湖里尽情玩了一会儿,捉了几条鱼,稍停片刻,便上岸

---

① 即朝北的方向。

穿好衣服,对这块地方赞誉备至。眼看该是回家的时候了,便慢悠悠地踏上归程,对那里秀美的风光谈不绝口。

她们回到别墅里,时间还早,只见小伙子们还在那里玩牌。帕姆皮内娅就笑吟吟地对他们说:

"今天,我们总算骗了你们一回啦。"

"什么?"迪奥内奥说。"你们故事还没有讲,行动上却做出了欺瞒男人的事来?"

帕姆皮内娅说:"是呀,我们的国君。"接着她详详细细告诉他,她们刚才上哪儿去,那里的景色如何,离这儿有多远,她们做了些什么。

国王听说那地方竟有这样美,很想亲自见识一番,当即吩咐开饭。大家快快乐乐地吃过晚饭后,三个小伙子就带着几名仆人和那些女郎分手,到"女郎谷"去。他们中间谁也不曾去过那儿,观赏一番后,都赞它是天下奇景之一。他们洗了澡,穿好了衣服,天色已很晚了,便动身回家,只见女郎们正在跳圆圈舞,伴唱的是菲亚梅塔。跳好了舞后,三个小伙子就和她们谈谈"女郎谷",说了好些赞美的话。

为此国王把总管召来,吩咐他明天早晨在那边把一切安排就绪,并要他带床去,供午后睡眠或休息。接着他叫人点好了灯,并吩咐把酒和甜食端来,让大家提提神,随后又叫每人都来跳舞。潘菲洛遵旨跳了一场舞后,国王转过脸去,和悦地对埃丽莎说:"美丽的姑娘,今天承你的情,给我戴上了王冠,今儿晚上我得回敬你一下,请你唱一支歌。你爱唱哪首,就唱哪首吧。"

埃丽莎笑容满面地回答他,她很愿意,于是用婉转的声音唱了起来:

爱神呀,倘我能挣脱你的锁链,
我想,别的任何钩子,
都再也无法逮住我,使我就范。

正当豆蔻年华,我就跟你交锋,
满以为你甜言蜜语,百般温存;
于是我解除武装,两手空空,
心里安安稳稳,对你完全信任。

谁知你这暴君,如此残酷凶猛,
用你的钩子,你的武器,
抓住了我,使我无法动弹。

以后,你把我困在你的锁链中,
去和我那前世的冤家相对。
我啊,内心忧伤,热泪如涌,
一切只得都听他的支配。
他心肠多硬,对我称霸称威,
眼泪和叹息使我憔悴无比,
可是一点儿打不动他的心坎。

我连声祈祷,声音随风飘荡,
可他既听不到,也不愿去听;
因此,我的痛苦不断地增长,
活着是受罪,死也死不成。
爱神啊,别再折磨我的心,
请做一件我干不了的事儿:
把他绑紧在你的罗网里面。

如果你不愿意这样去干,
至少请把我相思的结头解开,
哦,爱神,这件事要请你成全。
如果你答应了,那么我就满怀
希望,重放昔日美丽的光彩,
那时我心里的痛苦消失,
并用白花和红花把自己装点。①

---

① 原诗有严格的韵脚,译时按此韵,行数也同原文。

埃丽莎唱完歌以后,发出一声哀怨动人的叹息,大家听到这样的歌词虽感到奇怪,但谁也猜不出她究竟为什么这样唱。不过国王的情绪很好,他把廷达罗叫来,吩咐他拿出风笛来,他的风笛一响,大家就翩翩起舞,跳了不少时间。直到深夜时分,国王才叫大家去睡。

# 第七天

> 《十日谈》第六天结束,第七天开始。第七天由迪奥内奥任国王,故事内容是女人为了爱情或满足自己的情欲,捉弄了自己的丈夫,有的丈夫没有察觉,有的一知半解。

东面天空的星星都已消失,只有我们称之为"鲁齐费罗"①的那颗星依旧在白蒙蒙的曙光中闪烁。那时总管已起身了,带着一大堆行李来到"女郎谷",并且按照他主人的吩咐,在那里安排好一切。打点行李和马儿的喧闹声吵醒了国王,不久他也起了床,并把女郎和小伙子们一一唤醒。他们上路时,太阳还刚刚升起,光线十分微弱,只听得夜莺和别的鸟儿都在啼鸣,声音似乎从来没有像今天早晨那样甜润欢乐。鸟儿的叫声一直伴送他们进"女郎谷",一到谷里,又有更多的鸟儿发出一片啁啾声,仿佛欢庆他们的到来。

他们对那里的景物又仔细观赏一番,觉得清晨的风光格外美丽,比昨日更加富于魅力。后来他们吃了些美酒糖食之类作为早餐,随即唱起歌来,不甘心落在鸟儿之后。悠扬的歌声在山谷里回荡,鸟儿似乎不甘示弱,又唱出了许多婉转动人的新曲。

吃午饭的时间到了,按照国王的旨意,餐席安放在湖边繁茂的桂树和其他秀丽的树木下面。他们到那边坐下,一面吃东西,一面观赏湖里成群结队的鱼儿,这样既可饱眼福,又能增添一些谈话资料。吃罢饭菜,拆去桌面以后,他们比以前更加快乐地唱起歌来,接着有的吹奏,有的跳舞。随后,小山谷的许多地方都搭起了床,小心的总管又张起了法国绸做的帐子,只要国王同

---

① 即金星。

意,高兴睡的可以去睡;不愿睡的,就可以随心所欲地去玩乐。过了一会,大家该起身的时候到了,也是该集合起来讲故事的时候了,在国王的旨意下,人们就在离吃饭处不远的草地上铺好几条毯子。大家在小湖附近坐定以后,国王吩咐埃米莉亚先讲故事,于是她欢欢喜喜、面露笑容地讲了起来。

## 第一则故事

季安尼·洛泰林吉夜间听到有人敲门,把妻子叫醒,妻子骗他说有鬼,而且念起咒文来,敲门声便停止了。①

国王,今天我们要讲的题材十分出色,如果承您的情,这样好的题材叫别人来开个头,我真是求之不得;如今您既然要我第一个讲,给其他几位姊妹们壮壮胆子,我当然非常愿意。亲爱的女郎们,我现在想讲的故事,对你们将来也许有好处,因为你们都像我一样,胆子都很小,尤其是怕鬼。天主在上,我不知道鬼究竟是什么东西,到现在我也没有见过哪个女人看到过鬼,可是大家一样地怕它。如果真的有什么鬼来到你们身边,只要仔细听听我的故事,念起一篇刮刮叫的咒文来,就能把鬼赶走,而且从中学到不少有益的东西。

话说在佛罗伦萨的圣·布兰卡齐奥地区,以前有一个做羊毛生意的人,名叫季安尼·洛泰林吉。此人干那个行业倒发了迹,可对别的事却糊里糊涂。因为他傻里傻气,人家就常常叫他做圣马利亚·诺维拉唱诗班的领队,而且须管理这个团体的日常事务。他好几次干过这一类小差使,还自以为很了不起呢。他常能搞到这些差使,是因为他家境富裕,常常给教士们送

---

① 本篇系根据民间故事改编而成。

礼。他今天送这个教士一双袜子,明天送那个教士一件长袍,后天送另一个教士一件无袖法衣;教士们为了报答他,就教他念一些时尚的祷文,送给他用通俗语言写成的经文,还教他唱圣阿勒克西斯之歌、圣白尔那多挽歌、马蒂他夫人颂歌之类不三不四之曲调,他把这些东西当做宝贝一样,用心记住,满以为这样就可以拯救自己的灵魂。

　　季安尼娶了一个妻子,容貌姣美,姿色出众。她芳名泰莎,是库库里亚地方曼奴奇奥的女儿,十分机灵乖巧。他见丈夫傻头傻脑,就爱上了一个风流俊俏的青年,此人名叫费德里戈·迪·奈利·佩戈洛蒂,而这个小伙子也爱着她。她和她的女仆想出一个办法,叫费德里戈到卡梅拉塔她丈夫的一所豪华的住宅里和她相会,她整个夏天都待在那里,而丈夫季安尼只偶尔去几次,吃上一顿晚饭,睡上一夜,第二天早晨就回到店铺里,有时上教堂唱诗去了。

　　费德里戈很想见她,可惜没有机会,现在时机到了。在约定的那一天,他黄昏时分就到女人的家,那天晚上季安尼没有来,他就同她欢欢喜喜地共进晚餐,夜里便睡在一起了。女人在他的怀抱里,当夜还教他六篇左右她丈夫念的赞美诗。不过她不希望这第一次幽会变成最后一次,以后再也没有机会。费德里戈也是这样。因为每一次都叫女仆去找他总有些不便,于是两人商量出一个办法:费德里戈离这里不很远,以后每逢他外出或回家路过这里,先得注意她屋子附近的那个葡萄园。她在园子里攀藤的杆子上放了个驴子脑壳,要是驴嘴面向佛罗伦萨,他看到后就可以安安心心地到她那边去,决不会出岔子;如果看到门关着,只要轻轻敲三下,她就会来开。要是看到驴子的嘴朝向菲埃索莱①,那就别去,因为季安尼在家。他们这样约定之后,又不知欢聚了多少次。

　　有一次,季安尼本说好不回家,于是费德里戈准备前来和泰莎共进晚餐,泰莎还煮了两只肥肥的阉鸡,不料季安尼很晚时回来了,这使做妻子的大为恼火。她拿出另外烧的一些咸肉,和丈夫一起吃晚饭,并吩咐女仆把两只熟鸡,连同许多新鲜鸡蛋和一瓶美酒用一条白餐巾包好,送到小花园里,并叫她放在草地边的一株桃树下面。小花园本是泰莎和费德里戈经常吃晚

---

① 意大利地名。

饭的地方,到那里去可以不必经过住宅。可是她已六神无主,竟忘记关照女仆应当在小花园里一直等到费德里戈前来,并要她转告他今晚季安尼已经回家,他只消把园子里的东西拿去吃了就是。

女人和季安尼一起上床,女仆也睡了。不一会,费德里戈上她家来,先轻轻敲一声门。这扇门离卧室很近,季安尼一下子就听到了,他妻子也一样;不过她怕季安尼起疑,佯装睡着了。

过一会,费德里戈第二次敲门了。季安尼觉得很奇怪,便轻轻推了推妻子说:

"泰莎,我听到有什么声音,你呢?好像有人在敲门。"

其实那女人比丈夫听得还清楚,但她装做刚刚醒过来的样子,说道:

"你说什么,嗯?"

"我说,"季安尼说,"好像有人在敲咱们的门呢。"

女人说:"敲门吗?哎哟,我的季安尼呀,你不知道这是什么吗?这是鬼呀!这几天夜里,我真吓得要命,一听到这声音,就把头缩在被子里,到天大亮才敢伸出来呢。"

于是季安尼说:"嗯,夫人,就是鬼来了也不要怕,我们上床之前,我已念过'泰·鲁齐斯'、'英特梅拉塔'和别的经文了,并且以圣父、圣子和圣灵的名义,在床的每一边都画过十字,所以我们不必怕什么妖魔鬼怪来害我们。"

那女人怕费德里戈会疑心她另有所欢,心里七上八下,十分不安,便决心孤注一掷,起了床,设法让他知道季安尼已回家了。只听得她对丈夫说:

"好得很,你可念过经文了,可我呢,要是我们不念咒语把鬼赶走,我是决不会安全的。你既然在这里,就念吧。"

"可是怎么个念法?"季安尼问。

他女人说:"我倒会念。有一回,我到菲埃索莱去免罪,一位修女见我胆子这样小,就教我念一篇十分灵验的咒语。我的季安尼呀,她这个人真是神乎其神!她对我说,在没有做修女之前,这篇咒语她已试了好多次,万试万灵。老天在上,我从来不敢一个人去试,如今你在家里,我要我们一块儿念。"

季安尼说他很高兴这样做,于是两人一起起床,轻轻走到门口。当时费德里戈还在门外等着,心里有些疑惑,只听得女人又对季安尼说:

"等会儿我叫你吐口水,你就吐。"

季安尼说:"好!"

于是那女人念起咒语来:"鬼呀鬼呀夜里来,翘起尾巴①到我家来,尾巴竖竖快滚开,快到花园桃树下看看,那里找得到油腻腻的东西来②,还有我母鸡的一堆粪便③,喝了酒后快滚蛋,莫把我和我的季安尼来害。"然后她对丈夫说:"吐呀,季安尼!"于是季安尼吐了口水。

费德里戈在门外把一切都听在耳里,他的满腔妒火顿时消失;尽管心里很不好受,但还是忍不住想笑出来。当季安尼吐口水时,他不由轻声自言自语:"当心你的牙齿!"

女人就这样把驱鬼的咒语念了三遍,才回身同丈夫一起上床。费德里戈本来想等她一起用晚餐,因为他还没有吃过饭呢。如今听到这篇咒语,对其中意思又十分清楚,就转身溜到园子里,在大桃树脚下找到了两只阉鸡以及酒和鸡蛋,把它们带到家里,舒舒服服地用了一顿晚餐。后来他同那个女人幽会时,几次三番拿这篇咒语来逗乐。

另外有一种传闻,说那天女人本把驴子脑壳转向菲埃索莱,可是有个农夫路过葡萄园,用棍子一敲,脑壳就打转,结果驴脸就朝向佛罗伦萨了。费德里戈看到后,以为那天情妇要他去,他就去了,而那女人的咒语却是这样:

"小鬼小鬼快跟天主走,转驴子脑袋的是别人而不是我,干这等事的老天要叫他吃苦头,现在季安尼呀在家亲着我。"

据说他听到后就走了,那夜既没有在那边住宿,也不曾吃晚饭。不过我隔壁的一位老太太对我说,根据她小时候听到的传闻,这两种说法都是确实的,只是按照后面一种说法,那丈夫不是季安尼·洛泰林吉,而是叫季安尼·迪·奈洛的汉子,他住在圣·皮耶洛门,那股傻里傻气的劲儿跟季安尼·洛泰林吉一模一样。

亲爱的女郎们,对于这两种咒语,你们可以随自己高兴任选一种,两篇都喜欢也行。你们听了这篇故事后,明白这种咒语在那样的场合下是大有用处的,你们要好好记住,也许将来会顶用的。

---

① 据意大利某些薄伽丘学者的意见,此处"翘尾巴"是淫猥之语。
② 此处指上述的阉鸡。
③ 此处指鸡蛋。

## 第二则故事

> 佩罗内拉把情夫藏在果汁桶里,她丈夫回家要卖桶,她说已经卖了,买主正在桶里察看桶是否完好。情夫闻声跳出,要她丈夫把桶刮净,然后买了带回家去。①

大家听了埃米莉亚的故事,都不由纵声大笑,称赞这样的咒语真是令人叫绝。故事讲完后,国王就吩咐菲洛斯特拉托接下去讲,于是他这样开始了:

我亲爱的女郎们,男人,尤其是做了丈夫的男人,捉弄起女人来可什么手段也用得出,因此,当哪个女人也用这样的手段来对付男人时,你们知道了或听到了不但会非常高兴,庆幸居然会发生这种事情,而且一定会亲自跑去讲给别人听,让男人们也知道不但做汉子的懂得这一套,娘儿们也同样干得出来。这样做对你们只有好处,因为一旦一个人知道对方和他一样精明,他就不想轻易耍弄别人了。因此,又有谁会怀疑今天我们围绕着这个题目讲的故事呢?如果男人们知道女人们也和他们一样会耍手腕,他们就不致这么肆无忌惮地捉弄她们了。现在我就想给你们讲一个年轻娘们儿的故

---

① 这则故事脱胎于古罗马阿普利乌斯的《金驴记》,某些地方取材于奥维德的作品。

事,虽然她家境贫寒,却能在适当时机戏弄了她的丈夫,从而保全了自己。

话说不久以前,那不勒斯有一个穷人,娶了个名叫佩罗内拉的姑娘为妻,那女人生得非常娇美。男人是个泥瓦匠,女的纺纱度日,收入不多,只得量入为出,勉强过日子。

有一天,城里一个俊俏的小伙子看到了那个佩罗内拉,对她一见倾心,迷上了她,于是想尽各种办法去献殷勤,终于赢得了她的好感。他们两人一起约定:她丈夫每天早上起身后就出去干活,或者在外找活儿,让小伙子在屋子附近守着,一见他出去,就溜进屋里,反正他们住的阿沃利奥地区非常僻静。就这样,他们幽会了好多次。

一天早晨,丈夫出去了,那个名叫季安内洛·斯克里尼亚里奥的小伙子就溜进屋里,和佩罗内拉欢会。不一会,平时白天里从不回家的丈夫突然归来了,见大门紧紧关着,就敲起门来,一边敲,一边暗自思忖:"哦,老天爷,你是永远值得赞美的!你命中安排我是一条穷汉,却赐给我一个又贤慧又规矩的妻子,让我得到安慰。你看,我出去后,她就把门紧紧锁上了,这样别人就不会进来找她麻烦了。"

佩罗内拉听到那一阵敲门声,就知道丈夫回来了,于是说:

"哎哟,我的季安内洛,我完啦!我的男人回来了,真是老天爷跟我们作对。他从来不在这个时候回家的,不知是什么缘故。也许你刚才进来的时候,他瞧见了。可是不管怎么说,看在天主的分上,你快躲到那边的果汁桶里去吧,我去开门,看看今儿上午他这么早回家究竟是怎么一回事。"

季安内洛马上躲到桶里去了,佩罗内拉却去开门,丈夫一进来,她就板起脸来说:

"你今天上午这么早回家有什么花样啊!看样子,你今天不想干活了吧,我看你还拿着工具回来呢!这样下去,我们怎样过活呢?我们靠什么来吃呢?把我的那条裙子和我的一些衣服当了,你想我心里舍得吗?我日日夜夜只是纺纱,害得手指头上肉也没有了,赚来的钱至少可以点点油灯吧?丈夫呀丈夫,左邻右舍见我这样苦又这样累,都奇怪极了,没有一个不在讪笑我。现在该是你干活儿的时候,你却垂着手回家来啦。"

说罢,她大哭起来,又继续说:

"哎哟,我的命真苦,真可怜,出世的时辰多么不吉利呀!来到世界上真是倒霉！本来我可以嫁给有钱人家的少爷，想不到竟嫁给一个不管家的汉子！别的女人日子都很好过，哪一个女人没有两三个情人，吃喝玩乐，把丈夫捏在手里，明明是月亮，却硬要叫他说成是太阳！我呢，我好可怜呀！我心肠好，不想搞这些鬼把戏，就运气不好，大触霉头！我干吗不像别的女人那样去偷汉子呢？好好听住，我的丈夫，要是我存心做坏事，随便哪个男人都能找到，爱上我的漂亮小子多的是，他们巴结我，要送给我许许多多的钱，只要我一开口，还能送给我衣服和珠宝。不过我不是那种贱女人养的姑娘呗。想不到你该干活的时候不去干活，却回家来了！"

丈夫听后说："嘿，女人，看在天主的分上，别难过了。我了解你是怎样一个女人，这点你不用疑心，今天上午，我更相信我的看法没错。我出去本来真是想干活儿的，可你和我都不知道今天是圣加利文节，没有活儿，所以我就在这时候回家了。不过我还是动脑筋想出了一个办法，足够供咱们吃一个多月的面包呢。你瞧我带来一个人，我把咱们家那只果汁桶卖给了他，反正放在家里也碍事。他愿意出五个季利亚托①呢。"

佩罗内拉说："听了这话，我就更伤心了。你是一个男子汉，在外面到处跑腿，应当懂得市面呀，一只果汁桶怎么只卖五个季利亚托呢？我这个不大出门的女人家，看到那只桶放在家里碍事，就卖给一个老实人，价钱是七个季利亚托。你回来时，他刚跳进桶里，看看里面有没有毛病哪。"

她丈夫听了这话，异常高兴，就对来买桶的那个人说：

"老兄，这笔生意做不成喽。你听，我老婆已卖给别人啦，卖了七个季利亚托，而你只出五个。"

那老实人说："那就算了！"说罢就走。

于是佩罗内拉对丈夫说："过来，既然你在家里，你就和他来谈这笔生意吧。"

季安内洛在桶里尖起耳朵倾听，会不会大祸临头，以便设法对付。待他听清佩罗内拉的话，连忙一骨碌地爬出桶来，装做不知道她丈夫已回家了，喊道：

---

① 那不勒斯的银币名，上面印有百合花。按"季利亚托"(gigliato)一字系由"百合花"(giglio)变来。

"你在哪里,嫂子?"

那丈夫马上迎上前去,说道:"我在这儿。你看这只桶怎么样?"

季安内洛说:"你是谁?我要跟那位嫂子谈谈这只桶子的买卖呀。"

蒙在鼓里的丈夫说:"那就跟我好好谈吧,我是她的男人。"

季安内洛说:"那只桶看来没有什么问题,不过我觉得里面积了一层渣,和不知什么硬邦邦的东西结在一块儿,我用指甲怎么也刮不掉。如果不先把这只桶弄干净,我是不会要的。"

这时佩罗内拉插话了:"好端端的一笔,别为了这个给吹了。我丈夫会把桶子洗得干干净净的。"

做丈夫的接嘴说:"好呀,就照办吧。"说罢就放下工具,脱去衣服,叫妻子点了一盏灯,给他一把刮刀,跳进桶去刮将起来。

佩罗内拉似乎想看看丈夫刮桶的模样儿,便连头带嘴探到桶口里,再把一条胳膊和整个肩膀也塞进去,因为桶口并不很大。她一会儿说:"这里刮一刮,哎,这儿刮一刮,那里再刮一刮。"一会儿又说:"瞧,那儿还有一点儿没刮干净。"

当女人向丈夫指手画脚的当儿,季安内洛却动起一个脑筋来。那天早上因为她丈夫赶了回来,他还不曾玩个痛快,此刻见那男人正在桶里埋头苦干,便向女人走近,反正这时桶口已给紧紧堵住了。他像原野上脱了缰的雄马一样,向帕尔蒂亚欲火正浓的雌马进攻起来,①青春的欲念终于得到满足。几乎就在这个时候,丈夫刮好了桶,于是他放开了她,佩洛内拉也把脑袋伸了出来,于是丈夫从桶里跳出。

这时佩罗内拉对季安内洛说:

"大叔,拿盏灯去,看看刮得干净不干净,称心不称心。"

季安内洛朝桶里看看,说刮得不错,他很满意,就给她丈夫七个季利亚托,叫人把桶搬回家去。

---

① 见古罗马大诗人奥维德的《爱的艺术》。

## 第三则故事

> 修士里纳尔多和他教子的母亲一起睡觉,被女人的丈夫撞见,便推说自己是来为孩子治病祛邪的。

菲洛斯特拉托讲到帕尔蒂亚的雌马那一段,并不怎么遮遮掩掩的,几位女郎头脑都很灵,都不禁会心地笑了起来,不过她们假装为别的事发笑。国王见故事已经讲完,就吩咐埃丽莎接下去说,于是她遵命讲了起来:

可爱的女郎们,刚才埃米莉亚讲了念咒语赶鬼的事,使我想起了另一个念咒语祛邪的故事来。虽然我的故事不及她那个动听,可是我一时想不出其他切合我们题材的故事,所以只得讲这个来充数了。

你们想必知道,从前在锡耶纳地方有一个容貌俊美的世家子弟,名唤里纳尔多。他深深爱上了邻近的一个女人,那女人生得十分标致,是一位有钱人家的夫人。那小伙子只想同她谈几句话而不受人见疑,便心满意足,但苦于没有机会。不久,夫人怀了孕,他就动起脑筋来,心想做孩子的教父岂不是好,于是同她的丈夫做起朋友来,后来找一个适当的机会向他表白了自己的心愿,这位做丈夫的便同意了。

里纳尔多既然和这位名叫阿涅莎的夫人沾上了亲,便可以找种种冠冕堂皇的借口跟她谈话,并且鼓起勇气向她倾诉自己的衷曲,而那位夫人呢,却早从他的眼神之中看出了他的心意。虽然那女人听了他的表白并没有什么不快,但他一下子还无法把她弄到手。

不久，里纳尔多不知为什么做了修士，他不管做修士会不会带来什么好处，却是一味做下去了。虽然他当了修士以后，有一个时期曾努力忘却对那位太太的恋情和其他一些俗念，但要不了多久，他故态复萌，尽管道袍仍旧披在身上。于是他又热衷于出风头，穿起华美的衣服来，把自己修饰得像一个花花公子。此外他又创作歌曲，写十四行诗和歌谣，唱起歌来，还干了其他许许多多诸如此类的事儿。

对我们故事中的那位修士里纳尔多，我有什么好说的呢？天下的修士，不都是一模一样吗？唉，世道真坏，有些人也真不要脸！他们肥头大脑，红光满面，衣冠楚楚，别的用具也很讲究，走起路来挺胸凸肚，不像鸽子，却像鸡冠高竖、扬扬自得的公鸡，可他们并不引以为耻。他们的地窖里都是一满瓶一满瓶香脂油膏，一盒一盒的糖果点心，大罐小瓶的香水香油，还有大瓶大瓶的希腊和其他各种珍奇的名酒，这简直不是修士的地窖，而像是杂货商和香料商的店铺了。这些姑且撇开不谈，更为糟糕的是：人家知道他们患痛风症，他们并不因此而害臊，认为别人不懂得适当节食、粗菜淡饭和有节制的生活能使人清瘦，一般说来能使人健康，即使生病，也至少不会患痛风症，因为对一个正经的修士来说，清心寡欲通常是治病良药。他们自以为别人不知道，除了清苦的生活外，长时间熬夜、祈祷和恪守戒律，都会使人苍白憔悴，不论圣多明尼古也好，圣方济各也好，都没有什么法袍之类，更谈不上锦衣玉帛了；他们穿的只是粗羊毛衣，没有染过色，穿这种衣服是为了御寒，而不是为了出风头。但愿天主垂察这些事，叫那些供给他们吃穿的头脑单纯的人们留神才是。

让我们回头来谈谈修士里纳尔多以前的那份欲念吧。他又经常去看那位沾亲带故的夫人，胆子也越来越大，比以前更加卖劲地向她献起殷勤来，要她满足自己的欲望。那位夫人见修士里纳尔多苦苦哀求，又觉得他比以前更加漂亮，有一天她居然禁不住他的纠缠，像一个被诘问而不得不吐露实情的人那样说道：

"什么！里纳尔多修士！难道修士们都是这么干的吗？"

于是修士里纳尔多答道："夫人，我身上这件法袍，脱起来是很容易的。如果我脱掉它，我在您面前就跟别的男人一样，而不再是修士了。"

那位夫人努起了嘴笑笑，说道："哎，这可糟了！您是我孩子的教父，怎能做出这等事来?① 这件事可了不得啊。我经常听人家说,这是一桩很大的罪孽;说真的,要不是那样,我也许会答应您的要求呢。"

修士里纳尔多说:"要是您把这个放在心上,那真是一个傻蛋了。我并没有说这不是罪孽,可是一个人哪怕犯了大罪,只要能忏悔,天主就能饶恕。请您告诉我,在我和您丈夫两个人当中,谁和您的孩子更亲呢?我替您的孩子洗礼,而您的丈夫却生育了他。"

夫人答道:"我的丈夫更亲喽。"

"您说得对,"修士接着说。"您的丈夫不是和您睡在一起吗?"

"那当然啦,"夫人回答。

"那么,"修士说,"既然我和您孩子的关系不比您丈夫亲,我自然可以像您丈夫一样跟您睡觉了。"

那女人不明事理,稍稍挑逗一下就挡不住了,居然把修士的话信以为真,或者故意装出一副信以为真的模样,对他说:

"您这些大道理,谁能答得上来呢?"

后来,她也顾不得他是孩子的教父,委身于他,让他尽情取乐。他们干这事并非只此一次;他们以这层宗教关系为幌子,干起来更加方便些,因为不易受人怀疑。就这样,两人来来往往不知有多少回。

有一次,修士里纳尔多来到那位夫人家里,见屋子里没有别人,只有夫人一个秀丽而惹人喜爱的侍女在场,便叫随他一起上门的一名同伴陪侍女上阁楼,教她诵经,自己则同那位手抱孩子的夫人一起进房,锁上了门,在那里的一张榻上寻欢作乐。正在这当儿,丈夫忽然回家了;他神不知鬼不觉地走到卧室门口,敲房门,还叫起他女人的名字来。

阿涅莎这女人听到丈夫回来的声音,对修士说:

"我可没命啦,我丈夫回来了。这一回他就要看出来,我们两人这么亲近为的是什么。"

这时里纳尔多已把道袍法衣统统脱去,只穿着一件便服,听了女人的话,说道:

---

① 在薄迦丘的那个时代,人们认为教父同受洗的孩子之家有血缘关系,因此此种私通无异乱伦。

"您的话不错,如果我衣服穿得整整齐齐,还可以搪塞一下,如果您开门时他看到我这副模样,那什么借口也找不到了。"

那女人忽然灵机一动,说:

"现在您快穿衣服,一穿好,就把孩子抱在您手里。我去和丈夫讲话,您要好好听着,以后您对他说的话,要跟我的话一致,别的都让我来应付吧。"

那个不知情的丈夫还在不停地敲门,于是妻子回答道:"我来开门了。"

她站起来走到卧室门口,笑容可掬地开了门,对丈夫说:

"夫君啊,我告诉你,孩子的教父里纳尔多修士上我家来了!亏得天主派他来,他不来,我们的孩子今天准没有命啦。"

那位虔诚而愚蠢的丈夫一听这话,顿时愣住了,说:"这是怎么一回事啊?"

"夫君啊,"阿涅莎说,"这孩子突然昏了过去,我以为他的小命完了,我话也说不出来,不知怎么办才好,正好他教父里纳尔多修士来了,把孩子抱了起来,说:'亲家,他身体里有虫子,现在已快爬到心脏边,准会把命送了,不过您不要怕,我可以念念咒语,把虫儿都咒死。等孩子身体完全复原后,我再走。'他还要你和我们一起念一些祈祷文,可是那个侍女找不到你,孩子的教父就叫他的同伴陪她一起上顶楼,他和我两人便走进这个房间里来。为了怕别人打扰,我们只好把门锁上,因为除了孩子的母亲以外,其他人都不能过问这件事。现在他还抱着孩子,我想他是在等待同伴把祈祷文念完吧。看来他快念完了,因为孩子已经完全苏醒过来。"

这个老好人以为这些话句句是实,由于爱子心切,居然给他的妻子骗过了。他只是长叹一声,说:

"我要去看看他。"

女人说:"别去,现在去只怕会败事。等一下,让我去看看你能不能去,那时再来叫你。"

修士里纳尔多把什么都听得一清二楚,他从容地穿好了衣服,把孩子抱在怀里,应答的话也想好了,便大声说道:

"亲家,我不是听到您先生回来了吗?"

那位老好人说:"正是我呀,神父。"

"那请过来吧。"里纳尔多修士说。那位老好人走过去,里纳尔多修士

又对他说:

"把您的儿子抱去吧,托天主的福,他总算平安无恙,刚才我以为晚上您来看他时,他已活不成了。您应该叫人做一个蜡像,身子和孩子的一样大,放在圣阿姆布鲁季奥①的神像前面,赞美天主;多亏圣阿姆布鲁季奥的功德,您才能得到天主的恩宠。"

那小孩子见父亲来了,急急忙忙跑去亲他,显得兴高采烈,凡是小孩子都是这副模样。父亲抱起孩子,泪流满面,仿佛孩子是从坟墓里救出来似的;他还吻起孩子来,同时感谢孩子的教父把病治好了。

至于里纳尔多的同伴,却已教那个侍女诵读了也许四篇以上的经文,又把修女送给他的一个白麻线袋送给了她,使她皈依教门。他听到那个老实人在卧室门口叫妻子开门,就悄悄走过去,躲在一个地方,那里既可以看到一切,也可以听到一切。如今他看到这件事已经圆满收场,就走进卧室里说:

"里纳尔多修士,您嘱咐的四篇祈祷文,我已全部念过了。"

修士里纳尔多说:"兄弟,你念完了,可真行啊。至于我,孩子的父亲回来时,我只念了两篇呢。可是天主赐恩,你和我花了一些力气,孩子的病到底治好了。"

于是那个傻里傻气的丈夫叫人拿美酒和糖果来,好好招待儿子的教父和他的同伴,他们对此正是求之不得。不一会,他就把客人送到大门口,分别时嘱他们多多珍重,并且毫不迟疑地叫人去做蜡像,和别的一起挂在圣阿姆布鲁季奥的神像前,而不是挂在米兰的那个神像前②。

---

① 此处指锡耶那的阿姆布鲁季奥·桑塞多尼(Ambrogio Sansedoni,1220—1236),是一位圣者。
② 米兰也有一个圣阿姆布鲁季奥。此处指的是锡耶那的那位圣者。

## 第四则故事

> 某夜托法诺把妻子关在门外,妻子再三恳求无效,便在井里扔块大石头,假装投井自尽,丈夫闻声赶去,她却进屋把他锁在门外,反过来痛骂他一顿。

国王听埃丽莎讲完故事,随即转身对着劳蕾塔,希望她接下去讲一个,劳蕾塔毫不迟疑地说了起来:

哦,爱神啊,你的力量多么大,又多么奇妙!你拥有多少的计策和机智啊!谁追随着你,你就能让谁的头脑一下子开窍,使他们能随机应变,巧言善辩,哪个哲学家和艺术家,过去也好,今后也好,能施展出这样的才能来呢?从上面这些故事中,可以清楚地看出这样一个问题:任何人的教导和你的相比,都确实望尘莫及。可爱的女郎们,我想再讲一个故事,讲的是一个心地单纯的女人在爱神的启迪下,竟使出一条妙计,我看要不是爱神,谁也不会使她开窍的。

话说以前阿雷佐地方,有一个名叫托法诺的富人。他娶了一个十分娇美的妻子,名叫吉塔。不知怎的,他对妻子一下子变得很是妒忌,妻子见此情状,甚是恼火,几次三番诘问他为什么要嫉妒,他却吞吞吐吐不知如何回答,于是做妻子的暗自琢磨:既然他无端自寻烦恼,我就让他在痛苦中葬身,自取灭亡吧。

不久,那女人遇上了一个小伙子,那人对她目不转睛,十分爱慕,而她对他也怀有好感,于是就悄悄和他勾搭上了。两人来来往往,进展得十分顺利,只不过还没有把绵绵情话化为实际行动罢了。现在她在想方设法如何能成其好事。她知道丈夫有许多恶习,其中一条是嗜酒如命。如今她不但不劝阻他,而且狡狯地怂恿他经常去喝;她以此为手段,差不多每一回都诱使丈夫喝得烂醉如泥。见他醉了,她就扶他去睡,自己却和情人幽会,第一回成功后,以后就接二连三地干了好多次,每次都平安无事。只待丈夫一醉,她就非常放心,不但能壮起胆子把情夫带进屋来,有时还到他家里去睡上大半夜,因为情夫的家距她的不远。

这个迷上了情夫的女人一直干着这样的勾当,日子久了,那倒霉的丈夫终于注意到这样一个事实:她一直劝他喝酒,自己却从来滴酒不沾,不免起了疑心,暗想莫非女人让我喝醉了,乘我睡熟之际去为所欲为吗?为了证实心中的疑问,有一天白昼他不喝一点酒,晚上回家来时故意装得酩酊大醉,语无伦次。他女人以为他真的饮酒过了量,要好好睡一觉,就立刻扶他上床。待他一睡,就按以往的老习惯溜出家门,到她情夫家里,在那边一直待到深更半夜。

托法诺见妻子已不在家中,就一骨碌起了床,把门锁住,而且坐在窗口,眼巴巴等着女人回来,好让她知道他已识破了她的鬼把戏。后来女人终于回家了,发觉门已给锁上,非常着急,便想使劲把门儿撞开。托法诺让她干着急一阵之后,才对她说起话来:

"娘子,你真是白费力气,你别想进屋来啦。你从哪儿来,就滚回到哪儿去吧。还是等我把你家里的亲人和四邻八居请到屋里来,说说这件事,让你面上添些应得的光彩,那时再回来吧!"

妻子恳求他看天主面上发发好心开门让她进来,说她并没有去过他所想像的那种地方,只是因为夜里时间太长,一个人睡不着觉,只好到隔壁一个女人家里坐了半夜。可是不管她怎么苦苦哀求,他还是一点也不动心,仿佛这个硬心肠的汉子想让阿雷佐全城人都知道他家的这件丑闻似的。

女人见恳求无效,就转而用威胁的语气说:

"要是你再不开门,我要叫你大吃苦头啦。"

托法诺回嘴了:"你能拿我怎么样?"

爱神使那女人急中生智,她当即答道:

"你要叫我丢脸,冤枉我做坏事,这个我受不了。这里附近有口井,我情愿去投井,等别人看到我死了,谁都以为是你喝醉了酒,把我推下井去的。到那时,你只好逃出屋子,失去家里的所有产业,或者背上一个谋杀妻子的罪名,给砍了你的脑袋。我一跳井,你准会这样的。"

托法诺这回儿真是死心眼儿到底,什么话都打不动他的心。因此女人又说:

"好啊,你找我麻烦,我可再也受不了啦。愿天主饶恕你!我把纺纱杆留在这儿,由你来收拾吧。"

那时夜色正浓,周围漆黑一片,路上谁都看不清谁。女人说完这些话,就走向井边,顺手在井边拿起一块大石头,大叫一声:"天主饶恕我吧!"把它扔到井里。石头落井时发出"扑通"的一声巨响,托法诺听见后,认定妻子是投井了,于是拿起水桶和绳子,当即冲出大厅想去救她,一下子奔到井边。想不到当时女人躲在门口附近,一见丈夫向那口井跑去,就溜进屋里,把门锁上,并且走到窗口向他说道:

"喝酒得掺些水才好,可夜里也别喝啦!"

托法诺听了这些话,知道自己受骗上当了,马上回到门边,可是怎么也进不去,就嚷着要她开门。

这回儿,她可不是像刚才那样低声下气,而是大叫大嚷起来:"你这个讨厌的醉鬼,愿天主惩罚你!今夜你别想进屋来!你这种作风,我再也受不了啦。我要让大伙儿看看,你究竟是怎么样一个人,夜里这么晚才回家来!"

托法诺气得火冒三丈,也大骂一通,邻居们听到一片吵闹声,都起床了,男男女女都赶到窗口,问到底发生了什么事。

女人哭哭啼啼地说:"我丈夫真是混账东西,他晚上回家时总是喝得醉醺醺的,有时还在酒店里睡大觉,到现在这个时候才回来。好长时间来我一直憋住气,责备他好多次,可都不顶用,所以再也没法忍受了,就把他关在大门外,叫他出出洋相,看他以后改不改。"

托法诺这个傻蛋却把事实的真相一五一十向大家说了,并且气势汹汹地威胁着她。

于是女人向左邻右舍说道:

"现在你们倒瞧一瞧,他到底是怎么一号人!要是现在我在大门外,他却在屋子里,你们会怎么说呢?老天爷,我怕你们会想他的话句句是实吧。凭这一点来看,你们就知道他有的是怎么一副脑瓜子。他把黑的说成是白的,自己做了坏事,反而冤枉我做了坏事。他把不知什么东西扔到井里,想来吓唬我。愿天主发发慈悲,让他真的跳下井去给水淹淹,这样,肚子里太多的酒就会掺上了水,淡得多啦!"

邻居们和男男女女都齐声责备托法诺,怪他不好,骂他不该同自己的女人作对。这风声一会儿从一家传到另一家,后来传到那女人的娘家去了。

娘家的人们赶来后,从街坊四邻那儿把情况打听清楚,便抓住托法诺,狠狠地揍了他一顿,连皮肉也快打碎了。然后这些人走进屋子,收拾好女人的杂物,带她一起回娘家去,还威胁托法诺说,好戏还在后头呢。

托法诺眼见坏了事,知道结局这样惨全是因为自己妒忌心重,同时又爱着自己的妻子,便请几个朋友从中调停,要她回家来重归于好,并答应她今后不再吃醋了。此外,他还容许她可以随心所欲,不过要识趣些,别让他知道就可以了。就这样,开头凶得要命,吃了苦头后只好求太平。① 真是爱情万岁!但愿这类夫妻反目的事以后别再发生了。

---

① 原文用韵,故"命"与"平"也押韵。

## 第五则故事

> 丈夫妒忌成性,乔装成神父听妻子忏悔。妻子自称爱上一个神父,每夜与他欢会,于是丈夫守候在大门口,妻子乘机把情夫从屋顶上接下来,睡在一起。①

劳蕾塔讲完了故事后,大家都称赞那女人做得好,丈夫真是自作自受。国王不想浪费时间,转过身去朝向菲亚梅塔,和颜悦色地吩咐她接下去讲一个,于是她开始说了起来:

高贵的女郎们,听了上面这个故事,我也不由想讲一个丈夫吃醋的故事来。我认为当丈夫吃醋,特别是无缘无故地吃醋的时候,妻子无论怎样对待他们都是不会错的。如果立法者能对此加以考虑,我认为他们就不该处罚那些女人了,她们只是为了自卫,并没有什么违法行为,而嫉妒成性的丈夫却摧残着少妇的生命,处心积虑地想置她们于死地。

女人在整个星期里关在家里操持各种家务,自然希望像别人一样在假期或节日里能够宽上一口气,休息一下,娱乐一番。其实每个人都这样盼望着,不管他是田野上的庄稼汉,是城市里的工匠,还是衙门里的官吏。天主

---

① 本故事系根据中世纪的文学材料改写而成。

又何尝不是这样,他苦了六天,第七天也休息了。教规和世俗的法律为了尊重天主,顾及每个人的切身利益,都有工作日和休息日之分。可是爱吃醋的丈夫们却根本不当做一回事,在别人兴高采烈的那些休息日里,他们反而把妻子关在家里,管得更严,因而她们的日子更加凄苦。这些不幸的女人究竟吃了多大的苦,只有亲身体会过的人才知道呢。因此我作出这样的结论:如果做丈夫的不讲道理无端吃醋,那么妻子无论怎样对待丈夫,就千万不能责怪她,而应当赞扬才是。

言归正传。从前里米尼地方有一个富商,拥有许多地产和钱财,娶了一个美艳无比的女人为妻。他的妒忌心非常厉害,而这种妒忌却没有什么原由,只是他十分爱她,认为她非常漂亮,又知道她总是尽力讨他的欢心,所以他怕别的男人也会爱上她,觉得她美不可言,而且她也会像对丈夫那样去对待别人,想方设法讨他们的好。这个男人真没有头脑,心地又不正,竟以此作为吃醋的根据。他的妒忌心这样厉害,因而把妻子管得很紧,也许狱吏对判处死刑的囚犯也不会看守得这样严呢。妻子不但不能参加别人的婚礼和欢庆活动,也不能上教堂,甚至不能以任何方式跨出家门一步。她甚至不敢以任何理由朝窗外或屋子外面瞥上一眼。因此,她觉得生活真是太没有意思了,越是想到自己清白无辜,就越是觉得这样的苦痛难以忍受。她眼见丈夫对她这样不公平,就打起一个主意来:不如想法子找上一个男友,聊以解闷,来回报丈夫对她的冤屈。可是她连窗口也不许站一下,附近过路人哪有机会注意到她,向她求爱?她又哪有机会表白自己乐于接受对方的一片情意呢?正好她家隔壁住着一个俊美可爱的小伙子,她想,她家同他家只隔了一堵墙,如果墙上有一条缝,就可以透过那条缝经常瞅几眼,将来总有机会看到那个小伙子,跟他谈话,表白自己的爱慕之情,只要对方愿意接受这份情意。要是她能看到他,有时能和他相会,就能排遣这令人愁闷的生活,等丈夫的醋意完全消除以后再停止和他来往。

当丈夫不在家时,她就一会儿走到这儿,一会儿走到那儿,在屋子的墙壁上观察起来,无意间在墙壁的隐秘角落看到一条裂缝,往里面一看,原来墙那边是一个房间,尽管不容易看清楚。她暗想:"如果那就是隔壁那个小伙子菲利波的房间,我的目的已经达到一半了。"

于是她把最贴心的女仆叫来,吩咐她暗中细细打听,结果查明那确是小伙子的卧室,只有他一人睡在那儿。她常常去窥看那条墙缝,一听到小伙子在房间里,就塞进一些小石子或小枝条之类,小伙子听到动静,就走近那边看个究竟。她轻声唤着他,他听出是她的声音,连忙回答,她就抓紧时机向他简单地倾诉自己的衷曲。小伙子听了喜出望外,再把自己那边的墙缝挖得大些,不过别人一点儿也看不出痕迹来。以后这两个人经常在一起谈谈天,碰碰手,可是那个嫉妒成性的丈夫管得那么严,她无法再进一步。

圣诞节快要到了,有一天那女人对丈夫说,如果他同意,她想在节日早晨到教堂去忏悔,领圣餐,像别的基督教徒一样。那怀有醋意的丈夫说:

"你犯了什么罪,居然要去忏悔呀?"

那女人说:"这是什么话!难道你以为把我在家里关得严严的,我就变成圣女了?你得知道,我像世界上别的人一样,也有罪过,不过我不能把这个说给你呀,除非你是神父。"

妒忌的丈夫听了这几句话就起了疑心,很想知道她犯的究竟是什么罪,还想出了一条即将实施的计策。他回答她说,上教堂的事他很高兴,不过不能去别的教堂,只能上本堂,还说明天一早就可以去,可是只能向本堂神父忏悔,或者向本堂神父指定的一名教士忏悔,不能向别的人忏悔,以后马上回家。那女人对他的心思似乎已猜中了一半,便答应照办,别的什么也不说。

节日那天,那女人一早就起身,梳洗了一番后,就来到丈夫指定的教堂。那个善妒的丈夫也到了那个教堂,而且比她早到。他把自己想做的事同神父串通好后,就马上穿好一件道袍,戴起教士们常戴的大风帽,只露出了一部分的脸,走向前面,站在唱诗班的人们中间。女人到教堂后,就去找神父。神父来了,听她说要做忏悔,便说没空不能亲自听,不过可以另请一位教士来。他走了,当即打发那个妒忌的丈夫来做替身,让他触触霉头。做丈夫的带着十分庄重的神色走来了,尽管天色还不很明朗,他的大风帽又戴得很低,几乎遮住眼睛,可是他的乔装本领欠好,妻子一下子就认出了他。妻子见此情状,暗自想:"赞美天主,这个妒忌的家伙竟变成神父了!姑且听其自然吧,我要他自食其果。"

于是她假装不认识他,在他跟前坐下。那位吃醋先生在嘴里放了几块小石子,使自己的说话能力受到阻碍,以为这样妻子就听不出他的口音了;

他觉得自己已伪装得天衣无缝,妻子怎么也认不出他。现在忏悔开始,女人向他说了许多话,一开头就说自己虽已结了婚,却和一个神父相爱,神父每天夜里都来和她一起睡觉。

妒忌的汉子听了此话,心如刀割;要不是他急于想知道其中详情,他真想马上停止忏悔,拔脚就走。他只好沉住了气,问那个女人:"什么?您的丈夫不跟您睡在一块儿吗?"

女人答道:"神父,他跟我睡在一块儿。"

"那么,"吃醋的丈夫说,"神父又怎能跟您睡在一块儿呢?"

"神父啊,"女人说,"我也不知道那神父究竟施了什么法术,只要他一进屋,把门一摸,门就开了。他还对我说,到我的房间来时,他门没开,先念了几句咒语,我的丈夫就立刻睡着了,等丈夫睡熟后,他就打开房门,进来和我睡觉,没有出过一次毛病。"

那妒忌的丈夫说:"夫人,这事不该做,无论如何不能再这样下去了。"

女人说:"神父,我怕这个万万办不到,因为我太爱他了。"

"那么,"妒忌的丈夫说,"我就不能赦您的罪了。"

于是那女人说:"那真叫我伤心透了。我到这里来不是为了向您说假话。如果我认为这件事办得到,我一定会向您照实说的。"

吃醋的丈夫接着说:"说真的,夫人,我为您感到遗憾,因为我认为您这样做,就等于毁了自己的灵魂。不过为了帮助您,我可以为您尽一分力,为您向天主念几篇特别的经文,也许对您有好处。有时我还可以派一个徒弟上您那儿,您可以告诉他这些经文是否有用,如果您觉得好,我们可以继续念。"

女人接下去说:"神父,您千万不能派人上我家里来,我的丈夫最爱吃醋,他脑子里始终认为不论谁上门来,都存心不良,要是他知道了,今年年内我们就过不上太平日子了。"好嫉妒的丈夫说:"夫人,这个您不用怕,我一定把事情安排好,叫您听不到他半句坏话。"

女人说:"您既然想这么做,我也就放心了。"于是念了忏悔诵,忏悔就这样结束。她站了起来,去望弥撒。

那妒忌的丈夫知道自己交上了厄运,气咻咻地跑去脱下了神父的道袍,回到家里,一心想办法要把那神父和妻子在作奸的当儿双双抓住,让他们当

场出丑。

妻子从教堂回来时,看到丈夫的脸色,就知道他心里非常恼火,可是他对刚才做的事和自以为知道的内幕竭力加以掩饰。

他决定当晚站在大门口,等待那个神父到来,嘴里却对妻子说:

"今天晚上我要到外面吃晚饭,夜里也睡在别处,所以你要把大门、楼梯口的门和卧室的门都锁起来,你哪时高兴,就哪时上床。"

女人答道:"好。"

到适当时机,她就走到墙壁的裂缝旁边,打了个常用的暗号,菲利波听见了就马上走来。女人把早上发生的事和丈夫饭后对她说的话全告诉了他,然后说:

"我想那时他一定不会离开这屋子,而且还将在大门口把守着,所以今天夜里,你要想办法从屋顶上下来,这样我们就能在一起了。"

小伙子听后高兴极了,说道:"夫人,我一定照办。"

到了夜里,那个爱吃醋的家伙带了武器,悄悄躲在楼下的一个房间里。到了适当时候,女人就把门儿一一锁上,尤其是楼梯口的那扇,这样丈夫就不能上去了。于是那小伙子小心翼翼地从屋顶上爬下来,两人一起上床,玩个痛快。天亮时,小伙子才回家去。

那个善妒的丈夫带了武器,几乎整夜守在门边,眼巴巴地等着那神父来屋;他连晚饭也顾不上吃,只觉冷得要命,心里好不难过。天快亮时,他再也禁不住熬夜了,就到楼下那个房间去睡觉。快到日课经第三时的时候,他才起身,那时大门已开,他假装刚从外面别的人家回屋来,随即吃了饭。不久,他又派了一个小厮,让他扮成教堂里听妻子忏悔的那个神父的徒弟,叫他去问妻子,她那个相好后来有没有上过门。

女人一眼就认出丈夫派来的使者是谁,回答他说那人昨夜没有来,并说要是他再不来,她就会把他忘了,尽管她很不愿把他从心头上抹去。

现在我还该向你们说些什么呢?那个妒忌的丈夫一连好几夜站在大门的入口处,一心想把那个神父当场捉住,而女人却继续不断地跟那情夫寻欢作乐。最后,那个善妒的丈夫再也受不了,就板起了脸怒气冲冲地诘问妻子,那天早晨她向神父忏悔时究竟说了些什么。女人回答说她不愿告诉他,因为这样做于心有愧,同时也是不适当的。

那吃醋的汉子接嘴说:"你这个贱货!哪怕你不说,我也知道你对他讲了什么话。我最想知道的,是你一心一意迷上了的、靠魔法天天夜里跟你睡觉的那个神父究竟是谁?你不说,我就把你一刀两段!"

女人说,她迷上了什么神父,完全是无稽之谈。

"什么?"那个善妒的男人说。"你忏悔的时候,不是向神父一五一十地说过了吗?"

女人说:"别说是他原原本本告诉了你,就是你当时在场,也不会知道得更多些。不过我确确实实向他说了那些话。"

"那么,"妒忌的丈夫说,"你得马上告诉我那个神父是谁。"

女人开始笑吟吟地说:"一个有智慧的男子汉居然被一个普普通通的女人牵着鼻子走,就像一头公羊给人拉住羊角拖到肉铺子里去一样,我觉得多高兴呀。不过你算不得是一个有智慧的人,自从你让妒忌的恶魔莫名奇妙地钻到你的胸口里后,你就不是了。你越蠢越笨,我就越是没有面子。夫君呀,你自己心里不开窍,难道以为我也瞎了眼睛?我委实不是这种人。那天我一眼就看出,叫我忏悔的神父是谁。我知道这不是你又是谁呀。可是我心里打定主意,姑且顺着你的意思做去吧,后来也真的这样做了。如果你当时头脑聪明一些,就不会用那种办法来探听你那好妻子的隐私了;你不用凭空猜疑,就会听出她向你忏悔的话句句是实,而她是一点没有罪过的。

"当时我对你说了,我爱上一个神父,那时,你不是装扮成一个神父了吗?我真是错爱你了!我又对说,当他想跟我一起睡觉时,我家里哪一扇门都锁不住;请问,你想上我这儿来时,屋子里哪一扇门曾经锁上过?我还对您说,神父每天夜里跟我睡在一起,请问,你哪夜不跟我睡在一块儿?后来,你又几次三番派你的徒弟来看动静,我想你既然没有和我在一起,就叫他告诉你,那个神父不在我这儿。

"除了像你那样因为妒忌而瞎了眼的人以外,谁会胡涂到连这些事儿都不懂吗?你明明在家里呆在大门口守夜,却叫我相信你到别处吃晚饭,在外面过夜!今后你还是改过自新,像过去一样好好做人吧,别让知道你行径的那些人像我那样,把你当做笑柄了。别再像以前那样,一本正经地管着我吧。我对天发誓:如果我真想摆布你,别说你只有两只眼睛,就是长了一百只眼睛,我也照样能随心所欲地寻欢作乐,你休想发觉。"

  这个妒忌的倒霉丈夫本以为自己十分精明,能窥知妻子的隐私,听了这些话,知道自己受了嘲弄。他不再答辩,把妻子看成是既贤慧又聪明的女人。在他应当吃醋的时候,他若无其事,而在他不必要妒忌的时候,他却妒火中烧呢。那聪明的女人差不多得到丈夫批准,可以随心所欲,所以她不再叫情夫像猫一样从屋顶上下来,而是小心地从大门进去。以后,她好多次同他共度良宵,过着快活的日子。

## 第六则故事

> 伊莎贝拉和情夫莱奥内托幽会时，另一个情夫拉姆贝尔图乔前来求欢，忽然丈夫回家，她就打发后者拔剑冲出屋去，又设法叫丈夫伴送前者回家。

大家听了菲亚梅塔讲的故事，非常兴奋，都说那个女人做得妙极了，对付蠢男人，只有用这种办法最好。故事一结束，国王就吩咐帕姆皮内娅接下去讲，于是她开始说：

有许多人都在胡诌一些没有头脑的话，说爱情会使人丧失理智，人们一旦堕入情网，就会变得晕头转向。我认为这些都是蠢话。上面说的这些故事，都说明我的话不假，现在我想再讲一个来证实。

从前在我们这个财富充盈的城市里，有一位出身高贵的美丽少女，后来嫁与一位家境富裕、门庭显赫的绅士为妻。一个人经常吃一种菜会觉得腻味，有时需要换换花样，这原是人之常情，我们这位夫人也一样，日子久了，对自己的丈夫便不满足，另外爱上了一个名叫莱奥内托的小伙子。那人和蔼可亲，很有教养，只是出身寒微；他也爱上了这个女人。各位知道，这种事只要双方有意，就很少有不成功的，要不了多久，他们的爱情就开花结果了。

由于那位夫人生得美艳动人，一个名叫拉姆贝尔图乔的骑士也深深爱上了她,只是她觉得这位先生面目可憎,令人讨厌,对他怎么也动不了心。那人几次三番捎信向她求爱,都落得一场空;因他有权有势,就差人前去威胁她说,如果她再不依从,就要毁坏她的名誉了。那女人非常害怕,也深知那个骑士的所作所为,只得听从他的摆布。

有一回,那位名叫伊莎贝拉的夫人按照我们夏天的习俗,到乡间一个风光旖旎的庄园里小住,而她的丈夫在某天早晨正好骑马外出,准备在外面呆上一些日子,于是她就捎信给莱奥内托,叫他前来做伴,莱奥内托闻讯,立即欣喜万分地赶来了。

再说那位拉姆贝尔图乔先生得悉女人的丈夫离家外出,就独身骑马来到她的住处,敲起门来。

这时夫人正好和莱奥内托一起待在卧室里。侍女听到敲门声,就急忙前去通知她,对她说:"夫人,拉姆贝尔图乔先生独个儿来了,正在楼下等着呢。"

夫人听了此话,顿觉自己是世界上最不幸的女人,不过她又很怕此人,只得求莱奥内托别放在心上,请他在床帷后面暂且躲一会,等拉姆贝尔图乔先生走后再作道理。莱奥内托怕那人也不亚于夫人,就在那里躲了起来。这时夫人才吩咐侍女前去开门,请拉姆贝尔图乔先生进来。

侍女开了门,他就在院子里下马,把马儿拴在一只钩子上,然后进屋。女人和颜悦色地在楼梯口迎候他,竭力装出一副高高兴兴的神态来招呼他,接待他,又问他来此何事。骑士把她搂在怀里,吻了她,然后说:

"我的心肝,我听说你丈夫不在家,所以赶来了,想跟你混一阵子哟。"

说了这些话,两人走进了卧室,锁住房门,拉姆贝尔图乔先生就开始在她身上取起乐来。

他正同她亲热时,丈夫忽然回家了,这完全出乎那位夫人的意料之外。侍女见主人直往楼房走来,连忙三脚二步赶到夫人的卧室,对她说:

"夫人,先生回来了,我想他已到下面的院子里啦!"

那女人听了这话,又想屋子里两个男人,院子里还有骑士的那匹马无法掩饰,真是急得死去活来。可是她当机立断,一下子跳下床来,对拉姆贝尔图乔说道:

"先生,如果您对我还有一点儿心意,希望我不要送命,就请按照我说的话做去吧。您快拔出宝剑,拿在手里,板起脸怒气冲冲地走下楼去,一面走,一面说:'我对天起誓,不管他到哪里,我也要抓到他!'如果我丈夫拦住您,或者盘问你,您只能说我刚才教您的话,别的什么也不要说,骑马就走,千万别呆在这里。"

拉姆贝尔图乔先生只得满口答应。他拔剑出鞘,满面通红,一方面固然是由于刚才辛劳了一阵,一方面则是因为她先生回来了,夫人又吩咐他这么做,心里不免怒气冲冲。这时女人的丈夫已在院子里下马,瞥见另外一匹坐骑,十分惊讶,正想进屋,忽见拉姆贝尔图乔先生从楼房走下来,一脸怪相,语无伦次,便问:

"先生,这到底是怎么一回事啊?"

拉姆贝尔图乔先生一脚踏在马镫上,并不回答,只是自言自语:"凭天发誓,不管他到哪儿,我也要抓到他!"说罢扬长而去。

那个文雅的汉子进屋以后,看见妻子正站在楼梯口,惊慌失措,恐惧万分,就问她:

"怎么啦?拉姆贝尔图乔先生刚才这么气咻咻的,到底跟谁过不去呀?"

那女人把他带往卧室,好让莱奥内托听清她的话。只听得她对丈夫说道:

"夫君呀,我可从来没有像今天这样,吓得命也没了。刚才有一个小伙子逃到这里来,这个人我并不认识。只见拉姆贝尔图乔先生拿着宝剑追来了。小伙子见我卧室的门开着,就浑身打着哆嗦说,'夫人,看天主的分上救救我吧,别让我死在您的怀里!'我跳了起来,正想问他是什么人,究竟是怎么一回事,拉姆贝尔图乔先生却赶了进来,骂道:'你在哪里,混蛋?'我走到卧室门口,他想进来,我拦住了。他见我不肯让他进房,总算还懂得礼节,就像您刚才看到的那样,说了许多不三不四的话走了。"

于是做丈夫的说:"夫人,这事做得好。要是有人在我们家里给杀死了,人家也许会大大责怪我们。拉姆贝尔图乔先生做得太绝了,居然去追一个逃进屋来的人。"接着,他又问小伙子在哪里。

那女人答道:"夫君,我也不知道他藏在哪儿呀。"

于是这位先生喊道:"你在哪儿呀?快出来,现在没事啦。"

莱奥内托把一切都听得清清楚楚,便从藏身的地方走出,模样儿十分惊慌,好像刚才真的遇上了什么可怕的事。

那位绅士说:"你跟拉姆贝尔图乔先生什么地方过不去啊?"

小伙子答道:"先生,我跟他一点儿没瓜葛,我想这人的神经一定不正常,或者他是认错人了。他在离这座楼房不远的一条街上看到了我,就拔剑在手,对我嚷道:'混蛋,要你的狗命!'我顾不上问他是什么原因,只管拼命逃跑,后来逃到这里。感谢天主和这位夫人,我总算是死里逃生了。"

于是绅士说:"现在事情过去了,你不用再害怕了。我要把你平平安安送回家去,以后再去动脑筋应该怎样对付他。"

吃了晚饭后,他让那个小伙子骑上一匹马,送他回佛罗伦萨,而且一直送到家里。小伙子听从那女人的指示,当晚悄悄找拉姆贝尔图乔先生把情况说清楚。尽管人们对这件事议论纷纷,但那位绅士始终不知道是妻子在戏弄他。

## 第七则故事

> 洛多维可爱上一位名叫贝亚特丽齐的夫人，夫人骗丈夫穿了自己的衣服去花园，自己和洛多维可睡觉，后来情夫去花园，把做丈夫的揍了一顿。

帕姆皮内娅讲完了这个故事，大伙儿都认为伊莎贝拉夫人的急智真是了不起。这时菲洛梅娜遵从国王之命，接下去讲下面的故事：

可爱的女郎们，现在我马上要给你们讲一个故事。要是我没有搞错，我认为这个故事也非常动人，并不比刚才的那个差呢。

你们谅必知道，从前巴黎有一位佛罗伦萨的绅士，由于贫穷而去经商，因为生意兴隆，后来变为富豪。他妻子只生了一个儿子，取名洛多维可。他对父亲的贵族门第念念不忘，而对做买卖并无兴趣，因此父亲不想让他涉足商界，而叫他同一班绅士结交，和他们一起为法兰西国王服务。他在法王的宫廷里学会了不少礼节，以及其他许多高雅之事。

洛多维可住在法国的宫廷里时，有一回正和其他青年谈论法国、英国和世界其他各地的美女，正巧有几个绅士从耶路撒冷朝拜耶稣圣墓回来，就凑着他们一起聊聊。其中有一位绅士说，他游历过的地方真不算少，也不知见过多少女人，但就美貌而论，没有一个比得上博洛尼亚地方埃加诺·德·加卢齐的妻子贝亚特丽齐了。和他一起在博洛尼亚看到过她的同伴们，都齐声附和。

洛多维可以前还没有堕入过情网,如今听了这番话,心里燃起一股急于见到她的欲望,别的事都顾不上去想了。他决意上博洛尼亚去一睹她的芳容,如果看得中她,就准备在那里住一个时期。他在父亲面前诡称要去朝拜圣墓,父亲总算勉强答应。

他化名阿尼基诺,来到博洛尼亚。他运气真好,第二天就在一个宴会上看到了那个女人,觉得她比自己估计的还要美丽得多。他一下子就异常热烈地爱上了她,打定主意不赢得她的爱,就一辈子不离开博洛尼亚。他琢磨着应当用什么办法接近她才好,结果只想出一个办法,别的都给否定了:他想给她那个管束很严的丈夫去做侍从,这样也许有机会遂他的心愿。因此他卖了马儿,又把仆役安顿停当,因为他对店主交情很厚,就托他能否设法代找一个差使,他很想到富贵人家去做一名侍从。店主人听后说:

"本城有一位绅士,名叫埃加诺,手下有许多侍从,都是相貌堂堂的俊男子,像你这样一表人材,他一定会欢喜的,我倒去替你说说。"

主人说到做到,果然上埃加诺家说情;人还没离开埃加诺家,阿尼基诺的事就已谈妥了。阿尼基诺能在埃加诺家里干活,自然喜不自胜。他住在埃加诺家,有机会经常看到他的妻子。他服侍埃加诺非常周到,因此埃加诺十分宠幸他,没有他,什么事都办不好,后来埃加诺不但把自己的事交给他管,就连家中大大小小的事都托付给他了。

有一天,埃加诺出去捕鸟,阿尼基诺呆在家里,同他的夫人贝亚特丽齐一起下棋。贝亚特丽齐虽还没觉察他的一片痴情,但见他气宇不凡,心里也很喜欢他,好多次暗暗赞许他。阿尼基诺为了博取她的欢心,下棋时费了一番心机,故意让对方赢了棋,这使夫人兴高采烈,喜出望外。后来观棋的侍女们都走了,只剩下他们两人,阿尼基诺就深深叹了一口气。

夫人看着他的脸说:"你怎么啦,阿尼基诺? 我赢了你,你竟这样难过吗?"

"夫人,"阿尼基诺答道,"我叹气不是为了这个,我还有更大的心事呢。"

于是夫人说:"唉! 如果你对我有一份情意,你就说吧。"

当阿尼基诺听到他最心爱的女人用恳求的语气说出"如果你对我有一

份情意"那样的话,他又长叹一声,叹气声比刚才的更加沉重。夫人又要求他,希望他说说连声叹气究竟是什么缘故。

于是阿尼基诺说:"夫人,我很怕说给您听后,您心里会难过,还怕您会讲给别人听。"

夫人说:"我听了决不会难过,而且请你放心,不管你对我说什么,我决不会说给别人听,除非你愿意让我说出去。"

阿尼基诺说:"既然您答应我不说出去,我就把心里的话向您抖出来吧。"

于是他噙着眼泪,向她述说了自己的身份,又说当时如何听到她的传闻,又从哪时起如何深深地爱上了她,后来又如何来到这里,为何做了她丈夫的侍从;最后,他又尽量低声下气地恳求夫人发发善心,要她垂怜,满足他心底里偷偷埋藏着的一片痴情;要是她不愿意,那就仍旧让他继续做丈夫的侍从,让他就这样悄悄地爱着她。

啊,博洛尼亚女人的血液里,有的是多少温柔而奇妙的感情呀!在这样的场合下,你是何等值得赞美!对于眼泪和叹息,你决不会无动于衷;人家向你苦苦哀求,倾诉刻骨的思慕之情,你就顺从了。我真想用适当的赞词来颂扬你一番,我的话真是说也说不尽呀。

阿尼基诺说这番话时,这位贵妇人一直瞅着他。她认为他的话句句是实,而他的恳求又深深打动了她的心,所以她也不由叹息起来,叹了几声后向他说道:

"亲爱的阿尼基诺,你放心吧。过去和现在,一直有不少人向我求爱,有的是绅士,有的是贵人。他们送礼也好,保证也好,苦苦追求也好,都打动不了我的心,我一个也看不上他们;可是如今听了你短短几句话,我觉得那颗心一下子已不再属于自己,而是你的了。我想你已经彻头彻尾地赢得了我的爱情,因此我委身于你,答应你在今夜还没有过时就能得到幸福。

"为了我们的爱情能如愿以偿,我要你半夜里到我的房里来,那时我把门儿开着。我睡在床的哪一边,你是知道的;要是你看到我睡熟了,就把我弄醒,我要安慰你,来解除你对我好长时间朝思暮想的渴念。为了叫你相信我的一片心,我想吻你一下,作为保证。"说罢,她张开玉臂挽住他的脖子,热情地吻起他来,阿尼基诺也回吻了她。

说完上面这些话后,阿尼基诺离开了夫人,去干自己的一些活儿,怀着欣喜若狂的心情眼巴巴地等待着黑夜的降临。

埃加诺放鹰猎鸟回来,身子十分疲倦,一吃好晚饭就去睡觉。夫人也跟着上床,并按照诺言,让卧室的房门开着。一到约定的时刻,阿尼基诺果然来了,他悄悄地走进卧室,把门儿从里面锁上。他走到夫人睡的那一侧,伸出一只手搭在她的胸口,发觉她并没有入睡。夫人知道阿尼基诺来了,就伸出自己的双手把他的手握住,并且紧紧攥住不放,接着又在床上翻了个身,把睡熟的埃加诺吵醒,并对他说:

"今晚我本来想跟你说一些话,可是见你这么累,就没说出口。埃加诺,看在天主分上,你要老实告诉我:在家里这么许多侍从仆役中,究竟哪一个最好、最忠诚,对你最关心?"

埃加诺当即答道:"夫人,你问我这个干吗?难道你不知道吗?我过去和现在最信赖的、最喜欢的,就是阿尼基诺,别人谁也比不上他,不过你为什么问起这个来呢?"

阿尼基诺听到埃加诺醒来了,又听到他们两人在谈论他自己,好几次想缩回手去逃之夭夭,只怕夫人有意欺弄他;可是她却紧紧捏住他的手不放,他怎么也挣脱不了。

这时夫人答话了,对埃加诺说:

"我来对你说说吧。我本来想的和你说的一样,以为他对你比谁都忠实。想不到今天你出去放鹰时,他却呆在家里,一待有机可乘,就不要脸地向我求爱,要我答应他,这才叫我看透了他。我呢,为了给你看看真凭实据,又为了让你亲眼目睹,当时假装满心欢喜,约定在今天半夜里,我到咱们花园里一棵松树下面等他。我现在当然不想到那边去;不过,要是你想知道你的侍从是不是忠实,那么只要方便地身穿我的一件外衣,头罩一块面纱,到那边去等,看他会不会去。我保证他一定会去的。"

埃加诺听了就说:"我当然非去见他不可!"于是在黑暗中胡乱地穿起女人的外衣,戴起面纱,走到小花园的一棵松树下面等待阿尼基诺。

那女人听得他起身走出卧室,立刻起床把门锁住。当时阿尼基诺真是吓得魂飞魄散,好多次想竭力挣脱女人的手,同时又千百次诅咒她的虚情假意和自己的贸然轻信,如今看清了她的用意,一下子便成了世界上最快乐的人。夫人回到床上,径自宽衣解带,和他一起玩乐了好一阵。后来,她觉得阿尼基诺不该再待下去了。就叫他起床重新穿好衣服,并对他说:

"我的心肝宝贝,你去拿一条顶用的棍子来,到花园里去,假装你白天里向我求爱,只是试试我的心罢了。你就把我当做是埃加诺,痛骂一顿,然后拿棍子狠狠地揍他,这样我们才说不出的开心呢。"

于是阿尼基诺起了身,走到花园里,手里拿着一根杨木棍子。走到松树跟前,埃加诺看到了他,就起身装出一副高高兴兴的神气前去迎候他,只听得阿尼基诺说:

"嗨,你这不要脸的女人,你真的到这里来了!你以为我过去也好,现在也好,都会做出这种对不起主人的事来吗?你这个女人真该死!"他一面说,一面举起棍子,朝他打来。

埃加诺听了此话,又见棍子打来,一声不响地拔脚就跑,但阿尼基诺紧随不舍,一面说:"滚,你这贱婆娘,让天主处罚你吧!明天早上,我一定要说给埃加诺听。"

埃加诺埃了几下打,急急忙忙逃回卧室。女人问他阿尼基诺有没有到花园里去过,埃加诺就说:

"他不去倒好了!他把我错当了你,拿起棍子来,把我打得落花流水,又对我破口大骂,把对付坏女人的最恶毒的话都骂了出来。我本来就确实很奇怪,他怎么会向你说那些不正经的话,存心做出丢我脸的事来?准是因为看到你这么乐呵呵的,兴致勃勃,他才想来试试你的心。"

于是女人说道:"赞美天主,他用言语来试探我,却用行动来对付你!我想,他也许以为我忍受他的言语,比你忍受他的行动更有耐心。既然他对你这样忠心,就应该看重他,多多抬举他才好。"

埃加诺说:"你的话真的一点也不错。"

根据上面这件事,埃加诺自以为有一个最忠实的妻子和最可靠的侍从,世上任何绅士都比不上他。后来,他和妻子拿这件事不知和阿尼基诺开过多少次玩笑,而阿尼基诺和那女人寻欢作乐也十分方便,要是没有上面说的那件趣事,他们就没有那么称心了。以后阿尼基诺就高高兴兴地住在埃加诺家,不离开博洛尼亚了。

## 第八则故事

> 丈夫妒忌妻子,怕她有外遇,妻子到了夜里,便用一条线缚在自己的足趾上,探测情夫的动静。此事为丈夫发觉,待情夫赶来时,妻子用一名侍女作为自己的替身,给丈夫痛打一顿,并被割下辫子。丈夫向妻子的兄弟告状,兄弟们查明不是事实,狠狠地责备了他。

对于夫人贝亚特丽齐恶意戏弄她丈夫的办法,大家都觉得十分奇妙;他们每一个人又说,当阿尼基诺被那女人攥住了手,聆听她向丈夫诉说他如何向她求爱时,他一定吓得毛发直竖。国王见菲洛梅娜已经住口,便转身对内伊菲莱说:"您讲吧。"内伊菲莱微微一笑,然后开口说了起来:

美丽的女郎们,刚才你们听了一些十分动人的故事,感到非常满意,如果我向你们讲的故事也要这样娓娓动听,对我来说却是个难题。不过在天主的帮助下,我希望我能好好地完成这个任务。

你们想必知道,从前本城有一个家财万贯的商人,名叫阿里古乔·贝尔林吉耶里①。他头脑里有一个傻主意,那就是一心想娶一个贵族出身的女郎为妻,借以提高自己的身份;这样的事,如今还有许多商人每天在做。他娶了一个和他很不相配的贵族少女,名叫西丝蒙达。他像一般商人一样,经常在附近一带奔走,很少在家陪伴妻子,于是西丝蒙达便和别人相好了。她爱上一个名叫鲁贝尔托的小伙子,他追求她已有好长时间了。

鲁贝尔托跟她混得很熟,不过行动方面也许不够谨慎,尽管女的非常高兴,但阿里古乔不知是有所察觉呢还是别有原因,却燃起三丈的妒火来了。他不让妻子走出家门,把自己应做的事统统搁在一边,几乎一心一意地看住了她,不见她上床,他自己也决不睡觉,那女人为此非常苦恼,因为这样就没法同他的鲁贝尔托待在一起了。

她一直在盘算着能用什么办法来同他幽会,而男的又苦苦相求,于是她终于想出了一个主意。原来她住的卧室是沿街的,同时根据她多次观察,阿里古乔上床后虽然很迟才会入睡,但一入睡就不易醒来,所以她决定叫鲁贝尔托在半夜里到她家门口来,她可以前去开门让他进来,乘丈夫熟睡的时刻和他亲热一阵。为了让自己知道他什么时候来家,来时又不为别人所察觉,她便想出一个办法:她在卧室的窗口放上一条线,一头直通到外面大街的地面上,另一头由地板一直绕到自己的床上,藏在衣服下面,等她上床时,再系到自己的大脚趾上。后来她关照鲁贝尔托,他来时可以先拉拉那条线,如果丈夫睡着了,他就可以把线拉走,她则前去替他开门;如果丈夫没睡着,她就抓紧线头,把线收回,这样他就别再呆等了。鲁贝尔托很喜欢这个办法,常去找她,有时和她相会,有时却没有见上面。

他们两人就凭着这个计谋一直在暗中来往,不料后来发生了一件事。有一天夜里,女人睡着了,阿里古乔在床上伸了伸脚,触到了一条线,伸手一摸,发现它原来系在女人的脚趾上,不由暗自思忖:"这里面一定有什么鬼把戏呐。"再看看那条线一直通到窗外,心里就更有底了。于是他轻轻扯断这线,从女人的脚趾上拉出,缚在自己的脚趾上,留神看看这里究竟有些什么名堂。

不一会,鲁贝尔托果然来了,而且照常拉线。阿里古乔警觉起来,由于

---

① 是14世纪下半叶佛罗伦萨城有相当地位的商贾之家。

他没有把线缚牢，而鲁贝尔托拉时又用力太猛，线都拉到手里去了，因此以为今夜又可以在外面等待机会了。

阿里古乔随即起了床，拿起武器，跑到门口，想瞧瞧究竟是谁，而且准备给他一些颜色看看。阿里古乔虽是个商人，却身强力壮，十分凶猛。到了门口把门打开，不料开时没有女的那样轻，等在外面的鲁贝尔托顿觉情势不妙。料想开门的必是她的丈夫阿里古乔，拔脚就跑，而阿里古乔却在后面追赶起来。鲁贝尔托逃了好一阵子，阿里古乔在后紧随不舍。鲁贝尔托身边也有武器，于是拔出剑来，回头和对方交锋，一个想进攻，另一个只顾自卫。

当阿里古乔打开卧室的房门时，女人醒来了，发觉自己脚趾上的线已被拉断，立刻知道自己的把戏已给丈夫看破。她晓得此时阿里古乔已去追赶鲁贝尔托，便急忙起身，料想如今两人必有一番较量，便把一个洞悉内情的侍女唤到身边，恳求她睡到她床上去，做她的替身，不管阿里古乔如何揍她，她都要忍耐着，万万不可暴露自己的身份。如果她肯这样做，将来一定重重有赏，包管她得到的报酬称心如意，说妥以后，就熄灭了卧室里的灯，走出卧室，躲在屋内的另一块地方，静观其变。

左邻右舍听到阿里古乔和鲁贝尔托相互格斗，都下了床斥责他们。阿里古乔怕被人认出，只好没奈何地放走了那个对手，既没能看清那个小伙子是谁，也没有伤他一根汗毛。他一路回家，心里异常气愤；一进卧室，就怒不可遏地对妻子说：

"你在哪儿，贱婆娘？你以为熄了灯，我就找不到你了吗？你错了！"

他走到床前，把那侍女当做自己的妻子，狠狠抓住，使出全身力气拳打脚踢，直打得她满脸是伤。最后他剪了女人的头发，把骂坏女人最恶毒的话都骂出了口。那侍女号啕大哭，哭得伤心极了，还一声声地喊着："哎哟，老天爷发发慈悲吧！"有时喊道："别再打了！"侍女本来已是泣不成声，而阿里古乔又气昏了头，所以辨别不出这是另一个女人的声音，还当做是自己的妻子呢。他把她痛打一顿，又剪了她的头发后，就开起腔来：

"贱婆娘，我不想再碰你了，现在我要去找你的兄弟们，把你做的好事说给他们听听。以后他们就要来找你，为了顾全自己的面子要处置你，说不定要把你接回娘家。老实说，你在这屋子里别想待下去了。"

他说完这些话走出卧室，反锁了房门，独个儿离开屋子了。

那女人西丝蒙达把一切都听清楚了。待丈夫一走，她就打开卧室的门，点亮了灯，只见那侍女已体无完肤，哭得十分伤心。她竭力安慰了侍女一番，把她带到她的房里，悄悄叫人侍候她、照料她，又把阿里古乔的许多钱赏给了她，作为补偿，让她满心欢喜。西丝蒙达把侍女在房里安顿好后，立刻回去把床铺好，把房间重新布置得井井有条，仿佛那夜没有人睡过似的；然后再点起了灯，把衣服穿得齐齐整整，好像还不曾上床睡过。接着她拿起一些衣服，在楼梯口点上一盏灯，缝纫起来，静待事态的发展。

阿里古乔走出屋子后，就风风火火地赶到妻舅家里，门敲了好久，人家才听见他的声音，于是开门让他进去。女人的三个兄弟和她的母亲听到阿里古乔来了，都起床点灯前去迎接，并问他深更半夜到这里来有什么事。他把事情经过一五一十向他们说了，从他发现西丝蒙达脚趾上缚的线说起，一直说到他最后所发现的和所做的事情为止。为了证明此事属实，他又把自以为从妻子头上剪下来的那一绺头发放在手里给他们看看，还说请他们上他家去看看她，他们怎样做才不会失面子，因为他已准备休妻，一辈子不让她住在屋里了。

女人的兄弟们听了阿里古乔的话，都深信不疑，对她十分恼恨，于是点起火把，同阿里古乔一起上路到他家去，准备给她一点厉害看看。他们的母亲哭哭啼啼地跟在后面，一会儿求这个儿子，一会儿求那个儿子，叫他们在没有弄清事实真相以前别如此轻易地相信这些话，因为她丈夫也许为了别的事同她过不去，自己虐待了她，反而归罪于她，企图为自己开脱。她还说，对于可能发生的事，她觉得非常诧异，因为女儿从小就是她亲手养大的，对女儿的人品十分了解；此外又说了不少诸如此类的话。

他们来到阿里古乔的家，进入门内，开始上楼。西丝蒙达听他们来了，便问：

"谁呀？"

她的一个兄弟答道："谁来看你，你马上会明白的，贱婆娘！"

于是西丝蒙达说："你这是什么话呀！天主保佑我们！"随即站起身来，又说："哥哥，你们来我欢迎，不过你们半夜里三个人一起赶来有什么事啊？"

兄弟们看到她坐在那儿做针线活，脸上并无半点打伤的痕迹，不禁暗暗纳罕,因为照阿里古乔说,她已给揍得遍体鳞伤了。他们暂且压住心头的怒火,问她阿里古乔所告的状究竟是怎么一回事,又狠狠地威胁她,要她从实招供出来。

那女人说:"我不知道应该向你们怎么说才好,也不知道阿里古乔在你们面前说我些什么坏话。"

阿里古乔见她这般光景,不由失魂落魄地瞅着她。他记得刚才在脸上也许已打了千百下,也狠狠地拧过她,什么苦头都叫她吃遍,可看她现在依旧好端端的,好像根本没有发生过这回事!过了一会,兄弟们把阿里古乔告诉他们的事向她说了一遍,把发现一条线和打女人等种种情节一五一十地都讲了。

女人转身对阿里古乔说:"哎哟,夫君,我刚才听到的是什么话啊?我并不是一个下贱的女人,你却偏偏要诬陷我,难道你不怕丢脸吗?你也并不是一个狠心的坏丈夫,干吗把自己说成是这号人?今天夜里,你什么时候在家里呆过?更别说同我在一起了。你什么时候揍过我?我可一点儿也记不起来了。"

阿里古乔说道:"你说什么,贱婆娘?夜里我们不是一起上床睡觉的吗?我去追你的姘夫以后,不是回来过的吗?我不是揍过你一顿,还剪掉了你的头发吗?"

女人答道:"今天夜里你根本没有在家里睡过觉。这且不说,因为光凭我这番真话,还不能证明是不是事实。让我们看看你说的几件事吧:你说打了我,还剪了我的头发。可是你根本没有打过我,在场的各个人和你自己,都可以仔细看看我整个身子有没有半点挨过打的痕迹。老实对你说,要是你狗胆包天,竟敢动我身上一根毫毛,凭天主起誓,我一定要抓破你的脸呢。我的头发你也没剪过,这个嘛,我的眼睛是雪亮的。也许你是趁我不知道的时候剪的,那就让我们看看到底有没有剪过。"

于是她揭开头上的面纱,原来头发真的没给剪过,依旧完好无损。

她的兄弟们和母亲把一切都看在眼里,听在耳里,一齐转过身去对阿里古乔说:

"你这是什么话,阿里古乔?这件事儿,跟你刚才来我家说的可完全不一样啊。我们不知道,你其余的话应当怎么来证明。"

阿里古乔恍恍惚惚地站在那里,想说些什么话,可是眼见自己的状白告一场,无法证明妻子有罪,竟一句话也不敢说了。

这时妻子转身对兄弟们说:"各位哥哥,我本来不想把他卑鄙龌龊的行为告诉你们,可是他刚才的所作所为叫我非讲不可,我也只得说了。我深信他对你们说的事已经发生过,他也确实做过那些事,现在且听我说说究竟是怎么一回事吧。

"你们把我嫁给这样一个人,我真是倒霉。他是一个有地位的人,自称是一个商人,照理要讲究信誉,而且生活上应当比一个修士更有节制,行为上比一个处女更加规矩。可是晚上他很少不上酒家,喝得酩酊大醉,一会儿勾搭上这个坏女人,一会儿又同另一个姘居;我总要一直等他到半夜三更,有时甚至等到天亮,你们刚才已经看到了。这回他一定又喝醉了酒,跟哪个臭娘儿去睡觉,醒来发现她脚上有一条线,就跟别人瞎闹起来,回去后又去揍那个婊子,剪了她的头发。那时他的酒还没有醒,还以为挨整的就是我,我敢说,现在他还准是这样想呢。要是你们仔细看看他的脸,就知道他现在还是半醒半醉呢。可是不管他怎么说我,我只希望你们当他喝醉了酒说胡话;既然我能原谅他,望你们也宽恕他吧。"

她母亲听了这番话,大叫大嚷起来,说道:

"我的女儿呀,天主在上,这种人千万饶恕不得!这种狼心狗肺的坏蛋,还不是宰了的好!他真不配娶你这样的女孩儿。你倒瞧瞧!即使人家是把你从烂泥里捡起来的,待你这样也太过分了!算你倒霉,居然给这个驴子粪都不如的商人泼了这许多污水!这号人本来是个乡巴佬,流氓出身,本来穿的是粗布衣,脚上是下边宽大的袜子①,长裤后面还有羽毛②。像这种人有了三个钱,就想讨大户人家的闺女和正正经经的小姐做老婆喽。他们佩上了贵族的盾徽,说什么'我是贵族出身',还说什么'我家本来干过什么什么'的。我的儿子们当时能听从我的话,那就好了!只要用一点儿嫁妆,就可以把你体体面面地嫁给圭蒂伯爵家族的一位贵公子,而他们偏偏要把你嫁给那个宝贝!你是佛罗伦萨最最出色、最最规矩的女孩儿家,他却死不要

---

① 是一种翻边的短袜子,系当时乡下人所穿。
② 按照当时商人的衣着习俗,裤子后面有羽毛翘起。

脸,半夜三更来对我们说你是一个烂婊子,好像我们不了解你的人品似的。老天爷哪,要是肯听我的话,我可要把他打得稀巴烂!"

随后她又转过身去,对儿子们说:

"我的儿呀,我早对你们说过,这门亲事要不得!你们有没有听到,你们这位好妹夫是怎样对待你们的妹子的,这个只值四个大钱的小商人!要是我换了你们,看到他这样骂她,这样对待她,就非把他宰了不可,否则,我决不罢休!可惜我是女人家呀,要是我是男子汉,我恨不得亲自插上一手!天哪,真倒霉,碰上这个该死的醉鬼,这个不要脸的东西!"

三个年轻人目睹此情,又听了这些话,都转身对着阿里古乔数落起来,直骂得他狗血喷头,最后他们说:

"这回你喝醉了酒,我们就饶了你吧,不过要是你还爱惜自己这条命,那就得小心,以后别再让我们听到这种事了。如果再有什么风声传到我们耳朵里,我们两笔账一定要一起算喽!"说完后就扬长而去。

阿里古乔像一个失魂落魄的人站在那里,不知道刚才他的所作所为是真的呢,还是做了一场梦。他再也不吭声,同妻子相安无事。他妻子靠着她的机智,不但救了自己的急难,还为今后的寻欢作乐开了方便之门,以后对丈夫更没有什么顾忌了。

## 第九则故事

尼科斯特拉多之妻莉迪亚爱上了皮罗,皮罗为了考验她,向她提出三项要求,她都一一办到。另外她又当着尼科斯特拉多的面,和情夫寻欢作乐,却让丈夫误以为他所见到的不是事实。

内伊菲莱的故事,大家都听得津津有味,女郎们都忍不住纵声大笑,而且议论纷纷,尽管国王几次三番命令她们安静下来,吩咐潘菲洛接着讲一个。后来她们总算不出声了,潘菲洛才开口说:

可尊敬的女郎们,我认为如果谁深深地爱上了一个人,那么无论什么事,不管怎样艰难危险,他都胆敢去做。尽管上面有几则故事都证明了这一点,但是我还想再给你们讲一个,充实一下。下面你们将会听到一个女人的恋爱故事,她在那件事上因为运气好而非常顺遂,并非由于她足智多谋;我并不想劝导你们去学她的榜样,我想告诉你们,这样做是冒风险的,因为一个人不可能老是交上好运,而世界上的男人也并非个个容易受骗上当。

话说希腊有一座非常古老的城市,名叫阿尔戈,它之所以享有盛名,并非因为城市壮丽宏大,而是因为以前出了不少帝王。从前那座城里有一名贵族,名唤尼科斯特拉多。快到晚年时,他红运高照,娶了一个大户人家的女郎为妻,她名叫莉迪亚,既美丽动人,又热情奔放。尼科斯特拉多如一般贵人和富豪那样,仆役众多,鹰犬成群,终日沉湎于游猎中。他的仆从中有一个小伙子,名叫皮罗,长得英俊挺秀,一表人材,无论做哪件事,都能得心应手,所以尼科斯特拉多对他的宠爱和信任,胜过其他任何仆人。莉迪亚深深爱上了这个小伙子,日日夜夜苦苦为他害着相思,别的什么都不放在心上;而皮罗呢,不知是看不出对方的那片情意,还是不愿和她勾搭,他对此显得无动于衷,因此夫人心里有一种难以忍受的痛苦。

她下定决心要让皮罗明白自己的那片痴情,于是把她的心腹侍女卢丝卡唤到身边,对她说:

"我一直待你不差,为了报恩,你一定能听我的吩咐,忠心办事。现在我要对你说一件事,你要注意,除了我要叫你传话的那个人外,千万不能讲给别人听。

"卢丝卡,你很清楚,我年纪还轻,而且是一个青春勃发的女人,女人所需要的东西,我真是应有尽有,总之一句话,我什么都称心,没有什么可以抱怨的,只有一件事心里不痛快,那就是我丈夫的年纪比我大得多,年轻女人最喜欢的那件事,我很少有满足的时候。我同别的女人一样,对这方面有的是欲望,所以好长时间来我已打定主意:命运女神既然跟我过不去,让我嫁给了这么一个老头儿,我可不能同自己作对,不去另想办法挽救自己,寻欢作乐。这方面也和别的事情一样,要达到目标需要一心一意地去物色对象,看看谁最合我的脾胃。我觉得咱们的皮罗倒是挺好的,如果能投入他的怀抱,就能弥补我的不足了。我太爱他了,如果我看不到他,不想念他,心里就难受。要是我不能马上和他相会,我想我一定活不成了。所以你若珍惜我这条命,一定要想出一个你认为是最好的办法,把我的这片情意告诉他,并且代我恳求他,以后我叫你去找他时,他一定要高高兴兴地来我这儿。"

那个侍女欣然从命。不久,她选定了一个适当的时间和地点,把皮罗拉到一旁,非常巧妙地完成了女主人托付给她的使命。皮罗听了此话,十分惊异,因为他从来看不出女主人对他存着这份心,只怕她差侍女前来只是为了试探他的人品,于是当即粗暴地答道:

"卢丝卡,我不能相信这些话是夫人说的,因此你说话要小心些。即使是她派你来的,我也不信这是她的真心话;即使是真心话,老爷对我恩重如山,就是要我的命,我也不能做这种对不起他的事!所以你得小心,以后别再跟我说这种事情了。"

卢丝卡并没有被他那番一本正经的话吓住,接着对他说:

"皮罗,以后夫人为了这件事和别的事差我来,我还是要来跟你说话的,她吩咐我来多少次,我就来多少次,不管你是高兴还是讨厌。可你真是个傻瓜呀!"

侍女听了皮罗的话很是气恼,回去禀告夫人,夫人听后懊丧得命也不要了。过了几天,她对这个侍女说:

"卢丝卡,你知道,一棵橡树,只吹了一下是不会倒的,那人为了忠于主人,不惜使我伤心,我看你还是再去找他一次,并且拣一个适当的时机,把我这片痴情全说给他听吧。你要想尽办法,把这件事办成,因为再这样搁着,我真没有命了。他也许以为我在考察他,我向他求爱,结果反而见恨了。"

侍女安慰了夫人一番,又去找皮罗,见皮罗这一回快快乐乐,情绪很好,便对他说:

"皮罗呀,前几天我对你说过,你我的女主人是多么爱你,为了你,她心里好比火在烧哪。现在我重新跟你认认真真说一遍,要是你还是像上次那样硬着心肠,坚决不答应,那她准活不长了。所以我恳求你还是去安慰她一番,免得她相思了吧。我本来以为你非常聪明,如今你这么顽固不化,我可要把你看成是一个大傻瓜啦。有一位这么美丽、这么温柔、这么富裕的贵夫人爱着你,把你看得比一切都珍贵,对你来说,有什么比这更光彩的呢?这件事成功了,你得好好感谢命运女神才对,她给你提供了这么个好机会,使你青春的欲念得到满足,同时物质方面还可以得到十分优厚的享受!只要你聪明些,你的伙伴中间还有谁能比你更快乐的?如果你愿意给她爱情,那么不论武器马匹也好,衣饰钱财也好,他们中间还有谁比得上你呢?

"因此,你要用心仔细听听我的话,听了后再好好琢磨一番。你得记住,命运女神露着笑脸、张开手臂去迎向一个人,一般只有一回,没有再多的了。如果那人当时不抓住这个机会,后来变成穷光蛋和叫化子,那他只有怪自己,怨不得命运女神了。另外,仆人和主人之间,用不着像朋友和同伴之间那样讲忠诚。主人怎样对待仆人,仆人也可以怎样对付主人。如果你有一个漂亮的老婆,或者你的亲娘、女儿或姨妹都长得很美,给尼科斯特拉多看上了以后,他难道会想到什么忠诚不忠诚,像你对待他妻子那样吗?要是你认为他和你一样,那真傻透了。不管你心里怎么想,他准会向她们讨好,恳求,如果没有达到目的,还会使用暴力。他们既然能这样对待我们,我们又为什么不可以这样回敬他们呢?利用命运女神赐给你的好处吧,别将她赶跑了,而是应当上前去迎接她。说真的,如果你不肯这么做,别说夫人一定会魂归西天,就是你呀,也会后悔一辈子,不愿再活下去呢。"

皮罗对卢丝卡上次说的话早已琢磨过一番,后来横下一条心:如果她以后再来,他一定要用另外一些话回答她,要是吃准夫人并非在试探他,他就决定去取悦于夫人了。于是他回答说:

"嗯,卢丝卡,我知道你说的全是真话。可是另一方面,我也知道老爷为人十分精明,不过他把什么事都交给我去办了。我十分害怕的是:莫不是夫人莉迪亚是根据他的主意,来试探我对他是不是肯真心办事,因此,我要提出三件事,如果她愿意做到,那我就放心了。那时不论她吩咐我做什么,我都立刻答应。我要她做的三件事是:第一件,当着尼科斯特拉多的面,把他那只珍贵的雀鹰杀掉;第二件,要她送给我尼科斯特拉多的一绺胡子;第三件,要她弄到她丈夫最好的一颗牙齿。"

卢丝卡认为这些事都很难办,夫人更觉得难乎其难。然而爱神既能给人们以安慰和鼓舞,也能启发人们想出种种妙计来,于是夫人决心一试。她又召来了那个侍女,叫她转告皮罗,他提出的三点要求都能不折不扣地办到,而且很快就能实现。另外她还说,虽然他认为尼科斯特拉多为人精明,但她一定能当着丈夫的面和皮罗取乐,而把尼科斯特拉多骗过。

于是皮罗静待这位贵夫人,看她究竟怎么做法。

过了几天,尼科斯特拉多大摆筵席,宴请了好几位绅士,他举行这样的宴会早已习以为常了。宴毕正在收拾餐桌时,只见夫人身穿一件绿色的天鹅绒衣,珠光宝气地从房里走出,来到宾客们刚才就宴的客厅里。她当着皮罗和其他众人的面,走到尼科斯特拉多珍爱备至的那只雀鹰所栖息的木架前面,解开它脚上的锁链,好像要让它栖在自己的手上似的,然后提着脚爪上的皮革带,猛地将它向墙上一摔,鹰立刻就死了。

尼科斯特拉多对她大喝一声:"哎,娘子,你这是干什么?"

她没有回答他,只是转身对和丈夫一起吃饭的各位绅士说道:

"各位先生,如果一头雀鹰欺负了我,我都不敢报复,那么一个国王凌辱了我,我还能报仇吗?我要告诉各位,那头鸟不知剥夺了我多少时间,使我虚度青春,本来这许多时间,男人是可以用来向女人献媚的。每天天一亮,尼科斯特拉多就起了床,手里提着那头雀鹰骑马到广阔的平原上去,看它飞向天空,留下我一个人睡在床上,好不凄凉。因此我好几次想把它像刚才那样弄死,拖延下来的原因,无非是想当着各位绅士的面来干掉它,让先生们为我的苦楚作出公正的评价来。我相信各位一定会说一些公道话。"

绅士们听了此话,都以为她对尼科斯特拉多情意深挚,哪知她有弦外之音,便笑嘻嘻地对怒气冲冲的尼科斯特拉多说:

"嘿!夫人受了委屈,干掉了那头雀鹰出口怨气,这事做得好呀!"待夫人回房以后,客人们又在这个题目上说了不少俏皮话,使尼科斯特拉多转怒为喜。

皮罗把一切都看在眼里,暗自想道:"夫人对我的这片痴情,真是表白得再好也没有了,但愿她一步一步地做下去!"

莉迪亚摔死那只雀鹰后不久,有一天,她在卧室里同尼科斯特拉多一边温存,一边闲聊。男的拉住女的头发玩,莉迪亚乘此机会完成了皮罗要她做的第二件事:她一边笑,一边立刻抓住他一小撮鬈曲的小胡子,使劲一拉,就把它从下巴上拉下来了。尼科斯特拉多叫痛,她就说道:

"你干吗痛得这么愁眉苦脸?莫不是我扯了你的几根胡子?你觉得痛,那么刚才你扯我的头发,我难道不感到痛吗?"

他们就这样你一言我一语地打趣,女人把拉下来的那一撮胡子小心地保存起来,当天就把它送给了自己心爱的情人。

至于第三件事,莉迪亚着实花了一番心思。不过她一向机敏非凡,而爱神更使她的头脑开了窍,不久她就想出一个要把这件事做成功的办法。尼科斯特拉多家里有两名侍童,原是大家子弟,他们的父亲为了让儿子学习绅士家的礼节,才送他们前来。尼科斯特拉多吃饭时,一个替他切食物,另一个替他斟酒。夫人把他们两人叫来后,告诉他们要他们明白,他们嘴里有股臭气,所以侍候尼科斯特拉多时,脑袋应当尽量向后仰,又叫他们不要将此事告诉别人。两个侍童信以为真,就按照夫人的嘱咐去做了。

有一回,她对尼科斯特拉多说:

"你有没有注意到,那两个小家伙侍候你吃饭时有些怪模怪样的?"

尼科斯特拉多说:"我注意到了,我正想问他们干吗要这样。"

女人说:"不必问了,让我来告诉你吧。以前我好长时间不说这个,是为了怕你难受。不过现在我觉得,人家既然已看出来,我就不想再瞒你了。他们两个这副模样儿,无非是因为你口臭得厉害。我也不知这究竟是什么原因,以前你一直没有口臭的毛病呐。这倒是一件很丢人的事,因为你得跟一些贵人们来往,应当想办法治好它才是。"

尼科斯特拉多说:"这会是什么原因呢?难道我嘴里有哪颗牙齿蛀坏了?"

莉迪亚说:"也许是这样。"于是她把他拉到窗前,叫他张开嘴巴,这里看看,那里望望,然后说:

"哦,尼科斯特拉多,你怎能忍受这么久呢?我看你这边一颗牙齿不光有病,而且全部烂了,要是你还是让它留在嘴里,旁边的一些牙齿一定也会烂掉。所以我劝你还是早些拔掉,要不就愈来愈糟了。"

尼科斯特拉多说:"既然你认为这样,我也愿意拔。你马上请一位大夫来,给我拔掉吧。"

于是他女人说:"请大夫来,恐怕天主会不高兴的。我看还是不必请什么大夫,由我亲自动手来拔再好也没有了。再说,大夫干起这种事来非常狠心,我怎么也不忍眼睁睁看你在他们的手里吃苦,所以我无论如何想亲自替你拔。要是你痛得厉害,我可以立刻住手,这点大夫可是办不到的。"

于是她吩咐家人将拔牙用的一切工具取来,又叫各人离开房间,只剩下卢丝卡一人。接着她锁上房门,叫尼科斯特拉多伸手伸脚地躺在一张桌子上,并把钳子塞在他的嘴里,钳住了他的一颗牙齿,一面叫那侍女用力按住他的身子,一面亲自使劲地把那颗牙齿狠狠拔出,不管尼科斯特拉多痛得大叫大喊。然后莉迪亚把那颗牙齿保存好,随即把事前拿在手里的一颗烂得不成样的牙齿拿出来,给那个几乎痛得半死的男人看,同时对他说:

"瞧你嘴里,居然有烂了这么久的一个东西!"

虽然那丈夫吃了这么大的苦,还发了一大通牢骚,但对她的话果然信以为真,以为牙齿既然已拔出,毛病已经治好了。女人东拉西扯地安慰他一番,他觉得痛已好些了,就走出房间。

女人立刻把这颗牙齿送给了她的情人。这时皮罗才相信她的爱情一点也不假，愿意听从她的摆布。

那位夫人现在真是度日如年，恨不得一下子就能如愿以偿。为了急于使对方相信自己的一片真心，有一天她假装生病，那天用膳以后，尼科斯特拉多前来看她，她眼见只有皮罗一人与他同来，便说自己闷得发慌，要求扶她到小花园里去散散心。尼科斯特拉多和皮罗左挽右扶，把她搀进小花园里，让她坐在一棵梨树下的草地上。坐了一会儿，夫人便按照事前跟皮罗约定的办法，对皮罗说：

"皮罗，我很想吃些梨子，你爬上去给我摘几个来吧。"

皮罗急忙爬上了树，摘了几个梨子扔下来，一面扔，一面说：

"老爷，您在干什么事呀？而您，夫人，您当着我的面让老爷做这种事，难道不害臊吗？难道您当我是瞎子？您刚才还病得很厉害，怎么这样快就好了，两个人居然干起这样的事来？如果你们想干，有的是漂亮的卧室呐。为什么你们不到房间里去干那种事儿呢？难道当着我的面干这个，对你们更有光彩吗？"

夫人转过身去，对丈夫说："皮罗说什么来着？他可是疯了？"

这时皮罗说："我可没有疯哪，夫人。我刚才看到的，难道你不信吗？"

尼科斯特拉多非常奇怪，说道："皮罗，我看你准是在做梦。"

于是皮罗答道："老爷呀，我根本没有在做梦，你们也没有做梦。你们刚才摇晃得这么厉害，要是这棵梨树也这么摇晃起来，恐怕树上连一只梨子也保不住了。"

女人说："这到底怎么啦？难道他真的看到了他刚才说的那件事吗？天主保佑，要是我的身体像以前那么健康，我真想爬上树去，看看他所说他看到的那种怪事。"

这时皮罗还在梨树上说些疯疯癫癫的话，尼科斯特拉多对他说："你下来吧！"于是他下树了。尼科斯特拉多问他：

"你说你看到了什么？"

皮罗说："我想，你也许以为我神志不清，迷迷糊糊。不过我刚才真的看到你压在夫人身上，所以不得不说给你听。后来我下了树，看到你们站了起来，坐在原来的那块地方。"

"一定是你神志不清了，"尼科斯特拉多说。"你爬上梨树后，我们一直坐在这儿，一点儿也没有动过，并不是像你看到的那样。"

于是皮罗说："我们又何必争论不休呢。不过我确实是看见的，如果我见到的没假，那么您真是伏在夫人的身上呀。"

尼科斯特拉多觉得愈来愈诧异，终于说：

"我倒想看看这株梨树是不是着了魔，不论谁爬上去就会看到这等怪事！"

于是他爬上了树。他一上树，夫人同皮罗就做起爱来，尼科斯特拉多见此情景，不由大喝一声：

"嗨，你这臭婆娘，你这是干什么呀！你，皮罗，我这样信任你，你竟敢这样！"

他这么说着，就爬下树来。

夫人和皮罗齐声说："我们在这里坐着哪！"两人见他果真下树，便回到原来的地方坐下。尼科斯特拉多的脚一下地，看到他们正好在原处坐着，便狠狠地骂起他们来了。

皮罗说："尼科斯特拉多，现在我老实承认，您刚才说的话没有错，我在梨树上看到的情景都是不对头的。我说这话，是因为我清楚地知道，您所见到的一切也都是错觉。我说的全是实话，您只要看一看，想一想，夫人是个最最规矩、最最明智的女人，如果她真的想做什么事出出您的丑，也决不会当着您的面做。至于我，那更不必说了，别说在您面前干这种事，就是心里有半点坏念头，您也会把我碎尸万段的。因此，毛病肯定出在那棵梨树身上，所以大家的眼睛都有错觉。我知道自己绝对没有做过这种事，就连想也没有想过，而您偏偏好像亲眼目睹过一般；要不是我听您说这番话，我也绝对不会相信您刚才跟夫人没有发生过肉体关系呢。"

那女人随即也装出一副生气的神态，站起来说：

"你这混账东西，竟把我看得这样没有头脑，会在你眼睛面前做出这种见不得人的事情来，还说自己亲眼看到的呢，你要明白，如果我想做这件事，也不会到这儿来做，我会到我们一间卧室里去做的，你说什么也没法知道。"

尼科斯特拉多觉得两人的话都有道理，他们确实不会在他面前做出这种事来，于是不再说责备的话，而是开始谈这件事是多么稀奇，为什么谁爬上了这株树,谁的视觉就改变了,真是不可思议啊。

可是夫人对丈夫刚才的话还不满意,认为尼科斯特拉多错怪了她,依旧装得怒气冲冲的样子,对他说:

"我再也不容许这棵梨树来丢我和其他女人的脸了。所以皮罗呀,你快跑去拿一把斧头来,把那株树砍掉,给你和我出口怨气。其实最好还是把尼科斯特拉多的脑袋也一起砍掉,他这颗脑袋真太胡涂了,竟这么容易受骗上当。即使你头脑里出现了你说的那种事,只要你用心想一想,判断一下,就决不会相信它,承认它了。"

皮罗立刻跑去拿斧头,把梨树砍下。夫人见梨树倒了,就对尼科斯特拉多说:

"既然我看到破坏我名誉的敌人倒下了,我的气也消了。"

尼科斯特拉多又向她求情,她才发了慈悲,饶恕了他,叫他以后千万不能这样胡说八道了,她爱他甚于自己的生命呢。

这个可怜的、受到蒙蔽的丈夫,就这样随着妻子和她的情夫一起回到屋子里,以后皮罗和莉迪亚多次幽会,寻欢作乐更方便了。但愿天主也赐给我们这样的欢乐。

## 第十则故事

两个锡耶那人同时爱上一个女人,其中一个是那女人之子的教父。教父死后,按照生前诺言,把阴间的生活说给他的朋友听。

现在只有国王一个人没有讲故事了。女郎们对那棵梨树无辜被砍,深觉惋惜,议论纷纷;后来国王待她们安静下来,才开始讲道:

凡是公正无私的国王,自己所订的法律应当率先遵守才是,这是十分显而易见的事;如果他不能以身作则,就不配做国王,而是应该作为奴隶而受到处罚。我是你们的国王,如今犯了过错,受到责备,也似乎是罪有应得。确实,今天我们所讲的故事题材,是我昨天亲自规定的,当时我并不想使用特权,而是打算同你们一样遵守规定,讲一个同大家所讲内容一样的故事;可是现在,不但我原来想讲的故事已让你们讲去了,而且你们还说了其他好一些动听得多的故事来,因而我不管如何苦思冥想,既想不出,也没能力讲一个情节能与你们讲的相媲美的同一题材的故事来。由此看来,我只好违反我亲自订下的法律,理应受到处罚,不管你们怎样处分我,我都乐于接受。现在让我来行使特权吧。

最亲爱的女郎们,埃丽莎讲的那个教父和受洗孩子的母亲以及愚蠢透顶的锡耶那人的故事,很有魅力,使我不由得想给你们讲述另一个锡耶那人的故事来。虽然这个故事的内容不足为信,但有些地方还是十分动听的。只是我们讲故事的范围原是"聪明的妻子戏弄愚蠢的丈夫",我这个故事不得不离题了。

却说从前锡耶那有两个平民出身的年轻人,一个名叫廷戈乔·迪·米尼,另一个则叫梅乌乔·迪·图拉。他们两人都住在波尔塔·萨拉亚,彼此过从甚密,却不常与别人来往,看来十分知己。两人也和常人那样,常去教堂听神父讲道,因此经常听到一些故事,说人们善有善报,恶有恶报,好人死后光荣升天,坏人死后入地狱受苦。他们很想知道这种说法是否确凿可靠,可又想不出办法来,于是彼此约定:两人中间不论谁先去世,都得在可能条件下回阳间来,把他们所渴望知道的事说给活着的那人听听,说罢他们还彼此起誓,以示郑重。

两人就这样说定了,彼此仍旧亲密地来来往往。却说那个叫廷戈乔的,不久做了卡姆波雷季地区①阿姆布鲁奥焦·安塞尔米尼家孩子的教父。阿姆布鲁奥焦的妻子名叫米塔,姿色出众,容光照人。廷戈乔有时带着梅乌乔去看那个教子的母亲,后来竟顾不上宗教上的礼仪,对她产生爱慕之心。梅乌乔同样很喜欢她;听到廷戈乔常常赞美她,不觉也爱上她了。双方都把这笔相思债埋在心里,不过隐瞒对方的理由各不相同。廷戈乔瞒住梅乌乔,是因为觉得爱上教子的母亲有失体统,别人知道了该多么丢脸,而梅乌乔守口如瓶,是因为他看出了廷戈乔也喜欢这位夫人。他不禁暗自思忖:"如果我把心事说给他听,他一定会妒忌我的。他是夫人家的教父,高兴说什么就可以说什么,尽可在她面前说我的坏话,叫她讨厌我,那我以后就休想得到她的欢心了。"

这两个年轻人就这样和睦相处。后来因廷戈乔毕竟容易与夫人接近,得以向她吐露自己的相思之情,而且用了种种手段,还说了多少甜言蜜语,终于把她弄到了手。梅乌乔对此看得十分清楚,尽管心里郁郁不乐,但仍旧没有死了心,希望有朝一日能如愿以偿。他对此事佯装不知,免得廷戈乔找到把柄捉弄他或阻挠他,因此败事。

这两个青年就这样相安无事,不过一个比另一个更加幸福而已。廷戈

---

① 是意大利锡耶那城的一个地区名。

乔找到了教子的母亲那块甜蜜的土壤,不辞劳苦地精耕细作,终于得上疾病,不上几天,病势加重,再也支持不住,就此离开人间。

廷戈乔的亡灵按照生前的誓约来了,是他死后第三天来的,也许不能更早一些来。那天夜里梅乌乔正睡得很沉,廷戈乔来到他卧室里,喊了他一声。

梅乌乔醒来了,问道:"你是谁?"

对方回答:"我是廷戈乔,按照我生前对你所作的诺言,回到你这儿向你说说阴间的情况。"

梅乌乔见到他有些害怕,但还是壮起胆来对他说:

"欢迎你,兄弟!"后来又问他有没有失去了灵魂①。

廷戈乔答道:"失去了的东西再也找不到了。如果我失去了灵魂,怎么会在这儿呢?"

"哎,"梅乌乔说,"我说的不是这个,我是要问,你是不是在地狱里和那些有罪的灵魂一起受炼火烧。"

廷戈乔答道:"那倒没有,不过我以前有许多罪孽,现在吃了很大的苦,受了许多煎熬。"

于是梅乌乔把人们在世时所犯的种种罪孽提出来问廷戈乔,问他生前犯了什么罪,死后会受哪些罚。廷戈乔一一说给他听了。梅乌乔以后又问他,自己在人世间可以为他做些什么事。廷戈乔作了肯定的回答;他要求梅乌乔为他做做弥撒,多念祷文,救济穷人,因为做这些事对阴间里的鬼魂有很大好处。梅乌乔说,他非常愿意替他办到。

廷戈乔告别他时,梅乌乔想到了他那教子的母亲,便稍稍抬起头来问道:

"哦,廷戈乔,现在我想起一件事:你生前和你教子的母亲睡过觉,死后受到什么样的处罚?"

廷戈乔答道:"兄弟呀,我一到阴间,就遇上一个人,他似乎对我生前的种种罪孽记得清清楚楚。他命令我走到一个地方,让我在重刑之下净化自己的灵魂,赎自己的罪,那里还有许多人和我一样接受惩罚。我站在这群人

---

① 按某些薄伽丘专家的意见,此处系入地狱之意。

中间,一想起生前我和教子母亲的那件事,再想到当时置身于熊熊烈火之中,已给烧得皮开肉绽,以后也许还会有更厉害的惩罚,不禁吓得浑身战栗。这时我身旁有一个人见我如此,就对我说:'究竟什么原因使你比这里其他的人更加胆怯,居然站在火里哆嗦?'我就说:'噢,朋友,我犯过一桩大罪,只怕要受到审判。'于是他问我犯的是什么罪,我说:'我和我教子的母亲睡过觉,睡觉的次数太多,精疲力竭死了。'于是他嘲笑这件事,还对我说:'得了,傻瓜,别害怕,阴间里不管什么教父教母的事!'听了这话,我才安心了。"

说完这话,天已快要亮了,于是廷戈乔说:

"梅乌乔,愿天主保佑,我不能再陪你啦。"

他一转眼就消失了。

梅乌乔听到阴间不管教父教母之事,不由讪笑自己是个傻瓜,竟放过了好几个本来可以到手的攀了宗教亲的女人。于是他在那件事情上不再那么愚昧无知,以后变得聪明起来了。如果修士里纳尔多明白了这个道理,那么当他向他教子的母亲求欢时,就不必钻什么牛角尖了。


国王讲完了故事,再也没有谁接下去讲了。这时太阳将要落山,天边吹起一阵西风。国王摘下王冠,把它戴在劳蕾塔头上,说道:

"小姐,我把花冠戴在您的头上,请您名副其实地①做我们这群人的女王吧。现在你认为怎样可以使大家快快活活,就请以女王的身份下命令吧。"说罢重新坐下。

劳蕾塔做了女王后,就把总管叫来,吩咐他比平时早些在秀美的山谷里摆好饭桌,让大家饭罢可以从从容容地回屋去。接着她又吩咐总管在她的任期内该干些什么,然后她转过身去,对大家说:

"昨天,迪奥内奥要我们今天讲一些妻子捉弄丈夫的故事,若不是我不愿做一个急于报复的小气鬼,我一定要提出明天讲些男人捉弄妻子的故事。不过这且不谈。现在我要你们每人想出一个故事,整天讲的题材是'女人捉弄男人,或者男人捉弄女人,或者男人之间互相捉弄'。我相信,这个题目谈

---

① 按劳蕾塔(Lauretta)一字系从"桂冠"(Laurea)一字变来,故云。

起来会和今天一样饶有兴味。"说罢她就站起来,叫大家随意活动,到吃晚饭时再聚合。

于是男男女女都站了起来,有的光着脚在清澈的水里走动,有的在绿草地上高大挺拔而美丽的树林中散步,尽情玩乐。迪奥内奥和菲亚梅塔唱了一支很长的歌,分别唱阿尔齐塔和帕莱莫内①,就这样,大家各找乐趣,非常欢快地打发着光阴,直到晚饭时分。那时大家来到湖畔的桌子边坐下,愉快地吃晚饭。这里千百只鸟儿在歌唱,微风不断从四面小山习习吹来,凉爽宜人,连一只蚊子也没有。

散席时,太阳还没有下山,大家还在赏心悦目的山谷周围徜徉了一会儿,然后顺从女王的意旨,缓步踏上回屋的路程。他们一路谈笑风生,有时彼此取笑一番,谈话的内容海阔天空,或者拿白天里所讲的故事做资料,到美丽的别墅时天快黑了。他们在那里喝了些清凉的酒,吃了些甜食,消除了那一小段路步行的疲劳,随即在美丽的泉水周围跳起圆圈舞来,由廷达罗吹奏风笛,别人伴奏。最后女王吩咐菲洛梅娜唱一支小曲,她便唱了起来:

> 唉,我的生活多么酸辛!
> 今后我能不能仍旧回到
> 往日那毫无痛苦的时辰?
>
> 我确实不知,我胸中的激情
> 是多么的汹涌澎湃,
> 唉,我恨不得回到往昔的年代。
> 你是我惟一的归宿,亲爱的人,
> 你呀,是我心灵的主宰,
> 我的心不敢向别人敞开,
> 也不知向谁诉说我的情怀。
> 请给我希望,我的主宰;噢,
> 这样才能安慰我迷茫的心灵。

---

① 是《苔塞伊达》中两个主人公的名字。

你的美艳在我心中燃起欲念,
我不知如何表达才是,
真使我日日夜夜不得安宁。
我欲念之火把我全身烧遍,
这种新的火焰威力无比,
我既能听到,也能看得清,
只有你,而不是别的人,
才能安慰我,使我免受煎熬,
使我不再落魄失魂。

请告诉我,什么时候
我才能和你相见,
让我吻你叫我销魂的眸子?
亲爱的人儿,宝贝,告诉我,
你什么时候回到我的身边,
快来稍稍安慰我的孤寂。
但愿明后天就是相会的日期,
以后我俩长久在一起拥抱,
即使爱神伤害我,我也不在心。

以前我一时胡涂,把你放走,
如果这一回你落入我的怀抱,
我一定不做傻瓜,把你留住。
不管怎样,我要抱紧你不放手,
我要尽情地吮个饱,
对着你甜蜜的小嘴儿,
别的我什么也不想嚕苏。
快快来吧,来把我拥抱,
为了想念你,我已唱了好一阵。

大伙儿听了这支小曲,都认为菲洛梅娜准是有了新的美满的爱情,从歌词中听来,她似乎已领悟到比表面更深的东西。大家都很羡慕她,认为她会比以前更加幸福。待她唱完了小曲,女王想起了明天就是星期五,于是对大家和和气气地说道:

"尊贵的女郎们和你们几位先生,你们知道,明天是我主受难纪念日。你们记得在内伊菲莱做女王时,我们曾虔诚地纪念过这个日子,那天停止讲述愉快的故事,第二天星期六也是这样。因此,我也想学内伊菲莱的好榜样,认为明天和后天最好像过去一样,别讲我们那些高高兴兴的故事了,还是好好想一想这两天里如何拯救我们的灵魂吧。"

女王这番诚心诚意的话,大家听了都心悦诚服,眼见夜色已浓,她就叫大家散去休息。

# 第 八 天

> 《十日谈》第七天结束,第八天开始。劳蕾塔担任女王。讲的是女人捉弄男人,或者男人捉弄女人,或者男人之间相互捉弄。

星期日早晨,曙光从最高的山峰那里吐露,黑夜的阴影全都消逝,万物又清晰可辨。此时女王和同伴们一起起床,先在露珠晶莹的草地上散一会儿步,然后来到附近的一个小礼拜堂,那时 7 点钟刚过。他们在那边听日课,回家以后,大家兴高采烈地一起用膳,饭后引吭高歌,翩翩起舞。后来女王叫大家散去,各自休息。待太阳过了子午线,众人听从女王的吩咐,在美丽的喷泉边坐下,照例讲起故事来。内伊菲莱遵从女王的意旨,第一个开始讲了。

## 第一则故事

> 古尔法尔多向瓜斯帕鲁奥洛借钱，并约定与他的妻子私通；后来当着那妻子的面对瓜斯帕鲁奥洛说，那钱已还给了夫人，做妻子的只得承认。

天主既然安排我今天讲第一个故事，我确实很愿意。亲爱的女郎们，关于女人捉弄男人的故事，我们以前已讲了很多，现在我很想讲一个男人捉弄女人的故事。不过我的用意并非借此谴责男人，或者为女人抱不平；恰恰相反，我倒想赞扬那个男人，责备那个女人呢。同时我也让大家明白，女人既能捉弄那些信任她的男人，男人也同样能捉弄信任他的女人。确切地说，我不该说这是捉弄，而是报应。

每个女人应当规规矩矩，像保卫自己生命那样保持自己的贞操，下决心不因任何理由玷辱自己的名声，这是天经地义之事。可是要做到这点谈何容易，因为我们女人意志薄弱。我主张，如果女人为了贪图金钱而与人通奸，理应处以火刑；但假若她认识到爱情的伟大力量，为爱情而做出不规矩的事，那么一个不太严厉的法官判决起来，也可以得到宽恕。几天之前，菲洛斯特拉托给我们讲的关于普拉多地方菲莉帕夫人的那个案件，就是一个例子。

话说从前米兰地方，有一个德国雇佣兵，名叫古尔法尔多，长得一表人才,对雇主又十分忠心,这样的人在德国人中并不多见。他向别人借钱非常讲究信用,有借必还,只要他一开口,许多商人都愿意借给他,不管借多少钱都行,而且利息也很低。

再说这个大兵住在米兰时,爱上了一位名叫安布鲁佳的漂亮的夫人。她的丈夫是一个富商,名叫瓜斯帕鲁奥洛·卡加斯特拉奇奥,和那个大兵相熟,而且十分友好。大兵虽爱着这位夫人,但一举一动十分小心,所以丈夫和别人都毫不察觉。一天,他捎信给她,要求她满足自己的爱欲,同时为了报答她,告诉她不论有什么盼咐,他都乐于从命。

那女人先说了不少空话,最后下了这样一个结论:她很愿意成全古尔法尔多要求的事,不过对方得遵守两个条件:第一,这件事绝对不能向任何人泄露;第二,她为了办一些事,正好需要两百弗罗林金币,他是个有钱人,希望能答应给她。这两件事办到了,她什么都愿意听他使唤。

古尔法尔多本来以为她是一个很有身价的女人,如今知道她竟这样贪婪,就非常瞧不起她,认为这女人太卑鄙了,满腔爱火顿时转为厌恶。他琢磨应当好好捉弄她一番,于是传话给她,说她提出的要求自当欣然从命,她不论要他做什么,他都心甘情愿,并同她约定,她什么时候方便,就什么时候亲自来她处把两百弗罗林金币送来,此事除一个出入不离左右的知己朋友外,别人一概不知。

我们称这个女人为夫人,还不如叫她为贱婆娘吧。那婆娘听了这话,十分高兴,于是捎信给他,说她丈夫瓜斯帕鲁奥洛不上几天就要到热那亚办事去,到那时她再通知他,叫他前来。

古尔法尔多眼见时机已到,便前去见瓜斯帕鲁奥洛,对他说:

"我要办一件事,需要两百个弗罗林金币,要向你借一下,利息跟你平时借我的一样。"

瓜斯帕鲁奥洛一口答应了,马上把钱借给了他。

过了几天,瓜斯帕鲁奥洛真如那女人所说,到热那亚去了,那女人随即通知古尔法尔多,叫他带两百个弗罗林金币,前去她处赴约。古尔法尔多带着他那位朋友一起到女人家去,当时她正眼巴巴地等着他呢。他见了她,第一件做的事,就是当着朋友的面,把两百块金币交到她手里,并对她说:

"夫人,把这些钱收了吧,等您丈夫回来时再交给他。"

那个女人收下了钱,并没有看透古尔法尔多话里有什么弦外之音,还以为他这么说是为了不让朋友知道这笔钱是和她过夜的代价。于是她说:

"我很愿意照办,不过我想看看究竟有多少钱。"

她把钱倒在桌上,数了一下,果然是两百枚金币,于是欢天喜地把它们收藏好,回头领古尔法尔多到自己的卧室去。她不但这一回满足了他的欲念,而且在丈夫从热那亚回来之前,还满足了他好多次呢。

瓜斯帕鲁奥洛从热那亚回来后,有一回古尔法尔多窥探到那女人正好和丈夫在一起,便前去见那丈夫,并且当着女人的面说道:

"瓜斯帕鲁奥洛,以前我向你借了两百个弗罗林金币,因为事情没有办成,后来就没有用,当即奉还给你的夫人,请把账目注销吧。"

瓜斯帕鲁奥洛回头问妻子,这笔钱可曾收到,她看到证人在场,无法否认,只得说:"对,这笔钱我确实已收了下来,只是忘记向你说了。"

于是瓜斯帕鲁奥洛说:"古尔法尔多,那就好了,安安心心回去吧,我会给你销账的。"

古尔法尔多走后,那个丢了丑的女人便把那笔肮脏钱交给了丈夫。这样,那个使计谋的情夫,不花一个子儿,玩了那个贪心的婆娘。

## 第二则故事

> 瓦尔隆戈镇的一名教士和名叫贝尔科洛蕾的女人睡觉,留下一件厚披风作质,还向女人借了一个石臼;当他还石臼时,就向她索回作押的厚披风,女人只好答应。

男男女女听了内伊菲莱的故事,众口交誉,都说古尔法尔多对那个贪心的米兰女人干得好;这时女王回身向着潘菲洛,笑眯眯地吩咐他接下去讲,于是潘菲洛讲述道:

各位美丽的女郎,我得针对这样一种人讲一个小故事,这种人经常欺负我们,而我们却不能动他们一根毫毛;这样的人就是教士。他们像发动十字军东征那样,向我们的妻子进攻,如果攻破了一个,就自以为这种业绩无异于俘获了一个苏丹,把他从亚历山大利亚押到阿维农,那时他们的罪恶就可以得到赦免,也谈不上什么处罚了。而我们这些世俗的可怜虫,对他们却一点办法也没有,只能在他们的母亲、姊妹、情妇和女儿身上报仇雪愤,以同样的激情出出怨气。我现在想给你们讲一个乡下教士怎样搭上一个女人的故事,故事很有趣,这并非因为故事长,而是因为结局十分可笑;由此你们可以得出这样一个结论:对于教士,并不是什么都能相信的!

离本城不远,有一个名叫瓦尔隆戈的小镇,谅你们各位都知道,或者听别人说起过。镇里有一个颇有能耐的教士,身强力壮,替女人们服务很有一套。尽管他不识几个字,知识浅薄,但星期日那天,他总在一株榆树①脚下向教民们宣讲一套劝人为善的大道理,镇里有谁外出,他就去访问他们的妻子,人们可从来没有见过这么殷勤的教士呢。他去串门子时,总带给她们一些宗教上的小礼物②,有时还把圣水和蜡烛头带到她们家中,替她们祝福。

且说在众多的女教民中,有一个女人他特别欢喜,那就是名叫贝尔科洛蕾的娘儿。她是农民本蒂韦尼亚·德尔·马佐之妻,是一个健壮爽朗的农家妇女,皮肤黝黑,十分结实,推起磨来③,比别的女人本领更大。此外,她又是个玩铙钹的能手,一面玩,一面唱《水流深谷》④的歌曲。当她跳力达舞⑤和巴龙基奥舞⑥时,她兴之所至,拿起一方漂亮的手绢随手拂动,真是有一手哪。

教士对于这一切都着了迷,因而为她神魂颠倒,终日在小镇里转悠,希望能见上她一眼。星期日早晨,如果看到她上教堂来,他就提高嗓门说起:"主啊,怜悯我们"⑦,唱起"圣哉"⑧的赞美诗来,让她听听他的歌唱得多好,其实他的声音与驴子的吼叫相差无几。要是在教堂里见不到她,那么唱起来就有气无力。不过本蒂韦尼亚·德尔·马佐并没有觉察到此事,邻人们也心中无数。

这位教士为了跟贝尔科洛蕾那娘儿接近,常常给她送长送短,捎去不少礼物。一会儿他送她一把新鲜的大蒜,说是他亲手在菜园里种起来的,品种是乡里最好的;一会儿又送她一篮子豌豆,有时还带去一束5月葱和阿斯卡罗纳葱⑨。一遇适当时机,他就向她眉目传情,跟她打情骂俏起来,而她却显得忸忸怩怩,假装不懂这一套,因此教士大人始终不能如愿以偿。

---

① 据专家考证,此树在该小镇的教堂附近。
② 指节日在市场上出售的宗教小用品,如念珠、圣像等。
③ 此处一语双关,既指推磨,亦喻男女之事。
④ 是薄迦丘时代流行的一支小曲。
⑤ 是当时流行的一种舞蹈。
⑥ 也是当时流行的一种舞蹈。
⑦ 原文 Kyrie,系希腊正教和天主教会用做弥撒的起始语。
⑧ 原文 Sanctus,系弥撒中以三呼"圣哉"开始的赞美曲。
⑨ 5月葱是一种长葱,味儿富有刺激性;阿斯卡罗纳葱则呈束状,气味较淡。

有一天正好中午时分,那位教士在镇里东走走,西逛逛,看见本蒂韦尼亚·德尔·马佐赶着一匹载重的驴子迎面过来,就跟他打趣,问他上哪儿。

本蒂韦尼亚回答他道:"神父,说句实话,我到城里去办些事,这些东西是带给博纳科里·达·季内斯特雷托先生的,叫他帮助我办理一件诉讼案,法院的起诉人出了一张传票,要我到庭里去,天晓得为的是什么原因啊。"

教士高高兴兴地说:"你做得好,孩子。现在去吧,我祝福你,你要早些回来。要是你碰巧遇上拉·普乔或者纳尔迪诺,别忘了叫他们把我打谷棒上的皮带送来。"

本蒂韦尼亚答应照办,就朝着佛罗伦萨方向走了。教士暗想,现在正是去找贝尔科洛蕾的大好机会,可以试试自己的运气,于是迈开大步,一刻不停地直向她家走去。一进屋,他就说:

"天主保佑,谁在屋子里呀?"

贝尔科洛蕾正好到顶楼去了,听到他的声音,就说:"哦,神父呀,欢迎您!这样的大热天上门来,有什么事吗?"

教士答道:"我正好看见你的丈夫进城去了,所以上门来跟你做一会儿伴,这是天主赐给我的恩典哪。"

贝尔科洛蕾从顶楼走下,端起一张椅子坐着,开始把丈夫刚才打下来的大白菜种子拣拣干净。只听得教士开口说:

"哎,贝尔科洛蕾,你老是这副腔儿,难道要我一命归天吗?"

贝尔科洛蕾格格地笑了起来,接口说:"我干了些什么呀,把您惹成这个样子?"

教士说:"你什么也没有干,可是我想干而且天主也吩咐我干的那件事,你却不答应呀。"

贝尔科洛蕾说:"哼!去你的!难道教士也干这种事吗?"

教士答道:"我们像别的男人一样,也干这件事的。为什么不呢?我还要对你说,我们干起这件事来真是顶呱呱的,你知道这是什么缘故?因为我们平时养精神,难得在这上面花力气。如果你乖乖地听我摆布,包管你能捞到很大的好处。"

"能捞到什么样的好处呀!"贝尔科洛蕾说。"你们这号人不都是财迷鬼吗?"

于是教士说:"我可不晓得你到底要什么。你要一双鞋子呢,还是挂在脖子上的丝环,或者是漂亮的羊毛料子?你自己说吧。"

贝尔科洛蕾接嘴道:"神父,说的倒好听!这些东西我有的是。不过,要是您对我真有这番心意,那么能不能给我办一件事,办成后,您想怎么就怎么吧。"

教士说:"你要什么尽管说来,我很愿意照办。"

贝尔科洛蕾这才说道:"星期六那天,我要到佛罗伦萨跑一趟,把我纺好的羊毛交给人家,还要把我的纺车修理一下。要是您能借给我五个里拉,我就能从借高利贷的那儿拿出一件暗紫色的袍子,和我陪嫁时带过来的一条节日系的腰带。我看这些钱您是有的。没有这两样东西,我别说不能去礼拜堂,什么好地方也不能去啦。如果您肯的话,那不管您要干什么,我都听您的。"

教士答道:"天主祝福我吧!我身边没有带这么多的钱。不过你要相信我,星期六以前,我一定满足你那迫切的愿望。"

"好呀,"贝尔科洛蕾说,"你们这些人都是空口说白话,对别人说了不算数的。您以为我也像比莉乌扎那样容易上当,事后又给您溜走了?我对天发誓,这个您休想办到。她这样的人,还不像个妓女吗?如果您身边没有钱,那就回去拿吧。"

"哎哟!"教士说,"现在别叫我回家去吧。你瞧,这会儿正好没有别人,难得有这样的运气。要是我回去后再来,说不定有人来打扰。我不知道什么时候才有现在这样的好机会。"

女人说:"得了吧,您想去就去,要不,那就算了。"

教士见此光景,知道若没有什么东西作担保,她是不会妥协的,得有什么抵押品才行,于是说:

"哎,你不相信我会把钱带来,那么,我就把这件考究的衣服留在你这儿做抵押,这样你总相信我了吧?"

贝尔科洛蕾抬头一看,说:"哦,真是这件披风吗?这东西值多少钱呀?"

教士说:"值多少钱?我要让你知道,这是都埃①的产品,甚至说不定是特雷阿季奥的,有的人还说是夸特拉季奥的货色呢。这件衣服,我从旧货商洛托那儿买来还不到两个礼拜,价值倒要七里拉。你知道,博利埃托·达尔贝尔托对这种衣料最内行了,据他对我说,我可便宜了五个索尔多②呢。"

"哦,是这样吗?"贝尔科洛蕾说。"天主保佑,我真不敢相信哪。把这件披风先给我吧。"

教士大人猴急了,连忙脱下那件披风,交给了她,而她呢,把披风藏好了后,说道:

"神父,让我们到那边的小棚里去吧,绝对没有人会去那儿的。"

于是两人说走就走。一到那边,教士就甜甜蜜蜜地吻她,那股痴劲儿真是天下少有,而且叫她成了天主的家眷。他同她温存了好长时间,方才分手。他回到圣堂里的时候,身上只穿着法衣,仿佛刚替别人主持婚礼回来。③

在圣堂里他左思右想,觉得整整一年收下来的蜡烛头,还不到五里拉的半数,因此心里很不是滋味,后悔把那件披风留在农妇那边,于是在琢磨有什么办法可以不花一文钱把它要回来。他本来能动些鬼脑筋,不久就想出了收回披风的一个好主意。正好第二天是个节日,他就差邻家的一个孩子到贝尔科洛蕾家去,向她商借一个石臼,说是宾古乔·德尔·波焦和奴托·布利埃蒂早晨要来吃饭,他想做些调味汁。贝尔科洛蕾就把石臼交给了那小厮。那天吃饭的时候,教士打听到本蒂韦尼亚·德尔·马佐和贝尔科洛蕾一起吃,便把一个手下人叫来,对他说:

"把这只石臼拿去,交给贝尔科洛蕾,对她说:'神父很感谢你,请你把孩子借石臼时留下做抵押的披风还给他吧。'"

那名手下人带了石臼来到贝尔科洛蕾家,看到她果然和本蒂韦尼亚同桌吃饭。他在那里放下了臼子,把教士的话说了一遍。

贝尔科洛蕾听说教士要讨回披风,正想回嘴,本蒂韦尼亚却板起了脸

---

① 都埃原系法国城市名,但读音与意大利文的"二"(due)相近。下面的"特雷阿季奥"和"夸特拉季奥"系从意语中"三"和"四"变来。此处教士作文字游戏,以戏弄那个农妇。

② 索尔多,意大利古钱币名,相当于二十分之一里拉。

③ 按当时习俗,教士只有在举行特殊仪式时才穿法衣,不着斗篷(披风)。

说道：

"你竟敢拿神父的东西做抵押！我向基督起誓，恨不得对准你的喉咙狠狠揍一下！快把披风还给他，你这鬼迷心窍的混账东西！好好听着，以后他不管要什么，哪怕是咱家的驴子，也不准对他说一个'不'字。"

贝尔科洛蕾气鼓鼓地站了起来，走向床下的衣箱，从那儿取出披风，交给了教士的手下人，说道："请你代我转告神父：贝尔科洛蕾说，她已经向天主许过愿，以后您永远别想借她的臼子做调味汁了，您在这方面再也没有信用了。"

那个手下人带了披风回去，把她的话向教士传达了。教士听了哈哈大笑，说道："下次你见到她时，告诉她：如果她不把臼子借给我，我也不把那杵子借她了，①一报还一报嘛。"

本蒂韦尼亚听妻子说那些话，还以为是挨了骂，心里有一股气，所以也不放在心上。可是贝尔科洛蕾一直快快不乐，到收获葡萄时节仍不愿跟他说话。后来，那教士威胁她要让她入地狱，她心里着慌了，就在收获葡萄和炒栗子的季节里②，跟他言归于好，又几次三番和他寻欢作乐。教士始终没有还她五里拉的钱，只是替她的小鼓上绷上一张新皮作为补偿，还挂上一个小铃，她总算称心了。

————————

① 此处显然是双关语。
② 此处指秋季。

## 第三则故事

> 卡兰德里诺、布鲁诺和布法尔马科去穆尼约内河找寻鸡血石①,卡兰德里诺自以为已经找到。他满载石子回家,想不到妻子责备他,他十分气恼,狠狠揍了她一顿,并向其他两个朋友诉苦,谁知那两人比他知道得更多。

潘菲洛的故事讲完了,女郎们都笑个不停。女王吩咐埃丽莎接下去讲,她依旧笑嘻嘻的,开口说道:

可爱的女郎们,我要给你们讲一个小故事,既是真人真事,又十分有趣,我不知道能不能像潘菲洛的故事那样博得你们的笑声,就让我用心来讲吧。

在我们城里,经常有许多稀奇古怪的人物,做出各种各样的事,真可谓千姿百态。却说不久以前,有一个名叫卡兰德里诺②的画家,此人头脑简单,作风怪僻。他经常和其他两个画家在一起,一个名叫布鲁诺,另一个名叫布法尔马科③。这两个人十分风趣,但富有机智,他们和卡兰德里诺往

---

① 是一种绿色的宝石,根据中古时期宝石师的传说,它能使持此宝石者隐身。
② 据考证,此人姓氏是诺佐·迪·佩里诺。
③ 据考证,两人的全名分别为布鲁诺·迪·焦万尼·多利维埃里和博纳米科·迪·克里斯托法诺(诨名布法尔马科),是14世纪上叶颇有名望的画家,后者尤为出名。

来,只是因为他总是怪模怪样,傻里傻气的,可以拿他寻寻开心。

当时佛罗伦萨还有一个生性十分诙谐的小伙子,名叫马索·德尔·萨焦。他风度优雅,却诡计多端,什么事情都想插上一手。听别人说卡兰德里诺总有些傻乎乎的,就打算捉弄他一下,拿他来取乐,想让他看一些新奇的东西,叫他盲目相信自己的话。

有一天,马索恰巧在圣约翰礼拜堂里遇上了他,见他正站在祭坛面前发愣,原来这个教堂的祭坛上不久前放了一个圣体柜,他正在凝神打量着那上面的色彩和浮雕。马索认为此时此地实行他的计划可再好也没有了,便把自己的意图告诉他的一个朋友,两人一起走近卡兰德里诺独自坐着的地方,假装没有看到他,开始谈起各种宝石的性能来。马索把各种宝石说得神乎其神,仿佛他是一个了不起的行家。

卡兰德里诺侧耳谛听了他们的谈话,觉得谈的话并不是什么秘密,过一会便站起身来,跟他们混在一块儿了,因而马索非常高兴。马索对这个问题还是滔滔不绝地谈,卡兰德里诺耐不住了,问他这种珍贵的宝石究竟在哪儿可以找到。马索回答说,这种宝石大多数出在名叫"本戈地"的地方,具体地说,是出在"本戈地"地区里"巴斯基"土地上的"贝林佐内"那块地方①,那里,葡萄藤用香肠条条缠住,花一个子儿就可以买到一只大鹅,另外还送一只小公鹅呢。那边还有一座全用帕尔马②乳酪搭成的山,山上的人们什么事也不干,只是把通心面、饺子放在阉鸡汤里烧,烧好后扔在地上,谁都可以捡来吃,要吃多少就捡多少。附近还有一条小河潺潺而流,河里有的是最最美味的葡萄酒③,里面一滴清水都没有。

"啊,"卡兰德里诺说,"这真是一个好地方!不过请你告诉我,他们把阉鸡烧了以后,又拿阉鸡怎么办?"

马索答道:"巴斯基地方的人把阉鸡全都吃了呗。"

卡兰德里诺又问:"你以前到过那儿没有?"

马索回答说:"你问我以前有没有到过那儿?别说一二次,就是一二千

---

① 所谓"本戈地"、"贝林佐内"等地方,均系马索信口雌黄杜撰出来的,借以诓骗那个头脑简单的人。以后那些话也纯系胡说。
② 意大利地名。
③ Vernaccia,系一种度数高的白干葡萄酒。

次都有呢!"

于是卡兰德里诺问:"那块地方离这儿有多少哩路呢?"

马索答道:"至少有几千哩路,你算了整整一夜还说不清啦。"

"那么,那块地方比阿布鲁乔还远了?"卡兰德里诺又问。

"一点也不错,"马索答道,"还要远一些呢。"

卡兰德里诺本是个傻瓜,看到马索讲起这些话来不动声色,并无半点说笑的神气,便信以为真,认为他的话显然句句是实,说道:"我到那边去,路可太远了些啦,要是近一些的话,老实对你说,我一定要跟你去一次,哪怕光是看看通心面倒在地上,让我饱吃一顿也是好的。不过要是你高兴的话,请告诉我:那个地方到底有没有那种魔力无比的宝石呢?"

马索回答说:"有啊。那儿有两种威力极大的宝石。第一种是塞蒂尼亚诺和蒙蒂希地方①出产的石子,把这种石子做成石磨,就能做出面粉来。因此那地方人们流传着这样一句话:天主开恩,蒙蒂希给我们石磨用。我们这里,这种石子可多的是,我们并不怎么希罕它们,就像那边的人不把翡翠放在眼里一样。说起他们那边的翡翠呀,竟可以堆得比莫雷洛山②还高,到了半夜,我的天哪,还发出灿烂夺目的光辉来呢!你要知道,要是把这种漂亮的石子好好加工,在打孔之前嵌在戒指里,献给苏丹,那么你要什么就能得到什么了。"

"另外还有一种石子,我们雕琢宝石的行家管它叫'鸡血石'。这种石子真是威力无穷,谁把它带在身边,别人就看不见他身在何处。"

卡兰德里诺听了说:"宝石的威力真大呀!可是这第二种宝石往哪儿找呢?"

马索回答他,这种宝石一般在穆尼约内河才能找到。

"这种宝石有多大?它是什么颜色?"卡兰德里诺问道。

马索答道:"这种宝石的大小不一,有的大些,有的小些,不过颜色差不多全是黑的。"

卡兰德里诺把这些话全记在心里,推说还要去干别的事,便告别了马

---

① 塞蒂尼亚诺和蒙蒂希两个地方,均在佛罗伦萨附近。
② 系佛罗伦萨附近的一座小山。

索。他打定主意去找这种宝石,不过他又觉得这事应当让布鲁诺和布法尔马科知道,因为他同他们两人特别知己。于是他当天就去找他们,要他们毫不迟疑地一起前去寻宝,免得别人抢先。他东奔西走,整整找了一个上午,后来9时已过,他才想起他们两人现在在法恩扎女修道院干活。尽管天气热不可当,他还是三脚两步跑到那边,把别的事情撇在一边。他把他们叫出来,对他们说:

"朋友们,要是你们相信我的话,我们就可能成为佛罗伦萨最有钱的人了。刚才我听到一位很信得过的人说,穆尼约内河里有一种宝石,只要你带在身边,别人就看不见你了,所以我认为,我们一定得赶紧上那儿去找,免得别人捷足先得。我们一定能找到这种宝石,因为我对这事心里已有个底。待我们找到以后,只要把它们放在袋里,跑到金银兑换商那里,把柜台上的金币和银币统统纳到腰包里,要多少就多少,岂不是好?好在干这件事,别人都看不见我们;这样我们立刻可以发大财,不必再像蜗牛那样,整天在墙壁上涂来抹去,搞得肮里肮脏的。"

布鲁诺和布法尔马科听了此话,不由暗暗好笑起来,两人会意地丢了一个眼色,装出颇为惊异的模样,并称赞卡兰德里诺的这个好主意。接着布法尔马科问他,这种宝石叫什么名字。

卡兰德里诺是个胡涂虫,宝石的名字早已忘得干干净净,当即答道:

"我们知道它的功用就得了,名字对我们又有什么关系呢?我看,我们还是赶紧出发去找宝石吧。"

"那好,"布鲁诺说,"不过宝石的形状如何?"

卡兰德里诺说:"名色各样的形状都有,不过差不多全是黑色的,所以依我看来,我们一见到黑色的石子,就捡一块,这样总会把宝石弄到手的。我们别浪费时间了,快走吧。"

布鲁诺听了说:"等一下!"接着又转身对布法尔马科说:"卡兰德里诺的话,我认为很有道理,不过我看现在去并不妥当,因为现在太阳高高挂着,正好照在穆尼约内河上,那儿的石子都给晒干了,晒干以后,所有的石子如今都变成白色,所以还是在早晨去为好,那时太阳还没有晒着石子,黑石子的颜色还没有变呢。此外,穆尼约内河上一定有许多人在干活,因为今天是工作日。我们要是今天就去,别人就会猜到我们此去的目的,说不定他们也会捡起石子来,宝石就会落到别人手里,这样我们就白跑一趟了。如果你们以为我的话有理,那么依我看来,这件事应该在早上办,因为只有早上才能分清哪些是黑石子,哪些是白石子,而且要在休息日去办,免得别人看出我们的行动。"

布法尔马科对布鲁诺的意见表示赞成,卡兰德里诺也终于同意了,他们商定在星期天早晨三人一起前去找寻这种宝石。卡兰德里诺又几次三番要求两位朋友,这件事千万不能向任何人谈起,因为此事是别人向他推心置腹、悄悄告诉他的。以后又把本戈地那地方的有关传说跟他们说了,说话的口气极其小心谨慎,还斩钉截铁地说,这事是千真万确的。卡兰德里诺一走,两人就暗暗商量那天应该如何处理这件事才好。

卡兰德里诺眼巴巴地盼望星期天早晨快快到来。那一天终于到了,他天一亮就起身,把两个朋友叫来,一起走出圣加洛门,来到穆尼约内河,步入河床,向下方走去,开始寻起宝石来。卡兰德里诺求宝心切,总是走在前面,一路跳跳蹦蹦,一会儿向东,一会儿往西,见到一块黑石子,就扑过去捡起来,藏在怀里。两位友人跟在后面,也不时拾起一些石子。

卡兰德里诺走了不多远,怀里已塞得满盈盈的,只好兜起下摆,用皮带系得紧紧的,做成一个大袋子模样的东西,因为他的衣服不是"阿纳尔达"①式的,相当宽大,不多时,便又塞得满满的。再过了一会,他又用披肩来做袋子,转眼又装满了石子。

布法尔马科和布鲁诺眼见卡兰德里诺满载石块,吃饭的时间又快到了,便按照两人预定的计划实行起来。这时布鲁诺问道:

"卡兰德里诺在哪儿呀?"

布法尔马科明知他在附近,却转身东张西望,答道:"我可不知道,不过刚才他还在我们眼前呢。"

布鲁诺说:"亏你说什么刚才不刚才!依我看,现在他准是在家里吃饭了,却撇下了我们,让我们疯疯癫癫地在穆尼约内河里找寻黑石子!"

"嘿,他真干得好,"布法尔马科说,"他骗了我们,又把我们撇在这儿,

---

① 阿纳尔达(或译"埃诺尔特")是比利时的一个行政区,以做衣服而著名。有一个时期,该地服装式样在意大利颇为流行。

因为我们是天下最大的傻瓜!瞧!除了我们以外,谁会这么蠢,居然会相信他的话,到穆尼约内河来找那种魔力无比的宝石!"

卡兰德里诺听了这些话,自以为这样的宝石已经到手,由于宝石的魔法,他们虽然近在他身边,却看不到他。他交上了这样的好运,真是说不出的高兴,就对两个朋友什么也不说,一心想回家去了。于是他移动脚步,转过身来。

布法尔马科见了,对布鲁诺说:"我们怎么办呢?还是走吧!"

"走吧,"布鲁诺答道。"不过我向天主起誓:卡兰德里诺可永远别想再打我的主意了。要是他现在像整个早上那样,近在我们身边,我一定要拿起这块石头,向他的脚后跟扔去,叫他在一个月里牢牢记住,他是怎样捉弄我们的!"

他话音刚落,就扬起胳膊,把一块石头正好投在卡兰德里诺的脚后跟上。他痛得把一只脚高高提了起来,而且气喘吁吁,但他不吭一声,继续往前走。

布法尔马科手里拿着刚拾起的一块尖石头,对布鲁诺说:"嘿!你瞧这块石头,我要打中卡兰德里诺的腰板呢!"

他一面说,一面让石块砰的一声落在对方的腰板上。总之一句话,他们两人就这样你一言我一语,一面说,一面向他扔石子。待他们离开穆尼约内河,来到圣加洛门,才把捡起来的石子全部丢了。他们在城门边停了一会,因为守城门的事先已得到他们的通知,假装不曾看到卡兰德里诺,就放他进城去了,真是滑天下之大稽。

卡兰德里诺的家在"马奇纳角"附近,他一进城,就急急忙忙、一刻不停地向家里跑去。也许命运垂青于他,要他闹出一个笑话来,当卡兰德里诺沿着穆尼约内河回来,后来又进了城,一路居然没有人跟他打趣,尽管他遇到的人不多;在这个时刻,大家差不多都去吃饭了。

卡兰德里诺就这样满载而归,走进家内。他的妻子名叫泰莎,原是个端庄秀丽的女人,此刻她正巧站在楼梯口,因他迟迟未归,心里好不气恼;如今见他终于来了,就不由失声骂了起来:

"你这个人呀!真是见鬼去了!大家都早已吃过饭了,你现在才回来吃!"

卡兰德里诺听了这话,知道自己已给妻子看见了,不由得火冒三丈,同时也暗暗叫苦,喝道:

"嘿,贱婆娘,原来你在这儿?你可毁了我啦,老天在上,我可要给你一些厉害瞧瞧!"

他走进小客厅后,就把采集得来的许多石子统统倒出,一下子跑到妻子跟前,大发雷霆,并且揪住她的辫子,踩在脚下,不管她怎么扭动胳膊和双腿想努力挣脱,做丈夫的还是对她浑身上下拳打脚踢,害得她全身都是青伤,哪怕她双手合十,哀声求饶,依然无济于事。

布法尔马科和布鲁诺在城门边和守门人说笑了一会,就慢悠悠地跨着脚步远远跟在卡兰德里诺后面。他们来到他家时,正好听得卡兰德里诺在狠狠揍着自己的妻子,便佯装从城里回来,向他打招呼。那时卡兰德里诺浑身冒汗,满面通红,气喘吁吁地从窗口探出头来,请他们上楼。他们两人假装有些生气;上楼以后,只见厅子里堆满了石子,女主人缩在墙角里,披头散发,衣服给撕得七零八落,脸上被打得青肿,皮开肉绽,哭得十分伤心。那个卡兰德里诺呢,却疲惫不堪地坐在那里,解开了衣服,显得气急败坏的样子。

两位朋友向他们打量了一会,然后开口说:

"这是怎么一回事啊,卡兰德里诺?你想砌墙头吗,居然堆起了这许多石头?"接着又说:"泰莎娘子究竟怎么啦?看样子,你揍过她了,到底出了什么事啦?"

卡兰德里诺带了这许多石子回来,已是十分劳累,如今揍了妻子一顿,眼见自己的好运气已付诸东流,真是又气愤又伤心。他上气不接下气,连一句话也答不上来。布法尔马科见他迟迟不说话,便又开腔了:

"卡兰德里诺,你在别处受了气,可不该像刚才那样开起我们的玩笑来啊。你引我们和你一起去寻找宝石,却把我们两个像傻瓜那样撇在穆尼约内河里不管,连'再见'或'他妈的'也不说一声,自己溜之大吉。我们认为你这种行为实在太要不得了,从今以后,你可别想再干这种坏事啦。"

卡兰德里诺听了这话,打起精神来答道:"两位朋友,你们别生气,事情可并不像你们想像的那样。我呀,真是倒霉!我总算找到了那种宝石,你们想听听我说的是不是事实吗?刚才你们向我提问的时候,我离你们十码远还不到呢。后来我看见你们回来时仍看不到我,我便走在前面,比你们早一

些时间到了家。"

于是他从头至尾把他们当时说的和做的全讲了出来,又给他们看看石块扔在背上和脚后跟上所留下的伤痕,接着说道:

"我再告诉你们一件事。当我带着这许多石块进入市中心时,谁也没有对我说一句话。你们知道,平时那些守城门的人总是那么惹人讨厌,尽找别人的麻烦,什么东西都想检查一番。另外,我在街上看见一些熟人和朋友,他们平时总会跟我说说笑笑,请我去喝酒,可是他们连半句话也没有对我说,因为他们看不见我。最后我到了家里,碰上这个该死的女人,真是活见鬼!你们都知道,不论什么东西,在婆娘面前全失去了它们的性能。我本来可以说是佛罗伦萨最幸运的男人,如今竟是最倒霉的了。所以我得放开双手好好揍她一顿才是。别说揍她,就是割断她的血管也没有什么了不起!我第一次看到她时,真是一个倒霉的时辰,后来这婆娘居然上我家门来,也真是晦气星高照呀!"

说到这里,他又火冒三丈,又想前去揍她了。

布法尔马科和布鲁诺听了这些话,装出十分惊异的神态,还频频表示卡兰德里诺说的话一点也不假,好容易忍住没有笑出声来。但看到他怒气冲冲地又想动手去打妻子,便站起身来把他拦住,说这事做妻子的并没有过失,责任在他自己身上。他明明知道任何东西在女人面前会失去效能,却没有叫她躲起来,关照她那天不要在他眼前露脸。要么是天主剥夺了他的智能,要么是他命里不该得到宝石。也许他找到宝石后不曾告诉他的朋友,却存心瞒过他们,所以天主给他一些厉害瞧瞧。

他们煞费苦心地费了许多口舌,才使那个哭哭啼啼的女人与他重归于好。接着他们告辞了,让他对着满屋子的石块暗暗伤心。

## 第四则故事

> 菲耶索莱的本堂神父爱上一个寡妇,而寡妇却不爱他。神父自以为和寡妇一起睡觉,谁知那人是她的侍女。后来寡妇的兄弟把主教找来,让他目睹丑事。

埃丽莎的故事讲完了,大家都听得乐呵呵的。这时女王回头向埃米莉亚示意,要她跟在埃丽莎后面接下去讲一个,于是她随即开起口来:

尊贵的女郎们,我记得我们已讲了不少故事,内容都是那些神父、修士和大大小小的教士们如何勾引我们女人;可是这类事情委实太多了,真是说也说不完。现在我打算再向你们讲一个本堂神父的故事,那神父看上了一个很有身份的寡妇,他不管大家的看法如何,也不问女的是不是愿意,就一味迷上了她,幸而寡妇是个聪明人,捉弄他一下,真是活该。

你们大家都知道,以前菲耶索莱是一个十分古老的大城市,我们从这里还可以看得到它的一个土丘。如今这个城市尽管已经荒凉败落,但一直是驻有主教的一个地区,现在还是这样。在大教堂附近,以前住着一个颇有身份的寡妇,名叫皮卡尔达。她拥有一个庄园和一座不太大的邸宅,因为生活不怎么富裕,一年有大半时间住在那儿。同住的有她的两个兄弟,都是作风正派、彬彬有礼的年轻人。

那寡妇年纪还轻,很有几分姿色,经常上大教堂去做礼拜。不料那里的本堂神父深深爱上了她,时刻都想一睹她的芳容,后来他欲火中烧,竟亲自向那女人求欢,恳求她能快快乐乐地接受他的爱情,还希望她能像他对她那样地爱他。

这位本堂神父人老心不老,刚愎自用,十分骄横,什么事都自以为是,一举一动都装腔作势,矫揉造作,叫人老不痛快,他这样惹人讨厌,所以谁都不喜欢他。如果世上有谁不把他看在眼里,这位女人就是其中之一;她不但对他毫无好感,甚至看到他就头痛万分。不过她毕竟是一个聪明的女人,对他的求爱却作了这样的回答:

"神父啊,您这样垂爱于我,我确实受宠若惊。照理说,我应当爱您,而且心悦诚服地爱您,可是在您与我的爱情中间,决不允许掺入不贞洁的成分。您是我精神上的父亲,又是一位神父,年纪已不轻了,由于这些原因,您的行为一定是规规矩矩的;而我呢,已经不是一个姑娘;如今再也不能像样地谈情说爱了,何况又是一个寡妇。您知道,洁身自好对寡妇来说是多么重要。因此我请求您原谅我,我决不能按照您提出的那种方式来爱您,也不愿接受您的那种爱。"

那位本堂神父这一回对她无可奈何,不过他第一次受到挫折后既不灰心,也不张皇失措,而是依然厚着脸皮、恬不知耻地几次三番继续纠缠她,一会儿写信,一会儿捎信;当寡妇去教堂时,他还是亲自出马。神父的挑逗,那女人认为实在太过分,再也受不了,便想出一个计策奚落他一番,让他自作自受,因为她并无他法可想了。于是她先和自己的两个兄弟商量。

她把本堂神父如何打她的主意和自己打算实施的计策都说给他们听了,他们听后完全同意。过了几天,她又像平时那样上教堂去,那位本堂神父一见到她,就迎上前去,亲密地跟她搭起讪来,一如往日。

女人见他来了,就睇视着他,而且春风满面,后来她带神父到一个静僻的地方,神父像昔日那样唠叨了一番后,寡妇就深深叹了一口气,对他说:

"神父,我多次听人说起,一座城堡不管怎样坚固,要是每天攻打,最后总会失守。现在我清楚地看出,自己的情况就是这样。您一会儿甜言蜜语,一会儿向我献殷勤,一会儿又对我情意绵绵,您已经把我的心征服了,既然您这样喜欢我,我就心甘情愿地属于您了。"

本堂神父满腔高兴地说:"夫人,我真是感恩不尽!说一句实话,我一直很奇怪,您怎么能支持得这么久不动心呢?别的女人嘛,可从来没有这样难搞到手。有时我不禁扪心自问:'即使女人是银子做的,也不值钱,因为只要铁锤一敲,她们就经不住了。'不过这些话还是不提吧,我们什么时候,拣哪个地方睡在一块儿呢?"

寡妇听了答道:"我的好神父呀,我看什么时候对我们合适,不管哪时都行,因为我没有丈夫,每天夜里都管用;至于在哪个地方相会,我心里可没有一个底。"

于是本堂神父说:"怎么没有个底?难道在您家里不好吗?"

那女人答道:"神父,您知道,我有两个年轻的兄弟,他们和一群朋友白天也好,晚上也好,都要上我家里来,而我家的屋子又不太大。您要来,只能紧闭着嘴,不说一句话,也不能有一点声响,还得像瞎子那样在暗中摸索。要是您肯这样,在我家里也行,因为他们是不会闯进我的卧室里来的。不过他们的房间就在我的隔壁,只要你轻声说一句话,他们就会听到。"

神父接嘴说:"夫人,反正只待上一两夜工夫,以后我再找一个更方便的地方就是了。"

女人说:"神父,一切全由您做主吧。不过我求您一件事:这事一定要保守秘密,千万别让人知道。"

于是神父说:"夫人,这个您不用担心。要是您办得到,今晚我俩就睡在一起吧。"

女人说:"那好哇。"于是告诉他应当怎样去她家,什么时候去好,说完就告别回家。

却说寡妇有一个侍女,年纪已经不轻,脸蛋可长得真丑,天下再也找不出这样奇形怪状的女人来。她的鼻子塌,嘴巴歪,嘴唇厚,牙齿又粗又大,参差不齐,还长着一双斜白眼,眼睛里的毛病应有尽有;身上的皮肤是青铜色的,看来,她夏天不是在菲耶索莱度过,而是在西尼加利亚①度过的。这些都还不算,她走起路来可是一瘸一拐的,右脚有点儿跛。她的名字叫奇乌塔,因为她的脸是青灰色的,大家都叫她奇乌塔扎。虽然她的模样儿令人看

---

① 西尼加利亚是意大利的一个城市,该城过去疟疾猖獗,有害健康。

了怪不舒服,她却还会调皮捣蛋呢。

那天寡妇把奇乌塔唤来,对她说:

"奇乌塔扎,如果今夜你能替我做一件事,我就赏你一件漂亮的新衬衫。"

奇乌塔扎听到新衬衫,当即答道:"太太呀,只要您给我一件衬衫,我跳到火里也情愿,甭说别的了。"

"那好,"女主人说。"我要你今天夜里,在我的床上跟一个男人睡觉,还要对他好好用功夫,不过你要小心别说一句话,免得我的兄弟听见。你知道,他们就睡在隔壁呀。事情过后,我就给你一件衬衫。"

奇乌塔扎说道:"好吧!如果有需要,别说一条汉子,就是跟六条汉子睡觉也行!"

到了晚上,那位本堂神父听从寡妇的吩咐来了;两个兄弟依照寡妇的安排,在自己的卧室里谈天说地,让隔壁可以听得清清楚楚。本堂神父在黑暗中悄悄溜进寡妇的卧室,按照她说的那样走向床边,而另一方面,奇乌塔扎也根据女主人的嘱咐行事。本堂神父满以为寡妇已近在身边,就把奇乌塔扎搂在怀里,一言不发地吻起她来,奇乌塔扎也回吻了他。于是神父和她寻欢作乐起来,多日的渴念终于如愿以偿。

寡妇布置好这场戏后,就吩咐兄弟们执行她所安排好的余下的事了。他们两人悄悄走出房间,径往广场去找主教。他们的运气真是好得出乎意料,那天天气恰好很热,主教正在找这两个年轻人,想上他们家去喝喝酒,散散心;如今见他们前来,就说明了自己的意图,和他们一起上路,来到他们家凉爽的小庭院里。庭院里灯火通明,两弟兄就端出美酒款待,与主教一起开怀畅饮。

喝过了酒,两个年轻人就说:"主教大人,今日我们专程相邀,蒙您赏光,驾临寒舍,我们真是受宠若惊了。现在我们想请您看一件小东西,望大人垂察。"

主教回答他们,他很愿意看看,于是弟兄中一人高举火把,在前引路,主教与众人则跟在后面,直向本堂神父和奇乌塔扎同睡的那间卧室走去。在他们到来之前,神父已急不可耐地匆匆骑上了马,而且已骑了三哩路,后来终于精疲力竭,不管天气酷热,抱住奇乌塔扎睡着了。

手持火把的年轻人进入卧室,主教和其余众人在后跟着,于是他让大家看见了神父抱着奇乌塔扎睡觉的这一场面。这时神父忽然醒来,眼见房里火光通明,周围又有这许多人,不由大惊失色,羞惭万分,连忙把头钻到被里去。主教见了,厉声呵责,叫他把脑袋伸出来,看看自己究竟和谁睡在一起。

神父知道自己已上了寡妇的当,害得他当场出足了丑,一下子成为天下最伤心的人了。他听从主教的命令,穿好衣服,被押到教堂里给严密地监禁起来,因他犯下的罪而听候处罚。

事后主教想了解这究竟是怎么一回事,那神父怎么会跑去同奇乌塔扎睡在一起的。于是两个年轻人把事情的经过一五一十地说了,主教听罢,对寡妇和两弟兄大加赞赏,说他们不曾用手沾上神父的血,却叫他自作自受地得到了应得的惩罚。

神父触犯戒律,主教叫他受了四十天的苦,不过他为了贪图美色,因而受了气恼,吃的苦头连四十九天都不止呢。以后很长时间,他一走到街上,孩子们就翘起指头对着他说:

"瞧,那就是跟奇乌塔扎睡觉的男人!"

就这样,那个有能耐的寡妇摆脱了那个厚颜无耻的教士,使他不敢再纠缠她,而奇乌塔扎则得到了一件衬衫。

## 第五则故事

佛罗伦萨的一个法官正在审判案件,三个年轻人却把他的裤子拉了下来。

埃米莉亚讲完故事时,大家都齐声赞美那个寡妇。这时女王瞅着菲洛斯特拉托说:"现在该你讲了。"他当即答称已经准备就绪,于是开口说道:

可爱的女郎们,刚才埃丽莎提起马索·德尔·萨焦①那小伙子,使我放弃原来想讲的一篇故事,改讲马索和一些同伴们的故事。尽管其中某些措词有伤大雅,你们羞于启齿,但故事实在引人发噱,所以我还是给你们讲了。

你们大家也许都听说过,我们城里的一些官员,往往都是马尔基奥地方的人,那里的人心胸狭窄,十分卑鄙,过着十分穷困的生活,他们的所作所为,无不显得目光短浅,他们生性贪婪,赴任时常常带着一批法官和公证人。这些人似乎没有进过法律学校,而像是从犁耙上或绱鞋铺里拉来充数的。

却说有一个马尔基奥人来本城做官,随身带来许多法官,其中一个法官名唤尼科拉·达·桑·莱皮迪奥先生,他的模样儿不像别的,却像一名工匠,常和别的法官一起出庭,审理刑事案件。

市民们虽然没有什么事要衙门里办,有时却常去衙门走走。一天早晨,

---

① 参见本书第八天第三则故事。

马索·德尔·萨焦去找一个朋友,来到法庭上,恰好看到那位尼科拉先生坐在那儿,觉得这人一副蠢相,就从头到脚把他打量了一番。只见他戴着一顶镶有松鼠毛皮的法帽,帽子已脏得发黑,像被烟熏过似的,腰带上系着一只盒子,里面放笔和墨水壶;身上的袍子,却比斗篷还长,其他各方面,也不伦不类,显得没有教养。不过其中最引人注目的,马索认为是一条裤子,由于袍子又短又窄,法官坐下来时遮不住前面,所以可以看到他的裤子只齐到半条腿。

马索看了不多久,就不想去找原来的朋友了,另外找起别人来。他找到了两个伙伴,一个名叫里比,另一个名叫马泰乌佐。马索对他们说:

"如果你们够朋友,跟我到法庭里走一趟吧,我要让你们看看从来没有见到过的傻瓜。"

他带他们一起到了法庭,让他们看到那个法官和他那条裤子。两人从远处望见,不禁笑了起来,于是走近法官先生的座位,看到那位法官大人的坐椅下可以方便地容纳一个人,而法官大人的踏脚板已经破烂不堪,躲在下面的人可以随意将手和胳膊伸来伸去。

于是马索对伙友们说:"我要做一件事:我们把他的裤子拉下来吧,那真是轻而易举。"

他的两个同伴也都认为可以办到。大家就商定应该怎么做,怎么说。第二天早晨,他们又到法庭里。马泰乌佐乘法庭里挤满了人,人家没有注意到他,就溜到法官的坐椅下面,正好蹲在他的脚边。这时马索和里比各自走到那位法官大人的两侧,拉起他那件袍子的下摆来。只听得马索说:

"大人呀大人,我恳求您看在老天爷分上,发落您身边的那个小贼吧,并且叫他把偷去的那双靴子还给我,他偷了还不认账呢。不到一个月前,我还看到他拿来换鞋底呢。"

里比却在另一侧大叫大嚷:"大人,别相信他的话,他可是一个流氓呐。他知道我来告发他偷我的袋子,他就来胡说八道,说我偷了他的靴子;说真的,那双靴子在我家里已有好长时间了。要是您不信我的话,我可以找到许多证人来,比如说住在我隔壁的卖蔬菜水果的女人,卖牛肚子的娘儿格拉莎,还有一个在维尔扎亚的圣玛利亚拾垃圾的汉子,他从乡下回来时,他们都亲眼看见他的喽。"

马索不待里比说完,就大嚷起来,里比也抬高嗓门大叫。法官笔直地站了起来,凑过身去想听个仔细。马泰乌佐抓住这个机会,忙从踏脚板的窟窿里伸出了手,拿住法官的裤脚管用力往下拉。法官骨瘦如柴,腰部没有什么肉,裤子一拉就当场落了下来。

法官感到自己的裤子落下,不知如何是好,想把衣服的下摆拉到前面遮掩起来,然后坐下,可是马索和里比各在一边攥住了他,向他嚷道:

"大人,您不替我伸张正义,不听我的申诉,倒想溜之大吉,这可不对头呀!像这样的区区小事,在我们这块地方是不用查什么法律条文的。"

他们一面说话,一面拉起他的衣服,以致法庭里这许多人都看出他没有穿裤子。马泰乌佐拉下了裤子,就把它扔了,随即从坐椅下爬出来,神不知鬼不觉地离开了法庭。

里比觉得此事已做得够了,就说:"我向天主发誓,我要上级长官帮助我!"

马索放下法官的斗篷,说:"我以后还要来好多次,直到以后您不再像今天早晨那样尴里尴尬,我才罢休!"

说完了,两人你向这边,我往那边,扬长而去。

那位法官大人在众目睽睽之下给拉下了裤子,现在终于如梦初醒,知道这是怎么一回事。他查问那两个为靴子和袋子而争吵不已的人究竟到哪儿去了,可是怎么也找不到,于是他对天发誓赌咒,他一定要知道在佛罗伦萨地方,当法官升堂办案时,到底有没有替法官脱裤子的风气。

市长听到这件事,气得暴跳如雷,后来他的一些朋友向他解释,他为了省钱,请来了这么一批蠢材来做法官,佛罗伦萨人知道了内情,所以出出这种人的丑。市长听了,觉得还是不声张为妙,这件事后来就销声匿迹了。

## 第六则故事

> 布鲁诺和布法尔马科偷了卡兰德里诺的一头猪,却给他姜丸和葡萄酒,叫他去查贼,另外还给他两粒芦荟丸,结果反而证明是他自己偷了猪。两人还威胁他,如果不想让妻子知道,得付出一些代价。

菲洛斯特拉托的故事还没有讲完,大家就笑声四起,女王随即吩咐菲洛梅娜接下去讲,她就开始说道:

可爱的女郎们,菲洛斯特拉托听到了马索的名字,就讲了一个故事,刚才大家都听到了;我听到了卡兰德里诺和他同伴们的名字,同样想起了一个故事,想讲给你们听听,我相信你们一定喜欢听的。

卡兰德里诺、布鲁诺和布法尔马科是怎么一号人,我不用向你们说明,你们刚才已经听说了。现在我要交代的,是卡兰德里诺在佛罗伦萨不远处有一个庄园,是他妻子的陪嫁。他从庄园里除了正常的收益外,每年还可以得到一头猪。每年12月,他总要同妻子一起上庄园,把猪宰了,再在那边把猪肉腌起来。

话说有一年,妻子身体不适,卡兰德里诺只好独自前去庄园杀猪,布鲁诺和布法尔马科得悉此情,并知道他妻子没有一起去,就来到庄园里的一名神父家,那神父是他们的好朋友,恰好住在卡兰德里诺的隔壁。两人准备在神父家住上几天。在他们来到庄园的那天早晨,卡兰德里诺正好宰了猪,看到他们和神父在一起,就招呼道:

"欢迎你们!我要让你们瞧瞧,我管理庄园也挺有办法呢。"

于是他把他们带到自己家里,让他们看看他那头猪。

两人看到那头猪确实美极了,又听卡兰德里诺说,他想把它腌了,准备一家食用,于是布鲁诺说:

"嗨!你真笨!还是把它卖了,大家换些钱来,乐一下吧!你只需对老婆说,那头猪已给人偷去就得啦。"

"那不行,"卡兰德里诺说,"她不会相信我的话,还会把我赶出屋去。你们别动脑筋了,这件事我怎么也不干。"

他们费了许多唇舌,可是都不顶用。卡兰德里诺又假惺惺地留他们吃晚饭,他们不愿吃,就同他告别。

布鲁诺对布法尔马科说:"今天夜里,我们把那头猪偷来好吗?"

布法尔马科问:"我们怎么下手呢?"

布鲁诺说:"只要那头猪放在原地不动,那我就有办法。"

"那我们就干吧,"布法尔马科说,"干吗我们不去偷呢?偷来以后,我们在这儿还可以同神父享受一番呢。"

神父也认为他们的主意很有道理,于是布鲁诺说:

"在这个问题上,我们得用些小小的策略才好。布法尔马科,你知道,卡兰德里诺十分贪小,如果别人付钱,他喝起酒来就十分卖劲。我们把他带到酒店里,神父假装款待我们三人,不让他付钱,他一定会喝得酩酊大醉,那时我们便很容易下手了,因为只有他一个人在家。"

他们就按照布鲁诺的话去做了。卡兰德里诺看出神父不让他付钱,便放开肚子喝酒,虽然他的酒量不大,却拼命往嘴里灌。他离开酒店时,夜已深了;他晚饭也不想吃,径自回家,上床去睡。他自以为门已关好,其实却敞开着。

布法尔马科和布鲁诺同神父一起去吃晚饭,吃好后,就按照布鲁诺预定的计划,两人随身带了工具,想闯入卡兰德里诺的屋子。他们悄悄来到屋子前,看到大门正好开着,就长驱直入,从钩子上取下了那头猪,带到神父家里,把猪安顿好后,就去睡觉。

第二天早上,卡兰德里诺酒醒起床,走到楼下,看到自己的猪已不在,而且大门也开着,便东问西问,有谁知道他那头猪的下落,结果怎么也找不到,于是大声嚷道:

"哎哟,我真晦气,一头猪给偷走啦!"

布鲁诺和布法尔马科一起床,就来到卡兰德里诺家,想听听他失了猪会说出哪些话来。他一见他们上门,就带着一副哭哭啼啼的腔儿说:

"哎哟,两位朋友,我的猪给偷走啦!"

布鲁诺走近他的身旁,轻声说:"真了不起,这回儿你的头脑可灵啦。"

"唉!"卡兰德里诺说,"我说的是真话呀。"

"这就对了,"布鲁诺说,"你嚷得凶,人家就以为你的话不假了。"

于是卡兰德里诺更提高了嗓门直嚷:"天主在上,我的猪当真给人偷走啦!"

布鲁诺又说:"说得好,说得好!你这样说才对呢,嚷得凶,大家全听得清清楚楚,事情看来就是真的了。"

"你要叫我入地狱哇,"卡兰德里诺说,"我说的话,你都不相信。如果我的猪没有给偷了,我可以上吊给你看!"

布鲁诺说:"哎哟!这怎么可能呢?昨天它还明明在那儿,难道你要叫我相信,它已经飞走了吗?"

卡兰德里诺接嘴道:"我说的可是千真万确呀。"

"唉,"布鲁诺说,"难道真是这样吗?"

"真的给偷了,"卡兰德里诺说,"千真万确!这下我完蛋啦,我怎么回家交代呢?我老婆决不会相信我,即使她相信了我,今年也休想过太平日子了。"

于是布鲁诺说:"天主发发慈悲吧,如果真的给偷了,那可糟啦。不过,卡兰德里诺,你晓得,这个法子是我昨天教你的,所以我不希望你一方面骗老婆,一方面又寻我们开心呀。"

卡兰德里诺听了直叫起来,说:"唉!你们为什么要逼得我走投无路,恨不得把天地万物都狠狠咒骂一通?我告诉你们,我的猪昨天夜里真的被人偷走了。"

布法尔马科说："如果真是这样,我们倒要尽量想想办法,把它找回来。"

"我们有什么办法可想呢?"卡兰德里诺问。

于是布法尔马科说："有一点可以肯定:那偷猪的人决不是从印度来的,看来像是你的左邻右舍偷的。所以只要你把他们一一召来,用面包和乳酪试验他们,①就可以知道谁是偷猪的人了。"

"哼,"布鲁诺说,"拿面包和乳酪来试这里附近的乡绅又有什么用!我敢肯定,偷猪的人就在他们中间,不过他们看出这是怎么一回事后,也许不肯来。"

"那么我们怎么办呢?"布法尔马科说。

布鲁诺答道:"我们应当备一些质量好的姜丸和葡萄酒,请他们来喝酒,他们就不会起疑心,就肯来了。姜丸像面包和乳酪一样,会让天主显灵的。"

布法尔马科这时说:"你的话说得对极了,卡兰德里诺,你说呢?我们这样做行吗?"

"看在天主分上,我就求求你们这样做去吧,只要我知道谁偷了猪,心里的气就会消了一半。"卡兰德里诺说道。

"好吧,"布鲁诺说,"我就给你帮个忙,准备到佛罗伦萨去办这些事,不过你得给我钱呀。"

于是卡兰德里诺把40个光景的索尔多给了他。

布鲁诺到佛罗伦萨后,就去找一个做药材生意的朋友,买了一磅上好的姜丸,另外叫他配制两粒含有芦荟的丸药,以后再涂上糖衣,样子和姜丸相同;为了不致相互混淆,另外又加上某种标记,他本人可以一望而知。他又买了一瓶优质的葡萄酒,然后回到乡下去见卡兰德里诺,对他说:

"明天早晨,把你认为可疑的人们都请来,同你一起喝酒,明天是一个节日,大家都愿意来。今天夜里,我要和布法尔马科在姜丸上念一些咒语,明天早晨送到你家去。看在我们交情的分上,我要把姜丸亲自分给众人,不论做的事和说的话,都要按照原定的计划进行。"

---

① 在中世纪流行着这么一种巫术,查窃贼时,只要让他吃乳酪和面包,并施行一些魔法,有罪的人就无法吞咽。

卡兰德里诺就照着布鲁诺的话做去。第二天早晨，许多乡民们都来到一块儿，其中有一些是到乡下来小住的佛罗伦萨的青年，还有一些庄稼汉。他们聚集在教堂面前的榆树周围，布鲁诺和布法尔马科也来了，一个随身带了一盒姜丸，一个带了一瓶葡萄酒。他们叫大家站成一圈，布鲁诺就开腔道：

"各位先生，我得先向大家说明一下请各位来到这里的原因，这样，要是各位感到不痛快，也不会责备我了。昨天夜里，卡兰德里诺家里少了一只肥美的猪，到现在还没有查出是谁偷走的。偷猪的贼总不出我们在场当中的一个，所以为了查明这个小偷，请你们每人吃一粒姜丸，再喝一口葡萄酒。大家要晓得，谁偷了那头猪，一尝到那姜丸，味儿比毒药还苦，只好吐出来，所以我看还是别在众人面前丢脸了，也许那个偷猪的人向本堂神父去认罪更加好些，我也省得管这件闲事了。"

在场的每一个人，都说愿意吃那种姜丸，于是布鲁诺把他们排起了队，让卡兰德里诺也站在中间，把姜丸从第一个起，每人一粒分给大家。当他分到卡兰德里诺时，他却把那特制的芦荟丸放在他手里，卡兰德里诺立即塞在嘴里，咀嚼起来。他的舌头一尝到芦荟，觉得其苦无比，难以忍受，只好吐了出来。这时大伙儿面面相觑，看谁把丸药吐出来，而布鲁诺假装不曾留意此事，继续把姜丸分下去。只听得背后有人说：

"哎，卡兰德里诺，这是怎么一回事啊？"

布鲁诺连忙回过头去，见卡兰德里诺把丸子吐了出来，就说：

"等一下，也许他吃了别的什么东西，害得他吐了出来。另外吃一粒吧。"

他又取了另一粒药丸，放在卡兰德里诺的嘴里，自己再给别人发姜丸。

卡兰德里诺觉得第一粒丸子已很苦了，现在这一粒却是苦上加苦，但又不好意思吐出来，只好咀嚼几下，衔在嘴里。只见果核大的泪珠夺眶而出，最后他实在忍不住了，像第一次那样把药丸吐了出来。

这时布法尔马科和布鲁诺一起正在为大伙儿斟酒，大家看到了卡兰德里诺这副模样，都说那头猪是他自己偷的，有的人还狠狠骂了他一通。

众人散去以后，只有布鲁诺、布法尔马科同卡兰德里诺在一起。这时布法尔马科对他说：

"我一直看准那头猪就是你自己偷走的,可是你却在我们面前故意装腔作势,说是给别人偷去了,为的是不肯拿出钱来给我们喝一回酒呀。"

卡兰德里诺此时尚未将满口芦荟的苦味吐尽,发誓赌咒说他决没有偷过猪。

布法尔马科又说:"朋友,说句良心话,你究竟卖了多少钱呀? 得到六个弗罗林吧?"

卡兰德里诺听到此话,满腔苦楚真是无处申诉。只听得布鲁诺又说:

"好好听着,卡兰德里诺。我们中间有一个一起吃吃喝喝的朋友,他告诉我,你在这里搞上了一个姑娘,挣来的钱全给了她,依他看,那头猪准是你送给她了。在捉弄人方面,你真学得有一套啊!上一回,你陪我们到穆尼约内河去捡黑石头,可一到那里就扔下我们不管,自顾自回家去了,还硬叫我们相信,你已找到了什么宝石。现在,你又起誓赌咒,让我们以为别人偷了你的猪,其实你不是送给了别人,就是把它卖了。我们已懂得你的那套把戏,你再不能耍什么花招了。现在实话跟你说吧:我们在姜丸上念了咒语,花过不少力气,我们认为你应当送给我们两对阉鸡才是,要不,就把这件事一五一十告诉你的太太泰莎了。"

卡兰德里诺知道他们怎么也不会相信他,心里好不难受。他不想给老婆狠狠训斥,只得把两对阉鸡送给了他们。两人腌了那头猪,把它带到佛罗伦萨去了,留下了卡兰德里诺一人在乡下,失了猪,又遭人讪笑。

## 第七则故事

一个大学生爱上了寡妇,寡妇却另有所欢,叫他在雪地里等了一夜。后来学生用计,在7月间领她到一座塔里,叫她赤身裸体地给太阳晒着,还给苍蝇和牛虻叮。

听到卡兰德里诺这么倒霉,女郎们笑声不绝,要不是想到他给人偷了猪还不算,又损失了两对阉鸡,她们还要笑个不停呢。那则故事讲完后,女王吩咐帕姆皮内娅接着讲,于是她马上开始说了:

亲爱的女郎们,大凡欺诈别人的人,往往反过来被人捉弄,所以有的人以欺弄别人为乐,乃是没有头脑的行为。大家已讲了几个叫人大笑的故事,里面的角色都给人欺弄了,可是还没有讲过受欺弄的人替自己复仇的故事。现在我想给你们讲一个本城女市民的故事,她愚弄了别人,结果回过头来也被人家诈了一番,几乎送了命,受到了应得的报应,说来也真可怜。听了这个故事,对你们不是没有好处,因为今后你们可以多多检点自己,不要捉弄别人,为人处世多明些事理。

离现在没有几年,佛罗伦萨有一个少妇,身材窈窕,生性高傲。她出身相当高贵,家资又颇丰厚。那女人名叫埃莱娜,丈夫去世之后就守寡在家,不愿再嫁,暗地里却爱上了一个俊美的青年。她别的不操什么心,只是托一个心腹女仆为她牵线搭桥,两人经常约会,共享鱼水之乐。

那时候,我们城里有一个年轻的公子,名叫里尼埃里,他长期在巴黎求学,如今回佛罗伦萨来了。他求学的目的,是为了探究事物的成因,而不像许多人那样孜孜为利,所以不愧是一个文人雅士。他温文尔雅地住在佛罗伦萨,由于他出身高贵,学识渊博,很受人们尊敬。

知书达理之士往往最容易堕入情网,里尼埃里的情形就是这样。一天,他逢场作戏地参加了一个宴会,宴会上,那个埃莱娜在他眼前出现了。她按照本城寡妇的习俗,穿着一身黑衣服,在他看来,她真是天姿国色,秀丽无比,谁也不能比她更美了,谁能蒙天主之恩,将她赤条条地搂在怀里,谁就是得天独厚的有福之人了。他好几次小心翼翼地瞅着她;他知道,宝贵的东西不花九牛二虎之力是不能得到的,所以决意全力以赴,向她献殷勤,以博取她的欢心,使她能垂青于他。

再说那个女人,那双眸子却也不往地上看,而是左顾右盼,惺惺作态,看看有谁瞩目于她,因此很快就觉察到向她欢欢喜喜地注目的是哪个人了。她看出这是里尼埃里,于是笑着对自己说:"今天我没有白来一趟;如果我没有搞错,我已逮住一只小乌鸦了。"她尽力向他眉目传情,努力向他表明自己对他已另眼相看;此外,她认为对她动心的男人愈多,自己美貌的名声就愈高,而那个在爱河中和她比翼双飞的男子,更会百般珍重她。

当时这位聪明的大学生,竟把种种哲学思想撇在一边,一心一意思念着她。他找种种借口为自己辩护,在那女人家门口转来转去,自以为可以博得她的欢心。那女人呢,基于上面已说过的理由而洋洋自得,见了那学生,装得十分高兴的样儿。后来那学生想方设法跟寡妇的女仆混熟了,向她表露了对寡妇的一片痴情,求她在女主人面前说些好话,要女主人发发慈悲。女仆慨然应允,把一切都告诉了女主人。她听了笑得前俯后仰,说:

"你可知道,这个人把巴黎得来的一肚子墨水都丢到哪儿去了?好吧,我们就成全了他的心愿吧。下次他叫你传话时,就对他说,我爱他,远远胜过我自己呢。不过我得保持自己的节操,好在别的女人面前昂起头来走路。再告诉他,要是他真像旁人说的那么聪明,他应当更加爱我才是。"

唉,可怜的女人呀,可怜虫!她竟不知道跟大学生较量会有怎样的后果!

不久女仆找到了他,把女主人嘱咐的话都向他说了。大学生满心欢喜,更加热烈地追求起她来,又是写信,又是送礼物。女人把这些全收了下来,但没有拿出任何实际的东西来报谢他,只是泛泛地回答他几句而已。

有一天,她终于把这件事原原本本告诉了她的情夫,男的听了时而恼恨,时而妒忌。女人为了表明自己不怀二心,让他知道他的猜疑毫无根据,就乘大学生大献殷勤的当儿,打发女仆向他传言,说他对自己确实是一片真情,不过她一直没有机会去成全他所乐意的事,如今圣诞节将到,希望那天他们能够幽会,圣诞节第二天晚上如果他愿意的话,他不妨到她家院子里去,她一有方便,就到院子里找他。

大学生听了喜出望外,世界上谁也没有他那么快乐。到了指定的那一个时日,他就上那个寡妇家去。女仆把他领到院子里,把门反锁上了,让他再在那里静候女主人。

那天晚上,寡妇把情夫请到家中,和他一起快快乐乐地晚餐。饭后,她告诉他今夜她要干些什么,接着又说:

"你呀,傻里傻气地对那个男人吃干醋,现在你可以瞧瞧,我过去和现在是多么爱他,又是怎么爱的!"

情夫听了这些话,心里好不痛快,恨不得寡妇对他说的那些话马上兑现。那天凑巧下了一场大雪,万物都被雪覆盖着,因此那大学生在院子里呆上不一会,就觉得意想不到的冷,不过他还是耐心地支持着,满以为过一会就能抖擞起精神来。

不一会,寡妇对她的情夫说:

"让我们上卧室去,从那边小窗子里去看一下,你所嫉妒的那个汉子此刻在干些什么,还想听听他对我的女佣说些什么话,我已差她去招呼他了。"

他们两人来到小窗旁边;这里他们可望见院子,而院子的人却瞧不见他们。只听见女仆从另一扇窗子口对着大学生说道:

"里尼埃里,我家少奶奶的运气真不好,今天晚上碰巧来了一位舅老爷,跟她聊了好长时间,后来又要跟她一起用晚饭,现在还不走,不过我看他快走了。少奶奶现在还不能上你这儿来,可是马上就会来的。劳你久等,她求你别生她的气呀。"

那位大学生以为她说的是真话,就回答她:"请你告诉少奶奶,别惦记

我,她什么时候能够脱身,就什么时候来,不过希望她越快越好。"

女仆转身回房,径自睡觉去了。

于是那女人向她的情夫说:"嘿,你说呢?如果我真像你所害怕的那样,对那条汉子有一分情意,难道我能忍心看着他在院子里冻僵吗?"

说罢,她就和情夫一起上床。此刻情夫已经安下心来,两人寻欢作乐了好长时间,对那个可怜的书呆子讪笑不已。

那大学生在院子里走来走去,想借此暖和一下身子;他既找不到地方坐,也不知去哪儿避夜间的风寒。他暗自咒骂那女人的兄弟怎么和她待得这么久,一听到什么声响,就以为是女人开门来接他了,谁知他的希望回回落空。

那娘儿一直和情夫玩到半夜光景,又说起话来:"心肝,你对我们这位学生有什么看法?依你看,他的知识和我对你的爱情相比,哪一个更有分量?前天我跟你开个玩笑,你心里一直不好受,如今我叫他吃了苦头,你的气总该消了吧?"

情夫回答说:"我的肉心肝,你说的一点不错。我现在完全知道,你真是我的幸福,我的安慰,我的欢乐,和我的全部希望,而我也同样是你的一切。"

"那么,"寡妇说,"现在吻我一千下吧,让我看看你说的是不是真心话。"于是情夫把她紧紧搂在怀里,亲吻起来。他何止吻她一千次,而是十万多次呢。

两人这样调笑了一阵子,寡妇又说起话来:"哎!我们起来一会儿吧,新近追求我的那个人给我的信中老是说,他心里燃烧着一股火,我们且去看看这股火有没有熄灭掉。"

他们起身后就走到那扇小窗子旁边,向院子里望去。只见那大学生因为寒气刺骨,跨着又短又快的步子,在雪地里蹦呀跳的,牙齿格格打战,好像为自己的脚步打拍子。这副模样儿,真是见所未见。

于是那娘儿说:"我的亲宝贝,你还有什么好说的?不用喇叭或风笛伴奏,我岂不是也能叫人们跳起圆圈舞来吗?"

她的情夫笑吟吟地回答说:"我的心肝,你的话一点也不假。"

寡妇又说:"我想我们还是到大门边去吧。你站着别做声,我跟他说话去。听他说话,也许跟看他手舞足蹈一样有意思。"

他们悄悄打开房门，下楼来到大门口；在那儿，娘儿并不打开门，只是从门孔里低声唤着他。

大学生听到寡妇在叫他，真是高兴得赞美天主，满以为可以开门放他进去了，于是走近门边，对她说：

"我在这里呀，夫人。看在天主分上，开门吧，我快冻死了！"

寡妇说："噢，不错，我知道你可冷得很哪。天也真冷，刚才下过一场小雪呢。不过我也晓得，巴黎的雪更大呢。现在我还不能开门，因为我那该死的哥哥今晚到我家来吃饭，现在还没有走。不过他快要走了，那时我马上来给你开门。我刚才好容易脱身溜出来看你，叫你安心，再等待一下，别难过。"

大学生说："唉，夫人，我求您看在天主分上，给我开开门哟，让我进屋子里躲一下！刚才又下起雪来了，雪可真真大呀，现在还下个不停呢！进来后，您爱怎样就怎样，我什么都听您的。"

寡妇说："哎哟，我亲爱的，我办不到，因为这扇大门一开，就会发出响声，要是我开了，我哥哥很容易听到。不过我就要去叫他走，待他走后，我再过来替你开门吧。"

大学生说："那就请快走吧，再请您把炉火生得旺些，让我一进来就可以取暖，我已冷得几乎没有知觉了。"

寡妇说："这是不可能的事。你来信中好几次这么说，你为了爱我，全身烧起了爱情的火焰，难道这不是真的吗？我明白了，你准是跟我开玩笑。现在我走了，等着吧，你尽管放心。"

她的情夫把一切都听在耳里，不觉得意非凡，又同她一起上床。那天夜里，他们很少睡觉，只是寻欢作乐，还取笑那个大学生，光阴就差不多这样消磨掉了。

那可怜的大学生像一只鹳鸟那样，两排牙齿打战得多厉害呀。他知道自己被人愚弄了，几次三番想打开院门，又看看有什么别的地方可以逃出去，可是都无济于事，只好像关在笼子里的狮子那样，走来走去。他诅咒天气不好，又骂那女人存心不良，而夜又偏偏这么漫长；他还痛责自己头脑简单，对那寡妇则是一肚子的气，原来好长时间那片狂热的爱情，一下子变为深仇大恨。他反复琢磨种种复仇的办法；如今他对那女人复仇的心情，竟比过去对她的相思更加迫切而强烈了。

他就这样整整熬了一夜,好容易天色破晓,曙光初露。这时女仆按照女主人的嘱咐,下楼来开院门,同时还对他假情假义地说:

"那家伙昨夜真来得不是时候!他整整一夜弄得大家提心吊胆,又叫你受了冻。可是这又有什么办法!这事你可别放在心上呀。昨夜固然失去了机会,以后总是可以补救的,我家少奶奶为了昨夜的事没有成功,心里有多难受啊,这个我心里最清楚。"

那时大学生正怒气冲天,可是他不失为一个聪明人,知道在这种情况下不能打草惊蛇,就憋住满腔怒火,不发作出来。他装作毫无气恼的样子,低声说道:

"真的,昨天夜里我真苦啊,这样的滋味还是生平第一遭尝到呢。不过我很清楚,这是怪不得夫人的,蒙她垂怜,还亲自下楼来向我道歉,给我安慰。正像你说的,昨夜我们不能如愿,以后还有的是机会哪。请代我问候夫人,再见。"

于是他拖着一个几乎冻僵了的身子,吃力地回到家中。他精疲力竭,昏昏欲睡,一倒在床上就睡着了。他醒来时,手足差不多失去了知觉,连忙叫人请大夫来看病,告诉大夫说他受了凉,要好好调理一番。大夫迅速而有效地给他治疗,不上几天工夫,他的神经再也不痛,手足也能活动自如;要不是他年纪轻,天气又回暖,他的病恐怕还得拖很长一段时间呢。他复原了,又显得生气勃勃。他对此事始终怀恨在心,但表面上装得比以前更爱那个寡妇了。

过了一些时候,命运之神凑巧赐给大学生一个机会,让他可以成全他的心愿。原来寡妇以前所钟情的那个小伙子,不再像以前那么爱她了,另外又迷恋上一个女人,不但对她不理不睬,而且不再做任何讨她欢心的事了。她的那个女佣倒很同情她,眼见女主人因失恋而痛苦万分,却无法为她排愁解闷。那天她正巧看到那个大学生像以前一样从家门附近走过,就动起一个傻念头来:人们平常可以用巫术来召人,若能用巫术把女主人的那个情郎唤来,叫他重新爱她,岂不是好?听说大学生对这门法道倒很精通呢。于是她把这个想法向女主人说了。寡妇本是个不大有见识的女人,她也不想想:要是那大学生真的懂得巫术,早该替自己想办法了。她听从女仆的话,立即叫她传言,问大学生肯不肯帮这个忙,如果他肯定答应,那么不论他有什么要求都愿件件照办,以事报答。

女仆把女主人的意思原原本本地向大学生传达了,大学生听了喜出望外,暗自说:"赞美天主!在你的帮助下,我要叫那个狠毒的女人受些磨难,以前我这样爱她,她却让我吃了这许多苦!"于是他向女仆说道:

"请转告夫人,这事别放在心上。哪怕她的情郎远在印度,我也能立即把他召来,当面向她请罪,不该冒犯她,使她心里难过。不过那时她应当怎么办,我要亲自向她交代,至于何时何地相会,一切都请她决定,我一定遵命。请将这些话转告她,并代我向她致意,请她放心。"

女佣将情况禀报了女主人,两人相约在普拉多①的桑塔·卢奇亚礼拜堂里见面。

寡妇和大学生来到礼拜堂,单独待在一起谈话。她已把以前险些使他送命那回事忘了,坦然把情夫的所作所为和自己的愿望告诉了他,求他想出一个办法来。大学生听后说道:

"夫人,说句真心话,我在巴黎的时候,在正规课程之外还学习了巫术,而且里面那套东西我都学得十分到家。不过巫术这件东西,天主是深恶痛绝的。所以我曾立过誓言,不论对己对人,我都决不使用。可是我对您确实爱得这么深,所以您要我做什么事,我是怎么也没法拒绝的。即使我单单为了这件事入地狱,我也乐于从命,只要您高兴就是。不过我得提醒您,这件事比您想像的要难办得多,而一个女人想叫男人回过头来爱她,或者男人想挽回女人的爱情,更是难乎其难。这是因为,此事非当事人亲自做去不可,而且做时必须意志坚定,何况还得在深更半夜、荒无人迹的地方独个儿去进行,谁也不能做伴。我不知道这样的事您是不是愿意?"

那女人被情欲迷住了心窍,就回答说:

"我受着爱情的驱使,心里难熬极了,所以只要夺回那遗弃我的负心汉,我什么事都愿意干。请你告诉我,我应该怎样发狠心去做。"

那个受了委屈、怀恨在心的大学生说道:"夫人,我得做一个锡人人像,代表那您想追回来重温旧梦的男人,待我做好了送给您以后,你得在挂着下弦月的黑夜里睡醒第一觉后,独个儿一丝不挂地跳到一条河里,在那里洗七

---

① 在佛罗伦萨城郊。

次澡,以后您还得赤着身子,爬到一棵树上或者一座荒屋的顶上,手里捧着锡像,方向朝北,一连念七次咒语,至于咒语的文字,我另外写给您。念完以后,就有两个姣美无比、美得您从未见过的小姑娘向您走来,向您请安,并且和悦地问您有什么吩咐,以便照办。那时您只要照实说来就是,而且把自己的心愿全都抖给她们听,不过您得注意,别把您意中人的名字说错了。您说完了话,她们就离去了,那时您就可以走下来,到原来放衣服的地方,穿好衣服回家。第二夜不到夜半,您的情郎就准会哭哭啼啼地赶来,向您求情、讨饶,您得知道,从此他再也不会抛弃您,另找新欢了。"

那娘儿听了这一席话,深信不疑,仿佛她的情夫已重新投入她的怀抱,不由转忧为喜地说:"这些事我都会做得利利索索,别担心吧。而且我已想到一块非常合适的地方,那就是阿诺河上游的山谷边,我有一个庄园,庄园正好靠近河岸,现在刚好是7月,在河里洗澡倒是十分舒服的。我还记得离河不远,有一座小的荒塔,下面搁着栗树树枝做成的粗梯子,那里十分冷清,很少有人问津,只是偶尔有几个牧人因为牲口走失了,到塔顶上去看看。我准备走到那座塔上,按照你的指点做去。我希望能干得非常出色。"

大学生对女人所说的地点和那座小塔,非常熟悉,如今知道自己的计划肯定即将实现,不由满心欢喜,便说:"夫人,那块地方我从来没有去过,所以对庄园和那座小塔都不了解,不过那些地方正像您说的那样,真是再好也没有了。时间一到,我就会把锡像和咒文送来给您,不过我恳求您,等到您的愿望实现,知道我为您已经出了力,您可别忘记我,而且得遵守诺言呀。"

寡妇说她一定遵守诺言,就告别了他,回家去了。

大学生见自己的计划看来即将成功,十分高兴,便制了一个锡像,上面写了些奇形怪状的字,还瞎编了一些咒语,时机一到,就把这两件东西送给了女人,又传言给她,叫她当夜务必遵他的嘱咐做去,切勿延误。随后他悄悄带了一个仆人,到小塔附近他的一个朋友家里,以便实行他的计策。

再说那个女人,也带了一名女佣启程来到庄园,夜幕降临时,便推说要上床休息,打发女佣先去睡觉。一等睡好头觉,就悄悄溜出屋子,来到阿诺河边靠近小塔的地方。她先向周围张望了一会,见四面无人,也听不到任何声息,就把衣服一一脱下,藏在矮树丛里,接着捧了锡像,在河里洗了七回澡;洗好后依旧赤着身子,手捧锡像,向小塔走去。

入夜时,大学生带着一名仆人,躲在小塔附近的柳树和别的树木下,把一切都看得清清楚楚。后来她一丝不挂地几乎从他身旁走过,他看到她洁白的肉体在黑夜里闪闪发亮,又见她的乳房和身体其他部分都长得那么美好,暗想不多时她的肉体就会变成另一个样子,不禁动起了恻隐之心。此外,一阵肉欲顿时向他袭来,使他那原来垂下的东西一下子竖了起来,他恨不得从躲着的地方冲出来,抱住她取乐。爱怜与肉欲向他夹攻,他几乎不能克制自己了。然而他猛地想起自己的身份,以前又吃了多大的苦头,这苦头又是谁给他吃的,他一下子又怒火中烧,把怜悯和肉欲全都赶跑,咬紧牙关让她从身边走过。

那娘儿登上那座塔后,就朝向北面,诵起大学生写给她的那些咒语来。大学生随后进入塔内,将搁在塔顶的梯子悄悄地搬走了。此时那女人已走到塔顶上面。于是他在下面等待,看她说些什么,做些什么。

那女人念完七遍咒语,就在等那两个女孩儿降临。她等了好久,也不在乎向她袭来的阵阵寒气,尽管她不喜欢这样的寒气。后来眼见东方发白,大学生对她说的那种奇迹仍未出现,她才感到心里发毛。她暗暗想道:

"我怕那人也想跟我上次待他一样,叫我吃一夜苦头;不过,要是他真的这么做,那他报复的本领也太差了,因为今夜还没有他那夜三分之一长,何况天气又没有这么冷呢。"

她想趁天没有亮前就走下塔来,不料她发觉梯子已不见了。这下子她魂飞魄散,好像脚底下的地陷了下去,于是倒在塔楼上面,仿佛已瘫痪了。待她恢复了力气,就可怜巴巴地放声痛哭,自怨自艾起来,心里明白这回是大学生在捉弄她,于是责备自己不该冒犯大学生,以后又不该过分信任他,这样的人,理应看做是冤家才对。她就这样呆了很长、很长时间。后来她再东张西望,看看有没有走下去的路,结果毫无办法,不禁又痛哭失声,心里一阵酸楚。她自言自语说:

"唉,你这倒霉的女人!当别人发觉你光着身子在这里时,你的兄弟、亲戚、邻人以及整个佛罗伦萨的人知道后会怎么说呢?人家一向以为你规规矩矩,如今他们就把你看成是假正经。即使你能找一些借口把这些事搪塞过去。可瞒不了那个该死的大学生,他对你的事全都一清二楚。唉,你真可怜,你不但失去那爱得心里发痛的情郎,也将失去名誉!"这时她心痛欲裂,几乎想从塔上跳下来。

太阳已经升起,她走到一处墙边,凭墙眺望,看看有没有牧童赶着牲口走近塔边,好叫他们捎信给她的女佣。那时大学生已在灌木丛下睡过一会儿,醒来后看见了她,而她也瞧见对方了。大学生向她打招呼道:

"夫人,早上好!两位小仙女来了没有?"

女人看见了他,再听到这话,又失声痛哭起来,求他到塔里去,她有话跟他说。大学生听后倒显得挺有礼貌。女人伏在塔楼上,脑袋从活板门上探了出来,哭哭啼啼地说:

"里尼埃里,说真的,如果我以前叫你受了一夜的苦,那么这一回你已完全报复了。尽管现在是7月,昨夜我赤条条地站在这儿,可也冷得够呛呢。再说,我哭成了这副模样儿,怪自己不该欺骗你,又不该这么蠢,竟轻信了你。我奇怪自己这副眼睛是怎样长在脑袋上的!所以我求你饶了我吧!不是为了爱惜我,因为你是不会爱我的了,而是为了珍重你自己,因为你是一个正派人。以前我叫你受了屈,现在你已报复了,所以我请你的脾气就发到这里为止,让我把衣服穿上,走下塔楼来吧。请你保全我的名誉,它一旦被剥夺,以后即使想还我也办不到了。我叫你虚度了一夜,可是只要你高兴,我可以补偿你许多良宵。这一回你就放过了我吧,既然你是一个正人君子,就算你已报了仇,也叫我认了罪啦。别向我们女人家作威作福了,一头鹰征服一只鸽子,又有什么光彩呢?所以看在天主的分上,也为你自己的荣誉着想,向我发发慈悲吧。"

那大学生生性高傲,本来一心只想到过去受她的气,如今看到她又是哭泣,又是恳求,心里既得意,又痛苦。得意的是他朝思暮想要报仇雪恨,现在已经做到;痛苦的是看到她这么楚楚可怜,实在于心不忍,不免动起情来。可是他的怜悯心终于动摇不了他要复仇到底的决心,于是说:

"埃莱娜夫人,记得那夜下着大雪,我在你家院子里冷得要命,我向你苦苦哀求,希望能稍稍躲一下风雪,虽然我不懂得像你现在向我求情时那样,眼泪汪汪、甜言蜜语,但只要那时你能开开恩,我此时此刻答应你的要求,真是轻而易举的事。不过既然你把自己的名誉看得比过去重,觉得赤身裸体呆在这里是不体面的,那么还是去求另一个男人吧!你可记得那天夜里,你一丝不挂地投在他的怀抱里,而我呢,却在你的院子里走来走去,牙齿打战,在雪地里冷得双脚直跳！叫他来帮助你吧，叫他来送衣服给你吧，叫他拿梯子来，让你下来吧，让他来设法小心翼翼地保护你的名誉吧，因为你为了他，现在和过去不止一千次地不怕拿自己的名誉去冒险。

"为什么你不叫他来帮助你呀？除了他以外，谁更加合适呢？你是他的人，他不来保护你，帮助你，又去保护什么，帮助什么呢？那天你跟他交欢时，你曾经问过他，拿我的愚蠢同你对他的爱情相比，依他看来究竟哪个强些。叫他来吧，你这个笨婆娘；你对他的情爱，再加上你和他两人的智能，看看能不能对付得了我的痴呆。我不需要的那件事，现在别拿来向我献殷勤了；如果我真的需要，你也无法拒绝呢。要是这一回你能活着离开这里，就同你的情夫一起去过夜吧，夜夜都让你们去欢度吧，我呢，一夜就已经太多了，受一次骗也就够了。

"另外，你说起话来也实在狡狯，你在动脑筋夸我，好叫我发发好心，还叫我正人君子，这样我就会宽宏大量，闭住嘴巴，不再惩罚你的邪恶行为了，你在这方面可用尽了心机，可是你的奉承再也不能蒙蔽我，使我失去理智，从前你对我背信弃义，我已上过一回当了。我颇有自知之明，不过这个本领，我从巴黎读书时学到的，还不及你那一夜教我懂得的多。

"即使我这人气量很大，对你这样的人也不应该表示宽厚。对于像你那样的一头野兽，不管是惩罚也好，报仇也好，就是要置它于死地，只有对人类，才谈得上你说的那种宽容。我认为自己不是什么老鹰，你也不是什么鸽子，而是一条毒蛇，我把你看成是死对头，要怀着满腔愤恨，拿出全副力量，来对付你。我现在对你做的这些，其实谈不上是什么报复，所谓报复，是一种更严厉的惩罚，你侵犯我三分，我还击你四分，现在我这样对待你，还远远不够厉害呢。如果我真想报复，一想起你怎样对待我，即使杀死一百个像你这样的女人，也不足以消心头之恨，因为我杀死的，只是一个下流无耻的贱婆娘罢了。

"你和众人一样，都不过是上帝的可怜的奴仆，你脸上的几分姿色，要不了几年就会被魔鬼夺走，那时你的脸就满是皱纹，全给毁了。刚才你叫我正人君子，可是在你眼里，这样的君子连死也没有什么大不了呀。我在世上活一天，却比十万个像你这样的女人活上千万年更有用呢。

"现在我叫你受些折磨，是想教训你一下：欺骗一个有头脑的人，尤其是一个大学生,将会尝到怎样的滋味。如果幸免一死,那么从此以后,你也许不会再做什么蠢事了吧。

"不过,如果你急着想下来,干吗不跳到地上去呢?也许天主保佑你,叫你跌断了脖子,那时,你的痛苦就一扫而光,而我就成为世界上最快乐的人了。现在,我不想再跟你谈什么了,我只懂得把你送上了塔顶。既然你能够戏弄我,难道现在不能想办法下来了吗?"

在大学生说这些话时,那个可怜的女人一直哭个不停,转眼之间,太阳已升得高高的了。她听得大学生已把话说完,就接下去说:

"唉!你这个狠心的汉子!如果那个该死的夜里你真的动了很大的气,如果你确实认为我罪大恶极,哪怕我年轻貌美,流着痛苦的眼泪向你苦苦哀求,也不能打动你的心,博得你的怜悯,那么至少你也得往这方面想一想:我后来终于信任了你,把我的一切秘密全告诉了你,你才能如愿以偿,使我能在这里认识到自己的过错,这样,你的火气就应该平一些,别太计较我以前的所作所为了。要是我不信任你,即使你急于复仇,也找不到什么办法呀。

"唉!请你还是息怒,原谅我吧。只要你肯原谅我,让我下来,我就马上扔下那个不忠实的小伙子,一心一意做你的情人和夫人。尽管你对我的美貌大骂一通,把它看做既短暂又一文不值,但不管怎样,和别人比较起来,我知道自己还是够供男人们玩乐一番,即使没有什么了不起,何况现在你也不老。尽管你对我这样无情,但我相信你总不会眼巴巴地让我当着你的面走投无路地跳下来,看着我这么不光彩地死去。如果你不像以前那样爱说谎话,我就很能讨你的欢心了!

"唉!看在天主的分上,发发好心可怜可怜我吧!太阳渐渐热起来了,昨夜我冷得厉害,现在热气叫我受不了啦。"

那大学生和她谈话只是为寻开心,便说:

"夫人,你信任我,并不是因为想回过头来爱我,而是想夺回已失去的男人,所以理应受到加倍的惩罚。要是你认为我只有这样一个办法才得以报仇雪耻,那你真是太胡涂了。我还有其他一千种办法呢。我可以表面上假装爱你,其实在你两脚的四面八方布下了一千个陷阱,即使没有今天的事,但要不了多久,你也会掉到其他的陷阱里去,那时你的痛苦和耻辱,比现在还厉害呐。现在我采用这个办法,并不是想叫你好受些,而是早日可以报仇,让我心里痛快。

"即使我的计划全部失败,我还有一支笔呢。我要用这支笔写出你这许多丑事,你看到以后会无地自容,一天有一千次悔恨自己不该出生在这世界上。这支笔的威力比人们想像的要大得多,只有亲自尝到过滋味的人才体会得到。我向天主起誓,我真想把你的种种事都写出来;我这回向你报仇,天主一开头就帮我的忙,但愿他一直帮我到底才好。写出来后,不要说别人,就是你自己看到了,也觉得无脸见人,恨不得挖去自己的眼珠。大海叫小溪涨满了水,还有什么可责备的呢?

"我已经说过,对你的爱情,我并不在乎,也不希罕你做我的情妇。如果你有能耐,还是做那条汉子的情妇去吧。以前我很恨他,现在倒喜欢起他来了,因为你目前的遭遇是他造成的。

"你们女人总迷恋上那些小伙子,要博取他们的爱,以为他们皮肉更加鲜嫩,胡子更加乌黑,走起路来身子笔挺,既会跳舞,又会比武,其实年纪比他们稍大一些的男子,这些条件全都具备,何况有些事情,他们都懂得,而小伙子还得乖乖地学呢。此外,你们总以为小伙子骑起马来本领大,一天能比中年人多走几哩路。我承认,小伙子在女人下部抖动起来劲儿更大,可是年纪稍长一些的人却懂得更好地搔到痒处;吃的东西,多而无味,还远远不如少而可口入味呀。哪怕女人怎样年轻,横冲直撞会叫她伤筋骨,疲劳不堪,而慢悠悠的动作虽然晚些把你送到目的地,却至少是安安稳稳的。

"你们这些没有头脑的动物啊,你们看不到小伙子们俊俏的外表下,藏着多少脏东西呀。小伙子们只玩一个女人是不满足的,总是见一个爱一个,还自以为是理所当然的事。所以他们的爱情是不可能稳定的,现在你对此已有切身的体验了。他们以为自己理应得到女人的尊敬和宠爱,他们最光彩的,莫过于炫耀自己有多少女人已被他们占有。有许多女人宁可委身于教士,因为他们不会张扬开来。你也许会说,你的奸情除了你的女仆和我外,别人都不知道,你真是胡涂虫。如果你真的这么想,那你错了。在他的周围,大家差不多都在谈这件事,你的周围也是一样,这种事儿,当事人往往最后才听到。何况那班小伙子往往骗你们的钱,而年长的却送钱给你们用。

"由此看来,你选错人了。既然你已委身于他,那就再找他去吧。至于我,以前你嘲笑我,现在也别再来理我;我已找到了一个比你强得多的女人,她很了解我,不像你那样无知。如果你在上面对我的话和眼睛的示意还不能确切地领会,那就快跳下来吧,我想待你的灵魂落到魔鬼的手里后,你就可以知道我看你跌得鼻青眼肿,是难过呢还是高兴。不过我看,你是不肯让我高兴的。我告诉你,要是太阳把你晒得火热,那么只要想想你叫我在寒气中熬夜的情景就得了;冷和热掺在一起,你就觉得太阳肯定不会那么热了。"

那个倒霉的女人看出那大学生已经铁了心,便又痛哭起来,一面说:

"唉,既然我怎么求你都不能打动你的心,使你垂怜于我,那就请你为另外一个女人的爱而发发好心吧!你觉得她比我聪明,而且你已获得了她的爱;为了爱她,请你原谅我,把我的衣服拿来,让我穿好后下来吧。"

大学生听了又不禁笑起来,眼见9点钟已过了好久,于是答道:

"哎,你以那个娘儿的名义来求我,我现在就不能拒绝你了。告诉我衣服在哪儿,我就给你去拿,让你穿好后下来。"

那女人相信他的话,心里宽了些,就把放衣服的地方告诉他。不料大学生走出塔外,就吩咐仆人不要走开,而应当在附近尽力监视着,不要让别人走进塔去,等他回来再作道理;吩咐完毕,便径自到那位朋友家里,悠闲地吃了午饭,后来就去睡觉了。

那女人待在塔上,虽然因为妄想自己有救,精神稍稍振作了起来,但在烈日下她实在难受得要命,只好坐了起来,走近墙边的一抹阴影下等待着,忧心如焚。她一会儿想,一会儿哭;一会儿盼大学生给她拿衣服来,一会儿又灰心绝望。她一会儿想这个,一会儿想那个,由于忧伤过度,又一夜不曾合眼,竟不知不觉地睡着了。

现在已是丽日中天,酷烈的阳光直射在那女人娇嫩的身体和没戴帽子的脑袋上,威力无比,使她皮肉受了损伤,皮肤在阳光的烧炙下,竟一下子裂了开来;在烈日的烤烘下,她不由在酣睡中醒过来了。她感到像火烧一般,稍稍把身子挪动一下,晒焦了的皮肤便像烧焦了的羊皮那样,一扯就裂开来了。此外她又头痛得厉害,似乎刀劈一样,这是不足为怪的。现在塔顶已是滚烫火热,她的脚没有地方可踏,身子也坐不稳,一会儿向东,一会儿向西,哭哭啼啼。另外,这时正好没有一丝儿风,苍蝇和牛虻成群向她飞来,栖息在她绽开的皮肉上,狠狠地叮着,每叮一口,就像被长矛刺了一下,因此她不住挥动双手,把它们赶走,同时不断诅咒自己,诅咒自己的命,诅咒她的情夫和那个大学生。

天气热得难以想像,红日高照,苍蝇和牛虻围攻,肚子饿,而口渴更加难当。她百感交集,苦恼万分,浑身刺痛,好容易站起身来,看看附近有没有人;她打算一看到人影,一听到人声,就高声呼救,什么都顾不上了。可是那天她合该倒霉,因为天热,农夫们都不来田里干活,只在自己屋边打谷子,除了蝉声以外,她什么声音都听不到。她望见了阿诺河,盈盈河水使她恨不得去喝上一口,但徒然看着不但不能解渴,反而渴得更厉害了。她在一些地方看到了一丛树,一些阴影和一座屋子,这些也都使她渴望,因可望而不可即而痛苦万分。

寡妇的不幸,怎么能说得尽呢?头上是太阳,脚下是塔顶的热气,苍蝇牛虻,又在她身上乱叮乱咬。昨夜她一身洁白的皮肤,在黑暗中还显得十分晶莹,现在却红得像茜草一样,血污斑斑,不论谁见了,都会认为她是天下最丑的人了。

她就这样呆着,无计可施,也没有任何指望,恨不得早早死去。下午一点半钟,大学生一觉醒来,想起了那个女人,就回到塔边,看看她的情况如何。那时仆人还饿着肚子,他就叫他去吃饭。那娘儿听到他的声音,便拖着疲乏的身子痛苦万状地挨到闸门边,坐下来后,痛哭流涕地说了起来:

"里尼埃里,你的仇报得太过分了。我虽然叫你在我的院子里冻了一夜,但你却让我在这个塔上烤了一天火,不,是烧了一天,而且饿得要死,渴得要命!所以我凭天主的名义恳求你,把我杀了吧。我没有勇气结束自己的生命,还是请你下手吧,我的苦头已经吃足,只求一死,别的什么都不想了。如果这件事你不能开恩,那么至少请你给我一杯水,让我润润口。我身体里面一点水分都没有,像火在烧,光靠眼泪是不够的呀。"

大学生从她的声音里,听出她确实十分衰弱,又依稀地望见她的身体已被太阳晒焦;看了她这副模样,又听到她苦苦哀求的话,难免对她产生几分怜悯之心,可是他回答的口气仍很强硬:

"贱婆娘,你不能死在我手里呀,如果你真想死,那就自己动手吧!以前我冷的时候,你不肯给我火让我取暖,现在也休想在我这儿要一点水,给你解渴降温!还有一点我心里非常难过:我受冻生了病,后来得用烧热的臭粪来治疗,而你热了,却用香气扑鼻的玫瑰露凉凉身。我冻坏了,失去了活力,而且几乎送了命,你呢,不过因为热气脱了一些皮,这好比蛇脱去一层壳,以后只会变得更加漂亮呢。"

"我真可怜!"那女人说,"但愿天主把这样得来的所谓美丽送给我的死对头吧!你真比哪一头野兽都狠心,你怎么能忍心用这样的办法来折磨我呢?即使我狠毒地折磨你一家人,以后又把他们杀了,你或别人也不过这样惩罚我罢了。确实,哪怕是一个卖国贼,出卖了一城的人让敌人杀了,他受的刑罚也不会比我受的更加残酷;你竟把我放在阳光下烧,让苍蝇咬,连一杯水也不愿给我,可那些依法判处死刑的杀人犯,在赴刑场时要求喝几口酒,人们也总是答应的。好吧,既然我看你铁石心肠,对我的苦处无动于衷,我只有逆来顺受,坐等一死。让天主来怜悯我的灵魂吧,求天主伸张正义,把你这样的行为看在眼里吧!"

说完了这些话,她十分吃力地把身子拖到塔顶中央,再也不指望在这样的炙热天气下逃生了。在各种痛苦中,她认为最难忍的是口渴,她几次三番痛哭失声,恨自己实在太不幸了。

此刻已是晚祷时分,大学生觉得这事已做得差不多了,便吩咐仆人把女人的衣服用他的外套包好,向那苦命女人的庄园走去。只见她的女仆此时正好坐在大门口,没精打采,十分沮丧,显得六神无主,于是对她说:

"大姐,你家女主人好吗?"

女仆答道:"先生,我不知道呀。昨天晚上,我看她上床去睡觉的,可是今天早上却不在了。我到处寻找,都没有下落,我真不知道会出什么事,所以心里非常难过。先生,您能说说她的消息吗?"

大学生答道:"如果我叫你到她那个地方去,那就好了,这样我不但惩罚了她,也可以治了你的罪!不过说句真话,你也逃不过我的掌心。你还记得吗,以前你怎样对我搞恶作剧,我迟早要叫你付出代价!"

说完后,他就对仆人说:"把衣服给她吧,告诉她到哪儿去找女主人。"

仆人听从主人的吩咐,那女佣就把衣服接了过去,认出果然是自家女主人的,又听得大学生说的话,深恐女主人已给杀了,差点儿喊出声来;大学生一走,她就带着衣服,哭哭啼啼地赶紧向那座塔跑去。

那天,寡妇庄园里的一个庄稼汉运气不好,走失了两头猪,正在各处找寻。大学生走后,他正好来到塔边,东张西望地来找猪,忽听到那个倒霉的

女人在哀哀哭泣,就赶快走进塔内,高声问道:

"谁在上面哭呀?"

那娘儿听出是长工的声音,就叫起他的名字来,并且对他说:"唉!快把我的女用人叫来,并且想办法让她上来吧!"

那庄稼汉也听出了对方的声音,说道:"哎哟!夫人呀,谁把您带到塔上来的?您的女用人已找了您一天啦,谁想得到您一直会在这儿呢?"

于是他托住梯子的两侧,把它架好,再用柳条把横档扎紧。正在这当儿,女用人赶来了,她一进塔,就禁不住叫出声来,拍手嚷道:

"少奶奶,您在哪儿呀?"

寡妇听到了她的声音,竭力提高嗓门说:"哦,大妹子,我在顶上啊,别哭了,快把我的衣服拿来吧。"

女佣听出主人的说话声,才安心些了。她爬到庄稼汉架好的那架梯子上去,在庄稼汉的帮助下到了塔顶,只见女主人赤条条地躺在地上,奄奄一息,面目全非,看去已不像一个人,而像烧过的一块木头。她用指甲抓着自己的脸,伏在她身上大哭起来,仿佛女主人已经殒了命。可是寡妇求她看在天主的分上别再出声了,还是帮她穿好衣服再说。她从女佣口中得知,除了送衣服来的人和这儿的长工之外,谁也不知她在哪里,心里又稍稍宽慰了些,求他们看在天主面上,千万别将此事声张出去。

他们谈了不少话,那女人因为不能走路,由长工抱住,终于把她从塔中搭救了出来。那个刁恶的女佣跟在后面,下来时不够小心突然失足,从梯子上滑下来掉在地上,跌断了腿,痛得她大叫大嚷,好比狮吼。庄稼汉把女主人放在草地上,回头去看看女佣伤得怎样了,见她的大腿已经折断,也把她抱到草地上,让她躺在女主人旁边。女主人本来指望只有女佣才能帮助她,如今见到她已摔断了腿,祸不单行,心里说不出的痛苦,不觉又痛哭起来。那庄稼汉不但没法安慰她,而且也哭起鼻子来了。

此时夕阳西沉,那庄稼汉趁天还没有黑下来,又顺着那垂头丧气的女主人的心,赶回自己家中,叫他的两个兄弟和妻子拿着一块板,一起回到塔边的草地上,把女佣放在木板上,抬回家去。他还带了一些凉水来让女主人解渴,同时好言相劝,接着把她抱起,送到房间里。

农夫的妻子给她吃了泡过水的面包,后来又给她脱了衣服,扶她上床睡

觉。他们本来安排当夜就送女主人和女佣回佛罗伦萨，现在就照办了。

那寡妇生性十分狡狯，把发生过的事说得天花乱坠，说她和女仆两人因为魔鬼附身，中了邪，寡妇的兄弟姊妹和别的人都信以为真，于是家人请了大夫来，寡妇吃了许多苦，好几次在床单上脱下了皮，还发了一场高热，害了其他并发症，终于恢复了健康。女佣跌断的那条腿，也同样治好了。那女人从此忘了她的情夫，以后再也不去愚弄别人，在男女之情方面保持谨慎的态度。大学生听说那个女佣摔断了腿，觉得这个仇已完全报了，心里好不高兴，对这件事也就不向外人张扬了。

这个愚蠢的少妇由于捉弄别人，就这样受到了惩罚。她原来以为开大学生的玩笑像欺弄别人一样，没有什么了不起，却不知大学生虽不全是精灵鬼，但大多工于心计，所以各位姊妹，你们要注意别捉弄人，特别是大学生。

## 第八则故事

> 一个汉子发现妻子和自己的知友私通,便和妻子串通,把那个朋友关在木柜里,再把对方的妻子骗来,在木柜上一起寻欢作乐。

女郎们听了关于埃莱娜的故事,都认为她的命确实很苦,不过也认为罪有应得,所以并不怎么同情;可是她们又觉得那大学生太死心眼儿,太凶狠,甚至太残酷了。帕姆皮内娅讲完故事后,女王就吩咐菲亚梅塔接下去讲,她当即乐意听命,说道:

可爱的女郎们,我知道那个受气的大学生这么心狠手辣,你们心里多少有些刺痛,所以我认为最好讲一个愉快的故事,来平息一下你们的怒气。我准备向你们讲一个小故事,讲的是一个年轻人受了人家的伤害后,却能平心静气,采取一种十分温和的手段来报复。从这则故事中你们可以知道:一个人受到侮辱要想报复,应当适可而止,不要太过分,要知道,欺负人家的往往自食其果。

你们像我一样想必知道,从前在锡耶那有两个年轻人,一个名叫斯皮内洛乔·塔韦纳,另一个名叫泽帕·迪·米诺,两人都是大户人家出身,家境富裕。他们都住在卡莫利亚门,彼此的邸宅相距甚近。这两个小伙子一直来来往往,交情甚厚,好像一对亲兄弟似的,而且各有一个妻子,都长得十分娇美。

斯皮内洛乔经常上泽帕家去,泽帕在家时去,泽帕不在家时他也去,因此跟他的妻子混得很熟,后来两人竟睡在一起了,这种暧昧关系保持了很长一段时间,谁也没有发觉。

就这样过了好久。有一天,斯皮内洛乔来找泽帕的妻子,妻子以为丈夫已出去了,其实他正好在家呢。听他妻子说泽帕不在家,斯皮内洛乔立刻走上楼去,在客厅里见到那个女人,一看没有旁人,就搂住她亲起嘴来,女人也回吻了他。泽帕把这些看在眼里,却不动声色,躲在一旁静看这出戏如何收场;不一会,他看见妻子和斯皮内洛乔臂挽着臂,双双走进卧室,随即把门锁上。他当然气恼万分,不过他转而一想,如果此事声张出去,自己不但不能消气,反而更失面子,于是在琢磨一个报复的办法,既能瞒过周围的人,又能使自己泄愤。苦思了好久,他终于想出一个办法:自己姑且躲在一旁,只管让斯皮内洛乔和那女人待在一起行乐。

待他的朋友一走,泽帕就走进卧室,见妻子还没有把头巾拉好,原来斯皮内洛乔跟她嬉笑时把它拉下来了,于是泽帕问道:"女人家,你在干什么呀?"

妻子回嘴说:"你什么也没有看见吗?"

泽帕说:"不见得,我见到了一些不愿见到的事情呢!"

于是他把刚才那件事说了出来。妻子吓得魂不附体,搪塞了一通后,只得把和斯皮内洛乔相好的事招认了,因为这是无法抵赖的。接着她又哭哭啼啼,要求丈夫原谅。

泽帕听了说:"听着,娘儿,你做了错事啦。如果你要我原谅你,须得依我的吩咐去做一件事。我要你去通知斯皮内洛乔,明天上午日课经第三时,他得找一个借口跟我分手,到你这里来;等他一到这儿,我就回家来,你一听到我的声音,就打发他躲到柜子里去,再把柜子锁上。这些事都做好以后,我再告诉你余下的再干些什么。做这件事,你一点也用不着害怕,我向你保证,我不会叫他吃苦头的。"

妻子为了顺从他,答应一切照办,后来真的依言而行。

第二天,泽帕和斯皮内洛乔在一起聚面。到了日课经第三时,因为斯皮内洛乔事前和那女人有约,要上她家去,就对泽帕说:

"今天上午,我要到朋友家里去吃饭,现在就得走,免得他等我,再见吧。"

泽帕说:"现在还不是吃饭的时候呢。"

斯皮内洛乔说:"那不要紧,我还有一件事想跟他谈谈,必须早一些赶到呀。"

于是斯皮内洛乔和泽帕分了手,绕了一个圈子来到泽帕家,和泽帕的妻子见了面。他们刚踏进卧室,泽帕就回来了。他妻子一听到丈夫回来,就故意装得十分惊慌,叫情夫钻到她丈夫说的那个柜子里去躲一下,并把他锁在里面,随即走出卧室。

泽帕走上楼来,说道:"娘子,是吃饭的时候了吗?"

妻子答道:"是呀,现在就可以吃了。"

于是泽帕说:"斯皮内洛乔今天上午到朋友家吃饭去了,家里只留下他妻子一个人。你到窗口去叫她一声,请她来我们这儿一起吃饭。"

他妻子由于害怕,只得惟命是从,按照丈夫的嘱咐去做了。斯皮内洛乔的妻子见泽帕的老婆再三相邀,又听说丈夫不回家吃饭,就到泽帕家去了。泽帕一见她就大献殷勤,还亲昵地拉住她的手,并悄悄打发妻子到厨房里去。接着他把她挽进卧室,转过身去把房门锁上。斯皮内洛乔的妻子见他反锁了房门,说道:

"哎呀,泽帕,您这是怎么啦?您叫我到这里来,难道是为了这个吗?难道这就是您对斯皮内洛乔的交情和朋友间的一片忠心吗?"

于是泽帕走近她丈夫藏身的那个柜子,紧紧地抱住她说:

"夫人,你别发牢骚了,先听我向你表白一番。过去和现在,我一向跟斯皮内洛乔很合得来,把他看成是自己的兄弟。昨天,我才发觉我这样信任他,竟落得这样一个下场,他居然和我的妻子一起睡觉,让她做了你的替身,而他还自以为我不知情呢。我对他很有感情,所以不想怎样报复,只想用他欺负我的办法回报一下罢了。他已经占有了我的妻子,我也想要你成为我的人。要是你不愿意,我准会给他些厉害看看。我受了他的欺侮,也不能不惩罚他一下。我要捉弄他一下,使得你和他两个一辈子也不会快活!"

那女人听了这话,后来泽帕把这番意思说了又说,她终于相信了,对他说:

"我的泽帕,既然这个仇报在我的头上,那么只要你所对付的是我,我也就心满意足了。尽管嫂夫人做了对不起我的事,而我们又不得不干这件事,我还是要跟她和睦相处,希望你和她也能相安无事。"

泽帕答道:"这一点我一定能做到。另外,我还要送你一件非常珍贵美丽的珠宝,天下你再也找不出第二件来。"说罢,他就抱住她,吻起她来,让她躺在关着丈夫的柜子上面,在那里两人任意爱抚了一阵。

斯皮内洛乔在柜子里,把泽帕说的每一句话和妻子回答的每一个字都听得清清楚楚,后来又觉得自己头上在跳什么扭摆舞,心里非常难受,简直不想再活下去了。要不是他害怕泽帕,真恨不得在柜子里把老婆痛骂一顿呢。后来再一想,罪魁祸首还是他自己,泽帕的所作所为也有他的道理,这个人总算讲交情,够朋友的了,于是打定主意,只要对方愿意,今后还要同泽帕做朋友,友谊还要更进一层。

泽帕和那女人尽情玩了一会,就爬下柜子来。那女人向他要他许诺的珍宝,于是泽帕开了卧室的门,把自己的妻子叫来。她没有别的话,只是说:"夫人,您这是以牙还牙嘛。"说罢就笑了起来。

泽帕对她说:"打开这个柜子吧。"她打开了,泽帕就叫那夫人看看自己的丈夫斯皮内洛乔。

两人在此情况下,实在说不出谁比谁更加害臊。斯皮内洛乔见到泽帕后,知道他对自己的所作所为已一清二楚,好不羞愧;而他的妻子对着自己的丈夫,知道丈夫不但听到了她的话,而且听到刚才在他头顶上玩的把戏,怎不难为情呢?

泽帕对她说:"这就是我给你的珍宝呀。"

斯皮内洛乔从柜子里走出来,不多啰唆,随即说:

"泽帕,我们打成平局啦。刚才你对我的妻子说,我们像过去一样,依旧是朋友,这话说得好。我们两人除了妻子以外,别的什么都不分你我,现在我们就共妻吧。"

泽帕听了也同意,于是四人就一起进餐,相处得非常融洽。从此以后,这两个女人都各有两个丈夫,她们的丈夫也各有两个妻子,从来不曾吵过嘴。

## 第九则故事

> 医生西莫内在布鲁诺和布法尔马科两人唆使下,夜间到某处赴会,被布法尔马科扔进粪沟,无人过问。

女郎们把两个锡耶那人共妻的事聊了一阵子后,女王觉得只剩下自己和迪奥内奥没有讲了,她不想去烦扰迪奥内奥,就先开口讲起故事来:

可爱的女郎们,泽帕在斯皮内洛乔身上开的那个玩笑,只能怪斯皮内洛乔自作自受。帕姆皮内娅刚才说得不错,对那些自讨苦吃或自作自受的人,我认为去捉弄他们一下是无可非议的。斯皮内洛乔这人真是咎由自取。我要向你们讲一个自讨苦吃的家伙的故事,我认为对他施行恶作剧的人们不但不该责备,而且值得赞扬。那个受到愚弄的人,原来是一个医生,他本是一个傻瓜,从博洛尼亚学完了医学回到佛罗伦萨,回来时竟然锦裘加身①。

正如我们每天可以看到的那样,我们城里的人们只要在博洛尼亚呆过一阵,回来后不是成了法官,就是做了医生或公证人,他们穿着宽大的大红长袍,袍子上还镶了毛皮或其他很有气派的饰物,而实际上他们肚子里究竟有多少东西,我们心里都一清二楚。却说这号人中有一名医生,名唤西莫内·达·维拉,虽然才疏学浅,祖传的遗产倒是不少。他不久以前才穿上大

---

① 当时有学位的人,帽上衬有毛皮,身穿大红袍,故云。

红袍,戴着毛皮头巾①,自命为医学博士,回佛罗伦萨后,就在现在我们称作科科梅罗②大街的那条街上租了一座房子。

却说这位新回来的医学博士染上了不少引人注目的习惯,其中之一就是:当他为人看病时,如果见到街上有人走过,就要向病人打听那人是谁。人们的一切他都记在心里,不住琢磨,仿佛跟他治病用药有很大的关系似的。在众多的人们中,最使他注目的是两个画家,这两人我们今天已提到过两次了:一个叫布鲁诺,另一个叫布法尔马科。他们两人经常结伴而行,而且都是他的邻居。他觉得这两人不像旁人那样,一天到晚忙于生计,而是快快乐乐地过日子,便在好多人面前探听他们的情况。听大家说,他们都是穷苦人,而且是画家,心里就想:他们既然这样穷,又怎么能这样快活呢?又听说这两人都很精明,因此又认为他们也许从别的途径攒到一大笔财富,只是别人不知道罢了。所以他想方设法一心想结识这两个人,两个不成,至少结识其中的一个,结果同布鲁诺交上了朋友。

布鲁诺同他结交了没多久,就发觉这位大夫原来是个傻瓜,于是常常编些荒唐的故事来逗他,拿他寻开心,而那个大夫却听得津津有味。他请布鲁诺吃了几次饭后,自以为跟他交情深厚,可以无话不谈,有一次就对他说:他和布法尔马科两人都是穷汉子,可生活得十分悠闲快乐,实在叫人奇怪,恳求他指点一下他们生活的诀窍。

布鲁诺听了大夫的话,觉得这人提出来的问题总是那么愚蠢无聊,不觉暗暗好笑,心想不如顺着他的愚昧适当地做出回答来,于是说道:

"大夫,我们干的事,我对别人一概守口如瓶,不过对您我倒想说一说,因为您是我们的朋友,而且我知道您一定不会说给别人听,所以我也不想瞒了。说真的,我的朋友和我生活得非常快乐,非常舒服,甚至比您想像的还要好些呢。靠我们的手艺和地产方面的收益,连水费都付不起哪。不过我希望您别以为我们在偷东西过活,我们是在漂泊呀。因为我们漂泊,所以我们应有尽有,日子过得很舒服,我们要什么就有什么,不会损害别人的利益。您看到我们生活得这样快活,原因就在这里。"

---

① 是当时佛罗伦萨大夫常穿的服饰。
② 原系傻瓜之意,此处有讽喻意味。

医生听了这些话,也不知是否确凿可信,只是啧啧称奇,当即心急火燎地想知道漂泊究竟是怎么一回事,同时发誓赌咒决不讲给别人听。

"哎哟!"布鲁诺说,"大夫,您要求我的是什么呀!您想晓得的是一桩天大的秘密事,要是给别人知道了,我可完蛋啦,活不成啦,还不如把我送到圣加洛前面的魔鬼①的嘴巴里去吧!不过我对你们莱尼亚亚②的蠢人还是十分敬爱的,对阁下也很信任,您所希望的东西,我不能拒绝,只要您能对着蒙泰松内③的十字架起誓,决不讲给别人听,我就可以告诉您。"

医生斩钉截铁地说,他决不会向任何人说起。

于是布鲁诺说:"亲爱的大夫,您要知道,不久以前,这个城里住着一位巫术大师,因为他是苏格兰人,所以名叫米雪尔·司各脱④。不少绅士殷勤地款待过他,不过现在活在世上的已经寥寥无几了。他离开这里时,经绅士们再三恳请,留下了两个得力的门徒,他吩咐他们说,凡是尊崇过他的绅士,不管他们有什么愿望,他都要使它们一一兑现。

"这两个门徒不论在情欲方面还是在其他一些小事情上,都很好地满足了那些绅士的愿望。后来他们很喜欢这个城市和这里的风土人情,就决定长住下来。他们在这里结识了一些朋友,有的交情厚些,有的交情薄些,不论富贵贫贱,只要合他们的口味就行。为了博取这些朋友的欢心,他们组织了一个二十五人左右的小团体,每月至少聚面两次,集会地点由他们指定。在那边集会时,每人都可以说出自己的要求,那两个人当夜就能使他们的要求如愿以偿。

"布法尔马科和我跟那两个人混得很熟,交情很好,很早就参加了他们的集团,现在依旧是其中一分子。我还要告诉您:我们聚会时,场面可真不小,看了叫您眼花缭乱。在我们吃饭的大厅里,锦帷绣帘,桌面上的菜肴,跟王宫里的不相上下,男仆女婢有一大群,个个都长得气宇不凡,十分俊俏,对在场众人殷勤侍候。我们吃喝用的盆子、碟子、瓶子和杯子以及其他各种器

---

① 指圣加洛医院门口所绘的魔鬼像。
② 莱尼亚亚是佛罗伦萨乡村的一个地名,有一个时期因出蠢人而闻名。
③ 蒙泰松内是佛罗伦萨附近的一个修道院,其中有一个出名的十字架。
④ 是13世纪著名的占星学家和哲学家,生于1190年,殁于1250年。但丁在《神曲》的《地狱篇》20歌115行中曾提及此人。

皿,都是用金子和银子做成的。除此之外,还有各种各样的食品,你要想吃些什么,它们就马上摆到你面前来。

"这里还有数不尽的乐器,它们所发出的音调之美,和听到的一些清音妙曲,我实在无法描述;至于晚餐时点燃的蜡烛是何等华美,吃的糖果是何等可口,饮的葡萄酒是多么名贵,更是一言难尽。另外,我的傻瓜老爷啊,说来您也许不会相信,我们在那里穿的衣服,跟您平时在这儿见到的可全不一样。大家穿的衣服可真是华贵极了,还有许多美丽的饰物,哪怕是一个穷光蛋,您也会当他是一个帝王啦。

"这些还算不了什么,最叫我们高兴的,就是只要您愿意,就可以把全世界的美女立即召来。您在这里可以看到巴尔巴尼基女王,巴斯克的王后,苏丹的妻子,乌兹别克女王,诺尔维卡的奇恩奇恩费拉,贝尔林佐内的塞米丝坦特和纳尔西亚的丝卡尔贝德拉①。我又何必向您一一列举呢?全世界的王后都来到这里了。我最后还得告诉您,连普莱斯托·焦万尼的那个斯金基穆拉女人②也来啦,咳,您现在总得明白喽!她们喝了一些酒,吃了一些糖果,就一跳一蹦地跟着邀请她来的男人,各自回房去了。

"您得知道,这些房子真像天堂一般,多么漂亮呀,那股香味儿,怕不比您那药铺子里碾枯茗③时的香料瓶里发出的香气差呢。我们睡的床,在您看来,恐怕比威尼斯执政官睡的更美。至于那些娘儿们穿梭织布的本领④,我就让您自己去想像一番吧。不过照我看来,我们中间最幸运的,要算布法尔马科和我了,因为布法尔马科好多次叫法兰西王后前去做伴,我却常叫英吉利王后来陪我。这两个都是盖世无双的美人儿,由于我们有一套功夫,她们对别人都不放在眼里,却偏偏看上了我们。这一下您本人就可以想像得到,我们的生活比别的男人能过得,也应当过得更快乐,因为我们有这样两位天姿国色的王后爱着我们哪。钱的问题可不在话下:要是我们要问她们拿一两千弗罗林金币来,哪有不马上到手的?对于这,我们用一个通俗的称呼,名之为'漂泊',因为我们像海盗一样,从每个人那里夺取了不少东西,

---

① 这里的许多地名和人名,多系胡编乱扯的。
② 这些人名也是讲故事的人信口开河杜撰的。
③ 枯茗,一名欧蒔萝(Cuminumcyminum),是一种芳香族植物。
④ 此处系双关语。

不过我们获得的方式跟他们不同,他们东西到手后就不还给人家,我们却物归原主。

"我的好大夫呀,现在您总明白,我说的'漂泊'是怎么一回事了。至于这件事应当怎样保密,您心里也一定清楚,所以我不想再多费唇舌,也不想叮咛什么了。"

那位大夫的本领,也许至多只能医治生乳痂的小孩子,听了布鲁诺那篇信口雌黄的故事,居然信以为真,一心一意急着想参加那个小集团,仿佛那是人世间最最求之不得的事儿。因此他对布鲁诺说,这些人生活得这样快活一点也不奇怪。他好容易抑制自己,没有把自己也想参加这件事说出口来,他认为还得巴结他一番,取得他更多的信任,再提出请求。

既然他有成竹在胸,便继续和布鲁诺亲密地交往起来,早上也好,晚间也好,都邀他到家里来吃饭,对他百般奉承。他们相处得这么亲昵,仿佛大夫没有了布鲁诺就活不成似的。

布鲁诺见医生对他如此殷勤,觉得不作一番答谢难免显得忘恩负义,便在恩人的饭厅里画了一张四旬斋①图,还在房门口画了一幅"神的羔羊图",又在大门口画了一个尿壶②,以便上门就诊的病人一望便知。另外,布鲁诺又在一条小凉廊上画了一幅"猫鼠搏斗图",大夫认为实在太美了。

此外,倘若大夫上一夜没有跟布鲁诺一起吃晚饭,布鲁诺第二天就常会这么说:

"昨天夜里我赴会去啦。那个英吉利王后,我可有些玩腻了,所以我叫他们把阿尔塔里西大可汗的古美德拉③召来。"

大夫听后说:"古美德拉,这是什么意思呀?这种名字我听不懂。"

"哦,我的大夫呀,"布鲁诺说,"这个我倒不奇怪,因为我听说,玻尔科格拉索和万纳森纳④都没有提起过这种名字。"

大夫说:"你指的莫非是希波克拉底和阿维森纳吧!"

布鲁诺说:"也许是吧!我也说不清楚。我听不懂您说的那些名字,正

---

① 四旬斋,指复活节前的四十天。
② 从当时的医学角度说,检验尿液是诊断疾病的重要标志之一。
③ 所谓阿尔塔里西大可汗及古美德拉,亦是布鲁诺为了诓骗他胡诌的。
④ 是古希腊名医希波克拉底和阿拉伯著名哲学家阿维森纳的误称。

像您听不懂我说的一样。不过在那大可汗的语言里,古美德拉的意思就相当于我们的王后。哦,她在您眼里,准是一个娇小标致的娘儿!我敢说,您见了她,也许会把药品、灌肠剂和膏药什么的忘个精光。"

布鲁诺就是这样经常用这些话来挑逗他。正好有一天晚上,布鲁诺在替大夫画"猫鼠搏斗图",大夫在一旁执着灯观看,这时他心里暗想,他对布鲁诺已经献足了殷勤,现在可以把心底里的话抖出来了,眼见周围无人,便对画家说:

"布鲁诺呀,天主明鉴,我对你没有一件事不尽心尽力,可以说谁也比不上你呐。说得简单些,要是你叫我徒步走到佩雷托拉①去,我相信也一定能做到。所以,如果我向你推心置腹说心里话,向你求一个情,我想你总不会感到诧异吧。你知道,你在不久以前把你们那个愉快的团体里种种事情告诉我以后,我一直渴望能参加进去,对别的不论什么事,我的渴求从来没有这么迫切过。你以后就会明白,我这样不是没有道理的。去年我在卡卡温奇利②,见到了一个漂亮得要命的小使女,这样漂亮的姑娘也许你好久没有遇上了,我真是喜欢极了,我保证给她十块波伦亚大洋③,想跟她亲热一番,谁知她不答应。要是我入了会后不把她弄到手,那就让你取笑我吧。所以我无论如何要恳求你指教,加入那个团体要做些什么,入会方面也得请你助一臂之力,说句实话,我入会后对你们一定忠心耿耿,给你们增光。别的且慢说,你先看看我长得多美,多么结实,脸儿就像一朵玫瑰花,而且还是个医学博士,我看你们中间再也找不出第二个来。我还懂得许多美好的事情,还会唱一些悦耳动听的歌曲,现在就唱一支给你听听吧!"说罢他就唱了起来。

布鲁诺不知怎的真想捧腹大笑,好容易才忍住了没笑出声来。大夫唱完了歌,说道:

"你听我唱得怎么样?"

布鲁诺说:"您真唱得太棒了,别的各种乐器,都会相形失色。"

大夫说:"我说,要是你没有听我唱,一定不会相信我有这副好嗓子。"

---

① 佩雷托拉是离佛罗伦萨不远的一个乡村。
② 是佛罗伦萨名声不佳的一条小巷。
③ 波伦亚,今通译博洛尼亚,意大利城市名。此处系指在波伦亚铸造的一种银币,价值不大。因银币系古时所造,故仍用"波伦亚"旧名。

"您说的千真万确，"布鲁诺说。

接着大夫说："我还会唱别的曲调呢。不过这个暂且别去管吧。你知道，我父亲尽管住在乡下，可也是一位绅士，我母亲是瓦莱基奥家族出身的淑女。你已看得出来，我的藏书之多，衣服之多，佛罗伦萨哪个医生都及不上我。我凭天主名义说句实话，我有一件衣服是十几年以前做的，细细算一下，差不多要值一百里拉的银币呢！所以我无论如何要请你帮忙，让我参加这个团体。我可以向天发誓，要是你能办到，那么只要你愿意，你生起病来，我替你看病时，包管一个子儿也不拿。"

布鲁诺听了大夫以前说的话，觉得此人的确很蠢，此番听到这些话，更觉得他是一个傻瓜，于是说：

"大夫，请您把灯光照过来一点儿，耐着性子让我把这些老鼠的尾巴画好，以后再回答您的话吧。"

布鲁诺画好老鼠尾巴以后，对他的请求故意装得十分为难的模样，开口说：

"我的大夫呀，您今后一定会重重酬谢我，这个我非常明白；可是您盼咐我做的那件事，尽管在您的头脑里是一件小事，对我可是一件大事哪。除了您之外，世界上再没有第二个人能推动我做这件事了，这是因为我跟您交情既好，您的话又深深打动了我的心，即使我本来不愿意，也给您说得心软，非做不可了。我跟您交往的时间愈长，就愈觉得您聪明。我还可以告诉您：哪怕我不愿为您干别的事，不过眼见您对那个漂亮的姑娘那么痴心，我就存心帮您的忙了。可是有一件事我要跟您交代清楚：我在那些事情上的本领，并没有像您想的那么大，所以您叫我非做不可的事，我实在无法照办。不过，要是您能恪守信义，保证不把我们的事张扬出去，我就会指点您应当如何行事。您刚才说过，家里有这么多藏书和其他各种东西，我想您一定能如愿以偿的。"

大夫听了说：

"你尽管安安心心地说出来吧！我看你对我还不很了解，还不知道我多么能保守秘密呢。当瓜斯帕鲁奥洛·达·萨利切托先生在福利姆波波利做法官的时候，对我差不多无话不谈，因为他知道我守口如瓶。你可相信我说的是真话？当时他要跟贝加米娜结婚，第一个就告诉了我，现在你总明白了吧?"

"那就好了,"布鲁诺说,"既然这样一位人物能对你推心置腹,我自然也信得过您了。现在我就把进行的方法告诉您吧。我们每次集会,都有一个头目,两个顾问,每六个月轮换一次。到下个月,就轮到布法尔马科做头目,我做顾问,这事已经定好了。头目尽可以介绍您入会,只要他看中了谁,他就能让谁参加,所以依我看来,您还是想尽办法去跟布法尔马科交上朋友,好好奉承他一番。他这个人呀,看到您这样聪明,马上就会喜欢上您的!以后您再跟他说说心里话,告诉他您家里有许多好东西,同他混熟了以后,您就可以向他提要求,那时他就没法拒绝了。我在他面前已经提到过您,他十分看重您呢。只要您按照我的办法去做,别的事都由我来负责吧。"

大夫听了说:

"你说的那些话,我听得太高兴了。如果他是一个求贤爱才的人,那么只要他跟我谈几句话,我就有办法叫他永远少不了我,因为我这个人满腹经纶,简直可以赐给全城的人,即使如此,最聪明的还是我哪。"

两人说妥之后,布鲁诺就把此事一五一十对布法尔马科说了,布法尔马科恨不得马上叫那成事不足、败事有余的傻大夫尝尝他所追求的那件事的滋味。至于那位渴望"漂泊"一番的医生,真是心急火燎,在没有结交上布法尔马科之前,总是心神不定,待交上朋友后才算安下心来。他备上了极其丰盛的饭菜,不但是午膳,还有晚餐,来款待布鲁诺和他的另一位朋友,这两位客人真是得其所哉,饱尝了各种美酒佳肴,一次机会也不放过,以后不用医生邀请也自去赴席,可他们嘴上却老是说,别人谁也请他们不动,他们去他家,还是够交情的呢。

这时大夫认为时机已到,便向布法尔马科提出要求,正如上一回向布鲁诺开口一样。不料布法尔马科装出一副十分恼火的样子,冲着布鲁诺破口大骂,数落起来:

"我向帕西尼亚诺高高在上的天主①起誓,我恨不得在你的脑袋上狠狠揍一拳,揍得你鼻子落到脚跟边!你真是一个叛徒!除了你以外,谁也不会把这些事说给大夫听的。"

---

① 这里指的是帕西尼亚诺教堂建筑物的正面所画的神像。

那大夫竭力替他开脱罪责,发誓赌咒说这事是从别人那儿打听到的;他说了好多聪明话后,总算使对方平静下来。

于是布法尔马科转身对大夫说:"大夫啊,您显然到过博洛尼亚,住过一阵子,所以您在大千世界上能懂得守口如瓶。我还得说一句:您不像许多傻瓜想做的那样,并不是在苹果上学到一些起码知识①,而是在甜瓜上好好地学的,而且学得很久了。要是我没有搞错的话,您是在礼拜天受洗②的。虽然布鲁诺对我说,您到博洛尼亚是去学医的,但依我看来,您却学会了讨人们的欢心。您呀,动起脑筋来和说起话来可真行,我看谁也比不上您啊!"

他说到这里,医生打断了他的话,向布鲁诺说:

"和聪明人谈话,交朋友,真妙极了!谁能像这位可敬的先生那样,一下子把我的心事全看得一清二楚!你可一点儿不能像他那样,一眼就看出我的优点来。以前你对我说,布法尔马科喜欢同聪明人打交道,当时我是怎么对你说的?你看我做到了没有?"

布鲁诺说:"比原来想像的还要好!"

这时大夫又对布法尔马科说:"要是你在博洛尼亚遇上了我,你对我的评价又不同呢!那里不论是大人物还是小人物,不管是医生还是学者,凭我这口才和肚才,个个都对我服服帖帖,对我佩服得五体投地呢。不但如此,只要我说一句话,谁听了都会逗得笑哈哈的,高兴得了不得。我走的时候,他们都难得要哭出来,每个人都要我在那边待下去,甚至要我一直留在那里,请我替这许多学生讲授医学。不过我不愿意,因为我要回来继承家里一大笔遗产,我就这样回来了。"

接着布鲁诺对布法尔马科说:

"你看如何?我以前说给你听,你还不相信我呢。真是天晓得!在这一带地方,再也找不到第二个对驴尿这么深有研究的医生来。哪怕你从这里一直找到巴黎的城门,肯定也会落空。哎,这回就帮他一个忙吧,别推三推四了!"

---

① 按当时习俗,人们把 A、B、C 等字母写在苹果皮上,让孩子去学。这里讽刺对方是个傻瓜。

② 盐表示智慧,而礼拜天商店不卖盐,故"礼拜天受洗",无异在挖苦对方是笨蛋。

医生说："布鲁诺说得对,不过这里没有人赏识我呀。你们佛罗伦萨人比较粗野哪。我巴不得让你们看到以前我跟那些医生经常在一起时的情景呢。"

于是布法尔马科说:"一点也不错,大夫。您懂得的东西这么多,完全超出我意料之外!因此,在您那样聪明的人身上,我得套用一句人们惯常说的俗语:'细细为君言,余务必介绍君入会无疑'。"

医生听了这番承诺,对他们两人越发殷勤起来。两人对此引以为乐,于是想起世界上的种种傻事,动脑筋如何捉弄他一番才好。最后他们答应让奇维拉丽伯爵夫人①做他的情妇,她是人间世世代代街头巷尾最美丽的尤物。

医生又问伯爵夫人究竟是怎样一位娘儿,于是布法尔马科说:

"我的傻瓜种儿,她是一位了不起的女人,世界上的每户人家,差不多都在她的管辖之下,别人姑且不论,就连圣方济各会的那些修士们,也要拿出一些噼噼啪啪发出声音的礼物来孝敬她。我还可以告诉您,她不论走到哪儿,周围的人们就闻到她的气味,知道她来了,尽管她平时极少出门。不过不久以前,她夜里曾从您家大门口经过,到阿诺河去洗洗脚,吸几口新鲜的空气呢。可是她经常住在拉泰里纳②。她的一些近身官员,都常带着清洗工具上她那儿去朝拜她。她手下许多大臣,差不多到处都可以见到,例如塔马宁·德拉·波尔塔、唐·梅塔、马尼科·迪·斯科帕、罗·斯夸凯拉等人③。我想,这些都是您的熟人,不过现在您一时记不得了。如果我们走的步子对头,我们就让那位贵妇人投到您那温柔的怀抱里来,干脆把卡卡温奇丽那个姑娘忘了吧。"

那个医生生长在博洛尼亚,根本听不懂他们的那套词汇,所以口口声声说对那个女人十分满意。这场谈话后不久,那个画家就告诉他,他已被吸收入会了。就在那个团体聚会的那天晚上,大夫又请他们两个去吃晚饭。饭后,他问两人应以何种方式入会才是。布法尔马科听后就说:

---

① 奇维拉丽是佛罗伦萨附近一个清除垃圾和粪便的地方。
② 拉泰里纳(laterina)是意大利阿雷佐城附近的一个村庄名,这里显然指厕所(latrina,读音为拉特里拉)。作者巧妙地玩弄文字游戏,以愚弄医生。
③ 这些都是各种各样粪便的别称。

"大夫,是这样的:首先您要有足够的信心,如果心里拿不准,您就会遇到障碍,而且对我们大大不利。请您听着,您对这件事一定要鼓足勇气。今天夜里天黑下来,大伙儿刚睡着的当儿,您就得想办法到圣玛丽娅·诺维拉教堂外面的墓穴那儿,那些墓穴不久前才落成,都是用浅浮雕的大理石做的。您得穿上一件漂亮的袍子,因为您是第一次赴会,在众人面前应当显得体面一些。另外,据说(当时我们不在场)因为您是一位绅士,伯爵夫人打算用她的钱替您买一个'浸浴'骑士的爵位。您就在那边等待一会吧,我们会派人来接您的。

"我看还是把一情一节统统向您交代清楚吧。那时,有一只头上长角的黑色野兽向您走来。它并不怎么高大,走来时,会在您前面的那块空地上大声吼叫,还会跳来跳去,为的是吓唬您。可是只要它看到您并不害怕,它就会慢慢向您走近;当它走到您的身旁时,您不必恐慌,只管骑上去就是,不必念叨天主或圣徒们之类。待您骑上以后,举止应当得体,也就是说双臂交叉,双手放在胸前,别去碰那头野兽。于是它就会乖乖地驮着您走,把您送到我们那儿。不过要是您在那时刻念叨起天主或圣徒来,或者心里害怕,我得告诉您,那头野兽就会把您摔下来,或者叫您在一个什么地方撞倒,那会叫您满腔不高兴。因此,要是您没有勇气,拿不定主意,就不要来吧,免得既害了您自己,对我们又一点儿没有好处。"

医生接着说:"你们对我还不了解呢。也许因为我戴了手套,穿着长袍,所以才会把我看成这样。如果你们知道我在博洛尼亚时夜里干的那些事,就是说,有时我跟我的一些女朋友在夜里逛,你们一定觉得奇怪吧!我在天主面前说句实话:有一天夜里,有那么一个姑娘,不但瘦得可怜,而且还没有掌尺①高,她不肯跟着我们走,于是我先打了她好几下耳光,然后一把抓住了她,把她摔到老远老远的地方,好叫她不得不跟我们一块儿走。我记得还有一回,我身边带着一个仆人,在响过晚钟后不久,从圣方济各会修士的一个墓园旁边走过,那儿曾在当天葬了一个女人,可我一点儿也不害怕哪。所以你们不用担心,我的胆子很大,又非常坚强结实。我告诉你们,为了给你们脸上增添光彩,我要穿上我得到医学博士学位时的那件大红袍,让你们瞧

---

① 古长度单位,约合0.074米。

瞧,大伙见到我时是不是都欢天喜地,不多时就会看上我让我做头子的。我还没有见到那位伯爵夫人时,她就这么迷恋上我,要让我取得'浸浴骑士'的爵位,一旦当我到了你们那儿,你们还有好戏可看啦!也许我配不上骑士这个头衔吧?我的一举一动显得是丑还是美?你们让我上场来表演一番吧!"

布法尔马科听了说:"您说得太妙了。不过当心别捉弄我们,我们派人来接您时,您可别不到那边去,或者在那边找不到您。我说这话,是因为现在天气冷,你们这些大医师对自己的贵体又是那么保重。"

"天晓得!"医生说,"我可不是那种冻死鬼,我并不怕冷啊。有几次夜里,我像常人那样有时起床大小便,在紧身外衣上面总是只加一件皮袍,所以我准到那边去的。"

于是两个画家告别了他。夜幕降临时,大夫在家里找一个借口瞒过了妻子,悄悄找出一件漂亮而时髦的袍子,披在身上,走上前面已经交代过的墓穴之一。天气很冷,他在墓穴的大理石上面缩着身子,开始等待着野兽的到来。

再说布法尔马科。他本是一个身材高大而又十分健壮的人,此刻他设法找出了过去人们游戏时经常使用(如今已废弃不用①)的一个面具戴上,又反穿了一件黑色的皮外套,把自己装扮成一头黑熊,面具上却是一张魔鬼的脸,头上还长了角。装扮成这副模样后,他就去圣玛丽娅·诺维拉的新广场,布鲁诺也跟着他一齐去凑热闹。他见大夫已在那边等着,便在广场上跳来蹦去,做出种种疯疯癫癫的动作,时而尖声叫嚷,时而大声咆哮,仿佛着了魔似的。

那大夫的胆子原比女人还小,听到这些怪声,看到这番景象,吓得毛发直竖,不由浑身打起战来。这时他才懊悔自己为什么上这儿来,还是呆在家里好呢。不过既然来了,只得硬着头皮壮起胆子来,咬紧牙关想看看对他说过的种种奇迹。布法尔马科像刚才那样疯疯癫癫地闹了一阵子后,便装出平静下来的模样儿,走到大夫呆着的那座墓穴前面,站在那儿纹丝不动。

那时大夫正吓得浑身打战,不知如何是好,是跨上兽背呢,还是对这件

---

① 此处指的面具,是指古时所谓"老人游戏"所用的那种面具,1325年后禁用。

事就此作罢。最后,他只怕不走下来会受到伤害,就让后一种恐惧驱散了前一种恐惧,走下坟墓,轻声说:"天主保佑我!"于是骑了上去,这会儿能适应了,可依然浑身发抖,又按照他们原来的嘱咐交叉着双手。

于是布法尔马科背着他慢慢地朝圣玛丽娅·德拉·斯卡拉方向爬去,一直爬到里波利女修道院附近的地方。

那时候,这一带地方沟渠很多,庄稼汉们常把粪便倒在这里,供肥田之用。布法尔马科走近这个地方时,便向一条沟边走去,抓住适当时机,握住医生的一只脚,把他从背上摔下来,两脚朝天地把他栽进沟渠里。接着他一面咆哮,一面跳跃,横冲直撞地沿着圣玛丽娅·德拉·斯卡拉向奥尼桑蒂草地跑去。他在那里遇上了布鲁诺,原来布鲁诺看到刚才这番景象忍俊不禁,赶到这儿来了。两人兴高采烈,站在远处望着那个满身污泥的医生,看他究竟怎么办。

那个大医师眼见自己落入如此狼狈的境地,便竭力挣扎,想从沟里站起爬出来。他一会儿跌在这儿,一会儿又翻在那儿,从头到脚全沾满了污浆,不由暗暗叫苦,自认晦气。他在沟里咽了好几口脏东西,总算爬了出来,连头巾也丢了。他除了用双手抹来抹去外,想不出更好的办法,真是一筹莫展。他回到家里,好久才把门敲开。

他带着一身臭气还没有进屋子的大门,布鲁诺和布法尔马科就已赶到了,原来他们是想来听听大夫回家后妻子怎样接待他。他们两人站着偷听,只听得妻子把那个男人骂得狗血喷头,说:

"嘿,你像个什么东西!你准是找别的女人去了,穿起这件大红袍来,想要威风一番!我还不能叫你满足吗?你这小子,哪怕全教区里的男人都过来,我也应付得了,别说是你啦!他们把你扔到那种地方去,你真是活该,怎么不把你淹死呢?你这个顶呱呱的医生呀,自己有老婆,深更半夜还要去找别的女人!"

那女人用诸如此类的话喋喋不休地来羞辱他,一面骂,一面叫医生从头到脚洗身子,就这样一直到半夜。

第二天早晨,布鲁诺和布法尔马科先在皮肉上涂了许多青斑,让人看了仿佛经常挨过揍似的。接着他们来到医生家里,知他已经起床,就走进屋去;一进门就闻到满屋都是臭气,什么东西都还没有洗干净。医生见两人前

来,就迎上前去,向他们说声早安,可是布鲁诺和布法尔马科按照事先商定的办法,装出一副气咻咻的神态,回答说:

"我们不向您道早安了!但愿天主叫您吃足苦头,死在刀剑之下!你真是天下最背信弃义的叛贼!因为您这个人靠不住,不守信用!我们苦苦想方设法,要给您增添光彩和快乐,可我们险些儿像狗一般丧了命。因为您说话不作数,我们昨夜给人家狠狠揍了一顿,一匹驴子从这儿到罗马,也不过挨了这么些鞭子。还有,为了我们安排您入会,我们自己差点儿给开除了。您如果不信,请看看我们的皮肉是怎么一副样子吧!"说罢他们就解开了衣服。在暗淡的光线下,他们给他看了看涂过青斑的胸膛,随即把衣服扣好。

医生想为自己分辩,向他们诉说了自己的种种倒霉事,并说自己是如何,以及在哪个地方摔下去的;布法尔马科听了就说:

"我恨不得那头怪物把您从桥上摔到阿诺河里去呢!干吗您要想起天主和圣徒来呢?我们事先不是关照过您了吗?"

医生说:"天主在上,我并没有想起他们呀。"

"什么!"布法尔马科说。"您没有想起他们吗?您对他们可真念念不忘呀。我的使者告诉我,当时您浑身发抖,像一根细竿儿似的,不知道把身子安在哪儿才好。您干的好事!以后可决不许这样对待人家了!您赏给我们这份光,我们将来要回报您的。"

医生求他们原谅,并恳求他们看在天主分上,别使他再丢脸了。他煞费苦心说了许多好话,请他们息怒。以前他对他们已是够殷勤的了,此后他对这两个人更加毕恭毕敬,处处尊敬他们,还常常设宴招待,别的也无微不至,为的是怕他们把这次见不得人的事张扬出去。你们听了这个故事就可以明白:那些到博洛尼亚学习后一无所成的人,就是这样学到了一些做人的道理。

## 第十则故事

一个西西里女人用高明的手法取走了一个商人运往巴勒莫的财产,商人第二次去时,佯称带来了更多的财物,向那女人借了许多钱,给她留下的只是水和短麻屑。

女王这个故事究竟引得女郎们笑了多少次,问也不用问了;她们中间,没有一个不笑得前俯后仰,眼睛里涌上了十几次泪水。她的故事结束以后,迪奥内奥知道现在该轮到自己了,便接下去讲道:

秀美的女郎们,人们在施展阴谋诡计欺弄别人时,对方的手段愈是精明,我们就得用更精细的策略来针锋相对。你们大家讲过的故事,尽管都很精彩动人,我还是想再来讲一个,这个故事比你们已讲过的那些故事都更引人入胜,因为故事中的那个女人是一个善于捉弄人的能手,比你们讲过的任何一个受人捉弄的角色都高出一筹,可是后来还是上了别人的当。

且说过去有这么一种惯例,也许这种惯例到今天依旧保持着:凡是有港口靠近海的地方,所有客商的货物在卸下后,都得寄存在一个地方,这种地方大多叫海关,有的是民办,有的为当地官员所掌握。商人们在这里把货物清单及其价值开列出来,由管理人员指定仓库让他们存放货物,再用钥匙锁好;以后,海关管理人员将货物登入账册,客商将一部分或全部货物提出时,均须纳税。当地的经纪人,往往根据这种账册,前去打听海关里货物的数量与质量,再按照他们获悉的行情,去洽谈生意,做各式各样的交易和买卖。

西西里岛的巴勒莫地方,也和其他地区一样,按照上述惯例办事。那个地方不论过去和现在,都有不少姿色极佳而道德败坏的女人,如果你不清楚她们的底细,还以为是品性高洁的名门淑媛呢。她们对付男人,不但一心一意揩他们的油,而且剥他们的皮,一见外地客商来到,就到海关的簿册上去查明这人的底牌:他手里究竟有多少货物,值多少钱。然后她们就用自己的色相和甜言蜜语,向这些商人献媚,千方百计勾引他们,使他们堕入爱河。有许多人都掉入这个圈套,有的人损失了好多财货,有的人落得个倾家荡产的下场,有的连货带船,甚至自己的血肉之躯也保不住了。这班女理发师,操起剃刀来可真有一手呢。

话说不久以前,有一个年轻的佛罗伦萨人奉主人之命,来到巴勒莫。此人名叫尼科洛·达·奇尼亚诺,不过人家都唤他为萨拉巴埃托。他在萨勒诺的市场上搞到了一批价值五百金弗罗林的毛织品后,就带到那边去,在海关里付了包装税后,就把货物寄存在仓库里,并不急于出售,径自进城去玩乐了。

这小伙子长得很俊,白净的脸儿,一头金发,可谓仪表堂堂。事有凑巧,当时有个干这门勾当的女人,自称为扬科费奥蕾①夫人,打听到了他的一些情况以后,就向他眉目传情起来。他自然心领神会,把她看做是一位贵妇人,同时认为自己的俊美已博得了她的欢心,一心一意想悄悄跟她勾搭上。此事他在任何人面前缄口不提,只是在女人的屋子面前踱蹀。那女人也会意了,在对他频传秋波、燃起了他的热情以后,就装出一副为他苦苦害相思的神态,暗中派一个善于拉皮条的女用人上他那儿。女用人同他谈了好一阵子,就含着眼泪对他说,他长得这么秀美动人,风流潇洒,她的主妇全给迷上了,日日夜夜心神不宁;因此,如果他愿意,盼望他务必到一个浴室里去幽会。说完这些话后,就从衣袋里取出一只戒指,代表女主人送给他。

萨拉巴埃托听了这话,真是欣喜若狂,于是接过戒指,揉揉眼睛细细察看,还吻了几下,然后戴上手指,又对那个女用人说,扬科费奥蕾夫人既然爱

---

① 西西里方言,系"白色的花朵"之意。

上了他,他自当好好报答,因为他爱她甚于自己的生命,只要夫人高兴,他随时随地都愿意上她那儿去。

那个牵线的女用人回去以后,就把小伙子的话告诉了夫人,后来又立即来对萨拉巴埃托说,明日晚上要在哪个浴室里等候。到了约定的时辰,小伙子就赶到那边,发觉那浴室已由那女人租好了。不多时来了两名婢女,一个头上顶着一幅华丽宽大的棉垫,另一个顶着一个其大无比的桶,里面装满了各种东西。她们把棉垫放在浴室里的一张床上,再在垫子上铺了一对绣得十分精致的缎子被,又在被上铺一条雪白的细布床单,另外摆上一对极其精巧的绣花大枕头。接着,两个婢女脱下衣服,走到浴池里,把浴池洗得一干二净。

不一会,夫人也来到浴室,身边另带两名侍婢。她一见到萨拉巴埃托,就欢天喜地跟他打起招呼来,接着长吁短叹,又不住拥抱他,亲吻他,然后说:

"除了你以外,我不知道谁能把我撩拨到这个地步呀!你这个托斯卡纳的小亲亲①啊,居然在我心里燃起了这么一团烈火!"

随后小伙子顺着那女人的意旨,两口儿一起脱光了衣服,双双进入浴池,两名婢女也跟着他们。在浴池里,夫人不许她们染指,亲自用麝香和丁香肥皂把萨拉巴埃托从头到脚彻彻底底地洗了一通,随后叫那两个侍婢替她自己擦洗一番。洗好以后,婢女们拿来了两条洁白柔软的被单,它们用玫瑰花的香味熏过,香气扑鼻,一条裹在萨拉巴埃托身上,另一条裹在那女人身上,然后把他们双双抬到床上。等他们不再流汗时,婢女们便把他们身上的被子揭开,让两人一丝不挂地躺着。以后,婢女们又从篮子里取出了一些非常漂亮精致的香水瓶,都是用银子做的,里面有的盛满了玫瑰香水,有的盛满了桔花香水,有的是茉莉花香水,有的则是橙花香水。婢女们把这些香水全洒在他们身上,然后又端出几盒甜食和名贵的葡萄酒,供他们享用。

此时萨拉巴埃托觉得仿佛置身于天堂,目不转睛地瞅着那个女人,她确实长得美极了。他觉得时间实在太慢,恨不得那两个婢女早些走开,可以早些投入她的怀抱;在他看来,他好像已等上几百年了。后来,在那女人的盼

---

① 因为本书男主人公萨拉巴埃托是佛罗伦萨人,而佛罗伦萨在托斯卡纳境内,故云。

咐下,婢女们终于走了,在浴室里留下一盏灯。于是她搂住了萨拉巴埃托,他也抱住了她,尽情欢乐了好长时间。萨拉巴埃托觉得夫人已把全部的爱倾注在他身上,感到无限快慰和满足。

又过一些时候,夫人认为应当起床了,便把婢女们叫来。他们穿好了衣服,又喝了些酒,吃了些点心提提神,并用香水洗了脸和手。夫人准备离开时,对萨拉巴埃托说道:

"要是你高兴,今晚就请你上我家吃晚饭,和我一起过夜,这对我将是莫大的荣幸呢。"

萨拉巴埃托已经被她的美貌和千娇百媚的功夫迷住了,满以为她像心肝宝贝一样疼爱他,当即答道:

"夫人,凡是您高兴的事情,我都非常愿意效劳,所以今夜也好,以后不论何时也好,我都愿意称着您的心去做,您吩咐我做什么,我就做什么。"

于是夫人回到家中,叫下人把自己的卧室装点了一番,精致的家具,华美的衣服,都一一陈列出来,还叫仆人准备了一顿极其丰盛的晚餐,等待萨拉巴埃托到来。天稍稍黑下来时,那小伙子果然如约前往,夫人兴高采烈地接待了他,晚餐在十分欢乐的气氛中进行,佣仆们又侍候得非常周到。饭罢两人步入卧室,小伙子闻到芦荟木一股异香扑鼻的味儿,又见床上按照塞浦路斯人的习俗,装饰着各种各样的玩具鸟儿,鸟儿身上发出了浓郁的香气。他又看到那张床华丽无比,床柱上挂着许多美丽的衣服。所有这些装潢和摆设,没有一件不使那小伙子觉得她准是一位富贵双全的夫人。尽管他听到有人在窃窃私语,说她不是什么贵妇人,但他一点也不愿相信。即使他相信了人家的话,说有些男子已经受骗上当,他也无论如何不会相信,他会遭受同样的命运。那天夜里他和她睡在一起,真是其乐无穷,他只觉得自己的爱情之火烧得更旺了。

第二天早晨,夫人送给他一条精美绝伦的银带,给他系在腰上,上面还结着一只漂亮的钱包。她对他说:

"我亲爱的萨拉巴埃托,我一辈子也忘不了你。我这个人已完全属于你,随你摆布了。我家里所有的东西也好,我本人也好,都可以随你支配。"

萨拉巴埃托高兴极了,又拥抱她,亲吻她一番后,才走出了那女人的家门,到客商们经常集会的地方去了。

以后，那商人经常和她来往，不花一个子儿，因此越来越迷恋上她了。不久，他卖掉了一些衣料，赚了不少大钱，那女人立即从别处打听到这个消息。

话说一天晚上，萨拉巴埃托又上她那儿，跟她聊天、戏谑，拥抱亲吻，一股欲火烧得如此炽烈，似乎恨不得为了爱情而死在她的怀抱里。那女人又想送他两只精美无比的银杯，但萨拉巴埃托不肯接受，因为他先后已受了她三十弗罗林金币的礼物，而她却没有让他花上一文钱的银币呢。那位夫人对他这么痴情，这么慷慨，他真为她神魂颠倒了。这时一名婢女按照那女人事先的安排走了进来，把女主人唤出房去。她去了不一会，就哭哭啼啼地回来了，一下子倒在床上，泪流如注，哭得伤心透顶，仿佛是世间最可怜的女人。

萨拉巴埃托见状大惊失色，连忙把她抱了起来，也不由和她一起痛哭失声，接着说：

"唉，我的心肝宝贝，您怎么一下子变成这个样儿？您这样伤心，究竟是什么原因？唉，我的小亲亲，快告诉我吧。"

那夫人经不起他再三恳求，就开口说：

"哎哟，亲爱的先生，这事我不知从哪儿说起才好，也不懂得该怎么办呀！我刚才接到我弟弟从墨西拿①寄来的一封信，要我把所有的家产都卖掉当掉，在八天之内凑足一千枚弗罗林金币寄给他，要不然，他的脑袋就要给砍了。我真不知道该怎么办才好，这么短的时间里，我怎么能搞到这么一笔款子呢？要是他给我十五天期限，我还可以在别处想办法弄到手，就是再多一些钱也行；或者我可以卖掉一个庄园。现在可来不及了，我还不如干脆一死了事，免得听到我弟弟不幸的消息啊！"她说这些话时，一面装出悲痛欲绝的模样，一面依旧哭个不停。

萨拉巴埃托已为爱情的火焰迷住了心窍，见她泪流满面，言词又十分恳切，竟信以为真，于是说：

"夫人呀，我虽然没法给您一千弗罗林金币，但可以借给您五百，您只要在十五天之内还我就行了。算您运气好，我昨天刚把那些布料卖掉，不然怕

---

① 意大利地名，在今西西里岛。

一个子儿也借不出来呢。"

"天哪!"那女人嚷道。"难道你还缺钱用吗?那你干吗不早些对我说呢?我虽然拿不出一千来,一百两百总能凑给你的呀。这样看来,我就没有勇气来接受你对我的一番好意了。"

萨拉巴埃托听了这些话,更加心醉神迷,便接口说:

"夫人,您千万别因此推辞,要是我像您那样需要钱用,我早向您提出了。"

"天哪!"夫人说。"我的萨拉巴埃托,现在我明白你对我确是一片真心,而且全心全意爱着我呢。所以当我需要这么一大笔钱的时候,你不等我开口,就慷慨地帮助我。说真的,哪怕没有这件事,我也早已属于你了;现在,我更要全心全意爱着你。你救了我弟弟的命,我一辈子也要感谢你呀!天晓得,我实在不愿拿你这笔钱,我知道你是一个商人,商人做什么事都得用钱的。可是我真是走投无路,而且相信一定有办法还给你,所以才借用一下。至于缺少的部分,如果一下子想不出办法来,那只好把我所有的东西拿去抵押再说。"说罢,她就依偎在萨拉巴埃托身上,痛哭流涕。

萨拉巴埃托安慰她,同她一起过夜。不待她再开口,他就把五百弗罗林金币给了她,表示自己是多么慷慨大方,惟命是从。那女人拿了这笔钱,眼睛在流泪,心里却在笑,而萨拉巴埃托却对她所许下的诺言深信不疑。

女人拿到了那笔钱后,情况就开始变了。以前,只要萨拉巴埃托高兴,随时可以去找那个女人,如今她找起种种借口来,难得让他进去相会,见面时,她也不像过去那样笑脸迎人,温存体贴,兴味无穷了。该还的那笔钱,过期了一二个月,仍不见还;向她提起这件事,她只是用言语搪塞一番了事。这时萨拉巴埃托才看穿了那个坏女人的阴谋诡计,怪自己太没有头脑,可他心里明白,此事对她又无可奈何,因为这笔借款既没有笔据,又没有人证。他不好意思在别人面前诉苦,因为人家早已提醒过他,叫他提防这种女人,又怕别人讥笑,这回他受女人捉弄,完全是自己愚蠢胡涂,可谓自作自受。他真是伤心透顶,为自己做的傻事暗暗哭泣。此时他已接到东家们好几封信,叫他把货物脱手,把钱寄给他们;为了不让他们知道自己身边已没有多少钱财,便决计一走了事。他登上一条小船,不按原定计划回到比萨,而是开往那不勒斯。

当时那不勒斯城里住着我们的一位乡亲,名唤皮耶德罗·德洛·卡尼贾诺①,他是君士坦丁堡女王的司库,才智过人,精明能干,和萨拉巴埃托一家交情深厚。卡尼贾诺为人极其谨慎,萨拉巴埃托对他视为知己。他在那里暗自伤神,过了几天,就把自己所做的事和不幸的遭遇全说给他听了,要他出出主意,并求他帮助在那不勒斯谋个生计,坚决表示自己一辈子也不打算回佛罗伦萨了。

卡尼贾诺听了他的经历十分难过,对他说:

"你这件事做得不对头,行为不够检点,对东家又不讲信用,一下子把这许多钱竟花在风月场中了!不过徒然追悔又有什么用呢?还是想一些补救的办法吧。"

他原是一个聪明人,马上就想出一个对策来,对萨拉巴埃托说了。对方听了这条计策,十分高兴,就准备冒一下风险,按计划去办。

萨拉巴埃托手上本还有一些钱,卡尼贾诺又借了些给他,于是他搞到了好多包捆缚得紧紧的苎麻,又买了二十只左右的油桶,装满了各种东西后,就启程到巴勒莫去。到那里后,就把包扎好的货物全交给海关,并标明了各个桶的价格,填好清单,以他的名义入账,再存入仓库。同时他声明这批货物暂且存放不动,待另一批货物来后一起出售。

扬科费奥蕾夫人打听到这一消息,又听说他这次带来的货物价值二千弗罗林金币,甚至还要多些,而另一批将要运到的货物却值三千金币以上,于是她觉得上次骗取的钱实在微乎其微,就准备把五百元还给他,以便把他现有的五千金币大把捞进来。因此她又派人去找萨拉巴埃托了。

萨拉巴埃托心怀叵测地前去赴约,那女人只装做完全不知道他这一回带来了些什么,欢欢喜喜、亲亲热热地说:

"哎哟,上次的钱没有如期还你,要是你对我生气的话……"

萨拉巴埃托呵呵笑道:

"夫人,这件事我确实不大高兴。不过要是我想博得您的青睐,我把心挖出来献给您也心甘情愿。我要您听我说,我对您是多么悃恨呀。我爱您有多深,因此我把大部分产业都变卖了,现在得了价值二千多弗罗林金币的

---

① 此人在历史上确有其人,是薄迦丘的朋友,与他同庚。

货物来到这儿,还有价值三千多金币的货物不久将从西方运来。我打算在这块地方开一家商号,在这儿定居下来。为了经常接近您的芳泽,我觉得最好一天到晚跟您卿卿我我,相亲相爱,我看这比跟任何恋人在一起都要强呢。"

那女人接嘴说:"瞧你的,萨拉巴埃托,所有对你有利的事,我都非常乐意,因为我对你的爱,超过自己的生命。你打算回到这里,在这儿定居,这叫我太高兴了,因为我也希望再跟你相处好些时间呢。不过我要请你稍稍原谅我一下,因为你上次走的时候,有几回你想来而没有来成,有几回你来了,却没有像过去那样相聚得那么欢乐。更糟糕的是,我没有在约定的期限把钱还给你。你得知道,我当时已伤心得要命,悲痛到极点了。无论谁处在我那样的境地,也不会再有什么心情和颜悦色去侍候她的情人,不管她爱他有多深。你也得知道,一个女人要搞到一千弗罗林金币,是多么困难。欠我债的那些人,说的话都不算数,不遵守诺言,所以我只得向别人说谎了。因此我没有还你的钱,也是别人的过错。可是你离开后不久,我的债就收齐了,要是我知道你在哪里,我准会寄给你的,因为不知你的去处,就只好把这笔钱保存起来了。"

说罢,她就找到一个钱袋,里面果然有以前她借去的那些钱币。她把钱放在他手里,对他说:

"请你数一下,是不是五百。"

萨拉巴埃托大喜,数了一下,正好是五百金币,便回答她说:

"夫人,我知道您说的话句句是实,你这种做法也足以说明对我是一片真心。凭着您的这片心意和我对您的这份情爱,不论您需要多少钱用,只要我办得到,我无不遵命。既然我准备在这里安顿下来,您尽可以考验我一番呀。"

于是萨拉巴埃托又跟她亲热起来,重新和她来往。她对他又大献殷勤,百般温存,装出千娇百媚的姿态。

不过萨拉巴埃托对她的欺诈行为早已看在心里,要以牙还牙地惩罚她一下。有一回,她派人请他去用晚餐,并到她家过夜,他去时显得愁容满面,悲痛欲绝,仿佛快要离开人世。扬科费奥蕾拥抱他、亲吻他,问他为什么这样郁郁不乐。她苦苦地问了好久,他才答道:

"我什么都完了。因为我指望货物快些运来的那条船,全给摩纳哥①的海盗劫走了,他们索取一万弗罗林金币作为赎金,我名下得付出一千弗罗林,而我却一个子儿也没有。您还给我的五百元,我当时就寄到那不勒斯去,叫人买布运到这儿来。如今市上行情不好,要是眼下就想把手里的货物抛出,真是三文不值二文呀。我在这里人地生疏,找不到什么人来帮助我,我真是束手无策,连话也说不上来,如果不把赎金马上交出去,那批货物就会给海盗带到摩纳哥,那时我什么都得不到了。"

那女人听了十分着恼,只怕什么都落得一场空,便暗自琢磨,有什么办法才不致使那批货物运到摩纳哥去。想好了,便开口说:

"天知道我心里有多难受,因为我是多么爱你呀。可是这样伤心又有什么用呢?如果我有这么多的钱,天主在上,我可以马上借给你,可惜我没有呀。说实话,这里有这么一个人,过去我缺少五百元钱,曾经向他借过。不过他是放高利贷的,至少要百分之三十的利息。何况向那个人借钱,还得拿东西去抵押。只要他肯借,我准备拿我所有的东西和我这个人去抵押,以便为你效劳,可是其余部分,你拿什么去担保呢?"

萨拉巴埃托看出了那女人肯替他出力的动机,而且明白要借这笔钱给他的,正是她本人。此事他正中下怀,连忙向她道谢,随后又说,既然此事出于无奈,哪怕利息再高些也得借。他接着说,他可以拿海关里的货物作抵押,货物准备过户给借债给他的人,不过仓库的钥匙仍得由他自己保管,对方想看货时,他可陪着去,免得货物让人变动、掉换或做手脚。

女人听了说,他这番话说得好,抵押的办法也行。于是在第二天,她请一位很信得过的掮客前去她家,把此事一五一十告诉了他,并交给他一千弗罗林金币。掮客把一千金币借给了萨拉巴埃托,同时把萨拉巴埃托存在海关里的那批货物过了户,双方相互写了笔据,立了契约,谈妥以后,才各自办其他的事去了。

办完此事,萨拉巴埃托尽快登上一条小船,带了一千五百弗罗林金币,回到那不勒斯,上皮耶德罗·德洛·卡尼贾诺家里去了。到那不勒斯后,他就把该给东家的布款如数寄到佛罗伦萨,又还清了卡尼贾诺和其他友人的

---

① 当时摩纳哥是海盗出没之地。

债务,接着,他和卡尼贾诺两人又把那西西里女人受骗上当的事取笑了好几天,好不快乐。从此以后,他不想再做生意了,便到弗拉拉过日子。

再说那个女人扬科费奥蕾以后在巴勒莫见不到萨拉巴埃托,起先感到有些奇怪,后来就怀疑起来。她等他两个月仍不见他的踪影,便叫那个捐客去打开仓库。他先去摸摸油桶,以为里面装满了油,谁知看到的却尽是海水,只是每桶水的表面上浮着一层油罢了。接着解开一包包货物,只见里面除了两捆布外,其余全是苎麻。总之,这些东西的全部价值还不到两百弗罗林呢。

此时扬科费奥蕾才知自己丢了丑,痛哭流涕了好一阵。她不但把五百金币还了他,而且把借去的一千金币也赔上了。以后她几次三番对人说:"跟托斯卡纳人①打交道,一不小心就糟糕。"②那女人就是这样既损失了金钱,又上了当;现在她才明白,你会玩诡计,他也会耍花招,一报还一报。

迪奥内奥讲完了故事时,劳蕾塔知道自己任期已满,不该再当女王了,便对皮耶德罗·卡尼贾诺赞美一番,说他的主意出得好,效果也佳,又说萨拉巴埃托颇有头脑,能够不折不扣按计划办事。说罢她摘下王冠,把它戴在埃米莉亚头上,柔声柔气地说:

"姐儿,你做了女王后,是不是觉得别有风味,我可说不上来,不过咱们好歹有一位漂亮的女王喽。希望你的政绩能和你的美貌媲美。"说完后就回到座位上。

埃米莉亚觉得有点儿腼腆,这倒不是因为她当选了女王,而是因为听到劳蕾塔当众称赞她。凡是女人,总是最爱别人夸她美貌的。这时她的脸儿绯红,像黎明时刚刚开放的玫瑰花。她低垂了一会眸子,待脸上的红晕消退了,才和总管一起安排大伙儿的一些有关活动,接着说:

"可爱的女郎们,大家都明白这个道理:牛儿套着轭子劳累了半天,也得松松轭,让它自由自在地在林子里找它最喜欢的地方去吃草。我们这里看到的,是草木葱茏、枝繁叶茂的花园,比起只有橡树生长的林子,不但不逊

---

① 此处即指佛罗伦萨人,因佛罗伦萨在托斯卡纳。
② 这是托斯卡纳人爱用的一句谚语,原文有韵,译时亦仿效之。

色,而且美丽得多。这些天来,我们所讲的故事都受到特定题材的约束,我认为现在还是有必要松动一下,松动一番后,就可以重新振作起精神来,再套上轭子,这样不但富有成效,而且十分合适。因此,你们明天讲起故事来,我希望你们可以不拘一格,随心所欲地讲述,爱讲什么就讲什么。我深信,故事的题材多种多样,比限定只讲一个题材同样富有风趣;要是这一点能够做到,那么以后继承我王位的人,在经过这段时间的休整后,执行他们的法规时就更有把握了。"说完这席话,她就让大家自由活动,到晚饭时再聚面。

  大家对女王说的话称赞一番,认为十分贤明,于是站起身来,各自任意玩乐。女郎们有的去编织花环,有的在嬉戏;小伙子们或是玩牌,或是唱歌,就这样一直玩到吃晚饭的时刻。用饭的时间到了,大家聚集在美丽的喷水池周围,兴高采烈地用了一顿晚餐,饭后按照惯例,载歌载舞,乐了好一阵子。最后,女王遵从前人的规矩,吩咐潘菲洛唱一支歌,尽管有好几位已自愿唱过几支了。于是潘菲洛爽爽朗朗地开始唱起来:

> 爱神啊,我在你那儿
> 感受到那么多的喜悦和欢愉,
> 在你的火焰中燃烧,真是幸福。
>
> 我的心里真是欢快无比,
> 有一种异常甜蜜的滋味,
> 这都是你赐给我的恩泽。
> 这种幸福从我心头向外流溢
> 它再也不能藏住在我的心扉,
> 因而脸上闪现着欢乐的光泽。
> 沉醉于爱情的美色,
> 又享受如此崇高的荣誉,
> 情焰的烧炙我就容易顶住。
>
> 我知道我的歌唱,不论怎样
> 也表达不出我的幸福,啊,爱神;

我的笔也无法把它描绘。
如果我办得到,我也要把它隐藏。
要是别人知道这件事情,我就会痛哭,伤悲,
可我现在却欢欢喜喜,
因为不论用的是任何笔墨,
要表达我这片心意都是不足。

谁能想得到我的两条臂膀,
曾经伸到她的身子,
把她紧紧地搂抱;
我真想走近她身旁,
用我的脸贴着她的脸儿,
凭着福泽和爱情的浪潮!
我的幸福人们无法知晓,
我在心底里埋起这份欢愉,
把浓烈的情焰燃在她处!①

潘菲洛的歌唱完了。大家固然应和着唱,但对他的歌词,谁都聚精会神地倾听着,而且在努力猜测他曲调中的弦外之音。尽管众人东猜西想,却没有一个猜出其中的真正涵义。女王见潘菲洛唱完了歌,而小伙子和女郎们都想休息一会,便吩咐各人前去就寝。

---

① 译文基本按原诗押韵。

# 第九天

> 《十日谈》第八天结束,第九天由此开始。在埃米莉亚的主持下,大家各自随意讲一个自己最喜欢的故事。

灿烂的晨光驱走了黑夜,星星密布的八重天已经变成了一片淡蓝,草地上的小花渐渐抬起头来。这时,埃米莉亚已经起床,把女伴和小伙子们都叫了起来。女王领着大家走出屋子,缓步向离别墅不远处的一片林子走去。一进林子,他们看到好多动物,有小羊、麋鹿,以及其他野兽。这些动物看到人来并不害怕,好像已经驯服了一般,这也许是因为这些动物已看准猎人不会再向它们开枪射击,如果没有这场瘟疫,它们就不会这样了。这伙男女一会儿走近这只山羊,一会儿靠近那头麋鹿,几乎走到它们的身边,赶得它们奔跑跳跃,觉得甚是有趣。但太阳已经升得很高,大家都觉得该回去了。他们一路行来,头上戴着橡树叶编的花冠,手里拿的不是香草就是鲜花,假使当时有谁遇到他们,一定会说:"啊,这些人定会长生不老,即使到了生命的最后关头,也依然高高兴兴。"

就这样,大家一路欢唱跳跃,叙谈玩乐,回到别墅。别墅里已经安排得井井有条,大家无不觉得亲切高兴,个个眉开眼笑。他们并没有立刻入席,先休息了一会儿,几个青年和女郎又唱了六支小曲,每支小曲都是喜洋洋的,一曲胜一曲。唱好后,大家洗了手,由总管遵照女王的旨意引导就座。饭菜端来,个个吃得津津有味。餐罢离席,大家又跳舞唱歌,欢乐了好一阵子,直至女王下令,才各自回房休息。

讲故事的时刻到了,大家都集合到一向讲故事的地方。女王看着菲洛梅娜说,今天的故事由她开头。菲洛梅娜微微一笑,便开始讲下面的故事。

## 第一则故事

> 弗朗切斯卡夫人被里农乔和亚历山德罗追求,她却一个也不喜欢。她故意叫他们一个躺进坟里装死人,另一个去盗尸。两个人都不能完成任务,她巧妙地摆脱了他们。

女王,在这样一个自由自在的地方——这当然是托大家的福,承蒙你吩咐,叫我第一个讲故事,使我感到十分荣幸。如果我能讲得好,我相信,后面的故事一定会讲得更好。

各位女郎,我已经讲了很多故事,这些故事都表明了爱情的力量有多大。可是我并不认为在这方面我们已经讲得十分充分,我看哪怕我们不讲别的,专讲爱情,再讲整整一年,恐怕也讲不完。因此,我现在很愿意再给大家讲个故事,让大家知道爱情的力量有多么大,它不但能使情人甘冒生命危险,而且能叫他走进墓穴,把死尸拖出;你们还可以看到,一个勇敢的女人如何运用智慧,就摆脱了两个她并不喜欢的追求者。

话说在皮斯托亚城①里,住着一位十分漂亮的寡妇。有两个我们佛罗伦萨的同乡,被放逐到了皮斯托亚,一个叫里农乔·帕莱尔米尼,另一个叫

---

① 距佛罗伦萨不远的一座小城。

亚历山德罗·基亚尔蒙特西,两个人都爱上了这位寡妇,不过,彼此之间并不知道。两个人都尽其所能大献殷勤,想要得到这个寡妇的欢心。

这个寡妇名叫弗朗切斯卡·德拉扎里,她经常接到那两个人的情书,被他们的求爱搅得不得安宁。起初她还显得随和,多次表现出愿意听他们的祈求,到了后来,想要摆脱时已经不可能了。她决计要摆脱他们的纠缠,终于想出了一个主意。她要他们替她做一件事,她知道,两个人肯定是愿意去干的。这事虽然不是不可能,可如果他们干不成,那她就可以堂堂正正名正言顺地不再理睬他们的情书了。这就是她的打算。

就在她这样想的那天,皮斯托亚城里死了一个人,他虽然出身于大户人家,可是一生无恶不作,不仅在皮斯托亚,就是走遍全世界,也很难再找到比他更坏的无赖了。不仅如此,就是在他活着时候,他的相貌也其丑无比,面目可憎,凡是不认识他的人,初次见面,总会感到害怕。他的尸体已被埋到圣方济各会教堂外的坟地里。那个寡妇觉得,这正是实行她计谋的好机会,于是就对她的女仆说:

"你知道,那两个佛罗伦萨人整天给我写信,就是那个里农乔和另一个叫亚历山德罗的,他们的信叫我十分讨厌,而且还让我十分苦恼。这两个人我一个也不爱,我早就想设法摆脱他们了。我记得,他们都说过,为了我,他们可以赴汤蹈火,现在我就要试试他们,我想,我要他们做的事他们肯定做不到,这样我就可以摆脱他们的纠缠了。你且听我采取什么手法吧:

"你知道,今天上午,斯卡纳迪奥(我们刚才提到的那个无赖就叫这个名字)被葬到了圣方济各会教堂外的坟地。这个人不要说是死了之后,就是活着的时候,世界上胆子最大的人见了,也会给吓坏的。你先悄悄去对亚历山德罗说:'弗朗切斯卡夫人叫我来对你说,你千方百计地追求她,现在机会来了,只要你肯替她做一件事,你就准能得到她的爱情,想什么时候找她,就什么时候前往。今天夜里,她的一个亲戚要把今天下葬的斯卡纳迪奥的尸体拖到她家里——这样做的原因,你以后自会明白。在他活着的时候,夫人就怕见他,现在他已成了死人,夫人实在不愿看到他。因此,夫人想求你帮个大忙,到了晚上睡头觉的时候,请你钻进埋葬斯卡纳迪奥的墓穴,剥下他身上的衣服,穿在你自己身上,躺在墓穴里,假装是个死尸,等到有人来把你拖走,那时你绝对不能动一动,不能哼一声,就这样让他把你拖到夫人家里,到时她自会收留你,你和她在一起爱呆多久就呆多久,至于其他一切,她自会安排。'如果他一口答应下来,那就无话可说;如果他不肯答应,你就传我的话说,叫他以后别再来见我,既然他把自己的性命看得那么宝贵,就不必再写什么情书,派什么人来了。

"做完这些之后,你再到里农乔·帕莱尔米尼那里对他说:'弗朗切斯卡夫人叫我来向你致意,她说她愿意陪你寻欢作乐,只是她希望你帮她一个大忙。事情是这样的:今天上午,斯卡纳迪奥落葬了,夫人要你今天半夜前往他的墓穴,不管看到什么,碰到什么,或者听到什么,你千万不要说话,只把尸体轻轻抱起来,扛到她家里,那时你就会明白她为什么求你这样做,她会满足你的要求,让你心满意足。如果你不肯帮她这个忙,那么她说,从此以后你就再也不必给她写信,或者打发人去找她了。'"

女仆分头找到那两个男人,把女主人的话有声有色地讲给他们听,两个人都满口答应,说是只要能博得她的欢心,别说是到坟墓,就是地狱也可以去走一趟。女仆回去禀报了主人,寡妇暗自好笑,耐心等着看这两个疯子是不是真能做出这种事来。

夜幕降临。到了睡头一觉时,亚历山德罗·基亚尔蒙特西便脱掉外衣,只穿一身紧身衣,走出自己的家门,前往墓穴去冒充斯卡纳迪奥的尸体。他一路走着,心里非常害怕,对自己说:"咳,我真是个傻瓜!我这是往哪儿去啊?会不会是她的亲戚已经发现我在追她,以为我们已经有了什么关系,逼她设这么个圈套,好叫我给杀了?如果真是这样,我真的被干掉了,那可是神不知鬼不觉,他们会无损于一根毫毛。要么是我有了什么情敌,他也爱上了她,想用这种方法把我干掉,好把她给独占?"他接着又想道:"就算我这些想法都是胡思乱想,她的亲戚如果把我扛到了她的家里,我想他们也不会抱着斯卡纳迪奥的尸体,或者把尸体放到她的怀里。看来可能是这么一回事:他们也许吃过他的亏,现在想在这尸体上出一口恶气。她关照我说,无论我听到什么,绝对不能动一动。可是,如果他们挖我的眼,拔我的牙,砍我的手,或者其他类似的事,那我该怎么办呢?我怎么能一声不吭呢?万一我开了口,他们就会认出我来,就会害我。就算他们不把我怎么样,我也得不到什么便宜,因为他们不会让我留在她的家里;而且她还会说,我没有按她的吩咐办事,到头来还是不能满足我的要求。"

他这样左思右想,正想转身回家;可是,他又实在太爱她了,爱情的力量使他又想出另一套与此不同的理由,使他产生了一股力量,鼓舞自己继续前进。这股力量鼓舞着他打开墓门,钻进墓穴,脱掉斯卡纳迪奥的尸衣,穿到自己身上,把墓门关上,躺到原来放着尸体的地方。这时,他不由得想起了死者生前的行径,又想起了从前听人讲过的事,他们说,夜间鬼怪出现十分可怕,他们讲的是鬼怪出现在别的地方,在坟墓里那就更可想而知了。这样想着,直吓得周身的毛发都竖了起来,好像斯卡纳迪奥就要站起来,反要把他给挪开。可是,在强烈的爱情力量鼓舞之下,他战胜了这些恐怖和疑虑,真像一具死尸一般躺在那里,静候应该发生的事情到来。

　　再说里农乔,他看看已到半夜,于是从自己家里出来,准备遵照情人的吩咐去做。他走在路上,思绪万千,想到可能会出什么事:肩上扛着斯卡纳迪奥的尸体,会不会撞到巡逻手里,被当作男巫抓走,活活烧死,或者将来这件事万一传开,他会不会遭到斯卡纳迪奥家人或者其他什么人的报复。想着想着,不觉停下了脚步。可是他又转过来一想,对自己说:"唉,我早就爱这个女人,现在还在爱着她,她第一次求我做一件事,我就拒绝她吗?尤其是,我干了这件事,就可以得到她的爱情,怎么好拒绝呢?即使要我的命,我也不能说话不算数呀!"

　　于是,他又继续往前走,终于来到墓前。他并不费什么力气就把墓门打开了。亚历山德罗听到墓门被人打开,虽然十分害怕,但依然一动不动。里农乔爬进墓穴,以为躺着的亚历山德罗就是那具死尸,抓住他的双脚,扛到肩上,朝那位可爱的女人家里走去。一路上,他认为背的反正是死人,所以根本不顾死活,一会儿碰到墙角,一会儿又撞到长凳上,加以伸手不见五指,他简直连路都认不出来了。

　　就在里农乔快要来到那位可爱的女人门口时(她正和她的女仆站在窗口,看看里农乔是不是会把亚历山德罗拖来,同时早已准备好了一套说词,好把来者打发走),街上正有几个巡逻站岗,静静地躲在暗地里准备伏击一名盗贼。他们听到里农乔的脚步声,立即点亮火把,看个究竟,一个个举枪持盾,齐声高喊:"什么人?"里农乔一看是巡逻,来不及多加思索,扔下亚历山德罗,拔腿就跑。亚历山德罗穿着一身尸衣,虽然又肥又大,可动作并不慢,也跟着没命地逃去。

借着巡逻的火光,那女人清楚地看到,里农乔肩上扛着亚历山德罗,后者穿着斯卡纳迪奥的尸衣。她看到两个人真有勇气做出这种事来,真使她惊异不止。可是,当她看到一个把另一个扔到地上不管,一个跳起来跟着另一个就跑,她觉得非常好笑,而且啧啧称奇。这幕喜剧就此收场,她心头的烦恼顿时消失,她感谢天主替她把这两条汉子赶跑了。她离开窗口,回到房间,对她的女仆说,毫无疑问,他们非常爱她,因为他们显然已干完了她吩咐他们做的事。

里农乔十分沮丧,诅咒自己命运不佳,却又不肯就此回家。等那些巡逻走开之后,他又回到扔下亚历山德罗的地方,暗中摸索那具尸体,打算摸到之后继续干成这件好事。可是,摸来摸去就是找不到,以为是那些巡逻给抬走了,只得自认倒霉,灰溜溜地回家去了。

第二天早晨,人们发现斯卡纳迪奥的墓穴给打开,尸体不知去向——原来亚历山德罗把尸体推到墓底去了,全皮斯托亚的人对这件事议论纷纷,各抒己见,一些愚蠢的人竟认为斯卡纳迪奥是给魔鬼带走了。

尽管如此,那两个为爱情所鼓舞的男人,依然分别去找那个女人,说明并不是没有照她的话去做,而是遇到了意外,因此没有完成她交托的任务,请她原谅,要她开恩,而且再度向她求爱。可是,她装做根本不信这套,斩钉截铁地对他们说,既然她求他们的事不曾做到,那就永远别再来纠缠了。她就这样摆脱了这两个人。

## 第二则故事

> 女修道院长被急匆匆唤醒,半夜里去抓一个犯了奸情的修女;院长本来也正同一个教士鬼混,抓起教士的内裤戴在头上,还以为戴的是头巾;那修女看到后,指了出来,得到院长宽恕,以后就方便地同她的情人寻欢作乐。

菲洛梅娜讲完故事,大家都赞扬那个女人,竟然用智慧摆脱了她所不爱的男人;他们认为相比之下,那两个男人如此行事,那算不得爱情,而是发疯。这时女王和颜悦色地对埃丽莎说:"埃丽莎,你接着讲吧。"她立即开始讲道:

各位女郎,你们刚才听到,弗朗切斯卡夫人怎样凭着机智消除了她的烦恼,现在我讲个年轻修女的故事,她说出一番漂亮的话来,在命运女神的帮助下摆脱了险境。你们想必都知道,世上总有一些愚昧透顶的人,他们好为人师,一味对别人指手画脚,可是,正如你们从我这个故事中所看到的,命运女神有时却偏要叫这种人出丑,而且罪有应得。有一个女修道院长就这样出了自己的丑,我要讲的那个修女就归她管束。

且说从前伦巴第地区①有一所以圣洁和虔诚闻名的女修道院,院里修女当中,有一个出身高贵、容貌十分美丽的少女,名叫伊莎贝塔。一天,她的家人来探望,她隔着格子窗同家人谈话,竟爱上了一个跟来的漂亮小伙子。那小伙子看了她那脉脉含情的眼神,又见她长得如此漂亮,也爱上了她。但尽管彼此有情,无奈时间有限,难成好事,两人十分痛苦。不过既然你有情,我有意,到后来,那小伙终于发现了溜进院里来的一条通道。对于这条暗道,这个年轻修女也很高兴。于是,小伙子不是只来一次,而是多次来和她相会,两人真是欢乐无比。

可是时间一长,难免出事。一天夜里,那小伙子离开伊莎贝塔要走时,给修道院的一个修女撞见了,幽会的两个男女却未曾发觉。那个修女把她的发现悄悄告诉了另外几个修女,起初她们建议她去向女院长告发,女院长名叫乌西姆巴尔达,全院的修女和认识她的人,都认为她是一位善良而圣洁的女人。后来她们想到,最好还是让女院长当场把那个男子捉住,那个修女才无法抵赖。因此大家都不吭声,只在暗地里轮流监视,预备捉奸。

这样一来,伊莎贝塔对于这些便一无所知。一天夜里,她照旧把情人接进自己房中,这一情况立即被监视的人看在眼里。她们认为时机已到,一待夜深人静,就分作两批,一批把守住伊莎贝塔的房门口,一批赶去敲女院长的房门,等到房内有了回答,她们便嚷道:

"快,院长,快起来,我们看见伊莎贝塔房里有个小伙子!"

恰巧那天晚上,女院长正在陪着一个教士,原来那个教士常躲在一个大箱子里,让人把他抬到女院长处。她听修女们敲门敲得这么急,叫嚷得这么厉害,只怕她们打开她的房门冲进来,所以急忙从床上跳起,心慌手乱地摸黑去穿衣服,顺手摸到了教士的内裤,以为是自己折好的头巾(她们叫做"萨尔特罗"),往头上一戴,匆匆忙忙冲出房门,转身把房门一锁,问道:

"那个天主的女罪人在哪儿?"

那些修女们正乱哄哄地抢着要去捉伊莎贝塔的奸,不曾注意到女院长头上是怎么回事,一窝蜂拥着她来到伊莎贝塔的房间门口。院长带头,众修女帮忙,把伊莎贝塔的房门强行推开,冲了进去,只见一对情人还在床上紧

---

① 在意大利北部,其首府为米兰市。

紧搂着。他们受到这一突然袭击给吓呆了,不知如何是好,竟一动也不动。

伊莎贝塔立即给众修女拖起,在女院长的命令下,她被拖到大厅里。那小伙子呆在房里,穿好衣服,等着看看这件事如何收场,如果她们对他的情人有什么伤害,那就准备给她们些厉害看看,还想劫走他的情人。

女院长来到大厅上坐下,众修女的目光只集中在那个女罪人身上,女院长当着众修女的面,开始厉声痛斥伊莎贝塔,骂她是个最下贱的女人,如此淫乱无耻的事,如果传扬出去,就会玷污女修道院虔诚圣洁的好名声。痛骂了一通之后还说了许多措词极其强硬的威胁性的话。

那年轻修女,知道自己违反了清规,又羞又怕,不知该怎么回答,只是不吭声。这样一来,别的修女们反倒可怜起她来。女院长却还是喋喋不休地骂个不停。伊莎贝塔偶一抬头想看看女院长的脸色,突然看到,她的头上有两条带子,不住地左右摆动,心里立刻明白这是怎么回事了,马上安下心来,开口说道:

"院长,天主保佑您,请您先把头巾扎好,然后想对我说什么再说什么吧。"

女院长不明白她的意思,说道:"什么头巾不头巾的,贱女人!这种时候竟然还敢嬉皮笑脸?你以为你是做了一件值得同我们嬉皮笑脸地谈论的事吗?"

"院长,"伊莎贝塔又一次说,"请您先把头巾扎好,然后想对我说什么再说什么吧。"

这时,许多修女才抬头看女院长的头上,她自己也伸手到头上一摸,她和众修女立刻明白伊莎贝塔为什么讲这样的话了。女院长知道自己也犯了同样的过错,而且众目睽睽,无法掩饰,于是改变声调,用另一种口气讲起来,最后的结论是,硬要一个人抑制肉欲的冲动是办不到的,所以只要大家保守秘密,不要传扬出去,能寻欢作乐就寻欢作乐吧。

伊莎贝塔自由了,女院长回房去同教士继续睡觉。伊莎贝塔回到她情人的怀抱,她的情人后来也无需再顾忌众修女的嫉妒,多次来找伊莎贝塔。那些本来没有情人的修女,现在也知道了其中的乐趣,分头偷偷去追求起自己的幸福来。

## 第三则故事

> 布鲁诺、布法尔马科和内洛串通医生西莫内,使卡兰德里诺相信他自己怀了孕,卡兰德里诺拿出钱来请他们买阉鸡和药品,终于药到病除,不曾生孩子。

埃丽莎讲完故事,大家不由得都感谢上帝,因为那个年轻修女总算摆脱了同伴们的嫉妒,有了可喜的结局。女王吩咐菲洛斯特拉托接着讲一个,他不等女王多说,便讲道:

各位漂亮的女郎,昨天我讲了那个马尔基奥来的法官被扯下裤子的故事,这又使我想起了卡兰德里诺的一个故事,现在就讲给大家听。因为关于他的故事大家听了不能不感到好笑,所以,尽管有关他和他的朋友们的故事已经讲了很多,我还是要把昨天想到的这个故事讲给大家听。

我讲的这个故事中卡兰德里诺和他的朋友们是些什么样的人,大家都已经知道了,无需我再多作解释,我现在要讲的是:他的姑母死了,留给他一笔现款,总共二百四十个生丁。由于有了这笔钱,卡兰德里诺开始到处扬言,说是要买田产,而且同佛罗伦萨的好多经纪人接上了头,好像他手上有一万个金币可花费似的;可是,等到人家报了某个田产的价,这笔买卖往往吹了。

对于这些事,布鲁诺和布法尔马科知道得一清二楚,多次劝他说,还不如把钱拿出来,大家痛痛快快享乐一番,何必去买什么土地,好像想要去做土球①似的。可是,这些话完全等于白说,卡兰德里诺没有让他俩饱过一顿口福。有一天,他们正为此伤心,正好来了他们的一个朋友,他是个画家,名叫内洛,三个人一起商量,得想法叫卡兰德里诺破费一下,请大家饱餐一通。不多一会儿,大家想出一个办法,决定依计各自分头行动。

第二天一早,卡兰德里诺刚出家门没几步,早已守候在那里的内洛立即迎了上去:"早安,卡兰德里诺!"卡兰德里诺立即还礼,祝愿天主保佑对方一天痛快,全年吉利。他刚说完这些,内洛马上停住脚步,只管盯着对方的脸,卡兰德里诺不禁问道:"你看什么呀?"

内洛对他说:"昨天晚上你没有觉得不舒服吗?我觉得你今天的脸色有些不对头。"

卡兰德里诺一听这话,立刻害怕起来,问道:"哎!究竟怎么啦?你看我有什么病?"

"唉,"内洛回答说,"这我倒说不上来,不过,我觉得你像换了一个人。当然,也许只是我瞎疑心。"

说罢就让他自管自地走了。卡兰德里诺疑心重重,继续往前走,尽管事实上并没什么病症。走了没有多远,迎面又遇到了布法尔马科。后者看到内洛已经走开,忙迎上前同卡兰德里诺打招呼,问他可有什么不舒服。

"我说不出,"卡兰德里诺回答说,"不过,刚才内洛对我说,我好像换了一个人似的,难道我真有什么地方有毛病吗?"

"是的,有些毛病,"布法尔马科说,"一定有毛病,我看你已成了半死的人啦!"

卡兰德里诺听了,只觉得自己在发烧。正在这时,布鲁诺走了过来,还没等卡兰德里诺说话,劈头就说:"嘿,卡兰德里诺,你那张脸是怎么啦?你简直像个死人啦,你觉得哪儿不舒服?"

卡兰德里诺听人人都这么说,便自以为千真万确是得了病。于是慌慌

---

① "土球"的意思是说,二百四十个生丁买不了土地,只够买几个土块弄碎了做几个球玩。

张张地问道:"我该怎么办呢?"

布鲁诺回答说,"依我看,你最好赶快回家,躺在床上,盖好被子,再把你的小便送到西莫内大夫那儿去检验,他跟咱们的关系,你也是知道的,他会马上告诉你该怎么办。现在我们把你送回去,如果需要我们帮什么忙,我们一定效力。"

这时,内洛又回来了,三个人把卡兰德里诺送到家里。他哭丧着脸,走进卧室,对妻子说:

"快给我把被子盖好,我很难受。"

他躺下来之后,打发一个小女仆把他的小便送到西莫内大夫那儿,这位大夫的诊所设在老市场,招牌上以瓜作为标记。布鲁诺对他的朋友们说:

"你们留在这里陪着他,我想到大夫那儿去听他怎么说,如有必要,就把他请到这里来。"

于是,卡兰德里诺说,"嘿,我的朋友,你快到大夫那儿去吧,情况究竟怎么样,回来告诉我,因为我现在感到肚子里有说不出来的难受啊。"

布鲁诺赶到大夫那儿,那女仆还没把小便送到,他早先到了,他把他们的一套把戏告诉了西莫内大夫,所以等到女仆到来,大夫看了看小便,对她说道:

"你先回去告诉卡兰德里诺盖得暖和点儿,我随后马上赶到,告诉他得的什么病,应该怎么办。"

女仆回家来回禀了主人。不一会儿,大夫和布鲁诺都来了。大夫在卡兰德里诺床边坐下来,开始为他诊脉。不多一会儿,病人的妻子也来了,大夫这才说:

"卡兰德里诺,是这么回事,因为咱们是朋友,我才好直说,你只是怀了孕,别的什么毛病也没有。"

卡兰德里诺听说是这么回事,急得直叫,嚷道:"哎呀!泰莎,都是你干的好事!我不喜欢你睡在我上面,我早就对你说过了。"

他的妻子本来是个正经的女人,听见丈夫说出这种话来,羞得满脸通红,低着头,一声不吭,走出房间。卡兰德里诺仍在那里埋怨:

"唉,我真是倒霉啊!叫我可怎么办呢?叫我怎么生出这个孩子呢?这孩子从哪儿生出来呢?我看这回我是非死不可了,都怪我这个淫荡的老婆!

天主重重地惩罚她吧,那样我才高兴呢!要是我像从前那样健壮,我非跳下床来,用鞭子抽得她身体上没有一块好肉不可。不过,要是我不让她爬到我身上,哪里会出这种事呢。如果我能逃得过这场灾难,以后我就是眼看着她死,也决不会让她再到上面去了。"

布鲁诺、布法尔马科和内洛听了他的这套妙论,真憋不住要笑出来,好不容易才忍住。那个江湖郎中却大笑不止,笑得所有的牙齿快要掉下来了。卡兰德里诺向大夫苦苦哀求,求他给想个办法,求了半天之后,那位大夫才对他说:

"卡兰德里诺,你先别急,谢天谢地,幸亏你这病看得早,用不了几天,也不用你吃多大的苦头,总能把你的病治好。不过,你多少总得破费一点儿。"

"哎呀,我的好大夫啊,"卡兰德里诺嚷道,"请你看在天主的面上,帮我一下吧!我这儿有二百四十个生丁,本来是打算买田产的,如果需要这么多钱,你就全都拿去吧,只要让我不生孩子就行。因为我实在不知道我该怎么生这个孩子。我听见女人在生孩子的时候拼命喊叫,她们天生就有宽大的产道尚且如此,如果叫我来生孩子,一定是孩子还没生出来,我就会送命了。"

大夫说:"不用着急,我给你配制一种药水,效果很好,也不难喝,你只要连喝三个早晨,保证药到病除,你又会像以前一样生龙活虎了。不过,以后你可得当心,别再干那种傻事了。现在,要配制那种药水,得有三对又肥又好的阉鸡,此外还需要些别的药料,总得五个生丁才能办齐。你把钱交给随便哪个朋友,让他把药料买来送到我诊所。我向天主担保,明天一早我准把药水送到,你每天要喝一大杯。"

听了这些,卡兰德里诺说:"我的好大夫,所有这些我都依你。"

他给了布鲁诺五个生丁,又拿出够买三对阉鸡的钱,求他代办一切,而且嘱咐他越快越好。大夫回去后,配制了一些吃不坏人的药水,打发人送到卡兰德里诺那儿。布鲁诺去买了三对阉鸡,又买了些别的吃喝的东西,叫来大夫和两个朋友,四人一起大快朵颐。

卡兰德里诺每早喝一杯药水,连喝了三天。大夫和三个朋友一起来看他,诊过了脉,就对他说道:

"卡兰德里诺,你已经好了,一点儿毛病也没有了。从今天起,你不必再躺在家里,该干什么就干什么吧。"

卡兰德里诺一听,十分高兴,马上从床上起来,到外面干他的事去了。他逢人就大讲特讲这件好事,夸奖西莫内医术高明,三天就把他的胎给打掉了,而且没有一点儿痛苦;布鲁诺、布法尔马科和内洛则十分高兴,因为他们略施妙计就让吝啬的卡兰德里诺心甘情愿地拿出钱来;只有泰莎太太,发现这是诡计,以后老是在她丈夫面前嘟哝这件事。

## 第四则故事

> 福尔塔里戈老爷家的切科赌输了自己的一切,外加从安朱利埃里老爷家的切科手里借来的钱,前者只穿一件衬衫跟在后者身后,说是后者偷了他的钱,农夫帮他抓住了后者,他穿上后者的衣服,骑了后者的马扬长而去,后者回家时只剩了一件衬衣。

听了卡兰德里诺责备他妻子的话,大家可笑了个够。菲洛斯特拉托讲完之后,根据女王的命令,内伊菲莱接着讲道:

各位尊贵的女郎,人们要不是往往在别人面前容易说出愚蠢和缺德的话来,也就很难在谈吐之间显示出他们的智慧和品德了,大家说话时也就不必处处留神和煞费苦心了。卡兰德里诺这个傻瓜就是一个典型的例子。他可真是头脑简单,别人一哄,就真以为自己得了疾病,哪怕是必须医治,也不必把自己夫人取乐时的秘密当众说出来呀。这使我想起一个故事来,不过情况正好与此相反,一个狡猾的家伙胜过了一个聪明的人,使后者吃了很大的亏。现在我就把这个故事讲给你们听。

不多几年前,锡耶那城有两个刚到成年的人,两个人都叫切科,不过,一个是安朱利埃里老爷家的,另一个是福尔塔里戈老爷家的。尽管两人在品性等等好多方面彼此不相投合,但在一件事上他们却有共同点,那就是,他们都痛恨自己的父亲。因此两个人成了好朋友,时常相互往来。

安朱利埃里相貌端庄,很有教养,只是觉得父亲每月给他的钱太少,在锡耶那这个地方住着也没什么意思。他听说,过去很赏识他的一个红衣主教,作为教皇特使来到马尔卡当科纳,他想去找这位红衣主教,以求飞黄腾达。他把自己的打算向父亲禀明,父亲答应把六个月的零花钱一次给他,让他置办衣服马匹,好体面地去见那个红衣主教。

安朱利埃里还想找个仆人,福尔塔里戈听到了这一消息,立即赶来,好歹求安朱利埃里把他带上,说是可以做他的随从,做他的马夫,做什么都行,没有工钱也不要紧,只要管食宿就行。安朱利埃里说不想带他,这倒不是因为知道他根本干不了仆人的事,而是因为,他是个赌徒,有时候还酗酒。福尔塔里戈赌咒发誓,说是马上就能戒赌戒饮,继续苦苦祈求。安朱利埃里终被他缠不过,同意带他。

到了某一天早上,两个人起身上了路,走到一个叫邦孔文托的地方,安朱利埃里停下来吃午餐。那天天气炎热,安朱利埃里叫旅店给准备一张床,让福尔塔里戈帮他脱下衣服,上床午睡,临睡叮嘱福尔塔里戈,下午3点钟把他叫醒。

安朱利埃里刚刚睡着,福尔塔里戈就来到酒店,喝了几杯酒,并且开始赌起来。没多大工夫,那些赌徒就把他的钱全给赢走了,接着,他连身上穿的衣服也给输了。他一心想要翻本,只穿着衬衫来到安朱利埃里睡觉的地方,看到他睡得很沉,就把他钱袋里的钱都掏了出来,再去赌博。像先前的钱一样,这笔钱也给他输了个精光。

安朱利埃里一觉醒来,下了床,穿好衣服,只是不见福尔塔里戈,找了半天也没有找到,以为他像通常一样,喝得烂醉,不知倒在哪里睡着了。他决定不再管他,叫人把鞍辔备好,把行李捆到马鞍上,独自上路,等到了皮恩扎城,再雇个仆人。临走要付钱时才发现,钱不见了。整个客店被闹得一团糟,因为安朱利埃里说,他的钱是在店里丢的,因此口口声声要把客店的一班人送到锡耶那城里查办。

正在这样闹得天翻地覆的时候,福尔塔里戈穿着一件衬衫来了。原来他偷了主人的钱输光了,现在又来偷主人的裤子去赌。他看到安朱利埃里

就要出发,忙说:

"安朱利埃里,这是怎么回事?咱们这么早就上路?唉,还是等一等吧,刚才我把一件紧身衣押给一个人,拿了他三十八个银币,他马上就要回来;我敢肯定,只要还他三十五个银币,他就把我的紧身衣还我。"

就在他这么说话的时候,忽然来了一个人,来人向安朱利埃里作证说,正是福尔塔里戈偷了他的钱,而且还能说出这个家伙输了多少钱。安朱利埃里听了对方说的话,不觉火冒三丈,向福尔塔里戈大发雷霆;要不是围着这么多人,他还管什么天主不天主,非要好好让他下不了台;他接着又威胁说,他一定要给他判个绞刑,或者把他驱逐出锡耶那城。安朱利埃里说完上了马。

福尔塔里戈却若无其事,好像对方不是在骂他,而是在骂别人,并且还说:"喂,我说安朱利埃里,别说这些废话啦,这些话什么事都顶不上,咱们还是谈谈正经事吧:要是我们现在就给他钱,那么只用三十五个银币就能把衣服赎回来,如果拖到明天,那就会像他对我说的那样,非要三十八个银币不可了。这完全是因为,我是照他的意思下的赌注,他这才对我这样客气。哎,为什么我们不赚回这三个银币呢?"

安朱利埃里听他说出这样的话来,失望异常,尤其是当着这么多人的面这么一说,大家倒集中注意力打量起他安朱利埃里来了,好像是福尔塔里戈没有输他安朱利埃里的钱,倒是他安朱利埃里输了福尔塔里戈的钱。安朱利埃里说道:

"你这个该上绞刑架的家伙,你的紧身衣跟我有什么相干?你不仅偷了我的钱输个精光,还耽误了我的行程,而且这样取笑我。"

福尔塔里戈依然不急不怒,好像对方骂的并不是他,继续说:"喂,你为什么不让我得到这三个银币的好处呢?难道你以为我日后对你没用了吗?来吧,看在老朋友面上,帮我一次忙吧!干吗这么急着上路呢?今天傍晚,我们肯定很早就能赶到托雷尼埃里镇。来吧,掏出你的钱包来,要知道,跑遍整个锡耶那城也找不到那么合身的紧身衣。难道你真让我为了三十八个银币把这么好的紧身衣给了那个人?那件衣服值四十个银币都不止呢。如果你不肯,你会使我受到双倍的损失。"

安朱利埃里看见这个家伙偷了他的钱,还这样喋喋不休,真是伤心透顶，便不再理他，掉转马头，向托雷尼埃里镇奔去。福尔塔里戈立即想出一个鬼主意，就那样只穿一件衬衫，跟在马后，快步追去，已经追出两英里，还在不断地嘟囔，要讨他的紧身衣。安朱利埃里快马再加鞭，省得再听到对方那些讨厌的话。福尔塔里戈向前一望，看到路边的田里正有几个农夫在种田，就大声叫嚷起来：

"捉贼哪！捉贼哪！"

于是那些农夫，有的拿着锄头，有的扛着铲子，冲到大路上，拦住了安朱利埃里。他们以为后面那个人只穿一件衬衫，边追边喊，一定是前面这个偷了他的东西，因此拦住去路，把安朱利埃里给捉住了。安朱利埃里竭力向农夫们解释他是个什么人，究竟是怎么回事，可是，所有这些根本无济于事。正说着，福尔塔里戈赶到了，他怒气冲冲地说：

"诸位，你们看看，他把我害得好苦啊！他把所有的一切输了个精光，于是就把我留到旅店，乔装打扮，偷偷溜了。幸亏天主有眼，再加上诸位的帮忙，我总算还能追回这么点失物。对此，我不能不永远感谢你们。"

安朱利埃里对他们说，根本不是这么回事，可他的话哪里有人听得进去？在农夫们的帮助下，福尔塔里戈把安朱利埃里拉下马来，剥了他的衣裳，穿到自己身上，骑上马走了，只留下安朱利埃里赤着脚，只穿了一件衬衫。福尔塔里戈一回到锡耶那城逢人便说，他赢了安朱利埃里的马和衣服。安朱利埃里本想穿着华丽的衣服去见红衣主教，竟落了个身无分文，身上只有一件衬衫，回到了邦孔文托。他觉得失了面子，不敢回到锡耶那，就借了些衣服，骑上福尔塔里戈留下的一匹驽马，到皮恩扎的一个亲戚家住下，等着父亲再给接济。就这样，福尔塔里戈凭着狡狯，打破了安朱利埃里的美好的打算。但是，迟早总会有那么一天，福尔塔里戈会受到应有的惩罚。

## 第五则故事

> 卡兰德里诺爱上一个姑娘,布鲁诺给他一道符咒,说只要用它碰一下那个姑娘,她就会跟他走,结果被他老婆发现,给他大吃苦头。

内伊菲莱的短故事讲完了,大家没有多议论,也没有大笑。女王回头望着菲亚梅塔,命她接下去讲。菲亚梅塔高兴地回答她很愿意讲,故事就这样开始了:

各位尊贵的女郎,我想你们都知道,讲故事并不怕重复,只要讲的人能够把故事发生的时间地点选择得恰当,依然能够叫人听得很够味。我想,我们聚在这里只是为了寻求欢乐,并不是为了其他,在这样的场合和时光,任何故事都可以讲给大家听,好让诸位开心。这样的故事即使讲上一千遍,也不会令人生厌,还可以讲了再讲。因此,尽管卡兰德里诺的故事大家已讲了很多(菲洛斯特拉托刚才就讲了一个,他的事都很有趣),我在这里却不厌其烦地再给大家讲一个。本来我也可以不顾事实,把故事里的人名任意更改一下,但讲故事时如果脱离事实,会大大减低听众的兴趣,所以我就根据上面讲的那些道理据实直说了。

尼科洛·科尔纳基尼是我们城里的一个富翁,他有好多地产,一块很好的地皮就在卡梅拉塔山下,他在那里盖了一所漂亮的别墅,叫了布鲁诺、布法尔马科等人来给他粉刷,由于工程浩大,布鲁诺他们又叫来了内洛和卡兰德里诺,动手干了起来。别墅里有几个房间已经放了床和必要的家具,其余的都还空着,所以只叫了老年女仆来看管,别的仆人还没有来。尼科洛有个儿子,名叫菲利波,年纪还轻,没有结婚,经常把女人带到这个别墅取乐,玩一两天就把她们送走。有一次,他带来一个姑娘,名叫尼科洛莎,原是一个名叫曼焦内的流氓在卡马尔多利开的一个妓院的妓女。这姑娘不大正经,不过长得漂亮,衣服又相当华丽,说起话来也有一套。一天中午,她穿着白裙子,发髻盘在头上,从房里出来,到院子的井边洗脸。正好卡兰德里诺这时来打水,亲热地同她打了个招呼。她也向他打了招呼,不禁多看了他几眼,这倒并不是因为卡兰德里诺长得漂亮,而是觉得这个人有点儿古怪。这样一来,卡兰德里诺也开始打量起这个姑娘来,越看越觉得这姑娘漂亮,磨蹭着不肯提着水走开,但他又不知道这姑娘究竟是什么人,所以不敢和她交谈。她知道他在看她,存心想戏弄他,也不时地对他看看,还轻轻地叹了几口气。卡兰德里诺立即堕入情网,一直站在那里;那姑娘等到被屋子里的菲利波叫唤之后,才离开院子。

卡兰德里诺回到干活的地方,什么也干不下去,只是叹气。布鲁诺本来就总是注意着他的一举一动,早把这一切看在眼里,于是问他道:

"卡兰德里诺,你这样长吁短叹,到底出了什么事啦?"

"伙计,"卡兰德里诺回答说,"要是有人帮我一把,那就好了。"

"究竟是怎么回事?"布鲁诺又问。

"你可千万别跟任何人讲啊。"卡兰德里诺回答说,"这事儿说来定会叫你大吃一惊。这里来了一个年轻姑娘,长得比仙女还要漂亮,她爱上了我,刚才我去打水的时候看出来了。"

"是吗?"布鲁诺说,"该不是菲利波的老婆吧。"

"我想是。"卡兰德里诺说,"因为我听到他在喊她,随后她进了他的房间。不过,这有什么关系?遇到这种事,即使是耶稣基督,我也照干不误,不要说是菲利波。伙计,说真心话,我可真爱她,我真不知道如何表达这种爱劲。"

"伙计,"布鲁诺说,"我会替你弄清楚这个人是谁,如果她真是菲利波的老婆,用不了三言两语,保证把你的事办得妥妥帖帖,因为我跟她已混得很熟了。可是,我们怎么瞒过布法尔马科呢?他总跟我在一起,我没法跟她单独谈。"

卡兰德里诺说:"布法尔马科我倒不在乎,倒是得防着点儿内洛,因为他是泰莎的亲戚,要是事情让他知道,那可全完了。"

布鲁诺说:"好,知道了。"

其实,布鲁诺早知道那个姑娘是谁,她来的时候他已看到,菲利波后来也对他说起过。不一会儿,卡兰德里诺丢下工作,又跑去偷看那个姑娘,布鲁诺乘机把所有的一切都告诉了内洛和布法尔马科。三个人悄悄商定,让他为这种痴心妄想好好吃吃苦头。等他回来之后,布鲁诺轻声问道:"看见她没有?"

"唉,看见了,"卡兰德里诺回答,"我对她可真是爱得要命啊!"

布鲁诺说:"我去看看,是不是菲利波的老婆,如果是她,这件事交给我去办好了。"

布鲁诺来到院子里,找到菲利波和尼科洛莎,把卡兰德里诺是个什么人,他都对他讲了些什么,都一一告诉了他们。接着又跟他们商定,大家如何说话行事,好利用卡兰德里诺的这片痴情好好开开心。然后回来对卡兰德里诺说:"不错,果然是她!正因如此,你可得千万小心,不然,万一让菲利波知道了,你就是把阿诺河①的水全都拿来,也给我们洗刷不清。要是我见到了她,有机会同她说话,那你有什么话带给她?"

"那就这样,"卡兰德里诺说,"第一句话你就说,我要在她那块肥沃的田里播下万斤种子,然后说我是她的奴仆,问她是不是愿意干那件事。你懂我的意思吧?"

布鲁诺说:"懂。把这件事交给我好了。"

吃晚饭的时候到了,大家收了工,来到院子里,菲利波和尼科洛莎也正在那里。为了让卡兰德里诺显示身手,大家故意在院里多逗留了一会儿。卡兰德里诺马上乘机向尼科洛莎挤眉弄眼,大献殷勤,哪怕是个瞎子,也能感觉到了他的丑态。那个姑娘也故意搔首弄姿,挑逗他的欲火,而且根据布鲁诺提供的情报,恰到好处地把卡兰德里诺掌握到自己的手心里。菲利波

---

① 流经佛罗伦萨的一条河流。

则在同布法尔马科等人闲谈,装做未曾注意卡兰德里诺的举动。过了一会儿,大家离开了,卡兰德里诺觉得真是难舍难分。

在回佛罗伦萨的路上,布鲁诺对卡兰德里诺说:"我对你说吧,你的热情已经把她给融化了,就像一块冰在阳光下一样融化了。天晓得,你要是带了您的三弦琴,在她的窗下唱几支情歌,那她一定会从窗口跳下来同你相会的。"

"伙计,你认为是这样吗?"卡兰德里诺说,"你认为我该这样干?"

"当然啦。"布鲁诺回答。

卡兰德里诺说:"我今天早上告诉你的时候,你还不相信。可是,伙计,老实告诉你吧,我自己知道,世界上再没有哪个男人比我更高明了。除了我,还有哪个能叫这样一位美人儿一见钟情呢?你别看那些油头粉面的年轻人,他们整天在街上东游西逛,就是逛上一千年,他们也只能两手空空!我真巴不得我在她窗下弹琴唱歌时,你也能来瞧瞧我这手,你一定能看到,那才叫绝呢!你要知道,我可不像你想像的那样,已经老朽无能了。她一眼就看出,我还年轻呢。只要我把她弄到了手,我一定会让她知道我有一手。天主作证,我要弄得她神魂颠倒,就像痴心姑娘跟在小伙子后面那样缠住我不放!"

"是啊,"布鲁诺附和说,"你一定会把她弄到手的。我仿佛已经看到,你那两排牙齿就像三弦琴上的调音柱一样,早把她那一颗樱桃似的小口和两朵玫瑰花一样的双颊给咬住了。"

听了这些话,卡兰德里诺更加飘飘然,好像自己真的已经如愿以偿,高兴得一路上又唱又跳,灵魂差点儿要出了窍。

第二天,卡兰德里诺果然带了一把三弦琴来,向那位姑娘唱起情歌来,大家看在眼里,快活极了。总之,这一天他激动万分,巴不得能多看到那姑娘几次,活也不干了,一天里千百次地跑来跑去,一会儿到她的窗前,一会儿到门口,一会儿又溜进院子,恨不得能见上她。那个姑娘也是个机灵人,依照布鲁诺的嘱咐,不时露一面,好让他高兴。布鲁诺成了他们的牵线人,有时替她传话,有时为他送信,在她不在的时候——她倒是经常不在——就说她回娘家去了,还给他带来了她的信,信里都是些甜言蜜语,好给他留下一线希望,但又说,他可不能到她的娘家去看她。

就这样,布鲁诺和布法尔马科一起耍弄卡兰德里诺,从中得到很大的乐趣。他们向卡兰德里诺讨要东西,说是他的情妇要的,什么牙梳子啦,钱袋啦,刀子啦,如此等等,偶尔也弄点儿不值钱的铜戒指之类的东西回赠给他,说是那姑娘送的,他高兴得不知如何是好。除此之外,他还经常请他们喝杯咖啡,甚至下馆子吃喝,希望他们在这件事上多多帮忙。

两个月的时光就这样很快过去了,事情老不见有什么实质性的进展。卡兰德里诺看到,工程很快就要结束了,心想,如果在工程结束之前还不能把那心爱的人儿弄到手,以后决没有指望了。于是他缠住了布鲁诺,求他快给想个办法。等那女人来到别墅的时候,布鲁诺就先后跟菲利波和她商量妥当,回来对卡兰德里诺说:

"你看,伙计,是这么回事,那女人多次在我面前说,一定要让你如愿以偿,可至今毫无动静,我看,好像她是在捉弄你、摆布你。既然她老是失信,那么,我们也就不管她同意不同意,只要你愿意,我们就得强迫她干了。"

"好啊,"卡兰德里诺回答说,"看在天主的分上,马上进行吧。"

布鲁诺说:"要是我给你一道符咒,你敢用这符咒在她身上碰一下吗?"

"当然敢啦。"卡兰德里诺回答。

"那好。"布鲁诺说,"你去给我弄一块还没生下来的羔羊的皮,一只活的蝙蝠,外加三炷香和祭坛上供奉过的一支蜡烛。其余的一切,我来安排。"

当天晚上,卡兰德里诺费尽心机,总算捉到一只蝙蝠,加上另外那几样东西,一块儿送给了布鲁诺。后者拿了这些东西来到一个房间,在那张羔羊皮上胡乱涂写了一阵,拿给卡兰德里诺说:

"卡兰德里诺,记住,你只要用这道符咒在她身上碰一下,她就会乖乖跟着你走,就会听你使唤。如果菲利波今天出去,你就找个借口,设法接近她,乘机用符咒碰她一下,然后你就往那边那个谷仓走,她自会跟着你去谷仓,那可真是个好地方,谁都不会去的。然后你该怎么办,那就不用我说了。"

卡兰德里诺听了这些,高兴得忘乎所以,简直成了世界上最幸福的人,接过符咒说:"伙计放心,那就看我的了。"

卡兰德里诺提防着的内洛,实际上也同这些人串通一气,一起捉弄卡兰德里诺,他按照布鲁诺的安排,前往佛罗伦萨,找到卡兰德里诺的妻子,对她说:

"泰莎,你还记得,那天卡兰德里诺从穆尼约内河弄回好多石头,毫无道理地把你打了一顿。我认为,这仇非报不可,如果你不报这笔仇怨,那么从今以后你也就别把我当亲戚了,也别当朋友了。他在外面干活,爱上了那边的一个女人,偏偏那个女人也不是个好货,经常和他躲在一间房子里鬼混,刚才他们约好,过一会儿又要幽会,所以我赶来向你报信。你快去看看吧,捉住之后可要好好教训教训他们。"

那女人一听这话,气得火冒三丈,跳着脚喊道:"嘿!你这个恶贼,竟敢这样对待我?我对天起誓,这回决不放过你,非让你尝尝苦头不可!"

说着,这个女人就披了一件斗篷,带了一个乡下雇的小使女,跟着内洛,急匆匆向别墅赶去。

布鲁诺远远望到这一行人赶来,转身对菲利波说:"咱们的朋友来了。"

菲利波马上来到卡兰德里诺等人干活的地方,故意对大家说:"各位师傅,我现在得到佛罗伦萨办点儿事,希望大伙儿好好干活。"

菲利波说完便走了。事实上,他并没走,而是藏到一个地方,别人看不到他,而他可以看清卡兰德里诺的行动。卡兰德里诺以为菲利波已经走了,于是来到院子里,正好尼科洛莎一个人在那里,就和她搭讪起来。尼科洛莎明白应当怎么去做,故意凑到他身边,比平时更加亲热,好让卡兰德里诺用那符咒碰她。卡兰德里诺果然乘机这样做了,然后一言不发,扭头便往谷仓走去,尼科洛莎紧紧跟了过去。一进谷仓,尼科洛莎转身把门一关,搂住卡兰德里诺,把他推倒在一堆干草上,自己则跨坐到他身上,双手按住他的肩膀,使他的脸无法凑近她,她盯着他,像是多么渴望把他弄到手似的说:

"啊,卡兰德里诺,我的柔情蜜意的人啊,我的心肝,我的灵魂,我的宝贝,我日夜都在梦想拥有你,把你搂在我的怀里!你真让我感到甜蜜啊,你无论要什么,我都让你如愿以偿,你的三弦琴弹得我心痒难熬!我搂着你,这是真的吗?"

卡兰德里诺刚刚觉得松开一点儿时说:"啊,我的甜蜜的人儿,让我吻吻你吧!"

"噢,"她说,"你太性急啦!还是先让我好好看看你吧,让我看看你那可爱的脸,让我饱饱眼福吧!"

这时,布鲁诺和布法尔马科也来到菲利波藏身的地方,三个人把这一切

看得清清楚楚,听得明明白白。正当卡兰德里诺要使劲去吻尼科洛莎时,内洛和泰莎赶到了。内洛说道:

"老天在上,我敢说,这对男女一定在里面!"

泰莎怒冲冲来到谷仓门口,用力一推,门被推开,冲了进去,只见尼科洛莎正骑在卡兰德里诺身上。尼科洛莎看到卡兰德里诺的老婆赶来,马上起身逃开,来到菲利波躲藏的地方。还没等卡兰德里诺起身,泰莎已经扑了过来,抓破了他的脸皮,然后又抓住他的头发,东碰西撞,数落起来:

"你这只该死的恶狗,竟敢这样对待我?你这个老鬼,我还这样爱你,真是作孽啊!难道在自己家里还不够受用,要到外面去找别的娘儿吗?真看不出来,你还是这么个风流情种!你也不看看你是个什么玩意儿?你这个该死的东西,你也不看看,就是把你的全身都榨干了,能榨出几滴水来?上天有眼,叫你怀孕的原来不是我泰莎,而是另有别人。不管这个女人是谁,愿天主来给她吃些苦头吧!她肯定是个下流胚,所以才有这股骚劲跟你这样一个宝贝取乐!"

卡兰德里诺一见妻子来到,吓得活也不是,死也不好,更不敢抗拒,只好任她数落。他的脸上全给抓破,头发掉了好多,衣服也给撕破,最后站了起来,捡起自己的帽子,低声下气地求他的妻子不要大声叫喊,因为刚才同他在一起的那个女人是主人的老婆,要是让他给知道了,非把他卡兰德里诺千刀万剐不可。

他女人说:"活该,让天主惩罚她吧!"

同菲利波和尼科洛莎躲在一起的布鲁诺和布法尔马科看了这些,笑得肚子都痛了,两个人装做听见了吵闹声,赶来劝架,讲了好多好话,才把泰莎架住。接着又劝卡兰德里诺说,还是快回佛罗伦萨吧,再也别回这里,省得被菲利波知道了让他下不了台。就这样,脸皮被抓破、头发也掉了好多的卡兰德里诺,垂头丧气地回到佛罗伦萨,听凭老婆日夜吵骂,从此再也不敢去别墅找那个姑娘。他那狂热的恋爱就这样结束了,不过,它让他的朋友们、尼科洛莎和菲利波着实笑了一阵子。

## 第六则故事

> 两个年轻人结伴外出,在一家人家里过夜,其中一人半夜爬上主人女儿的床厮混,主人的妻子又错上了另一个年轻人的床;第一个人完事之后错爬上姑娘父亲的床,误将他当做自己的同伴,把刚才的乐事讲给他听;这时自然吵作一团,弄清了一切的主妇爬到女儿床上,几句话遮掩过去,平息了争吵。

卡兰德里诺的故事已经使大家笑过好几次,这次又让大家笑了一阵,女郎们又对他的事评论了一番。等大家静下来之后,女王要潘菲洛讲个故事,只听他讲道:

尊贵的女郎们,卡兰德里诺爱上的那个尼科洛莎,使我想起另外一个尼科洛莎的故事,我很愿意把这个故事讲给大家听,诸位从中可以看到,一位聪明的女人如何急中生智,把一桩丑事轻轻遮掩了过去。

不久以前,在穆尼约内河谷住着一个老实人,他的境况不太好,只靠给过往行人供应茶饭,赚几个钱维持生计。因为生计不好,所以仅有一间小小的房子,只有偶尔遇上熟人,万不得已时,才肯留宿,不是无论什么行客都可以住宿的。他有个老婆,长得很有几分姿色。他们有两个孩子,大的十五六岁,是个十分漂亮的姑娘,还没有嫁人,另外一个是个小男孩,不满一岁,还在吃奶。

我们城里有一位俊美文雅的青年,名叫皮努乔。他经常出城,每次遇上这个姑娘,总是目不转睛地盯着她,不觉爱上了她。那姑娘知道这样一位体面的绅士爱上了她,也觉得十分高兴,所以常在他面前做出种种媚态,有意讨对方的欢心,对那个青年也迷恋上了。这样时间一长,这一对青年男女真是两相情愿,情投意合了,要不是那青年担心连累了他的情人,怕自己的名誉受到损害,他们的爱情早已开花结果了。

可是这青年朝思暮想,情思越来越浓,再也压不住要同这姑娘偷情的欲望,竭力想找个借口在她父亲家里住一夜,因为他知道,这家人家只有一间房子,只要能住到她家里,就能找到机会同她偷情而又不被人发觉。他的主意既定,就毫不迟疑地开始行动起来。

这青年有个可靠的同伴,名叫阿德里亚诺,这个人也知道他的这份情思。一天傍晚,两个人租了两匹瘦马,马背上驮了他们的行李,其实行李袋里塞的都是稻草,从佛罗伦萨出发,骑着马在穆尼约内河谷转了一个大圈子,等到天色已晚,再掉转马头,算是从罗马涅地区往家赶,来到那个老实人的房子前,去敲他的家门。那老实人本来认识这两个人,立刻开了门。于是皮努乔对他说:

"你看,今晚你得招待我们住一夜。我们本想赶回佛罗伦萨,不想没有赶上,你也知道,我们肯定是进不了城啦。"

"皮努乔,"主人回答说,"我的境况你也知道,要接待像你们这样的贵客确实不易,可是,天色已晚,你们哪儿也赶不到了,那我就只好尽力而为,招呼你们住一夜吧。"

两个青年人于是跳下马来,系好马匹,进了这家小小的客店。他们本来随身带了干粮,这时取了出来,当做晚餐,同主人全家一同共享。

这个老实人本来只有一间小小的房子,他费了好大的心机,才在房里安排好三张床,两张靠着一堵墙,另一张在对面,中间只剩一条窄道,此外再也没有转身的余地。在这三张床当中,靠墙的那张床比较好一点儿,主人让那两个青年睡。过了一会儿,两人假装呼呼入睡,其实根本没有睡着。主人叫女儿睡到对面那张单独放着的床上,自己和老婆睡在另外那张床上,床边放着摇篮,里面是他们的儿子。

房间就这样安排好了,皮努乔一一看在眼里。过了好一会儿,他估计大家都睡着了,就轻轻爬下床来,摸到他那年轻的情人床上,躺到她身边。那姑娘虽然是又惊又喜,最后还是温存地把他搂进怀里。就这样,两个人早就盼望的那件乐事,今晚算是实现了。

就在皮努乔和那姑娘云雨之时,谁知一只猫绊翻了什么东西,啪的一声惊醒了主妇,她怕出了什么事,摸黑前往发出响声的地方查看。

阿德里亚诺并没有听到这一响声,却偏偏在这时感到有尿,起身去找个地方方便一下,不想被主妇放在那儿的摇篮给挡住了去路,不拿开摇篮就没法过去,于是就拿起摇篮,放到自己睡的床边。便完回来之后,早忘了摇篮的事,爬上床又睡自己的觉去了。

主妇摸索了一会儿,知道是那只猫碰翻了什么东西,没有她想的那么严重,也就懒得点灯去仔细查看,骂了一句瘟猫,仍旧回房睡觉。她想回到丈夫的那张床上,走到那儿一摸,床边没有摇篮,暗暗对自己说:"啊呀,我可真荒唐,我这干的是啥事儿啊,我的天,我竟走到客人的床上去了!"她再往前走了几步,摸到了摇篮,就爬上床,躺到了阿德里亚诺身边,还以为是躺在自己的丈夫身边。这时,阿德里亚诺还没有睡着,感觉是个女人来了,心里好不喜欢,便轻轻地一把将她搂住,翻身骑到女人身上,让她舒舒服服地快乐了一番。

那边的皮努乔已经跟他的姑娘玩了个够,怕贪睡被人发现,就离开姑娘,回自己的床上去睡。他从姑娘的床那边下来,摸到摇篮,以为旁边的就是主人的床,就再向前摸了几步,竟同主人躺到了一张床上。他这一躺,把主人从睡梦中给弄醒了。皮努乔以为身边是他的同伴阿德里亚诺,低声对他说:

"喂,告诉你吧,世界上再也没有谁比尼科洛莎更甜蜜了!说真的,我和她干得可真舒服,没有哪个男人能享到这样的福分。告诉你吧,她那座小庙我已经六进六出了,刚才我们干了六次,这才回到这儿。"

主人听了这些,自然很不高兴,暗想:"这个家伙在这里搞了些什么鬼名堂?"想完终于憋不住这口气,嚷道:

"皮努乔,你真是个无赖,我真不知道,你怎么竟敢干出这等事来,我非给你一点厉害看看不可!"

皮努乔这时也血气方刚,冲劲上来,看到自己已经干了错事,不想去补救,反而嚷道:

"你给我什么厉害看看?你能把我怎么样?"

以为在跟自己的丈夫睡觉的主妇这时对阿德里亚诺说:"哎呀,听哪,我们的两个客人在吵架呢!"

阿德里亚诺笑着说:"让他们去吧,他们活该倒霉,他们昨晚酒喝得太多了。"

主妇仔细一听,听出是自己的丈夫在吵嚷,而说话的是阿德里亚诺,立刻明白她睡在谁的床上,刚才同谁干了那种事。她真是个聪明人,什么也不说,立即起床,拿开摇篮,摸黑来到女儿床边,爬了上去,同女儿睡到一张床上。然后装做被丈夫的叫嚷吵醒的样子,叫着他,问他同皮努乔吵些什么。

"你没听见他说,他夜里跟尼科洛莎干的事吗?"丈夫这样反问她。

女人说:"哎呀,他那可真是说谎不脸红,他怎么能到尼科洛莎床上来过?我一直在她床上,我都没有合上眼。你竟信他的话,真是个傻瓜。你们男人晚上喝起酒来就没个够,等到上了床就做梦,到处乱跑又不自知,好像在干什么美事。真遗憾,怎么没折断你们的颈骨!要不是这样,皮努乔到你的床上干什么?为什么他不在自己的床上睡?"

阿德里亚诺在旁边听得明明白白,觉得这个主妇真是聪明,几句话就遮掩了她自己和女儿的丢脸事,于是说:

"皮努乔,我给你讲过上百次了,叫你不要在外面过夜,因为你有那种梦游症,还把梦里的事当做真事到处乱讲,这种毛病迟早会给你招来麻烦。还不快回来,活该你受了这么一夜的罪!"

主人听了他老婆和阿德里亚诺说的这些,竟相信皮努乔真的在做梦,就抓住他的双肩,边摇边叫:

"皮努乔,快醒醒,回你的床上睡吧。"

皮努乔听了这些,心领神会,装做仍在做梦的样子,又胡言乱语了一通,主人听了,哈哈大笑。最后,皮努乔感到主人又在摇他,这才装做刚刚醒来的样子,叫着阿德里亚诺的名字说:

"天亮了吗？你叫我干什么？"

阿德里亚诺说："不错，快回这边来吧。"

皮努乔仍然装出睡眼惺忪的样子，从主人的床上跳下来，回到阿德里亚诺的床上。

天亮了，大家起了床，主人拿皮努乔的梦游和梦话取笑他。就这样，你说一句笑话，我说一句逗乐的话，直到两个年轻人备好马鞍，上好行李。他们和主人干了杯，跳上马背，直向佛罗伦萨驰去。这件事如此进展，结果又这么好，两个人都非常得意。

从此以后，皮努乔又另找机会，同尼科洛莎幽会。那姑娘对母亲发誓说，皮努乔那天晚上真是在说梦话；在这件事上，那母亲还记着阿德里亚诺同她的那股亲热劲头，心中想道，当时只有她自己一个人是清醒的。

## 第七则故事

> 塔拉诺·迪莫莱塞梦见一只狼咬
> 烂了他妻子的脖子和脸,因而叮嘱她
> 小心在意,她不听,后来果然遭了殃。

潘菲洛的故事讲完,大家都称赞主妇足智多谋。女王对帕姆皮内娅说,该她讲了,于是帕姆皮内娅讲道:

各位漂亮的女郎,梦兆应验的事,我们已经讲过一次,可是,有好些女人对此却只管加以讥笑。因此,尽管已经讲过,我还是想再给大家讲个短短的故事。这是我邻居的事,至今她受伤尚未痊愈,只因她不相信丈夫做的一个梦,才出了这样不幸的事。

我不知道你们是不是认识塔拉诺·迪莫莱塞,他是一个很有地位的绅士。他的年轻的妻子叫玛盖里塔,论外貌,那可真是百里挑一,因此他就娶了她。可是,论品性,她脾气古怪,粗暴好斗,刚愎自用,而且别人做的任何事她都看不顺眼,更接受不了别人的任何意见。塔拉诺娶了这么个女人,真是无法忍受,但又别无他法,只好勉强维持。

一天,他和他的玛盖里塔住在他们的乡间别墅里。夜间睡觉时,他做了一个梦,看到他的女人走进一片非常漂亮的树林,这片树林离他们家并不太远。她正这样走着时,他好像看到一头又大又凶恶的狼突然从林子里蹿出来,一口咬住她的脖子,把她扑倒在地,她则拼命呼救,努力挣扎,最后总算从狼嘴里挣脱出来,但脖子和脸已被抓破。

第二天一早，刚一起床他就对太太说："夫人，你的任性真叫人无法忍受，自从娶了你之后，我一天好日子都不曾有过。可是，你要遇到什么不幸，我还是不忍心。所以，如果你肯听我的话，今天就不要出门。"

她问他为什么，他就把他的梦原原本本地讲给她听。可是，那女人摇着头说：

"谁不怀好意，谁才会做这样的噩梦，你就是这种人。你表面上对我很关心，其实你巴不得看到这样的事发生，所以才做出这样的梦来。我肯定会留心的，无论是今天，还是将来，我决不会遭遇什么不幸，让你去高兴。"

"我早知道你会说这样的话，"塔拉诺说，"这就好比给秃子梳头嘛。可是，你爱信不信随你便，我这样说，完全是为了你好。我现在再劝你一次，今天不要出门，至少不要去我们家的林子里。"

女人说："好吧，我会照办。"可心里还是在想："你看他多么狡猾，他故意吓唬我，今天不让我去我们的林子里，还不是同什么不要脸的女人在里面幽会，不让我撞见？嘿，他这个人可真是，同瞎子吃饭，光挑自己喜欢的吃。我要看不出他的居心，信了他的鬼话，那我可就真是大傻瓜了！我看他别白日做梦了，今天，就是让我在林子里整整待上一天，我也要看看他在搞什么名堂。"

这样讲过之后，她的丈夫从一边走出家门，她马上从另一边走了出去，东躲西藏地来到林子里，找了一个林木最茂密的地方藏了起来，仔细张望，看看有什么人来。就在她放心大胆地在那里张望，根本不担心什么狼不狼的时候，突然从她身边的茂密树丛中蹿出一只狰狞的大狼来，她一看是一只狼，刚喊了一声："哎呀，救命哪！"那只狼就狠命地咬住了她的脖子，拖起来就跑，活像叼了一只小羊。她的脖子被狼咬住，没法呼救，又没法挣扎。那只狼正好咬着她的脖子，要不是遇上几个牧人，她早就给憋死了。那几个牧人高声喊打，那只狼才不得不把她抛下，牧人们认出她来，看她疼痛难忍，把她抬回家里。经过医生长时间的治疗，才算治好，但她的脖颈和脸上还是留下了伤疤，本来是漂亮的地方，现在成了最难看的部位，从此破了相。因此她再不好意思出头露面，常常伤心痛哭，后悔当初不该一味任性，不该不信丈夫的梦兆，辜负了丈夫的一片好心，本来是极易做到的事，却落了个悔恨终身。

## 第八则故事

比翁德洛作弄恰科,谎说有人请他吃饭,后者上当后巧妙地报复,叫比翁德洛难堪地挨了一顿毒打。

大家高兴地听完故事,都说塔拉诺睡觉时的所见不是梦幻,而是启示性的梦,因为他所见的一切均已发生,连任何细节都不缺。等大家静下来之后,女王要劳蕾塔接着讲,这位女郎说道:

各位聪慧的女郎,今天在我之前讲的几个故事,几乎都是受了以前讲过的故事的启迪。昨天帕姆皮内娅讲了一个大学生报仇的故事,现在我也来讲个报仇的故事,虽然没那么残酷,倒也挺有意思。

且说佛罗伦萨城里有那么一个人,大家都叫他恰科,是个再贪嘴不过的家伙,但他家境不济,难以满足他的胃口。不过这个人举止优雅,谈吐诙谐,因此虽不是宫廷里的人,却常去充当丑角,出入富裕人家,一边逗乐,一边也吃些好东西,而且常是不请自到,哪里有好东西吃,他就到哪里去。

当时,佛罗伦萨城住着另外一个人,名叫比翁德洛,人虽瘦小,却很精悍,整天衣冠楚楚,比苍蝇还要干净①。他头戴一顶小帽,露出一绺金发,头发梳得整整齐齐,一丝不乱。这个人同恰科一样,也喜欢干那种不请自到的

---

① 这是一种诙谐的写法,据说是因苍蝇常用脚揩其身子各部。

事。四旬斋期间的一天上午,他来到鱼市,买了两条大鳗鱼,准备送到维埃里·德切尔基先生家里,刚好被恰科看到。恰科来到比翁德洛跟前,问道:"这是怎么回事?"

比翁德洛回答说:"昨天晚上,有人送给科尔索·多纳蒂先生三条鳗鱼,比这两条大得多,另外还送去一条鲟鱼。他请了好多贵客,那些鱼还不够,让我又买了这两条。你不来吗?"

"我当然要去。"恰科回答。

他估计时间差不多了,就来到科尔索家,只见这位老爷正同好几位邻居闲谈,尚未开饭。主人问他来做什么,他回答说:"老爷,我来陪您和您的客人吃饭。"

"你来得正好。"科尔索回答,"好,开饭时间到了,大家入席吧。"

大家坐定之后,先上的豆子和油浸金枪鱼,然后是油炸阿尔诺河里的一种鱼,之后就再无别的东西了。恰科知道上了比翁德洛的当,非常气恼,决心报复他一次。

另外一边的比翁德洛,则得意洋洋,逢人便讲,以此取乐。不多几天后,两人相遇,比翁德洛上前问好,笑着问恰科,科尔索老爷家的鳗鱼味道如何。

"再过八天,你会比我讲得更清楚。"恰科这样回答。

恰科觉得事不宜迟,于是就离开了比翁德洛,去找一个机灵的小商贩,而且很快达成了协议。他把一个大玻璃瓶子交给小商贩,带他到卡维丘利家的门廊前,指着门前的一位骑士给他看。这个骑士叫菲利波·阿尔真蒂,身材魁梧,性情暴躁,力大如牛,生性好斗。恰科对小贩说:

"你拿着这个瓶子到他跟前,对他这样说:'老爷,我是比翁德洛派来的,让我求你,把你家的好酒灌满这个瓶子,他好拿去款待他的酒友。'但你要小心,千万别让他把你抓住,不然,他会让你大吃苦头,把我的好事也给毁了。"

小贩问:"我还需说别的什么话吗?"

"不必了,"恰科回答说,"现在你去吧。说完这几句话后,拿着空瓶子回我这儿,我就给你钱。"

小贩来到菲利波附近,把那番话讲给他听。菲利波本来就是一个脾气暴躁的人,听了这些话,认为比翁德洛——他认识这个人——是在故意取笑

他,气得脸都红了,大声说:

"什么'灌满瓶子',什么'酒友',他和你是不是他妈的想找倒霉?"

说着拔脚过来,伸手要抓小贩,而小贩早有防备,抬腿就逃,找了一条近路跑到恰科身边。恰科把这一切都清清楚楚地看在眼里。小贩过来之后,又把菲利波的话原原本本地讲给他听。恰科十分满意,把报酬给了小贩。恰科马不停蹄,立即去找比翁德洛,问他说:

"最近到过卡维丘利门廊没有?"

"没有啊。"比翁德洛说,"你问我这个干什么?"

恰科说:"这我就得告诉你了,菲利波老爷在找你,可我不知道他找你干什么。"

"那好吧,"比翁德洛说,"我本来就要去那个方向,那就去同他谈谈吧。"

比翁德洛向那边走去,恰科也跟了过去,看看事情如何进展。再说菲利波老爷没有抓住小贩,一肚子怒气无处发泄,又把小贩的话翻来覆去地琢磨,认为一定是比翁德洛受什么人之托,以此来取笑他,不然,实在无法解释,因此越想越气。正在这时,比翁德洛来了。菲利波一见是他,上去就给了他一记耳光。

"哎呀,"比翁德洛说,"老爷,这是怎么一回事啊?"

菲利波老爷抓住比翁德洛的头发,掀掉他的帽子,往地上一扔,一面不住手地痛打,一面骂道:

"坏蛋,非叫你知道知道我的厉害不可,你打发人来对我说什么'灌满瓶子',什么'酒友',你这是什么意思?你以为我是个孩子,可以听任你取笑不成?"

菲利波一边说,一边挥起铁拳向比翁德洛的脸上猛揍,抓住他的头发,把他拖到泥沼,比翁德洛无法招架,衣裳给撕得粉碎。菲利波本来就在气头上,只是猛揍,不让对方问一句这究竟是为了什么。比翁德洛也知道"灌满瓶子"和"酒友"这个句子和词是什么意思,但不知道在这儿究竟意味着什么。

菲利波老爷痛打了比翁德洛一顿,后来,周围的人越来越多,费了好大力气才把比翁德洛拉出来,这时他已浑身青肿。菲利波对大家讲了是怎么回事,还把被人打发来的人讲的话又说了一遍,最后还说,你比翁德洛应该知道菲利波老爷是个什么样的人,他可不是个让人随意耍笑的人。

比翁德洛哭哭啼啼地为自己辩护,说他从未派人向菲利波老爷讨酒。过了一会儿,他总算恢复过来,垂头丧气地回到自己家里,知道这是恰科搞的把戏。

过了好多天,比翁德洛脸上的伤渐渐好了,又能出门了。一天,恰好遇上恰科,后者笑着问他:

"比翁德洛,菲利波老爷的酒味道如何?"

比翁德洛回答:"同你上次吃的科尔索老爷家的鳗鱼味道差不多!"

于是,恰科说:"这可就要看你的了,如果你再让我吃鳗鱼,我就让你再去喝酒。"

比翁德洛现在知道,再也不能欺侮恰科,只求相安无事,此后就处处小心,再未戏弄恰科。

## 第九则故事

> 两个青年向所罗门王求教,一个问怎样才能得到别人的爱,另一个问怎样才能制服悍妻;所罗门王对第一个说"你去爱吧",对第二个说"到鹅桥去"。

迪奥内奥是有特权的,除了女王之外,再无他人,该由女王自己讲了,等各位女郎因比翁德洛的倒霉而笑够了之后,女王欣然讲道:

各位可爱的女郎,如果我们用心观察一下天下万物的法则,那么就不难发现,世界上千千万万的女人,从本性、人情和律例上说,都是从属于男人的,理应听从男人的支配和统治。每个想要享受安乐宁静和无所事事的悠闲自在的生活的女人,都应该对主宰她的男人俯首听从,恭谦忍让,而且还要坚守贞操,对于每一个有头脑的女人来说,这贞操是高于一切的特别珍贵的东西。这种情况不是那无所不包的法律告诉我们的,也不是那威力无穷的习惯或风俗告诉我们的,而是大自然向我们明明白白地显示出来的,它叫我们女人身体娇小柔弱,性情腼腆怯懦,心地善良而富于同情心,叫我们力小体轻,声音悦耳,举止优雅,这一切都证明,我们理当受别人的控制。天下的公理就是,谁需要别人的帮助和统治,那他对帮助和统治他的人就得毕恭毕敬,就得俯首听从。除了男人以外,谁是我们的帮助者和保护者呢?所以,对于男人,我们必须十分尊重,必须绝对服从。谁要是不守这个本分,那她就不仅该受到指责,而且该受到严厉惩处。这些想法我过去也讲过,不过,帕姆皮内娅刚才讲的故事使我又想起了这个道理,塔拉诺对他的泼妇无可奈何,可天主叫她受到了惩罚。因此,依我之见,正如刚才所讲的,一个女人如果不是温柔可爱,温顺服帖,那就是违反了天理、常情和法律,就该受到严厉惩罚。现在我很愿意给大家讲个故事,这故事中有所罗门王的忠告,对于刚才说的这种不守本分的女人,这忠告真正是一服有用的药剂,至于那些本来就恪守本分的女人,那么只要记住,这不是针对她们说的就行了,虽然男人们嘴边常有这样的口头语:

　　好马儿,坏马儿,都得用踢马刺;
　　好娘子,坏娘子,都得用木棍子。

这两句话如果当做笑话听,所有的女人都会轻易地承认说,它们讲得有理。但如果把它们当做道德方面的箴言,那么我就要说,对它们确实应该信守不渝。所有的女人天生轻浮善变,因此对于那班不守妇道而又过于离谱的女人,当然要借重一根棍子来惩罚她们,而对于另一些安分守己的女人,也得用一根棍子,使她们的道德不致败坏并表示威慑。好,现在不必再讲我想到的这些大道理了,还是来讲我的故事吧。

　　大家差不多都知道,所罗门王智慧十分惊人,久享盛名,天下皆知,而且还极其热心地帮助别人解决种种疑难和急迫的问题,所以当时世界各地的人遇到疑难,都赶去向他求教。在这些人当中,有个年轻人,名叫梅利索,是个有身份的富家子弟,从拉亚佐城赶来,他的家就在那座城里。当他骑马前往耶路撒冷城时,一出安蒂奥基亚城,遇上了另外一个青年,名叫焦塞福,也是行旅之人,两人便一路同行。正如当时的习俗,两人一路行来便聊了起来。梅利索问明焦塞福的身份,来自何处之后,便问他到何处去,干什么事。焦塞福对他说,他要去耶路撒冷求见所罗门王,因为他家里有个悍妇,性情乖戾,世所罕见,无论是求她还是哄她,或者用什么其他方式,她总是不听,一味使她的性子。接着他也问对方来自何方,到什么地方去,干什么事,梅利索回答说:

"我是拉亚佐人,你有你的苦处,我也有我的不幸。我是个有钱的年轻人,我花了不少钱,大摆筵席,款待宾客,可是奇怪的是,尽管我尽了这么大的努力,竟然找不到一个爱戴我的人。因此,我也想到你要去的地方,求教于所罗门王,问问我怎样才能得到别人的喜欢。"

于是两人结伴同行,一同来到耶路撒冷,所罗门王的武士引领朝见。站定之后,梅利索把他的要求简要讲过,所罗门王回答他说:"你去爱吧。"讲过这句之后,人家很快就把他领出宫去。于是轮到焦塞福说明来意,所罗门王只回答了他一句:"到鹅桥去。"讲完之后,焦塞福也被很快送出宫去。他看到还在等他的梅利索,把自己得到的回答告诉了他。两人对得到的这两句回答反复琢磨,可就是弄不明白,既不懂是什么意思,也不知如何用以解决他们各自所遇到的问题。两人觉得所罗门王似乎嘲弄了他们,就启程回家。

他们走了几天,来到一条河边,河上有一座漂亮的桥。正好有一大队驮着货物的骡子和马要过桥,他们只好站在桥边,等那队牲口先过。所有的牲口差不多都过去了,只有一头骡子好像受了惊,说什么也不肯过桥。像通常一样,那赶牲口的人用棍子打了它几下。这时,那骡子左躲右闪,甚至向后倒退,死也不肯过桥。那赶牲口的这时可发起怒来,抡起棍子,没头没脑地朝骡子狠命打起来,可是依然毫无用处。

梅利索和焦塞福看到这情景,上前干涉说:"嘿,你这个狠心人,你要干什么?你想打死它?为什么不慢慢地牵着它过去?那不比你毒打它更好吗?"

赶牲口的回答说:"你们了解你们的马,我了解我的骡子,让我来对付它好了。"

说完,抡起棍子又打起来,这边一棍,那边一棍,骡子只好向前走,赶牲口的最后还是胜过了胆怯的骡子。两个年轻人准备上桥时,焦塞福问坐在桥头的一个汉子,这座桥叫什么名字,那人回答说:

"老爷,这座桥叫鹅桥。"

焦塞福听了,立即想起了所罗门王的话,回头对梅利索说:

"朋友,现在我可懂了,所罗门王给我出了一个再好不过的主意,我现在明白了,过去我不知道狠揍我那老婆,这个赶牲口的给我做了榜样,教给我该怎么办。"

过了几天,两人回到安蒂奥基亚,焦塞福请梅利索在他家休息两天。可是那女人却十分冷淡。不过,焦塞福还是对她说,晚饭照客人吩咐的去做。梅利索为了让焦塞福高兴,就随便点了几样菜。那女人本来骄横惯了,今晚依然故我,根本没按客人的吩咐去做,客人点的菜几乎一样也没有。焦塞福看了十分生气,说道:

"你难道没有听到他刚才点的晚餐吗?"

"好啊,你这是什么话?"那女人肆无忌惮地对他说,"你说,你要吃晚餐,嘿,这不是晚餐吗?他点的是别的,可我认为应该做这些,喜欢,你就吃,不喜欢,那干脆算了。"

梅利索听她竟说出这种话来,十分惊异,还嘴责备她几句。焦塞福听了这些,对她说道:

"女人,我看你还是老脾气。放心吧,我非要叫你改了不可!"

他回头又对梅利索说:"朋友,我们马上就可以看出所罗门王的指示灵不灵了。不过,你看到我动手时,你可千万不要过意不去,就当我开了个玩笑。你千万别来劝我,倒是应该想想几天前我们替骡子求情时,那个赶牲口的对我们讲的那些话。"

"我是到你家来做客的,"梅利索回答说,"你高兴做的一切,我不会认为是赶我走。"

那女人这时已从桌边站起,嘟哝着回到房间。焦塞福找了一根结结实实的橡木棍子,来到房间,一把揪住女人的头发,把她摔在自己脚下,抡起棍子狠狠地揍起来。起初,那女人大喊大叫,后来又说些威吓的话,可是,她看到焦塞福对此根本不听,只好哀声求饶,求他看在天主的分上,不要把她打死,而且还说,以后再也不违背他的意旨了。可是,焦塞福听了这些仍不罢手,而是一下更比一下厉害,一下打在肋骨上,另一下打在屁股上,再一下打在肩膀上,直到打得精疲力竭,这才罢手。一句话,这时的这位女人几乎是遍体鳞伤。打过之后,焦塞福回到梅利索那儿,对他说:

"到了明天,我们就可以看到这'到鹅桥去'的指示是不是应验了。"

他休息了一会儿,洗完手,同梅利索一起吃晚餐,然后休息。

那可怜的女人费了好大力气才从地上爬起来,扑到床上,勉强就寝。第二天一大早她就起了床,叫人去问焦塞福,应该预备什么样的饭菜。对此,焦塞福和梅利索一起笑了一通,然后吩咐下去。到了吃饭的时候,两人回到家里,看到一切都安排得极其妥帖,完全按照焦塞福的吩咐。因此,他们当初怎么也弄不懂的指示,现在完全佩服了。

过了几天,梅利索告别焦塞福回乡,他把所罗门王给他的指示向当地一个有见识的人请教,那人说:

"他给你的指点真是再正确、再好不过了。你知道,在你不爱别人的情况下,你款待别人,帮助别人,并不是为了把爱带给别人,而只是为了夸耀。所以,按照所罗门王所说,去爱别人吧,你自然会得到别人的爱。"

就这样,那泼妇成了贤妻,那青年因为能爱别人,也得到了别人的爱。

## 第十则故事

唐·贾尼应朋友彼得罗的要求行法术,要把后者的妻子变成一匹骒马,当他给她插上尾巴时,彼得罗说不要尾巴,法术全给破坏了。

国王的这个故事使女郎们议论纷纷,却使小伙子们笑个不停。等大家笑过之后,迪奥内奥开始讲道:

美丽的女郎们,在一群白鸽当中,如果来了一只雪白的天鹅,并不显得怎么样,如果来了一只乌鸦,倒把这群白鸽衬托得格外美丽出色了。因此,在一群有学问的人中间,如果来了一个智力较差的人,那么不但会使这群饱学之辈显得更有光彩,而且还会增添乐趣和笑料。你们都是谦虚庄重的人,我呢,简直是再傻不过的了,正因为如此,我的缺陷正好会使你们的美德更加光灿夺目,我的作为越是放肆,也就会使你们觉得我更加可亲可爱。因此,反正我是个不学无术之徒,今天讲起来也就更加放肆了,你们一定能包涵原谅,对我讲的那些不中听的话不加计较。好了,现在我就给大家讲个不长的故事,你们从中可以看出,对那些行法术的人讲的规则,我们必须信守不渝,稍一息忽,哪怕只有一点儿不周之处,法术就会被毁掉,从而前功尽弃。

两年前,在巴莱塔地方有个神父,名叫唐·贾尼·迪巴罗洛。只因为他的教堂实在太穷,所以经常赶着一匹骡马,在普利亚大区的乡村集市来往,做些买卖,维持生计。在来往途中,这位神父结识了一个乡下人,名叫彼得罗,家住特雷桑蒂,关系十分密切。他也是个做小生意的人,不过,赶的是一头毛驴。为了表示两个人的交情,按照普利亚地区的风俗,那神父叫他"彼得罗老弟"。每当他来到巴莱塔时,神父都让他在教堂吃住,尽其所能款待他。而彼得罗老弟虽然很穷,在特雷桑蒂只有一间小屋,只能容得下他和他的年轻漂亮的妻子以及他的那头毛驴,可是,每当唐·贾尼来到特雷桑蒂时,彼得罗老弟总是竭力款待他,以报答在巴莱塔领受的盛情。可是住宿问题,彼得罗老弟就没办法了,他只有一张很小的床,是他和他的年轻美貌的妻子睡的,所以他虽然很想招待神父住宿,却是没有办法。不过他有个小牲口棚,唐·贾尼的骡马和他的毛驴可以在那里过夜,神父也就可以铺些草,在那里将就一夜。

那年轻主妇知道丈夫在巴莱塔总是承蒙神父的款待,所以在神父到来时多次提出,她可以到邻居家借宿,邻居是一对年轻夫妇,女主人叫卡拉普雷莎,丈夫是个法官,名叫莱奥。这样,神父可以同她的丈夫睡在他们那张小床上。她每次都要这样讲,可总是给神父拦住。有一次,神父对她说:

"杰玛塔大嫂,不用为我操心,我睡得很舒服,因为只要我高兴,我就可以把我的骡马变成一个漂亮的姑娘,她可以陪我睡觉,等我要起来时,我把她再变成骡马。因此,我总是舍不得同她分开。"

那年轻的女主人听了很惊异,但仍信以为真,告诉了她的丈夫,最后还说:"如果你们的交情真像你说的那样深,何不求他把那法术教给你?这样一来,你就可以把我变成一匹骡马,你做生意的时候既有你的毛驴,又有一匹骡马,岂不是可以赚双倍的钱?等咱们回家之后,你再把我变成一个女人吧。"

彼得罗老弟本来就是个再愚笨不过的人,对此也信以为真,同意了妻子的意见。于是,他开始尽其所能地去求神父,求他把这法术教给他。唐·贾尼竭力向他们解释说,这是玩笑话,可对方偏不相信,于是神父说道:

"好吧,既然你们一定要学,那么我们就在明天天不亮之前,在我们平时醒来的时刻,我来教你们怎么干。可是,在这件事上,最难办的是插上尾巴,到时自会明白。"

彼得罗老弟同他的老婆巴不得早点学到这套法术，天不黑就赶紧上床睡了，等到天快亮时，起身去叫神父。唐·贾尼神父只穿一件衬衫，来到彼得罗老弟的小屋，说道：

"除了你之外，我不会把这一法术再教给世界上的第二个人，因为你一心想学，我不能不做给你看。如果你们想把这事办成功，就得按我的话去做。"

夫妇两个都说，神父的吩咐，他们一定照办。于是，神父拿过一支蜡烛递给彼得罗，对他说道：

"你要看好我是怎么做的，好好记住我说了些什么，尤其要注意，如果你不想把这件事给毁掉，那么你无论听到什么，看到什么，一定不能说一句话。愿天主保佑，这尾巴能插好。"

彼得罗老弟接过蜡烛，答应一切照办。以后，神父就叫杰玛塔大嫂脱光衣服，一丝不挂，像刚生出来时那样，再叫她的双手和两脚着地，像马站着一样趴在那里，并且也告诉她，不管出什么事，都不准说一句话。于是，神父开始作法。他用手抚摸她的脸蛋和头，口中念念有词："快快变作骒马美丽的马头吧。"又抚摸她的头发，说道："快快变作骒马美丽的马鬃吧。"接着抚摸她的双臂："快快变作骒马美丽的马腿和马蹄吧。"然后抚摸她的胸脯，只觉得乳房又丰满又结实，他的心里不觉一动，身上那个不便直呼其名的东西竟直挺挺地竖了起来，口中仍然说道："快快变成骒马美丽的胸脯吧。"接着继续摸下去，把她的脊背、肚子、臀部、大腿、小腿通通摸了个遍，最后，再无其他可干，只剩没插尾巴了。于是，神父撩起衣服，掏出他那根生男育女的东西，对准她那道沟一下插了进去，嘴里还喊着："快快变作骒马美丽的马尾吧！"

彼得罗老弟一直在旁边聚精会神地看着，看到这最后一着，觉得大事不好了，忙说："喂，唐·贾尼，我不要你插尾巴，不用你插尾巴！"

这时，那滋润万物的甘露早已射了进去，唐·贾尼不得不把他的那个东西抽出来，喊道："哎呀，彼得罗老弟，你这是搞的什么名堂？我不是告诉你无论看到什么都不要做声吗？这骒马眼看就要变成了，你却开了口，把一切给毁了，现在想再来一遍也办不到了。"

彼得罗老弟说："算了吧，我可不要这样的尾巴。你为什么不告诉我

'你来装吧'?何况你装的尾巴也太低了。"

唐·贾尼说:"因为这是第一次呀,你还不知道像我那样装哪。"

听了他们两个这样的争论,那年轻女人站起身来,依然对这一套坚信不疑,忿忿地对她的丈夫说:"哎呀,你这个笨蛋!干吗你把你的好事和我的好事都给毁了?你在哪儿见过没有尾巴的骒马?天主帮忙吧,你这个穷光蛋真是穷得活该!不更穷才怪呢!"

就因为彼得罗老弟说了一句话,毁了法术,那年轻女人再也没法变成一匹骒马,只得痛心地穿上衣服。彼得罗仍旧干他的老行当,仍旧赶的是他那头毛驴,仍旧同唐·贾尼做伴同行去比通托 ① 一带赶集,只是从此再也不问他那种法术了。

这个故事可让大家笑坏了,尤其是女郎们,她们理解之深大大出乎迪奥内奥的预料,她们是想一阵,又笑一阵。这时,今天的故事讲完了,太阳也快要落山了。女王知道,自己的任期已满,就站了起来,脱下花冠,加在潘菲洛头上。在这一伙人当中,只有潘菲洛不曾接受过这份光荣。女王面带微笑接着说道:

"陛下,你是最后一位国王,因此,你负有重大责任,这就是,我的过失,我以前各位统领者的过失,都要由你来弥补。愿天主赐福予你,因为是他允许我立你为王的。"

潘菲洛欣然接受王冠,回答道:"你和其余各位的美德,一定能使我像前任的统领者们一样,受到称赞。"

依照惯例,他和总管把膳食之类的事安排好之后,转身对等着他的女郎们说道:

"可爱的女郎们,今天的女王埃米莉亚非常英明,为了让你们节省精力,她要大家随意讲自己喜欢的故事。现在,大家既然已经休养够了,我想,应该恢复我们的老办法,希望你们明天就一个题目各自准备一个故事,这个题目就是,人们在爱情方面或其他方面表现的慷慨大方或壮烈的行为。讲了和听了这样的故事,无疑会使你们本来就善良的心灵得到鼓舞,从而也会表

---

① 意大利东南部普利亚地区一城镇。

现出英勇的行动来。这样,我们的生命哪怕十分短促,却不会随着我们的肉体而消失,会使我们的美名永垂不朽。每个人像禽兽那样,光是填饱肚皮,对这种光荣是毫无用处的,不但不应只是想望这种光荣,而且还应该竭尽全力去行动,去追求这种光荣。"

这一群快乐的青年男女都喜欢这个题目。于是他们在得到新国王的许可之后,都站了起来,在这一段照例是随意活动的时间里,各自去寻求自己的乐趣,直到吃晚饭时为止。晚饭时,大家又高兴地聚到一起,进餐时受到了有条不紊的殷勤服侍。饭后,照例又是跳舞,又唱了千百支小曲,这些歌不仅曲调动听,歌词更为优美。最后,国王叫内伊菲莱唱一个她自己编的歌曲。她就毫不迟疑地高高兴兴用清脆的嗓子和愉快的声调唱道:

我是个年轻快乐的姑娘,
在这新的季节里纵情歌唱,
感谢爱情和我甜蜜的梦想。

我在绿色的草地上走过,
那儿开满红黄白色花儿朵朵,
玫瑰带刺百合花儿鲜活,
我要把所有的花儿比做
心上人的玉颜并不为过。
我已被他俘获,永远俘获,
只希望他独独钟情于我。

我找到一朵鲜花最美丽,
它就是我的情人,令我中意,
我把它摘下,轻轻地亲吻,
我的心扉向它开启
款款倾诉我心中的柔情蜜意;
再摘众花同它编成花冠,
戴在头上同我的金发永相依。

眼前的鲜花使我心旷神怡,
像情人永在身旁,形影不离,
这是上天赐给我的厚礼,
点燃胸中的爱情永不息;
爱情的芬芳更使我销魂,
用尽激情无法表达万一,
但我的叹息就是真正的证据。

这叹息发自我的柔肠,
却不像别的姑娘,她们的叹息苦涩惆怅,
我的叹息温暖而舒畅,
它会深入到情人的心房;
他听到我的叹息,愉快地
跑到我的身旁,
那时我正要说:"啊,快来吧,别再让我失望。"

内伊菲莱的歌博得了国王和女郎们的赞扬。她唱完之后,天色已晚,国王吩咐各人回房歇息。

# 第 十 天

《十日谈》第九天结束,第十天,即最后一天由此开始。在潘菲洛的主持下,大家各自讲了一个故事,题目是人们在爱情方面或其他方面表现的慷慨大方或壮烈的行为。

西边天空里那几朵小小的云朵依然深红,东边天空的云朵镶上了金边,金光灿烂,太阳初露,白天来临。就在这时,潘菲洛起了床,把女郎们和他的男伴们一一叫醒。大家到齐之后,他和众人商量,该到哪里去才能满足大家的需要。他和菲洛梅娜、菲亚梅塔慢步走在前面,其他人跟在后面。他们就这样边走边谈,有问有答,谈着未来的生活,以及生活中的其他事情。不知不觉间,他们已经走了好长一段路。又走了一段之后,阳光已经炽热起来,他们便回寓所。回到住处,围着清澈的泉水,把杯子洗净,想喝水的可以随意喝个够。然后来到园子的林阴处,尽情玩乐,直到吃中饭的时候。

大家吃饱睡足之后,又像前几天那样,一起来到国王指定的地方。国王请内伊菲莱第一个讲,她高兴地讲了起来。

## 第一则故事

> 一个骑士侍奉西班牙国王多年，从未受过适当的奖赏，甚感不满。国王则设法证明，这是他命运不佳，不是国王失眼，然后给了他重赏。

值得尊敬的女郎们，承蒙国王厚爱，叫我带头讲个慷慨豪爽的故事，我感到十分荣幸。正像太阳为晴空增辉一样，慷慨豪爽照亮了其他一切美德。因此，我来给大家讲一个短小却很有趣的故事。我认为，把这个故事记住，肯定不会没有用处。

大家都知道，多年以来，我们这座城里出了不少勇敢的骑士，其中的一个，或许是最勇敢的一个，名叫鲁杰里·德菲焦瓦尼，他家境富裕，心地高洁。他看到，托斯卡纳地区的风俗人情已经与自己的性格日益不合，久居此地，很少有机会或根本无法发挥自己的才能。他听说，那时的西班牙国王阿尔方索的英名超出同时代的其他君主，鲁杰里便带了许多武器、马匹和随从来到西班牙投奔这位国王，受到了国王的热情接待。

鲁杰里住下来后，做人光明磊落，又立下了不少显赫的战功，他的英勇很快就受到人们的赏识。他在那里住了一段时间，细细观察国王的行为，发现他常把城堡、市镇和爵位随意封给这个人或另外一个人，而这些人都是些无功受禄者。他认为自己功劳不少，却并无什么赏赐，觉得大大有损于自己的声誉,所以决定离去,他将自己的意思向国王说了。国王答应了他,还赏给他一头很好的母驴,这头母驴还从来没有人骑过,还长得很漂亮。鲁杰里骑士既然要远行,奖他一头母驴倒也挺合适。

在此之后,国王命令他的一个亲信侍从跟随鲁杰里走一天的路程,但务必不要让对方看出他是国王派来的,只留心他一路上讲些什么,尤其是提到国王的一言一语,都要回报国王;第二天上午,则要把鲁杰里领回宫来。于是,那个侍从来到半路等着,鲁杰里刚一出城,他便巧妙地迎了上去,装做自己也前去意大利的模样,和他结伴同行。

鲁杰里骑着国王赏给的那头母驴,一路上和那个侍从随便攀谈起来,在快打晨祷钟的时候,他说:

"我看该让我们的牲口休息休息撒尿拉屎了。"

说着,他们来到一个马厩,除了国王奖给鲁杰里的那头母驴,所有的牲口都拉了粪。然后大家又骑上牲口上了路,那个侍从继续听这位骑士讲些什么。他们来到一条河边,大家都去饮牲口,没想到这时那头母驴把粪拉到河里。鲁杰里见了,不禁说道:

"嘿!该死的畜生,原来你同你的国王一模一样。"

侍从把这几句话记在心里,虽然一整天他和鲁杰里一直同行,他们谈了很多,可除了这几句之外,都是些赞颂国王的话。第二天早上,大家骑上牲口,正要准备继续赶路去托斯卡纳时,这个侍从向骑士宣布了国王的意旨,叫他立即回宫。

回到宫里,国王听到了鲁杰里关于那头母驴的那几句话,立即把他召来,笑容可掬地接待了他。国王问他,为什么他说国王像他赏赐的母驴,或者说母驴像国王。鲁杰里泰然自若地回答说:

"陛下,我把您比做驴子,是因为您让那些不该受赏的人受赏,而该受赏的却得不到赏赐,正像那头母驴,在该拉屎的地方不拉,在不该拉的地方反而拉了。"

于是,国王说道:"鲁杰里,我确实没有赏赐您,而赏赐给了好多人,若论功行赏,那些人是万万不能同您同日而语的;我所以这样做,并不是因为我不知道您是最勇敢的骑士,无论怎么重的赏赐您都受之无愧。可惜的是,您的命运不佳,这样一来,我就没有机会赏您了,这只能怪您的命运,不能怪

我。我讲的一点不假,如若不信,我可以当场证明给您看。"

"陛下,"鲁杰里回答说,"使我伤心的并不是我没有得到您的赏赐,因为我并不想发财,而是您没有给我以任何东西,用以证明我的功劳。尽管如此,我仍认为您刚才讲的是真话,并非在找借口。因此,不论您以何种方法当场证明,我都愿意。当然,您不给我证明,我也相信您。"

于是国王带他来到一个大厅。国王早已命令在那里摆了两个大箱子,都上着锁。国王当着大家的面对鲁杰里说:

"鲁杰里,在这两个箱子当中,一只里面装着我的王冠、权杖,以及我的许多玉带、珠饰、戒指和别的珍宝,总之是我的宝贝;另一只箱子里装的是泥土。请您随意挑一只,无论挑到哪只,里面装的东西统统归您。您可由此看出,究竟是我对您的本领不讲信义,还是您的命运不好。"

按照国王的旨意,鲁杰里挑了一只箱子,国王命令把它打开,看到里面装的全是泥土。国王便笑着说:

"鲁杰里,您看,我刚才说是命运不好,这话确实不错。不过,您的功绩确实不小,以致使我应当冒犯一次命运之神的威力。我知道,您不想成为一个西班牙人,所以不想赐您什么城堡,可是,另一只箱子里的珠宝珍物,尽管命运之神不肯给您,我却偏要与它作对,把它们全都赐您。现在您就把它们带回故乡,作为我赏识您的德行的凭证,在父老乡亲面前当之无愧地光彩一番。"

鲁杰里接收了它,并感谢国王赏赐他这么多的礼物,然后高高兴兴地带着它回到托斯卡纳。

## 第二则故事

> 大盗基诺俘获了克伦尼修道院院长,却医好了他的胃病,然后放了他。院长回到罗马教廷,在教皇博尼法乔面前为基诺求情,使他们重新和好,教皇还封基诺为耶路撒冷圣乔瓦尼骑士团骑士。

西班牙国王阿尔方索对那位佛罗伦萨骑士的慷慨大方,大家听了,赞美不绝。国王也很高兴,他命令埃丽莎接下去讲个故事,埃丽莎立即开始:

优雅的女郎们,一个国王如此宽宏大量,对为他立过大功的人如此慷慨,这不能不说是一件值得赞扬的事,但也算不上什么太了不起的事。可是,如果这里讲的不是一位国王,而是一名教士,他在一个人身上显得异常宽容(他把那个人即使当做仇敌看待也是不该责备的),那么,对这样一位教士,我们该如何评价呢?当然,如果说那个国王的慷慨是美德,那么那个教士的宽容就只能说是奇迹了,因为天下的教士都非常吝啬,甚至超过女人,要想让他们慷慨大度,简直太难了。人受了欺凌,总是会报复,这是一般人的本性,大家都知道,教士们虽然竭力宣扬容忍和宽恕,但他们报复起来,比一般俗人还厉害。大家且听我的故事,教士究竟多么慷慨大度,自会明白。

基诺·迪塔科是个臭名昭彰的残暴强盗，因此被逐出锡耶那城，同圣塔菲奥雷的伯爵们为敌，煽动拉迪科法尼[①]的人背叛罗马教廷，并在那一带落草为王，拦路抢劫，凡经过这一带的商旅，没有一个不遭到他的劫掠。

那时的罗马教皇是博尼法乔八世，克伦尼修道院院长前往拜见教皇。这位修道院院长可是个世界上数一数二的富翁。不过他有胃病，大夫们建议他去锡耶那用泉水沐浴，一定能治好。得到教皇的恩准之后，他便带着大批人马、行李和装备，浩浩荡荡地上了路，根本不去理会那个江洋大盗基诺。而那位基诺听说了这位院长要过路，便布下了罗网，把修道院长和他的一行人马以及行李杂物，全包围在一个狭窄的地方，一个人也无法逃脱。安排好之后，基诺又打发了一个最得力的心腹，带了好多随从，到院长那里，以他基诺的名义，客客气气地请院长到他的山寨做客。院长听了这些不觉大怒，表示绝对不去，他同基诺绝不会同流合污，还要继续赶路，倒要看看谁阻拦他。那个使者听了低声下气地说：

"院长，您也知道您现在是在哪儿，在我们这个地方，除了天主，我们什么也不怕，什么开除教籍，停止圣职，我们统统都不在意。所以，为了您好，我看您还是依了基诺吧。"

两人正在这样交谈时，四面已被这班强人围困住了，院长看了，纵使千万个不愿，也只好跟着使者向山寨走去，仆从带着行李跟随在后。到得山寨，下了马，根据基诺的命令，院长被单独送到城堡中一间又黑又简陋的小房间，其他随从人等却颇受优待，分别按照他们的身份，住进山寨的不同房间，他们的马匹财物都得到妥善保管，丝毫未加触动。

安排妥当之后，基诺来见院长，对他说："院长，您现在是基诺的客人，因此，他特地打发我来问明，您打算到哪里，此行有何意图。"

院长本是个聪明人，这时只好息怒，向来人说明了此行的目的地和原因。基诺听了，也就走开了。不过他想，还是想法把这位院长的病治愈为好，要治这病，他根本无需去用泉水沐浴。于是，他命令在院长的房间里升好一盆火，又派了一个守卫严密监守。一直到第二天早上，基诺才来到院长的房间，他用一块雪白的餐巾给院长包了两片烤面包，又把院长带来的科尔

---

[①] 锡耶那东南部一地区，前文圣塔菲奥雷系锡耶那东部一城市。

尼利亚出的白葡萄酒①带来一大杯,并对院长说:

"院长,基诺年轻时学过医,他说他深谙医治胃病的良方,便给您配了最好的药,命我送来,这是第一剂,请您服用吧,您的病一定能治好。"

院长这时已经饿得发慌,虽然还在生气,却不愿多费唇舌,吃了面包,喝了白葡萄酒,然后才说了许多高傲的话,提了好多问题和建议,特别提出要同基诺当面谈。基诺听了这些,对其中的一些问题根本不予理会,只回答了另外一些问题,最后彬彬有礼地说,基诺一有空就会来见院长,说完之后告辞走了,直到第二天才又返回。来时,他又带来两片烤面包和一大杯白葡萄酒。就这样一连过了好多天,一直到基诺发现,院长把他特意暗暗留在那里的几粒干硬蚕豆吃掉了。这时,他才以基诺的名义问院长,胃病是不是有所好转。院长回答说:

"我觉得只要能摆脱他,我就没什么病了。出去之后,别的都不在心上,先得好好吃一餐,因为他的药实在太有效了。"

于是基诺就叫院长自己的用人收拾了一间优雅的房间,房间里的一切都是从院长行李中取来的。又吩咐手下预备一桌丰盛的宴席,邀请院长的全体随从出席,并让自己的许多人陪同。第二天早上,基诺来到院长那里,对他说:

"院长,您知道,您的身体既已痊愈,现在是从这个疗养院搬出去的时候了。"

说着,基诺便牵着院长的手,带他到那间布置好的房间,让他和他的随从留在那里,基诺自己则来到厨房指挥,务使宴会丰盛无比。院长见了自己人,顿时放下心来,把自己这几天受的苦讲给他们听。但他的随从却对他说,他们这几天受到了基诺的热情招待。开宴的时刻到了,给院长和他的所有随从端上来的都是美酒佳肴。直到这时,基诺仍然没有在院长面前暴露自己的身份。就这样,院长在这里又住了一些时日之后,基诺才吩咐把院长的所有行李什物搬到一个大厅,把所有的马都集中在那个大厅下面的院子里,连最不顶事的一匹劣马也没有拉下。然后去问院长,问他感觉如何,是不是复原到能够骑马上路了。院长回答说,他已十分健康,胃病也完全好

---

① 科尔尼利亚为热那亚东南一海滨城市,其葡萄酒甚为出名。

了,只要能摆脱基诺,那就太好了。于是基诺把院长领到那间堆着院长的行李、站满他的随从的大厅,又请他走近窗口,那里可以看到他的全部马匹。基诺这时才说:

"院长大人,想您也一定知道,本人出身也是上等人家,只是因为无法在家里安身,一贫如洗,劲敌又多,为了保全性命和名誉,我,基诺·迪塔科才不得不沦为江洋大盗,并且与罗马教廷为敌。我看您是个好人,所以把您的胃病治好了,我也不想错待您,要是换了别人,像您这样带了这么多财物路过我的地盘,那些财物我是想怎么处置就怎么处置了。我倒是想,您念我替您效劳了不少,您一定能把您的部分财物给我一些。现在,您的财物都在这里,从这个窗子看出去,您的所有马匹也都在院子里。这些东西您全部带走也好,留下一部分也好,悉听尊便。从现在起,您想走想留,也悉听尊便。"

院长听到一个江洋大盗出言竟如此慷慨得体,非常高兴,不仅满腔愤怒与轻蔑顿时烟消云散,而且对基诺颇有好感,成了基诺的真心朋友,而且跑上前去拥抱,对他说:

"凭着天主发誓,能够获得像你这样一个人的友谊,即使像前些日子那样再多受些委屈,我也情愿!该诅咒的是命运,是它迫使你干上了这一行。"

说完之后,他只取了几件必需的东西和几匹马,把其余的财物马匹留了下来,径自回罗马去了。教皇早已听到了他中途被劫的消息,很是不安,见他返回,便问前去沐浴是否有裨益。院长这时笑着回答说:

"神圣的教皇,泉水浴没有洗成,却就近遇上一个医中能手,把我的病给彻底治好了。"

接着,院长就把他的遭遇说给教皇听,教皇听了笑起来。院长仍在继续讲着,边讲边为基诺的那种慷慨大方所感动,不由得向教皇祈求,对他开恩。教皇以为院长还想祈求别的,便说愿意满足院长的要求。于是院长说:

"教皇陛下,我要向您恳求的是,请您将您的恩典赐予我的那位大夫,也就是基诺·迪塔科,这是因为,我平生见过不少开明人物,而这个人肯定是其中最为开明的。至于他现在所干的勾当,我认为不是因为他生性顽劣,而是由于他的命运不佳。只要您能给他一些赏赐,使他能过上像样的生活,不失身份,我想,过不了多久,您也一定会像我一样,觉得他是个开明大度的人物。"

那位教皇本来就是个宽宏大量的人，又十分器重德行和才能，听了这些，当即回答说，如果基诺真是像院长所说的那样一个人，他很愿意照办，并说基诺可以安安心心到罗马来。基诺对教皇的话也深信不疑，根据院长的安排，来到罗马教廷。基诺来到教廷后不久，教皇看出他是个有本领的人，人品也好，便封他为耶路撒冷圣乔瓦尼骑士团骑士，管辖一个骑士团的修道院。后来他毕生担任此职，成为教廷的奴仆和克伦尼修道院院长的朋友。

## 第三则故事

> 米特里达内斯嫉妒纳坦为人慷慨大方,前去杀他。但他不认识纳坦,却正好遇上了纳坦。前者按照后者的安排,来到一座林子,发现替他设计陷阱的人就是纳坦本人,非常羞愧,从此两人成了朋友。

大家听了这个故事,都觉得一个教会人士能够做出这样宽宏大量的事来,实在是一个奇迹。女郎们议论完之后,国王吩咐菲洛斯特拉托接下去讲,后者马上讲道:

高贵的女郎们,西班牙国王的气量很大,克伦尼修道院院长的慷慨也许是闻所未闻,可是我现在再给你们讲一个人,你们听了,一定会觉得实在太稀奇,这个人对一个想要喝他的血、想要谋害他的性命的人,竟也宽宏大量。不仅如此,如果那个谋害他的人真要下毒手,他也会从容就义,毫不迟疑。现在,且让我把这个小故事讲给大家听吧。

如果那些到过卡泰约①的热那亚人或其他地方人回来后的叙述可信的话,那么有一件事该是千真万确的,这就是,卡泰约有个门第高贵、富裕无比

---

① 卡泰约即卡泰,当时称中国北方地区为卡泰。

的人，名叫纳坦。他有一所房子，就在一条交通要道旁边，凡是前往东方的西方人，或者前来西方的东方人，都要走这条大道。他为人慷慨大度，很想干一番事业，以便出名。于是，他请来好多工匠，在很短的时间内建起了一座十分富丽的大厦，其豪华真是前所未见，里面陈设也极讲究，足可款待天下各色宾客。而且他的家里仆役众多，不管什么人到得那里，都会受到热烈隆重的款待。他这种令人赞美的做法日长月久，始终不衰，所以他的名声不仅传遍东方，也传遍了几乎整个西方。

纳坦尽管年纪已老，但其好客依旧不减当年。他的名声传到一个青年耳朵里，这个人名叫米特里达内斯，出生在不太远的一个地方。原来，这个年轻人也是家资丰厚，因此也就对纳坦的声名道德甚为嫉妒，一心想自己显得更加慷慨大方，以便胜过纳坦，或者使他相形失色。于是他也建了一座像纳坦那样的大厦，无比热诚慷慨地款待过往行人，毫无疑问，他不久后，也出了名。

话说有一天，这位青年独自一人待在庭院里，一个穷苦女人从屋子的一个门口走进来，向他要求施舍，他给了她；不一会儿，她又从第二个门走进来，再求施舍，他又给了她；这样反复了十二次之多。到了第十三次，米特里达内斯说：

"可敬的女人，你未免要得有些太勤了吧。"不过，他还是给了她。

那个老年妇人听他这样说，便说道：

"啊，纳坦的慷慨超过你！他的大厦有三十二个门，我走遍了所有的门，求他施舍，他没有哪一次不给我，没有哪一次表示认出了我。可是，在这里，我还没有重复到第十三次，就被认出来，还受到了责备。"

老妇人说着走了，再也没有回来。

米特里达内斯听了老妇人的话，知道纳坦的名声超过了自己的名声，不禁怒火中烧，想道："唉，真让人伤心！在这些小事上我都不能同他相提并论，我就是再努力，什么时候才能在大事上比他还要慷慨大方呢？这样看来，不把他干掉，我肯定是白费力气。他既然老而不死，那我就只能毫不迟疑地用我的双手把他干掉了。"

他打定主意，没有向任何人透露一点儿风声，就带着不多几个随从上马出发了。三天之后，来到纳坦住的地方，这时已是黄昏，他当即吩咐随从人等装做不是同他一起的,也不认识他,各自分头去找住宿之处,等待他的新命令。于是只剩他一人之后又赶了一段路。走了不远,来到纳坦那座大厦附近,只见一个衣着简朴的老人正在独自散步。这人本来就是纳坦,但米特里达内斯并不认识。他问老者,能不能告诉他纳坦住在哪里。纳坦高高兴兴地回答说:

"我的孩子,你算问对人了,在这条路上,再没有第二个人比我更能回答你的问题了。如果你愿意,我现在就带你去。"

那个年轻人说,这真是太好了,不过,如果可能,最好不要让纳坦见到他,他也不想认识纳坦。对此,纳坦回答说:

"既然你这样说,那我就一定照办。"

于是米特里达内斯下了马,同纳坦谈笑风生地向那座漂亮的大厦走去。到了那里,纳坦命令一个用人把这个年轻人的马安顿好,又悄悄吩咐这个用人去告诉全体人员,任何人都不许告诉这个青年人,他就是纳坦,大家当然都遵命照办。然后把米特里达内斯带到大厦一间最漂亮的房间住下,又派了好多仆人去殷勤服侍他,纳坦自己也亲自去陪他。

米特里达内斯住了一段时间,虽然把这老者当做父辈尊重,却禁不住问他究竟是何人。纳坦答道:

"我是纳坦手下一个低微的仆人,从小就在这里侍奉他,现在已经一大把年纪,可从来没有人像你这样好地对待我。所以,虽然别的人都赞扬他,我却不能赞扬他。"

这几句话使米特里达内斯顿时觉得有一定希望,以为自己那个邪恶的打算又多了几分实现的办法和可能。纳坦也客气地问对方的姓名,到这一带来干什么事,又说,如果有什么地方需要他出主意和帮忙,他将尽力而为。米特里达内斯起初沉默不答,犹豫了一会儿之后,他觉得可以把这个老者当做可信的人,先是绕了很大的圈子转弯抹角地要老者保密,然后才把自己是什么人,为什么到这里来,原原本本地说了出来,最后还要老者帮他出个主意,怎样下手才好。纳坦听了他的这番话,得悉了他的毒计,不觉心慌意乱,但他没有多迟疑,就镇静而面不改色地说道:

"米特里达内斯,令尊是个高贵的人,你像他一样干一番崇高的事业,也就是说对众人非常慷慨,不想辱没你家的名声。你嫉妒纳坦的品德,我很赞成,假使世上多几个具有这种嫉妒心的人,那么这个恶劣透顶的世界也许会迅速好转起来。你已把你的打算告诉我,我会绝对保密。至于你要完成这桩心愿,我只能尽快帮你出些有用的主意,却无法帮你大忙。事情是这样的:你看,离这里大约一里远的地方,有一片不大的树林,纳坦几乎每天早上都要单独一人到那片林子里散步,一去就是半天。在那里,你不费吹灰之力就能找到他,满足你的心愿。如果你杀死他之后想尽快顺利回家,那你就不要走来时的原路回去,应该从左边那条路走出林子,那条路虽然比较荒凉,但离你的家比较近,因此更加安全可靠。"

米特里达内斯听到这一情况,等纳坦告辞以后,小心谨慎地告诉他的随从——原来他们也住在这所大厦里——明天在什么地方等他。第二天,纳坦并没有后悔,因为他给米特里达内斯出的主意是真心话,因而未改初衷,独身一人来到树林,准备一死。米特里达内斯也起了身,带上他的弓箭和宝剑——他当时没有别的武器,骑上马,奔往树林。走近一看,果然看到,纳坦单独一人在远处散步。他决定先过去看看纳坦的面目,听听他的声音,然后再杀死他。于是他跑上前去,一把揪住纳坦的头巾,说道:

"老头儿,你死定了!"

对此,纳坦只是回答说:"我确实该死。"

米特里达内斯听了他的声音,再朝他脸上一看,立刻认出这老头儿原来就是这几天好心地接待他、亲热地陪伴他、忠心地给他出主意的那个人,那股火气立即化为羞惭。他把抽出鞘准备杀纳坦的剑用力掷开,跳下马来,哭着跪到纳坦面前说:

"我极亲爱的老爹爹,这一下我可真正认出您是多么慷慨大度了。我毫无理性地要杀掉您,可您竟认认真真地前来送命,您的大度,现在我才真的看清了。不仅如此,我的天哪,您甚至比我还要着急地去成全我。在这紧急关头,迫切需要的是使我的双眼睁开,正是这双眼被万恶的嫉妒所蒙蔽,使我难辨真伪。因此,您越是成全我,我就越是觉得罪孽深重。现在,就请您来惩罚我吧,您的惩罚应该与我的罪孽相当。"

纳坦上前把他扶起,亲切地拥抱他,吻他,然后对他说:

"我的孩子,你的这番举动,不管你叫罪孽也好,叫做善行也罢,我都会成全你,你用不着道歉,我也谈不上原谅你,因为你的要求并不是出于仇恨,而是为了博得比我更好的名声。因此,你好好地活下去吧,用不着怕我,而且请你放心,世上再没有第二个人像我一样地爱你,因为我十分敬佩你的高贵精神,你积了好多钱,你不像守财奴一般把钱攥在手里,而是用在大伙儿身上。你也不必因为曾想杀掉我之后大出风头而感到羞愧,更不必以为我会对此感到惊奇。多少伟大的帝王只知道杀人,而且杀人如麻,不像你那样只想杀我一个人。为了扩张领土,名垂青史,他们竟毁灭国家,夷平城市。这样看来,你为了使自己出名,只想杀死我一个人,你这样做并不令人惊异,也不十分出格,而是人们惯用的手法罢了。"

米特里达内斯并没有原谅自己的邪恶意图,而是对纳坦这番高雅的、原谅他的话大加赞扬。不过,他又说,纳坦如此甘愿前来送死,甚至教他如何下手,真是令人不可思议。对此,纳坦回答说:

"米特里达内斯,我心甘情愿地来送死,甚至教你如何来杀我,我这样做并不是想让你大感意外,这仅仅是因为,自从我成年以后,我就想从事你所从事的这种慷慨事业,不管是什么人到我家里来,向我提出要求,我都会尽我所能去满足他。如今你来要我的命,我马上决定把我的命给你,因为我不愿独独亏待你一个人,叫你有求而来,失望而去。为了让你称心如意,自然我要教你一个办法,使你既得了我的命,又不会丧了你的命。我现在想再向你说一遍,如果你当真要我的命,就请你马上动手,了却你的这个心愿吧。我不知道还有别的什么办法,能比这样了结我的性命更好一些。我已经八十岁了,福也享尽了,乐也乐够了。无论是人,还是东西,都得遵循自然规律,有个寿终正寝的日子,我知道,我的时日不多了。因此,我认为,像我平时施舍钱财一样,把这条命也送给人,这样更符合我的心愿,而不愿让它违背我的意愿,到头来还不是得遵循自然规律,一死了之。到了一百岁再送这条命,也依然是小事一件,我最多还能再活六年或者八年,到时岂不仍是小礼一件?因此,如果你愿意,你就把这条命取走吧。我活了这么大岁数,还没有遇到一个人想要我的命,也不知道什么时候才能再遇上这样一个人。即使以后再遇到第二个,我这条命也越来越不值钱了。所以我请你还是趁早把它取去吧。"

米特里达内斯这时羞愧万分,说道:

"我竟然要剥夺您宝贵的生命,这真是天理难容!退一步说,就是夺取您的生命,分走一部分,或者像我刚才那样存有这样的想法,也是天理难容哪。现在,我非但不愿缩短您的寿命,如果可能的话,我愿意把我的寿命给您。"

纳坦马上回答说:"如果可能的话,你真愿意这样做吗?不过,那你得让我为你做一件事,而这样的事我从来未为别人做过,这就是说,我一生从来没有取过别人的财物,如今却要取你的财物,你愿意吗?"

米特里达内斯立即回答说:"当然咯。"

"那好了,你就照我的吩咐去做吧。"纳坦说,"你这么年轻,你就留在我这里,改名纳坦;我则到你那里,改名米特里达内斯。"

这时,米特里达内斯回答说:"如果我的为人处世能够像您,那我一定毫不迟疑地接受您的好意;可是,我认为我肯定赶不上您,这样一来,我的为人处世只会毁坏您的名声,所以断难从命,免得害了你,叫我罪上加罪。"

两人又欢欢喜喜地畅谈了好久,最后还是按纳坦的意愿,双双回到他的大厦。纳坦款待米特里达内斯住了好多天,对他礼貌周全,照顾无微不至,又想尽办法鼓励他把他的崇高伟大的事业有始有终地做下去。后来,米特里达内斯想要带着随从人等回家,纳坦也不勉强,让他走了。不过,米特里达内斯总算明白,在乐善好施的事业上,他是断难超过纳坦的。

## 第四则故事

> 莫德纳的詹蒂莱·德卡里森迪的意中人得暴病死亡后被埋葬,詹蒂莱把她从墓中拖出,后来她又生下一个男孩,詹蒂莱把她和男孩归还给她的丈夫尼科卢乔·卡恰内米科。

青年和女郎们都觉得,世上竟有人大方到不惜自己流血死去的地步,真是令人吃惊,于是大家一致认为,纳坦的慷慨大度实在超过了西班牙国王和克伦尼修道院院长。国王等大家又谈论了一会儿之后,向劳蕾塔瞥了一眼,意思是,他希望她接下来讲一个。劳蕾塔立即开始说道:

年轻的女郎们,刚才讲过的几件事实在是伟大高贵至极,我觉得我们再也说不出什么别的慷慨大方的故事来,可以和刚才的几个故事媲美了。今天我们还没有讲到爱情方面的故事,不管是哪类题材,其中有了爱情故事,我们就有大量的话可谈。为了这些理由,也为了谈情说爱的故事对于我们这样年纪的人,更富有吸引力,所以我很愿意讲一个情人的慷慨行为,无论从哪个方面来看,它都不会比刚才讲过的几个故事差,因为一个人为了要得到一个意中人,是不惜耗费财富、消仇解恨的,有时还不惜牺牲自己的生命和名誉,甚至愿冒千百种危险。

从前,在伦巴第地区那座名城博洛尼亚,有位年轻绅士,名叫詹蒂莱·

德卡里森迪,以出身高贵和道德高尚而受人尊敬。他爱上了尼科卢乔·卡恰内米科的妻子卡塔丽娜,不过这位夫人并不爱他。这时,这位绅士正巧被任命为莫德纳市的长官,便灰心失望地赴任去了。

不久,尼科卢乔离开博洛尼亚,他的妻子已经怀孕,便住到离城三里左右的乡间别墅。突然有一天她得了一种病,这病又急又厉害,一下使她失去了任何生命的气息,连医生们也确认她已经断了气。她最亲近的亲属们不久前听她自己说过,她已有了身孕,但算来她肚子里的孩子还没有足月,实在无法可想,于是,大家悲痛了一番之后,只好把她埋入邻近教堂里的一个墓地。詹蒂莱很快从一个朋友那里听说了这件事,他虽然不曾得到这位夫人的一丁点儿的宠爱,但他仍悲痛万分。最后思忖道:

"卡塔丽娜夫人,你现在竟撒手人寰了!在你生前,我连蒙你瞅我一眼的福气也没有。现在,你既然已经死了,无法再保卫自己,我总可以吻你几下了。"

这样讲过之后,天色已黑,他就悄悄带了一个亲信仆人,骑上马,急急忙忙赶到夫人的墓地,打开墓门,小心谨慎地爬了进去,躺在夫人的尸体旁,脸贴着她的脸,哭哭啼啼流着泪把她吻了许多次。我们知道,人们的欲念永无止境,一个满足了,又会生出另外一个来,对情人们来说尤其如此。这位詹蒂莱先生也是这样,当他正要离开时,不觉又生出一个念头来:

"唉,我既然远道赶到这里,何不摸摸她的胸脯再走呢?我从来没有摸过,今后再也不会摸到了。"

在这种欲望驱策之下,他将手伸进她的胸部,抓住她的乳房抚摸了一阵。就在这时,他感觉到,她的心脏还在微微跳动。这时,他摆脱了一切恐惧心理,仔细按摩了一阵,断定她并没有死,她的生命还有一些微弱的气息。他便叫来他的仆人,帮他轻轻把她从墓穴中抬出,放在马上,他自己则坐在后面搂着她,悄悄回到博洛尼亚他自己的家里。他家里还有一个母亲,是一位高尚聪慧的老夫人,听她儿子讲过一切,不禁动了恻隐之心,立即给她洗了个热水澡,又生了火让她取暖,没过多久,卡塔丽娜的生命终于被唤回。这女人一醒,不禁长叹一声,问道:

"哎呀,我这是在什么地方啊?"

老夫人回答道:"请放心吧,你是在一个很好的地方。"

卡塔丽娜彻底苏醒过来,向四下里一望,不知身在何处,但见詹蒂莱先生站在她面前,大吃一惊,就向老夫人询问,她是怎么到这里来的。詹蒂莱先生便将这件事一五一十讲给她听。她很伤心,向他尽力道谢之后,就请他顾及他对她的这份爱,希望他不失礼仪,千万不要让她留在他家里,千万不要让她遭遇到任何有损她自己的名誉和她丈夫名誉之事,请他天一亮就让她回自己的家。

对此,詹蒂莱先生回答说:"夫人,不管我以前对您动过什么欲念,可是从现在起,不论是在这里还是在别处,我都永远把您看做是我的亲姐妹。承天主赐给的恩宠,才能在我爱您的名分上,使我能把您起死回生。可是,昨天夜里我为您做了一些好事,理应得到您一些酬报,所以我就要向您求个情,希望您别拒绝。"

卡塔丽娜和和气气地回答说,只要她能做到,而且不损害她的贞节,她一定乐意从命。

于是詹蒂莱说道:"夫人,您所有的亲友们,以至博洛尼亚的任何一个人,都认为您已经死了,他们对此毫不疑心。因此,您家里根本没有一个人在等您回去。所以,我要求您暂时和我母亲住在这里,别让外人知道,一直等到我从莫德纳回来,我去那里走一趟,用不了多长时间。我所以向您提出这个要求,只是为了一件事:我要把本城所有名流都请来,当着他们的面,把这件宝贵而隆重的礼物奉还给您的丈夫。"

卡塔丽娜自知欠了那位绅士的情,而他的这个要求又很正当,因此,尽管她恨不得早些让亲友们听到她还活着的消息,让他们高兴一番,但只得像刚才许诺的那样,表示愿意答应詹蒂莱先生的要求。不料她的话刚刚说完,忽然觉得肚子痛起来,看来是要分娩了。在詹蒂莱母亲的悉心照料下,不多一会儿就生下一个漂亮的男孩,詹蒂莱和她自己都格外欢喜。詹蒂莱先生吩咐,凡是产妇所需要的一切,都要向她提供,嘱咐大家小心侍候她,把她当做家里的主妇看待。随后,詹蒂莱就悄悄回到莫德纳去了。

办完公事,快要回博洛尼亚去的时候,詹蒂莱先生吩咐说,在他到家的那天上午,在家里要办一次体面而隆重的宴席,把城里所有的名流都请来,尼科卢乔·卡恰内米科也包括在内。他回到家,下了马,见他们都在等他,卡塔丽娜也在内。她比以前更加健壮美丽了,她的新生的儿子也很好。詹蒂莱先生高兴异常,请客人们就座开宴,端上来的都是山珍海味,名贵非凡。在宴会快要结束时,詹蒂莱就照着事先同卡塔丽娜商量好的步骤,开始说道:

"诸位先生,我记得,过去在波斯有一种风俗,我觉得这种风俗很不错。据说,凡是有人想要对自己的某个朋友表示敬意时,就把那个朋友请到自己家里,拿出自己最宝贵的东西给他看,不论是自己的妻子也好,女友也好,女儿也好,其他任何心爱的东西也好,并且还要在拿出那样心爱的东西时说一声,如果能办得到的话,他愿意把自己的心也挖出来给他看,就像拿出这些东西来给他看一样。今天,我想在博洛尼亚也按这种风习来行事。

"承蒙诸位光顾寒舍,屈驾前来便饭,不胜荣幸。今天,我想以波斯的风俗来向诸位表示我的尊敬之情,把世界上一件最宝贵的物品,也许是我从来不曾有过的宝物,拿出来请诸位观赏。但是,在这样做之前,我有个问题需先向诸位提出来求教,请大家告诉我,在这个问题面前你们是如何想的。这个问题就是,假使某人家里有一个极忠实善良的仆人得了重病,那主人不等病人断气,就把他扔到大路上去,不再管他。后来有个陌生人走过,很同情这个病人,就把他带回自己家,好好照料,还花了不少钱,使他恢复健康。现在我要问,如果这个陌路人就此把那个仆人留下来,让他做自己的仆人,那原来的主人是否有权埋怨那个陌生人?如果原来的主人要求归还这个仆人,那陌生人却不肯,那原来的主人是否有权指责陌生人?"

在座绅士们商议了一阵,意见取得了一致,就委托尼科卢乔·卡恰内米科来回答这个问题,因为他口才很好,能言善辩。尼科卢乔先赞扬了一番这种波斯风俗,然后说道,他和所有的客人都一致认为,那原来的主人根本无权要回那个仆人,因为他在那仆人危急之时非但不予照料,反把他丢到外面,多亏那第二位主人好心救助,所以他应理所当然地成为第二个主人的仆人。这样做也并没有给第一个主人造成任何烦恼及损失,也没有强迫他。

在座的都是些有地位的人,大家都说,他们同意尼科卢乔的意见。詹蒂莱听了这种回答——这是尼科卢乔亲口作出的回答,很是高兴,就说自己也同意这种见解,并且马上说:

"那么,现在我就按照刚才的诺言,向各位致敬。"

说完,他就打发两个亲近的用人,去请那位夫人,当然,事先他早已吩咐把夫人打扮得极其华丽，请她出来会见宾客，让大家高兴一番。那夫人便抱着她漂亮的婴儿，由两个男佣陪着，来到宴会大厅，按照詹蒂莱的安排，坐在一位贵人身边。詹蒂莱这时说道：

"诸位先生，这就是最珍爱的宝贝。不知诸位认为我这话是否有理？"

宾客们都把这位夫人大加赞扬，说詹蒂莱应当把她看成宝物一般，接着大家又细细瞧着她。他们很多人都认得出她，只因她早已死去，所以没有说出口来。然而，比所有在座的人望得更仔细的，当然是尼科卢乔。他心里简直像火烧一般，急于想弄清她是谁。在詹蒂莱走开一会儿时，他忍不住问她是博洛尼亚人还是外地人。夫人听到自己的丈夫在问，几乎憋不住气就要回答，但因和詹蒂莱有约在先，只好忍住，不吭一声。又有人问她，那个婴儿是不是她的孩子，还有人问她是詹蒂莱的夫人，还是他的亲戚。对于这些问题，她一概不答。詹蒂莱先生回来之后，一位客人对他说：

"先生，您这里的这位夫人固然很美，但她好像不会说话，是不是这样？"

"先生们，"詹蒂莱说，"她一时没有说话，这正是一个充足的证据，证明了她的美德。"

那客人说："那么，就请您说说她究竟是谁吧。"

詹蒂莱这时说道："这一点，我很愿做到，只是有一点你们得答应我，这就是，不管我说出什么话来，任何一个人都不许离开自己的座位，一直要听我把我的故事讲完。"

大家都答应一定做到，于是餐桌撤去，詹蒂莱坐到这位夫人身边，说道："诸位先生，这位夫人就是我刚才向你们提问时讲到的那位忠诚善良的仆人，可她的亲属并不看重她，把她当做坏东西或废物似的扔到街中央，我用尽心机把她从死神手里夺回来。多谢天主念我一片真情，使我终于把她从一具可怕的尸体变成一个这样的美人。为了使你们更明白地知道这事是如何发生的，我打算把这件事向你们简单说明一下。"

于是，他就从他爱上她讲起，清清楚楚地说明了其中的经过，大家听了都惊异不止。接着他又说：

"这样说来，如果诸位没有改变刚才的主意，特别是尼科卢乔先生如果也没有改变主意的话，那么这位夫人就是理所当然地属于我了，谁也没有理由把她从我手里要走了。"

对此，大家都没有答话，只是等着他还有什么话要说。尼科卢乔、在场的一些人和那位夫人，都因感动而流下泪来。这时，詹蒂莱站起了身，一手抱过婴儿，一手拉着夫人的手，走到尼科卢乔面前说：

"亲家，请你站起来，我现在不是把你的妻子归还给你，因为你的亲人们已经把她扔掉了，我只是想把这位夫人——我的亲家母——和你的儿子送给你，我深信，这孩子是你所生，我已经抱着他受了洗礼，给他取名詹蒂莱。我希望你不要因为夫人在我家里住了将近三个月，就减少了对她的恩爱；我可以在天主面前向你发誓，她和我母亲住在一起，真是无比贞洁，我认为，她同自己的父母或是同你住在一起，也不过如此。天主让我爱上她，大概是为了我的爱能救活她吧。"

接着他又转向那位夫人说：

"夫人，从现在起，您向我许下的一切诺言全部解除，您可以自由自在地回到尼科卢乔身边了。"

说完，他把母子二人交给尼科卢乔，转身回到自己的座位上。尼科卢乔高高兴兴把他妻子和儿子接过来，他本来已不存什么希望，如今事情发展得这样好，真是说不出的高兴，便感谢了詹蒂莱，尽其所能地讲了许多感激的话。其余的客人都感动得流下泪来，对詹蒂莱备加赞誉，听了这个故事的人，没有一个不称赞他。那夫人回到自己家里，受到家人的盛情接待，着实热闹了一番。一直过了很久，博洛尼亚的人见了她，仍然惊奇地把她看了又看，把她仿佛当做一个死而复生的人。从此以后，詹蒂莱先生一直是尼科卢乔的好友，和他家里的人以及那位夫人娘家的人，也都成了朋友。

仁厚的女郎们，我还可以向你们说些什么呢？请你们想想看，西班牙国王把王冠和权杖送给了骑士，修道院院长使一个歹徒与教皇和解，院长自己却并不花什么代价，那个老人伸出自己的脖子来让仇人的刀子砍，这几件事哪一件能同詹蒂莱的这件事相提并论呢？詹蒂莱年轻热情，别人粗心大意，扔掉了一个女人，他却凭着自己的好运收留下来，照理可以据为己有，可是他不仅光明磊落地克制了自己的欲念，还把自己朝思暮想、努力想弄到手的一个女人，还给原主。所以我认为，刚才讲的那几个故事肯定都不能和这个相比。

## 第五则故事

迪亚诺拉太太要安萨尔多先生在1月份布置出一个像5月一样美丽的花园。安萨尔多重金聘魔术师作法,果然办到了。她丈夫叫她实践诺言,满足安萨尔多先生的欲念,后者听得她丈夫如此慷慨,即宣称她的诺言无效,魔术师也不向安萨尔多要重金。

这一伙欢乐的人们都盛赞詹蒂莱先生,把他捧上了天,这时国王要埃米莉亚接下去讲一个,她显得很有自信心,几乎是迫不及待地开始说道:

温雅的女郎们,詹蒂莱的慷慨大度,真是无话可说。但是,如果有谁说这是绝无仅有,那我倒要说,更加大度也是可能的。我这样说是什么意思,大家听了我给你们讲的这个短故事之后自会明白。

弗留利①地区虽然寒冷,却是群山苍翠,河流纵横,泉水清澈,景色宜人。那里有个城市,叫做乌迪内,城里有位美丽的贵夫人,名叫迪亚诺拉,她的丈夫是当地一位有名的豪富,叫做吉尔贝托,为人和蔼可亲,气质颇佳。这位夫人因为富有魅力,被一位名叫安萨尔多·格拉登塞的贵人深深地爱

---

① 在意大利东北部,下文中的乌迪内是该地区的一个重要城市,家具业特别发达。

上了,这个人地位高,武艺好,又彬彬有礼,所以遐迩闻名。他热爱这位夫人,所以想尽一切可能,以博取她的欢心,也不知派他的心腹送去多少封情书,可是都没有用。

那夫人看他总是纠缠不清,即使她拒绝他的所有要求,他依然爱她,依然求她,于是她想,应该向他提个要求,故意难难他,反正这个要求也是不可能实现的。因此,有那么一天,这位夫人对经常被那个先生打发来传书递信的妇人说道:

"大娘,你多次对我说,安萨尔多先生爱我高于一切,你也给我带来好多他送来的宝贵礼物,对于这些礼物,我一直说,还是留着他自己用吧,因为我决不会因此就爱上他,满足他的心愿。不过,如果我能确信,他真像你所说的那样爱我,那我就会爱他,叫他如愿。我现在只求他一件事,他若能办到,我才能相信他真爱我,我也就会听从他的安排了。"

那位大娘说:"夫人,你对他的要求是什么呢?"

夫人回答道:"我的希望是这样的,下个月是1月,我要他在这座城市附近建个花园,园里要像5月里一样,绿草如茵,鲜花盛开,还要树木葱茏。如果他办不到,那就请他再也不要打发你或者任何人到我这里来了;如果他依然来纠缠我,我就不会再替他在我的丈夫和家人面前保守秘密了,以前我一直守口如瓶呢。我将把这件事告诉他们,叫他们替我解除这一麻烦。"

安萨尔多听了那位夫人的要求和表白,觉得尽管此事十分困难,几乎不可能办到,也明白她提出如此要求,无非是叫他死了这条心,可是他还是想尽最大的努力去试一下。于是他到处去打听,看看是不是有人能替他想个办法,或者替他出个主意。最后他找到一个魔术师,说是只要给以重酬,可以用魔术替他办到这件事。安萨尔多自然高兴万分,答应事成之后必给重金,然后快快乐乐地等待着指定的日子到来。

到了那天,地冻天寒,万物都披上了冰雪。到了元旦前夜,那个法力无比的人选择了城郊的一块美丽无比的草地施展魔术,据当时亲眼目睹的人们说,第二天早上,那里果然出现了一座美得见所未见的花园,园里草木郁郁葱葱,还结满了各色各样的果子。安萨尔多看了,高兴得合不上嘴,连忙在园里采了几样最美的花,摘了几样最好的果子,派人悄悄送给他爱的那位夫人,并请她快来欣赏她所要求的花园,这样就通过这个花园知道他究竟是多么爱她,又叫她记起她自己立下的誓约,她既是个诚实的夫人,就得讲究信义。

那夫人早已听人家说起那个奇异的花园,现在见了送来的这些鲜花水果,不觉悔恨自己许下的诺言。悔恨归悔恨,可她还是好奇心十足,很想看看这件新鲜事,便和城里其他几位夫人一同去看那座花园。一见花园,她诚心实意地赞美一番,可回家以后,想起自己非得践约不可,真是伤心透顶。这位夫人整天这样忧心忡忡,难以隐藏,不免会流露出一些痕迹,她的丈夫也看出来了,再三询问究竟是怎么回事。起初,她羞于启口,拖了好长时间不肯说出,最后才迫不得已,把这事的前因后果向她的丈夫全说出来了。吉尔贝托听了,开始时非常气愤,既而一想,他妻子的心地十分纯洁,便消除了气恼,说道:

"迪亚诺拉,一个聪慧而贞洁的女人,根本就不该去听那些牵线的妇道人家的话,更不该拿自己的贞洁去跟别人讲条件。对于一个堕入爱河的男人来说,听了这些话之后就会牢记在心,于是就会产生出一种许多人难以估计的力量,差不多什么事也能办得到。你先是听了那些牵线人的话,后来又提出条件,这些都是不对头的。不过,我知道你的心地是纯洁的,为了解除你许下的诺言造成的约束,我姑且允许你做一次任何别的男人也许难以答应的事,这样做也是因为,我担心如果你悔约,安萨尔多自知受了你的欺骗,会叫那个魔术师来伤害我们。我希望你到他那里去一次,最好能设法履行你的诺言而又不失贞操,万一办不到,那也只是失身一次,而不把灵魂交给他。"

夫人听了她丈夫的话,痛哭失声,表示决不领他的情去安萨尔多那里。可吉尔贝托坚持,不管他的夫人再三反对,非得去一趟不可。第二天一早,夫人也不多打扮,前面带了两个仆人,后面跟着一个侍女,来到安萨尔多先生家里。安萨尔多听说那位夫人来找他,十分惊异,当即把那个魔术师请来,对他说:

"我今天要你看看,你高明的法术已让我得到了这么珍奇的宝物。"

于是他就去迎接那位夫人,举止庄重得体,毫无轻薄之态。三人一同走进一间漂亮的房间,室内烧着一大盆火。安萨尔多请夫人坐好后说:

"夫人,我爱您已这么久,如果我的爱还值得您给我一点儿报偿,那么我求您对我说明,您这么早赶到我这儿,还带了这些人来,究竟为的是什么事?想来我这个请求您不会讨厌吧。"

那夫人十分羞愧,眼泪几乎夺眶而出,回答说:

"先生,我到这里来既不是出于爱情,也不是因为信守什么誓约,而是我丈夫吩咐我来的。您的爱情虽然不正当,我丈夫却念您为我而费尽心机,也就顾不上他的名誉和我的名誉,叫我上这里来了。我是奉他的命令而来,这回准备让您称一下心。"

安萨尔多刚才已经十分惊奇,听了她的这番话,更是惊异,吉尔贝托的气量使他感动,满腔欲火开始化为同情,于是说道:

"夫人,听了您的这番话,我要是再损害那位顾及我的爱情的人的名誉,那真是违背天主之意了。因此,只要您高兴,我现在要把您当做我的姐妹,留您在这儿住一阵,您爱什么时候回去就什么时候回去,只希望您回去后代我好好感谢您的丈夫,还请您代我要求他,让我一辈子成为他的兄弟,他的仆人。"

夫人听了这番话,高兴非凡,说道:

"凭您以前的行为,我料定,今天我的来访只会有今天这样的好结局,因此,我一辈子都要感谢您!"

说完,夫人即告辞回家,安萨尔多还派了好多人热热闹闹地护送。回到家里,她把一切情形都告诉给丈夫。吉尔贝托后来果然同安萨尔多结成了极其亲密的友谊。

至于那位魔术师,安萨尔多先生本来要把答应的酬金都付给他,如今见到吉尔贝托对安萨尔多先生如此大方,而安萨尔多对那位夫人也这么大度,便说:

"既然我看到吉尔贝托先生竟慷慨到连自己的名誉也不顾,您连爱情也可以牺牲,那么如果我连这笔酬金也不肯放弃,真是天理难容了。因此,我认识到,这笔钱还是留在您处为好,希望您照办。"

安萨尔多觉得面子上过不去,再三请他把钱拿去,或者全部拿去,或者拿一部分,再三推让,对方依然不肯收。三天之后,魔术师把那座花园拆掉,告别而去。安萨尔多祝天主降福于他。从此以后,安萨尔多完全消除了对那位夫人的淫欲,只对她怀着正当的爱。

可爱的女郎们,我们对这个故事有什么好说的呢?詹蒂莱固然将他所爱的女人归还给她的丈夫,但那时他的情人已差不多是个死人,那时他已灰心绝望,而安萨尔多好容易才把自己追求已久的人弄到了手,当时他的热情只有比以往更为炽烈,几乎燃起了更大的希望,可他却大度地抑制了淫念。这两件事比起来,我们认为哪一件更值得赞美呢?如果有人说,这两件行为可以媲美,我认为有点愚蠢了。

## 第六则故事

查理国王功名显赫,老年时爱上一名少女,后来对自己的痴情深感惭惶,即将少女和她的姐妹体面地许配给别人。

女郎们听了关于迪亚诺拉的故事,议论纷纷,说不清吉尔贝托、安萨尔多和那个魔术师究竟谁更慷慨大方。这些争论我们不必细说,以免篇幅太长。国王让大家争议一番之后,就望望菲亚梅塔,命她接着讲个故事,以便结束这场争论。菲亚梅塔毫不迟疑地开始说道:

高贵的女郎们,我始终认为,我们这些人聚在一起讲故事,应该把要表达的意思讲得明明白白,免得让人在细枝末节上抓住把柄,争论不休。争论原是学者们的事,而不是我们的事,而我们这些人只要学会纺纱织布就可以了。我心里本来有个故事,可是看到刚才讲的故事已经让大家争论不休,我怕讲出来再让大家争论,所以我暂且不讲这个故事,而来讲另外一个。这故事说的不是普通小人物,而是一个英明的国王,讲讲他怎样以侠义的作风行事,使自己的名誉丝毫未损。

你们各位都多次听说过查理一世这个国王,他的年岁已大,但声名显赫,特别是,他战胜了曼弗雷迪国王①,将吉伯林党人逐出佛罗伦萨,使教皇党人回到该城。于是有个名叫奈里·德里乌贝尔蒂②的骑士,带着家属,收拾细软,别处不去,偏偏来投查理国王,为的是找个僻静之处,以便安安静静地度过余生。他来到那不勒斯海湾的斯塔比亚海滨城堡附近,在距当地居民一箭之遥的地方买了一块地,四周全是橄榄树、核桃树和栗子树,在这块地上建了一座豪华的住宅,宅前还建了一个美丽的花园。按照佛罗伦萨的习俗,又在园子正中建了一座鱼池,池内流水淙淙,清澈见底,池里鱼儿成群。他每天别无他事,一心用在这个园子上,想把花园整得一天比一天更美丽。一年夏天,查理国王来到海滨城堡避暑,听说奈里的花园十分美,便想观赏一番。但是国王一听这个花园主人的姓氏,原是属于敌对政党一派的,觉得应该先和他拉拉交情,先亲近一下。于是便派人对奈里说,他和他的四个大臣,第二天晚上将悄悄到他的花园去吃晚饭。奈里听了感到不胜荣幸,便大事准备了一番,命家人将一切都要安排得妥妥帖帖,尽量高高兴兴地把国王迎进自己的花园。

国王观赏了奈里的花园住宅之后,便来到鱼池边准备用餐。他在鱼池边洗过手,命跟他同来的圭多·迪蒙佛尔特伯爵和奈里分别坐在他的两旁,吩咐同来的另外三个臣仆按照主人的安排侍候。晚宴开始,端上来的尽是山珍海味,还有各种美酒,一切安排得井井有条,十分周到,毫无忙乱嘈杂之声,国王对此称赞不已。

国王一面愉快地饮宴,一面欣赏这幽静的花园,不觉喜从中来。正在这时,忽然有两位十五岁左右的少女走进花园,金发像金丝一般,鬈曲的头发一缕缕披散着,头上都戴着长春花编织的花环。她们都长得娇艳无比,简直像天使一般。她们都穿着雪白的非常薄的麻布衣服,上半身紧贴着肌肤,腰部以下散开,像裙子一般,直拖到脚面。前面的一个,左肩搭着两个渔网,右手拿一根很长的竿子;后面的一个,左肩扛着一只煎锅,腋下夹着一捆木柴,左手拿一个三角架,右手拿一瓶油和一个点着的火炬。国王看见这两个少

---

① 指1265年在贝内文托的一场大战,曼弗雷迪失败,他是费德里科二世的继承人,后者是吉伯林党(即帝皇党)人的头目,同吉伯林党人对立的教皇党人因而得势。参见第二天第六则故事。

② 佛罗伦萨一个大家族,吉伯林党人。

女,很是惊异,便屏着气,等着看她们说些什么。

两个姑娘忸忸怩怩,但又大大方方地来到国王面前,恭恭敬敬地向他致意。接着,两人走进鱼池,扛煎锅的一个将煎锅和其他杂物放到池畔,从另一个手里把那根长竿接过来,两人双双下了水池,池水一直深到胸部。奈里的一个用人随即燃起了一堆火,把三角架架在火上,将煎锅放上去,锅里放了些油,等着两个姑娘把鱼儿扔过来。站在池里的两个姑娘,一个拿着长竿捣来捣去,她知道鱼藏在什么地方,专往那里捣,另一个拿着渔网在那里等着,好像她们知道,国王对此一定很喜欢,肯定在高高兴兴地看着。没多大工夫,两人就捉了许多鱼。她们按照事先的安排,把这些鲜跳活蹦的鱼儿扔给那个用人,用人一一投入煎锅;她们又捉了几条最好的鱼,扔到国王、圭多伯爵和她们的父亲坐的那张桌上。鱼儿在桌上活蹦乱跳,国王见了又惊又喜,顺手抓起几条,打趣地扔回给她们。双方这样玩乐了一阵,用人已经把鱼烹好,端到国王面前,这与其说是什么美味珍馐,不如说是奈里骑士为国王安排的刺激胃口的一道副菜。

两个姑娘看看鱼烹好了,也抓够了,就走了上来。细白麻布衣裳紧贴在身上,使她们秀丽的肌体好像全都露出来似的。她们把各种东西统统收起,羞答答地在国王面前走过,回到屋里去了。国王、伯爵、侍候的那些人都很赏识这两个小姑娘,个个心里无不赞扬她们秀美动人,温雅可爱。国王则显得特别高兴,自从两个姑娘出水之后,一双眼睛就在她们身上各处凝神地打转,这时如果有人刺他一下,他也不会感觉到的。他不知道她们是谁,如何到这里来的,他越想越思念她们,恨不得立即去巴结巴结她们,一直等到他觉得自己快要堕入情网了,这才稍加收敛,以免失态。再说,这两位姑娘长得十分相似,他自己也不明白究竟更喜欢哪一个。他思量了一阵,就转身问奈里,这一对姑娘究竟是谁家的。奈里回答说:

"国王陛下,这是我的两个女儿,一胎生的,一个叫美人儿齐内沃拉,一个叫金发女郎伊索塔。"

听了这话,国王连声赞赏,又说她们两个该嫁人了,奈里只是推说,他现在无能为力。这时,晚宴只剩一道水果没上了,只见那两位姑娘穿了华丽的丝绸旗袍,手里捧着两个大银盆,盆里装满新鲜水果,放到国王面前的桌上。然后她们走到一边,唱起一支歌,开头的两句是:

爱神啊,真是一言难尽,
可我来到了彼岸……

歌声非常甜润悦耳,国王听得心醉神迷,还以为是天使们下凡前来唱歌。唱完之后,两人跪了下来,恭恭敬敬地向国王告辞。国王虽然难舍难分,但脸上也只好装出一副高兴的样子。

晚宴结束了,国王和他的随从人等上了马,告别了奈里,返回王宫,一路上不住地东扯西聊。从此以后,他把满腔的激情埋在心底,尽量不流露出来。尽管他事务繁忙,却始终忘不了美人儿齐内沃拉的美貌和可爱,同时也爱着她那位面貌相似的姐妹。这些痴情弄得他神魂颠倒,除她们之外别无所思。他编造了各种各样的借口,以同奈里交往,常去观赏他的花园,以便能看到齐内沃拉。

最后,他再也忍不住了,又没有别的办法可想,而且心底里觉得只娶一位少女还不够,要把两个姑娘都娶来才好,于是向圭多伯爵说明了自己的相思和打算。伯爵本来是个颇讲道义的人,于是对国王说:

"国王陛下,听了您对我讲的这番话,我感到很吃惊。尤其是,我是从小同您一起长大的,再没有第二个人比我更了解您的为人。在您年轻的时候,爱情本来会更容易地缠住您,您却从来不曾为爱情操过心,我也不曾为此担过心。如今您已经年事甚高,反而坠入爱河里不能自拔,我倒觉得真新鲜,也觉得有点儿怪,甚至觉得是个奇迹。这事要让我说的话,我知道该怎么说,这些话便是,您现在统治的是一个刚刚征服的新国度,战乱刚刚平息,民情还不熟悉,阴谋叛变之类的事难以提防,国家大事时时需您留心,连安安稳稳坐下来的时间都没有,在这么繁忙众多的事务中,哪里有时间去谈情说爱呢?

"这不是一个英明大方的君王该做的事,而是胡涂小伙子的作风。除此之外,那位骑士在他自己家里十分殷勤地款待您,还叫那一对双生女儿几乎是光着身子来见您,向您表示敬意,这足以说明他对您的一片诚意,也说明他把您当做一个明君,而不是看做一只贪心的狼,您一面说这个可怜的骑士慷慨大方,却又要娶他的一对女儿,岂不是糟透了?再说,难道您一下子就女,很是惊异,便屏着气,等着看她们说些什么。

两个姑娘忸忸怩怩,但又大大方方地来到国王面前,恭恭敬敬地向他致意。接着,两人走进鱼池,扛煎锅的一个将煎锅和其他杂物放到池畔,从另一个手里把那根长竿接过来,两人双双下了水池,池水一直深到胸部。奈里的一个用人随即燃起了一堆火,把三角架架在火上,将煎锅放上去,锅里放了些油,等着两个姑娘把鱼儿扔过来。站在池里的两个姑娘,一个拿着长竿捣来捣去,她知道鱼藏在什么地方,专往那里捣,另一个拿着渔网在那里等着,好像她们知道,国王对此一定很喜欢,肯定在高高兴兴地看着。没多大工夫,两人就捉了许多鱼。她们按照事先的安排,把这些鲜跳活蹦的鱼儿扔给那个用人,用人一一投入煎锅;她们又捉了几条最好的鱼,扔到国王、圭多伯爵和她们的父亲坐的那张桌上。鱼儿在桌上活蹦乱跳,国王见了又惊又喜,顺手抓起几条,打趣地扔回给她们。双方这样玩乐了一阵,用人已经把鱼烹好,端到国王面前,这与其说是什么美味珍馐,不如说是奈里骑士为国王安排的刺激胃口的一道副菜。

两个姑娘看看鱼烹好了,也抓够了,就走了上来。细白麻布衣裳紧贴在身上,使她们秀丽的肌体好像全都露出来似的。她们把各种东西统统收起,羞答答地在国王面前走过,回到屋里去了。国王、伯爵、侍候的那些人都很赏识这两个小姑娘,个个心里无不赞扬她们秀美动人,温雅可爱。国王则显得特别高兴,自从两个姑娘出水之后,一双眼睛就在她们身上各处凝神地打转,这时如果有人刺他一下,他也不会感觉到的。他不知道她们是谁,如何到这里来的,他越想越思念她们,恨不得立即去巴结巴结她们,一直等到他觉得自己快要堕入情网了,这才稍加收敛,以免失态。再说,这两位姑娘长得十分相似,他自己也不明白究竟更喜欢哪一个。他思量了一阵,就转身问奈里,这一对姑娘究竟是谁家的。奈里回答说:

"国王陛下,这是我的两个女儿,一胎生的,一个叫美人儿齐内沃拉,一个叫金发女郎伊索塔。"

听了这话,国王连声赞赏,又说她们两个该嫁人了,奈里只是推说,他现在无能为力。这时,晚宴只剩一道水果没上了,只见那两位姑娘穿了华丽的丝绸旗袍,手里捧着两个大银盆,盆里装满新鲜水果,放到国王面前的桌上。然后她们走到一边,唱起一支歌,开头的两句是:

> 爱神啊，真是一言难尽，
> 可我来到了彼岸……

歌声非常甜润悦耳，国王听得心醉神迷，还以为是天使们下凡前来唱歌。唱完之后，两人跪了下来，恭恭敬敬地向国王告辞。国王虽然难舍难分，但脸上也只好装出一副高兴的样子。

晚宴结束了，国王和他的随从人等上了马，告别了奈里，返回王宫，一路上不住地东扯西聊。从此以后，他把满腔的激情埋在心底，尽量不流露出来。尽管他事务繁忙，却始终忘不了美人儿齐内沃拉的美貌和可爱，同时也爱着她那位面貌相似的姐妹。这些痴情弄得他神魂颠倒，除她们之外别无所思。他编造了各种各样的借口，以同奈里交往，常去观赏他的花园，以便能看到齐内沃拉。

最后，他再也忍不住了，又没有别的办法可想，而且心底里觉得只娶一位少女还不够，要把两个姑娘都娶来才好，于是向圭多伯爵说明了自己的相思和打算。伯爵本来是个颇讲道义的人，于是对国王说：

"国王陛下，听了您对我讲的这番话，我感到很吃惊。尤其是，我是从小同您一起长大的，再没有第二个人比我更了解您的为人。在您年轻的时候，爱情本来会更容易地缠住您，您却从来不曾为爱情操过心，我也不曾为此担过心。如今您已经年事甚高，反而坠入爱河里不能自拔，我倒觉得真新鲜，也觉得有点儿怪，甚至觉得是个奇迹。这事要让我说的话，我知道该怎么说，这些话便是，您现在统治的是一个刚刚征服的新国度，战乱刚刚平息，民情还不熟悉，阴谋叛变之类的事难以提防，国家大事时时需您留心，连安安稳稳坐下来的时间都没有，在这么繁忙众多的事务中，哪里有时间去谈情说爱呢？

"这不是一个英明大方的君王该做的事，而是胡涂小伙子的作风。除此之外，那位骑士在他自己家里十分殷勤地款待您，还叫那一对双生女儿几乎是光着身子来见您，向您表示敬意，这足以说明他对您的一片诚意，也说明他把您当做一个明君，而不是看做一只贪心的狼，您一面说这个可怜的骑士慷慨大方，却又要娶他的一对女儿，岂不是糟透了？再说，难道您一下子就忘了,不正是因为曼弗雷迪贪恋女色,才使您长驱直入,征服了这个国家吗?奈里先生尽心尽意地侍候您,您却反而想夺走他的荣誉、希望和安慰,这岂不是忘恩负义到了极点,岂不是永远会受到人们指责?如果您真的做出这种事,别人会说您什么呢?也许您会找到足够的理由为自己开脱说:'我之所以这样做,只是因为他是个吉伯林党人。'现在我来问您,不管他是哪一个党派的人,对于那些来到您的治区求您庇护的人,您竟如此对待他们,这能算是帝王的正义吗?陛下,让我再提醒您,您征服了曼弗雷迪和库拉迪诺,固然是最大的光荣,可是,您若能征服自己,那才是更大的光荣。因此,您既然统治别人,就应该首先克制自己的这种邪念,也不要就此在自己光荣的业绩之上留下污点。"

这番话深深地刺痛了国王的心,使他觉得句句在理,句句是良言,因此益发难受。国王最后长叹一声,说道:

"伯爵,你的话确实不错,对于一个千锤百炼的骑士来说,多么强大的敌人都不可怕,难的是战胜自己的邪念,但是,不管这需要多少百折不挠的毅力,你的这番话大大激励了我。因此,过不了几天,我会以实际行动让你看到,我不但能制服任何敌人,也能征服我自己。"

国王说过这些话后,不上几天就启程回那不勒斯,他离开奈里这个地方,一方面是为了使自己不致有什么机会做出卑下的事来,一方面是为了设法报答奈里如此盛情款待他的深情厚谊,他想把奈里的这两个女儿许配于人,但不是作为奈里的女儿嫁出去,而是作为自己的女儿嫁给人,虽然他深深爱着这两个姑娘,实在不愿让别人占有。他征得奈里的同意,把美人儿齐内沃拉许配给马菲奥·达帕利济先生,把金发女郎伊索塔许配给古利埃尔莫·德拉马尼亚先生,两人都是高贵的骑士,而且都是显赫的男爵。国王还马上给了她们华丽的嫁妆。国王办完这件事,动身前往普利亚地区,心里无限难受,好容易继续克制自己的情欲,斩断情丝,清心寡欲地度过了晚年。

也许有人会说,一个国王把两位姑娘嫁出去,不过是区区小事,这种说法我也同意。可是我觉得,这实在是一件非常了不起的事,因为这是一个国王坠入了情网,他把自己所爱的人许配给了别人,连她们的枝叶、花儿和果实都不曾碰一下或采一下。就这样,这位明君既堂皇地报答了高贵的奈里骑士,又令人赞美地对他心爱的姑娘表示了敬意,也毅然决然地征服了自己。

## 第七则故事

> 国王彼得听说少女莉萨热爱着他,连忙去慰问她,以后把她许配给一个高贵的青年,自己只在她额上吻了一下,并说要终生做她的骑士。

菲亚梅塔的故事讲完后,许多人纷纷赞扬国王查理的自制和慷慨大度,只有一个女郎不愿赞扬这位国王,因为她属于吉伯林党。在国王吩咐下,帕姆皮内娅开始讲述她的故事:

可敬的女郎们,你们赞美查理国王,明理人都不会提出异议,除非有人出于别的原因,对他怀有恶感,那只能又当别论了。这使我想起一个故事,说的是查理国王的一个敌人如何对待我们佛罗伦萨一位姑娘的,这故事也同样值得赞扬,所以我很愿讲给大家听。

在法国人被逐出西西里时[①],巴勒莫市住着一个来自佛罗伦萨的药剂师,家境极其富裕,名叫贝纳多·普契尼,膝下只有一个独生女儿,长得天仙一般,已经到了婚配的年龄。那时,阿拉贡的彼得做了西西里岛的国王,一天,他和他的臣仆们在巴勒莫举行盛大的欢庆活动,按照加泰罗尼亚的习俗竞技比武。正好贝纳多的女儿莉萨那天正和其他女郎们凭窗眺望,看到国

---

① 1282 年维斯普里人起义,赶走法国人,彼得三世成为西西里国王,此故事中称为彼得国王。

王在场上驰骋,就目不转睛地紧紧瞅着他,而且深深爱上了他。赛毕,莉萨待在家里,一心只想着这位伟大崇高的心上人。不过使她最感烦恼的,是认识到自己家境寒微,毫无希望取得圆满的结局。可是,她依然爱着这位国王,只是为了怕招来更大的麻烦,才把这份爱憋在心里,不敢表白出来。

国王对这件事毫无所知,对她根本不放在心上,但她依然爱着国王,所以愈发痛苦不堪。这个美少女的情思有增无减,痛苦也越来越深,终于支持不住,一病不起,而且显然一天比一天消瘦,像阳光下的积雪,慢慢在融化。姑娘的父母见了这一变故,都万分焦急,因而对她格外关心疼爱,一面又想尽办法,替她请医生。然而所有这些都毫无用处,只因为她知道,自己的爱情肯定没有希望,宁愿一死了事。

一天,姑娘的父亲答应说,不论她要求什么,他一定让她满足。因此姑娘想到,还是在离世之前,想法让国王知道她的这片真情实意。有一天,姑娘要求她的父亲把米努乔·达雷佐请来。米努乔原是当时的一位大演奏家和歌手,深得彼国国王的欢心。贝纳多只以为,他的女儿莉萨想听他唱歌演奏,立即打发人去请他。这米努乔原是个很懂礼貌的人,立即应命前去。他用一些好言安慰这位姑娘之后,又拿出随身带来的维奥拉①,拉了几曲小调,又唱了几首歌。他的用意原是为了安慰她,不料反而把这姑娘的爱情之火燃得更旺了,姑娘就跟这位歌唱家说,她想单独跟他说几句话。等大家走开之后,她才说:

"米努乔,我把你看成是一个最可靠的保护人,打算告诉你一件秘密的事,希望你千万不要告诉别人,只有我要对你讲起的一个人除外,我还希望你能尽力帮我的忙,我在这里求你了。亲爱的米努乔,告诉你吧,在我们的国王彼得即位举行盛大欢庆活动的那天,国王参加了比武,正好给我看见了,我心中对他燃着爱情之火,难以克制,以致今天落到这种地步,这你也已亲眼看到了。我知道我配不上一位国王,可我的这片真情不但压不下去,而且连略加压抑都不可能,我现在悲痛难忍,只想一死了之,免得再活活痛苦。我会这样做的。

"当然,我的这片痴情如果不让国王知道,就这样默默死去,我是死也不

---

① 中世纪的弦乐器,后经不断改进,成为现在的小提琴。

会瞑目的。可是,要把这件事告诉国王,除你之外,再也没有更合适的人选。我特地拜托你,希望你千万不要推辞。你去转告之后,回来再告诉我一声,这样我就是死也甘心,再也不会痛苦了。"说了这些话,她痛哭起来,随后沉默不语。

米努乔听了这位姑娘的高尚的心灵和坚强的决心,非常吃惊,也非常为她难受。突然,他想到可以用堂堂正正的办法帮她一把,便说:

"莉萨,我向你保证,我对你是一片诚心,请你放心,我决不会让你受骗上当的。你爱上一位国王,志向确实很高,值得称赞,我愿意尽力帮你。我只希望你好生将息,你在三天之内就会得到好消息。好了,别再耽误时间了,我这就去给你想办法。"

莉萨听了这番话,再三拜托,并且答应一定静心等待,她会平安无事。米努乔辞别了她,就去找一个名叫米科·达锡耶纳的人,这是当时的一个有名的诗人。米努乔恳求这位诗人编写了下面这样一支歌:

  爱神啊,快去见我的君王,
  告诉他我心里痛苦难当;
  还要说我将命归黄泉,
  因为我的心愿不敢对他讲。

  啊,爱神,我双手合十把你求,
  请你前往君王的宫殿去见他;
  告诉他我时常思念他,又多爱他,
  那热恋使我心里甜蜜又害怕;
  这炽热的烈焰使我全身燃烧,
  我怕死去,不知道
  什么样的惩罚比这更痛苦,
  只是为了他我才挺住,
  但我既羞愧,又害怕;
  啊,看天主面上把我的苦恼告诉他。

啊,爱神,自从我把他爱上,
你从没给我勇气,
让我倾诉我的衷肠,
我的爱慕之情只能埋心底,
这不能不使我黯然神伤;
叫我这样死去,真叫我万箭穿心苦难当;
他若知道我这般相思,
未必不会动柔肠,
那就给我勇气吧
好让我把我的心房向他开敞。

爱神,都怪你不愿意
给我勇气,
好让我向我的君王表明我的心意,
啊,没有给我捎信,我也不能传递信息,
爱神啊,我苦苦把你求,
快到他身边,向他提起
他那天欢庆比武
我看他带盾持枪勇猛无比:
从此我日思夜想,
衣带渐宽一病不起。

  米努乔立即按照题材和要求配上温婉幽怨的曲调,第三天就前往王宫,这时国王彼得正在用膳,就叫他和着他的维奥拉唱几支歌听听。于是他就唱起那支歌来,唱得十分动听,宫廷里的人个个都听得入了迷,大家站在那里屏息静气地倾听,国王更是如此。米努乔唱完之后,国王问他这支歌是哪里来的,他似乎从来没有听过。

  "国王陛下,"米努乔回答说,"这支歌的歌词和曲调刚刚诞生不过三天。"

  对此,国王又问,这支歌是为谁而作的,米努乔回答道:

"这件事除了陛下一人之外,我不敢对任何人泄露。"

国王很想知道究竟是怎么回事,即命撤下饭菜,带米努乔来到内室,米努乔则把莉萨的话从头到尾讲给国王听。国王听了满心欢喜,大大赞美那位姑娘,说他非常同情这位有志气的姑娘,然后吩咐米努乔赶快去代他安慰她一番,并且要告诉她,国王将在当天晚祷时分亲自去看她。

米努乔听了万分欢喜,连忙收拾起维奥拉,离开国王,把这一好消息前去告诉那位姑娘。到了姑娘那里,悄悄把所有一切原原本本地讲给姑娘听。然后又拉起他的维奥拉,给姑娘唱了那支歌。听了这些,姑娘异常高兴,病情显然很快地大有起色,只盼望晚祷时分快到,国王届时来访,但她不让家人了解这些情况,也丝毫不露任何形迹。

国王原本就是个慷慨大方而仁慈宽厚的人,听了米努乔讲的这件事,反复想了好多遍,加上他早已十分了解那位姑娘的品德和美貌,不禁更加怜悯起她来。到了晚祷时分,国王上了马,佯称出去随便逛逛,便直奔药剂师的宅子,借口要看看药剂师的那座美丽的花园。到了花园,国王下了马,寒暄几句后,就问起贝纳多,他的女儿可好,是否已经嫁人。

贝纳多回答说:"国王陛下,她尚未出嫁。很不幸,她病了很久,现在依然病重。不过,说来奇怪,从今天上午起,她的病已大有起色。"

国王心里立即明白,姑娘为什么会好得这么快,便说:

"天啊,这样一位美丽的姑娘如果离世而去,真是太可惜了,我们去看看她吧。"

过了一会儿,国王只带了两个侍从,跟着贝纳多,来到姑娘房间,一进房间,就走近她的床前,只见她正提起精神,迫不及待地等着。于是国王拉住她的手说:

"小姐,您这是何苦呢?像您这样年纪轻轻的姑娘,本来是应该去安慰照料别的女人的,怎么倒自己先病倒了呢?我想劝您一句,看在我的面上,希望您开朗些,振作起来,争取尽快痊愈。"

这位姑娘给她最心爱的人握着手,虽然有点儿害羞,心里却欣喜万分,好像自己进了天堂一般,于是竭力打起精神来说:

"我的国王,我身子单薄,经不住烦恼的重压,这才病倒,感谢您的好意,您会看到,我不久就会好的。"

这姑娘的弦外之音,只有国王一个人明白,国王便更加看重她,只是暗暗咒骂命运之神,竟让这样一个家庭生出这么好的一个女儿。国王又待了一会,安慰了她一番,然后才告辞而去。

国王的仁慈大受赞扬,人人都说,这是那位药剂师和他的女儿莫大的光荣。那姑娘心里无比高兴,胜过一般女人见了自己的情人。在巨大希望的鼓舞之下,没过几天,姑娘病体复原,而且出落得比以前更加美丽。等她完全恢复健康之后,国王和王后商议,应该如何报答这位姑娘的这份痴情。一天,国王带了许多贵族,骑马来到药剂师家,进了花园,把药剂师和他的女儿召来。不多一会儿,王后也带着许多宫女来到,接见了莉萨,大家高高兴兴地热闹了一番。过了一会儿,国王和王后把莉萨叫到一旁,国王对她说:

"贤慧的小姐,您对我的深情厚爱,我们应该报答,看在我们的面上,希望您能满意。事情是这样的,我看您已经到了出嫁的年龄,我们打算给您选个丈夫,但是,在您结婚之后,我打算依然做您的骑士。现在我只吻您一下,别无其他要求。"

姑娘由于害臊,脸儿顿时涨得通红,便顺着国王的心意,低声回答道:

"我的国王,我也知道,如果别人知道我爱上了您,一定认为我发了疯,会说我不知天高地厚,不知自己的身份和您的身份相差得非常大。只有天主知道我的心意,知道我自从爱上您的那一刻起,就晓得您是国王,而我不过是药剂师贝纳多的女儿,不该这样高攀。可是,您比我更清楚,天下男女相爱时,并不考虑双方是否门当户对,而只是从欲望和喜爱出发。我曾多次克制自己,尽力避免这种通病,可是,这克制毫无用处,我已经爱上了您,现在仍然爱您,将来也永远爱您。

"可是,我知道我已被爱您的情感俘获,因此,我打定主意,处处要以您的意志为意志,不仅乐意遵从您的命令,接受您恩赐给我的丈夫,好好地爱他,因为这是我的本分,是我的荣誉,而且,您即使要我跳到火里去,只要能使您高兴,我也非常愿意。您知道,有您这样一位国王做我的骑士,我是多么荣幸,除了这样回答您,我还能说什么?至于您只要求吻我一下,表示我对您的爱,那么没有王后的允许,我也难以答应。您和王后都待我如此仁慈,真让我无法报答,但愿天主替我感激您,报答您吧。"说完,她即沉默不语。

王后对姑娘的回答十分喜欢,觉得这姑娘真的像国王说的那样贤淑懂事。国王派人把姑娘的父母叫来,向他们说明了自己的用意,他们都非常高兴。国王又把一位贫寒而高雅的青年叫来,这青年名叫佩迪科内,当场给了他几个戒指,叫他不要拒绝,然后叫他与莉萨成婚。国王和王后又给了那位姑娘好多珍宝首饰,此外,又把切法卢和卡拉塔贝洛塔①两地赐给这个青年,这是两个富饶的地方,对他说:

"这两个地方我们赐给你,算是小姐的嫁妆,我们将如何对待你,将来你会明白的。"

国王又转身对姑娘说:

"现在我们要向您索取您对我的爱情的果实了。"说着,双手捧住姑娘的头,在她的前额上吻了一下。

佩迪科内、莉萨的父母和莉萨本人,都说不出的高兴。不久,他们备办了盛大的喜宴,高高兴兴结为夫妻。

据好多人说,国王对那位姑娘一直信守诺言,在世之年一直做她的骑士,每次出去比武,他的武器总是只挂那位姑娘送给他的纪念品。

国王的这种做法深深赢得臣民们的心,给别人树立了榜样,也给自己赢来了永久的声誉。但当今的君王们都成了残酷的暴君,很少有人去考虑这样的榜样了。

---

① 两地均在西西里岛北部沿海,较富庶。

## 第八则故事

季西波将未婚妻让给好友蒂托·奎恩佐·福尔沃,蒂托夫妇回到罗马。后来季西波穷困潦倒,也来到罗马,以为蒂托看不起他,绝望之下,只求一死,便说当时一命案系自己所为。蒂托了解此情后,为救这位朋友,也说是自己杀了那个人,后真凶自首,屋大维将两人释放。蒂托将胞妹嫁给季西波,并同他分享财产。

帕姆皮内娅讲完了,大家都盛赞国王彼得,尤其是那位吉伯林党人赞扬得比别人更热烈。过了一会儿,按照国王的吩咐,菲洛梅娜接着讲道:

高贵的女郎们,国王们只要愿意,任何大事都能办到,尤其是别人向他们要求开恩的时候,这有谁不知道呢?由此看来,无论什么人,做到他力所能及的事,只能算做了好事,我们不必啧啧称奇,也无需把他捧上了天,只有那些出人预料地做到了他力所难及的事,才值得我们大加赞扬。因此,如果诸位认为古往今来的帝王们的功绩值得赞扬,那并不错,但我相信,一些同我们相同的凡夫俗子,他们的事迹如果可以和国王们相提并论,甚至超过国王,那就更值得大加赞扬了。我这个故事讲的是两个平民百姓的慷慨大方,他们是很要好的朋友。我这就讲给你们听吧。

在屋大维·恺撒还没有称帝改称奥古斯都时,他以执政官的身份统治罗马①。那时,罗马有一位绅士,名叫普博利奥·奎恩佐·福尔沃。他有个儿子叫做蒂托·奎恩佐·福尔沃,天生聪慧,因此被父亲打发到雅典去学哲学。父亲把儿子托付给那里的一位贵族,请他尽量给予照料,这位贵族是他的一位老朋友,名叫克雷梅特。从此,蒂托就住在克雷梅特家,和他的儿子季西波住在一起,共同请了一位名叫阿里斯蒂波的哲学家授课。

两个年轻人相熟后,意气相投,相处越久,情谊越深,简直亲如兄弟,不在一起,就坐立不安,这份情谊只有死神才能拆散。开始学习后,两人天分都一样高,成绩都非常优异,进步也一样快,在哲学方面都有高深的造诣,令人赞叹。克雷梅特非常高兴,把他们两人都当做自己的儿子。他们就这样相处了三年。天下事总是这样不巧,就在第三年头上,年老的克雷梅特不幸去世。对此,两个青年都非常悲伤,仿佛都是失去了亲身父亲。克雷梅特的亲友们也弄不清,两个年轻人究竟哪个更加悲伤,应该先安慰哪个人。

过了几个月,季西波的亲友和家人以及蒂托,都劝他尽快成亲,他也就答应了。他们终于给他找到一位美貌绝伦的姑娘,这姑娘名叫索佛罗尼娅,出身于雅典名门,年方十五岁。临近婚期的某一天,季西波邀蒂托一块儿去看那位姑娘,因为他还不曾见过她。两人来到姑娘家,姑娘坐在两人中间陪他们说话。蒂托开始仔细审视起这位姑娘,好像要鉴赏这位朋友的未婚妻长得美不美。他把姑娘周身上下打量了个遍,觉得她没有一处不令人喜欢。他心里一面赞赏她的美貌,一面竟不由得对她热爱狂恋起来,只是外表没有流露出一点儿痕迹罢了。

他们只在她家里坐了一会儿就走了。回到家里,蒂托单独待在自己房间里,不由自主地思念起那位可爱的姑娘来,不觉越想越爱,接连长叹几声,自言自语道:

"唉,蒂托,你好命苦啊!你把你的心灵、爱情和希望寄托在哪里了?克雷梅特和他的家人对你那么好,你同季西波的友谊又是那么密切,这个姑娘就是季西波的未婚妻,难道你不懂得应当把她看做是一个姐妹吗?这样说

---

① 约在公元前 43 到公元前 30 年。

来,你这是在爱着谁呢?你要让这不正当的爱情把你指引到哪里去呢?你要让这非分之想引导到哪里去呢?你应该放清醒些,看看你是个什么人,你这个下流胚!你应该理智一些,应当克制这种肉欲,清除这些邪念,把心思用到别的事情上。你的淫念应当克服,你应当战胜自己,趁现在还为时不晚。你的想念有失体统,而且不忠不义。你要是还顾念到真正的友情,那么,即使这件事你有把握达到目的,也应当尽力避免,何况你又没有把握。蒂托,你到底打算怎么办?如果你还想做个像样的人,就把这种不正当的感情撇在一边吧。"

接着他想起了索佛罗尼娅,又完全改变了主意,把刚才那段话完全推翻,说道:

"爱情的法则比任何其他法律的力量都大,不但是友谊,连神的法律都不放在眼里。自古以来,父亲爱上女儿,哥哥爱上妹妹,后母爱上继子的,不是比比皆是吗?至于爱上朋友的妻子,这样的事更是数不胜数,司空见惯。此外,我又是这样年轻,年轻人都得服从爱情的规律,因此,爱情的意愿当然也就是我的意愿。安分守己是长者的事,我只能听从爱神的驱使。那位姑娘真美丽极了,谁见了都会爱上。我这样一个年轻人爱上了她,谁有理由责备我呢?我爱她并不是因为她是季西波的未婚妻,而是因为我非爱她不可,不管她属于什么人。命运把她给了季西波而没有把她给了别人,实在太令人遗憾。既然她的美貌叫人家不得不爱她,她太值得别人爱了,这样一来,即使让季西波听到,他总该觉得,与其让别人爱她,不如让我——他的朋友——爱她更让他高兴吧。"

他这样自言自语了一通,又嘲弄了自己一番。他不仅在这一整夜里这样翻来覆去,左思右想,而且接连好几夜都是心神不定,茶不思,饭不想,觉也睡不着,终于因身体日益衰弱而不得不卧床了。

季西波早已看出他的朋友几天来心事重重,现在又见他病了,十分难过,千方百计地关心他,在他身边寸步不离,想尽办法安慰他,过一会儿就设法问他一次,究竟有什么心事,为什么会得上病的。蒂托每次都是信口捏造些事搪塞过去,但都被季西波看穿了。最后,他经不起再三盘问,只得一面哭泣,一面叹气地回答说:

"季西波,要是天主愿意,我宁愿死去,也不想再活下去了。命运之神为了考验我的品德,使我进退两难,可我经不起考验,这叫我惭愧极了,因此我恨不得早点死,那是罪有应得,免得活在世上,老是想起自己的卑鄙无耻。我什么事都不该瞒你,因此,这件事我也不顾羞耻,还是说给你听吧。"

于是他就从头讲起,吐露自己的想法和思想斗争,又告诉他最后是哪种想法占了上风,又向他坦白自己怎样为了爱索佛罗尼娅而死去活来。后来又说,他自知这种想法是不对头的,因此宁愿一死来表示忏悔,他知道自己已死在临头了。

季西波听了这些话,又看见对方痛哭失声,一时也愣住了,因为他虽然不像蒂托那样热情,却也十分爱他的娇美的姑娘。可是,他马上想到眼前是救自己朋友的命,这比那可爱的索佛罗尼娅更要紧,所以也像他的朋友那样泪水涟涟地说:

"蒂托,要不是看你现在这样需要安慰,那我可真的要怨恨你了。你把这样严重的相思病瞒了我这么久,这不是在破坏你我之间的友谊吗?虽然你认为这件事不光彩,可是,不能因为不光彩就隐瞒自己的朋友,无论光彩不光彩都不该向朋友隐瞒,因为是朋友;一个人固然愿意为朋友的光彩事而高兴,但更应该设法帮助一个朋友消除一些不光彩的欲念。这些苦恼事咱们暂且不谈,只谈我认为是更迫切的事。你爱上了我的未婚妻索佛罗尼娅,这我一点也不感到意外,倒是相反,如果你不爱她,那我才觉得意外呢,因为她长得美,而你的志向又高,越是叫人爱慕的东西当然就越是使你钟情。你越是觉得你爱上索佛罗尼娅是理所当然,那你就越是不应该埋怨命运之神把她给了我——虽然这一点你讲得很少,你大概以为,要不是命运之神把她给了我而是给了别人,那你对她的爱就是堂堂正正的了。假如你现在也像平时一样头脑清醒,那我倒要请教你了:如果命运把她给了别人,不论是什么人,难道比给了我对你更有利吗?且不说你的爱情有多高尚,我只问你,不管命运把她给了谁,人家是留给自己享受呢,还是会让给你呢?但是,命运把她给了我,那你就不必担心了,只要你依然把我看做你的一个朋友。道理就是这样,我们是朋友,我们做朋友之后还从来没有分过彼此,所以即使到了木已成舟的地步,我也愿意像处理我的其他事物那样,同你共同消受,更何况现在还没有到那个地步,我更可以把她让给你了。我一定能够这样做。假如我能够正大光明地为你效力,而我却不肯按你的愿望去办,那你还何必珍惜我这份友谊呢？索佛罗尼娅确实是我的未婚妻,我也很爱她,我日盼夜盼能同她结婚。可是,你对她的了解胜过我,你比我怀着更大的热情想要得到这位可爱的美人,因此,请你放心,我把她迎娶到我的家里来,并不是要她做我的妻子,而是做你的妻子。所以我劝你不必再忧愁苦闷了,你还是好好休养吧,让你的心情愉快起来,争取早日恢复健康,从此以后高高兴兴地等待着你这份比我高贵得多的爱情得到美好的结局吧。"

蒂托听了季西波的这番话,满心欢喜,重新抱起了美妙的希望,但越高兴就越觉得惭愧,因为他的良知告诉他,季西波如此大度,他自己居然利用了它,就越发显得自己的卑下了。因此他仍在不停地哭,过了一会儿,好不容易才回答说:

"季西波,你的慷慨和真诚的友情,使我清楚地懂得了我应当如何对待这件事。天主把这样一位姑娘赐给你,那是因为你比我更配享有她,如果我把她从你手里夺过来,真是天理难容。如果天主认为她应当属于我,那么无论是你,或是其他任何人,都不会相信,天主竟会把她赐予你。既然天主让你选中了这位姑娘,那就听我的忠告,好好享受天主赐给你的福分吧,我呢,因为神已断定我不配占有她,所以让我终日流泪,不是我战胜烦恼,再做你的好朋友,就是让忧伤征服了我,那时我也就摆脱痛苦了。"

对此,季西波说:"蒂托,如果我们之间的友谊可以给我一种特权,让我强迫你依我一件事,允许我强迫你按我的意思去行事,那么,我就要使用这种特权了。如果你不心甘情愿地听从我的请求,那我就要尽一个朋友的本分,强迫你娶索佛罗尼娅为妻。我知道爱情的力量能有多大,我也知道男男女女为了爱情而不幸死去的事不是只有几件,而是有好多件。我看你已经快要走到这一步了,你既不能赶快回头,也克制不了悲伤,这样下去,只有越来越糟,这样一来,我也毫无疑问要很快跟着你去了。

"这样说来,我即使不为别的理由爱你,就为顾全我的性命,也得爱惜你的生命。总之,索佛罗尼娅非得归你不可,因为你不易再找到这样称心的人,而我的爱心不必费力就能转移到另外一个人身上,你我两人就都能称心如意了。如果物色妻子也像交朋友一样困难,那我也许就不会这样豁达大方了。现在我既然不难另外找到一个妻子,却再也找不到一个知己朋友,所以我宁愿把她让给你,而不愿失掉你这样一个朋友。我想把她让给你,并不是失去了她，而是让她找到一个更好的人。因此，如果我这番话你还听得入耳，我求你别再伤心了，使你我都可以得到安慰，而且你要振作起来，满怀希望，准备消受你热恋着的那位姑娘吧。"

蒂托虽然心里同意娶索佛罗尼娅为妻，可是还是觉得不好意思，因此还是不肯接受，但他一方面受着爱情力量的驱使，另一方面又拗不过季西波的再三劝慰，终于说道：

"季西波，你要求我这样做，说这样能让你高兴，如果我真的按你的意思做去，我可说不清究竟是为了让自己称心，还是为了讨你的欢喜。不过，你的大度征服了我的羞愧，那我就照你的意思办吧。但有一点我还要告诉你，你要记住，我不是那种没良心的人，我决不会忘记，我不仅从你那里得到了心爱的姑娘，而且得到了性命。你对我的怜爱胜过了我对自己的怜爱，你这样对待我，但愿将来有一天我能够尽力体面地好好地报答你。"

季西波听了这些话，说道：

"蒂托，在这件事上，如果我们要把它办得圆圆满满，我看我们应当这样做。你也知道，我和索佛罗尼娅订婚，是经过我们双方家长亲属长期商量后才定下来的，如果我现在说，我不娶她了，这会成为一件十分轰动的丑闻，也会得罪我和她的家长亲属。当然，只要能够使你把她娶来，这些我是根本不会去计较的。我担心的是，我一说不娶她了，她的家长们会把她嫁给别人，不一定许给你，结果你也把她丢了，我也没有弄到手。因此，我觉得还是不动声色，一切照旧，我先把她娶到家里，举办婚礼，然后悄悄让你去同她同房，让她成为你的妻子。以后到了适当的场合和时机，再把真相讲出来，如果她愿意，自然很好，万一不愿意，已是既成事实，他们也就无可奈何了，只能这样下去，不知你意下如何？"

蒂托很赞成这个意见。不久，他恢复了健康，季西波便把新娘迎娶过门来，像通常的婚礼一样，大摆宴席，热闹了一番。夜里，女宾们把新娘安排到新房的床上，便告辞走了。蒂托的卧室就在新房旁边，两个房间互相连通，季西波进入洞房之后，便把所有的灯都熄灭，然后悄悄走到蒂托房里，让后者到新房去同新娘圆房。听到季西波这样说，这蒂托羞愧万分，想要临时改变主意，拒绝去新房，但季西波是真心实意的，说的话要算数，一定要成全他朋友的这件好事，好容易说服了他，把他送到新房去了。

蒂托上了床,抱住姑娘,仿佛打趣似地轻声问她,是不是愿意做他的妻子,女的以为是季西波,回答说愿意,于是他便把一只贵重的戒指套到她的手指上,说道:"我也愿意做你的丈夫。"

　　他们就这样成了婚,说不尽的恩爱欢乐。无论是她自己,还是别的人,都以为同她同床共枕的是季西波。

　　就在蒂托和索佛罗尼娅结成美满婚姻之时,他的父亲普博利奥竟与世长辞,家里写信来,催他赶快返回罗马,料理丧事。因此他便去同季西波商议,准备带着索佛罗尼娅一起回去,但若不把其中的经过向她说明,事情就难以办好。于是有一天,他们把新娘请到一间房里,把详细情形向她一五一十地全部讲了出来,蒂托还把他们两人说的许多私话说出来作证。索佛罗尼娅用有点儿轻蔑的眼光看看这个,再看看那个,接着就大哭起来,责备季西波不该耍手腕欺骗她。她在这里也不想再对他们两个多说什么,就回到娘家,把季西波对她和她的家人耍的欺骗手段告诉自己的父母,说自己现在是蒂托的妻子,而不是像她父母所认为的那样嫁给了季西波。

　　索佛罗尼娅的父亲听了这话,极为气愤,跑到他的亲属和季西波的亲属面前诉苦,这件事就闹得不可开交。季西波不仅遭到索佛罗尼娅家人的痛恨,而且每个人都说他不仅应该遭到谴责,还应该受到严厉的惩罚。但他自己却说,他干了一件光明正大的事,索佛罗尼娅的家人应该感谢他为他们的女儿找到一个更好的丈夫。

　　再说蒂托这边,他听了这些十分苦恼。可他了解希腊人的脾气,你越是软弱,他们就越是向你大叫大嚷,向你威风凛凛地吓唬,等到他们发现对方能针锋相对,他们就不但变得谦卑,而且十分胆怯了。于是他认为对他们的喊叫吵闹,不能再听之任之了。他有罗马人的胸怀,又有雅典人的智慧,便用巧妙的办法把季西波和索佛罗尼娅的家人请到一座庙里,他和季西波一起走了进去,对那些等在那里的人说道:

　　"许多哲学家都说,生命有限的人不论做什么事,实际都是永生的神的意志和安排。因此,有些人说,只有已然的事才产生于必然,但实际是,不论是已然或未然的事,都产生于必然。我们只要用事实来验证一下这些意见,那就可以明显地看出,要想打消一件既成的事实,那是不可能的,那无异于不自量力,硬要去同神明们比个高低,而对于那些神明,我们只能相信,他们以其智慧毫无差错地摆布和主宰着我们和我们的事物。因此，只要有点儿智力就可以看出，如果我们非难神明的行为，那是多么狂妄和无知，如果真有人胆敢这样做，那就是自讨苦吃。按我看，你们就统统是这类人，因为我听你们反反复复地说，索佛罗尼娅原是许配给季西波的，现在怎么变成了我的妻子。你们没有想过，她是我的妻子，而不是季西波的妻子，这是神的自始至终的安排，现在的事实就证明果然是这样的。

"但是，说起神明的奥妙的安排和意旨，很多人认为那是很难理解的，那么我就暂且假定，神明不干预我们凡人的事，我很愿意用世俗的见解来谈谈这件事。不过，要这样谈，我就得做两件事，而我自己平时是很不愿这样做的，这两件事就是：一件是，我要赞美自己；一件是，我要适当责备或指摘别人。可是，在这两件事情上，我无论做哪一件，都是因为现在的这件事要求我非这样做不可，都是因为我不愿意背离现实。

"你们责备和漫骂季西波，不光是低声嘀咕，而且是高声叫骂，你们只凭一时气愤，却不顾理智，你们这样做，只不过是因为你们有心许配了一个姑娘给他，而他却心甘情愿把她给了我。我认为，他这种做法是很值得赞扬的，理由如下：第一，他做了一个朋友应做的事；第二，他在这件事情上处理得很聪明，比你们聪明得多。

"我现在并不想给你们解释，根据神圣的朋友之道，一个朋友该给另一个朋友做些什么，我只想提醒你们一点，那就是，朋友之情胜过骨肉之情，因为朋友是我们自己选择，而亲人则是命里注定的。因此，如果季西波爱我的性命胜于你们的情谊，因为我是他的朋友，我也把他当做自己的朋友，那么，你们就不必为此大惊小怪了。现在再来谈第二个理由，这一点我更应当讲给你们听听，这就是他比你们更聪明，因为我觉得你们既不懂天主的意旨，更不了解友谊有多大的力量。我现在要说的是，你们经过商量和周密的考虑之后，才把索佛罗尼娅嫁给了季西波，他是个年轻人，是个哲学家，而他又自愿把她让给了另一个青年哲学家；你们要把她嫁给一个雅典人，而季西波却把她转让给了一个罗马人；你们要把她嫁给一个身份高贵的年轻人，而他却把她又让给了一个身份更高贵的年轻人；你们要把她嫁给一个富有的青年，而他又把她让给了一个更富有的青年；你们要把她嫁给一个不仅是并不爱她，而且是对她并不了解的人，而他却把她让给了一个爱她胜于爱一切幸福、爱她胜于爱自己的性命的人。

"为了让你们明白我说的都是真话,为了让你们明白季西波的做法比你们的做法强,让我细细说给你们听。我也像季西波一样,是个年轻的哲学家,这无需我多说,你们只要看看我的脸和学问就会明白。我和他的年龄相同,和他一起读书,并驾齐驱。说真的,他是雅典人,我是罗马人,如果我们要争辩这两个城市哪个比另一个更光荣,那么我就要说,我是一个自由城市的公民,而他则是一个纳贡的城市的公民;我那个城市统辖天下,而他那个城市却服从于我那个城市的统辖;我那个城市文也好,武也好,都名闻天下,而他那个城市则除了文艺之外,别无任何出名之物。此外,虽然你们认为我只不过是个穷书生,可我并非出生在不上品的罗马人家。我家里和罗马的许多公共场所,满是我家先辈们的像,罗马的史册上,也载满了蒂托家族对罗马神殿的许多光荣业绩。我家的光荣的名声,并不因岁月流逝而衰微,倒是现在比过去任何时候都更焕发出光彩。我羞于提起我家的财富,因为我始终牢记着,高贵的罗马公民自古以来都认为清贫而有骨气才是最大的财富。如果一般人认为,我这句话毫无用处,只有财富才值得赞扬,那么我得说,我非常富有,而且我的财富不是贪婪所得,而是命运之神赐给我的。我知道,季西波就在这里,对他的家人来说,他永远在这里,这是很有益的;但是,我毫不怀疑,我在罗马并不因任何原因而对你们没有益处,因为我也是个高贵的人,无论在公事还是私事方面,我既能干、勤奋,又能强有力地卫护别人。

"因此,你们别意气用事,而要平心静气地想一想,谁会认为你们的意见比我的朋友季西波的意见更值得赞扬?肯定没有一个人会这样认为。因此,索佛罗尼娅嫁给蒂托·奎恩佐·福尔沃,一个富贵世家的罗马子弟,又是季西波的朋友,这门亲事配得好。如果有谁为这件事埋怨或感到遗憾,那真是太不应该,也太不明事理了。也许有人会说,他们埋怨的不是索佛罗尼娅成了蒂托的妻子,而是她如何成了他的妻子,即不择手段,偷偷摸摸,把女方的亲戚朋友蒙在鼓里。这一点既不值得大惊小怪,也不是什么新鲜事。天下这样的女子多的是,她们违背父母之命同别人私订终身,或是同情人私奔,而后结为夫妇,还有些女人跟男人先有私情,有了身孕,快要生孩子了,才和人家结婚,而不是人家规规矩矩来求婚的,她们的家属迫不得已,只好承认,这些情形我也不必多谈了,而索佛罗尼娅并没有遇上任何这类情况。倒是相反,季西波把她让给蒂托,是经过慎重考虑,办过正当手续,以规规矩矩的方式进行的。也许有人还会说,他既然已经娶了她,就不该再把她转手给这样一个人。这都是些胡涂想法,是女人之见,不值一提。命运之神要完成她早已安排好的事情,因而采用种种新办法,或者种种奇妙手段,这已不是第一次了。比如我有一件事要办,给我办这件事的并不是个哲学家,而只是个鞋匠,不管他偷偷地办理也好,公开办理也好,只要结局良好,我又何必介意呢?如果那鞋匠办得不周到,那么这一次我谢谢他,以后再不让他给我办事就是了。如果季西波对这一次索佛罗尼娅的婚事办得好,那么你们埋怨他未免多此一举,有点儿愚蠢了。如果你们不信任他,那么你们这一次谢谢他,以后注意别再让他转手嫁你们的女儿就得了。

"你们还应当知道,我并没有在索佛罗尼娅身上使用任何诡计或者欺骗手段,玷辱你们家的声誉;纵然我悄悄地娶她为妻,可我并没有以粗暴的手段来破坏她的贞操,也不像仇人那样不是正大光明地把她弄到手就算完事;倒是相反,是她的美艳和品德,热烈地点燃起我的爱情之火;我知道你们非常爱她,如果我找一种你们也许会认为正当的那种办法去向她求婚,那就不能把她要来了,你们怕我会把她带到罗马去。

"因此,我只得采用秘密的办法,现在可以向你们交代清楚:我说服了季西波,让他同意以我的名义做一件他不愿做的事。即使我热烈地爱着她,可我并不是以一个情人的身份,而是以一个丈夫的身份去向她求爱的。我先用温婉的语言和结婚戒指向她求婚,问她是否愿意做我的妻子,她回答说愿意,我才把戒指戴到她手上,这才和她同房,所有这些,她自己也可以作证。如果她自己认为受骗上当,应受责怪的不是我,而是她,干吗当时她不问一声我是谁呢。无论从朋友季西波来说,还是从我这个爱她的人来说,最大的过失、最大的错误就是,叫索佛罗尼娅悄悄地变成了蒂托·奎恩佐的妻子。你们为了这个才狠狠地责备他,威胁他,破坏他的声誉。可是,如果他把这位姑娘让给了一个乡下人,一个流氓或一个奴仆,那时你们还想怎么办呢?就算是拿出镣铐、打开牢门、抬出十字架,又于事何补?

"好了,我们不谈这些了。事出意外,我的父亲突然去世,我得回罗马去,我想带索佛罗尼娅一起回去,所以我本来打算保密的事,现在只得跟你们讲清楚了。如果你们是聪明人,一定会高高兴兴地就此罢休;如果我存心欺骗你们,污辱你们,我就可以把索佛罗尼娅丢下不管,可是,神不许这样做,在一个罗马人的心灵深处,从来不会有这么卑鄙的念头。

"总之,凭天主允准,由于我的朋友季西波的高尚和理智,再加上我在爱情上的机智伶俐,在人间的一切法律手续都办妥后,索佛罗尼娅已属于我了。如果你们还要坚持,认为自己比神或别人聪明,那你们就来试试看,你们可以有两个办法来反对这件事,来和我作对。第一个办法是,你们把索佛罗尼娅留下来,但你们没有这个权利,除非我同意。第二个办法是,你们把季西波当做敌人对待,尽管他给你们出了好大的力。如果你们这样做,我现在也不想进一步向你们指出这有多么愚蠢,我只想以一个朋友的身份奉劝你们,还是消消这口气,消除怨恨,把索佛罗尼娅还给我,让我和你们成为亲戚,走时大家客客气气,将来可以来来往往。你们要明白,现在木已成舟,不管你们乐意不乐意,如果你们还要从中作梗,那我就把季西波带走,等到我回到罗马,不管你们如何阻拦,我还是要把索佛罗尼娅夺回来,因为她是名正言顺地属于我的。如果你们还要坚持,那我就让你们亲身体会一下,罗马人翻了脸是多么厉害!"

蒂托讲完之后,怒容满面地站起身来,拉着季西波,抬头挺胸,示威性地走出庙宇,全不管庙里那么多对方的人。留在庙里的那些人,一方面被蒂托的那番话说服了,想和他拉交情,一方面也被他的最后几句话吓住了,便一致认为,季西波不愿和他们攀亲,那最好还是和蒂托结亲,免得既丢了季西波,又同蒂托结了冤仇。于是,大家又找到蒂托,对他说,他们愿意把索佛罗尼娅嫁给他,愿意和他联姻,也愿把季西波当做一个好朋友看待。这时,大家才按亲友的礼数庆贺了一番,然后各自回家,接着再把索佛罗尼娅送到蒂托那里。索佛罗尼娅本来聪明懂事,眼看事已如此,便顺水推舟,把从前对季西波的情意很快转到了蒂托身上,跟着他一块回到罗马,在那里受到了极其隆重的接待。

季西波留在雅典几乎很少有人瞧得起他。不久,由于同乡间宗派之争,把他和他的所有家人全部从雅典驱逐出去,被判处终身流放,其苦无比。季西波这时不仅贫苦,而且流落为乞丐。他只好沿途乞讨,来到罗马,想找到蒂托,看看他是否还记得他。他了解到,蒂托仍然活着,很受罗马人的爱戴。

因此便来到他家门前,等待蒂托露面。这季西波已经落到这般难堪的境地,便不好意思首先开口叫对方,只是巧妙地设法让蒂托注意到他,认出他来,先开口招呼他。不料这蒂托竟没有注意到他,径自走了过去。季西波以为对方看到了却故意避开,这时他想起自己从前对他所做的一切,如今他却不把他放在眼里,好不灰心,便怀着轻蔑的神情离开那里。这时天色已经黑下来,他肚子又饿,身边又无分文,东走西逛,不知去哪儿好,真巴不得快点死了才好。他在城里走了好半天,不觉来到一片荒僻的地区,看到一个大洞穴,便钻了进去,准备在这里过夜。他哭了一阵,哭得精疲力竭之后,便倒在那光秃秃的地面上睡着了。

黎明时分,两个盗贼带了夜间偷来的赃物来到这个洞里,两人分赃不匀,竟动手打起来,结果身强力壮的一个把另一个杀死后,逃之夭夭。季西波听到了这片吵闹声,再看看眼前的这番情景,心想,自己求死不得,如今不必自杀也可以了此残生了。因此,他呆在那儿不走。一直到巡丁闻讯赶到现场,气势汹汹地把他给带走。他一口承认那个人是他杀死的,以后却无法从洞中逃脱。审判此案的大法官马尔科·瓦罗内下令,按照当时的习俗,把他钉上十字架处死。

这时蒂托凑巧来到法庭,听说了这件案子,再仔细一看犯人的脸,立即认出是季西波,对他悲惨的命运大为震惊,心想他是如何来到罗马的呢?他一心想搭救这位挚友,但眼看除了自己代他认罪以外,别无他法,于是立即走上前去,大声说:

"马尔科·瓦罗内,快把你这可怜的囚犯叫回来吧,他是无罪的。今天上午你的巡丁发现的那个尸体是我谋杀的,我这桩罪行已经冒犯了神明,现在再也不能冤枉别人,让一个无辜的人死去,不然,我这更是罪上加罪了。"

瓦罗内大惊,可惜全法庭的人都听到了,此事与名誉有关,不能不依法办事,只得把季西波押回,当着蒂托的面对他说:

"我们也没有对你用刑,不是你犯的罪你却说是自己犯的,拿自己的性命当儿戏,你怎么竟疯到这步田地了?你说昨天晚上那条人命是你谋杀的,现在这里有一个人说,谋害者不是你,而是他。"

季西波一看,认出这人是蒂托,完全明白蒂托是为了救他,报答他过去的恩惠,因此伤心地哭起来,说道:

"瓦罗内,那个人真的是我杀的,蒂托同情我,要救我,现在已太晚了。"

蒂托则说道:"大法官,你可以看出,他是个外地人,你们在死人身边找到他时,他没有什么凶器。你还可以看出,他想死是因为贫苦无告,所以你应当把他释放,判处我这个应被判处的罪人。"

瓦罗内看他们两人争着认罪,很是惊异,猜想这两个人也许都不是真正的凶手;他正在考虑如何开释他们之时,忽然走进来一个小伙子,名叫普布利奥·安布斯托,是个无恶不作的无赖,又是全罗马人人皆知的盗贼,那件杀人案就是他干的。原来他眼见这两个无辜的人争着代他受过,不禁大为感动,便来到瓦罗内面前,说道:

"大法官,我命中注定,要来解开这两个人的难解争端,我不知道哪个神明在鞭策着我,叫我不得不到您这里来认罪。您要知道,这两个人都说自己有罪,其实都没有罪。今天清晨被杀的那个真是我干掉的。我同那个被我杀死的人分赃时,我看到这里这个可怜的人正睡在那里。蒂托呢,我不必为他开脱,因为他的名声大家都清楚,谁都知道他不是干这种事的人。所以我请求您赶快把他们放了,按照法律来判我徒刑吧。"

屋大维①闻悉这件案子后,便把他们三人都召了去,问他们为什么一个个争着被判刑,他们各自叙述了其中原因,他全听在耳里。于是屋大维开释了那两个朋友,因为他们是无辜的,同时也放了第三个人,因为他能爱护那两个人。

事后蒂托先责备季西波不该冷漠和失去信心,然后两人欢欢喜喜地庆贺一番,并把他带回家去,索佛罗尼娅见了,感动得热泪盈眶,像兄弟一样地接待了他。等他休息过之后,再请他吃饭,等他精神完全复原了,蒂托便拿出一些适合于季西波身份的体面服装来让他穿上,和他共享自己所有的家财,又把自己的妹妹福尔维娅嫁给他。办完之后,对他说:

"季西波,现在,你是愿意永远住在我这里,还是愿意带着我给你的一切回雅典,完全由你自己决定。"

季西波一方面因为被自己的城市放逐,另一方面为蒂托知恩图报的友情感动,决定做一个罗马人,久居此城。从此,他和福尔维娅、蒂托以及索佛

---

① 即朱利奥·恺撒(前63—14),第一个罗马帝国的皇帝。

罗尼娅同住在一所大宅第里,极其融洽,极其幸福,彼此之间的友谊与日俱增。

由此看来,友谊真是一种最神圣的东西,不仅应该特别推崇,而且值得永远赞扬,它是慷慨大度和正直无私的最贤淑的母亲,是感激和仁爱的姐妹,是憎恨和贪婪的敌人,它使人们时时刻刻都准备自愿地舍己为人,无需他人恳求。现在却很少看到有人能像这两个人那样富有义气了,这都是人类贪心造成的罪过和耻辱,每个人只顾自己的利益,把友谊永远抛到九霄云外去了。

如果不是为了友谊,还有什么样的感情、什么样的财富、什么样的亲属关系能够使季西波那样深地为蒂托的热烈的爱情、眼泪和叹息所感动,以致把自己心爱的、美丽而温柔的未婚妻也让给他呢?如果不是为了友谊,还有什么法律、什么威胁、什么恐惧能制止季西波不是在什么荒僻的地方、在什么黑暗的所在,而是在自己的床上,伸出他那年轻人的双臂去拥抱那位美丽的姑娘呢——也许那个姑娘有时在等待他呢!如果不是为了友谊,还有什么荣誉、什么报酬、什么好处,能使季西波为了满足一个朋友的心愿,竟不惜失去自己的亲戚和索佛罗尼娅的亲戚,把众人的无理取闹和嘲讽讪笑置之度外呢?

从另一方面说,蒂托当时完全可以心安理得地装做没有看见他的朋友,但为了使季西波免受杀身之祸,竟毅然地舍身去救他,如果不是友谊,又有什么力量能推动他这样做呢?蒂托看到季西波穷愁潦倒,竟毫不迟疑地拿出自己那么多家产来和他共享,要不是由于友谊,他怎么能那样慷慨大方呢?他眼见季西波已经一贫如洗,困苦不堪,却大胆而满怀热情地把自己的亲妹子嫁给他,除了友谊之外又能出于什么原因呢?

每个人都希望亲戚众,兄弟多,儿女一大群,财富和仆役愈来愈多,不过这些人都只是为自己着想,即使父兄师长遇上多大的危难,也不放在心上,而朋友之交却与此完全相反。

## 第九则故事

苏丹扮成商人,受到托雷洛先生的热情款待。后托雷洛参加十字军远征,与其妻约定日期,如逾期不归,可以改嫁。托雷洛被俘,因驯鹰而受苏丹赏识,并被苏丹认出他就是托雷洛,受到宽待。托雷洛思妻罹病,苏丹使用魔法,夜间送他回到故乡帕维亚,正逢妻子改嫁,在婚宴上被妻子认出,遂带着妻子回家团圆。

菲洛梅娜的故事讲完了,大家一致盛赞蒂托那样知恩图报,气度不凡。国王既已同意让迪奥内奥最后一个讲故事,自己便接下来开始讲道:

可爱的女郎们,菲洛梅娜刚才谈论友谊的那番话,真是击中要害,半点儿不假,她在最后又惋惜当今已很少有人看重友谊,这话也说得有理。如果我们现在的目的是改正人世间的弊病,或者加以指责,那我也可以在他的话下面接着发表一长篇大道理。可是,我们的目的不是这个,所以我打算在这里给你们讲个故事。这个故事说的是苏丹的豁达大度,虽然比较长些,但很有趣,你们听了之后就可以看出,虽然人类由于种种缺陷,彼此之间很难建立完美的友谊,但我们至少可以以礼待人,也许迟早我们有一天会得到报偿的。

话说在腓特烈一世的时候，有些人证实，基督教徒为收复圣地，想要进行一次十字军远征。当时的埃及苏丹名叫萨拉迪诺，是个高贵英勇的君主，他早就听说了这件事，决定亲自去看看各个基督教国家君主的装备情况，以便更好地应战。他在埃及把一切事务都料理好之后，就乔装成一个商人，带着两名最富有智慧的大臣和三个侍从出发了，说个人只是想去朝拜圣地。他们走遍了许多信奉基督教的国家之后来到伦巴第，准备越过阿尔卑斯山到法国去。有一天晚祷时，他们从米兰到帕维亚①去，路遇一位名叫托雷洛·迪斯特拉的帕维亚绅士，正带着仆从鹰犬等，前往台西诺河②上游他的一个漂亮的住所去歇息。托雷洛一看到萨拉迪诺这一行人等，就看出他们是外地来的高贵绅士。这时，苏丹上前去向他的一个仆从打听，这里距帕维亚尚有多远，当天能不能赶进城去投宿。托雷洛没等那个仆从开口，便回答说："诸位先生，这么晚了，你们赶不上进城了。"

"那么，"萨拉迪诺说，"我们人生地疏，是不是能烦诸位指点一下，哪里可以找到上好的客店？"

"十分乐意。"托雷洛说，"我正想打发一个人到帕维亚附近办一件事，我现在叫他跟你们一块儿走，他可以把你们带到一个地方，你们一定能住得十分舒适。"

接着，他转身小心地悄悄把他的打算告诉他的一个仆人，然后吩咐他跟这些外地人一块儿出发。他自己则立刻赶到自己的住所，吩咐下人预备一顿上好的晚餐，在花园里摆好了餐桌。准备妥帖后，便站在门口，准备迎客。

那仆人，陪着这些外地绅士一路聊天，带着他们绕了几条小路，不让他们生疑，最后把他们带到了主人的住处。托雷洛一见他们到来，赶忙上前迎接，满面堆笑地说："诸位先生，非常欢迎你们。"

萨拉迪诺是个聪明人，马上就猜出，这位绅士开头没有说明邀请他们到他家来，是怕他们不肯，因此才想出这么一个办法，使他们再也无法推托，非在这里过夜不可。于是就答谢说：

---

① 米兰南部的一个城市。
② 意大利中部流向亚得里亚海的一条河。

"先生,假使彬彬有礼也要招来责怪,那我们要责怪的就是您这样的人了。您耽误了我们的路程不说,可咱们只见过一面,您就硬要我们接受您这般殷勤的接待,实在叫我们觉得惭愧。"

托雷洛本是个有头脑而且很有口才的人,马上回答说:"诸位绅士,从你们的仪表看来,你们一定是贵人,我这不周全的招待实在远不能与之相符。而且在帕维亚城外实在找不到一个好地方可以让你们住得舒服,所以我只得委屈你们绕道来到这里勉强住一夜,请别介意。"

正这样谈着,托雷洛来到客人身边,帮着他们下了马,把马牵进马厩,把牲口安顿好。

托雷洛把三个客人带到事先预备好的房间,让人帮他们脱掉长途跋涉穿的鞋子,请他们喝些极清凉的酒提提精神,又陪着他们谈笑,一直到开晚饭的时候。

萨拉迪诺和他的同伴仆人都懂意大利语,所以大家交谈时都能听得懂。他们都觉得,这位骑士非常风趣,很有教养,而且十分健谈,真是见所未见。另外托雷洛也觉得,这些客人也都是些富贵高雅的人物,很值得尊敬,远非他以前所能想像到的。因此,他当晚不能办出更豪华的宴席来款待他们,又无法请一些宾客来做伴,觉得很是遗憾。因此,他想,第二天应该再做补偿。于是便把他的想法告诉一个仆从,打发他去帕维亚,把这件事告诉他那十分贤慧而又慷慨的妻子。帕维亚离这里很近,夜里也根本不关城门。安排好之后,他便把几位尊贵的客人领进花园,客客气气地请教他们是什么人,到哪里去。萨拉迪诺回答说:"我们都是塞浦路斯商人,从塞浦路斯来,为了商务上的事,要到巴黎去。"

托雷洛马上说:"谢天谢地,我们国家要能出一些商人,像我看到的这些塞浦路斯商人的风度一样,那该多好啊!"

他们就这样高兴地谈着,直到晚餐时分。托雷洛让客人们自动照各人的身份地位顺序坐好,晚餐招待得十分殷勤周到,吃过好多道菜之后,晚餐才结束。托雷洛知道,客人一路辛劳,就请他们安歇,床铺极其舒适。托雷洛自己也去睡了。

与此同时,托雷洛打发到帕维亚的那个仆人,已将这件事告诉夫人。那位夫人没有一点儿女人的小家子气,而是十分大度,立即把托雷洛的所有亲友和仆从都叫来,筹办豪华的宴席,把诸事妥为安排,一面盼咐仆役连夜打着火把去邀请城里的许多有身份的市民,一面盼咐连夜在家里挂上窗帘,铺上台布和挂上毯子,一切按她丈夫的意图做得周周到到。

第二天早上,客人们起了床,托雷洛陪着他们一块儿上了马,同时放出几只鹰,把他们带到附近的一个浅滩里,让他们观赏那些鹰的飞翔。这时,萨拉迪诺请他派个人把他们带到帕维亚的一个上等客店里,托雷洛回答说:

"我来带你们去吧,因为我正要进城去。"

客人们以为是实情,十分高兴,就跟他一块儿上了路。大约9点钟时,他们来到城里,满以为是到一家上等的客店去住宿,却被托雷洛带到他的家里。这时,只见五十来位当地上流人士已等在门口,迎接这些陌生的客人,而且马上走上前来替客人们卸鞍系马。萨拉迪诺和他的伙伴们一见此情,便明白这是怎么回事,异口同声地说:

"托雷洛先生,我们请求您的并不是这个。昨天晚上已经打扰您够多的了,不能再打搅了。最好还是让我们去赶路吧。"

对此,托雷洛回答说:"诸位先生,昨天晚上我有幸接待你们,那是咱们的缘分,因为时间已晚,只能让你们在我那座小屋里委屈一夜。今天诸位驾临,我真感激,就连我这些亲友和邻人也一样感激,如果诸位客气,不肯与他们一起用饭,我也不勉强了。"

萨拉迪诺和他的同伴们经他一说,实在无法推辞,就下了马,被热情的人们高高兴兴地领进那些布置得极为华丽的房间,脱下旅途上穿的衣衫,休息了一会后,来到客厅,只见丰盛的宴席已经摆好。客人们洗了手,然后顺序入席,珍馐佳肴一道道端上来,即使帝王驾临,所能享受的招待也不过如此。萨拉迪诺和他的随从都是大臣,本是见过世面的人,今天看了这番场面,也不能不感到十分惊异,因为他们知道这位主人只是个平民,并不是什么大人物。

宴罢撤席,宾主又聊了一会儿天。这时,天气热起来,按照托雷洛先生的示意,帕维亚当地的绅士纷纷告辞。他陪着三位客人来到一个房间,要他夫人出来相见,表示他没有隐藏任何贵重的东西不给客人看。这夫人长得十分美丽,衣饰豪华,落落大方,手牵两个天使般的孩子,向贵宾们请安。贵宾们见此阵势,立即站起身来,恭敬地向她问好,请她坐下,又把两个孩子着实赞美了一番。她同客人们愉快地谈起话来，过了一会儿，托雷洛退出，她就和和气气地问他们从哪里来，到哪儿去，他们便把以前回答她丈夫的话，重新同她讲了一遍。这时，夫人面带喜色地说道：

"这样说来，我这个妇道人家的见识还算不错。承诸位光临寒舍，我打算送给你们一些小小的礼物，幸勿见却。不要忘记，女人家心眼儿小，只能送些小礼物，但愿你们看重这一片好心，别计较礼品的数量，万望诸位笑纳。"

她叫下人们把礼品取来，即每人两件袍子，一件是绸子滚边，一件是皮子滚边，这种袍子不要说是平民、商人可以穿，就是大人物穿了也很体面，另外还有三件线缎上衣和三条麻纱短裤。这位夫人说道：

"诸位请收下吧，我给我的丈夫穿的也是这样的衣服。至于另外几样东西，虽然不值什么钱，但对你们也许有用，因为你们出门在外，远离夫人，又要走很远的路，一般生意人总喜欢穿得整整齐齐，干干净净。"

三个客人十分惊异，只觉得托雷洛先生真是礼数周到，决不在任何一方面有丝毫的疏忽。他们知道，他所赠送的那些衣服一般商人是不配穿的，莫非他已看出了他们高贵的身份？不管情况如何，他们当中的一个人还是回答说：

"夫人，这都是些十分贵重的礼物，我们不能轻易接收，但您这样一说，我们又不便谢绝了。"

这件事办好后，托雷洛先生回来了，夫人便同众客人告辞，求天主为他们降福，又拿出些东西，按等级分发给宾客的随从人等。托雷洛先生一再请求他们在他家再住一夜，大家就睡了一会儿，然后穿上新衣，由托雷洛先生亲自陪同，骑马参观城市。到了晚上，又有不少高朋贵友前来陪同赴宴。宴后上床睡觉，第二天早上起床后，他们原先骑来的三匹疲惫不堪的马匹，换成了三匹肥大的骏马，仆从们的马也已换过。萨拉迪诺看到这番情景，便转身对他的同伴们说：

"我凭真主起誓，天下再也找不出比这位骑士更完美、更懂礼貌、更通达情理的人了。如果基督教国家的国王们都像这位骑士这样，埃及的苏丹，恐怕连一个人也抵挡不住，别说是他们都团结在一起，准备来进犯苏丹了！"

他们知道，这次的礼物依然是推辞不得的，便彬彬有礼地道谢，然后翻身上马。托雷洛带领众人把他们送出城去,陪他们走了好长一段路。尽管萨拉迪诺这时对托雷洛已很有好感,同他难舍难分,可是他又急需赶路,只得求送行的人们赶快回去。托雷洛也舍不得让众宾客离开,只得说:

"诸位先生,既然你们想这样,我也只好从命了。但有一件事我得同你们讲清楚,这就是,我并不知道你们是什么人,也不愿意多打听,只听说你们是商人,我也就认为你们是商人,但我决不相信你们是商人。不管是怎么回事,但愿天主能保佑你们!"

萨拉迪诺告别了托雷洛的同伴们以后,单独对托雷洛说:"先生,也许将来会有一天,我们能把我们的商品拿给您看,那时您一定会相信我们真的是商人。再见吧,愿天主保佑您!"

萨拉迪诺带着他的随从人等出发了,他心里早已打定主意,只要活着不死,只要他预料中的战争不使他丧生,他一定要回报托雷洛,像他所受的款待一样地去款待托雷洛。他又在他的同伴们面前把托雷洛夫妇和他们的种种为人之道,热情地赞扬了一番。等他访遍了西方诸国之后,实在已非常疲倦,便和他的伙伴们乘船回到亚历山大利亚。他这次收集到许多情报,然后准备防御。

托雷洛回到帕维亚城之后,沉思良久,始终想不出这是些什么人,不要说确切身份,就连大致的身份也想不出来。后来十字军开始东征,到处都在做种种准备。托雷洛不顾妻子再三乞求和哭诉,决定参加十字军。他很快准备好了一切,上马动身之时,对他的妻子说:

"夫人,正如你所看到的,我这次是走定了,这一方面是为了我自身的荣誉,另一方面也是为了拯救我的灵魂。我这就把我们的一切家务和荣誉都托给你了。现在我决定走了,日后的事肯定变化不定,我能不能回来,我是一点也没有把握。所以,我请求你答应我一件事,这就是,不管我将来怎样,如果我生死不明,你要等我一年一个月又一天,过了这一期限,你就可以改嫁,起始的日期就从我出发的今天算起。"

夫人痛哭起来,回答说:"托雷洛,你走后,留下我孤零零一个人,这样的痛苦我真不知该如何忍受。可是,只要我能够忍痛活下去,而你万一遭到不幸,不管你是生是死,都请你放心,我活着是你的妻子,死了仍旧是你的妻子。"

萨拉迪诺听了这些,断定自己果然没有猜错,心里十分高兴,暗想:"多谢上天赐给我这个好机会,看我能如何报答他的厚意吧!"

于是,萨拉迪诺不吭一声,只是叫侍从把自己的衣饰全都拿到一间房子里,再把托雷洛带到那里,问道:

"基督徒,你好好看看,在这些衣服里面,有没有哪一件是你曾见过的。"

托雷洛先生开始审视,看到了他妻子送给萨拉迪诺的那几件衣服,但又不敢肯定就是那几件,便回答说:"主公,没有一件是我见过的。可是不瞒您说,几年前有三位商人在我家里住过,这里有几件衣服很像我们送给那三个商人穿的那几件。"

这时,萨拉迪诺再也控制不住自己,亲切地抱住托雷洛,说道:"您是托雷洛·迪斯特拉先生,尊夫人当年赠送衣物给三个商人,我就是其中之一。当时我同您分手的当儿,曾经说过,总有一天,我能把我的商品拿给您看,现在是让您看、让您相信的时刻了。"

听了这番话,托雷洛是又喜又愧,喜的是,自己竟然有幸接待过这么一位贵客,愧的是,当初的接待实在太不周全了。

这时,萨拉迪诺又说:"托雷洛先生,既然天主把您送到这里,那么您就应当认为,这里的主人从今以后不再是我,而是您了。"

两人欢叙了一番后,萨拉迪诺让托雷洛换上王室的服装,把他介绍给一些身居高位的大臣们,先把他的崇高的品德盛赞了一番,然后吩咐公卿大臣们,凡是想要得到国王恩宠的人,都得像尊重国王一般尊敬托雷洛先生。大家自然都遵命照办,尤其是跟萨拉迪诺一起到托雷洛家做过客的那两个人,对他更加殷勤周到。

托雷洛先生突然受到这般优渥的接待,几乎连故乡伦巴第的一草一木也抛诸脑后了,另外他更以为,自己的那封家信早已送到他叔父手里了。

事有凑巧,在萨拉迪诺俘获那批基督徒士兵的那天,有个地位很低的士兵,名叫托雷洛·迪迪涅,当天就死了,然后被埋葬了。托雷洛·迪斯特拉由于品德高尚,在基督徒的部队中很是有名,因此,大家便传说,"托雷洛死了",以为是这位高尚的托雷洛死了,不想是那另一个托雷洛死了。大家都是俘虏,处境不佳,自然难于弄清事情的真相。所以很多意大利人回到本国对此，托雷洛回答说："夫人，你所作的诺言我是完全[相信的。你]年轻，容貌又美，是大户人家出身，你的贤慧尽人皆知。[如果]我出了不幸，我相信，一定会有些大人物和绅士们前来向[你]求婚，那时，尽管你不情愿，在他们硬逼之下，你也许顶[不住]。我只要求你等待我不太长的时期，也就是这个原因。"

夫人说："我答应你的，一定能做到；如果我非得走另[一条路]，照你的吩咐去做，这是肯定无疑的。但愿天主不会让你[我落入这种境]地。"说完，她就哭着抱住他，从手上取下一只戒指，交给[他说："如果我赶]上你就死去了，那你看到这只戒指就会想起我。"

托雷洛拿了戒指，上了马，同众人一一告别，出发了。[他和同伴们]一起来到热那亚。他们在那里乘上一条大帆船，没多久就[到达阿克列，]加入了基督教的一支残余部队。不久，一种传染病很快在[军队里传播]开来，死的人很多。这种疾病流行时，不知是由于战术高明[还是运气好，萨]拉迪诺竟将所有不曾染疾而亡的基督徒士兵全部俘获，关[进他许多城市]的监牢。托雷洛先生也被俘获，被送往亚历山大利亚监禁。[在那里，没人认]识他，他也很怕被别人认出，迫不得已替人养鹰。这本是他[的特长。这一消]息传到萨拉迪诺耳朵里，便把他从俘虏中挑出，叫他替自己[养鹰。]

从此萨拉迪诺就只以"基督徒"来称呼托雷洛，彼此认[不出对方]来。托雷洛一心想着帕维亚，几次想逃跑，都没有成功。后[来有几个热那]亚人，作为使节来到萨拉迪诺这里，同他商谈赎回俘虏中[几位同胞的]事。临别时，托雷洛打算托他们给他的妻子带一封信，告诉[她他还活着，]要一有办法就赶回家，希望她等他。他写好了信，找到一个[热那亚使节，]托他把信带给切尔多罗的圣彼得修道院院长，那是他的叔叔。

就这样过了一段时间，有一天，萨拉迪诺同托雷洛谈起[养鹰，]托雷洛笑了，嘴唇随之动了一下，萨拉迪诺突然想起，以前在[他]家见过他的这一神情，因此想起了托雷洛，于是便盯着他看，[觉得就]是那个人。萨拉迪诺不再谈养鹰的事，问道：

"基督徒，告诉我，你是西方哪个国家的人？"

"我的主公，"托雷洛回答说，"我是伦巴第人，住在帕维亚，[是个地位]低下的可怜人。"

之后,都以讹传讹,有些轻率之徒甚至说,他们亲眼看到他死了,而且下葬的时候他们也在场。托雷洛的夫人和家人听了这一消息,无不痛苦万分,不仅如此,连认识他的人也都为他难过。

他的夫人悲伤痛苦自不必说。她接连悲痛了几个月后,哀痛开始慢慢减轻,伦巴第地区的许多有地位的人都向她求婚,她的兄弟和其他亲属也都再三劝她改嫁。她多次痛哭失声,不肯答应,最后迫不得已,只得对他们说,她和托雷洛有约在先,必须等到期限过了之后,才能按他们的要求去做。

托雷洛夫人在帕维亚就过着这样悲痛艰难的生活,转瞬只有八天光景就得改嫁了。就在这时,托雷洛在亚历山大利亚遇上了那个陪热那亚使节返回热那亚的人,他便同那个人打招呼,并且问他一路上航行的情形,是什么时候到热那亚的。

那个人回答说:"我的好先生,那次航行简直糟透了,我们那艘船驶近西西里岛的时候遇上狂烈的北风,船被刮到巴尔贝里亚①的沙滩上去了,没有一个人逃出活命,连我的两个兄弟也葬身鱼腹了。我是在克里特上岸的,没有陪他们再向前走。"

他的话千真万确,托雷洛无法不信,他这才想起,和妻子约定的期限再过几天就要到期了,而帕维亚那边对他目前的状况尚一无所知,他的妻子看来就要改嫁了。这使他好不难过,竟因此食不下咽,夜不能寐,只想干脆死去算了。幸亏萨拉迪诺对他情深谊重,听说这种情况,便来看他,耐心地问他,求他说明情由。知道他伤心和得病的原因之后,萨拉迪诺大大地怪他为什么不早讲,接着还是把他安慰了一番,叫他放心,说是只要他振作起来,保管能赶上妻子改嫁之日赶回帕维亚,最后又向他详细说明这是个什么样的办法。托雷洛是相信萨拉迪诺的话的,他又多次听说这样的奇事是可能的,并且听说有人试验过,便放了心,只是催促萨拉迪诺快快去做。萨拉迪诺则把一个以前请教过的高明术士请来,要他施展魔法,让托雷洛睡在一张床上,当夜赶回帕维亚。术士回说可以办到,但必须先让托雷洛睡熟了,然后才能施行魔法。

萨拉迪诺同术士安排好之后,立即回到托雷洛身边,见他已下定决心,

---

① 古代北非一地区,相当于现在的利比亚北海岸。下文的克里特在希腊。

不管有多大困难,也要在期限内赶回帕维亚,如果办不到,只想一死了事。于是,萨拉迪诺对他说:

"托雷洛先生,您如此钟爱您的妻子,惟恐她落入别人之手,我实在不想埋怨您,也不能责怪您,因为在我所见的这么多女人中,从教养、仪表和举止来说,谁都比不上她,实在难得,更不要说她如何美丽了,因为那娇艳毕竟像鲜花,不久就会凋残。本来,命运之神把您送到这里,我很愿意和您平起同坐,共同管理国家,但您现在主意已决,如果不能如期赶回帕维亚,宁可死去,早知这样,我本可以顺着我的心愿,把您冠冕堂皇地送回家去,这样才适合您的身份和名誉。但是,真主偏不让我这么做,您急于想回去,我只能用刚才说的办法送您回去了。"

"我的皇上,"托雷洛回答说,"您不说这番话,我也知道您对我十分仁爱宽厚,我实在很受不了,您即使不讲,我也至死相信您对我的恩德。可是,我现在主意已定,那就请您把您刚才答应我的那件事赶快办到吧,因为明天就是她等我的最后一天了。"

萨拉迪诺说此事保证给他办到。第二天,为了能在当夜把他送回家,萨拉迪诺命令在大厅里备好一张床,这张床十分华丽,铺着垫子,根据当地的风俗,垫子全是用天鹅绒和金线绣的。床上铺着一条被子,被子上用巨大的珍珠宝石装饰出各种奇妙的花样,这在西方世界简直是无价之宝,另外还有一对同床十分相配的枕头。安排好之后,又打发人把托雷洛先生叫来。这时,托雷洛已经振作起精神,穿上一件见所未见的、华贵无比的伊斯兰教徒穿的袍子,头上则裹着一条很长的头巾。

时候已经不早了,萨拉迪诺带着许多贵人来到托雷洛的房间里,在他身边坐下,几乎落下泪来,说道:

"托雷洛先生,分别的时间就要到了,由于您的这次旅行非同寻常,我不能送您,也不能派人护送您,只能在这个房间里同您告别了,所以我特地赶到这儿。在和您分手之前,我凭着我们的情感和友谊,要求您别忘了我,如果可能,等您把伦巴第那边的事办完之后,至少在我们有生之年来看我一次,一方面使我高兴一番,另一方面也可以弥补这一次因您匆匆而去给我带来的遗憾。我还希望您至少别怕麻烦,常常写信来,不管有什么要求,您都可以提出来,请您放心,我很乐意为您效劳,世界上肯定没有第二个人能够像您这样使我愿意为之效劳的了。"

　　托雷洛先生的眼泪也忍不住掉了下来,喉咙也哽咽了,只能勉强简单作答,说是他一辈子也忘不了萨拉迪诺的好处和他的气量,只要能活下去,一定按他的要求去做。接着,萨拉迪诺就温情地拥抱他,吻他,泪流满面地同他道别,然后走出房间。其他贵人也都一一同他告别,跟着萨拉迪诺来到预备好床铺的大厅里。

　　时间已经不早,术士正在忙碌,准备送他上路。一名医生送来一瓶药水,告诉托雷洛说,喝了以后就可能充满信心,会把他送走。托雷洛饮完后,不一会儿便睡着了。他刚一睡着,萨拉迪诺便命令把他抬到客厅那张大床上,又在他身旁放了一顶极为珍贵的美丽的大凤冠,凤冠上刻了字,说明是萨拉迪诺赠送给托雷洛夫人的。随后他又把一只嵌着红宝石的戒指套在托雷洛的手指上,宝石光芒四射,活像一把火炬,价值几乎无法估计。同时在他腰间挂了一把宝剑,剑上的那些装饰品也价值连城。除此之外又在他胸前挂了一串垂饰,镶满了稀有的珍珠和其他各种贵重的宝石。他的身旁一边摆了一个金盆,盆里装满金币、一串串的珠子、戒指和玉带等物件,这里不便一一缕述了。一切置备停当之后,萨拉迪诺又吻了他一遍,这才吩咐术士赶快送他启程。那张床就这样载着他和床上的一切在萨拉迪诺面前飞走了,只剩下这位苏丹和大臣们仍在那里谈论着托雷洛。

　　正如托雷洛先生事先要求的那样,他和他的那些珠宝一起飞到了帕维亚的切尔多罗的圣彼得修道院。此时他尚未醒来。夜祷钟响了,教堂的看门人拿着一盏灯走进来,他一眼就看到了这张华丽的大床,不仅感到惊异,而且吓得半死,转身便跑。修道院长和众修士看他逃跑,都感到奇怪,就问他是怎么回事。他便把情由讲了。院长说:"天啊,你既不是个孩子,又不是新到教堂来的,怎么这么一点事就吓得你到处逃跑呢。好,让我们去看看,究竟是谁把你吓成这个地步吧。"

　　于是,院长和众修士点了几只火把,来到教堂,果然看到了那张华丽的大床,床上一个绅士仍在熟睡。他们战战兢兢地望着那些珍珠宝石,一点儿也不敢走近床前。这时,托雷洛的药力已经消失,醒了过来,长长叹了一口气。院长和众修士看到听到这些,都吓得魂飞魄散,全都逃跑,一面大叫:"天主,救命呐!"

托雷洛睁开眼,看了看四周,看清自己真已到了他要求萨拉迪诺把他送到的地方,不由非常高兴。他坐起来,仔细察看身边的一切,尽管他早已知道萨拉迪诺的慷慨大度,可是看了眼前的一切,知道大大超出自己的意料,从此对之有了更进一步的认识。不过,他看见众修士慌张逃走,知道是什么原因,便呆着一动也不动,开始喊起院长的名字来,叫院长不要害怕,因为他是托雷洛,是他的侄子。听了这些,院长想起他几个月以前已经死了,因此更加恐惧。过了一会儿,看到眼前的事实千真万确,又听到果真是在叫他的名字,才放下了心,画了个十字,走到那人面前。托雷洛就对他说:

"啊,我的叔叔啊,您还怕什么呢?多谢天主发慈悲,我还活着,而且从海外归来了。"

托雷洛虽然长了一大把胡子,而且穿着伊斯兰教徒穿的服装,但他的叔叔还是认出了他,这才完全安下心来,拉住他的手说:"孩子,欢迎你回来!"接着又说:"你实在不能怪我们害怕,因为这里没有一个人不认为你已经死了。而且我还不得不告诉你,你的妻子阿达莉埃塔,经不住她娘家人的恳求和威胁,只好违反自己的心意答应改嫁,明天早上就要到新的丈夫家去了,婚宴和一切必要的事都准备就绪了。"

托雷洛从他那张华丽的床上爬下来,非常高兴地招呼着院长和众修士,请求他们每个人不要向外人讲起他回来的事,因为他要按他的主意了结这件事。接着,他叫人们把珠宝之类好好收好,然后把他外出后到目前为止的一切遭遇,统统讲给院长听。院长听到他居然这么幸运,十分高兴,同他一起感谢天主。托雷洛接着又问院长,他妻子的新丈夫是谁,院长告诉了他,托雷洛就说:

"我打算趁人们不知道我回来之前,看看我妻子在这次婚礼上的态度。我知道,通常神父们是不出席这类宴会的,可是我请求你,为了我,你跟我一块儿走一趟吧。"

院长回答说,很愿意帮忙。于是待天一亮,院长便派人告诉新郎,他想带一位朋友去参加婚宴,新郎回答说非常欢迎。

到了婚宴时间,托雷洛依旧穿着那身服装,和院长一起来到新郎家。宾客们见了他,个个都非常惊异,不过谁也认不出他来。院长逢人便说,这是个伊斯兰教徒,是苏丹派往法国的大使。因此,主人便把托雷洛安排到了新娘对面的一张桌上。他仔细地看着她,发现她面带愁容,这叫他十分高兴。她也看了他几眼,但没有认出他来,因为他长了胡子,又穿着外国的古怪衣服,同时认为他肯定已死了,而那身奇异的衣服,更使她难以认出他来。

过了一会儿,他觉得该试试她是否记得他了,便从自己手指上取下当年离别时她给他的那个戒指,又把在新娘面前伺候的那个年轻小伙子叫来,对他说:"请你替我告诉新娘,在我们那里有个风俗,凡是陌生客人出席喜宴,新娘为了表示欢迎客人起见,必须用自己喝酒的杯子斟满酒敬一下这位客人,等客人称自己的心喝过之后,他应把酒杯盖好,新娘再把剩下来的酒全部喝完。"

那后生把这番话传达给新娘听,她既富有教养,生性又聪明,知道这位客人是个大人物,为了表示欢迎,便吩咐小伙子把她面前那只镀金大酒杯洗净,斟满酒,送到那位贵客面前,那小伙子照她吩咐办了。

托雷洛先生早把那只戒指放在嘴里,趁喝酒之际,把它吐进酒杯,任何人都没有发觉。他将杯里的酒喝得只剩一点儿,再把杯子盖好,交给小伙子送还给夫人。夫人为了尊重客人的风俗,接过酒杯,送到口边正要喝时,看到了那只戒指,就看了他一会,什么也没说。她认出了那就是她在托雷洛先生临走时送给他的那只戒指,便把它拿了起来,一面又仔细观看那个陌生的客人,终于认出他就是自己的丈夫,她好像疯了似的推翻面前的桌子,尖声叫道:"这是我丈夫,是托雷洛先生!"

她奔向他的桌子,顾不上自己的衣服或桌上的东西,尽力扑过去紧紧地抱着他,无论在场的人怎么劝、怎么拉,都无法让她松手,最后还是托雷洛叫她稍微自制一些,将来拥抱有的是机会,她才站起来。这时,婚宴已经被搅乱,弄得非常尴尬,但另一方面又让人们很高兴,因为这位以慷慨出名的绅士又回来了。依照托雷洛的要求,大家都静下来,听他讲述从离家直至今天的一切遭遇。最后他说,这位新郎原是听说他死了才娶他的妻子的,如今他活着回来,把自己的妻子还接回去,总不会受人责怪吧。

新郎虽然有点儿失望,却慷慨大方而又友好地回答说,这件事随托雷洛处理好了。那女人立即脱下新郎送给她的戒指和凤冠,戴上了刚从酒杯里取出的那只戒指以及苏丹送给她的那顶凤冠。接着,他们两人走出这间房,由婚宴上的人们陪同,回到自己家里。家里人和市民们见了他,都十分高

兴，认为他安然归来简直是个奇迹，都设宴庆贺，热闹了好长时间。

托雷洛先生分了些珍宝给那位新郎，补偿他举办婚宴所耗的费用，又分了些珍宝给那位修道院长和另外好多人。他又写了好几封信给萨拉迪诺，报告他愉快地抵家的消息，而且一直以萨拉迪诺的仆人和朋友自居。以后他和他那亲爱的妻子和和睦睦地生活了好多年，而且待人接物更其慷慨大度。

这就是托雷洛先生和他的夫人慷慨大度获得报偿的结局。好多人都想努力学他们的样，可是心术不良，还没有学到手，就想从别人那里得到更大的好处。因此，如果这些人后来没有得到报答，那么，不管是他们自己，还是别人，都无需惊异。

## 第十则故事

　　萨卢佐①侯爵有几个下属恳求他娶妻成家。他按自己的心愿娶了一个农家少女,生下两个儿女。他在她面前佯称已将这一对儿女处死,后来又假装给她吃些苦头,另外娶人。他把寄养在他乡的亲生女儿接回家,对妻子说这就是他要娶的新人。他妻子被赶回微贱的娘家,但侯爵觉得她对一切都百般忍耐,才把她接回家来,让她同长大的儿女相见,十分宠幸,尊她为侯爵夫人,对她的爱情更深了。

国王的长长的故事讲完了,从大家的表情看出,所有的人都听得很有兴味。迪奥内奥笑眯眯地说:"那个好人,那天晚上,不许那个鬼的尾巴翘起来,并没有因为你那样赞美托雷洛而给予两文钱。"②说完这些,他知道现在只剩下他没讲故事了,便接下去说:

---

① 意大利东北部威内托地区的一座城市。
② 请参阅第七天第一则故事。

　　我的贤淑的女郎们,我认为今天各位讲的故事,都是关于国王和苏丹以及这类人物的事,为了离这个范围不致太远,我想讲个侯爵的故事,我讲的不是他的光辉的业绩,而是他的一件不近人情的蠢事。哪怕这一行为最后得到了美满的结局,不过其中的情节十分悲惨,所以我不劝任何人去学他的榜样。

　　很久以前,萨卢佐有个年轻的侯爵,名叫瓜尔蒂埃里。他有一大笔家业,却没有成家,自然也没有儿女。他成天放鹰打猎,根本不把娶妻生子的事放在心上。人们认为他在这方面倒挺有头脑,可是他的下属都对他的这一点很不乐意,几次三番恳求他娶妻,免得他没有子嗣,免得日后没有主公。他们都要为他找寻一位出身名门而又贤淑的女人,好叫他称心如意。对此,他回答这些人说:

　　"我的朋友们,你们劝我做的事,恰恰是我打定主意不肯做的。这是因为,天下最难的事,莫过于物色一位意气相投的妻子了,脾气禀性同你正好相反的女人比比皆是,一旦同这样的女人做了夫妻,只能是一辈子活受罪。你们说,从姑娘父母的处世为人,就可以知道她是否贤慧,你们说是这样物色的妻子我一定会高兴,这实在是荒唐透顶。我真不懂,你们怎么能弄清这些姑娘的父亲的底细,更不用说她们的母亲的隐私了,就算是能把这些都弄个一清二楚,又怎么能断定做女儿的必定像其父母呢。可是,既然你们喜欢给我加上这样的枷锁,我还是愿意满足你们。但是,我的妻子得由我自己去找,万一将来事情不妙,那我就只怪我自己,不会怪到别人头上。还有一件事我得事先同你们说明白,不管我选了谁做我的妻子,你们都得尊她为夫人,敬她为女主人,不然你们就得想想,经不起你们的再三劝告,违背了我的意志才娶了妻子,那对我来说该是多大的损失啊!"

　　那些忠心耿耿的下属们都回答说,他们很愿意这样做,只要他肯娶妻就行。

　　且说附近村里有个穷苦出身的姑娘,她的神态风韵给瓜尔蒂埃里看中已有相当一段时期了,他觉得这个姑娘长得十分美丽,认为同她结为夫妻一定会幸福美满。他便不再另去物色,提出要娶她。他把她的父亲请来,表明了这一心愿,那父亲是个穷人,当然愿意把女儿许配给他。办妥此事之后,侯爵又把所有的朋友都请来,对他们说:

"我的朋友们,你们一直很希望我成亲,我现在准备成亲,这多半是为了让你们高兴,而不是我自己想要结婚。你们一定还记得,你们向我许下诺言,这就是,无论我娶谁做自己的妻子,你们都得心甘情愿地尊她为夫人。现在时候到了,我要对你们履行我的诺言,你们也得履行你们许下的诺言。我已按我的心意找到了一个称心的姑娘,打算在最近几天把她接过来同我成亲,那你们现在就得想一想,你们该如何准备热热闹闹地办喜事,又该怎样隆重地去迎娶她,这样我才能相信,你们说的话算数,你们以后也会看到,我对你们也是信守诺言的。"

他的善良的下属们都很高兴,说他们都巴不得如此。他们还说,不管新娘是个什么样的人,他们一定尊她为夫人,处处把她当女主人来对待。然后即马上筹办体面豪华的婚礼,瓜尔蒂埃里参与筹办。他要人们把婚宴办得丰盛而又热闹,要把他的亲戚朋友以及当地的显贵人物等统统请到。他又找来一位少女,和他要娶的那位姑娘身材相仿,叫人照她的身材做了许多高贵华丽的服装,又预备了好多戒指首饰和一顶华美的凤冠,凡是新娘佩带的一切,他都件件备齐。

预定举行婚礼的那一天到来了,瓜尔蒂埃里一大早便骑上马,陪同的人们也上了马,一切安排妥当之后,他说道:"诸位,现在应该去迎接新娘了。"

说完便由一干人等陪同出发了。他们来到那个村庄,在那个少女家门前,只见她提了一桶水匆匆从井边回来,因为她听说瓜尔蒂埃里的新娘要经过这里,所以她要赶快办完家里的事,好跟女伴们一起去看热闹。侯爵一看到她,知道她叫格里塞尔达,便叫着她的名字把她喊住,问她的父亲在哪里。她羞羞答答地回答说:"大人,他在家里。"

于是,瓜尔蒂埃里下了马,叫大家在门外等候,独自走进那间陋屋,找到那个少女的父亲詹努科洛,对他说:"我这会儿到来,要娶格里塞尔达为妻。但是,我先要当着你的面,问她几件事。"

侯爵便转身问她,如果他娶她为妻,她是不是愿意千方百计地讨他的欢心,他无论说什么,做什么,她是不是都能毫不在意,她是不是什么事都能顺从他,此外又问了她许多诸如此类的事。他每问一件,她都答应可以。于是,瓜尔蒂埃里便抓住她的手,把她拉到门外,当着他的陪同人等和宾客,把她的旧衣服统统脱掉,吩咐手下人把预备好的新装给她穿戴起来,又把凤冠

戴到她的头上。看了这些,大家都不免十分惊异,这时侯爵说道:

"诸位,我要娶的就是这位姑娘,只要她肯嫁给我。"

说着便转向那位姑娘,她站在那里十分腼腆,心神不定。他问她:

"格里塞尔达,你愿意我做你的丈夫吗?"

她回答说:"大人,我愿意。"

他接着说:"那么,我也愿意你做我的妻子。"

他就这样当着大家的面和她成了亲,又把她扶上一匹小马,体体面面地把她迎回府邸。然后举行了豪华而又热闹的婚礼,即使是娶一位法国公主,也不过如此。

这位新娘一穿上新装,立即里外一新,换了一个样。我们前面已经说过,她的身材和容貌都很美,打扮过后,越发妩媚动人,显得很有教养,哪里是什么詹努科洛的女儿,哪里像什么牧羊姑娘,而像一位贵族小姐了。以前认识她的人,见了都不觉十分惊奇。除此之外,她在婚后对丈夫百依百顺,非常殷勤,使他自认为是天下最快乐、最有福分的男人。她对待丈夫的下属也是和蔼而又仁慈,人人都衷心地爱戴她,敬重她,都祈求她永享荣华富贵。连以前那些说瓜尔蒂埃里娶这样一个女人实在是失策的人,现在也都说他极其精明,极有远见,因为天下再没有第二个人能像他这样,透过她的破烂衣服,看出这个乡下出身的少女身上潜藏着这样崇高的品德。总之,不久她的名声不仅传遍侯爵领地,而且传至各地,大家都称赞她贤慧得体。凡是当初反对她的丈夫娶她的人,现在都改口,称赞起她来了。

她到瓜尔蒂埃里家后不久就怀了孕,到时生下一个女儿,瓜尔蒂埃里非常高兴。可是,过了不久,他突然起了一个怪念头,要叫她忍受一些忍无可忍的事情,而且要长期考验,以试试她的耐心。他先是装出很不耐烦的样子,用语言刺她,说是他的下属都因她出身寒微,对她很不满意,尤其是看她生养孩子,竟然生个女孩,因而更加不喜欢她,都在那里暗暗发牢骚。她听了这些话,面不改色,泰然自若,只是说道:

"大人,您想怎么对待我就怎么对待我吧,只要能顾全您的名誉,能叫您高兴,我就满足了。我知道大臣们比我更加重要。再说,承您看得起我,使他们这样尊敬我,我实在当之有愧。"

听了她的回答,瓜尔蒂埃里十分高兴,因为他从这些话里听出,她虽然很受他和其他人的尊敬,却丝毫没有因此而骄傲。

过了不久,他又含糊其词地对他的妻子说,他的下属们容不了她生的这个小女儿。接着他又叫来一个仆从,吩咐了一番,叫他到夫人那里遵嘱行事。那人到了她那里,面有忧色地说:

"夫人,如果我不遵爵爷之命办事,我就性命难保了。他命令我把您的亲生女儿带走,命令我……"

那人说到这里不再向下讲了。

夫人听了这话,再看看这个下人的脸,再想起了丈夫前几天跟她讲的那番话,便知道侯爵派这个人来,是要把她的亲生女儿带走杀害。她虽然心里悲痛欲绝,可仍然面无愠色,马上把女儿从摇篮里抱起来,亲了又亲,吻了又吻,又为她祝福了一通,这才将她交给那个仆从,对他说:

"你把她抱走吧,你的主人——也是我的主人,他吩咐你怎么办,你就不折不扣地照办吧,不过别让孩儿的尸骨让鸟兽给吃掉,除非主人吩咐你非这样做不可。"

那个仆从抱走了女孩,又把夫人的一番话回禀侯爵。他听了夫人的这番话,见她对他如此忠诚,心里十分惊奇。于是他打发这个仆人把女儿送到博洛尼亚一个女亲戚家,求她把女儿抚养大,让她受教育,但绝对不要泄露她是谁的女儿。

过了一段时间,侯爵夫人又怀了孕,届时生下一个男婴,瓜尔蒂埃里自然异常高兴。但是他觉得过去所做的一切还不够,决心用更加狠心的办法再刺激她一下。一天,他又装出满脸愁容,对她说:

"夫人,你生了这个男孩子之后,我的下属们依然吵得我无法忍受,他们说,我死了之后,将由詹努科洛的外孙继承爵位,做他们的主人,他们对此简直无法忍受。因此,我如果不想给他们赶跑,就不得不像上次那样再来一次,而且到头来还得叫你走,另外娶一个。"

他的妻子耐心听着他的话,只是答道:

"大人,您觉得怎样才能称您的心意,又能让您的下属满意,您就怎样做吧,一点也不必考虑到我,因为凡是我看到能使您高兴的事,我都会高兴的。"

过了不多几天,瓜尔蒂埃里如法炮制,又像当年对待女儿那样,派人把亲生儿子从妻子那里抱来,说是要把这孩子处死,暗地里却把孩子送到博洛尼亚抚养去了。夫人像当初舍弃女儿那样,这次也是面无愠色,不出一声。对此,瓜尔蒂埃里非常惊奇,心想,天下再没有第二个女人能做到像她那样的地步。要不是他看到她像他一样疼爱自己的儿女,还以为她不把儿女放在心上呢,其实她完全是为了顺从他,是用过一番心的。

他的下属们以为他真的把自己的亲生儿女杀害了,都严厉地谴责他,说他是个极其残忍的人,大家都非常同情他的妻子。而别的女人为她的儿女遭害前来安慰她时,她总是说,既然孩子们的亲生父亲愿意这样做,她当然也情愿。

那女孩出世好几年之后,瓜尔蒂埃里认为应该是给他妻子以最大考验以看看她的忍耐功夫的时候了。他向自己许多臣僚们说,他再也不能容忍格里塞尔达做他的妻子了,他以前娶她是因为不够成熟,做了错事,所以现在想请求教皇特许,让他离开格里塞尔达,另外娶一个女人。好多好心人都责备他不该如此,他却只是说,这是迫不得已,非这样办不可。

他妻子听了这些,想到自己只得同他分手,又得回娘家去,像当年那样继续牧羊,同时又想到,新来的女人要把她真心热爱的丈夫占了去,心里非常痛苦。可是,命运既要她再一次受到折磨,她也只好忍受,所以又像前两次一样,面无愠色,准备逆来顺受。

不久,瓜尔蒂埃里让人从罗马寄来一些信,拿给他的下属们看,叫他们相信教皇确已准他休掉格里塞尔达,娶另一个女人。接着,他派人把格里塞尔达叫来,当着众人的面对她说:

"女人,我获得了教皇的特许,可以另娶一个妻子,把你休掉。我的世代祖先都是这里的显贵,而你的祖先都是些庄稼汉,所以我认为你再也不能做我的妻子了。你可以回到你父亲詹努科洛家里去,把你带来的嫁妆都带回去。我要另外娶人,而且已找到一位很适合我的姑娘,不久就要娶来。"

她听了这些,费了好大的劲才克制住女人软弱的本性,没有流出泪来,回答说:

"大人,我一贯认为,自己出身寒微,无法同您的高贵出身般配。多承天主和您赐给我的恩宠,我能和您相处这么久,我从来不敢自以为是侯爵夫人,更不敢觉得自己有此福气,只觉得欠了您一笔债。既然您要我回去,我很愿意把它奉还。这是您娶我时送给我的戒指,现在请拿回去吧。您吩咐我把我带来的嫁妆拿回去,说到这些,您既用不着花钱搬,我也不必用马来驮,因为我没有忘记,我是赤身一人嫁给您的。如果您认为我这个曾为您生过两个儿女的身体当着大家的面赤裸裸地回去并不难为情,那我就赤条条地离开这里。可我只求您一件事,我来时是一个处女,如今这个童贞再也带不回去了,就请赏个光,允许我走时,除了带走自己的嫁妆以外,再穿一身贴身的衣服。"

瓜尔蒂埃里听了这话,只是想哭,但他的脸部表情仍然十分严峻,说道:

"好吧,你可以穿走一身贴身的衣服。"

周围的人们都向瓜尔蒂埃里恳求,看在她和他做了十三年以上夫妻的分上,让她再多穿一身外衣,不能叫她如此丢脸出丑,只穿一身贴身的内衣如此寒酸地走出他的家门。但是大家的恳求都是白费力气。她只穿一身贴身内衣,光头赤足,辞别了众人,走出侯爵家门,回到父亲家里。众人看了都掉下眼泪,痛哭起来。

自从女儿出嫁以后,她的父亲詹努科洛始终不相信这位侯爵会真心真意娶他的女儿为妻,每天都准备着会有什么事情发生,所以一直把她出嫁那天早上脱下来的衣服保存好,看到女儿真的归来了,便拿了出来让她再穿。从此,她依旧像往常一样,在父亲家里做些杂务。尽管她命运多舛,像往常一样给她那么多残酷的打击,但她一直在不屈不挠地忍受着。

这件事情办完之后,瓜尔蒂埃里便向他的臣民们扬言,说他相中了帕纳戈的一位伯爵小姐,吩咐他们为他筹办盛大的婚礼,同时又打发人把格里塞尔达叫来,对她说道:

"我选中了一位小姐,马上就要迎娶过来,我想让新娘来时光彩一番。你也知道,在这样盛大的欢庆场面,我身边没有一个女人可以收拾房间,安排许多杂事,而你对府内的事比谁都熟悉,所以我想请你来主持一切,把该办的事办好,并且把附近一带你认为应该邀请的女士们都请到,你可以按女主人的身份来接待她们。等婚礼结束后,你便可以回家了。"

听了这番话,格里塞尔达心如刀割,命运之神曾使她成为他的妻子,她真不忍心把自己的丈夫让给别人。只听得她回答说:

"大人,我准备为您做这些事。"

于是,她就穿着一身粗陋的土布衣服,走进不久前穿着贴身内衣走出去的那个府第,把一个个房间打扫收拾干净,客厅里挂上壁毯,地上铺好地毯,还准备好了宴席。大小事宜,她都亲自动手,简直成了料理杂务的女用人,一直忙忙碌碌,不敢偷闲,直到把一切都料理好了之后,才算完事。

接着,她又代瓜尔蒂埃里派人把附近所有的女士们都请来了,只待欢庆的日子到来。婚礼之日到了,她虽然依旧穿着一身寒酸的衣服接待众多女宾,可是一直脸带笑容,心地高洁,像一位端庄的贵夫人。

瓜尔蒂埃里原来是把儿女交给博洛尼亚的一位亲戚抚养的,这个亲戚是帕纳戈的一位伯爵夫人,那女儿已经十二岁,长得仙女一般,那男孩也已六岁。瓜尔蒂埃里写信给住在博洛尼亚的这位伯爵,让他把他的女儿和儿子送回萨卢佐,又请他派漂亮而有身份的仕女护送上路,遇人就说,她是送去嫁给瓜尔蒂埃里侯爵的,千万不要泄露了这位姑娘的底细。伯爵按照侯爵的要求,启程了,在有身份的仕女一路护送之下,走了不几天,一天中午时分来到萨卢佐。远近四乡的人,都等候在那里,以一睹瓜尔蒂埃里的新娘为快。

女宾们立即把新娘迎入客厅,宴席已经摆好。格里塞尔达依旧是那副模样,她迎上前去,高高兴兴地对她说:

"欢迎新夫人到来。"

女宾们早就央求瓜尔蒂埃里,让格里塞尔达待在一个房间里,不要出来应酬,要么就给她一套府里穿的衣服换上,免得在外人面前出丑,瓜尔蒂埃里偏偏就是不答应。这时,大家已各就各位,只等开席了。大家都望着那位姑娘,一致都说瓜尔蒂埃里这个新娘比前一个更美,格里塞尔达不但对新娘十分赞美,而且也将她的小兄弟着实称赞了一番。

瓜尔蒂埃里看了这些,他的夫人的耐心确实使他感动,他看到,尽管事情发生得非常突然,格里塞尔达却始终如一,他知道她十分聪明,肯定不是由于麻木不仁,才这样顺从。他觉得,解除她痛苦的时刻到了。他认为她虽然表面上无动于衷,内心一定隐藏着极大的痛苦。于是,他把她叫来,当着众人的面,笑着说:

"你看我的新娘怎么样?"

"大人,"格里塞尔达回答说,"我看是再好不过了,她不仅漂亮,而且贤淑,因此,我相信,您和她结了婚,同她一起生活,无疑是天下最幸福的人。不过,我要真心实意地恳求您,千万不要像对待前妻那样对待她,叫她也受那么多的折磨。要我看,她是经受不住的,因为她太年轻,何况她从小娇生惯养,而您的前妻却从小就一直劳累。"

瓜尔蒂埃里看到她坚信他要娶这个姑娘为妻,而且说的尽是些好话,便叫格里塞尔达坐到自己身边,对她说:

"格里塞尔达,你的忍耐真是无话可说,你忍了这么长时间,现在应该得到酬报了。人们都说我残酷狠心,现在他们应该明白,我这样做是费过一番心计的,我本想教你如何做一个贤妻,使你能和我和和睦睦,白头到老,同时也让人们知道,怎样去物色妻子和对待妻子。我刚娶你的时候,很怕你不能顺我的心,所以我就想方设法来考验你,叫你吃了这么多苦头。结果我发现,你无论是言语,还是行动,没有哪一件不顺我的心,因此我认为,我已得到了我所希望的慰藉。由此我要把我一次次从你身上剥夺掉的幸福,一下子全部归还给你。过去我叫你吃足苦头,现在一定要叫你大大高兴一番。你原以为这个姑娘是我的新娘,现在你就高高兴兴地把她带走,还有她的弟弟也一块儿带走:这姐弟二人就是你我的亲生儿女。当初你和很多人都以为我狠心地残杀了两个孩子,现在,他们都好好地活着,站在你我的面前。我是你的丈夫,爱你胜过其他一切。现在我已相信,也敢自豪地说,世上再没有第二个做丈夫的能像我这样对自己的妻子心满意足了。"

他说了这些话,就抱住格里塞尔达亲吻。接着,他站起来,同她一起向女儿走去,格里塞尔达高兴得泪流满面,而他们的女儿听了这些则惊得目瞪口呆。夫妇两个走上前去,先是亲切地拥抱女儿,然后再拥抱儿子。这时,格里塞尔达和在场的众人才明白了事实真相。

女宾们都非常高兴,从座位上站起身来,陪着格里塞尔达走进内室,一面用最好的词语向她道喜,一面替她脱下那身旧衣服,穿上她本来的华贵的服装,以贵夫人的姿态被众人拥回客厅——即使她穿着破旧的衣服,看去仍像一个贵妇人。她和儿女们都兴高采烈,每个人也都很高兴,于是便更加起劲地欢宴庆贺,一连热闹了好多天。大家都说,瓜尔蒂埃里真是聪明透顶,只是给妻子的多次考验太残忍了,让人无法忍受,所以从此以后对她更加尊敬。

过了几天,帕纳戈伯爵动身返回博洛尼亚。瓜尔蒂埃里叫詹努科洛不要再终年劳累,以对待岳父的礼节接来奉养,使他既快乐又光彩,颐养天年。瓜尔蒂埃里后来将他的女儿嫁给一个贵人,自己和格里塞尔达相亲相爱到老,对她尊崇到了无以复加的地步。

在穷人家里,往往也会有圣洁贤慧的人从天而降,皇家子弟往往也只配放猪,不配统治百姓,这个故事不说明这一点,又能说明什么呢?除了格里塞尔达以外,世上还有哪一个人,遇到瓜尔蒂埃里那种残酷无比、闻所未闻的考验,非但不掩面痛哭,反而能高高兴兴地忍受下来?如果瓜尔蒂埃里遇上的是另外一个女人,她只穿一身贴身内衣被赶回娘家,她可以另找一个男人,替自己弄一身漂亮的新衣服来,那也许没有什么地方不对头呀。

迪奥内奥的故事讲完后,女郎们议论纷纷,有的称赞丈夫,有的同情妻子,有的责备某一件事,有的偏赞美那件事,意见很不一致。这时,国王抬起头来看了看天上,见太阳下山,黄昏来临,便说:

"可爱的女郎们,我想大家都知道,人类的聪慧之处不仅在于记住过去的事物,认识现在的事物,而且还有更大的一点,即能鉴往而知来,许多业绩辉煌的伟人都是以这后一种本领而闻名于世的。自从佛罗伦萨发生瘟疫以来,全城都是疮痍满目,十分凄凉,为了保护我们的生命和健康,我们才出城来消遣。大家都知道,到明天为止,我们离开佛罗伦萨已经十五天了。依我看,我们过得不错,大家都正正经经,虽然我们讲的许多有趣的故事也许起些撩拨人心的作用,虽然我们不断吃喝,又唱又跳,这对于意志薄弱的人来说,很容易因此而做出些败坏道德的事来。可是,无论是你们女郎们,还是我们这些年轻的小伙子们,一言一语,一举一动,都没有半点儿该受指责的地方。我们一直都十分正经,相处得一直都很和睦,大家一直像兄弟姐妹一般亲热,我很愿意大家继续这样下去,这对大家都是一件好事,也是我的光荣,我对此当然万分珍惜。可是,这样的日子过得太久了,不免也会使人厌烦,我们在外面待得太久也难免引起些流言蜚语。我们大家不论男女都轮流做了一天的国王,依我看,我们应该动身返回城里去了,我想大家会喜欢这个建议的。再说,你们好好想想就会明白,周围的人都已知道我们这个小集团,如果他们也来参加,人数一下子增加很多,那我们也就不得安宁了。

如果大家赞成我的意见,我的国王的权力还可以行使到启程为止——我觉得,还是明天早上启程为好;如果大家另有打算,我在心里已经想好了一个人,明天可以由这个人继承王位。"

女郎们和小伙子们议论了好长一段时间,最后还是一致认为,国王的建议有益而恰当,决定照他的意旨去办。国王便把总管叫来,同他商量好了明天早上出发的事,然后叫大家自由活动,直到吃晚饭为止。办完这些,他才起身。

女郎们和小伙子们站起身来,依照各自的习惯前去娱乐消遣,有的干这个,有的干那个。到了吃晚饭的时刻,大家又高兴地坐上了餐桌,餐后又开始唱歌跳舞,还奏起乐来。在劳蕾塔带头跳起舞时,国王要菲亚梅塔唱一支歌,她以她那悦耳的歌喉唱道:

> 如果爱情来时不伴随妒忌,
> 我不知道世上还有哪个妇女
> 像我这样欢喜,像我一样再无希冀。
>
> 世上哪个姑娘
> 不愿她的情人气宇轩昂,
> 品德优良
> 勇敢机智,
> 远见卓识,谈吐高雅而又志气刚,
> 一切完美优良,
> 这样的人,当然,让我心喜若狂,
> 我爱上了他,
> 大家都知道他就是我心中的情郎。
>
> 虽然我在这件事上如此聪明,
> 可别的女人也像我一样倾心,
> 这不能不使我胆战心惊;
> 我一直认为情况更令人心不宁

别的女人也把我的心上人穷追不放松,
可他早把我的灵魂勾走永随身;
如果真的有人
让我这欢欣落了空,
我可就要孤苦伶仃叹息声声永无终。

如果我的爱人才貌双全令人钦,
而且对我忠诚情意真,
那我决不会为他存有半分妒忌心;
可天下有几个男人能一往情深,
女人轻轻一勾引
他便弃旧图新变了心;
这使我无限痛心,恨不得一死玉石焚,
不管谁看他一眼
我都疑心,生怕她抢走了我的心上人。

因此,我要凭天主的名义,请求
每一位女士要小心
不要在我的情人身上耍计谋;
因为,如果有谁
胆敢坑害我
同他讲话眉目传情弄娇柔,
不管你多么小心,我都会弄清,
我可要毁了她的花容月貌
还叫她痛苦流涕永无休。

　　菲亚梅塔刚唱完她的这首歌,站在她身边的迪奥内奥就笑吟吟地说:"小姐,既然您这样害怕您的意中人被人抢走,那就劳驾您把他的姓名告诉另外几位小姐吧,免得她们无意中真的把他给抢走了。"他讲了这句笑话之后,大家又唱了好多支歌,这时已近午夜,按照国王的吩咐,大家回房休息。

第二天一早,全体动身出发,总管押着行李先走,大家随后由谨慎细心的国王率领,一起返回佛罗伦萨。到了圣玛丽娅·诺维拉大教堂,三位小伙子辞别了七位女郎,本来他们就是从这里出发的。三位小伙子随意前往别处消遣,几位女郎觉得该是回家的时候了,便各自回家去。

## 作者结语

最高贵的女士们,为了给你们安慰,我埋头苦干了这么长时间,承蒙天主垂顾,我在本书开头许下的诺言,依我之见,算是完成了,这倒不是由于我的功力,而是靠了天主的帮助,还有你们虔诚的祈祷。因此,我首先应该感谢天主,然后就该感谢你们,从此我就可以放下我的笔,让我疲乏的双手歇一会儿了。不过,在此之前,还有点儿小事要做。这就是,你们当中的某些人,或者别的人,不免会提出些责难(对于这一点,我认为是确定无疑的,因为我这些故事并非神圣不可侵犯,免不了会受到非难,而且我在第四天的开头也曾提到过这一点),有些则是闷在心里,不肯把这责难公开说出来,在搁笔之前我想先答复一下。

也许有些女士会说,我在写这些故事时过于放肆,以致有时不该把这些话说给女人们听,更经常的情况是,有些事不是正经女人所应该说,或应该听的。我不承认这一点,因为只要措词得当,天下是没有任何事不可以向任何人讲的,而我认为我在这方面做得是很适当的。

就假定你们说得对——我不想跟你们争辩,就让你们在我面前占上风吧,我还是要说,要回答你们我为什么这样做,还是有很多现成的理由的。首先,如果有些地方是你们说的那么回事的话,那是故事的性质要求这样,对此,凡是有见识的人,只要用平心静气的眼光看一下,就会承认,我要想不改变故事的本质,就没有别的方法来叙述这些故事。也许有些地方确实是这样,有那么几个字眼不够文雅,叫某些虔诚的女人听了觉得不堪入耳,她们看重语言甚于行动,只想在表面上装得规规矩矩,而实际上并非如此。对此我要说,一般男男女女整天都把什么"洞眼"啊、"钉子"啊、"血"啊、"杵"啊、"腊肠"啊、"粗香肠"啊如此之类的好多字眼挂在嘴上,他们可以这样说,那就不能不许我这样写。再说,我这支笔照理该和画家们的笔享有同等的权利。画家可以画圣米凯莱斩蛇,或者圣乔治杀龙,画里的人用刀用枪,均听其自便,他们还画男体的耶稣,女体的夏娃,画那为了人类得救而被钉死在十字架上的耶稣,有时让他脚上钉一枚钉子,有时则是两枚钉子,却没有任何人去指责他们,或者说他们的不是。

更何况,大家都清楚地知道,这些故事不是在教堂里讲的,在教堂里,自然应该用正正派派的字句,应该怀着圣洁的思想(尽管在一部教会史里,我故事里写的那类事比比皆是)。这些故事也不是在哲学学院里讲的,那里比别的地方更需要体统,也不是在修士和哲学家聚会的地方讲的。相反,这些故事是在一个花园里讲的,是在消遣的场所讲的,在场的虽然都是年轻人,可他们都已成人懂事,不会因听了这些故事而走上邪路,更何况当时即使是最有德性的人,为了保住一条命,也可以把裤子套在头上,堂而皇之地走到外面去。

此外,这些故事也跟天下的任何事一样,既能使人受害,也可让人获益,这完全取决于听故事的人如何对待。根据钦奇利奥内和斯科拉约①以及许多别的人的说法,对于健康人来说,酒是最佳的珍品,但对于发热的人来说,那可就有害了,谁不明白这个道理呢?难道因为发烧的人喝不得酒,我们就说酒是恶魔怪物吗?谁不知道,火极为有用,我们人类永远离不开它。可是,火有时会烧毁房子、村庄和城池,难道我们因此就说火是恶魔怪物吗?武器也是这样,谁想平平安安地过日子,谁就得使用武器来保卫自己的安宁,但武器往往也能杀人,这不是武器不好,而只能怪坏人使用武器为非作歹。任何卑鄙的小人永远也不会正面去理解一句话,而正派的人即使听了最不正经的话也不会堕落,这正如泥土不会玷污太阳的光辉,地上的肮脏不会玷污美丽的晴空一样。

世界上还有什么书、什么话、什么文字比《圣经》更圣洁、更有价值、更值得受人尊崇呢?可是不少人却把《圣经》曲解了,不仅使自己堕落,而且

---

① 两个著名的酒鬼,这里作者故意将他们的话作为权威结论引用。

也使别人跟着堕落沉沦。每一件东西本身都有它的好的一面,但有一定的界限,超过界限,用之不当,难免造成许多弊病,我的故事也是这样。如果有谁听了这些故事,因而起了坏念头,做出坏事来,谁也无法禁止,不说故事本身可能会有些不当之处,就是一篇好故事,一经牵强附会或歪曲,也会一错到底的;如果有谁想从这些故事中吸取有用的东西,那么这部作品是不会使他摇头的,这些故事是在一定的时候读给一定的读者听的,这样一来,这些故事非常有益,而且十分正经得体。

哪一位女士喜欢早晚祷告,哪一位则喜欢蒸糕做饼去孝敬她的忏悔神父,那就让她们去吧,无需跟在她们后面给她们念这些故事,尽管这班女圣徒有时也说些好话,做些好事!

还有些女士也许会说,要是书里的某些故事根本没有,岂不是更好吗?姑且承认这话不错,不过,如果人家不是这么说,我就不会这么写,也不该这么写。因此,你们应该让讲故事的人把故事讲得美些,我写下来的自然也就美了。但是,就算是这些故事是我编的,是我写的——实际上并非如此,那么我也要说,尽管这些故事并非都是美的,我也不觉得难为情,因为除了天主,世上再没有任何一个大师能创造出件件完美的作品来。就拿查理曼大帝①来说吧,他首先册封了"帕拉亭骑士",可是,也只封了十二个骑士,未能多封一些而创建一支单独由骑士们组成的军队。世上的事形形色色,那么最好就该是好坏掺杂,而不能强求一律。一块田地不管耕种得多么精细,庄稼之间总是会有些蒺藜和野草的。

此外,这些故事是给你们这样一些心地善良的年轻人讲的,如果费尽心力,专门去找些深奥莫测、文绉死板的大道理来讲,那就真是太愚蠢了。而且还有,如果有谁翻开这本书阅读的话,那些过于刺激的你可以跳过去不看,尽可专挑中意的阅读。为了免得有人上当,每篇故事的前面都有提要,点明包含些什么内容。

另外,我相信,准会有人说,有些故事篇幅太长了。对这些人,我要说,谁如果手边有正经事不干,来读这本书,那么,即使是故事都很短,他这样做也是

---

① 查理曼大帝(768—814年在位)为法兰克皇帝,有名的雄主,南征北战。法兰克王国在他统治下达到鼎盛时期。

愚蠢荒唐。从开始写这本书,到现在脱稿,我费力不小,时间也费了不少,但我始终记着,我的这些努力原是为了献给那些闲着没事干的女士们的,而不是为了别的女人。你读书如果是为了消磨时光,那么,任何一篇都不会显得太长,只要能使你达到消磨时光的目的就行。三言两语把事情说清楚,这很适合于学者们,他们无暇消磨时光,而需要把时光用在事业上。但你们女士们却不是这样,你们除了恋爱就什么都不干了。你们当中没有一个人必须赶到雅典、博洛尼亚或者巴黎去留学,那么就不妨给你们讲得琐碎详细一些,不能把你们同那些博学之士同样看待。

我想,一定有人还会说,故事里到处都是戏谑的成分,一个庄重的人不该这样写。对于这些人,我应向她们致谢,现在我就表示感谢,因为她们出于好心,对我的名誉很关心。但是,我还是想这样来回答她们的指责:我承认,我是个自重严肃的人,而且一向如此,可对那些不把我看重的女性,我说,我并不稳重,而是相反,我不是重,而是轻,甚至可以在水面上浮起来。大家想想看,现在,就是那些神父们讲道时,谴责人们的罪恶时,尚且讲些笑话和戏言,那么,在我这些原是给女人们解闷的故事里面有些笑话什么的,那就没有什么不好了。如果她们因此会笑坏,耶利米哀歌①、救主的受难②、玛达莱娜哭述③等书可以用来救治她们。

此外,还有些女人会认为,我在有些地方写出了神父们的真面目,而她们并没有遇到过这样的神父,那我岂不是血口喷人?对于这些女性,看来只能原谅她们,因为要说她们不是出于正义,而是别有用心,确实叫人难以相信。这些人该原谅的原因还在于,神父们可都是些好人,他们因为热爱天主,所以不甘于贫穷,他们殷勤地伺候女人,却从不在别人面前炫耀自己。要不是他们人人身上都有那么一点羊膻味儿,同他们交往可真是叫人高兴极了。

---

① 耶利米为犹太先知,旧约中有耶利米哀歌一卷,记述耶路撒冷的忧患及耶和华对该城的刑罚、犹太人的遭难等。
② 见新约《马太福音》,该书第 27 章记述了耶稣被审、被判死刑、受兵丁等人戏弄、被钉上十字架等情节。
③ 玛达莱娜为一痛悔前非的妓女,新约《路加福音》第 7 章 37 节记她"站在耶稣背后,挨着他的脚哭,眼泪湿了耶稣的脚"……

话虽是这样说,我还是要承认,天下的事没有一件是一成不变的,事物总是在变动之中,我的舌头也不能不是这样。我不相信自己的判断,遇到我自己的事时,我总是尽可能地避免听从于自己的主见。不久前,我的一个女邻人对我说,她认为,我长着全世界最好、最甜蜜的嘴巴。确实,她对我这么说这些话,我的这部书差不多快要写完了。对那些随意攻击我的人,我的回答就到此为止,我想这已够了。

　　读了这些故事的每一位女士,想怎么想就怎么想吧,想怎么说就怎么说吧,我收墨搁笔的时候到了。我谦卑地感谢天主,承蒙他的帮助,我花了好长时间的心血,总算了却一桩心愿。

　　可爱的女士们,但愿天主的恩宠和安宁与你们同在。要是你们读了这些故事,觉得有那么一点教益的话,那么就请你们把我永远记在心里吧。

　　　　　(《十日谈》——也称《加莱奥托王子》
　　　　　的第十天,即最后一天,至此结束。)

# 经典译林
## Yilin Classics

| 书名 | 单价 | ISBN 号 |
|---|---|---|
| 艾青诗集 | 35.00 元 | 9787544773584 |
| 爱的教育 | 32.00 元 | 9787544768580 |
| 安娜·卡列尼娜 | 49.00 元 | 9787544740883 |
| 安徒生童话选集 | 42.00 元 | 9787544775731 |
| 傲慢与偏见 | 36.00 元 | 9787544774697 |
| 八十天环游地球 | 32.00 元 | 9787544775861 |
| 巴黎圣母院 | 42.00 元 | 9787544775748 |
| 白洋淀纪事 | 32.00 元 | 9787544772617 |
| 百万英镑 | 35.00 元 | 9787544777360 |
| 包法利夫人 | 38.00 元 | 9787544777353 |
| 悲惨世界(上、下) | 98.00 元 | 9787544777346 |
| 背影 | 28.00 元 | 9787544777483 |
| 被侮辱与被损害的人 | 39.00 元 | 9787544777261 |
| 边城 | 25.00 元 | 9787544757416 |
| 变色龙：契诃夫中短篇小说集 | 39.00 元 | 9787544777421 |
| 变形记 城堡 | 38.00 元 | 9787544777292 |
| 茶馆 | 32.00 元 | 9787544773539 |
| 茶花女 | 35.00 元 | 9787544777384 |
| 查拉图斯特拉如是说 | 38.00 元 | 9787544759793 |
| 沉思录 | 22.00 元 | 9787544759649 |
| 城南旧事 | 23.00 元 | 9787544768801 |
| 大卫·科波菲尔(上、下) | 65.00 元 | 9787544769068 |
| 地心游记 | 32.00 元 | 9787544775847 |
| 飞鸟集·新月集：泰戈尔诗选 | 39.00 元 | 9787544786096 |
| 飞向太空港 | 39.00 元 | 9787544781763 |
| 福尔摩斯探案集 | 58.00 元 | 9787544775373 |

| 书名 | 价格 | ISBN |
|---|---|---|
| 复活 | 42.00元 | 9787544777308 |
| 傅雷家书 | 49.00元 | 9787544771627 |
| 富兰克林自传 | 36.00元 | 9787544750691 |
| 钢铁是怎样炼成的 | 39.00元 | 9787544774635 |
| 高老头 | 29.80元 | 9787544768856 |
| 格列佛游记 | 35.00元 | 9787544774642 |
| 格林童话全集 | 49.00元 | 9787544777285 |
| 给青年的十二封信 | 29.00元 | 9787544774321 |
| 古希腊悲剧喜剧集(上、下) | 69.80元 | 9787544711708 |
| 海底两万里 | 38.00元 | 9787544775717 |
| 红楼梦 | 55.00元 | 9787544774604 |
| 红与黑 | 49.00元 | 9787544777315 |
| 呼兰河传 | 35.00元 | 9787544783620 |
| 呼啸山庄 | 39.00元 | 9787544775779 |
| 基督山伯爵(上、下) | 108.00元 | 9787544777490 |
| 纪伯伦散文诗经典 | 42.00元 | 9787544777438 |
| 寂静的春天 | 35.00元 | 9787544773430 |
| 假如给我三天光明 | 25.00元 | 9787544768511 |
| 简·爱 | 39.00元 | 9787544774666 |
| 金银岛 | 35.00元 | 9787544780100 |
| 荆棘鸟 | 45.00元 | 9787544768818 |
| 静静的顿河 | 128.00元 | 9787544777513 |
| 镜花缘 | 39.00元 | 9787544771603 |
| 局外人·鼠疫 | 38.00元 | 9787544781756 |
| 菊与刀 | 35.00元 | 9787544750707 |
| 宽容 | 32.00元 | 9787544760492 |
| 昆虫记 | 39.00元 | 9787544775830 |
| 老人与海 | 32.00元 | 9787544774789 |
| 理想国 | 45.00元 | 9787544785204 |
| 聊斋志异 | 55.00元 | 9787544779791 |
| 猎人笔记 | 38.00元 | 9787544775809 |
| 林肯传 | 28.00元 | 9787544759960 |

| 书名 | 价格 | ISBN |
|---|---|---|
| 鲁滨逊漂流记 | 39.00元 | 9787544783392 |
| 绿山墙的安妮 | 36.00元 | 9787544775755 |
| 罗马神话 | 16.80元 | 9787544711722 |
| 罗生门 | 39.00元 | 9787544777193 |
| 骆驼祥子 | 32.00元 | 9787544775724 |
| 麦田里的守望者 | 38.00元 | 9787544775106 |
| 美丽新世界 | 35.00元 | 9787544777254 |
| 名人传 | 39.00元 | 9787544774673 |
| 拿破仑传 | 38.00元 | 9787544759809 |
| 呐喊 | 23.00元 | 9787544768528 |
| 牛虻 | 38.00元 | 9787544777339 |
| 欧·亨利短篇小说选 | 36.00元 | 9787544775823 |
| 欧也妮·葛朗台 | 32.00元 | 9787544775854 |
| 彷徨 | 32.00元 | 9787544786041 |
| 培根随笔全集 | 28.00元 | 9787544768788 |
| 飘(上、下) | 88.00元 | 9787544777407 |
| 热爱生命·海狼 | 38.00元 | 9787544777469 |
| 人类群星闪耀时 | 29.80元 | 9787544766906 |
| 人性的弱点 | 28.00元 | 9787544759977 |
| 儒林外史 | 42.00元 | 9787544781084 |
| 三个火枪手 | 59.00元 | 9787544777278 |
| 三国演义 | 45.00元 | 9787544774598 |
| 沙乡年鉴 | 42.00元 | 9787544775441 |
| 莎士比亚喜剧悲剧集 | 49.00元 | 9787544777322 |
| 少年维特的烦恼 | 18.00元 | 9787544762502 |
| 神秘岛 | 48.00元 | 9787544772884 |
| 神曲(共三册) | 128.00元 | 9787544777414 |
| 圣经故事 | 35.00元 | 9787544768825 |
| 十日谈 | 38.00元 | 9787544714280 |
| 双城记 | 45.00元 | 9787544781879 |
| 水浒传 | 55.00元 | 9787544774581 |
| 苔丝 | 39.00元 | 9787544777179 |

| 书名 | 价格 | ISBN |
|---|---|---|
| 谈美 | 26.00元 | 9787544772013 |
| 谈美书简 | 28.00元 | 9787544772006 |
| 汤姆叔叔的小屋 | 45.00元 | 9787544775793 |
| 汤姆·索亚历险记 | 32.00元 | 9787544774659 |
| 唐诗三百首 | 39.00元 | 9787544781916 |
| 堂吉诃德 | 62.00元 | 9787544714877 |
| 天方夜谭 | 42.00元 | 9787544775816 |
| 童年 | 38.00元 | 9787544762168 |
| 童年·在人间·我的大学 | 49.00元 | 9787544775786 |
| 瓦尔登湖 | 28.00元 | 9787544768764 |
| 我是猫 | 39.00元 | 9787544777186 |
| 物种起源 | 42.00元 | 9787544765022 |
| 雾都孤儿 | 35.00元 | 9787544768696 |
| 西游记 | 48.00元 | 9787544774611 |
| 希腊古典神话 | 49.00元 | 9787544777391 |
| 乡土中国 | 29.00元 | 9787544781886 |
| 小妇人 | 45.00元 | 9787544766784 |
| 小王子 | 29.00元 | 9787544774628 |
| 星星离我们有多远 | 35.00元 | 9787544782043 |
| 羊脂球 | 38.00元 | 9787544775878 |
| 一九八四 | 36.00元 | 9787544777216 |
| 伊索寓言全集 | 35.00元 | 9787544775762 |
| 尤利西斯 | 58.00元 | 9787544712736 |
| 约翰·克利斯朵夫(上、下) | 98.00元 | 9787544777476 |
| 月亮和六便士 | 45.00元 | 9787544773805 |
| 战争与和平(上、下) | 108.00元 | 9787544777445 |
| 朝花夕拾 | 22.00元 | 9787544768535 |
| 中国哲学简史 | 48.00元 | 9787544771580 |
| 子夜 | 49.00元 | 9787544784221 |
| 最后一课 | 36.00元 | 9787544777377 |